逍遥の旅人

チャールズ・ディケンズ作

田辺洋子訳

凡例

本訳書『逍遥の旅人』は Michael Slater and John Drew, eds. Dickens' Journalism, vol.4: *"The Uncommercial Traveller" and Other Papers, 1859-70*. London:Dent, 2000 を原典とする。ディケンズは一八六〇年から六九年にかけて、自ら経営・編集を手がける『オール・ザ・イヤー・ラウンド』誌に "The Uncommercial Traveller" と題す随筆や素描を掲載し、一八六〇年十二月、十七篇をチャップマン・アンド・ホール社より出版。一八六五年、十一篇を加えて廉価版に収録。死後一八七五年、さらに八篇が全集版に、一八九〇年、残る「人生の遊び紙《フライ・リーフ》」がギャズヒル版に加えられる。

巻末にデント版序説を抄訳する。訳注は同版、並びに広島大学英国小説研究会訳『無商旅人』（篠崎書林、一九八二）の注等を参照。本文中にアステリスク＊で示し、巻末にまとめるが、比較的短いものは割注とする。

挿絵はG・J・ピンウェル、E・G・ダリアルによる。

邦題は "commercial traveller"（旅回りの商人）を捩《もじ》ったディケンズの顰みに倣い、「商用《しょうよう》」ならざる「逍遥《しょうよう》」の旅人と洒落てみた。

目次

目　次

逍遥の旅人

第一章　商いのあらまし

（一八六〇年一月二十八日付）

早速ながら自己紹介させて頂きたい――まずは否定的に。如何なる宿屋の亭主も小生の馴染みにして兄弟ではなく、如何なる部屋係のメイドも小生にホの字ではなく、如何なる給仕も小生に傅《かしづ》かず、如何なる靴磨きも小生にうっとり来た上から焼きモチを焼かぬ。如何なる牛の股肉《ももにく》やタンやハムも小生のためにわざわざ火を入れられず、如何なる鳩パイも小生のために格別焼かれず、如何なる旅籠の宣伝も小生宛、個人的に送られず、如何なる大外套や鉄道マフラーが綴織よろしく吊る下がったホテルの一室も小生のために取って置かれず、如何なる連合王国中の旅籠もそいつのブランデーもしくはシェリーがらみでの小生の見解をさして気に留めぬ。旅に出ようと、小生は勘定書きにて概ね安値《やすね》にはつけられず、旅から我が家へ戻ろうと、口銭《こうせん》のビタ一文懐に入らぬ。値段についてては一切与り知らず、いざとなろうと、何か御当人の入り用でなき代物を注文するよう口車に乗せるは端《はな》からお手上げだ。街の旅人として、小生は外っ面は若く血気に逸ったピアノフォルテ型箱馬車そっくりにして内っ面はその数あまたに上る平らな箱が折しも幾重《いくえ》にもなってこんがり焼かれている竈そっくりの乗り物を駆っている所にお目にかかられることはまずあるまい。鄙の旅人として、小生はめったなことではギク馬車の手綱を取っている所に出会されることも、況してや支線駅のプラットフォームにて正しく軽量のストーンへンジ分もあろうかという商い種の見本の直中なる絵に画いたようなドゥルイドたりて待っている所へ遊山列車によりて鉢合わせになられることもあるまい。

がそれでいて――今やいよいよ肯定的な自己紹介に移れば――小生は街の旅人であると同時に鄙の旅人にして、絶えず旅路にある。比喩的に言えば、大いなる「同胞愛兄弟商会*」に成り代わって旅をし、小間物商いに生半ならず縁故がある。字義的に言えば、四六時中ロンドンはコヴェント・ガーデンの自室*からここかしこ――今や都大路を、今や鄙の脇道を――さ迷い、些細なものをどっさり、偉大なものを幾許か目にし、御逸品、小生の気をそそるからには、読者諸兄のそれをもそそるやもしれぬ。

以上が、小生の逍遥の旅人としての手短な信任状である*。

第二章　難破

小生は未だかつてより長閑な状況の下《もと》、一年が流れ去る所にも、過ぎ行く所にも出会ったためしがない。一八五九年は生き存えるに後わずか一日しかなく、蓋し、その終焉はくだんの朝《あした》、くだんの岸辺にては「平穏」そのものであった。*沖なる何もかもが太陽の明るい日射しを浴び、雲の透き通った影の下《もと》、それは穏やかにして落ち着いているものだから、この湾が過去幾歳《いくとせ》も、この先幾歳《いくとせ》も、正しくくだんの一《ひと》日《ひ》に然《さ》なるがままならざる様を呈そうとは想像すべくもなかった。蒸気曳船は岸から少し離れた所に碇泊し、艀はなお岸の近くに碇泊し、小舟は艀の船端《ふなばた》に付き、艀の上では巻き揚げ機が一本調子にクルクル回り、几帳面な人影が精を出し、何もかも海神《わたつみ》が息を吐《つ》く度ゆっくり、規則的に上下しているとあって、何もかも潮それ自体に劣らずその場の自然の端くれでもあるかのようだった。潮は折しも差し、二時間半ほど前から差していた。小生の足許から二、三ヤードと離れていない海中に、さながら水面《みなも》に水平に浮かぶにはグルリをどっさり土に囲われた木の切株が地べたよりわずかに滑り落ちでもしたかのような、ちっぽけな邪魔物があり——小生は渚《みぎわ》に佇み、そいつが岸に打ち寄す軽いうねりにさざ波を立てているのを目に留めるや、邪魔物越し石を放った。

然に穏やかに、然に音もなく、然に規則的に——蒸気曳船と、艀と、小舟は浮いては沈み——巻き揚げ機はクルクル回り——潮は差しているものだから、小生は小生自身、およそその土地に不馴れな新参者どころではないかのような気がして来た。がそれでいて、ものの一分前までは、生まれてこの方、ついぞこの地を目にしたためしがなく、はるばる二百マイルの彼方から、漸う辿り着いたばかりであった。正しくくだんの朝《あした》、小生は丘陵地帯の道また道を滑《すべ》らかに下《くだ》っては四苦八苦登り、雪に覆われた山頂を振り返り、丸々と肥え太った豚や牛を市場《いちば》へ駆っている懐の温げな礼儀正しい小作人に出会し、夥しき量の洗い立ての真っ白なリンネルを藪の上で干している小ぢんまりとした約しい住処に目を留め、時化催いの荒天を藁葺き屋根に挙句犀の背かと見紛うばかりに幾重《いくえ》もの仕切りへと畝《うね》を立てた上からまたぞろ畝《うね》を立てた、作男の小さな干し草山によりて仄めかされつつ、はるばるやって来た。果たして小生はそこにて番に当たるべく折しもお越しの沿岸警備隊員を（装具一式ごと）十四マイル手前から乗せてやり、つい今しがた別れたばかりではなかったか？　如何にも。というに旅は他の焦燥や煩悶諸共、スルスルと穏やかな海中に沈みでもしたか、当座、燦々たる陽光の下《もと》、水面《みなも》がそいつの積荷ごとゆらゆら浮いては沈む安らかなうねりや、艀の上の巻き揚げ機の規則正しい回転や、すぐ足許のちっぽけな邪魔物ほど長閑けくも一本調子に現《うつつ》めいたものは何一つなかった。

　おお、たまさか当該頁を我が家の炉端で繰り、夜風が煙突でゴロゴロ唸るのを耳にしている読者諸兄よ、くだんのちっぽけな邪魔物とは去る十月二十六日の由々しき朝《あした》、ここにて坐礁し、船体が三つに割れ、五百名に垂んとす人命たる至宝と共に海底に沈み、爾来微動だにせぬ、オーストラリア貨客帰航船「ロイヤル・チャーター号」の残骸の最上部の端くれであった！

　果たしていずれの、またいずれの、方位より船は艫を真っ先に岸に乗り上げ、いずれの、またいずれの、側《がわ》にて、向後幾星霜もの間《かん》、その数ヤード沖にて擱坐すべく、湾内の小島の脇を過ったものか、はくだんの夜の闇と死の闇によりて可惜詮なき問いと化している。とまれ、ここで船は沈んだ。

　小生が「とまれ、ここで船は沈んだ！」との文言を耳にしたなり岸に立っている間《ま》にも、不気味な装具に身を包んだ潜水夫がずっしり、艀の船端《ふなばた》に付けた小舟から海中に飛び込み、水底《みなそこ》へと沈んだ。渚《みぎわ》には難破船の残骸で仕立てた粗造りのテントが張られ、そこにて他の潜水夫や人足が夜露を凌ぎ、そこにて連中、それでなくともガタピシの煙突のイッカンの終わりたることに、ラムとロースト・ビーフでクリスマスの日を祝っていた。岸辺の石ころや玉石《たまいし》に紛れて打ち揚げられているのは、難破船の大円材と、海神《わたつみ》の猛威によって奇妙奇天烈な形《なり》に捩《よじ》くり上げられた鉄の巨塊であった。材木は既に色褪せ、鉄は錆び、こうした代物ですらその場全体の纏う、幾々歳《いくいくとせ》もの間《かん》いささかの変化も蒙っていないとの広く遍き風情と何ら齟齬を来してはいなかった。

　がそれでいて、ものの二か月前、海を一眸の下に収める最寄りの丘の天辺に住むとある男が夜が明けるか明けぬか、いよいよ我が家の屋根を引っ剥がし始めていた突風によりて寝台から吹き飛ばされ、最寄りの隣人共々、己《おの》が苫屋を曲がりなりにも頭上に留めておくための仮初の措置を講ずべく梯子を登り、梯子の高みよりたまたま岸辺の方を見下ろしてみれば、何やら黒々とした御難の物体が陸と組み打っているのが目に入った。男と相方は、岸まで駆け下り、大海原が巨大な難破船を情容赦なく嬲り上げているのを目の当たりに、恰も

果物が大枝に吊る下がる要領で未開の村が小さな房生りに吊る下がっている段のない階段よろしき石ころだらけの道を攀じ登り、警鐘を撞いた。かくて丘の斜面を越え、滝を過り、地べたの水が海へと捌《は》ける岩溝を伝い、ウェールズのくだんの地方に住まう、散り散りに散った石切り人足や漁師が——連中の牧師を筆頭に——憂はしき眺めへと駆けつけた。して鈍色の朝《あした》、真っ向から吹きつける風に抗って前屈みになり、永久《とこしへ》にうねり上がっては砕け散る山なす怒濤から霙と水飛沫が自分達に突っかかる都度、息から視力から潰えながらも、憐れみの情に打たれて立ち尽くし、船荷の端くれたる羊毛が塩の泡《あぶく》もろとも吹きつけ、泡《あぶく》の溶け去る側《そば》から浜に打ち揚げられている片や、連中には船の救命ボートが難破船の巨塊の一つから押し出されるのが見えた。当初、ボートには三人乗っていたが、瞬く間に転覆し、二人しかいなくなった。またもやボートは巨浪に呑まれ、一人しかいなくなった。またもやボートは真っ逆様に引っくり返され、最後の一人も折れた厚板越しに片腕を突き出し、金輪際届き得ぬ助けを求めてでもいるかのように振りながら水底《みなそこ》へと消えた。

　といったあらましに小生が岸に立ったなり、救命ボートの沈んだ辺りへ向けられた親身で健やかな面《おもて》を覗き込みながら耳を傾けていたのは牧師その人からであった。潜水夫達は折しも潜り、忙しなく働いていた。今日は昨日見つかった――およそ二万五千ポンドに上る――金《きん》を「引き揚げて」いる所であった。三十五万ポンド相当の金《きん》の内、概数にして三十万ポンド分がその時点で回収されていた。残りの大半も確実かつ着実に回収されつつある。無論、金貨の内某かは失われるであろう。実の所、当初、金貨は砂と共に流れ着き、貝殻さながら浜一面に散っていたが、他の黄金の財宝の大半は発見されるであろう。財宝は引き揚げられ次第、蒸気曳船に積まれ、船上で入念に査定されている。難破当時、海は然に途轍もなく荒れ狂っていたものだから、金《きん》の大きな鋳塊が船体の堅牢な鉄細工の頑丈でずっしりとした一部に深々と食い込み、そこにては金《きん》の鋳塊に押されて流れ込んでいた散《ばら》の金貨数枚も、さながら捻じ込まれる段には鉄細工の液体たりしかの如くギッチリ嵌まり込んでいる様が認められた。岸に打ち揚げられ、医学者に診断された類《たぐい》の溺死体についても、死因は塞息ではなく気絶との見解が明らかにされた。遺体にもたらされた体内の変化のみならず面《おもて》に浮かんだ表情から推しても、死はかくて慈悲深く容易であったものと察せられた。小生が岸辺にてかようの言葉をやり交わしている間《ま》にも、昨夜以来、遺体は全く発見されていない由報告がもたらされた。早春に北東風が立ち始めるまでさらに多くの遺体が打ち揚げられるか否かは実に覚束無くなり始めた。のみならず、乗客の多くは、わけても二等船室の女性客は、船体がバラバラになった際に船の中央にいたに違いなく、かくて瓦解する船体は一旦大きく口を開けた後《のち》彼らの上に崩れ落ちたが最後、遺体を封じ込めていようとは論を俟たなかった。とある潜水夫はその折ですら、男性の遺体を発見し、上から伸しかかっている巨大な重荷《じゅうか》より亡骸を救い出そうとしたが、遺骸を切断せずして救い出すこと能はぬと判断し、そこにそのまま残して来た旨明らかにした。

小生がウェールズへと旅立つ際に相見えようと心に誓っていたのは、折しも小生の傍らに佇んでいると述べた親身で健やかな面《おもて》であった。小生はくだんの牧師に関し、風の便りに、師が難破した数知れぬ人々を埋葬し、彼らの悲嘆に暮れた馴染みに我が家と心を開放し、「人」が同胞《はらから》に為し得る最も侘しき務めを果たす上で、幾週間もにわたりこよなく濃やかにして辛抱強き尽力を惜しまず、死者のみならず、死者のために嘆き悲しんでいる人々にこの上なく優しく、徹して我が身を捧げて来たと聞き及んでいた。小生は独りごちた。「今年のクリスマスの時節に、くだんの人物に一目会いたいものだ！」して牧師はほんの二、三十分足らず前に小生を出迎える上で御当人の小さな庭の木戸を押し開けたばかりであった。

何と、真の実践的キリスト教精神の能う限り魂の晴れやかにして衒いとは縁もゆかりもないことよ！　小生はものの五分で、小生と肩を並べて村を登る潑溂として気さくな面《おもて》の内に、終生、破門宣告めいた説法の内に（如何ほどトランペットを途轍もなく華やかに奏しつつ（『マタイ』六：二）印刷に付されようと）読み取って来たよりなお多くの「新約聖書」を読み取った。己《おの》が主《ぬし》については一切語るものを持ち併さぬ心濃やかな声の内に、未だかつて小生宛詭弁を吹いて寄越したありとあらゆる似非《えせ》天上なる鞴におけるよりなお多くの「聖典」を耳にした。

我々はゴロゴロした石ころや、深い泥濘《ぬかるみ》や、湿った雑草や、周囲に広がる水や、その他、霜と雪がつい最近溶け去ったばかりの邪魔っ気な代物の直中を、陽気な足取りで小さな教会へと登って行った。さぞや小作人達が溺死体に迷信めいた忌避を示したのではなかろうか*と思うのは（と我が馴染みの道すがら誇らしげに御教示賜るに）誤解で、概して彼らは実によく働き、快く手を貸してくれていた。遺体をそれぞれ教会まで担ぎ上げるのに十シリング支払われたが、道は険しく、一頭立ての荷馬車が（遺体をシーツに包《くる》んで運ぶには）必要で、そこへもって三、四人の人足等々を考え合わすと、さしたる額ではなかった。村人は難破のお蔭で懐が温《ぬく》くなってだけはいなかった。というのも目下ニシンの大群の季節で——一体どこのどいつが魚のために網を打ち、万が一にも獲物の中に死んだ男や女を見つけられよう？

牧師は教会の鍵束を手にしていたので、教会墓地の門を開け、教会の扉を開け、我々は中に入った。

それは実に古式床しき小さな教会で、何らかの教会がこの千年かそれ以上、その地を占めて来たと踏んでまず差し支えなかろう。この世の会衆が教会を去って近所の教室へ移り、そいつを死者に明け渡しているせいで、説教壇は失せ、常ならば教会につきものの他の代物も失せていた。正しくモーセの十戒ですら死者を担ぎ込む上で、正規の持ち場から肩で小突き出され、銘の綴られた真っ黒な木牌は斜《はす》に捩《ねじ》け、十戒の下方の石畳の上にも、教会中の石畳の上にも、溺死体の横たえられた跡や染みが残っていた。想像力の助太刀にほとんど、と言おうか一切与らぬ目ですら如何様に遺体が引っくり返され、どこに頭があり、どこに足があったか見て取れていたろう。オーストラリア貨客船の難破の某かの褪せた痕跡は数百年後、オーストラリアにおける金の採掘が彼の地よりとうの、とうの昔に消え失せてなお、この小さな教会の石畳の上に名残を留めているやもしれぬ。

一時《いちどき》に四十四名の難破した男女がここにては埋葬を待ちながら横たわっていた。ここにて、屋敷の部屋という部屋で噎び泣きや嘆き悲しむ声（『エレミヤ書』九：二〇）が洩れている片や、我が道連れは己を見ること能はぬ目や、己に話しかけること能はぬ唇に粛然と囲まれたまま、独り、幾時間も根を詰めながら、ズタズタに引き裂かれた衣類を辛抱強く調べ、ボタンや、髪の毛や、リンネルの縫い取りや、何であれ後々《のちのち》の身元確認の手がかりになるやもしれぬものを切り取り、傷痕や曲がった指や捻《ねじ》れた足指を探し、自分の許に届いた手紙を周囲の荒廃と引き比べた。「わたくしの最愛の弟は明るい灰色の目と、ほがらかな笑顔をしていました」ととある姉は綴っていた。おお哀れ、姉上よ！　汝《な》にとりてはここより遙か彼方に居ながらにして、其を弟に纏わる最後の思い出として脳裏に刻んでおくに如くはなかろう！

　牧師一家の御婦人方は——妻君と二人の義妹は——度々遺体の直中に紛れた。そうすることが三人の生き甲斐となった。喪に服した女性が新たに到着する度、三人は憐れを催し、もたらされた人相書きと恐るべき現実とを引き比べた。時に、彼女達は引き返し、「それらしき方がいらっしゃいました」とか、「多分、あちらがその方ではないでしょうか」と言えることもあった。恐らく、喪服の客《まろうど》は教会に横たわる全ての光景には耐え切れず、目隠しをして案内されたものである。幾多の慰めの言葉をかけられながらその場へ通され、目隠しを取るよう励まされると、客《まろうど》は絹を裂くが如き叫び声もろとも「確かに息子です！」と言ったと思いきや、生気なき人影の上に生気なきまま頽《くずお》れた。

　牧師はほどなく、女性の一件ならざる事例において、容姿の同定は、完璧であるにもかかわらず、リンネルの縫い取りと著しく食い違うのを目に留め、かくてリンネルの縫い取りですら時に互いに齟齬を来すのに気づき、故に彼女達は生きた空もなく取り乱し、大急ぎで着替えをしたために衣類の区別がつかなくなったものと諒解するに至った。衣服による男性の身元確認は、彼らの大多数がよく似た服装をしている——即ち、安出来合い服屋と装身具商によって見繕われ、一着単位ではなく百着絡げで作られたとある手合いの服を着ている——せいで、極めて困難であった。男性の内少なからざる者がオウムを連れて来ていた関係で、オウム購入の領収書を身につけ、また中にはポケットやベルトに為替手形を突っ込んでいる者もあった。くだんの証書の某かはその日、丹念に皺を伸ばして乾かせば、当該頁が三、四度繙かれた後《のち》に通常の状況の下にて晒そうとほとんど劣らず小ざっぱりとした見てくれを呈していた。

僻陬の彼の地では通常の殺菌剤のような市街ならばしごくありきたりの日用品ですら手に入れようと思えば並大抵のことではなかった。堂内では松脂《ピッチ》が就中手近な代用として焚かれ、御逸品がブクブク、石炭火鉢越しに吹きこぼれていたフライパンは依然、燃え殻ごとそこにあった。聖体拝領台の間際には安置された溺死体から脱がされた数足の長靴や――致し方なく脚から切り外された採金鉱夫の長靴の片割れや――踵が拉《ひさ》げ、天辺に淡黄色の布のあしらわれた男性用踝ブーツの同上等々が――ぐっしょ濡れにして、砂や海草や塩まみれのなり並べられていた。

教会から、我々は教会墓地へと向かった。ここにて、その折、難破船から岸へ打ち揚げられた百四十五の遺体が眠っていた。牧師は遺体を、身元不明の場合、各々四体収容する墓に埋葬した。予め遺体の概要を記す記録簿に各遺体の番号を記入し、各々の棺の上に、さらには墓の上に、該当する番号を打った上で。身元の確認された遺体は一体ずつ、教会墓地の別の箇所の個人の墓に埋められた。身内が遠方より訪い、牧師の記録簿を調べるに及び、四人用の墓から掘り起こされる遺体も一体ならずあり、身元が確認されるや、遺族が亡骸の上に個々の墓石を建てられるよう、個人の墓に再度埋葬された。かようの場合必ずや、牧師は埋葬の儀を再び執り行ない、屋敷の御婦人方が列席した。哀れ、遺骸には、再び白日の下に晒された際、何ら不快な点はなかった。慈悲深き「大地」が早、そいつを呑み込んでいた。溺死体は衣服のまま埋葬された。突如、大量の棺が必要となった事態に対処すべく、牧師は腕達者な近所の者全員に終日、のみならず日曜にも精を出すよう働きかけた。棺は小ぢんまりと仕立てられていた――小生は二棺ほど、クリスマスの宴の張られたテントから呼べば聞こえる位置にある、浜辺の石小屋の朽ちた壁の風下にて遺体を待ち受けているのを目にしていた。同様にここ、教会墓地にも、四人用の墓の一つが、いつでも遺体を収容出来るようこっぽり口を開けていた。それでなくとも乏しい空間のそれは多くが既に遭難者に捧げられているものだから、村人は果たして彼ら自身、いずれ自分達の墓所で先祖や子孫と共に横たわれるものか気づかわしい疑念を表《ひょう》し始めていた。教会墓地は牧師の住まいからつい目と鼻の先だったので、我々は後者へと向かった。扉の側《そば》にはいつ何時なり埋葬の儀のために身に着けられるよう、真っ白な短白衣《サープリス》が掛かっていた。

この善良なキリスト教聖職者の陽気なひたむきさはそれ自体、輝き出づ状況が悲しいだけに、心和んだ。小生はついぞ、牧師自身と家族が自ら凌いだ全てをただ静かに全うし果した素朴な務めとして坦々と打ちやる様ほど素晴らしく純粋なものを目にしたためしがない。自ら凌いだものを語る上で、彼らは遺族への深甚なる憐憫を込めて語ったが、くだんの疲労困憊の数週間における彼ら自身の苛酷な負担には何ら、かくて幾多の人々が友人として彼らに信を寄せ、幾多の心暖まる感謝の言葉を受け取ったという点をさておけば、重きを置かなかった。この牧師の弟も――彼自身、隣接する二教区の牧師で、自らの教会墓地に遺体の内三十四体を埋葬し、それらに兄がより多くの遺体に関して為した全てを執り行なっていたが――家族の一員なものと諒解されたい。弟はそこに、きちんと整理された書類を手に、居合わせていたが、他の誰しもと同様、己《おの》が苦難を一切取り合おうとはしなかった。昨日の外国郵便に至るまで、我が牧師だけでも遭難者の親戚縁者や友人宛に千七十五通、手紙を出していた。固より自己を申し立てぬとあって、小生がこうしたネタを仕込んだのも折々、機を見て、それとなく問いをかけて初めてのことであった。小生が堂内で再三再四にわたり、さぞや牧師が生者を慰めるために然ても近しく馴染まねばならなかった死の光景は由々しかったに違いなかろうと水を向けて初めて、牧師は相変わらず陽気に、さりげなく返した。「実の所、しばらくは時折コーヒーを少々飲んではパンを一切れ食べるくらいしか喉を通りませんでした」

この気高い謙虚さの内に、この麗しき素朴さの内に、この、それ自身の重みで小生の胸に当然の如く沈んでいたやもしれぬ機にいささかなり「乗ず」を潔しとせぬ平穏な心持ちの内に、小生は幸い、ものの二、三歩で「死」の象徴たる、こっぽり口を開けた墓のある教会墓地から、「復活」の象徴たる、墓地と並んで佇むキリスト教徒の住まいへとやって来たかのようだった。小生は向後二度と、後者を思い浮かべずして前者を思い浮かべることはなかろう。両者は必ずや小生の記憶の中で互いに並んで安らおう。仮に小生がこの不幸な船で愛しき者を喪《うしな》っていたなら、仮に教会墓地なる墓を一目見んものとオーストラリアから海を渡っていたなら、くだんの屋敷が然にそのすぐ傍にあるとは、昼は屋敷の影が、夜は屋敷の団欒の明かりが、主《あるじ》が然ても優しく小生の愛しき者の頭《こうべ》を寝かせた大地の上に落ちるとは何とありがたきことかなと神に感謝を捧げつつ、この地を後にしよう。

かくて言葉を交わす内、当地へ届けられた遭難者に纏わる人相書きや、身内や友人からの礼状が自づと話題に上り、小生は、宜なるかな、くだんの手紙の某かを見たくてたまらなくなった。してほどなく、いずれも黒い縁取りのしてある難破船よろしき書簡の前に腰を下ろし、それらより数通、以下の如く抜粋した。*

ある母親からの手紙

拝啓、牧師様。牧師様の岸辺で命を落とした幾多の方々の中にわたくしの最愛の息子もいました。わたくしは重病から漸う回復しかけていましたが、この度の恐ろしい事故のためにぶり返し、ただ今の所、遭難した愛息子の亡骸の身元を確認するためにそちらへ赴くことすら叶いません。愛しい息子は次のクリスマスの日には十六歳の誕生日を迎えるはずでした。息子は幼くして救済の道を説かれた、たいそうほがらかで素直な子でございました。わたくしどもは他愛なくも、英国水夫として息子は天職の誉れとなってくれるやもしれぬと願っていました。が「御心配には及びません（『列王記第二』四：二六）」愛しい息子は今や定めて贖われし者と共にあることでございましょう。おお、息子はこの終《つい》の航海に出るのを望んではいませんでした！　十月十五日に、メルボルンから出した八月二十日付の手紙を受け取りました。そこにはあれこれ元気一杯に綴られた後、こう締め括られています。「どうか順風を祈って下さい、愛しい母さん。ぼくもきっと忘れずにそいつを願って口笛を吹きますから！　そして、神の思し召しがあれば、母さんや可愛いペットみんなにまた会えるでしょう。さよなら、愛しい母さん――さよなら、愛しい愛しい父さんと母さん。さよなら、愛しい兄さん」おお、あれが本当に永久《とは》の訣れとなりました。こんなことを書いてもきっとお許し頂けましょう、と申すのも、おお、わたくしの心はそれはたいそう悲しみに打ち拉がれていますもので。

ある夫からの手紙

拝啓、親愛なる心優しき牧師様。もしも差し支えなければ、『スタンダード』紙によると去る火曜日に発見された、お手許の留め具付指輪に何か頭文字があるかどうかお報せ願えませんか？　申すまでもなく、身の毛もよだつようなあの恐るべき日に何と親身に労って頂いたことか、この深甚なる感謝の念をもって表す言葉を知りません。何かお礼致せるものならお教え下さい。して小生の気が狂れてしまわぬよう慰めの手紙を賜れば幸いに存じます。

ある未亡人からの手紙

ただ今のような身の上にあって、友人達も私も、私の愛しい夫は目下横たわっている所に埋葬されるのが最も好かろうと考え、本来ならば連れ戻す所ではありましょうが、致し方なかろうかと。牧師様のお噂を伺った限りでは、埋葬をしめやかに、厳粛に執り行なって下さろう由。魂の去った今や、この哀れな肉体が何処に横たわろうと、私共にはほとんど関係ありませんが、後に残された者は如何ほど身も心も愛していたか能う限り証したいと願うものでございます。これは私には叶いませんが、私共をお苦しめになるのは神の御手であり、精一杯御心に従う外ございません。いつの日か御地を訪い、夫の終の栖をこの目で確かめ、御霊に捧げて素朴な石碑なり建てたいと存じます。おお！　あの恐るべき晩のことはいついつまでも忘れられないでしょう！　御近所か、バンゴ*ーには、今や私にとって聖なる地となったマルフラ教会もしくはラナルゴ教会のささやかな絵を取り寄せられる店はございましょうか？

別の未亡人からの手紙

今朝お手紙を受け取り、愛しい夫に一方ならずお心を砕いて下さると共に、わたくし自身のように悲しみに打ち拉がれた幾多の者に思いを寄せられる真にキリスト教徒らしい精神に満ち溢れた暖かいお心遣いを賜り、心より篤く御礼申し上げます。

どうか、この大いなる試煉にあって、神が牧師様や牧師様にゆかりのある全ての方々を恵み、お助け下さいますよう。

時は流れ、その全ての息子を連れ去ろうと、無私に徹した方として牧師様のお名前は末永く歴史に刻まれ、この先幾歳《いくとせ》が流れ、他の事共は永久《とこしへ》に忘れ去られようと、数知れぬ寡婦が牧師様の気高い行ないを思い浮かべ、感謝の涙が恩に篤い心の賛辞たりて、数知れぬ頬を伝うことでございましょう。

ある父親からの手紙

牧師様には愚息リチャードが愛しい弟の亡骸の下を訪いし憂はしき折には数々のお心遣いを賜り、また我々の麗しき埋葬祈禱文を今は亡き不幸な息子の亡骸の上にてお読み頂く上で私共の願いを快くお聞き入れ賜り、誠にありがとう存じます。願はくは牧師様が亡骸の上にて唱え賜うた祈りが「神の座（『出エジプト記』二五：一七-二二）」に届き、息子の魂が（キリストの執り成し（『ヘブル書』七：二五）を介し）天へと受け入れられんことを！

愚妻も末筆ながら、牧師様にくれぐれもよろしくと申しております。

牧師の屋敷に迎え入れられた者は、屋敷を立ち去った後《のち》、以下の如く認《したた》めている。

親愛なる、永久《とこしへ》に忘れ難き馴染み方へ。小生当地には昨日の朝、恙無く到着し、これから鉄道にて帰宅致す予定にて。

貴兄と貴兄の手篤き館を思い浮かべれば万感胸に迫り、如何なる文言といえどもこの胸の思いに相応しき言語を語ること能はず。神が御自ら施されたと同じ尺度で貴兄に報い賜はんことを！

お名前は逐一記しませんが、皆様の御多幸を心よりお祈り申し上げます。


こよなく愛しきお友達の皆様。帰宅後、今日まで寝室を離れられず、そのため本来ならば早々にお便り致すべき所、失礼致しました。

せめて今は亡き最愛の息子の亡骸に再び相見える上で私の最後の願いが叶えられていたなら、幾許かなり慰められて家路に着き、さらばまだしも諦めがついていたことでしょう。

今となってはほとんど望みも潰え、寄る辺なき者として喪に服しています。

打ち拉がれた心にとってのせめてもの慰めは、ありがたきお言葉に甘え、この度のことを全て牧師様の御手に委ねられることでございます。と申しますのも愛しい息子の身元確認のみならず埋葬においても、私が由々しき惨事の場を離れる前に整えられた手筈に則り為され得ることは全て必ずや為されるものと信じておりますもので。

その後、何か新たな手がかりがつかめたかどうか是非ともお報せ下さいますよう。つきましては、なお手数ですが、その旨お便りを賜れば幸いに存じます。万が一、愛しい不幸な息子の身元が確認されましたら、直ちにお報せ下さい。再びお伺い致しとうございます。

皆様に何と親身にお力添え頂き、心より労り慰めて頂いたことか、お礼の言葉もございません。


親愛なる友人方へ。当方、昨日無事、帰宅致し、一晩休んだお蔭で心身共に落ち着きました。またもや繰り返さざるを得ませんが、手篤くお持て成し頂き、何とお礼申し上げたものか。皆様のことはいついつまでも胸の奥深く刻ませて頂きます。

あの人の何と変わり果てていたことか！　今やこれまで叶わなかったほど自らの不幸の何たるか得心致せます。おお、この手で干す盃の何と苦きことか！　ですが慎ましく身を委ねるほかございません。神は正しきことを為されたに違いありません。さように心得、なお素直に御心に従いとう存じます。

「ロイヤル・チャーター号」にはユダヤ人も数名乗船していた。ユダヤ人の感謝の念が猶太教首長《チーフ・ラビ》事務所より差し出された以下の如き手紙に切々と綴られている。

拝啓、牧師殿。当方、我が会衆の内、不幸にも親戚縁者が先の「ロイヤル・チャーター号」の難破において命を落とせし乗客の中に含まれている者達に成り代わり、深甚なる謝意を表させて頂きたく。貴兄は正しく、ボアズさながら「生者にも死者にも愛ある親切（『ルツ』二：二〇）」を惜しまれませんでした。

貴兄は御自身の館に手篤く迎え入れ、彼らの憂はしき務めにおいて労を惜しまず力添えすることにて生者に対し親身に振舞うのみならず、我らが同宗信徒が我らが墓地にて我らが儀式に則り埋葬されるよう御尽力賜ることにて、死者にも思いやり深く振舞われました。願はくは天に坐す我らが「父」の貴兄の慈悲と真の博愛の行為に報い賜はんことを！

「リヴァプール旧ヘブライ会衆」はかく秘書を介し、謝意を表している。

拝啓、牧師様。当会衆の教会委員は「ロイヤル・チャーター号」の先般の災禍の場における、今や誰しもの賛嘆の的たるかの不屈の尽力のみならず、貴兄が難破した友人達の亡骸を我々の聖域にて我々の宗教の慣例によりて定められている典礼や儀式に則り埋葬すべく探し求めて来た我らが教義の信徒に力を貸すに慈悲深くも忝き御高配を賜った由聞き及ぶに至り、甚大なる敬服の念を禁じ得ず。

当教会委員は早速ながら我らが共同体に成り代わり、深甚なる謝意を表し、篤く御礼致すと共に貴兄の今後益々の御健勝と御多幸をお祈り申し上げる次第にて。

とあるユダヤ人紳士からの手紙

拝啓、親愛なる牧師様。早速ながら今は亡き弟に纏わる詳細を余す所なくお教え頂くと共に小生の手紙に早急に御返事賜り誠にありがとう存じます。また故人の亡骸を掘り起こすに際しては快く御尽力賜り、迅速に御手配頂きましたこと篤く御礼申し上げます。私共にとりてはこの上もなく悲しく痛ましき出来事ではありますが、牧師様のような友人方に出会いますと如何でか、幾許かなり、かようの断腸の思いも和らぎ、苦しみも遙かに耐え易くなるものであります。亡き弟の運命に纏わる状況を考えますと、全くもって苛酷なそれのように思えてなりません。弟は都合七年の長きに渡り、祖国を離れ、家族に会うために四年前戻って来ました。その折、実に気立ての優しい若き令嬢と契りを交わしました。弟は彼の地で羽振りを利かせ、今や聖なる誓いを果たすべく帰国中で、全財産を金《きん》に替えて携えていましたが、保険をかけていませんでした。弟からは船がクィーンズタウン（アイルランド南東岸の小島）に停泊中、わけても希望溢れる際に便りがあり、そのわずか数時間後、全ては流れ去りました。

この上もなく憂はしいながら、ここにて引用するには神聖に過ぐはかの、荒くれ者達の首に巻かれ（死後そこにて発見された）女性の細密画や、髪の房や、手紙の切れ端や、幾多の幾多の秘められた思慕の取るに足らぬ形見への数知れぬ問い合わせであった。波に打ち揚げられたとある男は以下のような奇しき（して詮なき）魔除けの刷られた透かし模様のレースのカードを身につけていた。

祝禱

願はくは神の祝福が汝を待ち受けんことを。願はくは栄光の日輪が汝の寝台の周りにて輝き、豊饒と名誉と幸福の門が永久《とこしへ》に汝に開け放たれんことを。願はくは如何なる悲しみも汝の日々を悩まさず、如何なる嘆きも汝の夜々を掻き乱さぬことを。願はくは平穏の枕が汝の頬に接吻し、空想の愉悦が汝の夢に付き纏い、天寿を全うするに俗世の悦びに倦み、死の帳《とばり》が現し世の終《つい》の眠りにしめやかに垂れ籠める今はの際には、神の御遣いが命の潰えつつある灯火の一吹きたり荒らかな突風を受けて可惜速やかに消え失せぬよう汝の臥処に付き添わんことを。

とある水夫は右腕にかようの図柄を刺していた。「磔刑像の前額と衣の朱に染まった、十字架上の我らが救い主。前腕部には男と女。十字架の一方には半月と顔。他方には太陽。十字架の天辺にはI・H・Sのイニシャル。*左腕には、わけても女性の衣の輪郭の入念に描かれた跡の窺える、ダンスを舞っている男と女。その下に、頭文字」別の船乗りの場合は「右の前腕部に水夫と娘、水夫は英国国旗《ユニオン・ジャック》を掲げ、吹き流しの襞は娘の頭上でハタめき、娘はその端を手にしている。上腕部には十字架上の我らが救世主の意匠、星が十字架の天辺を取り囲み、片側には墨汁の大きな星。左腕には旗と、恋結びと、顔と、頭文字」この刺青はかようの外皮がナイフで丹念に刮げ取られた際にも、切断された腕の褪色した表面の下に依然鮮やかに残っていた。或いは、船乗りの間で当該彫り物の習いが永続している背景には、万が一溺死し、岸に打ち揚げられようと、身元だけは確認されたいとの願いがあるのやもしれぬ。

一時《いっとき》経って漸う、小生はテーブルの上の幾多の興味深い書類から我が身を引き離し、そこで初めて心優しき一家と共にパンを裂き（『使徒行伝』二〇：七）、ワインを飲み、やがて暇を乞うた。してちょうど沿岸警備隊員を連れ来たように、郵便配達夫を革の合財袋と、杖と、角笛と、テリア犬ごと連れ帰った。この二か月というもの、男は数知れぬ悲通な手紙を牧師館へ届け、数知れぬ慈悲深くも丹精込めた返事を持ち帰っていた。

小生は馬車に揺られながら、いずれ小さな教会墓地に詣《もう》でよう、この母国の住民たる幾多の人々のことを惟みた。かようの難破に興味を抱き、旧世界を訪うた際にははるばる当地を訪ね当てよう、オーストラリアの幾多の人々のことを惟みた。テーブルの上に残して来た難破船さながらの手紙全ての差出し人のことを惟みた。してこのささやかな記録を目下あるがままの所に収めようと心に決めた。聖職議会や、協議会や、主教書簡等々は恐らく、宗教のために大いなる貢献を果たそうし、願はくは神よ然たらしめん！　が果たしてそれらがいつ果てることなく生き存えようと、天がこの、ウェールズの岩だらけの岸辺の侘しき僻陬の地にて為されしを目の当たりにし賜ふた半ばも見事に主《しゅ》の務めを全うし得ようか。

仮に小生が「ロイヤル・チャーター号」の難破で終生の友を喪《うしな》っていたなら、終生の友以上の婚約者を、うら若き娘を、前途洋々たる息子を、幼子を喪《うしな》っていたなら、教会にて然ても忙しなく、優しく働いた手に口づけし、こう言おう。「たとい我が家に横たわろうと、骸《むくろ》がかほどにありがたき御手に触れられることは叶わなかったでありましょう」小生は然に確信し、然たることに感謝を捧げ、かくて安らけく、心優しき一家が日々出入りする館の傍《はた》なる墓を、然ても幾多の人々が然ても奇しく引き合わされし小さな教会墓地にて安らかなるがままに置き去りにして行けよう。

小生が――恐らくはいつの日か某かの心に慰めをもたらすやもしれぬと願いつつ――言及して来た牧師の名を審らかにせねば、小生の言及は意を成すまい。牧師はアングルシー島モイルヴレイ近くのラナルゴに住まうスティーヴン・ローズ・ヒューズ牧師であり、弟はアリグウィのペンリズに住まうヒュー・ロバート・ヒューズ牧師である。

第三章　ウォッピング救貧院
（一八六〇年二月十八日付）

　丸一日の無為にロンドンはイースト・エンドへと誘《いざな》われ、小生はコヴェント・ガーデンを後にすると、都大路羅針盤のくだんの方位へと面《おもて》を向け、小生なりなまくらなやり口でティープ殿下とチャールズ・ラムに思いを馳せつつ*東インド会社を打っちゃり、古馴染みの誼で膝丈ブリーチズの大御脚の片割れを懐っこく叩いてやってから我が小さな木造りの海軍少尉候補生*を打っちゃり、オールドゲイト・ポンプを打っちゃり、（褐色の御尊顔に面目丸つぶれもいい所、麻疹もどきの駅伝ビラをベタベタ貼られている）「サラセン人の頭亭」を打っちゃり、奴の神さびた隣人たる、小生のこの世をいつ去り、その馬車のそっくり何処へ消え失せしかも一切与り知らぬ「黒だったか青イノシシ、だったかオウシ亭」を打っちゃり、またもや鉄道時代へとお出ましになり、ホワイトチャペル教会を打っちゃり――逍遥の旅人《アンコマーシャル・トラヴェラ》にしてはいささか齟齬を来さぬでもなく――商用の街道《コマーシャル・ロード》に差しかかっていた。くだんの目抜き通りの夥しき泥の中で心地好くぬたくり、精糖業者の所有する大工場や、裏通りのせせこましい裏庭のちっぽけなマストと風見鶏や、御近所の運河と船溜まりや、専用の石造りの軌条をグラリグラリ不様に走るインド有蓋貨車や、クビの回らなくなった航海士がそれはその数あまたに上る六分儀や四分儀を形に金を借りているものだから、小生とていささかなり使い途が分かるものなら二束三文で某か買っていたろう一軒ならざる質屋を大いに愛でつつ、小生はとうとうウォッピング*目指し、右へ針路を取り始めた。

　さりとてウォッピング旧桟橋にて舟に乗る気だからという訳でも、船乗りの恋人に然ても麗しき古き調べに合わせ、彼の名の刻まれた煙草入れを贈ってこの方これきり変わっていないと告げる娘の一途さを*（事実信じていないからには）信じているせいで御当地を一目拝まして頂く所存だからという訳でもない。生憎、男はこの手の色恋沙汰においてはこっぴどい目に会い、生半ならずハメられるものと概ね相場は決まっているが。否、小生がウォッピングへ向かっているのは、東部警察判事が朝刊伝《づて》、ウォッピング婦人救貧院には何ら区別立てがなく、そいつは正しく不名誉にして恥辱にして云々と悪しざまにコキ下ろし*、ならば実情は如何様なものかしかとこの目で確かめたかったからだ。というのも東部警察判事

EGD
FOUND DROWNED

方が必ずしも東部一の賢者*とは限らぬということはくだんの地区の聖ジョージ教会における仮装と無言劇風身振り手振りがらみでの連中の行動方針から容易に推し量られ*、御逸品、概ね、係争点を当事者相手であろうと第三者相手であろうとこよなく魯鈍な当惑を露にする精神状態にて論じ、窮余の一策とし、被告に対し如何なる措置を講じて然るべきと思し召すか原告に問い、御当人に対し如何なる措置を講ずに如くはなかろうか被告の見解を求めるというものであるによって。

　ウォッピングに辿り着くとうの昔に、小生は見事道に迷ったものと観念し、トルコ人流心持ちにてせせこましい通りから通りに我が身を委ねるに、晴れてそこへ辿り着くことになっているとすらば、とにもかくにも宿命が小生を御所望の場所へ連れ行こうと高を括った。かれこれ一時間ほど一件にかかずらうのを止しにしていると、いつしかとある旋回橋の上にてどこぞの淀んだ水の中のどこぞの黒々とした閘門《こうもん》を見下ろしていた。真向かいには、浮腫《むく》んだ土気色の御尊顔の、どこからどこまで泥だらけで、ヌメヌメとテラついた何がなし若者らしき人影が立っていた。人影は悪臭芬々たる老いぼれ親父、テムズの末息子だったやもしれぬし、我々の間にデンと、御当人がらみでどデカい指貫きもどきの御影石の支柱にベッタリやられた貼り紙の押っ立っている土左衛門だったやもしれぬ。

　小生は当該物の怪にここは何という場所かと吹っかけた。さらばそいつのニタリと不気味な笑みを浮かべ、喉から水のゴボゴボ鳴るような音を立てながら返して曰く。

「ベイカーの旦那の筌《うえ》*」

　小生にあってかようの場合、会話の知的圧力に太刀打ちするが大いなる繊細さの問題であるによって、小生は物の怪をジロリと――折しもひたぶる閘門《こうもん》の天辺の水平な鉄桟を抱き締めてはしゃぶっていたが――睨め据える間《ま》にも、当該返答の言わんとする所を篤と惟みた。霊感が恰も好し、ひらめいた、さてはベイカーの旦那とはくだんの界隈の検屍官代理に違いなかろうと。

「では、身投げ《スーサイド》の名所と」と小生は閘門《こうもん》を見下ろしながらたずねた。

「スー？」と亡霊はギョロリと目を剥きざま返した。「ああ！　でポルも*。エミリーだって。でナンシーも。でジェーンも」物の怪は名前を口にする度、鉄をしゃぶった。「でハラワタ煮えくり返らせた奴はどいつもこいつも。ボネットからショールからかなくり捨てて、突っ走って、こっから真っ逆様に飛び込む、ああ、連中はな。いつだってこっから真っ逆様に飛び込む、ああ、連中はな。めくらめっぽう《ライク・ワン・オクロック》」

「で、およそ夜中のくだんの刻限に？」

「ああ！」と物の怪は返した。「あいつらうるさい方じゃない。あいつらにゃ二時だって構わん。それを言うなら三時だって。夜中なら何時だって。けど、いいか！」ここにて物の怪は横っ面を桟にもたせ、ゴボゴボ皮肉っぽい物腰で喉を鳴らした。「どいつかやって来にゃならん。あいつらボチャンとやるとこ聞いてくれるお巡りもそこいらの奴もいないってのに、こっから真っ逆様に飛び込んだりゃしないのさ」

以上の文言の小生なりの解釈に準ずれば、小生自身は「そこいらの奴」即ち有象無象の端くれであった。よってくだんの慎ましやかな役所《やくどころ》にてカマをかけた。

「みんな大方、救い出されて、この世に蘇ると？」

「ヨミガエルかどうかは知らんが」と物の怪は何やら不可《オカル》知《ト》的謂れにて、くだんの一語がさも鼻持ちならぬげだったが、返した。「ヒン院に担ぎ込まれて、熱い湯に浸けられて、息を吹き返す。がヨミガエルかどうかは知ったことか」と物の怪は言った。「そいつなんぞクソ食らえ！」――してドロンと、掻っ消えた。

物の怪は今にもイケ好かぬ手に出る気満々なこと火を見るより明らかだったので、小生はむしろ独りきり取り残されてもっけの幸いだった。わけても物の怪がモジャモジャの頭をグイと捻りざま御教示賜っていた「ヒン院」とやらがつい目と鼻の先とあらば。よってベイカーの旦那の（さながらススだらけの煙突をシャボンでブクブクに濯ぐ要領で浮き滓なる餌《え》の仕掛けられた）恐るべき筌《うえ》を後にし、勇を揮って救貧院の門の鈴《りん》を引いた。そこにて全く思いもかけられていなければ、顔もこれきり知られていなかったから。

めっぽう明るくすばしっこい小柄な女院長《メイトロン》が鍵束を手に、院内を見学させて頂きたいとの小生の願いに応じた。小生は女院長《メイトロン》の素早くキビキビとした小さな人影と聡明な目に気づくや、果たして警察判事は御当人の事実において徹して正しいものか否か眉にツバしてかかり始めた。

逍遥のお客様には（と女院長《メイトロン》は言った）まずもっていっとう悪い所から御覧頂きましょう。どうぞ何もかも御覧下さいませ。さほどのものでもございませんが、そっくりお目にかけますので。

とのお膳立てを頂戴しただけで、我々は「醜悪収容室《ファウル・ウォード》」へと入って行った。収容室は救貧院のより近代的で広々とした母屋からすっかり切り離された、石畳の中庭の隅にギュウと押し込められた古めかしい建物の中にあった。そいつは途轍もなく時代遅れの建物で――構造上、ありとあらゆる不都合にして不愉快な状況を伴う、ほんの一並びの屋根裏、と言おらか藁置場にすぎず、病人を担ぎ上げたり、死人を担ぎ下ろす通路としては不適切極まりない、狭く急な階段によってしか近づく術《すべ》がなかった。

　これら惨めな部屋で、ここにては寝台の上に、かしこにては（小生の諒解する限り、せめてもの気散じに）床の上に寝そべっているのは、困窮と病気のありとあらゆる段階にある女達だった。かようの光景を具に観察したことのある者でなければ並べて単調にして一様な色彩と姿勢と状況の下《もと》如何ほど色取り取りの表情が依然、生き存えているものかおいそれとは思い描けまい。恰もこの世にこれきり背《せな》を向けてしまったかのように気持ち蜷局を巻いたなりそっぽを向いた人影、懶げに枕から空《くう》を見上げている、鉛色でもあれば黄ばんでもいる無関心な面《おもて》、わずかに下顎の落ちた、げっそりと痩せこけた口、然に鈍く無頓着にして、然に軽い、ながらも然にずっしりとした、上掛けの外の手――といった連中が藁布団という藁布団の上にあった。がともかく小生が寝台の傍に佇み、そこに横たわる人影に如何に些細な言葉をかけようと、かつての人となりのお化けがふっと面《おもて》に現われ、「醜悪収容室《ファウル・ウォード》」を華麗な世界《フェア・ワールド》に劣らず色取り取りにした。誰一人として生き存えたがっている者はないかのようだったが、誰一人としてグチをこぼす者もなかった。口を利ける者は皆、自分達のためにそこで為されていることは全て為されていると、看護は親身で辛抱強いと、苦痛は実に耐え難いが、何一つ不自由はしていないと言った。惨めな部屋はかようの部屋の能う限り清潔で小ざっぱりとしていた。仮に管理が杜撰ならば、ものの一週間で疫病隔離舎と化そうが。

　小生はキビキビとした女院長《メイトロン》の後について別の粗造りの階段を昇り、白痴や痴愚者専用の、まだしも増しな手合いの藁置場へと入って行った。つい今しがた後にした収容室の窓が小学坊主の鳥籠の横っ面そっくりだった一方、室内には曲がりなりにも「光」があった。ここなる暖炉には頑丈な格子が渡され、炉端の両脇で当該格子の幅だけ引き離されて、ある種威容を保っているのは、いじけた勿体をつけた二人の老婦人で、御逸品、蓋しこの、我らが素晴らしき人間性の内に見出し得る、独り善がりの正しく最後にして最低の成れの果てであった。二人は見るからに互いに焼モチを焼き、頭の中で四六時中（その暖炉に格子の渡されていない幾人《いくたり》かにおけると同様）互いを見下し、周囲の人間をさも小馬鹿にしたように眺めていた。これら鄙の貴婦人の猿真似《パロディ》の内一方は途轍もないおしゃべりで、是非とも日曜の礼拝《らいはい》に列席したいものだ、というのもくだんの特権を許されていた時分にはお蔭でこの上もない興味と慰めを得ていたからとまくし立てた。老婦人はそれは物の見事に無駄話に花を咲かせ、総じてそれはほがらかで無邪気そうに見えたものだから、小生はこれぞ東部警察判事に恰好の事例たらんと惟み始めた。が聞く所によれば、最後に礼拝堂に列席した際、小さな棍棒を隠し持ち、いきなり御逸品を取り出しざま会衆に滅多無性に打ちかかることにて応唱に少なからず混乱を惹き起こしたとのことであった。

　よって、これら二名の老婦人は格子の幅だけ引き離されたなり——さなくば互いの縁無し帽目がけ飛びかかっていたろうから——日がな一日互いに眉にツバしてかかっては、数知れぬ気紛れを打ち眺めて座っていた。というのも部屋の外《ほか》の誰しも看守の女をさておけば、発作に祟られていたからだ。女看守は大きな上唇をした、年増の、いかつい貧民で、いざ体の前で手を組み、目をゆっくりギョロつかせたなりどいつか捕らまえよう、と言おうか押さえつけようと手ぐすね引いて立ってみれば、さも腕力《かいなぢから》を可惜使ってなるものかと歯止めを利かせているげな面《つら》を下げていた。当該嗜み深き女御は(誠に遺憾ながら、我が映えある馴染みギャンプ夫人*の一族の零落した端くれ殿たることお見逃れすべくもなかったが)宣った。「この女たちってのはひっきりなしやらかしておりまして、お客様。月から落っこちて来る馬車馬と変わんないやぶから棒に落っこちてくれます、お客様。おまけに一人バッタリ行くと、お次のがバッタリ行って、時にゃあんれまあ、いっぺんに四、五人からがゴロゴロ転げ回っちゃ掻っ裂きにかかるってなもんで！——この尼っちょなんて、ほら、とんと手がつけられません」

　女看守はこの尼っちょとやらの顔をかく注釈賜る間《ま》にも片手でしゃくってみせた。娘は患者の前景にて鬱々と塞ぎ込みながら床の上に座っていた。顔にも頭にも何ら悍しい所はなかった。幾多の一見、もっと質《たち》の悪そうな色取り取りの癲癇やヒステリーがグルリを取り囲んでいた。が娘がここではいっとう手に負えぬとのことだった。小生が二言三言話しかけてなお、娘は面《おもて》を上に向けて座ったなり、鬱々と塞ぎ込み、白昼の日射しが一筋キラリと、娘に照りつけた。

　——果たしてこの若い娘は、してこれら、然に痛ましく病んだその他の女達は、それぞれの戸惑った懶いやり口で鬱々と塞ぎ込んだなり座ったり寝そべったりしながら胸中、陽光に漂う微塵に紛れてちらと、健やかな人々や健やかな事物の影を垣間見るのであろうか？　果たしてこの若い娘は夏の時節にかようにむっつり塞ぎ込みながら、何処かには木や花が、山や大海原すら、あると惟みるのであろうか？　果たしてこの若い娘は、然まで行かずとも、かの若い娘の朧げな啓示なり受けるのであろうか――かの、ここにはいない、金輪際来ることもなかろう若い娘の――求愛され、抱かれ、愛され、夫を持ち、子を生み、我が家に住まい、然なる足掻きや掻き毟りに見舞われるとは如何なるものかつゆ知らぬ若い娘の？　果たしてこの若い娘は、神よ、娘を救い給え、さらば絶望に駆られた勢い、月から落ちる馬車馬さながら頽《くずお》れるのであろうか？

　果たしてかように絶望的な場所に幼子の声が届けば小生にとって心地好いものか痛ましいものか、いずれともつきかねた。倦んだ世界がそっくり倦み果てている訳ではなく、絶えず新たな息を吹き返していると思い起こすのはまんざらでもなかった。がこの若い娘はほど遠からぬ昔、幼子たりて、幼子もまたほど遠からぬ将来、娘のようになるやもしれぬ。にもかかわらず、注意おさおさ怠りなき女院長《メイトロン》のキビキビとした足取りと目に誘《いざな》われるがまま、小生は（その勿体の子供達によりて少なからず掻き乱されている）二人の鄙の貴婦人の脇を行き過ぎ、隣の育児室へと入って行った。

　ここには幾多の赤子と、一人ならざる眉目麗しき若い母親がいた。眉目麗しからざる若い母親も、不機嫌な若い母親も、冷ややかな若い母親もいるにはいた。が赤子は未だ如何なる悪しき表情も頂戴していず、柔らかな面《おもて》に浮かぶ表情から判ず限り、或いは英国王子か、王女だったやもしれぬ。小生は幸いパン屋の職人に大至急、とある赤毛の若い貧民と小生自身のためにケーキを捏ね、竈に放り込めよとの詩的委託を付し、*お蔭で漸う人心地がついた。くだんの腹の足しがなければ、果たして我が素早き小さな――その本務に何と打ってつけなことか、この時までには純然たる敬意を抱くに至っていた――女院長《メイトロン》が、小生をお次に引っ立て、己《おの》が道へと駆り立てし（『マクベス』Ⅱ、2）「性懲りなし」に相見える状態にあったか否かは極めて覚束無い。

　性懲りなしの連中は折しも中庭に面す小さな部屋で槙皮《まいはだ》を作っていた。女達は窓に背を向けたなり、ベンチに一列に腰掛け、目の前の作業台には槙皮《まいはだ》が小積んであった。いっとう年上でも恐らく二十《はたち》、いっとう年下はせいぜい十六かそこらだったろうか。小生は未だ我が逍遥の旅において、何故《なにゆえ》性懲りなしの習いが扁桃腺と口蓋垂を損なうものかしかと突き止めたためしはないが、必ずや貧民学校と中央刑事裁判所の間《はざま》なる、ありとあらゆる等級の男女を問わぬ性懲りなしが一つ声をし、そこにては扁桃腺と口蓋垂が病んだ上手《うわて》に出ているのに目を留めて来た。

　「おいや五ポンドだって！　あたしゃ五ポンドもほじくるなんて真っ平だからね」と性懲りなしのお頭が頭と顎もて御

自身に拍子を合わせながら言った。「こんなむさ苦しいとこで、食うものも食わして頂けないで、今ほじくってる奴をほじくるだけでもたくさんどころじゃないってのにさ！」

（とは、それとなく、仕事が増えそうたる旨垂れ込まれたのに謝意を表して。仕事はその折、確かに苛酷ではなかった。というのもとある性懲りなしなど——漸う二時になったばかりというに——早、その日の仕事に片をつけ、御逸品に実にしっくり来る頭をしたなり、その向こうに座っていたからだ。）

「こいつあ傑作な院《アウス》じゃないかい、えっ、おっかさん」と性懲りなしの二番手が言った。「もしか尼っちょが一言でも文句を言や、すぐっとお巡りにお呼びがかかるってならさ！」

「んでそんな筋合いもあるかないかだってのにブタ箱にぶち込まれてよ！」とお頭がグイと、これぞおっかさんの御髪ででもあるかのように、こちとらの槙皮《まいはだ》につかみかかりざま言った。「けどどこだってここよかましだ。ってのは、ありがとさん、まんざら捨てたもんじゃない！」

ゲラゲラ、腕組みした槙皮頭《まいはだあたま》を筆頭に、性懲りなし共の間から一斉に哄笑が起こった——この女、何一つ自分からは仕掛けぬクセをして、会話の埒外の散兵を取り仕切っていた。

「もしもどこだってここより増しだとしたら」と我が潑溂たる案内手《あないて》がまたとないほど落ち着き払った物腰で言った。「せっかくのいいクチにソッポを向いたとはお気の毒ですね」

「おうっ、いや、そんなこたないさ、おっかさん」とお頭がまたもやグイと、こちとらの槙皮《まいはだ》を引っつかみ、さも意味シンに敵の額を睨め据えながら返した。「冗談は止しとくれ、おっかさん、ウソっぱちもいい所だってならさ！」

槙皮頭《まいはだあたま》がまたもや散兵を前線へ狩り立て、小競り合いを仕掛けたと思いきや、撤退した。

「んであたいだったらこれきり」と性懲りなしの二番手が金切り声を上げた。「いくら四年も一所《ひとところ》にいたからったって——あたいだったらこれきり水の合わないとこにいつまでもゴ厄介になる気なんてさらさらなかったさ——そら！　んで家《うち》の奴らと来りゃてんでまっとうじゃないよなとこに——そら！　んで、ミもフタもない話みんなネコ被ってるそいつらじゃないってシッポつかんじまったとこに——そら！　んでもしかあたいがグレて身を持ち崩したって、よっぽどか、そいつらのせいじゃないよなとこに——はあっ！」

との啖呵が切られている片や、槙皮頭《まいはだあたま》はまたもや散兵共々牽制を仕掛け、またもや退去していた。

逍遥の旅人は意を決し、お頭と二番手に吹っかけた、もしやお二人は先達て治安判事の前へ引っ立てられたとかの娘御では？

「ああ！」とお頭の返して曰く。「そうともよ！　んで何でだい、お巡りにゃ今度はお呼びがかかんなくて、あたいらも一度お役ゴメンにして頂けないたあ。ここじゃ口利くたんび、ポリ公にお呼びがかかるってのにさ」

槙皮頭《まいはだあたま》が（喉彦をガラガラ言わせて）笑い、散兵共も右に倣った。

「あたしゃマジ恩に着るけどさ」とお頭がちらと逍遥の旅人を斜《はす》に見やりながら物申した。「どっかクチにありつくか、シャバに出して頂けるってなら。このゴ大層な院《アウス》にゃ、当たりき、ほとほとうんざり来てるもんで」

二番手だってマジ恩に着るけどさ、ほとほとうんざり来てるもんで。槙皮頭《まいはだあたま》だってマジ恩に着るけどさ、ほとほとうんざり来てるもんで。散兵共だってマジ恩に着るけどさ、ほとほとうんざり来てるもんで。

逍遥の旅人は図々しくもそれとなく当てこすってみた、果たして控え目な物腰の適格な若き女中をお所望の如何なる御婦人であれ殿方であれ、性懲りなしの領袖御両人のいずれにせよ論より証拠とばかり御当人がお出ましになったのでは屋おうという気になって下さらぬのではあるまいか。

「ここでしおらしくしてたってんでイタダけないよ」とお頭は言った。

逍遥の旅人は惟みた、だが、ともかくやってみるだけのことはあるのでは。

「おう、いや。これっぱかし」とお頭は言った。

「ああ、からきし」と二番手が間の手を入れた。

「んであたしゃマジ恩に着るけどさ、どっかクチにありつくか、シャバに出して頂けるってなら」とお頭が言った。

「んであたいだって」と二番手が言った。「ハンパじゃなし恩に着るけどさ」

槙皮頭《まいはだあたま》がさらば腰を上げ、当該深遠なる新機軸を口にすらば寝耳に水の聴き手方の度肝を抜くこと請け合いの全くもって目からウロコの見解として宣った。ああ、あたいだってマジ恩に着るけどさ、どっかクチにありつくか、シャバに出して頂けるってなら。そこでいざ、「んじゃ、みんな、そーら！」と音頭を取りでもしたかのように、散兵は一斉に同上の主旨をガナり上げた。我々はその途端、連中を打っちゃり、単に老いぼれて弱っているにすぎぬ女達の間を長らく歩き始めた。がかくて歩き続けている間《ま》にも、中庭を見はるかす如何なるのっぽの窓から外を眺めようと必ずや槙皮頭《まいはだあたま》を初め性懲りなし共が一人残らず小生はどこぞやと、連中の低い窓から外を覗き、小生が頭を見せるとすかさず、そらあいつだぞとばかり指差すのを目にしたものである。

　ものの十分で、小生は青春や、人生の盛りや、矍鑠たる老齢といった黄金の刻《とき》に纏わる御伽噺が信じられなくなっていた。ものの十分で、女性らしさの明かりという明かりは悉く吹き消され、くだんの点において鼻にかけられるものは何一つ、ただちらちらと明滅する、今にも消えかけた丁字頭を措いて当該地下納骨所（『マクベス』Ⅱ、3）には残されていないかのようだった。

　して実に奇しきことに、これら朦朧たる老女はその場の流儀たるとある仲間意識を有していた。客に気づき、なおかつ床に臥していない老女は一人残らずひょこひょこ長椅子へ這いずり登るや、お定まりの席に着き、せせこましいテーブルを挟んだまた別の一並びの朦朧たる老女に面と向かう一並びの朦朧たる老女の端くれとなった。かように並ぶ筋合いは何らなく、ただ老女達なりの「応接」のやり口だったにすぎぬ。概して、皆は互いに話しかけようとも、客を見ようとも、取り立てて何を見ようともせず、ひたすら黙りこくったなり口をモグモグ、ある種、哀れな老いぼれ牝牛よろしく動かしながら座っていた。こうした収容室の中には、目にするだにありがたきかな、緑々《あおあお》とした鉢植えが二、三あしらわれているものもあれば、一人ぼっちの性懲りなしが看護婦の役をこなし、晴れて仲間から引き離されるやくだんの役所《やくどころ》にてそこそこ律儀に働いているものもあった。が一室残らず、日中娯楽室であれ、夜間娯楽室であれ、両者兼用のそれであれ、几帳面なまでに小ざっぱりとして清潔だった。小生はこれまで同業の大方の旅人の御多分に洩れず、その数あまたに上るかようの場所を訪うて来ているが、かほどに整然と管理されたかようの場所にはついぞお目にかかったためしがなかった。

　寝たきりの女達は実に辛抱強く、枕の下の本を心から頼みとし、神に大いなる信を寄せていた。誰しも労りを求めてはいたが、誰一人としてさして回復の希望で励まされたがってはいなかった。概して、どうやら、合併症を患い、他の者より体調が思わしくないのはむしろ「箔」と見なされているかのようだった。窓の中にはテムズ河がその活気と滔々たる流れごと見はるかせるものもあり、日和は明るかったにもかかわらず、外を眺めている者には一人も出会さなかった。

　とある大きな収容室では炉端の映えある肘掛椅子に雅やかな一座の長《おさ》と副官よろしく、齢《よはい》九十を超える二人の老女が座っていた。二人の内、より若い方の、ちょうど九十を過ぎたばかりの老女は、耳が遠いものの、さして遠くはなく、お易い御用でこちらの意を伝えられた。若い時分にとある子供の守りをし、その少女も今や老女自身より体の弱ったまた別の老女となり、正に同じ部屋に住まっていた。ということを老女はそっくり、女院長《メイトロン》が審らかにすると、呑み込み、コクリコクリ頷いては人差し指を振りながら、くだんの女の方を指差した。当該二名の内、より年上の、九十三歳の老女は、挿絵入り新聞を前に（読んではいないながら）座っていたが、明るい目をしたお婆さんで、実の所、耳はしっかりし、驚くほど若々しく、めっぽうおしゃべりだった。つい最近、夫に先立たれたばかりで、くだんの場所へ来て未だ一年かそこいらしか経っていなかった。マサチューセッツ州、ボストンでならば、哀れ、この老女は個人の住所を持ち、彼女自身の部屋で世話を焼かれ、自らの生活を外の快適な生活に長閑に順応させていたろう。ここイングランドにおいて、其は九十年以上もの長く苛酷な歳月、救貧院の御厄介にならずに過ごして来た女にとって行なうにさまで大したことであろうか？ ブリテン島が初めて、天命によりて紺碧の大海原から、大いなる寓意的混乱の無きにしも有らず、立ち現われし際（『ブリタニアよ、統治せよ』）、守護天使達は其を然ても誇らかに謳わる大憲章において断固禁じていたというのか？

小生の旅の目的はキビキビと立ち回る女院長《メイトロン》がこれきり案内するものがなくなるに及び、果たされた。門の所で女院長《メイトロン》と握手を交わしながら、小生は「正義の女神」が御当人をさして正当に扱っているようには思えぬと、東部の賢者とて誤謬を免れぬようだと告げた。

今や、小生はまたもや家路に着きながら、くだんの「醜悪《ファウ》収容室《ル・ウォード》」に関し、自らに理詰めに押した。それらは固より存在してはならぬ。通常の嗜みと人間らしさを具えた如何なる人間とて収容室を目にしてなおそのことを疑い得まい。が、では一体この救貧区連合はどうすれば好いというのか？ 肝要な改革には数千ポンド要しよう。連合には既に維持せねばならぬ救貧院が三つもあり、住民は糊口を凌ぐべく身を粉にして働き、既に貧民救済のために妥当な忍耐の極限まで税を課されている。正にこの救貧区連合のとある貧しい教区は、片やハヌーヴァ・スクエアの富裕なセント・ジョージ教区が一ポンドにつき約七ペンス、パディントン教区が約四ペンス、ウエストミンスターのセント・ジェイムズ教区が約一〇ペンスしか課されていない一方、一ポンドにつき五シリング六ペンスも課されているとは！ この点において未だ手つかずのままになっているものに手をつけるには救貧税の均等化を介す外あるまい。小生がこれら、ものの一度《ひとたび》の逍遥の旅の覚書きにて提案するには紙幅の遙かに足らぬほど幾多のことが未だ手つかずのままに、と言おうか為損じたままになっている。が東部の賢者は一件がらみで然るべく自説を開陳しようと思えば、まずもって北・西・南部に注意を払わねばならぬのではあるまいか。のみならず、大賢人《ソロモン》の座に就く前に、如何なる朝《あした》であれ、テンプルのグルリ四方の店や住居に立ち寄り、まずもって自問して頂きたい。「これら貧しき人々はなお如何ほど――内幾多の者は辛うじて救貧院の御厄介にならずに済んでいるが――耐えられよう？」

　小生には家路を辿りながらそれ以外にもまだ思案のネタがあった。というのもベーカーの旦那の筌《うえ》の界隈をそっくり打っちゃらぬ内にセント・ジョージ・イン・ザ・イーストの救貧院の門をノックし、そこがくだんの地区にはめっぽう誉れとなる施設であり、極めて聡明な院長によって規律正しく管理されているのを突き止めていたからだ。小生はそこにて、頑迷な虚栄と愚昧のもたらし得る付随的危害の事例に目を留めた。「ここが、つい今しがたお目にかかった男女を問わぬ老貧民が教会の礼拝《らいはい》のために集うホールですね？」――「ええ」――「皆さん讃美歌を何か楽器に合わせてお歌いになるのでしょうか？」――「是非ともそうしたい所ではありましょう。そうすることに切実な興味を覚えています」――「が如何なる楽器も手に入らぬと？」――「はむ、ピアノですら無料で手に入れられたはずです。が例の不幸な騒動のせいで――」ああ！　麗しき衣の我がキリスト教徒の馴染みよ、聖歌隊の少年を打ちやり、会衆には独り勝手に歌うがままにさせていたならまだ増しというもの、遙かに増しというものだろうに！　釈迦に説法やもしらぬが、小生とて彼らがその昔、そうしていたと、皆が讃美歌を歌い終えるや（『マルコ』一四：二六）然る（麗しき衣ならざる）方が橄欖山《かんらんざん》（『マルコ』二六：三〇）へと登り賜ふた条《くだり》を読んだ記憶があるように思う。

　道すがら、石ころという石ころが小生に向かって「この角を曲がり、おぬし、何が手を打たれるのを待っているか目にせよ！」と呼びかけているかのような都大路にてこの惨めったらしい些事を思い浮かべるだに小生の胸は痛んだ。かくて気を鎮めるべく敢えて別の思考の脈絡を辿りにかかった。が首尾好く行ったとはお世辞にも言えまい。というのも頭の中はそれは貧民のことで一杯なものだから所詮、一千人の代わり、とある、脳裏にこびりついて離れぬ独りきりの貧民に思いを馳すが落ちだったからだ。

「申し訳ありませんが、御主人」とその男は別の折、小生を傍らへ引っ立てながら、ここだけの話とばかり、言っていた。「やつがれはこう見えてもいつぞやはいい目を見ておりましてな」

「それはお気の毒に」

「御主人、やつがれは院長に苦情がありまして」

「わたしはここでは何の権限もありません。それに、たといあったとしても――」

「ですが、どうか御主人、御主人といつぞやはいい目を見たことのある男との間ということで申し述べさせて頂けば、御主人、院長とやつがれとはいずれも秘密結社《フリーメーソン》の団員でして、やつがれは院長にひっきりなし合図を送ります。がやつがれがかように零落れ果てているからというだけで、御主人、院長は暗号を返そうとしません！」

第四章　とある安劇場の二様の眺め

（一八六〇年二月二十五日付）

去る一月のとある時雨模様の土曜の夕刻六時、間借り先の扉を背《せな》で閉《た》て、表通りへ出てみれば、コヴェント・ガーデンのくだんの界隈は一帯、実に侘しげな面《つら》を下げていた。そいつは今にそれは根っからいつぞやはいい目を見たことのある界隈なものだから、未だ零落《おちぶ》れていない別の縄張りよりとっとと悪天のトバッチリを食う。目下の零落《れいらく》した身の上にあって、かほどに霜解けに弱い場所を小生は他に知らぬ。湿気がぢくぢく解け始めるや然に凄まじくいじけ返るとあって。ドゥルアリー・レーン劇場の周辺のかの素晴らしき家屋敷は――劇場の全盛時代には羽振りのいい、腰の座った商店たりしが、今や毎週のように主《ぬし》の変わる一方、一階がオレンジと半ダースの木の実か、髪油壺と風変わりな形の石鹸と葉巻き箱が売り種としてひけらかされてはいるものの、いっかな買い手のつかぬカビ臭い檻もどきの店に仕切られてはさらに仕切られるという性根だけはこれきり変わらぬが――その罪なき鼻を雨の雫がポタリポタリ、伝っているシェイクスピアの彫像にその宵はまた格別心寂しげに打ち眺められていた。かの得体の知れぬ鳩小屋事務所は――中には、カーテンの前なる劇場の雛型を措いて何一つ（インク壺とて）なく、そこにてイタリア歌劇の時節ともなれば、割引き価格の入場券が御当人には高きにすぐるススけた帽子を被った、ひょっとして競馬場にて色取り取りの布切れやゴロゴロ転がる玉とそっくり縁もゆかりもない訳ではなく、たまさかお目にかかったことのあると思しき、放浪癖の殿方によりて売りに出されているが――くだんの遊牧民《ベドウィン》事務所は種族に見限られ、とある片隅にかようの晩には中が空っぽたること明々白々としていなければお蔭でゾクリと身震いしていたろう不揃いの清涼飲《ジンジャービ》料《ヤ》の瓶の列を匿う折をさておけばモヌケの殻だが、キャサリン・ストリートの溝《どぶ》なる連中の「取引き所」の新聞配達小憎の甲高い呼び声より由々しき召喚を受けし罪人《つみびと》よろしく（『ハムレット』I、1）身を竦めていた。グレイト・ラッセル・ストリートのパイプ屋にて、髑髏《しゃれこうべ》パイプは見物人に施設としての芝屋の衰退を警告する芝居がかった死の表象《ミメント・モリ》（『ヘンリー四世 第一部』III、3）に見えなくもない。小生はボウ・ストリートを縫う内、王冠や王衣の仕立てられている布地を平日の一般庶民にひけらかすことにて芝屋の秘密をバラしている、そこなる一軒ならざる店に無性に腹が立って来た。中には、その昔芝居稼業でメシを食い、そいつから四苦八苦足を洗ったはいいが、およそトントン拍子に行っているどころではない連中がいるのにも目が留まった——さながら小生の存じ上げている役者の幾人《いくたり》か商いに手を染めたものの、見返りを頂戴し損なっている如く。要するに、くだんの通りはいずれも然に陰気臭い面《つら》を下げ、芝居通りなる観点に立てば、然に零落《おちぶ》れ、クビが回らなくなっているものだから、警察署の真っ黒な立て札の「溺死体発見」は「演劇《ドラマ》」の死を触れ回っていたのやもしれず、ロング・エイカーの角の消防車造りの表の水溜りは男がそいつの最後の燻ぶった燃え殻にぶっかけてやろうというので在庫をそっくり狩り出した成れの果てだったやもしれぬ。

がそれでいて、かくも廃れた時代のかようの晩の、小生の旅のお目当ては芝居がかっていた。がそれでいて、ものの半時間と経たぬ内に小生は五千人近く収容出来る巨大な劇場*の中にいた。

如何なる劇場か？　女王陛下劇場か？　など足許にも及ばぬ。王立イタリアン・オペラ・ハウスか？　など足許にも及ばぬ。その内にて聴くに後者の比ではなく、その内にて観るに両者の比ではない。当該劇場の至る所へ、広々とした耐火性の出入口が通じ、至る所に、軽食のための便利な場所と控え室がある。飲食物は全て入念に品質が管理され、定価で売られ、観客の如何にみすぼらしい女達にも嗜み深い女性係員が用意万端整え、その場全体に漲る配慮と礼節と監督の風情には非の打ち所がなく、館内のありとあらゆる社交的手筈には無類に心和む感化があった。

さらば、さぞや値の張る劇場だろうと？　何とならばロンドンには（さして遠からぬ昔）この半ばも手筈が洗練されていないというに入場料が一人頭半ギニーにもつく劇場があったからだ。故に、さぞや値の張る劇場だろうと？　いや、さして値は張らぬ。天井桟敷が三ペンス、別の天井桟敷が四ペンス、平土間が六ペンス、枡席と一等席が一シリング、数少ない個人用の枡席が半クラウン。

小生は、逍遥の好奇心がムラムラと頭をもたげた勢い、当該大劇場の隅々まで潜り込み、そこに集うた——その夜は、ざっと目分量で、二千と数百に垂んとす——ありとあらゆる階層の観客に紛れることにした。蒼穹よろしきキラびやかなシャンデリヤに煌々と照らされ、館内はケチのつけようのないほど換気が行き届いていた。小生の嗅覚は、特段繊細な方ではないが、よりありきたりの盛り場の某かにおいては然に不快を催すものだから、わざわざ打ち眺めるべく逍遥の足を運んだにもかかわらずスゴスゴ退散せねばならなくなることも間々ある。がこの劇場の空気は爽やかで、ひんやりとして、健やかだった。当該目的を果たすべく、実に聡明な措置が講じられるに、病院と鉄道駅双方の経験が巧みに活かされていた。アスファルトの舗装が木の床に、化粧レンガとタイルの種も仕掛けもない剥き出しの壁が――枡席の背においてすら――漆喰と壁紙に、取って代わり、如何なるベンチにも詰め物がなく、如何なる絨毯地もベーズも用いられず、明るい光沢のある表面の冷たい素材が席の被いだった。

こうした様々な工夫が当該劇場にては熱病病院さながら入念に凝らされ、その結果、館内は至って快適にして健康的だった。床から天井に至るまで、隅々において視覚と音響への周到な配慮の下《もと》、設計が施され、その結果、形状は美しく、舞台開口部《プロセニアム》から眺めた観客の様子は――その内なる顔という顔が舞台を見はるかし、全体として然に見事に掻き均された上からくだんの中央の方へ向いているせいで、手一つ、大観衆の中にて動けば、その動きのくだんの場所よりはまず間違いなく目に留まるとあって――巨大さと緻密さの結合において特筆に値しよう。舞台それ自体は、その全ての機械装置や、地下設備や、高さと幅も引っくるめ、ロンドンはオールド・ストリート・ロードの聖ルカ病院から一マイル北の、ホクストンのブリタニア劇場がらみで他処者が抱こう如何なる概念より、ミラノのスカラ座か、ナポリのサン・カルロ座か、パリのグランド・オペラ座により近い規模である。四十人の盗賊がここにては演じられ、盗賊は一人残らず本物の馬に跨り、身を窶したお頭は油の壺を本物のラクダの隊商に積んで登場し、それでいて誰一人袖へ押しやられぬやもしれぬ。当該実に尋常ならざる劇場はとある男の進取の気象の為せる業にして、およそ二万五千ポンドの費用で五か月足らずの内に、然る不便な古い建物*の残骸の上に建てられた。小生の主題のこの条《くだり》に片をつけ、なおかつ劇場主に厳正に払われて然るべき敬意を払うべく、ここにて一言付け加えさせて頂けば、己《おの》が観客に最大限の重きを置き、彼らのために最善を尽くさんとす責任感は、当今の極めてあっぱれな徴《しるし》ではなかろうか。

この劇場の観客が、ほどなく審らかにするつもりの謂れ故に、この度の旅の目的であるからには、小生はまずもってグルリの隣人を一渡り眺めることにて、二千数百名の端くれたりてその夜の芝居に乗り出した。我々はごった混ぜの観客で、中には夥しき少年や若造もいれば、少なからざる少女や娘もいた。ただし、実にその数あまたに上る、してかなりの割合を占める、家族連れが含まれていなかったと言えば、真実を甚だしく曲げることになろう。かようの集団は館内の至る所に見受けられ、わけても枡席や一等席にては幾多の子供を連れた、実に嗜み深い装いの人々より成っていた。我々の出立ちの中には大方の手合いのみすぼらしい、ベトついた作業着と、およそ健やかでも芳《かぐわ》しくもない夥しきファスチャンやコーデュロイが紛れていた。我らが若造の縁無し帽は大半がグンニャリした手合いのそれで、御逸品を被っている連中は、肩を怒らせ、両手をズッポリ、ポケットに突っ込んだなり、背《せな》を丸めて席に着き、時にクラヴァットをクネリと、ウナギよろしく首の周りで拗《ねじ》くらせているかと思えば、時にダラリと、ソーセージの輪っかもどきに胸許で結わえているかと思えば、時に左右の頬骨の上辺りで髪にクルリと、何やら盗人《ぬすっと》めいた捻《ひね》りを利かせている者もあった。ノラクラ者や無精者をさておけば、我々は職工や、船溜まり人足や、呼売り商人《あきんど》や、ちゃちな商人や、下端事務員や、婦人帽子屋や、コルセット造りや、靴綴じ屋や、安出来合い服仕立て屋や、星の数ほどの本街道や脇道の貧しい労働者の面々である。我々の内多くは——概して、大多数は——およそ清潔どころでも、およそ暮らしや会話において選りすぐりどころでもない。が皆、一夜の催しに共に興ずべく、我々の便宜の能う限り図られ、我々自身能う限り配慮されている場所に集うていた。我々は何者かの気紛れのせいで、そのため身銭を切ったものを幾許かなり見損うのは真っ平御免にして、一共同体として失うべき面目というものもあった。故に、我々は非常に注意深く、極めて規律正しく、よしんば然ならざる男なり小僧なりいれば、即刻この場から出て行って頂くか、さなくばとっとと叩き出そうとした。

我々は六時半に無言劇《パントマイム》で幕を開けた——御逸品、それは長たらしいものだから、小生は劇が終わらぬとうの先から六週間もの長きにわたり旅をしている——例えば、陸路の郵便馬車にて、インドへと向かっている——かのような錯覚を覚えた。「自由の精霊」が序幕の主役で、世界の「四方」が地球からキラキラ、目映いばかりにお出ましになり、「精霊」と(この方、実にチャーミングな歌声だったが)、言葉を交わした。我々の諒解して少なからず快哉を叫んだことに、我々自身の間における以外どこにも「自由」などというものはなく、我々はくだんの願ってもない事実にやんややんやの喝采を浴びせた。寓意的やり口にて、とは他の如何なるやり口にも劣らず好都合である訳だが、我々と「自由の精霊」は「針」と「ピン」の王国に潜り込み、潜り込んでみれば連中はとある大立て者と戦を起こし、大立て者は彼らの不倶戴天の敵「鉄錆」を助っ人に狩り出し、定めて上手《うわて》に出ていたことだろう、もしや「自由の精霊」が恰も好し首領共をドロンと、道化や、パンタルーンや、ハーレクインや、コロンビーネや、ハーレクィーナや、めっぽういかつい親父と腑抜けの三人息子より成る小鬼一家丸ごとに変えてやってでもいなければ。我々は誰しも「自由の精霊」が大きな顔の王に話しかけ、陛下が舞台の袖まで後退り、大きな顔をてんで一方に傾げたなり背《せな》の瘤を解《ほど》き出すに及び一体何が持ち上がらんとしているかピンと来た。くだんの危急存亡の秋における我々の興奮は凄まじく、我々の歓喜は留まる所を知らなかった。我々の存在における当該紀元の後《のち》、我々は無言劇《パントマイム》なるものの椿事という椿事を一から十まで掻い潜った。が、そいつは人々を火炙りにしたり釜茹でにしたり、窓から押っぽり出したり、切り刻んだりという点においておよそ野蛮な無言劇《パントマイム》ではなく、間々めっぽう剽軽にして、必ずや惜しみなく仕度され、巧みに上演されていた。小生の目を留めずにいられなかったことに、店を切り盛りしたり、目抜き通りの通行人に扮したり等々の連中にはこれきり紋切型の所がなく、やたら現《うつつ》めいていた——という点から推し量るに、貴殿はくだんの観客を（もしやお望みとあらば）騎士や、貴婦人や、妖精や、天使や何やかやがらみでは担げようと、通りにおける何物にかけてもハメるはお手上げだろう。小生の、のみならず、目を留めずにいられなかったことに、観客の内ウナギとソーセージ風クラヴァット属そっくりの出立ちをしている二人の若者がお巡り共に追いかけられ、いよいよ取っ捕まえられそうだと見るや、それはいきなり身を屈《こご》めるものだから、かくてお巡り共が二人に蹴躓いてでんぐり返らざるを得なくなるや、縁無し帽連中はゲラゲラ腹を抱えた——さながら御逸品、いつぞや聞きカジったことのある某かへのそれとなき当てこすりでもあるかのように。

無言劇《パントマイム》の後には感傷的通俗劇《メロードラマ》が続いた。その宵を通じ、小生は「美徳」が概ね戸外におけるにつゆ劣らず凱歌を挙げるのを目にして溜飲を下げ、実の所、なお輪をかけて凱歌を挙げているような気がした。我々は皆（当座）正直は最善の策なりという点では見解を一にし、「悪徳」に対しては鉄よろしく頑にして、「極道」がまんまと世の中を渡るなど断じて肯《がえん》じられなかった——否、何がどうあろうと断じて。

幕間に我々はほとんど一人残らず席を外し、息を抜いた。我々の内少なからざる者は近所の居酒屋の酒場《バー》でビールを引っかけすらし、幾人《いくたり》かはラムを飲んだが、仰山な連中は館内の我々のために設えられた軽食堂でサンドイッチと清涼飲料《ジンジャービヤ》を買い求めた。サンドイッチを——持ち運び可能と相容れる限りにおいて食い出がある所へもって、能う限り安値とあって——我々は我らが最大の名物の一つとして称え合った。サンドイッチは芝居のありとあらゆ場面で何が何でも我々の間に割り込むと言って聞かず、我々は必ずやそいつを目にして愉快がり、我らが性《さが》のその時次第の気分へのその順応性たるや瞠目的にして、我々は涙がポロポロ我らがサンドイッチにこぼれ落ちる時ほど心行くまで泣くこと能はず、我々はサンドイッチで噎せ返る時ほどゲラゲラ、腹の底から笑うこと能はず、我々がサンドイッチを手につと、花模様のインド更紗の「無垢」と縞模様の長靴下の「正直な勤勉」の仲を裂かんとす、長靴の「邪悪」のくだんの腹づもりは如何様な顚末と相成ろうかと首を捻りし折ほど「美徳」の麗しく、「悪徳」の醜く映ったためしはなかった。その夜は一先ず幕が下りるに及んでも我々は依然、雨と泥を突いて家路を辿り、無事ベッドに潜る腹拵えをすべく、サンドイッチにお呼びをかける始末であった。

以上は、前述の如く、土曜の晩のことであり、土曜の晩であるだけに、小生は未だ己《おの》が逍遥の旅の半ばしかこなしていなかった。というのも旅の目的は土曜の夕べの劇と日曜の夕べの同じ劇場における説教とを引き比べることにあったからだ。

それ故、似たり寄ったりのジメついて泥濘《ぬか》った日曜の夕べの六時半なる同じ刻限に、小生は当該劇場に引き返した。入口まで馬車で乗りつけてみれば（うっかり遅れそうになったので。さなくば徒《かち》でやって来ていたろうに）、辺りは早、黒山のような人だかりで、連中、今に我ながらありがたきかな、小生が到着したというので大いに意気が揚がった。泥と閉《た》て切られたきりの扉以外何一つ目をやるものがないとあって、連中は小生を打ち眺め、滑稽な見物《みもの》に大喜びした。小生は根っから腰が低いだけに、数百ヤードほど離れた、とある仄暗い隅に引っ込み、さらば連中はたちまち小生のことをコロリと忘れ、またもやせっせと泥を睨め据えては閉《た》て切られた扉から中を覗き込みにかかった。扉は、鉄格子だったから、内側の照明の利いた通路が見はるかせた。彼らは概ね人品卑しからざる見てくれの連中で、大方の群衆の御多分に洩れず風変わりで堪え性がなく、これまた大方の群衆の御多分に洩れず、自分達がそこにいるのをダシに軽口を叩いていた。

仄暗い片隅に、小生は長らく座っていたやもしれぬ。もしやめっぽう親身な通行人が劇場は既に満員で、小生が通りで見かけた連中は皆、席がないせいで締め出しを食っている由垂れ込んでくれてでもいなければ。と来れば、小生は時をかわさず建物の中へと這いずり込み、予約してあった舞台開口《プロセニア》部《ム》の枡席の持ち場にそろりと就いた。

優に四千人ほどは詰めかけていたろうか。平土間を丹念に計算しただけでも、千四百人は下らなかったはずだ。劇場のどこもかしこもほぼ満員で、小生はやっとのことで枡席の後ろを伝い、予約席に辿り着いた。天井のシャンデリヤには火が灯っていたが、舞台の上に照明はなく、オーケストラ席も空っぽだった。緑の緞帳は下りたきりで、その前の舞台のせせこましい隙間に据えられた椅子にひたと身を寄すようにして、三十名に垂んとす殿方と、二、三名の御婦人が座っていた。その中央の、真っ紅なベーズに被われた机、と言おうか説教壇に、今夜の主席牧師*がいた。牧師が如何様な演壇に立っているか、は仮に以下の如く準えれば読者諸兄にも御理解頂けよう。即ち、板の打ちつけられた暖炉を観客の方へ向け、真っ黒なフロックコートの御仁を炉の中に立たせた上から炉造り越しに前のめりにさせたようなものだと。

小生が中へ入った時には折しも聖書の一部が読み上げられていた。その後に講話が続き、会衆はこよなく模範的なまでに注意深く、ひたすら沈黙と礼節を守って聞き入っていた。小生自身の注意は聴衆と講話者双方に払われた。よって以下、その場の当該再現においても、その折と寸分違わず双方に向けるとしよう。

「およそ並大抵のことではあるまい」と小生は胸中、講話が始まると独りごちた。「かほどの大聴衆に適切に法を説き、しかも機智に富んだ法を説くのは。機智に欠ければ、いっそ口を利かぬ方が増しだ。いっそ新約聖書を読み上げ、そいつに口を利かす方が遙かに増しだ。この会衆には確かに一つの脈が打っているが、天才でもない限り、そいつに唯一の脈として触れ、唯一の脈として応えさせられるものか」

　講話の続いている片や、牧師はお世辞にも口達者とは言えなかった。お世辞にも聴衆の全体的な精神と個性への理解を示しているとは言えなかった。法話にはとある仮定的な労働者が登場し、男は我らがキリスト教に仮定的な異を唱え、挙句、理に伏させられた。男は実に鼻持ちならぬ人物であるだけでなく、現《うつつ》とは似ても似つかなかった——昨夜無言劇《パントマイム》でお目にかかっていた何者にも増して現《うつつ》とは似ても似つかなかった。当該職工が有していることになっている生来の独立独歩の気っ風は、小生が己《おの》が逍遥の旅においてついぞ耳にしたためしのなき訛《なまり》の気味と、こと肖像の観点に立てば、恐らく、当人の心持ちにはおよそしっくり来ねば、ズブの韃靼人《タタール》ほどにも事実から懸け離れた声と物腰のがさつな揺れでもって表現されていた。ことほど左様に、模範的な貧民も登場したが、男は小生にとっては未だかつて救済されたためしのないほど言語道断なまでに横柄な貧民にして、是が非とも石切り場の試煉を掻い潜って頂かねばならぬこと火を見るより明らかのように映った。というのも、如何様にこの貧民は謙遜の信条を受け入れるに至った旨証したろうか？　とある殿方が救貧院で男に出会い、かく（小生の、殿方にあっては何と気さくなことよとしみじみ惟みるに）声をかけた。「ああ、ジョン！　君がこんな所にいるとは残念だ。君がかほどに金に困っているとは残念だ」「金に困っているですって、旦那！」とくだんの男はすっくと背を伸ばしながら返した。「わたしは王子のせがれで！　わたしの父は王の王（『ヨハネの黙示録』一七：一四）で。わたしの父は主《しゅ》の主《しゅ》（『ヨハネの黙示録』一九：一六）で。わたしの父は地上の帝という帝の長《おさ》で！」云々。してこれぞ、仮にこの聖なる書を奉ずらば、説教師の罪人《つみびと》同士皆の辿り着けるやもしれぬ姿であった——くだんの書が、因みに、事ある毎に腕一杯に伸ばして突き出されては、競売におけるノロマな山よろしくしこたま張り飛ばされるのを目にすると、小生自身の崇敬の念は少なからず侵害されずばおかなかったが。さて小生はかく自らに問わずにいられたろうか、小生の目の前の職工は必ずや説教師が彼自身と彼自身の似姿の目に清《さや》かなる物腰と、くだんの貧民が如き騒々しい舌先三寸の信心者がらみでは、心得違いも甚だしいと見破っているに違いないだけに、その折の有益性にとって極めて不幸なことに、くだんの説教師がよもや人間の五感に清《さや》かならざる事物がらみで当を得ているとは思わぬのではあるまいか？

　のみならず。かようの聴衆に向かって絶えず「罪人同士《つみびと》」として呼びかける要があろうか、と言おうか呼びかけて然るべきだろうか？　昨日生まれ、今日苦しみ励み、明日死ぬ人間同士で十分ではなかろうか？　我々共通の人間性によりて、我が兄弟姉妹よ、我々共通の苦悩と愉悦の能力によりて、我々共通の笑いと我々共通の涙によりて、我々共通の我々自身より善き何ものかに達さんとす志によりて、我々共通の何か善なるものを信じ、自ら愛す何であれ、自ら失う何であれ、我々自身の哀れな心の中にあると知っている限りの我々自身の瑕疵や弱点より優れた資質を纏わさんとす心の趣きによりて――これらによりて、聞けよ！――蓋し、人間同士で十分ではなかろうか。蓋し、それに他方の呼称も、さらには感銘深き意味合いも幾許か含まれよう。

　のみならず。講話にはとある（小生の読書の記憶の限りでは全き新機軸という訳でもなき）御仁が引き合いに出された。男は説教師の個人的な馴染みで、哲学のありとあらゆる点において全きクライトン*だったが、無神論者だった。幾度となく説教師はくだんの点に関し男と膝を突き合わせたが、幾度となくくだんの知恵者を得心さすこと能はなかった。が男は病に倒れ、亡くなり、亡くなる前に自らの改宗を記録してた――説教師が、我が罪人同士《つみびと》よ、その文言を書き記しておいたので、この紙切れより読ませて頂くが。正直な所、未だ蒙の啓かれざる聴衆の端くれであるだけに、小生にはくだんの文言が格別示唆に富むとは思われなかった。小生の胸中、惟みるに、くだんの文言の調子は極めて独善的にして、前述の頑迷な貧民の一族のそれたる精神的虚栄の気味を帯びていた。

　俗語や訛は何処であれ鼻持ちならぬが、集会の俗語や訛は――それなり、下院の同上に劣らずイタダけぬし、それ以上にはコキ下ろしてやれまいが――小生の目下審らかにしているような状況の下《もと》では周到に避けられて然るべきであろう。この折、そいつらは徹して避けられてはいなかった。ばかりか説教師がさながらくだんの門徒方に御当人を際立たせ、くだんの「落ち《ポイント》」は各々「止めの一言《クリンチャー》」たること大衆に知らしめよと訴えてでもいるかのように舞台の上の陣笠連にお気に入りの「落ち《ポイント》」をまくし立てるのを目の当たりにするのはすこぶる胸がスクとも言えなかった。

　にもかかわらず、その全般的な口調の大らかなキリスト教的精神や、聖職者としての全権限の放棄や、仮に真に望むならば、最もありふれた者ですら素朴に、慕はしく、律儀に我らが主《しゅ》に付き従うことにて己《おの》が救済を果たし得よう（『ピリピ人への手紙』二：二一）との、如何なる過てる人間の仲介も要すまいとの、会衆に対す再三に渡る懸命な説諭の点においては——かようの詳細においては、この牧師はあらん限りの称賛に価した。かようの点における彼の講話の精神や、率直にして熱のこもった文言ほど素晴らしいものはなかったろう。して極めて肝要にして心強い状況たることに、牧師がくだんの琴線に触れる度、或いは何であれキリストが自ら為し賜ふたことを物語る度、眼前にズラリと並んだ顔また顔は他の如何なる折より遙かにひたむきにして、遙かに情動を露にした。

　して今や、小生は昨夜の聴衆の内最下層の連中はそこにはいなかったとの事実に触れねばならぬ。その点について何ら疑いの余地はない。くだんの日曜の夕べ、くだんの館内にかようの代物は影も形もなかった。爾来、小生はヴィクトリア劇場の観客の内最下層の連中とて日曜の礼拝《らいはい》に列席している旨聞き及んでいる。然に聞き及ぶとは喜ばしい限りだが、小生の物しているこの折に限って、ブリタニア劇場の通常の観衆の内最下層の連中は確かに、紛うことなく、二の足を踏んでいた。最初に席に着き、館内を見渡した際、そこなる会衆における変化に対す小生の驚きは失望に劣らず大きかった。昨夜の最も人品卑しからざる観客に加えて、興味本位のその数あまたに上る人品卑しからざる新参者と、あちこちの礼拝堂のお定まりの会衆からの特派隊の姿は見えた。これら後者の会衆が何者か、まずお見逃れだけはしなかったろうし、連中、実に大勢詰めかけていた。小生は枡席から繰り出す彼らの強く徐な潮に乗って表へ出た。実の所、法話が続いている間《かん》、聴衆の固より人品卑しからざること、その外見に然ても明らかなものだから、牧師が仮定的「無法破り」に訴えかけるに及び、この目に入る如何なるものによりても正当化されぬ修辞としていささか業を煮やさざるを得なかった。

　説法の終了時刻は八時と定められていた。法話はくだんの時間ぎりぎりまで続き、締め括りには讃美歌を合唱するのが習いだったから、牧師は二言三言、理に適った文言で、時計は八時を打ったので、讃美歌が歌われる前に立ち去りたい者は今の内に退場して構わぬと告げた。誰一人席を立つ者はなかった。讃美歌が、そこで、見事な拍子と調子で斉唱され、その効果は実に感銘深かった。掉尾《ちょうび》を飾るに慈愛溢る祈禱の末、会衆は散り散りに散り、ものの七、八分で劇場は薄ら立ち籠めた靄《もや》をさておけばモヌケの殻となった。

　劇場におけるかようの日曜日の集会が善事であることに疑いの余地はない。仮に集会を取り仕切る者が以下二点において極めて周到たらんとすれば、その感化が社会階層のより下方へ下方へと及ぶことにも疑いの余地はない。第一に、自ら法を説いている場所や聴衆の知性を蔑さぬこと。第二に、憂さを晴らし、心から愉しみたいとの大衆の生まれながらの自然な欲求に敢えて抗わぬこと。

　小生の耳にした講話に関す私見の赴いて来た、他の何ものにも優先される第三の点がある。新約聖書にはおよそ人類によって想像され得る限りこよなく美しく感動的な歴史があり、ありとあらゆる祈禱や説話にとっての簡にして要を得た鑑がある。こと鑑に関せば、その右に倣え、日曜説法師よ――さなくば鑑は何故《なにゆえ》そこにある？　こと歴史に関せば、其を語れ。中には読めない者もいれば、読もうとしない者もいれば、幾多の者は（これがわけても学のない若者の間でハバを利かせている訳だが）聖書が彼らに呈せられている韻文形式を読みこなすのに手こずり、くだんの休止を中断にして連続性の欠如の謂なりと想像している。彼らがくだんの最初の躓きの石（『ローマ』一四：一三）を乗り越えるに手を貸すに、可惜語り尽くすことを恐れるまでもなく歴史を物語として繙くがよい。さらば然に見事に法を説くことは叶うまい。然に深く彼らの心を衝き動かすことは叶うまい。その半ばも惟みるネタと共に立ち去らすことは叶うまい。果たしていずれがよりまっとうな興味をそそろうか、キリストが拒まれし貧者の間でかの慈悲深き驚異を行なう上で手助けとなるよう十二名の貧しき男を選び賜ふた（『ルカ』六：一三）話か、それとも救貧院丸ごと分もの貧民に対す敬虔なる虚仮威しか？　果たして表通りと己《おの》が人生なる泥濘《ぬかるみ》から戸口で中を覗き込む哀れ、小生にとって貴殿の改宗した哲学者が一体何だというのか、小生に語るに寡婦の息子（『ルカ』七：一二）や、施政官の娘（『マタイ』九：一八『ルカ』八：四九）や、二人の姉妹の弟が亡くなり、内一人が喪主の下へ駆けつけながら「主《しゅ》がお見えになり、汝をお呼びです」と叫びし折、戸口に佇むもう一つの人影（『ヨハネ』一一：二八）があるというに？――願はくは自己を徹して忘れ、とある個性を措いて如何なる個性も、とある雄弁を措いて如何なる雄弁も思い起こすまいとす説教師の、如何なる日曜の宵であれブリタニア劇場なる四千人の男女の前にて立ち上がり、くだんの物語を人間同士とし、語れよ、さらば驚異を目の当たりにしよう！

第五章　哀れ、商船船乗り《ジャック》（一八六〇年三月十日付）

果たして帆桁の上に座ったなりにこやかに微笑みながら、哀れ、船乗り《ジャック》の命を見守る愛らしき小さな智天使《ケルビム》（チャールズ・ディブディン『哀れ、船乗り』）は英国海軍の船乗り《ジャック》に劣らず商船船乗り《ジャック》の世話も焼くよう委託を受けているのか？　さなくば、一体誰が？　果たして智天使《ケルビム》は何をしようとしているのか、して我々皆は何を――哀れ、商船船乗り《ジャック》が折しも帆装船「魔王《ベルゼブル》」か小型帆船「ボウィ・ナイフ」の船上で脳ミソをゆっくり、ちびりちびり叩き出されているというに――一等航海士の長靴の鉄の踵を残る片目に突っ込まれたなり、或いは虫の息の図体を船外の船の航跡にてゆらゆら曳かれたなり、この世の見納めにくだんの忌まわしき舟艇を眺めているというに――そこなる酷き傷が蓋し、渺茫たる大海原を朱《あけ》に染む（『マクベス』Ⅱ、2）片や？

仮に帆装船「魔王《ベルゼブル》」か小型帆船「ボウィ・ナイフ」の船上で一等航海士が部下に加える半ばの危害ですら木綿に加えようものなら、ほどなく大西洋の両岸より、帆桁の上に座ったなりパチパチ算盤を弾きながら引き合う商い刻《どき》を窺っている愛らしき小さな智天使《ケルビム》を喚び起こす然に喧しき祈りが巻き起こるものだから、かようの注意おさおさ怠りなき智天使《ケルビム》の必ずや翼《つばさ》の生えた剣《つるぎ》もて、電光石火の如く、くだんの男伊達の一等航海士の破壊欲の部位を頭より叩き出そうとの信念を抱くは理不尽か？

仮にそれが理不尽ならば、さらば世に小生ほど理不尽な男もいまい。というのも小生は心底然に信じているからには。

以上が、哀れ、商船船乗り《ジャック》を見守りながら、リヴァプールの船渠埠頭を漫ろ歩く間《ま》にも小生の脳裏を過った思いであった。*悲しいかな！　小生はとうの昔に愛らしき小さな智天使《ケルビム》の御身分からは足を洗っている。が、そこに小生はいたし、そこに商船船乗り《ジャック》もいた。してヤツはめっぽう忙しなく、めっぽう冷えきっていた。何せ雪は未だ大地の凍てついた轍にしぶとく居座り、北東風はマージー川のさざ波の波頭を抓《つ》み切りざまクルリと、もってヤツに飛礫を打つ霰へと丸めているとあって。商船船乗り《ジャック》はこっぴどい荒天の中、こっぴどく根を詰めていた――とは哀れ、船乗り《ジャック》よ、大方、ありとあらゆる天候の中で根を詰めている如く。ヤツは、樵がどデカいオークにしがみつく要領で、船の帆柱や汽船の煙筒に括りつけられたなり、ガリガリ刮《こそ》いではこってり掃いている。グイと迫り出した帆桁の先に乗っかったなり、こちとらを叩《はた》き落としてくれようかという帆をクルクル巻いている。茫と、上方のこんぐらかったどデカいクモの巣の直中にて帆を縮めたり、両索の端を解《ほど》いた上から撚り継いだりしているのが見える。かすかに、下方の船倉にて荷を積み込んだり下ろしたりしているのが聞こえる。車地《しゃち》をグルグル、グルグル、旋律豊かにして、一本調子にして、へべれけっぽく、巻き揚げている。地球の裏っ側宛、石炭を積み込んでいるせいで悪魔じみた面《つら》を下げている。真っ紅なシャツの胸を革帯に挿したナイフよりなお鋒鋭いにもかかわらず、突風にはだけたなり、裸足で甲板を洗っている。これ一つの目と髪たりて、舷墻越しに身を乗り出している。明日出帆予定のキュナード汽船*の斜《シュ》溝《ート》の傍に、一人ならざる肉屋や、家禽商や、魚屋の商い種がどっと、氷室《ひむろ》へ雪崩れ込む片や、立っている。陸《おか》暮らしの最後の最後まで追い剥ぎ共に集《たか》られたなり、防水帆布袋の中の七つ道具ごと、外《ほか》の船に乗り込んでいる。恰もヤツの五感と来ては、怒濤逆巻く大海原の騒乱より解き放たれようと、他の喧騒によりて掻き乱されずばおかぬかのように、車輪はガラガラ回り、蹄はカッカと土を蹴り上げ、鉄はガチャガチャぶつかり、綿や獣皮や樽や材木はガタゴト揺られ、波止場にては、正しく音そのものの気でも狂れたか、耳を聾さぬばかりの混乱がひっきりなし繰り広げられている。して、その真っ直中で、髪を四方八方、荒らかに吹き散らされ、ヤツが右へ左へ揺れながら立ったなり、何やら破れかぶれの態にて追い剥ぎ共に暇を乞うていると、船溜まりの索具はどいつもこいつも風を受けて金切り声を上げ、マージー川を右往左往過る小さな汽船という汽船は甲高い汽笛を鳴らし、川の浮標《ブイ》という浮標《ブイ》は一斉にかく、せせら笑わぬばかりに声を揃えてでもいるかのように小意地の悪げにひょいひょい浮いては沈む。「さあさ、こっちへ来なよ、商船船乗り《ジャック》！　ロクな埒も、ロクな食い物も、ロクな扱いも頂けなけりゃ、担がれ、嵌められ、出し抜かれ、スッカラカンにされてばかりいる。さあさ、こっちへ来なよ、哀れ、商船船乗り《ジャック》、挙句、土左衛門になるまで時化に揉まれに！」

　如何なる逍遥の業務によりて小生と船乗り《ジャック》が顔を合わすことと相成りしか、は以下の如し。――小生は夜毎船乗り《ジャック》のために仕掛けられる色取り取りの不法な罠を一目拝まして頂かんものと、リヴァプール警官隊に入隊した。小生のくだんの映えある部隊における服務期間は短く、隊員の端くれの立場における個人的偏見も早、失せたからには、くだんの部隊はあっぱれ至極な部隊なりとの小生の証言には如何なる疑念もさしはさまれまい。当該警察隊は、掛け値なく、およそ選りすぐられ得る限り最も有能な部下によって構成されているのみならず、極めて卓越した知性によって統括されてもいた。その防火体制は、私見ながら、首都警察のそれより遙かに優れ、ありとあらゆる点において部隊の特筆すべき警戒は遙かに特筆すべき思慮で緩和されている。

船乗り《ジャック》が数時間前に船溜まりにおける作業にケリをつけ、小生が身元確認のために我らが本署の肖像室にて、とある盗《ぬす》人《びと》の肖像写真を撮り（概して御当人、くだんの手続きによりてむしろ脂下がっているようではあったが）、署員閲兵も受け果し、そこへもって時計の短針がいよいよ十時を指さんとしている折しも、小生は船乗り《ジャック》のために仕掛けられた罠までミスター警視に付き従うべくカンテラを引っつかんだ。ミスター警視を一目見れば兵士然たる立居振舞いと、騎兵じみた風情と、いかつい胸板と決然としてはいるものの断じて優しくなくはない面構えの、のっぽで男前で恰幅の好い男たることとお見逸れすべくもなかった——とは、誰しもお見逸れすべくもなかろう如く。警視は片手に堅木《かたぎ》の素朴な黒い散歩用ステッキを握り、その夜の如何なる後程、いつ何時であれ何処であれガツンと、御逸品を高らかに石畳に打ち下ろすや、すかさずヒューッと暗闇から口笛もろとも、警官がお出ましになった。恐らくは当該瞠目的ステッキのせいでもあったろう、小生が船乗り《ジャック》のために仕掛けられた罠をシラミつぶしに調べる間《あいだ》も終始、神秘と魔術の気配が付き纏って離れなかったのは。

我々はまずもって港の中でもどこより猥りがわしき通りや横丁に潜り込んだ。陽気に四方山話に花を咲かせていたと思うといきなり、およそ十マイルはあろうかというぬっぺらぼんの盲壁の前でひたと足を止め、ミスター警視はガツンと地べたにステッキを打ち下ろし、さらば盲壁はパックリ口を開け、こめかみに片手をあてがった軍隊風の敬礼もろとも、二人の警官が立ち現われた——御両人、これきり胆をつぶした風もなければ、ミスター警視の胆をこれきりつぶした風もなきまま。

「異常はないか、千里眼？」*

「はい、ありません」

「異常はないか、のっしり？」

「はい、ありません」

「早耳もそこか？」

「はい、警視」

「なら付いて来い」

「はい、警視」

かくて、千里眼が先頭に立ち、ミスター警視と小生がお次に続き、のっしりと早耳が殿を務めた。千里眼は、小生の程なく、宜なるかな、気づいたことに、扉を実に巧みにして全くもって玄人じみたやり口にて開ける天賦の才に恵まれ——掛け金にそっと、楽器の鍵《けん》よろしく触れ——触れる側《そば》から、背後に盗まれた身上があるとは先刻御承知ででもあるかのように扉という扉を開けては——すかさずスルリと、そいつが締まらぬよう、体を滑り込ませた。

　千里眼は船乗り《ジャック》のために仕掛けられた罠の扉を開けて回ったが、船乗り《ジャック》は生憎そいつらのどこにもいなかった。罠と来てはどいつもこいつもそれは惨めったらしい窖なものだから、正直、船乗り《ジャック》よ、もしも小生がきさまなら、連中とはもっとたっぷり操船余地《バース》を置かせて頂く所ではあったろう。罠という罠で、何者かが炉の上に屈み込むようにして座ったなり船乗り《ジャック》のお越しを待ち受けていた。今や、そいつは今は昔の六ペンスの夢占い本《ぼん》のノーウッドのジプシー婆さんの絵そっくりの、腰の曲がった老婆だったかと思えば、新聞に読み耽っている、上着をかなぐり捨てた、格子縞のシャツ一枚の拉致屋男《クリンプ》だったかと思えば、判で捺したように聖なる婚姻で結ばれていると名乗る拉致屋男《クリンプ》と拉致屋女《クリンプ》だったかと思えば、船乗り《ジャック》の愉悦、奴のべっぴん（ならざる）ナン（ディブディン『べっぴんのナン』）のこともあった。がどいつもこいつも船乗り《ジャック》をお待ちかねとあって、どいつもこいつも我々を目に肩透かしを食らうこと夥しかった。

「ここの階上《うえ》に誰がいる？」と千里眼は概ね、たずねる。（「とっとと前へ進め」の物言いで。）

「誰も、だんなさん。マジ人っ子一人！」（というのが、アイルランド女の返答。）

「人っ子一人とはどういう了見だ？　この手を掛け金にかけた際、女が階段を昇る足音が聞こえなかったとでも？」

「ああ！　なら、マジ仰せの通りで、だんなさん、あの女のことコロリと忘れてたけど！　ありゃほんのベッツィー・ホワイトで、だんなさん。ああ！　だんなさんも御存じのベッツィーで、だんなさん。さあ、下りといで、ベッツィー、いい子だから、んでだんなさん方に挨拶おし」

　概ね、ベッツィーは手摺り越しに（急な階段は部屋の中だから）身を乗り出す——不平タラタラの御尊顔にさも、晴れてお越しになった暁には目下の試煉の鬱憤晴らしのお慰み、船乗り《ジャック》をいつもよりなおこっぴどく懲らしめてやらんと言わぬばかりのおっかない表情を浮かべたなり。概ね、千里眼はミスター警視の方へ向き直りざま言う。まるで俎上のネタ共と来てはほんのロウ人形にすぎぬかのように。

「どこより如何わしい手合いの奴です、警視、この店は。

この女はこれまで三度起訴されています。男も劣らずズブの曲者です。本名はペッグ。表向きウォーターハウスと名乗ってはいますが」

「なら、あたしがこの家《うち》に御厄介になってからってもの、あんれ、この背《せな》の側《そば》にペッグってな名がいたためしはこれきりないけどさ！」と女は言う。

　概ね、男はウンともスンとも宣はらぬが、やたら猫背になり、一心に新聞に読み耽っている風を装う。概ね、千里眼はちらと一瞥をくれざま我々の注意を四つ壁にいつも決まってびっしり貼られた版画や絵画に惹く。必ずや、のっしりと早耳は戸口の上り段にて目を光らせている。万が一、千里眼が鉢合わせになる如何なる殿方にせよ何者かドンピシャ言い当てられぬ場合には、御両人のいずれかが必ずや外気より嗄れ声のお化けよろしくガナり上げる。ジャクソンは実はジャクソンならず、御当人フォーグルたること重々御存じなりと。或いはキャンロンは、証拠が然るべく上がっていないが、ウォーカーの兄きなりと。或いはガキの時分から一度も沖に出たことがないと言っているあの男は、つい先週の木曜に陸《おか》へ上がったばかりなりとか、明日の朝には航海に出るはずなりと。「してあいつらこそ、ほら、質《たち》が悪い所へもって」とミスター警視はまたもや夜闇に紛れるや、言う。「実に扱いにくい手合いでして。というのも身から出たサビでここに居づらくなると、賄い方か料理人として使ってくれと名乗りを上げ、何か月も行方知れずになっていた挙句、またもやフラリと、前よりもっと極道になって舞い戻って来るもので」

　我々は似たり寄ったりのその数あまたに上る屋敷に立ち寄っては後にし果すと（さらば必ずやどいつもこいつもやれやれとばかり、またしても船乗り《ジャック》を待ち受けにかかったが）、船乗り《ジャック》が定めて挙って集うと思しき歌謡旅籠へと針路を取った。

　自慢の喉は、二階の長ずっこく天井の低い部屋にて震わされていた。片隅には二名の楽師のための奏楽席と小さな演壇があり、部屋の端から端まで船乗り《ジャック》のための開けっ広げの家族席がズラリと並び、ど真ん中を側廊が走っている。反対隅には一際大きな、航海士やその手の上客専用の「憩いの間《スナッグ》」と銘打たれる家族席がある。部屋のあちこちには一インチは下らぬごってりワニスを掃かれたコーヒー色の奇妙奇天烈な絵や、ケースに入った剥製の生き物が散り、聴衆に紛れて、「憩いの間《スナッグ》」の中にも外にも、「その筋の面々《プロフェショナル》」が座り、連中に紛れて、真っ黒に塗ったくられた御尊顔とぐんにゃりした円錐砂糖型帽子で二目と見られぬ面《つら》を下げた、名にし負う、皆のお気に入りの剽軽者バンジョー・ボーンズが座り、御亭主の傍らではいささか紅味が差してはいるものの、生まれながらの色艶のバンジョー・ボーンズ夫人が水割りラムをすすっていた。

　それは金曜の晩で、金曜の晩は船乗り《ジャック》にとってお誂え向きの晩とは見なされていなかった。いずれにせよ、船乗り《ジャック》はここにすらさして大挙詰めかけてはいなかった。店はヤツの足繁く通い、大枚ふんだくられるが落ちのそいつだったにもかかわらず。何やら涙脆げな寝ぼけ眼の英国船乗り《ジャック》が、底なる己《おの》が運勢を占おうとしてでもいるかのように空っぽのグラスの上にぐったり寄っかかっている。かと思えば、星条旗のノラクラ船乗り《ジャック》が、見るからにお先真っ暗げな野郎だが、ゾロンと長い鼻と、ひょろりとこけた頬と、ガリガリの頬骨をしているとあって、キャベツ椰子のツバ広帽子をさしておけばさっぱり柔らかさに見限られている。かと思えば、黒々とした巻き毛と耳輪のスペイン船乗り《ジャック》が、もしや貴殿がヤツと悶着を起こせば、そら、ナイフがすぐ手許に控えている。かと思えば、マルタ船乗り《ジャック》と、スウェーデン船乗り《ジャック》と、フィンランド船乗り《ジャック》がパイプの紫煙越しに茫と浮かび、さながら暗褐色の材木に彫りつけたかと見紛うばかりの御尊顔をホーンパイプのステップを踏んでいる若き御婦人の方へひたすら向けている。若き御婦人は、片や、くだんのステップを踏むには舞台がそれはせせこましきに過ぐと思し召しなものだから、後退った勢い、窓越し忽然と姿を晦ますのではないかと気が気でなくなるほどだ。がそれでいて、連中をそっくり掻き集めたとて部屋の半ばも塞ぎはしなかったろう。ですが、よろしいですかな、と持て成し役のミスター官許飲食店主の曰く、今日は金曜の晩で、おまけにそろそろ十二時とあって、船乗り《ジャック》は皆船に戻っておりましょう。鋭く、抜け目ない男で、この持て成し役のミスター官許飲食店主、唇をきっちり引き結び、左右の目にはキラリと、コッカーの算数大全*を浮かべている。商売に手抜きは禁物、と亭主は言った。必ずや現場に出向きます。逸材の噂を耳にすると、誰の話も鵜呑みにはせず、この目で確かめに列車で出かけて。もしやズブの逸材ならば、その場で契約を結びます。逸材には週数ポンド——四ポンドでも——五ポンドでも——叩《はた》きます。バンジョー・ボーンズは文句なく逸材です。これから演奏されるこの楽器をお聞き下さい——これぞ真の逸材です！　実の所、そいつはすこぶる見事だった。一種のピアノ-アコーディオンで、弾いているのは顔から姿形から装いから嫋やかな愛らしさを具えた初々しい少女で、お蔭で客のがさつさが如何せん目についた。娘は楽器に合わせて歌も歌った。仰《のっ》けは村の鐘と、鐘が如何様に調子好く鳴り響くか。お次は我《われ》は如何様に船乗りになりしか。締め括りにバグパイプの真似をしたが、商船船《ジャ》乗《ック》りの腑にはそいつが何よりいっとうストンと落ちているようではあった。なかなか感心な娘で、とミスター官許飲食店主の曰く、あれで結構選り好みのやかましい所があります。「憩いの間《スナッグ》」に座りますが、航海士があの手この手で口説こうとお構いなしです。母親と二人暮らしです。父親は亡くなりました。一頃は羽振りのいい商人でしたが、身の程知らずのヤマに手を出しまして。当該逸材に支払われる給金がらみで微妙な問いを吹っかけられると、ミスター飲食店主のポンドはいきなりシリングに落ちた——がそれでも、かようの若い娘にとっては、ほら、かなりの額では。娘は一晩に六度しか出番がありませんし、それもほんの夜六時から十二時までのことです。なおダメ押しにミスター飲食店主の胸を張るに、手前は「断じて淫らな言葉は許しませんし、如何なる悶着も起こさせません」千里眼がくだんの一家言に太鼓判を捺し、論より証拠、店は仰せの通り実に整然としていた。よって、小生は哀れ、商船船乗り《ジャック》は他処で（事実、やらかそう如く）こっぴどい目に会うくらいなら我が身をミスター飲食店主に委ね、ここにて夕べを過ごす方が遙かに増しだろうとの結論に達した。

我々は、しかしながら未だ、警視——とのっしりは表通りでまたもや軍隊調敬礼にて我々を迎えながら言った——黒人船乗り《ジャック》に探りを入れていません。如何にも、のっしり。魔法のステッキをガツンと打ち鳴らし、魔法のランプをこすれよ、さらばステッキとランプの精霊が我々を黒ん坊《ダーキイ》の所まで連れ行こう。

こと黒人船乗り《ジャック》がらみでは一切肩透かしは食わなかった。奴はそら、易々御覧に入れられた。魔神共は我々を小さな居酒屋の小さな二階に降ろし、さらばむっと息詰まるような空気に包まれて、黒人船乗り《ジャック》と黒人船乗り《ジャック》の愉悦たる奴の白人のべっぴんならざるナンが、部屋のグルリの壁に背《せな》を預けて座っていた。おまけに、黒人船乗り《ジャック》の愉悦は精神的にも肉体的にも、小生がその夜お目にかかった誰よりべっぴんでなきにしもあらざるナンであった。

ヴァイオリンとタンバリンの楽隊が一座に紛れて座っていたので、早耳が水を向けた。そろそろぶっ放してはどうだ？「ああ、おめえら！」と戸口に座っている黒ん坊《ニグロ》が言った。「だんながたにダンスを弾いて差し上げな。パートナーをお見繕いを、だんながた、クァッド‐リールの始まりでやすぜ」

かく宣はったのはギリシア風の帽子を被った、半ばギリシア風、半ば英国風の出立ちの亭主であった。式部官とし、亭主はありとあらゆる旋回を狩り出し、時折括弧付きにて御指南賜った——かくの如く。わけても破れ鐘声の際には、傍点を付す。

「ならさあ!　ほい!　いちっ。右へ左へ。(気合入れて粉ミジンに吹っ飛ばせ!)ごっ婦人方の輪っか《シェール》。軸足うつし《バッ・ルーン・セイ》て。ちびと進め《レモネード》て!　にっ。まっえへ出て後ろえ下がって(とことん踏みに踏んで、気合入れて、待ったは無用)。おっきく揺すぶり《スウィング》かけて、軸足うつし《バッ・ルーン・セイ》て、ちびと進め《レモネード》て!　(ほい!)さんっ。とのかたは御婦人としゃしゃり出て後ろえ下がって。向かいっ側が前へ来て、しゃかりきやって。(いーおほい!)軸足うつし《バッ・ルーン・セイ》て、ちびと進め《レモネード》て(炉はたのそこの黒ちゃん、調子っぱずれ、気合入れて、とことん踏みに踏みな。)ならさあ!　ほい!　しいっ!　ちびと進め《レモネード》て。軸足うつし《バッ・ルーン・セイ》て、揺すぶり《スウィング》かけて。御婦人よったりど真ん中に出て、とのかたよったり御婦人方のグルリを回って、とのかたよったり御婦人方の腕の下くぐって、おっきく揺すぶり《スウィング》かけて——前え前え《レモネード》、楽師がこれきり音《ね》を上げるまで!　(ほいっほい!)」

　男性の踊り手は皆黒人で、内一人など身の丈六フィート三、四はあろうかという、めっぽう腕っぷしの強そうな男だった。連中の扁平足が床を踏みつける音は、連中の顔が白人の顔と似ても似つかぬに劣らず白人の足音と似ても似つかなかった。爪先で、踵で、床を蹴り、小刻みにツッと摺り足で、ツツツッと摺り足で、ツツツツッと摺り足で進み、留め金《バックル》を覆い、物の見事に拍子を取りながら、歯をニッカリ剥いたなり、めっぽう人好きのすることに子供っぽくも気さくに浮かれ返って踊りに踊った。大方連んであちこち行っているようです、こいつら、かわいそうに、とミスター警視は言った、というのも一人では分《ぶ》が悪く、界隈の通りで罵声を浴びせられ易いもので。ですが仮に自分が白人船乗り《ジャック》だとしても黒人船乗り《ジャック》相手に嵩にかかろうという気にはならんでしょうな。何せこれまでもしょっちゅうかかずらって来ましたが、いつだって素朴で気のいい奴なもので。とのおスミ付きの下《もと》、小生はお休みを言う上で亭主にビールの復権を委ねる気さくな許しを乞い、かくてガタピシに擦り減った階段をマゴマゴ下りながら亭主が口にするのを耳にした聞き納めは次なる文言であった。「とのかたの健康をシュクして!　まずは御婦人方からカンペエ!」

　夜は今や更け渡っていたが、幾マイルも幾時間も、我々は誰一人として断じて床に就かず、誰もがいつ果てるともなく船乗り《ジャック》を待ち受けて不寝《ねず》の番に就いている不可思議な世界を探索した。当該探索が行なわれたのは警察によって素晴らしく整然と、して市自治体によるより遙かに整然と、秩序の保たれている、その名も「横丁《エントリ》」という、迷路紛いに込み入った陰気臭い中庭と袋小路に紛れてのことであった。というのもこの手の就中危険にして如何わしき場所にガス灯が設置されていないとはかほどに血気盛んな街にしては全くもってあるまじきことだから。とまれ以下、船乗り《ジャック》がひたすら待ち受けられている屋敷をものの二、三軒、その他大勢の例として審らかにすれば事足りよう。一軒ならざる屋敷に、我々は手探りせねばならぬほど真っ暗な悪臭芬々たる通路伝《づて》辿り着いた。我々の足を運んだ有象無象の内一軒たり、これ見よがしなまでに版画や飾り物の陶器のひけらかされていないものはなく、さなくば惨めったらしいことこの上もない部屋にかほどにその数あまたに上る後者が小さな棚の上や小さなケースの中にあしらわれているとは、奴の罠に然ても仰山なくだんの餌が必要とあらば如何に商船船乗り《ジャック》が陶器に目がないに違いないか示して余りあった。

草木も眠る丑三つ時、とある正面の茶の間にて、かようの飾り物に囲まれたなり、女が四人、炉端に掛けていた。内一人は男の子を腕に抱いて。四人の直中なる床几にはギターを手にした浅黒い若造が座り、若造は明らかに我々の足音が聞こえた途端、爪弾くのを止めていた。

「はむ！　お前ら景気はどうだ？」とミスター警視は辺りを見回しながらたずねる。

「お蔭さんでぼちぼちで、警視のだんなさん。せっかくこうしてお越しになったからには、あたしら御婦人方に何かおごって下さろうってんで」

「静かにせんか、そこの！」と千里眼が言う。

「その手は食わんぞ！」と早耳が言う。

外で見張りに立っているのっしりが、独りごつのが聞こえる。「メギソンの一味で、こいつは。しかもヤクザぞろいと来る！」

「はむ！」とミスター警視はポンと、浅黒い若造の肩に手をかけながらたずねる。「でこいつは何者だ？」

「アントニオで、警視さん」

「で奴はここで何をしている？」

「あたしらにちょっこし爪弾いてくれに来てんのさ。なら別にどうってこたないんじゃ？」

「海の向こうの若造水夫か？」

「ああ。スペイン生まれのさ。あんたスペイン生まれだろ、アントニオ」

「オレはスペインの出で」

「んで警視さんのおっしゃる一言だってチンプンカンプン

だってね。いくらこの世の終わりまで話しかけて下さろうったって」（とは、これぞ店の面目躍如とばかり、鬼の首でも捕ったように。）

「何か弾いてくれるか？」

「おいや、当たりき、お望みなら。何か弾いて差し上げな、アントニオ。あんたまさか何か弾くのが照れ臭いってこたあるまい、えっ？」

ヒビの入ったギターはまたとないほど腑抜けの幽霊よろしき荒び音《ね》を上げ、女の内三人は頭で、四人目は赤子で、拍子を取る。たといアントニオが金を某かなり持ち込んでいたとて、奴はまず間違いなく金輪際そいつを持ち出すこと能うまいし、それを言うなら、奴のジャケットとギターまで巻き上げられぬとも限るまい。とは言え、若造の面差しとギターの音色《ねいろ》はその場の雰囲気を瞬く間にそれはガラリと、ドン・キホーテの一齣《ひとこま》へと変えるものだから、小生は胸中、果たして奴が立ち去るまでロバはどこに繋いであるものか首を捻らずにはいられぬ。

ここにて一言（我が逍遥の狼狽を如何せん来《きた》すことに）白状せねばなるまいが、小生は赤子を腕に抱くことにて当該旅籠にさる悶着を巻き起こした。というのも、子供を自称母親たる、ラムで景気の上がっていないくもない荒っぽい剽軽女に返そうとすると、くだんの薄情者は両手を背《せな》に引っ込めたが最後、我が子を受け取るを平に御容赦願うに、暖炉の中までジリジリ後退り、馴染み方があれこれなだめすかそうと何のその、「掟」じゃ子供を手前勝手にお袋からふんだくった奴はどいつだろうととことんそいつの面倒見てやんなきゃならないんじゃないのかいと、金切り声なる啖呵を切ったからだ。哀れ、チビ助がそろそろ胆をつぶしかけているとあって、何やらとんでもなくバツの悪い立場に追い込まれているのではあるまいかとの逍遥の意識は、幸い、我が奇特な馴染みにして巡査仲間たるのっしりによって救われた。というのものっしりは御逸品をむんずと、酒瓶よろしく引っつかむや、最寄りの女に回し「せいぜい面倒見てやれ」と言ったからだ。我々が表へ出る段には、酒瓶は晴れて荒っぽい剽軽女の所まで回され、連中は皆、アントニオとギターも引っくるめ、先と同様腰を下ろした。この赤ん坊の頭にナイトキャップなどという代物はないとは、このチビ助ですらまんじりともせず、年がら年中不寝《ねず》の番に就き――不寝《ねず》の番に就いたなりデカくなろうとは、火を見るより明らかであった――船乗り《ジャック》を待ち受けながら。

その夜もさらに更けてから、我々は（「男が殺《や》られた」中庭伝《づて》、さらには男の骸《むくろ》が引きずり込まれた、通りの向かいの他方の中庭伝《づて》)、別の「横丁《エントリ》」の別の談話室《パーラー》へと辿り着き、辿り着いてみれば五、六人の連中が先とそっくり同じ物腰にて暖炉のグルリに座っていた。薄汚く、ぞっとしない場所で、ズタズタの洗濯物が某か吊る下がっていたが、入口の扉の上ののっぽの棚には(恐らくは匪賊《ひぞく》めいた手の届かぬよう)大きな白パンの塊が二つに、これまたどデカいチェシャーチーズが載っていた。

「はむ!」とミスター警視はざっと部屋を見渡しながら言う。「お前ら景気《いい》はどうだ?」

「テングになるほどのもんじゃ、だんなさん」とは深々とお辞儀をしている店の女将より。「こりゃうちの人で、だんなさん」

「お前のとこは通常の『下宿屋』としては登録されていないな?」

「ああ、だんなさん」

千里眼が(「とっとと前へ進め」調にて)ニベもなく吹っかける。「ならどうしてやらん?」

「ここにゃあたしらの身内のほかは、千里眼のだんな」と女将とうちの人がもろとも返す。「誰も暮らしちゃいないもんで」

「身内は何人だ?」

女は咳《しはぶ》いている風を装いながらゆっくり数え、息も絶え絶えな奴よろしく言い添える。「七人で、だんな」

されど女はうっかり一人数えそくなっている。よって千里眼は、一から十までお見通しとあって、カマをかける。

「ここの若造で八人じゃないのか? 奴は身内じゃないだろう?」

「ああ、千里眼のだんな、ありゃ週極めの間借り人で」

「食い扶持稼ぎに何をしている?」

ここの若造は返事を我が身に引き受け、ぶっきらぼうに返す。「別に何ってこた」

ここの若造は物干し綱からダラリと吊る下がった半乾きのエプロンの蔭でしおらしく塞ぎ込んでいる。若造をちらと見やる内、小生はふと——何故《なにゆえ》かは定かならねど——ウリッヂ(テムズ川南岸船渠地区)と、チャタム(元英国海軍基地)と、ポーツマス(海軍主要基地)と、ドーヴァーを連想する。皆して表へ出ると、我が畏友たる巡査仲間、千里眼がミスター警視に話しかけながら言う。

「さっきのあの、ダービーの店の若造には、警視、お気づきになったと?」

「ああ。奴は何者だ?」

「脱艦兵です、警視」

ミスター千里眼はさらに、御当人の任務にケリがつき次第、引き返し、くだんの若造を逮捕するつもりだと垂れ込む。していずれ言行一致でかかる。奴の袋のネズミたることつゆ疑わず、くだんの界隈の誰一人として床に就かぬだろうとは先刻御承知にて。

いよいよ夜も更けてから、我々はまた別の、通りから一、二段上がった談話室《パーラー》へと昇って行った。部屋はめっぽう清潔に、小ざっぱり、雅やかにすら、片づけられ、階段に化けの皮を被せた垂れ布付き整理ダンスの上にはそれはどっさり飾り物の陶器が並んでいるものだから、縁日でならばそこそこ豪勢な屋台店を構えさせてやれていたろう。前景には太り肉の婆さんと――ホガース（第九章注（100）参照）は婆さんの生き写しを一再ならず描いているが――綴り方の手本を丹念に復習《さら》っている小僧がいた。

「はむ、女将《マム》、お前ら景気はどうだ？」

お蔭様でトントンどころか、愛しいだんな様方、お蔭様で。すこぶるつきで、すこぶるつきで。それにしてもようこそお越し下さいました！

「ああ、だが小僧が手習いをするには妙な時間ではないか。夜の夜中に！」

「さようで、愛しいだんな様方、皆様方のありがたいお顔に神の御加護のありますよう。でますますお健やかにお暮らしなさいますよう、ですがこの子は遊び友達と一緒に芝居に行って参りまして、よく学びよく遊べという訳で、あんれまあ、今度は学校の綴り方をやっておりますんで！」

綴り方は人間の性《さが》に荒らかな情念という情念の炎を鎮めよと諭していた。がひょっとしてくだんの炎を掻き熾せよと焚きつけていたのやもしれぬ。老婆の然に御推奨賜っているとあらば。そこに老婆は綴り方の手本と小僧宛誇らかに頰を染めて微笑みながら座ったなり、我々の頭《こうべ》に雨霰と祝福を垂れていた――我々が後は勝手に存分、夜の夜中に船乗《ジャック》りを待ち受けて頂くこととした際には。

なおいよいよ夜も更けてから、我々は袋小路の屑の浮き滓がチョロチョロと伝っている、吐き気催いの土間の部屋にやって来た。当該荒屋《あばらや》の悪臭たるや悍しく、上っ面の貧困は病み、凄まじかった。がそれでいて、ここにもまた客、と言おうか間借り人がいた――他処のその他大勢同様炉の前に腰を下ろし、これまた炉の前に座っている女主《ミストレス》の姪の覚え目出度くなくもなげな男が。女主《ミストレス》自身は生憎、ブタ箱にぶち込まれてはいたが。

二目と見られぬ薄気味悪い老婆が三人*、この部屋のテーブルでせっせと針を運んでいた。のっしりが第一の魔女に吹っかける。「何を縫っている？」魔女は答える。「巾着さ」

「一体何を縫っている?」とのっしりはいささか度を失わぬでもなく、突っ返す。

「だんなの金を入れる袋さ」と魔女はかぶりを振り振り、歯を食いしばりながら言う。「そいつをお持ちのお宅らの」

老婆はしごくありきたりの金袋をかざし、テーブルの上には似たり寄ったりの袋が山と積んである。第二の魔女が我々宛腹を抱える。第三の魔女が我々宛苦虫を噛みつぶす。三人は揃いも揃ってチクチク、チクチク、針を運ぶ。第一の魔女は両目のグルリに隈《くま》がある。小生はふと、逆しまな悪魔じみた暈《うん》の顕現の初っ端のようではないかと、晴れて頭のグルリに広がった暁には老婆め、極道の香気の内に身罷る*のではあるまいかと想像を逞しゅうする。

のっしりは第一の魔女にカマをかける。そら、そこの、お前の傍のテーブルの蔭に何を隠している? 第二の魔女と第三の魔女がさも腹立たしげに嗄れ声を上げる。「ガキを見せてやんな!」

老婆は土間の茶色いゴミ山から痩せこけた小さな腕を引こずり出す。が、子供を起こすんじゃないと待ったをかけられるや、またもやハラリと腕を落とす。かくて我々はとうとう「横丁《エントリ》」の世界にもせめて一人は床に就く子供が――とはもしやこいつが床と呼べるなら――いるものと得心する。

ミスター警視はたずねる。一体いつまでそいつら金袋にかかずらう気だ？

いつまで？　第一の魔女が繰り返す。じき夜食だよ。ほら、茶碗が受け皿ごとと、皿が見えるだろ。

「やけに遅いじゃないかって？　ああ！　けど食い物にありつく前にそいつの分だけ稼がなきゃさ！」仲間の魔女御両人も第一の魔女の後から同上を繰り返し、ジロリと、逍遥の寸法を目尺で採る――魔除けの経帷子でも仕立てて下さろうという気か。何やら二言三言、明日シャバに出して頂けるはずの窖の女主《ミストレス》がらみで陰険なやり取りが交わされる。のっしりがそいつは婆さんが徒《かち》で戻るにゃかなりの距離ではと言うと、魔女三人《みたり》は「そりゃだんなの仰せの通り」で、婆さんなら姪が撥条付きのネコで迎えに行くことになってんのさと返す。

　小生のクルリと向き直りざま、第一の魔女の見納めにちらとやると、目のグルリの真っ紅な隈《くま》は早、大きくなっているかのようで、御当人、船乗り《ジャック》がそこにいるかどうか確かめるべく、小生越しに仄暗い入口を餓《かつ》えたように汲々と覗き込んでいた。というのも船乗り《ジャック》はここへすら足を運び、女主《ミストレス》はそもそも船乗り《ジャック》を誑かした廉でブタ箱にぶち込まれていたからだ。

　小生はかくてとうとう深夜の旅を締め括り、床に就こうと、如何せん先刻来目にしたウジ虫共が取り留めもなく脳裏を過るせいで、（厳正に営まれすぎぬ限りでの）海員宿泊所や、船乗り《ジャック》に船上でより大いなる薪とロウソクの恩恵に浴さす船渠規定の改正に纏わる心地好き想念に耽るはいっかなお手上げだった。以降、この同じウジ虫共は小生の眠りの至る所駆けずり回った。向後、そよ風の立つ日に哀れ、商船船乗り《ジャック》が順風の下《もと》、満帆に風を受けて入港するのを目の当たりにすらば、小生は金輪際床に就かず、必ずや仕掛けた罠にて奴を待ち受けている眠り知らずのハゲタカよろしき連中のことを思い浮かべよう。

第六章　旅人用軽食

（一八六〇年三月二十四日付）

この所の突風の煽りを受け、小生はその数あまたに上る場所へ吹き飛ばされはしたものの――して実の所、風が吹こうと吹くまいと、概ねこと「霞《エア》」なる商い種にかけては手広く請け負っている訳だが――ものの五分で何かそこそこイケる飲食物にありつける、と言おうかもしやそいつを求めれば手篤く持て成して頂ける如何なる祖国の土地にここ最近吹き飛ばされたためしも、生まれてこの方めったに吹き飛ばされたためしもない。

　これは俎上に上すに興味津々たるネタではなかろうか。が（小生自身の体験並びに逍遥・商用を問わぬありとあらゆる身の上の幾多の旅仲間の話にハッパをかけられて）一件にさらなる探りを入れる前に、ここにて一言、強風がらみで驚嘆の声を発さねばならぬ。

　果たして何故《なにゆえ》首都圏疾風《はやて》は必ずやウォルワース*宛然に猛然と吹き荒れるものか、小生には解《げ》しかねる。一体ウォルワースの奴、ともかく風が激しく吹き荒れるとならば判で捺したように新聞にデカデカやられている所に出会すほど奴にこっぴどい灸を据えられねばならぬとは、何をしでかしてしまったものか、小生には想像致しかねる。ブリクストンは内心忸怩たるものがあると思しい。ペッカムは奇特なペッカムにしてはお門違いなほど嬲り上げられる。デットフォードの叫《おら》びがましき界隈は、吹き荒れる風という風を突いて表に繰り出し、一文の得にもならぬ突風の断じて吹かぬ才気煥発たる殿方連中の四方山話の中で一際異彩を発つ。が、この時までにはほとんどウォルワースの影も形もなくなっていよう。そいつは定めてどこぞへ吹き飛ばされているに違いない。小生は殿方の見てくれと物腰を装う手練れの盗人《ぬすびと》――とは小説と警察報道をさておけばこの世に断じて存さぬお馴染みの珍現象たる――に纏わる記事を目にするよりなおその数あまたに上る組み煙突や屋根の笠木がウォルワースにては凄まじき音を立てて地べたに叩きつけられ、その数あまたに上る聖堂や寺院の類《たぐい》が同じ呪われし地区から沖へ向けて（そっくり、とまでは行かずとも）すんでに吹き飛ばされそうになった記事を目にして来た。のみならず。果たして何故《なにゆえ》人々は他の如何なる池でも湖でもなく、いつも決まってサリー運河に吹き飛ばされねばならぬ？　果たして何故《なにゆえ》人々はわざわざサリー運河に吹き飛ばされるべく、早朝に床を抜け、連んで出かけねばならぬ*？　連中、互いに示し合わすというのか？　「新聞沙汰になるってなら、土左衛門くらい平っちゃらさ」それとて説明としては片手落ちだろう。何とならばその期に及んでなお必ずや明日の戦に備え、白馬サリーに鞍を置く（『リチャード三世』V、3）代わり、時にはリージェント運河に吹き飛ばされる算段をつけても好さそうなものだから。どこぞの名無しの巡査もまた、ひっきりなし、ほんのちょっとした弾みでこの同じサリー運河に吹き飛ばされている。サー・リチャード・メイン*、何卒目を光らせて、くだんの吹けば飛ぶよな腑抜けのお巡りを拘禁しては頂けまいか？

閑話休題。軽食なる興味津々たるネタに立ち返れば、小生はブリテン人にして、ブリテン人として断固奴《やっこ》にはなるまじ（『ブリタニアよ、統治せよ』）――がそれでいて当該一件には何やら悪しき習いなる奴《やっこ》根性が巣食っているような気がしてならぬ。

小生は鉄道で旅をする。そそくさと朝食を掻っ込むや、我が家を朝七時か八時に発つ。開けた景色を飛ぶようにかすめ去るやら、大地のジメついた腸《はらわた》を穿つやら、幾々マイルもの道程《みちのり》をガラガラ、ブンブン、キーキーやりこなすやらで、小生をお待ちかねのはずの「軽食」駅に辿り着いた時には腹ペコだ。御留意あれかし、小生をお待ちかねのはずの。してくどいようだが、小生は腹ペコだ。或いは、より的を射たダメを押せば、少なからず疲労している――その語の表現力に富むフランス語的意味合いにおいて――元気を「回復《リストア》」する要がある。*では小生が「回復《リストア》」すべく何が供されるか？　小生の「回復《リストア》」することになっている部屋はくだんの田舎の隙間風という隙間風を誘《おび》き寄せ、連中が二様の大暴風《ハリケーン》たりて――片や、小生の惨めな頭の、片や小生の惨めな大御脚のグルリを――旋回するに及んで格別な激しさと猛々しさを付与すべく巧妙に仕掛けられた風捕り罠なり。小生を「回復《リストア》」さすことになっている、カウンターの背後の若き御婦人方は物心ついた時から小生は断じてお待ちかねどころではないとの挑みかからんばかりの芝居がかった見得を切るよう焼きを入れられている。たとい小生が連中相手に持ち前の腰の低い阿《おもね》りがちな物腰にて、気前好くやらせて頂きたき旨申し入れようとて水の泡。たとい消沈する一方の己《おの》が意気にカツを入れてやるべく、若き御婦人方は小生の到着に欲得尽くの興味をお持ちのはずと言って聞かせようとて水の泡。小生の理性も感情もお蔭で小生は固よりお待ちかねでもお呼びでもなき旨得心せざるを得ぬ冷やかにしてどんよりとした目のギラつきを前にしては到底歯が立たぬ。酒瓶に埋《うず》もれた孤独な男は、意気地さえあれば、時に小生を哀れと思し召そうものを、如何せん「女性」の権利と権力を前にしては手も足も出ぬ。（給仕は物の数ではない。何せ奴は小僧で、故に「万有」の天敵だから。）頭の天辺と爪先が仲良く晒されている凄まじき大旋《トルネ》風《ード》の直中にて見る間に冷え切り、自ら立たされている全き劣勢によりて意気阻喪したなり、小生は我と我が身を「回復《リストア》」さすことになっている軽食へと寄る辺なき目を向ける。さらば褒美の御座らぬ早食い競争よろしく、小麦粉によりてドロリと堅練りにされた熱々の茶褐色の液体を、気でも狂れたか、柄杓もて流し込むことにて喉を焼かねばならぬか、それともバンベリー・ケーキ*もて自らをパサパサと薄皮もどきにパサつかせ、挙句吐き気を催さねばならぬか、それとも己《おの》が繊細な五臓六腑に、晴れてそこに辿り着かば途轍もなき大きさに膨れ上がること必定のフサスグリ針山を詰め込まねばならぬか、それとも岩だらけの石切り場よりフォークもて、さながら荒寥たる土くれを耕す要領で、ポーク・パイと呼ばるる軟骨と獣脂より成る膠質の塊を四苦八苦引こずり出さねばなるまいと観念する。かくて侘しく目をやる内、テーブルの上のシケた馳走はその不如意千万な質《たち》のありとあらゆる様相において、この上もなく惨めにしてみすぼらしき夜会の馳走にそれはそっくりなものだから、さては小生、肘先にて冷たいオレンジもて歯をガチガチ浮かせている、寒さの余り真っ蒼に悴んだ見ず知らずの老婦人を夕食に「連れ来て」しまったに違いないと——一座のために一人頭最低の条件にて折り合いをつけている焼き菓子職人は、こちとらの請負いをウィンドーに並べた饐えた在庫もて履行しているペテン師擬いの支払い不能者なりと——何故《なにゆえ》か審らかにされぬ謂れにて、夜会を催している一家は小生の不倶戴天の敵となり、わざわざ小生を侮辱するためにこそ宴を催しているものと得心し始める。或いはふと、またもや半年毎の勘定書きにて二と六ペンスに付けられる、学校の夕べの懇話会《コンヴェルツオーネ》で「お開き」と相成っているか、そこなる寄宿生たりし時分ボゥグルズ夫人の寄宿学校にて催されたかの名にし負う夕べの集いでまたもやしょぼくれ返っているかのような気がする。何せくだんの折、ボゥグルズ夫人その人はハープとして紛れ込んでいた法曹界の一支部によりて差し抑えられ、祝祭の始まる三十分前に（鍵束と寄付金ごと）収監所へ引っ立てられていたから。

別の事例を引き合いに出せば——

イングランド中部地方のグレイジンググランズ氏は先週のとある朝、鉄道にて愛嬌好しの眉目麗しきグレイジンググランズ夫人同伴でロンドンへやって来た。G氏は資産家の殿方で、イングランド銀行にて処理せねばならぬ、G夫人の同意と署名を要すささやかな業務があった。要件に片がつくや、グレ

イジンググランズ夫妻は王立取引所とセント・ポール大聖堂の外っ面を打ち眺めた。グレイジンググランズ夫人の意気がそれから次第に萎え始めるに及び、グレイジンググランズ氏は（またとないほど妻君思いの御亭主だったから）労しそうに声をかけた。「アラベラ、もしや気が遠くなりかけているのではないかね」グレイジンググランズ夫人は答えた。「アレキサンダー、ええ、気が遠くなりそうよ。でも気にしないで。すぐに好くなるから」当該返答の女性らしい嫋やかさに心動かされ、グレイジンググランズ氏はくだんの店で昼食を認《したた》める適否がらみで二の足を踏まぬでもなく、焼き菓子職人のウィンドーを覗き込んだ。が、スズメの涙ぽっきりのジャムを詰めた上から生温い水の上にてゲンナリ縮れた、色取り取りの形《なり》なるバターをさておき、食べ物らしきものは何一つ目に入らなかった。「スープ」なる銘の刻まれた対《つい》の神さびた鼈甲がむっと息詰まるような控え《アルコーヴ》の間を囲う内なるガラスの仕切りに彩を添え、くだんの控え《アルコーヴ》の間にてはガタピシのテーブルの上に結婚披露宴の凄まじき擬い物なる朝餉が広げられているのを目の当たりに、胆をつぶした旅人はいよよ鼻白んだ。長四角の箱一杯の、饐えた上からポロポロに崩れた値下げ焼き菓子が床几にデンと跨ったなり、入口を飾り、竹馬に乗っているかと見紛うばかりののっぽの椅子が二脚、カウンターに華

を添えていた。これら一切合切を取り仕切っているのはお若い御婦人で、陰気臭げにそっくり返って通りをズイと見はるかしているとあって、世の中全般に根深いウラミツラミがあるからには、何が何でも意趣を晴らしてやらんとの仮借なきホゾを固めていること一目瞭然。当該店舗の階下のゴキブリに祟られた厨からはモクモク、グレイジンググランズ氏の苦き経験上、知性を鈍らせ、胃の腑を膨らませ、顔色に捩《よじ》くり込んだが最後、ぢくぢく、目から滲み出んとすとは百も承知の手合いのスープを仄めかす煙霧が立ち昇っていた。氏がかくて敷居を跨がぬホゾを固め、クルリと向き直ってみれば、グレイジンググランズ夫人は紛うことなくいよよ元気がなくなってはいるものの、繰り返した。「気が遠くなりそうだけれど、アレキサンダー、どうか気にしないで」然なる忍従の文言を耳に、ここで音を上げては男がスタろうと、グレイジンググランズ氏はとある寒々とした小麦粉まみれのパン屋を覗き込み、覗き込んでみればフサスグリの御愛嬌にものの一粒入っていない功利主義的バンが、カッチンコのビスケットと、冷水の入った土製の濾し器と、カッチンコの生っ白い時計と、専ら種《たね》で生き存えてでもいるかのように発育不全の澱粉質の面《つら》を下げた、薄茶色の髪のカッチンコの小さな婆さんと睦んでいた。氏はこの店にすら入っていたやもしれぬ、恰も好し、ジェアリング・ホテルがつい角を曲がった先にあるのをはったと思い出してでもいなければ。

さて、ジェアリング・ホテルはイングランド中部地方にては名にし負う、家族と殿方向けのホテルだったから、グレイジンググランズ氏はグレイジンググランズ夫人にあそこで厚切り《チョッ》肉《プ》を食べてはどうだねと持ちかけた際には大いに意気が揚がった。令室もやはりこれで漸う「人心地」がつこうという気がした。くだんの陽気なお祭りめいた光景に到着してみれば、だらしのない普段着の二番手給仕ががらんどうの喫茶室の窓をゴシゴシ磨き、片や給仕頭は白ネクタイもどこへやら、郵便局商工人名録の蔭にてせっせと薬味入れを満タンにしていた。後者は（夫妻を引き受けるや）夫妻に御贔屓にして頂いたというので腹のムシの居所がとんと悪くなり、鬱憤晴らしのお慰み、すかさずグレイジンググランズ夫人を是が非でも建物の内でもどこより人目につかぬ隅の隅にこっそり連れ行かねばと思い至ったかのようだった。当該蔑されし御婦人は（今に州の御当人の地区の誉れたるも）時をかわさず一本ならざる仄暗い廊下を抜け、一段ならざる階段を昇り降りした挙句、屋敷の裏手の懺悔めいた一室へと請じ入れられ、そこにては五台の寝たきりのおんぼろ皿温《ぬく》めがお払い箱の陰気臭げなおんぼろサイドボードの下にて互いに寄っかかり合い、屋敷中の食卓という食卓の冬めいた垂れ板《リーフ》が深々と降り積もっていた。のみならず、如何なるソファー的観点より眺むれど得体の知れぬ形《なり》をしたソファーがブツブツ、「ベッド」と垂れ込み、片や毳っぽさとグラスの澱の一緒くたの風情は「二番手給仕の」と言い添えていた。当該憂はしき獄《ひとや》もどきに、謎めいた不審と猜疑の的たりて匿われたなり、グレイジングランズ氏と氏のチャーミングな伴侶は二十分もの長きにわたり（御逸品、いっかな熾って下さらぬとあって）煙を待ち、二十五分もの長きにわたりシェリーを待ち、三十分もの長きにわたりテーブルクロスを待ち、四十分もの長きにわたりナイフ・フォークを待ち、四十五分もの長きにわたり厚切り肉《チョップ》を待ち、一時間もの長きにわたりポテトを待った。ささやかな勘定を済ますに及び――〆て海軍大尉の日当そこそこだったから――グレイジングランズ氏は勇を揮って接客の全般的な質と値に異を唱えた。氏に対し給仕の、かいつまめば、返して曰く。手前共こそむしろお客様を如何なる条件の下であれお持て成しさせて頂いたことではありがたがって頂かねば。「と申しますのも」と給仕は（コホンと、紛うことなく州の御当人の地区の誉れたるグレイジングランズ夫人宛咳《しはぶ》いてみせながら）言い添えた。「手前共の旅籠に滞在しておられぬ場合、お客様方のお引き立ては概して手前共の労に見合うとは見なされぬばかりか、実の所、営業の方針でもございませんもので」終にグレイジングランズ夫妻は家族と殿方向けのジェアリング・ホテルを酒場《バー》にせせら笑われぬばかりにしてほとほとしょぼくれ返ったなり、後にし、その後数日というもの己《おの》が矜持を取り戻すこと能はなかった。

或いはまた別の事例を引いてみよう。貴殿自身の事例を。貴殿は如何なる終着駅《ターミナス》からであれ、今にも鉄道にて出立しようとしている。その前に二十分ほどディナーを食べる余裕がある。貴殿にはディナーが必要であり、ジョンソン博士の言い種ではないが、貴殿、貴殿はディナーを認《したた》めたがって（ボズウェル『ジョンソン伝』第一巻）いる。貴殿は胸中、くだんの終着駅《ターミナス》なる軽食テーブルの図を思い描く。お定まりの、みすぼらしい夕べの集いの晩飯は――とことん凄まじき飢餓状態にでもない限り如何なる人間といえども断じて御相伴に与りたがるまい、この現し世に知らる究極的腹の足しであるによって、ありとあらゆる終着駅《ターミナス》とありとあらゆる軽食鉄道駅のための雛型として受け入れられているが――貴殿の想像の図にとんだミソをつけ、貴殿はかく独りごつ。「どこのどいつが口の中でザラザラの砂に変わるような饐えたスポンジ・ケーキで腹を膨らせる。どこのどいつが内っ面には得体の知れぬ四つ脚が詰め込まれ、外っ面は鉛もどきのパイ皮に包まれたとんとこなれにくいヒトデのザマを晒しているテラついた茶色のパテで腹を膨らせる。どこのどいつがくたびれ果てた受け皿の下でとうの昔にゲンナリ尻座《へた》ったサンドイッチで腹を膨らせる。どこのどいつが大麦糖で腹を膨らせる。どこのどいつがタフィーで腹を膨らせる」かくて貴殿は最寄りの旅籠に足を向け、心穏やかならず、喫茶室に到着する。

　全くもって瞠目的なことに、給仕は貴殿にめっぽうすげない。貴殿が如何に一件の辻褄を合わせようとしたとて、一件を丸く収めようとしたとて、給仕が貴殿にすげないのは火を見るより明らかだ。給仕は貴殿の御贔屓に与って光栄どころか、貴殿などどこれきりお呼びでなく、いっそお越しにならなければよっぽどかせいせいしよう。貴殿が火照り上がっているのを後目にやたら淡々と落ち着き払っている。というだけではまだ足らぬというか、また別の、まるで貴殿の人生のこの期に及びわざわざ貴殿を睨め据えるためにこそ産声を上げたかのような給仕が、少し離れた所で、ナプキンを小脇に抱え、両手を組んだなり、渾身の力を振り絞って貴殿を睨め据えながら立っている。貴殿は貴殿の給仕の胆にディナーに十分しかなき旨銘じ、さらば給仕は、二十分で御用意致せようささやかな魚料理からお始めになってはと持ちかける。くだんの申し出がきっぱり突っぱねられると、給仕は——これぞ気の利いた新機軸とばかり——水を向ける。「仔牛かマトンのカツレツでは」貴殿はいずれのカツレツであろうと、何のカツレツであろうと、何であろうと、手を打つ。給仕は、ごゆるりと、扉の蔭に回り、何やら影も形もなき立坑《シャフト》伝《づて》階下《した》へ声をかける。腹話術的やり取りが続いた挙句、仔牛しか、咄嗟には出せぬと判明する。貴殿は気づかわしげに声を張り上げる。「だったら、仔牛だ！」貴殿の給仕はくだんの点にケリをつけると、テーブルクロスにズラリと、三角帽風に畳んだテーブル・ナプキンに（ゆっくり、というのも何か窓の外のものに気が惹かれるから）、白いワイン・グラスに、緑のワイン・グラスに、青いタンブラーに、中に何も入っていない、と言おうかともかく——貴殿にとって要は同じことだろうから——お出ましになるものの何も入っていない、強かな野戦砲兵中隊よろしき十四に垂んとす薬味入れを並べるべく取って返す。その間《ま》も終始、もう一方の給仕は貴殿をじっとり睨め据えている——さながら今やふと、貴殿が兄貴にウリ二つなのに思い当たりでもしたかのように、頭の中で興味津々引っ比べているげな風情で。貴殿の時間が半ば過ぎようと何一つ、水差し入りのエールとパンを措いて出て来ぬので、貴殿はたまりかねて貴殿の給仕宛声を張り上げる。「今のそのカツレツの面倒を見てやってくれ、後生だから！」給仕はすぐには飛んで行けぬ。というのも貴殿が締め括るための十七ポンドは下らぬアメリカン・チーズと、小さな地所分はあろうかというセロリとクレソンを運び込んでいる真っ最中《さなか》だから。もう一方の給仕は重心を変え、今や、さながら兄貴との似通いは突っぱね、貴殿が伯母か祖母にもっとそっくりだと思い始めでもしたかのように訝しげに、貴殿を新たな観点より睨め据える。またもや貴殿は貴殿の給仕に痛ましくも腹立たしげに声をかける。「今のそのカツレツの面倒を見てやってくれ！」給仕はやおら御逸品の面倒を見に出て行き、ほどなく、貴殿がそいつ抜きで立ち去ろうとすると、そいつ込みで戻って来る。その期に及んでなお、給仕は見得を切るに一時間《いっときま》を置き、カビっぽいカツレツをちらと、まるで御逸品を目の当たりにびっくりしてでもいるかのように――とは然てもしょっちゅう目の当たりにしているに違いないからには見え透いた芝居もいい所――見やらずしていっかな擬いの銀の蓋いを引っ剥がそうとせぬ。カツレツの表面にはある種カビもどきが調理人の腕によりて生やされ、三本の代わり二本脚の上でヨタついている擬いの銀の器の中には褐色のニキビと酢漬けのキュウリより成る皮膚病めいたソースが装われている。貴殿は勘定書きを申し立てるが、貴殿の給仕は未だ貴殿の勘定書きを持って来ること能はぬ。というのもその代わり、血も涙もなげなポテトを三つと地下勝手口の手摺の上なるたまさかの飾り物じみた、煮えくさしのブロッコリーの陰険な球《たま》を二つ持って来ている所だから。貴殿はよもやチーズとセロリには行きつくまいに劣らず当該羽目にも至るまいこと百も承知である。よって貴殿の勘定書きを高飛車に申し立てる。が勘定書きは取りに行かれてなお、お越しになるに手間取る。というのも貴殿の給仕は片隅の上げ下げ窓の蔭に住まう御婦人と話をつけねばならず、御婦人はどうやら〆を出そうと思えば元帳に数冊ならず――まるで貴殿がそこに一年は下らぬ宿を取ってでもいたかのように――当たらねばならぬから。貴殿は気も狂れんばかりにお暇しようとするが、もう一方の給仕は今一度重心を変えながら相変わらず貴殿をじっとり睨め据える――が今やふと、去年の冬に大外套をごっそりクスねた御仁そっくりではないかと惟み始めてでもいるかのように胡散臭げに。貴殿の勘定書きがとうとう持って来られ、一口につき六ペンスの割で支払われ果すや、貴殿の給仕はさも恨みがましげに「ただの食事にはサービス料が課されていなき」旨思い起こさせて下さり、よって貴殿はもう六ペンスないかとポケットというポケットをシラミつぶしに探し回らねばならぬ。貴殿が六ペンスの心付けを弾み果す段には貴殿の給仕は貴殿をいよよ見くびり、かく独りごたぬばかりに——とはまず間違いなく独りごちている如く——貴殿を表通りへと送り出す。「どうか二度とお越しになりませぬよう！」

或いは、貴殿にはもっと手持ちの自由な時間があるものの、劣らず踏んだり蹴ったりの目に現に会い、これまで会って来た、この先会うやもしれぬ、その数あまたに上る旅の事例の一つを引いてみよう。例えば、そいつの老舗のサイドボードの上に老舗のナイフ・ボックスを載せ、老舗のむっと息詰まる部屋の老舗の四本支柱式寝台の下に老舗の綿埃をどっさり溜め込み、階上《うえ》にも階下《した》にも老舗のカビ臭い臭《にお》いを芬々と立ち籠めさせ、老舗の調理法と老舗のふんだくり原則を守り通している老舗の「牡牛の頭亭」の場合は——。真っ白い湿布をあてがった病の床なる仔牛の胸腺《スイートブレッド》や、カレー用ライスの内なる薬剤師の散薬や、偶発的興味を当て込んで挽き肉ボールに詮なくも寄っかかっている血の気の失せた仔牛の細切れ肉の煮込みといった添え物料理の形《なり》なる貴殿の受けた侮辱を数え上げてみよ。下方の四肢を義足よろしく皿から突き出した骨皮筋右衛門よろしきトリや、グサリとナイフを突き立てられるやどっと、ケイパー・ソースの直中にて凄まじく血を逆らす共食いじみた茹でマトンや、焼き菓子の小皿——と言おうかリンゴ半個かグースベリー四個の上に押っ立てられた鯨蠟軟膏の屋根——に纏わる経験なら、貴殿も嫌というほどお持ちだろう。もしや貴殿がとうの昔に老舗の「牡牛の頭亭」の果実味豊かなポートを忘れているとすらば幸ひなるかな。というのも御逸品の評判たるや専ら「牡牛の頭亭」がそいつに吹っかけた老舗の値、及び、「牡牛の頭亭」がグラスと卓上用小敷布《ドイリー》を並べ、くだんの「液状痛風」をその老舗の色の染め物屋からだけは来ていないかのように三と六ペンス蠟燭にかざす老舗の勿体らしさによって取っているにすぎぬから。

或いは最後に、もって掉尾《ちょうび》を飾るに、我々が誰しも日々身に覚えのある二つの事例を引いてみよう。

我々は誰しも、年がら年中泥濘《ぬか》った小径の先を行った、年がら年中陣風の吹き荒ぶ、我々がいつも決まって夜分に到着し、正面の扉を開けるやギョッとガス灯の胆を凄まじく潰さずばおかぬ、駅に間近い真新しい旅籠を知っている。我々は誰しもやたら真新しい廊下と階段の床張りや、やたら真新しい壁や、モルタルのお化けに崇られた旅籠を知っている。我々は誰しもヒビの入った扉や、ちらと侘しい月を拝ませて頂ける、ヒビの入った鎧戸を知っている。我々は誰しも真新しいホテルを切り盛りしにやって来たはいいが、いっそ来なければ好かったとホゾを噛み、（その不可避の結果）我々もいっそ来なければよかったとホゾを噛んでいる真新しい連中を知っている。我々は誰しも如何ほど真新しい調度がやたら疎らにして滑《すべ》らかにしてテラついているか、如何ほどいっかなすっくり落ち着かず、然るべき場所にてんでしっくり来ぬ代わり、何が何でもお門違いな場所に潜り込もうとするか知っている。我々は誰しも如何ほどガス灯が、いざ灯されるや、あちこちの壁の上の「湿気」なる地図をひけらかすか知っている。我々は誰しも如何ほどモルタルのお化けが我々のサンドイッチにこっそり忍び込み、我々のニーガスをグルグル掻き混ぜ、我々と一緒にベッドまで上がり、血の気の失せた寝室の煙突を這いずり上がり、煙がついて来るのに待ったをかけるか知っている。我々は誰しも如何ほど我々の椅子の脚が一本、朝餉の席で外れ、如何ほどしょぼくれた給仕がくだんの椿事を旅籠に広く遍く漲る青臭さのせいにし、我々に、とある御当地がらみの問いに応えて自分は幸い、祖国のくだんの界隈にては全くの他処者にして、この土曜には縁者の下《もと》へ戻る所存なりと垂れ込んで下さるか知っている。

我々は誰しも、片や、いきなりどこであれニョッキリ、我々のお好み次第の場所の裏手の郊外にお目見得し、我々の宮殿風の窓からは猫の額ほどの裏庭と菜園や、古ぼけた四阿や、トリ小屋や、ハト落としや、豚舎を見はるかせる、共同経営の大鉄道旅籠を知っている。我々は誰しもこの手の旅籠にて我々は身銭さえ切れば旅籠の流儀なり何であれ手に入れられようと、されど誰一人として我々を目にして喜ぶ者も、我々を目にして悲しむ者も、果たして我々が来るのか行くのか、如何なる次第で、何時《いつ》、何故《なにゆえ》来るのか行くのか（勘定の支払われる限りは）気にかける者も、我々がらみでこれきり心を砕く者もないと知っている。我々は誰しもこの手の旅籠にて我々は何ら個性を有さず、言わば、第一回配達郵便に自らを投じ、我々の地区に応じて選り分け片をつけられると知っている。我々は誰しもかようの旅籠にては実にめっぽう調子好くやって行けるが、それでいてケチのつけようのないほど調子好くはやって行けぬと、こいつはひょっとして、旅籠は大方卸し売り規模にして、我々の内には依然、満たされることを求めて已まぬ小売り規模の個人的興味がグズグズとためらっているからかもしれぬと知っている。

要するに、己《おの》が逍遥の旅は小生を未だ我々はこの手の問題において完璧に近いとの結論に導いてはいない。して恰もひっきりなしくだんの悲劇的結末《カタストロフィ》を預言する退屈千万にして権柄尽くの連中がこの世に存す限り、この世の終わりがすぐ目前に迫っているとは信じられぬ如く、然に、小生が以上、垣間見て来た鼻持ちならぬ迷信がしぶとく生き存らえている限り、旅籠至福千年期《ホテル・ミレニアム》が訪れようとはおよそ信じ難い。

第七章　外つ国への旅

（一八六〇年四月七日付）

小生は旅行用の軽装四輪《チャリオト》に乗り込み＊――ドイツ製のゆったり、ずっしりとした、艶出しのかけてない奴だが――小生は旅行用の軽装四輪《チャリオト》に乗り込み――乗り込む側《そば》から踏み段を引き上げ、バタンと、小気味好く扉を締めるや、声をかけた。「さあ、やってくれ！」

立ち所に、ロンドンのかの西・南西地区はそっくり、それは猛然たる速度で飛び去り始めたものだから、テムズ川を渡り、オールド・ケント・ロードを抜け、遙かブラックヒースに這い出し、シューターズ・ヒルを登り始めて漸う、馬車の中で辺りを見回す暇《いとま》が出来たほどだった――曲がりなりにも人心地着いた旅人らしく。

屋根の上には二つ、広々とした旅行鞄載《インペリアル》せがあり、正面には手荷物用の他の備え付けの荷台と、後方上部にも同上があった。頭の上には本のための網棚が、窓という窓には大きな物入れ《ポケット》が設えられ、細々とした身の回り品を入れる革の小袋《パウチ》が一つ二つ吊る下がり、軽装四輪《チャリオト》の後部には、夜分行き暮れた時の用心に、読書用ランプも取り付けてあった。小生はありとあらゆる点において準備万端整え、外つ国へ向かっているという点をさておけば、自らどこへ向かっているものか（愉快極まりなくも）、さっぱりだった。

古びた本街道はそれは滑《すべ》らかにして、馬の奴らはそれは活きが好く、小生自身それは猛然と突っ走っているものだから、早、グレイヴゼンドとロチェスターの中途に差しかかり、河口へ向けて広がっているテムズが折しも船を――白い帆を張っているのから、黒い煙を吹き上げているのから――遙か沖合へと運び去っていた。と思いきや、道端にめっぽう奇妙な小さな少年がいるのに気がついた。

「やあ！」と小生はめっぽう奇妙な小さな少年に声をかけた。「どこに住んでいるんだね？」

「チャタムさ」と少年は返す。

「そこで何をしているのかい？」と小生はたずねる。

「学校に通ってるのさ」と少年は答える。

小生は瞬く間に少年を馬車に抱き上げ、我々はそのなりガラガラ揺られた。ほどなく、めっぽう奇妙な小さな少年は言う。「そら、そろそろギャズ・ヒルが見えて来た。フォールスタッフが例の旅人達からクスねに出かけて、飛んで逃げた

（『ヘンリー四世』第一部Ⅱ、2）」

「おや、フォールスタッフがらみでそこそこ仕込んでるじゃないか、えっ?・」と小生はたずねた。

「そこそこどころか」とめっぽう奇妙な小さな少年は返した。「ぼくはもうデカくて（九つだから）、本っていう本を片っぱしから読んでるんだ。けどどうか丘の天辺で馬車を停めて、あすこの屋敷を見てみようよ、ねえ！」

「あの屋敷がそんなに気に入っているのかい?」と小生はたずねた。

「あんれ、おじさん」とめっぽう奇妙な小さな少年は言った。「ぼくはまだ九つの半分にもならない時分、いつもあの屋敷を見に連れて来てもらうのがすごく楽しみだったんだ。で今じゃもう九つなもんで、独りで見にやって来れるのさ。で物心ついた時からいつも父さんは、ぼくがあいつのことそりゃ気に入ってるの知ってるもんで、言ってるんだ。『もしもお前がちょっとやそっとじゃ音を上げなくて、一生懸命働くってなら、いつの日かあの屋敷に住めるようになるかもしれないぞ』なんてありっこないけどさ！」とめっぽう奇妙な小さな少年は静かに溜め息を吐き、今や窓から食い入るようにじっとくだんの屋敷に目を凝らしながら言った。

小生はめっぽう奇妙な小さな少年にそう言われて少なからず胆を潰した。というのもくだんの屋敷はたまたま小生の屋敷で、小生には、宜なるかな、少年の仰せの通りと信じる謂れがあるからだ。

＊

はむ！　小生はそこでは一切馬車を停めぬまま、ほどなくめっぽう奇妙な小さな少年を降ろし、旅を続けた。その昔、古《いにしへ》のローマ人が練り歩いていた道を越え、古《いにしへ》のカンタベリー巡礼者がトボトボと歩いていた道を越え、古《いにしへ》の威風堂々たる司祭や君子が泥水を突いて大陸と我らが島国との間を馬の背に跨ってチリンチリン進んでいた道を越え、シェイクスピアが旅籠の中庭の門で鞍に跨がったなり運搬人達に目を留めながら「吹けよ、吹けよ、汝、北風よ（『お気に召すまま』Ⅱ、7）」とつぶやくともなくつぶやいた道を越え、道すがら桜桃園や、林檎園や、麦畑や、ホップ園を抜け、かくてカンタベリー伝《つて》ドーヴァーに辿り着いた。そこにて海は、日が暮れているとあって、深い潮騒もろとも荒らかに岸に打ち寄せ、グリネ岬なるフランスの回転灯はさながら心配性のどデカい灯台守の頭が三十秒毎にどれどれ火は赤々と燃えているかとばかり、ひょいと突っ込まれてでもいるかのように規則的にパッと燃え上がっては朧になる様が見て取れた。

翌朝早々小生は蒸気定期船の甲板の上にして、我々はお定まりの鼻持ちならぬやり口にて砂洲宛突っかかり、砂洲はお定まりの鼻持ちならぬやり口にて我々宛突っかかり、砂洲は遙かにいっとう旨い汁を吸い、我々は遙かにこっぴどい目に会った――一から十までお定まりの鼻持ちならぬやり口にて。

とは言え、向こう岸の税関を打っちゃり、いよいよ乾涸びたフランスの街道にて濛々と土烟を立て始め、路傍の小枝っぽい木々が（ついぞ生い茂ったためしのないからには、連中、金輪際生い茂るまいが）ここかしこ、木蔭なる絵空事においてぐっすり眠りこけたなり、割石の山でこんがり焼かれている埃まみれの兵士か百姓を守ってやる段ともなれば、小生は漸う己《おの》が旅行きの心意気を取り戻し始めた。して今や太陽が遙か彼方から天日採りレンズに当たる要領で照りつけている、カッチンコの熱い、テラついた帽子を被った、割石の砕き人足に出会すに及び、蓋し、我が最愛の古き愛しきフランスに抱《いだ》かれているものと得心した。たとい軽装四輪《チャリオット》のギユウギュウ詰めの物入れ《ポケット》の一つより、冷製炙りドリと、パンの塊と、一摘みの塩を肴に、懐かしの粗削りなビン詰め安ワインで昼飯を得も言はれず得々と認《したた》めていなかったとて、然に得心してはいたろうが。

昼食の後でぐっすり眠りこけていたに違いない、というのも窓辺からひょいと明るい顔が覗き込むや、ギョッと胆をつぶして言うからだ。

「おや、ルイ、君がポックリ行っちまった夢を見ていたよ！」

我が陽気な召使いは声を立てて笑いながら、答えた。

「オレが？　めっそうもねえ、だんな」

「目が覚めてもっけの幸い！　これからどうしようって、ルイ？」

「そろそろ馬を替えようかってんで。済まねえが、丘を歩いて頂けやせんか？」

「もちろん」

懐かしきフランスの丘よ、ようこそ――中腹の藁葺きの犬小屋もどきに住まう懐かしきフランス瘋癲が（スターンのマライア*とは如何なる遠縁にも当たらぬが）、いきなりピョンと、びっこのチビ助をひけらかさんとす爺さん婆さんや、二目と見られぬ盲《めしい》の爺さん婆さんをひけらかさんとすチビ助達の先手を打つべく、杖と大きな頭と突き出されたナイトキャップごと飛び出して来る――連中、いつも決まって何やら死体盗掘の過程によりていきなりワンサと、人気《ひとけ》なき場所に取り憑くべく万有より喚び起こされてでもいるかのようではあるが！

「結構」と小生は連中の直中に手持ちの小銭をバラ蒔きな

がら独りごちた。「ほら、ルイのお越しで、すっかりうたた寝からも目が覚めた」

　我々はまたもやガラガラ旅を続け、小生はフランスが小生の置き去りにせしままの所にある（『マクベス』Ⅳ、3）旨新たに太鼓判を捺される度、快哉を叫んだ。そら、拱道と、薄汚い廐庭のある駅舎にやって来れば、駅舎長の小ざっぱりとした女房が、明るい事務屋然たる女が、馬を馬車に付けるのを見守っている。かと思えば、御者の奴らが頂戴した金を如何ほどであれ帽子に数え入れ、さりとていっかなたんまりとした〆を出せずにいる。かと思えば、フランダース産の並の葦毛馬の群れが、隙を見ては互いに噛みつき合っている。かと思えば、フワフワの羊皮が、雨風の強かな際には胸当て付きエプロンよろしく御者連中によりて制服の上から輪っかで留められている。かと思えば、連中、ジャックブーツを履き、ピチリと鞭を鳴らしている。かと思えば、大聖堂に出会し、何やら酷き金縛りにでも会っているか、小生はこれきり拝まして頂きたくないというに、連中を拝まして頂くべく馬車から下りる。かと思えば、小さな町に差しかかるが、そいつらの屋敷の大半が貸しに出され、片や屋敷を貸すこと能はず、よって連中を日がな一日眺めて過ごす外何ら手持ち無沙汰な連中をさておけば、誰一人としていっかな眺める気になって下さらぬからには、町たる筋合いのからきし御座らぬかのようだ。小生は一晩、路上で夜露を凌ぎ、なかなか美味なじゃが芋料理と、外にも気の利いた馳走に舌鼓を打ったが、そいつら祖国流に焼き直した日には必ずや、かの痀瘻《くる》病めいた我らが祝福たる英国農夫にとりてとにもかくにも破滅に満ち満ちているとコキ下ろされること必定たらん。とうとう小生はガラガラ、箱の中の一粒の丸薬よろしく、幾リーグもの石ころの上を揺られ、とこうする内――ひたぶるピチリピチリ鞭をくれては、後ろ脚を蹴り上げては、葦毛の二本の尻尾を辺り構わず振り回した挙句――パリに凱旋よろしく乗り込んだ。

　パリにて、小生はリヴォリ通りのとあるホテルの上階の部屋を数日借りた。正面の窓からはチュイルリー宮殿の庭が覗き込め（そこにて子守り娘と花の主たる相違は前者は移行性にして後者は然にあらずという点に尽きるかのようだが）、裏手の窓からはホテルの他の裏手の窓がそっくり見はるかせる所へもって、ズンと下の方にては石畳の中庭が見下ろせ、そこにては小生のドイツ製軽装四輪《チャリオト》が窮屈な拱道の下にどこからどう見てもあの世へ行くまで引っ籠もり、そこにては鈴《りん》が終日《ひねもす》リンリン、誰一人気に留めぬまま――とは言え、一人ならざる羽根箒と緑のベーズの縁無し帽の室内係がここかしこ、どこぞの上方の窓から坦々と見下ろしながら身を乗り出してはいるが――鳴り、そこにては小ざっぱりとした給仕が左肩に盆を載せたなり朝から晩まで行きつ戻りつした。

　小生はいつパリを訪おうと必ずや、目に清《さや》かならざる力によりて死体公示所《モルグ》へと惹き寄せられる。断じてそこへ行きたいとは思わぬが、必ずやそこへ誘《おび》き寄せられる。とあるクリスマスの日*、小生は叶うことならどこか他処へ行きたかったろうものを、否応なく中へ引き込まれてみれば、とある白髪まじりの老人が冷たい寝台に独りきり横たわり、水道の蛇口が白髪頭の上にて捻られ、雫がポタリ、ポタリ、ポタリ惨めな顔を伝い、挙句口の隅まで届くや、そこにてチョロリと脇へ逸れ、かくてやたら狡っこげな面《つら》を下げていた。とある元旦（それが証拠、太陽は戸外で燦然と輝き、如何様師が一人、門から一ヤードと離れていない所で、鼻の上の羽根の釣り合いを取っていたが）、小生はまたもや中へ引き込まれてみれば、年の頃十八の亜麻色の髪の少年が胸にハート型の――上に「母より」と刻んである――ペンダントを掛けたなり横たわっていた。少年は色白の額に銃弾を受け、両手をナイフで切りつけられ、川の向こう岸の網に引っかかっていたが、果たして何処より、如何様に、かは全き謎に包まれていた。この度、小生は同じ恐るべき場所へ否応なく吸い寄せられてみれば、とある浅黒い大男が横たわり、男は土左衛門のせいで由々しくもおどけた具合に醜男ヅラを下げ、その表情と来ては痛烈なパンチを食らった勢い瞼を閉じはしたものの、今にも目を開け、かぶりを振り、「ニタリとやりながら向かって」来そうなプロボクサーのそれそっくりだった。おお、何とこの浅黒い大男がくだんの明るき街において小生に祟って下さったことよ！

　それは茹だるように暑い日和のことで、男はお蔭で増しになるどころの騒ぎではなく、小生は少なからず気分が悪くなった。実の所、人差し指に間借り先の鍵を引っかけたなり、仲良く砂糖菓子を頬張りながら小さな少女に男を見せていためっぽう小ざっぱりとして人好きのする小柄な女性が、三人して表へ出しなに、ムッシューの具合が悪そうなのに目を留め、小さな眉を愛らしく吊り上げてたずねた。ムッシュー、どうかなさいまして？　いえ、とかすかに答えるや、ムッシューは道の向かいの葡萄酒屋に難を逃れ、ブランデーを某か求めると、川に浮かぶ大水浴場で一浴びすることにて自らにカツを入れてやることにした。

　水浴場はいつもながらの陽気な物腰にて、様々な派手派手しい色合いの縞模様の海水パンツの男性人口で賑わっていた。男性諸兄は腕に腕を組んでそこいらをブラつき、コーヒーをすすり、葉巻きを吹かし、小さなテーブルに腰を下ろ

し、タオルを配って回っている娘御方と慇懃に言葉を交わし、時折真っ逆様に川に飛び込み、またもや岸に上がっては当該社交的手続きを繰り返していた。小生も負けじとばかり、気散じの水中部門にいそいそ首を突っ込み、愉快な水浴を存分楽しんでいた。とその途端、浅黒い大きな土左衛門が真っ直ぐプカプカ小生宛突っかかって来ているとの戯けた想念に取り憑かれた。

　小生はすかさず川から上がり、着替えをした。胆を潰した勢い、少々水を飲み、お蔭で気分が悪くなった。というのも男の穢《けが》れが混じっているような気がしたからだ。小生はホテルのひんやりとした薄暗い部屋に戻り、そこなるソファーの上に身を横たえて初めて、自分相手に理詰めに説きつけにかかった。

　無論、小生とて浅黒い大男はとことん死に果てているということくらい——全く新たな場所でノートルダム大聖堂に出会すはずがないに劣らず、男が縡切れて横たわっているのを目にした場所以外で男に出会すはずがないことくらい——百も承知だった。小生に祟っているのは奴の似姿で、御逸品、然に奇しくもまざまざと瞼に焼きついて離れぬものだから、そっくり擦り切れるまでお払い箱にするは土台叶はぬ相談だった。

　小生は当該憑依が小生にとって紛うことなき不快である片や、その異様さにも気づいていた。正にその日のディナーの席で、皿の上の一口が男の端くれのように見え、そそくさと腰を上げるや外へ出た。その後夕刻になって、サントノレ街を歩いていると、そこなる酒場に貼られた突き剣練習や、段平練習や、格闘等々といった武芸を触れ回るビラに目が留まった。かくて中に入ってみれば、剣捌きの某かが実に巧みなせいで、そのまま居残った。外ならぬ我らが国技の適例たる英国拳闘《ボウクス》が、夕べの締め括りに披露される旨告げられていた。魔でも差したか、小生はブリテン魂に悖ってはと、当該拳闘《ボウクス》を待とうとホゾを固めた。一戦そのものは実に不様な（クチにアブれた二人の英国生まれの馬丁の間にて交《まじ》えられた）見本だったが、ボクサーの内一人は眉間にグラブもて右ストレートのパンチを食らうと、正しく死体公示所《モルグ》の浅黒い大男が今にもやりかけているやに見受けられたことをやってのけ——その夜は一先ず小生をぶちのめした。

　ホテルの小生の部屋の小さな控えの間《ま》には（パリではおよそ尋常ならざる芳香どころではなき）不快な臭いが染みついていた。死体公示所《モルグ》の浅黒い大男は如何なる直接的体験にても小生の嗅覚とは結びついていなかった。というのも大男の御高誼に与った際、男はことその点に関せば鋼か大理石の壁にも遜色なかろうぶ厚い磨き板ガラスの向こうに横たわっていたからだ。がそれでいて部屋の臭いがツンと鼻を突こうものなら必ずや、またもやドロンと男は立ち現われた。より興味津々たることに、男の肖像の何と気紛れにパッと、他処で、小生の胸中、輝きを放つやに思われたことか。小生は或いはノラクラ店のウィンドーをひやかし半分、覗き込みながらパレ・ロワイヤルを歩いていたやもしれぬし、或いはそこいらに並んだ既製服屋の内一軒で愉快に油を売っていたやもしれぬ。が小生の目はあり得べからざる腰つきの化粧着やキラびやかなチョッキの上をフラフラとさ迷いながら、つと主《あるじ》か、店員か、正しく戸口の人台《ダミー》にすら留まったが最後、小生にかくつぶやいたものである。「どことなく奴に似てやしないか！」――さらば立ち所に、またもや吐き気を催した。

　これは芝屋でも、似たり寄ったりのやり口で出来した。通りでもしょっちゅう、小生はなるほど似姿を探していないばかりか、恐らくそこに似姿などこれきりないというに、出来した。小生が然に取り憑かれたのは、男があの世の人間だからではない。何故《なぜ》なら我ながら生身の忌物《いみもの》の似姿によっても劣らず執拗に付き纏われていたやもしれぬとは（事実身に覚えがあるからには）百も承知だからだ。これがおよそ一週間ほど続いた。肖像は、いささかなり押しつけがましくも明瞭でもなくなったという意味においてではなく、いよいよ間遠にしか出しゃばらなくなったという意味において、次第に薄らいで行った。かようの体験は子供を預かる者によっては一考の価値あろう。聡明な子供の観察が如何ほど鋭く正確かいくら誇張しても誇張し足りまい。くだんの感性豊かな人生の時期にあって、そいつは固執的な印象を刻むに違いない。もしや固執的な印象が子供にとって恐ろしい代物に纏わるそれなら、印象は（理論的論証に欠けるだけに）大いなる恐怖が畢竟、付き纏おう。かようの折に子供を力尽くで捻じ伏せ、子供相手に鬼軍曹《スパルタン》に転じ、無理矢理暗がりに送り込み、無理矢理孤独な寝室に置き去りにしてみよ、さらば貴殿はそいつの息の根を止めた方がまだ増しだろう。

　とある晴れた朝《あした》、小生はガラガラ、ドイツ製の軽装四輪《チャリオト》にてパリの都を後にし、浅黒い大男をこれきり後方に打っちゃった。とは言え、正直白状せねばならぬが、小生は大男が晴れて地下に埋葬されてからもなお奴の衣服を見るべく、死体《モ》公示所《ルグ》へと連れ戻され、さらば御逸品――わけても長靴は――凄まじく奴に似ていた。小生は、しかしながら、後方ではなく前方に目を凝らしたなり、ガラガラ、スイスへとひた向かい、かくて我々は袂を分かった。

　またもやようこそ、延々と延々と、いつ果てるともなく続くフランスの旅路よ——小さな懶い町の風変わりな鄙びた旅籠は花瓶や時計だらけにして、夕まぐれの小さな木蔭の小さな遊歩道《ブールバー》の小さな人だかりはおよそ懶いどころでないとあらば！　ようこそ、ムッシュー教区司祭《キュレ》よ——朝未だき、町の少し外れまで独り漫ろ歩き、貴兄のかの永遠の日読祈禱書に読み耽ってはいるものの、御逸品、とうの昔にほとんどソラで、読まれているやもしれぬとあらば！　ようこそ、ムッシュー教区司祭《キュレ》よ——その日の後ほど、十二幾《とせ》は下らぬ冬の乾涸びた泥をこびりつかせた、やたら頭でっかちの幌付き二輪《キャブリオレー》にてガタゴト（まるで早、雲間なる彼の地に昇り詰めでもしたかのように）本街道の土埃を突いて揺られているとあらば！　またもやようこそ、互いに挨拶を交わすに及んでのムッシュー教区司祭《キュレ》よ——貴兄は貴兄の小さな村の庭でその日のスープのために野菜を一つ二つ摘む間《ま》にも、ドイツ製軽装《チャリ》四輪《オト》を打ち眺めるべく腰を伸ばし、小生はかの、気苦労も、昨日も、明日も、束の間の物体と束の間の香りと音を措いて何一つ知らぬ甘美な旅人の恍惚にあって、ドイツ製軽装四輪《チャリオト》の窓から外を眺めているとあらば！　かくて小生は、愉悦の程なく、ストラスブール（仏北東部都市）までやって来ると、そこにて雨降りの日曜の夕べを窓辺で過ごし、片や向かいの屋敷にては小生のためにちょっとしたなまくらな軽喜歌劇《ボードビル》が演じられた。

　如何でかように大きな屋敷にわずか三人しか住まわぬようになったものか、は不問に付そう。のっぽの屋根一つ取っても二十は下らぬ窓があり、薄気味悪い正面に至っては如何ほど仰山か、小生はほどなく数えるのにサジを投げた。屋敷の主《あるじ》は名をストローデナムという商店主で、商っているのは——小生には何を商っているかは解《げ》しかねた。というのも主《あるじ》は看板を高々と掲げるのに二の足を踏み、店は閉《た》て切られていたからだ。

　当初、小生は間断なく降り頻る雨越しにストローデナムの屋敷を眺めながら、主《あるじ》にガチョウの肝商いで身を立てさせて進ぜた。が三階の窓辺に姿を見せたストローデナム当人をしげしげやる内、一件にはどうやら肝よりもっと値の張る代物がかかずらっているものと得心するに至った。主《あるじ》は真っ黒なヴェルヴェットの頭蓋帽を被り、見るからに大金持ちの我利我利亡者げな面《つら》を下げていた。髪は白く、目は近眼ながら鋭く、どデカい唇と徳利鼻の老人だった。書き物机でペンを走らせ、このストローデナムは、何かと言えば手を止め、ペンを口にくわえ、右手で、さながら現ナマの山を押さえつけている男のような仕種を繰り返した。五フラン銅貨か、ストローデナムよ、それともナポレオン金貨（二〇フラン）か？　おぬし宝石商か、ストローデナムよ、金貸しか、ダイアモンド商か、一体何なのか？

ストローデナムの下の、二階の窓辺には家政婦が座っていた――お世辞にも若いとは言えぬながら、ふくよかな足と踝を仄めかす眉目麗しき姿形の。艶やかなドレスに身を包み、扇を手にし、大きな金のイヤリングと大きな金の十字架をあしらっていた。生憎篠突くような雨が降ってさえいなければ（と小生の踏むに）どこか遊山に出かけていたろうものを。ストラスブールはこの折だけは、物見遊山にてんでお先真っ暗な代物とサジを投げていた。というのも雨はゴボゴボ、古い屋根の竪樋から迸り出るや、どっと谿流よろしく通りの中央を突っ切っていたからだ。家政婦は胸許で腕を組み、扇でコンコン顎を打ちながら、開けっ広げの窓辺でにこやかに微笑んでいた。が、それをさておけば、ストローデナムの屋敷の正面はやたら侘しげだった。家政婦の窓だけが唯一、屋敷の正面で開いている窓で、ストローデナムはぴっちり窓を閉《た》て切っていた。外気の固より心地好い、むっと息詰まるような夕べにして、雨はかの、雨なるものが夏時ともなればもたらすが常の爽やかな芝草の漠たる香りを町にもたらしていたにもかかわらず。

ぬっと、ストローデナムの肩先に男が朧げながら立ち現われたせいで、小生はどいつか御当人のフトコロに小生の然ても気前好く突っ込みし現ナマ欲しさにくだんの羽振りのいい商人殿《あきんど》の息の根を止めに来たのやもしれぬと下種の何とやらを働かせた。のは、男がひょろりとした痩せぎすの、見るからに足取りのコソついた、血の気の多げな男とあらばなおのこと。が男はストローデナムを一思いにグサリとやる代わり、ヒソヒソ耳打ちし、それから二人してくだんの部屋のもう一方の――ちょうど家政婦の窓の真上の――窓をそっと開け、どれどれとばかり、下を覗き込んだ。して小生はくだんの名士が窓からペッと、紛うことなく家政婦宛ツバを吐きかけんとの目論見の下《もと》、吐きかけるのを目の当たりに、ストローデナムをお見逸れすること甚だしかった。

知らぬが仏の家政婦はパタパタ、扇を煽ぎ、ツンと頭をそっくり返らせ、コロコロ声を立てて笑った。ストローデナムのことは知らぬが仏なれど、家政婦はどいつか外の奴のことは――ひょっとして小生のことは？――外に誰もいなかったから――知らぬが仏ではなかった。

グンと、てっきり御両人の踵が高々かざされるのを目にしようとほくそ笑まずばおれぬほど窓から身を乗り出していたと思うと、ストローデナムと痩せぎすの男は頭を引っ込め、窓を締めた。ほどなく、屋敷の扉がこっそり開《あ》き、二人はゆ

っくり、さも小意地の悪げにどしゃ降りの雨の中へと這いずり出した。さては御両人、小生が家政婦を打ち眺めていた賠償を請求すべく（と小生には思われたのだが）こっちへやって来る気かと小生の胸中、観念のホゾを固めたか固めぬか、いきなり小生の窓の下方の建物のとある奥まりに飛び込み、またとないほど罪のないちんちくりんの剣《つるぎ》を腰に挿した、またとないほどいじけたちんちくりんの兵隊を引こずり出した。当該兵《つはもの》のっぽの艶べらがけした頭飾りを、ストローデナムはすかさず叩《はた》き落とし、さらば御逸品より棒砂糖が二本と、大きな砂糖の塊が三つ四つこぼれ落ちた。

兵《つはもの》はこれきり御身上を取り返そうとも歩兵帽《シャコー》を拾い上げようともせぬまま、ただ穴の空くほどマジマジ、奴が御当人を五度《ごたび》蹴り上げるに及びストローデナムに、ばかりか奴が御当人を五度《ごたび》蹴り上げるに及び痩せぎすの男に、またもや奴が彼（兵《つはもの》）の小さな上着の胸をパックリ掻っ裂き、十本指をごっそり、一万本よろしく面前で振るに及びストローデナムに目を凝らすきりだった。これら狼藉が働かれ果すや、ストローデナムと下男はまたもや屋敷の中へ引っ込み、扉に閂を鎖した。奇しきかな、家政婦は一部始終をそっくり目の当たりにしてなお（してかようの兵《つはもの》ならば半ダースなり一度《いちどき》にふくよかな胸に抱き寄せられていたろうものを）、ただパタパタ扇を煽ぎ、先刻コロコロ声を立てて笑っていたままにコロコロ声を立てて笑い、一件がらみでは善くも悪しくも、何ら見解を持ち併さぬかのようだった。

が、芝居の最大の「落ち」はちんちくりんの兵《つはもの》が積年のウラミツラミを晴らしにかかることにてついた。篠突く雨の中に独りきり取り残されると、兵《つはもの》は歩兵帽《シャコー》を摘《つま》み上げ、ズブ濡れのドロまみれではあったものの、御逸品を被り、ストローデナムの屋敷が一角を成す中庭へ引っ込み、クルリと踵を回らすや、両の人差し指を鼻の天辺にひたとあてがいざまゴシゴシ、互いの上で斜《はす》かいにこすった――ストローデナムを嘲っているとも、蔑んでいるとも、彼に挑みかかっているともつかぬ具合に。よもやストローデナムが当該奇妙奇天烈な手続きを気取るべくもなかったが、ちんちくりんの兵《つはもの》の意気はかくてそれは生半ならず慰められた上から揚々となったものだから、御当人、二度にわたって立ち去るも、そいつを繰り返すべく二度にわたって中庭へ取って返した。かくて宿敵め、気も狂れんばかりに業を煮やすこと必定とばかり。のみならず、その後《ご》もう二人のちんちくりんの兵《つはもの》共々取って返し、三人して仲良く同上の手続きを踏んだ。のみならず――小生の当該物語を審らかにすべく生きている如く！――とっぷりと日も暮れようかという頃、三人《みたり》はどデカい、鬚モジャの工兵《サパー》を引っ連れて取って返し、三人がかりで本家本元の酷き仕打ちを復習《さら》うことにて、工兵《サパー》に相も変わらずストローデナムの側《がわ》にてはとんと知らぬが仏なれど、相も変わらず珍妙な意趣返しを掻い潜らせた。してそこで漸う四人《よったり》は仲良く、鼻唄まじりに、腕に腕を組んで立ち去った。

小生も夜が明けるが早いか、ドイツ製軽装四輪《チャリオト》にて立ち去り、ガラガラ、来る日も来る日も甘美な夢を見ている者さながら、揺られ続けた。してそれはその数あまたに上る澄んだ小さな鈴《りん》が馬の曳き具に付いているものだから、バンベリー・クロスと彼《か》の地にて粛々と手綱を取りし神さびた御婦人に纏わる童歌*が絶えず耳許で響いた。して今や木造りの家と、無垢なケーキと、薄いバター・スープと、搾乳場と骨肉の似通いの無きにしもあらざる、染み一つない小さな旅籠の寝室の国へとやって来た。して今やスイスの狙撃兵がそれはやたら小生の耳に間近い、峡谷を過った的宛いつ果てるともなくライフルの弾をぶっ放しているものだから、小生はさながらテルの住まう州の新たな暴君ジェスラーにして、暴君人生のいたくごもっともな報いたる危険に我が身を晒してでもいるかのような気がした。この手の射撃の褒美は腕時計に、小粋なハンカチーフに、帽子に、スプーンに、（わけても）茶盆といった面々で、この手の腕競べにおいて、ひょっこり、めっぽう腕の立つ愛嬌好しの同郷人に出会したが、男は、年々歳々腕競べに明け暮れているせいでとうとう聾になり、それは仰山な茶盆をせしめて来たものだから、馬車に御逸品をワンサと積んだなり、映えある呼売り大道商人《チープ・ジャック》よろしく国中をあちこち流離っていた。

　小生が今や分け入っていた山国では、時に牡牛の軛が駅馬の前に引っかけられ、小生は霧と雨を突き、滝の轟音をマンネリ防止の伴奏代わりに、上へ、上へ、上へと四苦八苦登った。やぶから棒に、霧と雨が晴れ渡り、キラキラと目映いばかりの尖塔と風変わりな塔の聳やぐ絵のように美しい小さな町に下《くだ》り、徒《かち》でフラリと、ウネクネと曲がりくねった急な通りの市場《いちば》に立ち寄ってみれば、そこにてはボディス姿の仰山な女が、卵と蜂蜜や、バターと果物を売り、小ざっぱりとした手籠の傍に掛けたなり子供に乳を与え、それは巨大な甲状腺腫（と言おうか喉の腺状の腫れ物）をブラ下げているものだから、果たしてどこで乳母が終わり、乳呑み児が始まっているものか、見極めるは格別な博学を要したろう。およそこの時点で、小生はドイツ製の軽装四輪《チャリオット》から騾馬の背《せな》に鞍替えし（色といいいかつさといい、その昔学校で使っていた埃まみれのおんぼろ馬尾毛《ばす》葛籠にそれはウリ二つなものだから、奴の背骨に真鍮頭の釘で小生のイニシャルが打ちつけられているのが見えそうな気がしたが）、一千もの凸凹道を登り、一千もの樅と松の森を見下ろし、概して我が騾馬殿、もう少々内側寄りに固執し、いつも決まって蹄一つか二つ分、絶壁越しに旅をして下さらねばと願う所ではあったろう——もしやこれぞヤツが外の折には薪束の荷を背負《しょ》い込み、小生のことも、てっきりくだんの身の上に属し、連中とどっこいどっこい隙間を要すものや否や定かならぬが故に、専らヤツの大いなる叡智の為せる業たらんとの説明によりて大いに胸を撫で下ろしてでもいなければ。ヤツはヤツなり賢しらなやり口で、小生を無事アルプス山道伝《づて》連れ来たり、ここにて小生は日に一ダースからの気象を享受するに、今や（木馬の背に跨ったドン・キホーテよろしく）暴風地帯にいたかと思えば、今や炎熱地帯にいたかと思えば、今や凍てついたきりの氷雪地帯にいた。ここにて、小生はその下《もと》にて瀑布の哮り狂う震えがちな氷の丸屋根《ドーム》を越え、ここにて得も言はれず美しい氷柱の迫持《アーチ》の下《もと》に迎え入れられ、ここにて甘美な外気がそれは清《すが》しく、それは軽やかなものだから、息抜きの折々、我が騾馬殿が雪の中を転げ回っているのを目の当たりに、定めてこやつめいっとう御存じに違いなかろうと惟み、右に倣ったものである。旅のこの期に及び、我々は正午に半時間ほどの雪解けに突入し、さらば粗造りの山の旅籠が雪の海原《うなばら》の直中なる深い泥濘《ぬかるみ》の島の上に茫と浮かび上がり、片や一マイル先にては北極めいた状況にあった、秣を食んでいる数珠つなぎの騾馬と、樽や梱をどっさり積んだ荷馬車はまたもや湯烟を立て始めたものである。かようの手立てとやり口にて、小生は一群れの山小屋《シャレー》に辿り着き、そこにて滝を眺めるべく道から逸れねばならず、さらば旅人が一人――とは即ち、何か腹の足しが――急な斜面を登って来るのを目にするや、日向ぼっこをしながら甲状腺腫をあやしている、薪木山に寝そべった白痴の小僧が、幼気な巨人よろしく遠吠えを上げながら、小屋の中の道案内の女の目を覚まし、女はアタフタ、こちらへお越しになる間《ま》にも肩の一方に赤子を放り上げ、もう一方に甲状腺腫を放り上げながら、駆け出して来たものである。小生はこの旅路にて一軒ならざる修道院や、幾多の手合いの侘しき避難所に宿を取り、夜分、ストーブの傍にて、旅人達が呼べば聞こえる所で、雪の渦巻きや吹き寄せの内にて息絶えた物語を聞かされた。とある晩、屋内ではストーブが赤々と燃え盛り、戸外では凩が吹き荒れているとあって、勢い、とうの昔に忘れていたはずのガキじみた連想が喚び覚まされ、小生は――自分独りでは読めない時分に持っていた絵本の中のドンピシャ同じ農奴《サーフ》たりて――ロシアにいる夢を見た。して今にも、どうやら何か感傷的通俗劇《メロドラマ》からドロンと立ち現われたに違いなき、毛帽子と、長靴と、耳輪のやんごとなき殿様によりて革鞭《ナウト》の刑を食らわんとしていた。

　くれぐれも、これら山脈の直中なる麗しきせせらぎによろしく伝えてくれ！　連中、何が何でも平坦な土地へ下《くだ》ると言って聞かず、小生は、片や、ひたすら目下の居場所にグズグズと留まりたがっているとあって、およそ連中のお気には召すまいが。連中の何と盲滅法跳ね上がり、何たる黒々とした深淵に突っ込み、何たる突兀たる巖を擦り減らし、何たる谺を喚び起こしてくれることよ！　小生の足を運んだとある箇所にて、連中はイタリアにて明くる冬、高価な燃料として焚かれるべく薪を下流へと運ぶ役に狩り出されていた。が、獰猛にして野蛮な性《さが》はおいそれと歯止めを利かされるを潔しとせず、材木の大枝という大枝と抗うに、そいつをクルクル、クルクル回し、樹皮を引っ剥がし、ゴツゴツの角にぶち当て、針路の外へ弾き出し、堤から長い頑丈な棹もてまたもや押し戻そうと躍起になっている小百姓宛、哮っては飛びかかっている。哀しいかな！　時と水の流れはグルで小生をすら速やかに連れ去り、小生はかくて、抜けるような青空の広がる一日《ひとひ》、ジュネーヴ湖のローザンヌ岸に辿り着き、そこにて青く明るい水面《みなも》や、向かいの紅《くれない》に染まった真白き山々や、今しも小生の掌中にあるこの鵞ペンを途轍もなく膨れ上がらせたかと見紛うばかりに地中海風の帆を畳んだ、足許の小舟を眺めながら立ち尽くしていた。

——一天俄に掻き曇り、祖国イングランドの三月の東風そっくりの風が横方《よこざま》小生に吹きつけ、とある声がたずねた。

「お気に召しましたでしょうか？　これでよろしいと？」

小生はものの三十秒、ロンドン家具陳列販売所《パンテクニコン》の馬車部門にて売りに出されているドイツ製の旅行用軽装四輪《チャリオット》に閉じ籠もっていたにすぎぬ。外つ国へ旅をする予定のさる友人のために、そいつを買い求める役を託り、クッションや撥条を試す内、軽装四輪《チャリオット》の見てくれと様式からつい、これら旅の思い出の一齣一齣が目眩く眼前に立ち現われた。

「実に結構」と小生は反対側の扉から下り、馬車の扉をバタンと閉てる間《たま》にも、いささか心寂しく返した。

第八章　「グレイト・タスマニア号」の船荷

（一八六〇年四月二十一日）

小生は常々ロンドンに終着駅のある某鉄道線を利用している。それは大きな陸軍兵站部や、他の大きな営舎へ向から路線*で、小生の心底敬虔に信ず限り、くだんの路線に日中乗る度必ずや車輌の中で手錠を掛けられた脱走兵の姿を目にする。

　たとい我らが英国陸軍のような組織に幾多の性《たち》の悪い厄介な連中が紛れていようと何ら驚くには価すまい。が、にもかかわらず、ではなくだからこそ、英国陸軍を人品卑しからざる温厚な気っ風の男達にとって能う限り意に染む組織とせねばなるまい。かようの男達がよもや、自然の法則の獣じみた逆転や、豚風情よりなお悪しき汚濁の内に生きる強迫観念によって兵役に誘《いざな》われようか。故に、兵士の置かれた状況に纏わる如何なるかようの繁文縟礼省めいた潤*色がこの所これ見よがしなまでにひけらかされようと、我々文人は、外界の暗闇に腰を下ろし、所得税に陽気な思いを馳せながらも、一件を我々自身の案件と見なし、仮にかようの声明が英国国教会教義問答を侵害せずして、我々の上の権威の位に置かれている（『祈禱書』教義問答の捩り）人々に仄めかされ得るとすらば、是が非とも軍隊の統制を取って頂きたき旨表明する傾向を示して来た。

　近代の戦争の如何なる生気に満ちた記述や、新聞に掲載された如何なる兵卒の手紙や、ビクトリア十字勲章の記録の如何なる頁を繙こうと、英国陸軍の兵卒の中には、ありとあらゆる不利の下《もと》地上の如何なる地位にても見出し得ぬほどあっぱれ至極な義務感が宿っているのは火を見るより明らかだろう。我々が誰しも兵士が自らの本務を全うするに劣らず律儀に本務を全うすれば、この世はもっと増しな世になろうということを果たして何人《なんぴと》が疑おう？　我々の行く手には兵士の行く手におけるよりなお大いなる困難が待っているやもしれぬ。まず間違いなく。が少なくとも我々は彼に対し我らが本務を全うしようではないか。

　小生はいつぞや商船船乗り《ジャック》の行方を訪ねて回ったくだんの麗しく豊かな港を再び訪い、とある長閑な三月の朝《あした》、そこなる丘を漫ろ登っていた。ひょんなことから同伴賜ることとなった我が職務上の馴染みパングロス*との会話は、二人して上り坂の方角を取るにつれて当該方角を取るに至った。というのも小生の逍遥の旅の目的は最近インドから帰航したばかりの除隊兵に会うことにあったからだ。彼らの中にはハヴロック部隊*の兵士もいれば、大いなるインド会戦*の大いなる戦いの多くに従軍した兵士もいた。小生は我らが除隊兵がお払い箱になった際には如何様な面《つら》を下げているものかこの目で確かめたいと思った。

小生が剰え興味を掻き立てられたのは（我が職務上の馴染みパングロスにも告げた如く）、くだんの兵士達は除隊権が認められていないにもかかわらず、除隊を要求していたからだ。彼らは一点の非の打ち所もないほど律儀に、雄々しく、振舞っていた。が、状況が変わり、よって、彼らの惟みる所、旧来の契約には終止符が打たれ、彼らは新たな契約を結ぶ権利を獲得していた。彼らの要求はインド駐在の当局によって不見識極まりなくも阻まれていたが、恐らく兵士達はさして誤っていなかったに違いない。というのも、失錯には、祖国からの命に準じ、彼らが除隊の上、祖国へ送還される上でケリがついていたからだ。（無論、巨額の金が浪費されはしたが。）

かようの状況の下《もと》――と小生は、ひょんなことから我が職務上の馴染みに出会した丘を登りながら惟みた――兵士達がかの、日輪の断じて沈まず、理性の光明の断じて昇らぬ大いなる繁文縟礼省の仏塔局《パゴダ》に物の見事に抵抗し果したとのかようの状況の下《もと》、仏塔局《パゴダ》はさぞや国家的栄誉に格別気を配っていよう。仏塔局《パゴダ》はさぞやこれら兵士に、彼らに対処する寛大さ、とまでは行かずとも周到な誠意において、偉大な国家的権威なるものよもや如何なる卑小な報復も復讐も抱き得ぬということを示していよう。仏塔局《パゴダ》はさぞや祖国への帰航における彼らの健康のためのありとあらゆる手筈を整え、彼らを航海や、澄んだ空気や、健やかな食料や、優れた薬によって従軍の疲労から回復した状態にて上陸させていよう。小生は定めてこれら兵士は各々の町や村に自分達の個人的処遇に纏わる大いなる物語をもたらし、かくて従軍の人気も自づと高まろうと、予め惟みて独り悦に入っていた。小生は未だかつてついぞ我が鉄道にて出会さなかったためしのなき脱走兵もやがて珍現象になる日が訪れるやもしれぬとまで高を括り始めていた。

然なる好もしき心持ちにて、小生はリヴァプール救貧院に入って行った。――というのも砂土《さど》における月桂樹の栽培はくだんの兵士をかの「栄光」の棲処へと連れ来ていたからだ。

彼らを訪うべく共同病室に入る前に、小生はたずねた。兵士は如何様にそこへの凱旋を果たしたのでしょう？　彼らは、どうやら、波止場から門まで雨の中を荷車で連れて来られ、それから貧民の背に負うて階上まで運ばれたようだった。当該映えある山車行列《ページェント》が繰り広げられている間《かん》、彼らの呻き声や苦悶が然に痛ましいものだから、苦痛の光景には可惜馴れ親しんでいる見物人の目にすら涙を滲まさずにはおかぬほどだった。兵士は然に凄まじく冷えきっているものだから、暖炉の側《そば》へ寄れる者がメラメラと燃え盛る石炭の中に足を突っ込むのに待ったをかけようと思えば並大抵のことではなかった。彼らは然に恐ろしく弱り切っているものだから、目にするだに労しかった。赤痢に苛まれ、壊血病で黒ずみ、百四十名の惨めな兵士はブランデーで息を吹き返し、ベッドに横たわっていた。

我が職務上の馴染みパングロスはいつぞやは名にし負う聡明な若き殿方カンディードの個人教師《チューター》たりし、同名の学識豊かな博士の直系卑属である。個人的人格において、彼は小生の存じ上げる如何なる殿方にも劣らず人間味溢れる奇特な殿方だが、職務上の立場において、彼は不幸にも己《おの》が高名な御先祖様の教義を説くに、ありとあらゆる場合において我々はありとあらゆる職務上の世界の就中最高の世界に住まっているとの詭弁を弄す。

「慈愛の名にかけて」と小生はたずねた。「一体どうして兵士はこんな嘆かわしい状態に陥ったのだろう？　船には十分糧食が積んであったのだろうか？」

「私はここに、私自身の知識として、その事実を知っていると断言すべくいる訳ではないが」とパングロスの返して曰く。「糧食はありとあらゆる糧食の就中最高のそれだったと申し立てる根拠はある」

検疫官が我々の前に掌一杯の腐ったビスケットと、掌一杯の割りエンドウを置いた。ビスケットは蜂の巣状のウジ虫とウジ虫の排泄物の山だった。エンドウは当該汚物より遙かに硬かった。同様の掌一杯分が実験的に六時間ほど茹でられたが、一向柔らかくなる気配を示していなかった。以上が兵士の賄われていた糧食である。

「牛肉は――」と小生は切り出した。さらばすかさずパングロスが割って入った。

「ありとあらゆる牛肉の就中最高のそれだった」

が見よ、我々の前に置かれているのは兵士の内（頑迷にも、その処遇が元で死んだ）幾人《いくたり》かに対して行なわれた検屍の際に呈せられた然る証拠にして、くだんの証拠からして牛肉はどうやらありとあらゆる牛肉の就中最悪のそれのようだった。

「ならば私はこの胸に手をあてがい」とパングロスは言った。「豚肉に証を立てよう。これぞありとあらゆる豚肉の就中最高のそれであるからには」

「だが、どうかこの、我々の目の前の食べ物を、などと然までその語を誤用して差し支えなければ、見てみたまえ」と小生は言った。「曲がりなりにも本務を全うする検閲官が、かように忌まわしき代物を認可するだろうか?」

「なるほど認可されて然るべきではなかった」とパングロスは認めた。

「ならばあちらの当局は――」と小生は切り出した。がパングロスはまたもやいきなり待ったをかけた。

「なるほどどこかに何か手違いがあったようだ」と彼は言った。「が私はいつ何時であれあちらの当局はありとあらゆる当局の就中最高のそれであると証を立ててみせよう」

小生は未だかつて、如何なる糾弾されし公的権威であれ、この世に存す最高の公的権威でなかったとの噂を耳にしたためしがない。

「何でもこれら不運な兵士は壊血病で衰弱しきっているそうだ」と小生は言った。「我々の海軍でライム・ジュースが常時貯蔵・支給され始めて以来、一昔前ならば海軍を壊滅させていたくだんの病気は確か、ほとんど姿を消しているはずだが?　この軍用輸送船にはライム・ジュースが積まれていたのだろうか?」


我が職務上の馴染みは今にも切り出しかけた。「ありとあらゆるライム・ジュースの就中最高の――」さらば医務官の不都合極まりなき人差し指が証言の別の条《くだり》を指し示し、くだんの条《くだり》からしてどうやらライム・ジュースも腐っていたと思しい。酢も腐り、野菜も腐り、調理設備も（たとい何か言及するに価する料理の材料があったとて）欠け、給水も甚だ不十分で、ビールも饐えていたのは言うに及ばず。

「ならば兵士は」とパングロスはいささか業を煮やして言った。「ありとあらゆる兵士の就中最悪のそれだったに違いない」

「如何なる点において?」と小生はたずねた。

「おうっ!　常習的痛飲者であるという点において」とパングロスは返した。

が、またもや同じ性懲りもなき医務官の人差し指が証言の別の条《くだり》を指し示し、さらば死者は死後解剖され、少なくとも彼らは断じて常習的痛飲者でなき旨判明していた。くだんの習癖の痕跡を示していたに違いなき内臓は全く健全だったからだ。

「のみならず」とその場に居合わせた三名の医師は口々に言った。「この兵士達ほど衰弱した常習的痛飲者ならば、彼らの大多数が目下回復しているように、治療と食事の下《もと》、回復することは叶はなかったでしょう。そもそも回復するほどの体力がないでしょうから」

「ならば、向こう見ずで前後の見境のない野郎共だ」とパングロスは言った。「必ずや――十中八九」

小生は救貧院長の方へ向き直り、たずねた。兵士は金を持っているのでしょうか？

「金？」と院長は答えた。「わたしの鉄金庫には彼らの金が四百ポンド近く入っています。代理人はさらに百ポンド近く預かっていますし、中にはその上、インドの銀行に預金している者も少なからずいます」

「はあっ！」と小生は皆して階段を昇りながら独りごちた。「これがよもや、ありとあらゆる逸話の就中最高のそれのはずもなかろうが！」

我々はおよそ二十から二十五台のベッドの並ぶ大きな共同病室に入った。かようの共同病室に次から次へと、一室ならず。小生がそこで如何なる衝撃的な光景を目の当たりにしたか審らかにすらば必ずや、読者諸兄は以下の条《くだり》を読むに耐えず、かくてくだんの光景を世に知らしめんとの己《おの》が主旨を自らの手で挫くことになろう。

おお、ズラリと並んだ寝台の間を歩くにつれて小生の方へ向けられる――ならまだしも――真っ白な天井を空ろに見上げど何一つ見えも気にかけもせぬ――落ち窪んだ目よ！ ここにては、骸骨よろしき男が横たわっていたが、それは有るか無きか、薄く健やかならざる皮膚にしか被われていないものだから体中の骨一本たり衣を纏っているものはなく、二の腕など人差し指と親指で摘《つま》めるほどだった。ここにては、とある男が横たわっていたが、黒壊血病のせいで両脚は肉が落ち、歯茎は失せ、歯は一本残らずひょろりとして剥き出しだった。この寝台は空っぽだった。というのも壊疽《えそ》が進行し、患者はつい昨日亡くなったばかりだったから。あの寝台はお先真っ暗なそいつだった。というのもそこなる病人は衰弱の一途を辿り、ただ意識を回復するも、哀れ、やつれ果てた仮面もどきの顔の向きを弱々しい呻き声もろとも枕の上で変えることしか叶はなかったから。げっそり痩《こ》けた頬の由々しき痩せ細りようよ、こっぽり落ち窪んだ目の由々しきギラつきようよ、鉛の唇よ、象牙の手よ、恰も船上で縡切れ、折しも水底《みなそこ》に横たわっている六十名さながらある種厳かな黄昏に包まれて死の影の内に横臥する人影よ、おおパングロス、神の汝《な》を許し給わんことを！

とある寝台には、両足と脚部を深く切開することによって（願はくは）一命を取り留めた男が横たわっていた。小生が男に話しかけている間《ま》にも看護婦が当該手術のせいで必要となっていた湿布を取り替えにやって来た。小生は単に我と我が身を容赦してやるためにではなかろうと本能的に気取った。男は痛ましいほど衰弱し、ひどく敏感だったが、如何なる焦躁や苦痛の表情をも抑えようとする努力は正しく英雄的だった。体が竦み上がったり、寝具が頭から引き被られたりするからには、如何に激痛に耐えているか、は察して余りあり、お蔭で小生まで自ら苦痛に喘いでもいるかのように竦み上がった。が新たな包帯が巻かれ、哀れな足がまたもや落ち着くと、男は（一言も発していなかったものの）我ながら意気地のないことをと詫び、心悲しげに言った。「御覧の通り、それは疼き易い上に弱っているものですから！」男からにせよ、げっそりやつれ果てた総勢の内一人の患者からにせよ、小生は不平一つ耳にしなかった。目下の心配りと手当に対する礼は、大いに耳にした。が不平は、一言たり。

　骨と皮に痩せさらばえた、その場で最も憂はしき人影の中にすら、兵士のかすかな気配が認められていたろう。小生の話しかけた最も蒼ざめた生命の名残の中にすら、かつての面影が依然、幾許かなり留められていた。最も厳密な字義通り、骨まで痩せこけ、やつれ果てた男が仰向けに横たわっていた。が余りに生きた空もないものだから、小生は思わず医師の一人に患者は死にかけているのか、それとも早死んでいるのかとたずねた。医師が二言三言、親身な言葉を耳許で囁くと、患者は目を開け、にこやかに微笑み――すかさず、もしや叶うことなら、敬礼していたろうような表情を浮かべた。「神の思し召しあらば、何とか持ちこたえてくれるでしょう」と医師は言った。「神の思し召しあらば、先生、ありがたいことで」と患者は言った。「今日はずい分調子が好さそうじゃないか、えっ？」と医師はたずねた。「お蔭さんで、先生。今はともかく眠りたいばっかしですが、先生。息苦しいせいで夜はなかなか明けちゃあくれません」「これでなかなか用心深い奴で、この患者は」と医師は陽気に言った。「ここへ連れて来ようというので皆が無蓋の荷車に乗せようとした時はどしゃ降りでしたが、この男は実に冷静なことにポケットから、そこに突っ込んであるソヴリン金貨を取り出し、辻の一頭立て《キャブ》を拾うよう頼みました。恐らくそのお蔭かと、命拾いしたのも」患者はガラガラと、ガイコツじみた笑い声を立て、くだんの逸話に鼻高々で相づちを打った。「正直、先生、幌なしのネコは死にかけた男をここへ連れて来るにゃあ傑作なシロモンで、奴の息の根を止めるそりゃ狡っけえやり口じゃねえですかい」然に言ってのけた際、男の一兵士たること神かけて誓えていたやもしれぬ。

寝台から寝台へ移りながら一点、小生の大いに戸惑ったことがあった。実に意味深長にして残酷なことが。わずか一人しか若者が見当たらないという。彼が小生の目を惹いたのは、炉端に掛ける気でむっくり起き上がり、軍服のジャケットとズボンを着込んでいたからだ。が若者は我ながら余りに弱っているものと観念し、這うようにして寝台に戻り、掛け布の上に身を横たえていた。小生は唯一、その男だけは飢餓と病気のために老けてはいるが、若者と断言出来ていたろう。先のアイルランド兵のベッドの傍に立っている際、小生はくだんの当惑を医師に告げた。医師はアイルランド兵のベッドの枕許から、銘の刻まれた板切れを外し、小生にたずねた。この男は一体何歳だとお思いですか？　小生は男に話しかけている間《かん》具に観察していたので、自信を持って答えた。「五十歳」医師はちらと、労しげに患者を見やり——患者はまたもや昏睡状態に陥っていたから——板切れを戻しながら言った。「二十四歳です」

　共同病室の設いは悉く素晴らしかった。かほどに人間的で、思いやり深く、優しく、注意深く、健やかな手筈を整えることは叶はなかったであろう。船主達も、能う限りの手を、惜しみなく、尽くしていた。どの病室でも炉が赤々と燃え、回復期の患者は炉端に腰を下ろし、様々な新聞や雑誌を読んでいた。小生は、憚りながら、我が職務上の馴染みパングロスにどうかくだんの病み上がりの患者達を眺め、果たして彼らの顔と物腰は、概ね、堅実で人品卑しからざる兵士の顔と物腰ではないか否か言ってくれと申し入れた。救貧院長が、小生の問いを聞きつけ、答えた。これまで実に多くの軍人を見て来ましたが、かほどに嗜み深い連中にかかずらったためしはありません。彼らはいつも（と院長は言い添えた）御覧の通りのままです。して我々視察者については（小生のここにて一言言い添えれば）我々がそこにいるということをさておけば、何一つ知らなかった。

　我ながらふてぶてしくも、小生はまたもやパングロス相手に分不相応な手に出た。まずもって、固よりこの恐るべき一件の如何なる端くれといえども揉み消そうなどという魂胆はどこにもないとは——検屍はありとあらゆる検屍の就中最も公平なそれであるとは——百も承知と断っておいてから、以下四点ほどパングロスに請うた。第一に、検屍陪審はくだんの場所ではなくかなり離れた所で行なわれたことに留意して頂きたい。第二に、寝台に横たわるこれら寄る辺なき亡霊達を見回して頂きたい。第三に、彼らの内くだんの検屍陪審の前に引っ立てられた証人は、語るべきことを最も多く有す者だから選ばれたはずはなく、ただたまたま他処へ移しても支障のない状態にあるからというので選ばれたにすぎぬということを思い起こして頂きたい。第四に、果たして検屍官と陪審員はここなる、これら枕許まで足を運び、わずかなり証言を聞き得たろうか言って頂きたい。我が職務上の馴染みは一言たり答えることにて自らのっぴきならぬ羽目に陥るを平に御容赦願はれた。

炉端グループの一つに読書中の軍曹がいた。実に聡明そうな面構えの男だった上、小生は常日頃から一階層としての下士官なるものに軽々ならざる敬意を抱いているので、二言三言交わすべく、最寄りの寝台に腰を下ろした。（それは哀れ、骸骨達の就中不気味な奴らの内一人の寝台で、男はその後ほどなく亡くなった。）

「検屍の際の将校の証言によれば、軍曹、船上でこちらの兵士方ほど規律正しく振舞った兵士を目にしたためしがなかったとは何よりです」

「彼らの振舞いは全くもって、実にあっぱれでした、御主人」

「ばかりか、兵士には各人ハンモックがあったというのも何よりです」

軍曹はしかつべらしげにかぶりを振った。「それは何かの間違いかと、御主人。わたし自身の仲間《メス》の兵士には全くハンモックがありませんでした。船上にハンモックが十分なかったせいで、次の二組の仲間《メス》の兵士は乗船すると同時にハンモックを分捕り、こう申しては何ですが、わたしの部下を締め出しました」

「でしたら締め出された兵士には全くハンモックがなかったのでしょうか？」

「ええ、全く、御主人。仲間が死ぬと、ハンモックはそれを必要とする外《ほか》の連中によって使われました。が多くの兵士には全くありませんでした」

「でしたらその点についての証言には首肯しかねると？」

「もちろん。事実無根だと知っていながら、どうして首肯出来ます」

「中には酒のために寝具を売る者もあったのでしょうか？」

「その点にも何か誤解があるようです、御主人。兵士はどうやら――わたし自身、当時、事実として知っていたことですが――毛布や寝具を船上に持ち込むのは禁じられているという印象を持っていたらしく、そのためその手のものを持っている者はわざわざ売り始めにかかったほどです」

「酒欲しさに衣類を売った者はいるのでしょうか？」

「それはいます、御主人」（小生の今に信じるに、この軍曹ほど真実に忠実な証人はまたといなかったろう。彼に自らの言い分の正しさを立証しようとする所は微塵もなかった。）

「少なからず?」

「数名、御主人」（と篤と思いを巡らせながら。）「飽くまで軍人らしく。彼らは雨季に泥濘《ぬかる》った道を――つまり、道なき道を――長らく行進し、カルカッタに着いて初めて、一斉に酒を呑み始めました。カルカッタの見納めに。飽くまで軍人らしく」

「例えばこの共同病室に、当時酒と引き替えに衣類を売った兵士はいるのでしょうか?」

軍曹の弱々しい目は、幸い今しも健康で再び輝きを取り戻しつつあったが、部屋をざっと一渡りさ迷い、小生の所へ戻った。「もちろん、御主人」

「さぞや雨季にカルカッタまで行進するのは苛酷だったのではないでしょうか?」

「実に苛酷でした」

「とは言え、休息や潮風のお蔭で、兵士は（酔っ払った兵士ですら）乗船するやほどなく健康を取り戻し始めたと?」

「確かに取り戻し始めても好さそうなものではありました。が粗末な食事が祟り、寒帯地方に入ると、食事はなお祟り、兵士は次々と死んで行きました」

「病人は皆、聞く所によると、ほとんど食事を受けつけなかったそうですが、軍曹?」

「食事を御覧になりましたか、御主人?」

「某かは」

「して彼らの口が如何様な状態にあるか?」

たとい軍曹が、口数の少ないながらも整然とした物言いの男だったが、当該拙著ほどもまくし立てていたとて、くだんの問題にかほどに物の見事にケリをつけられはしなかったろう。なるほど、病人は船の糧食を口にするくらいなら船そのものに食らいつく方がまだ増しだったのではあるまいか。

小生は軍曹に、では失敬と別れを告げるや、我が馴染みのパングロスに輪をかけて図々しい真似をするに、かく吹っかけた。果たして未だかつてビスケットがへべれけになり、腐敗とウジ虫と引き替えにそいつの栄養価を売ってしまったなどということを、割りエンドウが性懲りもないアルコール中毒になったなどということを、ハンモックが酔っ払った勢いこの地の表《おもて》より姿を消したなどということを、ライム・ジュースや、野菜や、酢や、調理器具や、給水や、ビールが、どいつもこいつも酒に溺れ、身上を潰したなどということを、耳にしたためしがあるや否や?「仮にないとすれば（と小生の畳みかけるに）、これら歩兵中隊のために借り切られた『グレイト・タスマニア号』に関する一般視察報告書に署名することにて、腐敗した毒性の肥やし山残飯を、良質にして健やかな食料だなどと故意に申し立てた廉で検屍陪審員によって有罪の判決を下された将校達の肩を持って何と言うつもりか？」我が職務上の馴染みの返して曰く。極めて特筆すべきことに、中にはただ単に明らかに優れた将校もいれば、ただ単に比較的優れた将校もいる片や、くだんの格別な将校達はありとあらゆる将校の就中正しく他を遥かに凌駕した最高のそれである。

　小生の手と心は当該旅の記録を綴る上で、如何せん怯む。くだんのリヴァプール救貧院の（何卒、誤解なきよう、実に優れた救貧院だが）病院寝台に横たわる兵士の光景がそれは衝撃的にしてそれは屈辱的なものだから、一英国人とし、そいつを思い出すだに赤面せざるを得ぬ。彼らがその苦しみにあってかくも思いやりと憐れみを込めて労られていなければ、くだんの光景はその折、蓋し、耐え難かったろう。

　我々の無力な法律の課せられる如何なる懲罰も、当該所業の罪科を向こうに回しては、その名に値すまい。が、仮にその記憶が意趣を晴らされずして消え失すとすらば、仮にその結果くだんの所業の責めを負う人間が仮借なき免職と恥辱を蒙らぬとすらば、彼らの無罪放免は、然にその本務を怠っている（如何なる党派であれ）政府の甚だしき名折れにして、然に言語道断の不正を唯々諾々とその名の下《もと》に為されるがままにす国家の甚だしき名折れとなろう。

第九章　ロンドン・シティーの教会

（一八六〇年五月五日付）

たとい小生が日曜日にこの小生自身のコヴェント・ガーデンの間借り先からしょっちゅう旅に出ると告白したらば、断じて日曜日には旅に出ぬ人々の顰蹙を買おうと、くだんの旅は教会へのそれである旨言い添えれば恐らく得心して頂けるのではあるまいか。

さりとて熱弁を揮う説教師の講話を拝聴するのにいささかなり興味があるというのではない。いつぞや、小生はやたら仰山な先達の講話を拝聴すべく、言はば髪の毛ごと、引っ立てられたものである。夏の夕まぐれ、花という花や、木という木や、鳥という鳥が小生のヤワな瑞々しき心に遙かに清《すが》しく訴えかけていたろうものを、小生はその昔、むんずととある女性の掌《たなごころ》に脳天を引っつかまれ、滅多無性にゴシゴシ、首から髪の付け根まで、社《やしろ》のための斎戒沐浴とし、こすり上げられ、そこで初めて石鹸性電気で目一杯充電したなり、後は勝手になけなしの悟性がそっくりモクモク立ち昇り果すまで、熱弁揮いのボアネルゲ・ボイラー*と師の会衆の人いきれの直中にてジャガ芋よろしく蒸《ふか》されるが好かろうと、搔っさらわれたものである。くだんの痛ましき苦境にて、小生は礼拝《らいはい》の締め括りに集会所よりグイグイ引っ立てられ、ボアネルゲ・ボイラーがらみで師の御託の五番目は、六番目は、七番目は、何ぞやと教義問答よろしく吹っかけられ、挙句くだんの尊き御仁をとびきり憂はしくも鬱陶しき謎言葉《シャレード》の視点より眺むに至ったものである。いつぞや、小生は如何なる人間の子といえども、神の怒りに触れていようと恵みに浴していようと（『祈禱書』教義問答）およそ目を開けておくこと能うまい説教壇集会へと連れて行かれ、致命的な睡魔がそっと、そっと、忍び寄るのを感じ、いつしか霊に取り憑かれた弁士がどデカい独楽よろしくクルクル回ってはブンブン唸っているのが聞こえ、とうとうグラリと揺れ、ガックリ頽《くずお》れ、真っ逆様につんのめり、されど我ながら穴があったら入りたいほどにして怖気を奮い上げたことに、ことくだんの最後の段階にかけては、そいつは先方ではなく小生なりと思い知らされたものである。小生は師が、わけても我々に――我々幼子に――話しかけている際ボアネルゲの真下に座ったことがあり、こうしてペンを執っている今もって師のギクシャクとした（我々はいじましくもそんなネコを被ってはいたものの面白くもおかしくも何ともない）軽口が聞こえ、師の大きな丸い顔が見え、グイと突き出された上着の袖の内っ側を栓の挿さった望遠鏡よろしくズイと覗き込み、師を延々二時間もの長きにわたり、およそ健やかならざる憎しみを込めて憎む。かようの手立てにて小生は物心つくかつかぬか、熱弁揮いの説教師を仰《のっ》けから仕舞いまで、徹頭徹尾、隅から隅まで見透かし、人生早々に後方へ打っちゃらかすに至った。師の魂の安らかならんことを！　師の小生にもたらせしよりなお！

さて、小生は爾来、幾多の説教師の講話を拝聴して来た――熱弁揮いの、ではなく、ただ衒いのない、敬虔なキリスト教徒の――して幾多のかようの説教師は小生の友人名簿に名を列ねている。が小生が日曜日の巡礼に出たのは熱弁揮いの手合いを拝聴するためでないと同様、この手の説教師の講話を聴くためでもない。それはロンドン・シティーのその数あまたに上る教会への興味本意の巡礼であった。小生はとある日、ふと思い当たった。ここにてローマの教会という教会の御高誼に与って来てはいるものの、ロンドンの古教会の内側は一切存じ上げていないではないか！　これは、たまたま、日曜の朝のことで、小生は善は急げとばかり、正にその同じ日に遠出を開始し、遠出はそれから一年ほど続いた。

小生はついぞ自ら足を運んだ教会の名を知りたいと思ったためしもなければ、今日に至るまで、くだんの格別な点にかけては連中の内少なくとも九割方はさっぱりだ。実の所、老ガウアー（英国詩人）の墓のある教会は（彼は書物に頭をもたせた肖像たりて横たわっているが）サザックの聖救世主教会であり、ミルトンの墓のある教会はクリプルゲイトの教会であり、大きな黄金の鍵のあしらわれたコーンヒルの教会は聖ペテロ教会だと知っているのをさておけば、果たして名前のいずれにおいても競争試験に合格するか否かは怪しい限りだ。これら教会がらみで如何なる問いも小生は生身の人間に吹っかけた覚えはないし、一件がらみで書物に質した如何なる好古家的問いへの回答にても読者諸兄の魂を責め苛む気はない。教会に対す小生の愉悦の優に半ばは連中が謎めいているからこそ生じ、謎めいている所を見出したからには、いつまでも小生にとりては謎めいたままにしておこう。

では、ロンドン・シティーの人目につかぬ、忘れ去られた古教会の巡回を一体どこから始めよう？

＊

とある日曜の朝十一時二十分前に、小生はフラリと、テムズ川へと真南に向かうシティーの幾多のせせこましい急な通りの一本を縫う。物は試しに乗り出すのはこれが初めてのことで、ホイッティントン（三度ロンドン市長になった伝説的人物）の縄張りまで乗合馬車でやって来るが、途中、猛々しげな目をした、痩せぎすの老女を下ろす。婆さんの石板色の上っ張りには香草の匂いが染みつき、婆さんはオールダーズゲイト・ストリートをスタスタ抜けて、どこぞの御当人、定めて地獄の業火教義もて憂さを晴らすこと請け合いの礼拝堂へ向かう。我々はまた、広げたハンカチーフにそこそこ大振りな祈禱書を包《くる》んだ、もっと肉づきから愛嬌からのいい老婦人も下ろしていた。老婦人は書籍出版業組合事務所《スティショナーズ・ホール》の側《そば》の袋小路の角で下り、恐らくそこなる教会に行くに違いない。というのも、どなたか今は亡き老いぼれ出版組合典礼係の後家さんだから。我らが貨物の残りはほんのたまさかの遊山客や田舎を漫ろ歩こうかという連中で、そのままブラックウォール鉄道まで揺られて行く。小生がとある街角でどっちつかずのなり立っていると、それはその数あまたに上る鐘が鳴っているものだから、教会羊舎の内なる羊という羊は鈴付き羊《ベルウェザ》（首に鈴をつけた先導雄羊）やもしれぬ。不協和音は耳障りなこと夥しい。小生のどっちつかずの状態は、どいつもこいつも目にも耳にも入り、どいつもこいつも二、三平方ヤードの範囲内にある四つの大きな教会のせいでもあれば、連中の間でほぼ均等に分かれる。

くだんの街角に立てど、小生には尖塔の聳やぐ四つもの教会がガランガラン、人々を誘《いざな》っているのは目に入るが、一《いち》時《どき》に四人もの人々が教会に入って行くのは目に入らぬ。が、いざ、我が教会に白羽の矢を立て、塔の内なる大きな入口へと上り段を昇って行く。内っ側のカビ臭く、打っちゃらかされた洗濯小屋よろしき塔の。梁の渡った屋根越しにロープが垂れ、片隅の男がそいつを引いては鐘をガランガラン鳴らす——いつぞやは黒だった服に身を包んだ白茶けた男——綿クズのみならずクモの巣まみれの男が。男は小生をジロリと、こいつ如何でここにやって来たものかとばかり睨め据え、小生は男をジロリと、こいつ如何でここへやって来たものかとばかり睨め据える。木とガラスの衝立越しに、仄暗い教会の中を覗き込む。二十人ほどの人々が礼拝《らいはい》が始まるのを待っているのが見て取れる。洗礼はこの教会からはとうの昔に廃れてしまったと思しい。というのも洗礼盤にはお払い箱の塵がこんもり積もり、木製の蓋は（古色床しき深鉢蓋かと見紛うばかりだが）いざお呼びがかかろうといっかな外れて下さりそうにないからだ。祭壇がガタピシにして、モーセの十戒が湿気ているのは一目瞭然。かくてざっと一渡り見回してから中に入りしなに、誰一人座っていない、カーテンの掛かった貴賓席の蔭の仄暗い通路からやはり入って来ていた、法衣の牧師に突き当たる。貴賓席には四本の青い職杖があしらわれ、いつぞやは恐らく、誰か外の人間の前を、誰か四人《よったり》が捧げ持っていたのだろうが、今やかざす者も誉れを受ける者も誰一人いない。小生はとある家族席の扉を開け、独りきり閉じ籠もる。仮に一時《いちどき》に二十もの家族席を独り占め出来るとすらば、そっくり陣取っていたやもしれぬ。教会書記が、活きのいい若者だが（ところで奴は如何でここへやって来たものか？）ちらと、かく言わぬばかりに訳知り顔して小生の方を見やる。「とうとうやっちまったか、止せばいいのに」オルガンが響き始める。オルガン・ロフトは教会を過る小さな二階回廊にあり、回廊の会衆は二人の少女だ。小生は胸中訝しむ。果たして歌えと言われたら、どうなることやら？

小生の家族席の隅には蒼ざめた本が山と積まれ、オルガンが――嗄れ声の眠たげなヤツだが――調べそのものより遙かにしこたま音栓の錆びた軋みの聞こえる流儀にて奏されている片や、小生は大方褪せたベーズやその手の代物で装幀された本を眺める。本は一七五四年、ダウゲイト家所蔵とあるが、連中、一体何者ぞ？　ジェイン・コンポートはダウゲイト二世と結ばれ、かくて一家の嫁となったに違いない。即ち、ダウゲイト二世は彼女に祈禱書を贈り、見返しに謹呈と記した時分、ジェイン・コンポートにプロポーズしていた。もしやジェインがダウゲイト二世を気に入っていたなら、何《なに》故《ゆえ》死んで本をここへ残して行ったのか？　ひょっとしてガタピシの祭壇の、湿気た十戒の前にて彼女、コンポートは彼、ダウゲイトを、若気の希望と愉悦に駆られた勢い受け入れ、ひょっとして縁組みは長い目で見れば存外トントン拍子にはいっていなかったというのか？

礼拝《らいはい》が始まったせいで小生はハッと、取り留めもなくつらつらやっていたのから我に返る。そこではったと、我ながらびっくり仰天したことに、やたらキツい手合いの、影も形もなき嗅ぎ煙草を鼻の奥へ、目の中へ、喉の下へと吸い込み、今なお吸い込んでいるのに気づく。小生は目をシバシバ瞬《しばた》いては、嚔《くさめ》を放《ひ》っては、ゴホゴホ咳《しはぶ》く。書記は嚔《くさめ》を放《ひ》り、牧師はシバシバ瞬《しばた》き、目に清《さや》かならざるオルガン奏者は嚔《くさめ》を放《ひ》っては、ゴホゴホ咳《しはぶ》いては（恐らく）シバシバ瞬《しばた》く。我々の小さな会衆は皆、シバシバ瞬《しばた》いては、嚔《くさめ》を放《ひ》っては、ゴホゴホ咳《しはぶ》く。嗅ぎ煙草はどうやらボロボロに朽ちた筵や、木や、布や、石や、鉄や、土や、何か外のものでこさえられているらしい。くだんの何か外のものとは、或いは地下納骨堂の今は亡き市民の成れの果てか？「死に神」ほどにも確かに！　ひんやりとしてジメついた二月の一日《ひとひ》、我々は礼拝《らいはい》の間中、今は亡き市民を咳《しはぶ》いては嚔《はなひ》るのみならず、今は亡き市民はオルガンの風嚢《かざぶくろ》にまで潜り込み、同上の息の根を半ば止めている。我々は足を暖めるべく床をゴンゴン踏みつけ、さらば今は亡き市民は濛々たる塵埃たりて舞い上がる。今は亡き市民は壁にこびりつき、牧師の頭上の反響板に粉々に積もり、ヒューッと一陣の風が吹き渡るや、牧師の上にもんどり打つ。

当該仰《のっ》けの体験において、小生はダウゲイト本家や、コンポート分家や、その他大勢の本家や分家より成る濛々たる嗅ぎ煙草でそれは生半ならず吐き気を催すものだから、ゆるゆる礼拝《らいはい》をやりこなす我々の懶い物腰にも、讃美歌の折に一節《ふし》二節《ふし》なり歌うようハッパをかける、活きのいい書記の物腰にも、拍子にも調子にもとんとお構いなしにて甲高い二重唱を楽しんでいる二階桟敷会衆の物腰にも、牧師を説教壇に閉じ込め、さながら御当人、危険極まりなきケダモノででもあるかのように扉の錠にやたら御執心の白茶けた男の物腰にも、ほとんど気づかずじまいである。が、またもや次の日曜日に物は試しと繰り出し、一度《ひとたび》シティー教会に紛れたが最後、連中抜きにはやって行けぬと観念のホゾを固めるや、ほどなく今は亡き市民にも馴れっこになった。

別の日曜日。マトンの脚肉か百年前のレース飾りの帽子よろしき、互いに鎬を削り合っている鐘にまたもやガランガラン誘《いざな》われた挙句、小生は数知れぬ小径に紛れた片隅に妙な具合に押し込められた教会を――およそアン女王の御世の、先達ての教会より小振りにして醜い教会を選り出す。会衆としては、我々は二階回廊の〆て四人の少年と二人の少女に垂んとす、くたびれ果てた慈善学校生をさておけば、人員十四名である。袖廊《ポーチ》には施し物のパンの塊が一つならず据えてあるが、くたびれ果てた会衆の唯一人として申し立てようとする者は残っていないと思しく、小生は入りしな、とうに制服から褪せ果《おお》している、くたびれ果てた教区吏が目でガツガツ、御当人と家族に成り代わって食べているのを目の当たりにした。くたびれ果てた書記は褐色の鬘を被り、二つ三つのくたびれ果てた扉や窓はぴっちりレンガで塞がれ、祈禱書にはカビが生え、説教壇のクッションは糸が擦り切れ、教会の調度はどいつもこいつもとことんくたびれ果てている。我々は三人の（常連の）老女と、二人の（たまさかの）若い恋人同士と、片や妻君同伴にして片やチョンガーの、二人の商人《あきんど》と、伯母と甥と、またもや二人の少女と（これら、身の回りのシャンとして然るべきものはどいつもこいつもグンニャリとし、逆《ヴァイシ・ヴァーサ》もまた同じにて、礼拝用にめかし込んだ少女御両人は教会にはつきものと思しいが）、三人のクスクス忍び笑いを洩らしている少年である。牧師は、恐らく、ロンドン職業組合の司祭《チャプレン》で、一八二〇年物ポートと彗星年醸造《コメット・ヴィンテージ》葡萄酒に通じた男の、酒気を帯びたほろ酔い機嫌の面《つら》を下げている所へもって、長靴まで徳利鼻と来る。

我々は、ゲンナリ来ているばっかりにそれは黙りこくっているものだから、三人のクスクス笑いの少年は――いつの間にやら祭壇の手摺の際の片隅に潜り込んでいるが――カンラカラ、腹を抱える度、我々の胆をギョッと、癇癪玉よろしくつぶす。勢い小生は小生自身の村の教会を思い起こす。というのもそこにて、鳥の囀りの蓋し、めっぽう妙《たえ》なる明るい日曜の説教時《どき》ともなれば、百姓の小僧がパタパタ、外の石畳の上を走り回り、書記が連中の後を追って机からスタスタ出て行き、教会墓地にてガツンと、小僧に追いつきざまゲンコを食らわすのが紛うことなく聞こえ、というにとんとそ知らぬ素振りで、やたら物思わしげな表情を浮かべたなり引き返すのが見えるから。当該シティー教会なる伯母と甥はクスクス笑いの少年達によって心の平穏を掻き乱されること夥しい。甥は彼自身、少年で、クスクス笑い屋共は少年をビー玉と紐なる俗っぽい想念へと駆り立てるに、くだんの遊び道具を遠見にこっそり、とながらまざまざと、見せつける。当該若き聖アントニウス*は一時《いっとき》抗いはするものの、ほどなく背教者に転じ、黙り狂言にてクスクス笑い屋共に口惜しかったらこっちへビー玉を一つ二つ「放って」みろと喧嘩を売る。がここにて伯母に（とは、聖務日課を預る厳格にして零落した淑女だが）シッポをつかまれ、小生にはくだんの奇特な縁者が少年の脇腹をグイと、古色蒼然たるコウモリの鉤形《かぎなり》の把手もて小突くのが見て取れる。甥はシッペ返しに息を殺し、さてはパンッと弾けるホゾでも固めたかと伯母を生きた空もなく怖じ気づかす。ヒソヒソ耳許で囁いたり、ガタガタ揺すぶられようと何のその、少年はムクムク膨れ上がり、見る見る蒼ずみ、がそれでもなおムクムク膨れ上がり、見る見る蒼ずみ、終に伯母はこれきり耐え切れず、甥を目に清《さや》かなる首もなきままにして目玉をビョンと、クルマエビの御逸品よろしく飛び出させたなり、表へ引っ立てる。さらばクスクス笑い屋共はとっとと尻に帆かけるに如くはなかろうと心得、小生にはどいつが仰《のっ》けに飛び出すかピンと来る。というのもそやつめ、いきなり牧師にやたら信心深げな目を凝らし出すから。と思いきや当該偽善者は、よく見ておけよとばかり抜き足差し足、今の今までどこぞに敬虔な約束があるのをコロリと失念してでもいたかのようなツラを下げたなりドロンと失せる。二番手は同じやり口なれどなおとっとと姿を消す。三番手は戸口まで無事辿り着くや、そこにて破れかぶれもいい所、バターンと扉を開け放ちざま、わーいわーい！　と叫《おら》び上げながら表へ飛び出す。訝には後は勝手にワンワン、我々の頭上なる塔の天辺まで響いて頂くこととし。

　牧師は、晩餐風の押し出しとくぐもった声の御仁で、息のみならず聴覚にも見限られているのやもしらぬが、ほんのちらと、何者かお門違いな所でアーメンを唱えたものと思い込みでもしたか、空《くう》を見上げるきり、市場《いちば》へトボトボ向かう百姓の女房よろしき持ち前の坦々たるトボトボ歩きを続ける。牧師はこなさねばならぬ一から十までを同じのんき気な物腰でこなし、相も変わらず平らな道をトボトボ歩く百姓の女房の要領で、簡にして要を得た説教を話して聞かす。説教の寝ぼけ眼の抑揚を子守り歌代わりに三人の婆さんはウツラウツラ船を漕ぎ出し、チョンガーの商人《あきんど》は窓辺に腰を下ろしたまま外を見はるかし、所帯持ちの商人《あきんど》は腰を下ろしたまま上さんのボネットを打ち眺め、恋人同士は腰を下ろしたままそれは天にも昇らんばかりに幸せ一杯で互いに見つめ合っているものだから小生はふと、十八になったばかりの小生自身が愛しのアンジェリカと一緒に俄雨が降り出したせいで（外ならぬ抱擁通り《ハギン・レーン》にあったとの格別な星の巡り合わせにて）とあるシティー教会に雨宿りがてら潜り込み、愛しのアンジェリカに「僕達の結婚式は、アンジェリカ、きっとこの教会で挙げようじゃないか！」と言い、愛しのアンジェリカが、ええ、きっとそうしましょうよと返した折のことを思い起こす——ということには、ついぞ何処にてもならなかったからには蓋し、ついぞならなかった訳だが。して、おお、アンジェリカよ、僕がいっかな説教に耳を傾けられぬこの目下の日曜の朝《あした》、君は一体どこで何をしているのか。してなお答えのなき問いたることに、君の隣に掛けていたままのこの僕は一体どこで何をしているのか？

されど我々は、なるほどいささかお定まりながら——教会での礼拝のさる段階にては断じて割愛すること能はず、他の如何なる状況の下《もと》にても肝要とは見なされぬ妙な衣摺れや、居住まい正しや、咳払いや、擤《はな》みよろしく——例の調子で一斉に跪くよう合図を受ける。ものの一分で、式にはそっくり片がつき、オルガンはそのリューマチの気にあって何であれゴキゲンになれる限りにおいてそいっにゴキゲンたる由告げ、もう一分かそこいらで我々は一人残らず教会を後にし、白茶け男は扉に早、しっかと錠を下ろしている。なおもう一分かそこいらで、小生は御近所の教会墓地にて——くだんの教会の境内ではなく、別の教会のそれにて——木が二本と、墓が一つぽつねんと立つ、どデカい古ぼけたみすぼらしいモクセイソウの箱よろしき教会墓地にて——白茶け男が、一個人の立場で、街角の居酒屋からディナーにビールを一パイント調達して来る所に出会す。くだんの居酒屋には因みに、朽ちかけの非常梯子の鍵束が仕舞われてはいるものの、ついぞお呼びのかかったためしのなく、二階にはボサボサの、接ぎ目の白い、肘の破れた玉突き盤《バガテル》がある。

これらシティー教会の内一つにて、して一つにおいてのみ、小生は紛うことなくシティー名士として申し立てられて然るべきだったろう御仁を見出した。小生がこの教会を記憶に留めているのは、一つには牧師が書記の机を潜り抜けずして御自身の机に辿り着くこと能はぬか、或いは書見台を潜り抜けずして説教壇に辿り着くこと能はなかったのと――今となってはいずれか失念したが、どうぞお構いのう――もう一つにはこの名士がめっぽう疎らな会衆に紛れていたからだ。果たして我々は〆て一ダースに達していたものやら。人数稼ぎのくたびれ果てた慈善学校生の影も形もなかったのは確かだが。名士は角張った裁断の黒い上下に身を包み、かなりの老齢で、黒いヴェルヴェットの縁無し帽を被り、布製の靴を履いていた。見るからに落ち着いた、懐の温《ぬく》そうな、不服げな面《つら》を下げていた。教会には謎めいた子供の――女の子の――手を引いて来た。女の子は断じて空を舞う鳥の御身上でだけはなき硬いトビ色の羽根のあしらわれたビーヴァー帽を被り、そこへもって南京木綿のフロックとスペンサーに身を包み、茶色の拳闘用グラブを嵌め、ヴェールを下ろしていた。顎にフサスグリ・ゼリーの手合いのポチをつけ、やたら喉の乾く子供だった。それがまた生半ならぬものだから、名士はポケットに緑色の瓶を携え、そこより、最初の讃美歌の歌詞が読み上げられると、少女は誰憚ることなく喉を潤した。礼拝《らいはい》の間中、外の折はいつも少女は身動ぎ一つせぬまま、片隅にひたと雨水樋よろしく嵌め込まれた、大きな家族席の座部の上に立っていた。

名士はついぞ聖書を開いたためしも、牧師の方へ目をやったためしもなかった。名士もまた片時たり腰を下ろさず、両腕を家族席の天辺にもたせ、時に額に右手をかざしたなり立っていたが、必ずやじっと教会の扉に目を凝らしていた。それはその大きさの教会にしては長ずっこい教会で、名士は上手《かみて》の端にいたが、必ずやじっと扉に目を凝らしていた。名士が老帳簿係か、それとも自らの帳簿をつけて来た老商人で、利益配当期にはイングランド銀行にて姿を見かけられるやもしれぬこと、一目瞭然。終生シティーに住まい、他の如何なる土地をも蔑していること、一目瞭然。何故《なにゆえ》じっと扉に目を凝らしているものか、小生はついぞしかとは証してみせられなかったが、名士はいずれ市民がシティーに住まうべく戻り、その神さびた栄誉が蘇ろう日を待ち侘びて暮らしていたのではあるまいか。名士はどうやら、こいつがとある日曜に出来し、流離い人共はまずもって人気《ひとけ》なき教会に悔い改め、打ち萎れて、姿を見せようと当てにしているかのようだった。故に、連中の断じて影を落とさぬ扉にじっと目を凝らし

ているのであった。果たして少女が誰の子供なのか、勘当した娘の子供なのか、名士が養女にした、どこぞの教区孤児なのか、手がかりは何一つなかった。少女は一度として戯れたためしも、飛び跳ねたためしも、微笑んだためしもなかった。いつぞやなどふと、少女は絡繰人形で、名士はそいつをこさえたのやもしれぬと思い当たったものである。がとある日曜日に、奇妙な二人連れの後を追ってみれば、名士が少女に「一万三千ポンド」と言い、さらば少女が弱々しい人間の声で「十七と四ペンス」と付け加えるのが聞こえた。日曜毎に四度《よたび》、二人の後について表へ出たが、こいつこっきりしか、耳にしなければ二人が口にするのも見かけなかった。とある日曜日、二人の家《うち》まで後をつけた。二人はとあるポンプの蔭に暮らし、名士は途轍もなく大きな鍵で屋敷を開けた。唯一、二人の住まいにデカデカやられた銘は消火栓に纏わるそれで、屋敷は一部、打ち捨てられた上から閉《た》て切られた拱道によりて礎を抉られ、窓という窓は泥にまみれ、屋敷それ自体は壁にしょんぼり面《おもて》を向けたなり立っていた。五つの大きな教会と二つの小さな教会がこの屋敷と二人が足繁く通う教会との間《はざま》にて連中の日曜の鐘を撞いているからには、二人にはそこまで四半マイルほど出かける何か格別な謂れがあったに違いない。二人の姿を最後に見かけたのはこんな具合に、であった。小生は少し離れた別の教会に探りを入れに出かけ、たまたま、二人の足繁く通う教会の前を午後二時頃通りすがった。くだんの建物は締まっていたが、それまでついぞ気づかなかった小さな脇扉が開け放たれ、地下へ通ず階段が垣間見えた。小生は胸中、独りごちた。「さては連中、今日は地下納骨堂に風を通しているな」と思いきや名士と少女が音もなく階段に姿を見せ、音もなく降りて行った。小生は、宜なるかな、次なる結論を導いた。名士はとうとう長らく待ち侘びていた悔い改めし市民の蘇りにサジを投げ、少女もろとも生き埋めになるべく地下へ降りて行ったに違いない。

巡礼の道すがら、小生はとある、感傷的通俗劇《メロドラマ》の流儀で発疹し、絶滅したロンドン五月柱《メイポール》の要領で色取り取りのケバケバしい飾りのあしらわれた名も知れぬ教会に出会した。この手の呼び物に吸い寄せられるようにして、チョッキの代わりに黒い胸当てをつけた数名の若い牧師、と言おうか助祭と、くだんの聖なる階級に御執心の（割合にして、小生の見る所、助祭一人につき十七名に垂んとす）若き御婦人が新たにして風変わりな刺激のタネとしてシティーに紛れ込んでいた。如何にこれら若者達が、人気《ひとけ》なきシティーの一切与り知らぬまま専ら連中同士の間でシティーのど真ん中にてちっぽけな芝居を演じきっていることか、は一見の価値あったろう。そいつはさながらとある日曜日、がらんどうの会計室を借り切り、廃れた「神秘劇」の一つを演じているようなものであった。彼らは出し物の脇役とし、小さな学校を（何処の御近所からかは与り知らねど）徴発していた。して壁から壁にわけてもくだんの、哀れ、無垢な童《わらはべ》に、連中には到底判読不能な文字にて語りかける血迷った銘の花輪があしらわれているのに目を留めるのはまんざらでもなかった。当該会衆にはすこぶる心地好い髪油の香りが立ち籠めていた。

　他の事例においては、しかしながら、腐朽とベト病と今は亡き市民とが最優位の香りを成し、片やそいつと、およそ不快ならざる夢見がちなやり口にて界隈の主立った特徴が綯い交ぜになる。例えば、マーク・レーン辺りの教会にはプンと、乾涸びた小麦の匂いが立ち籠め、小生はうっかり、内一つの教会にておんぼろ膝布団から大麦の風っぽい見本を叩《はた》き出した。ルード・レーンからタワー・ストリートやその周辺にかけては、しょっちゅうワインの――時に紅茶の――濃やかな芳香が漂っていた。ミンシング・レーン近くのとある教会は薬剤師の引き出しじみた匂いがした。ロンドン大火記念塔の裏にて、礼拝《らいはい》には傷んだオレンジの臭いが纏いつき、そいつは、さらに気持ち川の方へ下《くだ》ると、ニシンへと和らぎ、ちびりちびり魚の広く遍き突風へと調子を下げる。とある、主人公が二目と見られぬ老婆と折しも連れ添っている「放蕩者一代記」に描かれし教会*とウリ二つの教会にては、特段取り立てて言うほどの雰囲気もなかった。がとうとうオルガンが我々皆の上にどこぞの御近所の問屋より獣皮の芳香を芬々と振りかけて下さった。

　香りが何であれ、しかしながら、会衆に何ら格別な特徴はなかった。生業にせよ、界隈にせよ、成り代わるほどその数あまたには上らなかったから。昨夜《ゆうべ》の内にそっくりどこか他処へ失せ、仰山な教会に集うほんの一握りのはぐれ者がそこにてゲンナリ空ろな面《つら》を下げているきりだった。

　これまでかかずらって来た逍遥の旅の直中にて、本日曜逍遥の年はその他大勢の歳月から際立った別箇の地位を占めている。川に浮かぶ牡蠣船の帆がパタパタ、窓にほとんど触れようかという教会を思い起こそうと、汽車が屋根の上を突っ切る度、鉄道が鐘をブンブン唸らす教会を思い起こそうと、奇しき経験が蘇る。夏の日曜日には、優しい雨に打たれようと、燦々たる日差しを浴びようと――いずれ劣らず懶いシティーの懶さは募るばかりだが――小生は永遠の都市（ローマ）の古代の建物や、エジプトのピラミッドより遙かに数知れぬ、英語を話す人々にとって知られざる、世界の首都（ロンドン）の核心なる幾多の建物においてかの、常日頃は人で賑わう憩いの場に付きものの奇妙な沈黙の内に座って来た。ひょいと覗き込んだ仄暗い祭服室と登記所や、小生の足音にコツコツと谺を返す小さな囲い込まれた教会墓地は小生の記憶に未だかつてくだんのやり口にて受けたためしのないほど鮮明で風変わりな印象を刻んでいる。今しもムシの食っているくだんの埃っぽい登記簿の内にては往時、幾人《いくたり》かの心を躍らせたり幾人《いくたり》かの涙をこぼさせたりしなかった条《くだり》は一行とてない。今やひっそりとして乾涸び、ひっそりとして乾涸び！　大枝を張る隙間すらなき窓辺の古木がそいつらをそっくり仕舞いまで見届けては来たものの。古木がポタリポタリ雫を垂らす、老商会の老店主の墓に関してもまた然り。彼の息子が墓を修復しては身罷り、彼の娘が墓を修復しては身罷り、やがて、いい加減長らく記憶に留められていたろうとばかり、古木が老店主を掌中に収め、彼の名はピチリと弾けた。

　これら人気《ひとけ》なき教会ほど二、三百年の歳月がもたらす流儀や習慣の移ろいを如実に示すものはない。連中の内多くは金のかかった豪勢な建て物であり、レン（英国屈指のバロック建築家）による設計のものも某かあれば、大火の灰燼から立ち昇ったものも少なからずあれば、また中には疫病と大火を共に凌ぎ、当今になって遅々たる死を迎えているものもある。何人《なんぴと》にも来《きた》る刻《とき》のことは定かならぬが、そいつがらみで、その沖へ向かう潮にこれら教会に再び己《おの》が会衆と仕来りをもたらす逆流の気配は微塵も窺われぬとまでは言っても差し支えなかろう。教会はその下や周囲に眠る古《いにしへ》の市民の墓さながら——在りし世の「記念塔」たりて——名残を留めている。そいつらに折々の日曜日、探りを入れたとて無駄足にはなるまい。というのも連中、今なお耳障りならず、ロンドン・シティーが真実ロンドンたりし時代に谺するから——徒弟や民兵精鋭軍が国家の名士たりし時代に——ロンドン市長閣下その人ですら一年のとある一日《ひとひ》*、劣らず杓子定規に残る三百六十四日間市長閣下を嘲笑う映えある馴染み方によりて杓子定規に下にも置かずもてはやされる「絵空事」ではなく、「現《うつつ》」たりし時代に。

第十章　照れ屋の界隈

（一八六〇年五月二十六日付）

己《おの》が旅の然に幾多が徒《かち》でやりこなされるものだから、仮に小生が博奕好きならば、恐らくありとあらゆる十一ストーン（約七〇キロ）の男を向こうに回し、歩きっ競にて挑みかかるに「健脚新参者」とでもいった肩書きの下《もと》、スポーツ新聞に名を列ねている所が見受けられるやもしれぬ。小生が先達てやってのけた格別な芸当は、徒歩やその他で苛酷な一日を過ごした後《のち》、深夜二時にベッドを抜け出し、朝食を認《したた》めるべく田舎へ三十マイルほど歩くというものであった。* 道は夜分、それは人気《ひとけ》ないものだから、いつもながら時速四マイルをこなす小生自身の一本調子の足音に合わせて眠りこける始末。何マイルも何マイルも、いささかなり疲れた意識もなきまま、昏々と微睡んではひっきりなし夢を見ながら歩いた。かくて千鳥足の酔っ払いよろしく蹴躓くか、小径でこちらへひた迫って来る騎馬の——影も形もなき——男を避けるべく、いきなり街道へ折れて初めてハッと我に返り、辺りをキョロキョロ見回したものである。夜は（折しも秋だったから）濛々たる霧の立ち籠める中を明け、小生はくだんの雲の丘や堤を攀じ登らねばならぬと、日輪の背後のどこぞには朝食を認《したた》めることになっているアルプス修道院があるとの思い込みをいっかなお払い箱に出来なかった。当該寝ぼけ眼の思い込みと来ては村や干し草山といった花も実もある代物よりそれは遙かに強かなものだから、とうに太陽が昇って燦々と輝き、小生自身、グルリの景色にうっとり見蕩れられるほどには十分目が覚めてからもなお、時にキョロキョロ、山を登る正しい道筋を指し示す木造りの腕はどこかと辺りを見回し、未だ雪がないのに首を捻っていた。途切れがちな眠りの奇しきかな、くだんの徒《かち》の折、夥しき量の韻文を物し（無論、正気の折には一行たり物せぬにもかかわらず）、いつぞやめっぽうお馴染みだったものを、使っていないせいでほとんど忘れてしまったさる言語をやたら流暢にまくし立てていた。これら双方の珍現象を、今に夢現《ゆめうつつ》にてそれはしょっちゅう経験するものだから、時に、よもや目を覚ましているはずはないと得心する。というのももしや目を覚ましていれば、この半ばもスラスラとは行くまいから。スラスラやっているのが絵空事でない証拠、はっきり目を覚ました後ですらしょっちゅう、延々たる韻詩と滔々たる会話の幾多の言い回しを思い起こせはするものの。

　小生の散策には二通りある。一つはキビキビとした速歩《はやあし》で真っ直ぐ、明確な目的地まで一気に向かうそれと、もう一つは当て処なく、ブラブラ、ズブの流離い人よろしく漫ろ歩くそれとの。後者の状態において、この世の如何なるジプシーといえども小生の右に出る流離い人はまたといまい。これぞ小生にとってそれはしっくり来る所へもって、小生にあってそれは強かなものだから、恐らくさして遠からぬ御先祖様にどいつか性懲りもない流浪人がいたに違いない。

　小生が照れ屋の首都圏界隈、並びに小さな商店を流離い人よろしくブラつく内にごく最近出会した最も傑作な代物の一つは、大英帝国のトーマス・セイアーズ殿とアメリカ合衆国のジョン・ヒーナン殿*を模した二様の肖像画に例証さる、慎ましき芸術家の空想である。これら名立たる傑人は拳闘の出立ちにして、拳闘のポーズのなり極彩色にて描かれている。御両人の長閑な生業の牧歌的かつ瞑想的質《たち》を仄めかすに、ヒーナン殿は半ブーツの踵の下よりサクラソウや他の約しき野花を萌え出づらせたなり鮮緑色の芝生の上に立っている様が描かれ、片やセイアーズ殿は村の教会の黙《もだ》した雄弁によりて競り売り人《オークショニア》*と呼ばる十八番のパンチをお見舞いするよう焚きつけられていた。家庭的美徳とスイカヅラの絡まる車寄せ《ポーチ》を有す、イングランドの苫家は両の英雄にとっとと打って出て勝ちをさらえとハッパをかけ、ヒバリやその他啼き鳥は上空にて一戦のいとありがたきかな、天に恍惚として高らかな感謝の囀りを捧げている様が見て取れる。引っくるめれば、当該芸術家によりて拳闘術に纏わらされている連想は概ねアイザック・ウォールトン（『釣魚大全』の作者）の流儀にてなり。

　とは言え、小生の目下の目的は裏通りや脇道に住まう下等動物にある。こと人間がらみの注釈のためならば、我々は暇《いとま》と機の許し次第かようの界隈に戻るやもしれぬ。

　照れ屋の界隈にて鳥達が交わっている悪しき朱ほど小生の心を悩ますものはない。外つ国生まれの鳥は間々人品卑しからざる仲間と付き合うが、お国生まれの鳥は下卑た連中と切っても切れぬ仲にある。セント・ジャイルズには連中尽くめの通りがあるし、小生は常々居酒屋と質屋に打ってつけの貧しく如何わしい界隈で奴らに出会す。連中はどうやら人々を呑んだくれにすると思しく、連中の籠を作る男ですら大方年がら年中、目のグルリに黒アザを作っている。のは何故《なにゆえ》か？のみならず、連中は象牙ボタンの裾の短い別珍の上着もしくは袖付きチョッキと毛帽子の人間のためとあらば、人品卑しからざる社会層によりてはいっかな請け負うよう説きつけられて下さらぬ諸々の離れ業をやってのけよう。いつぞやスピタルフィールズの薄汚い袋小路で、小生はゴシキヒワがこちとらの水を汲み、しかも消耗熱にやられてでもいるかのようにしこたま汲んでいる所に出会したことがある。* くだんのゴシキヒワは鳥屋に住まい、口上書きにては御当人を古着か、空瓶か、台所クズとすら、物々交換する由触れ回っていた。なるほど、如何なるゴシキヒワにあっても、下卑た手にして零落れ果てた趣味ではなかろうか！　小生は身銭を切ってくだんのゴシキヒワを手に入れた。ヤツは我が家へ届けられると、小生のテーブルの真向かいの釘に吊る下げられた。してどうやら（小生の理詰めに押すに）紺屋と思しき擬いの棲処の外っ側に住まっていた。さなくば止まり木が屋根裏窓から突き出ている辻褄がどうにも合うまい。ヤツは小生の部屋に姿を見せたその刹那から、喉の渇きを覚えるのを止しにしたか――とは契約違反もいい所だが――小さなバケツを放した途端ボチャンと――お蔭で如何ほど景気のいい時ですらワナワナ身を震わせていたものだが――またもや井戸の中に落ちるのを耳にする踏ん切りがつかなかったのやもしれぬ。とまれ、ほんのこっそり、夜闇に紛れてしか、一切水を汲まなくなった。一時《いっとき》空しく、して畢竟、徒《あだ》望みをかけた挙句、ヤツを仕込んだ商人《あきんど》にお呼びがかけられた。商人《あきんど》は捥ぎ立てのイチゴよろしき拉《ひさ》げた、クッションもどきの鼻をした、ワニ足の男だった。――毛帽子と膝丈ブリーチズの出立ちの、別珍族の就中、別珍じみた。男は「ちょいと覗いて」みやしょうと遣いを寄越し、事実「ちょいと覗いて」みて下され、部屋の入口に姿を見せるやグイと、逆しまな目でゴシキヒワを気持ち上目遣いに睨め据えた。さらばやにわに猛烈な喉の渇きがゴシキヒワを見舞い、そいつが癒されてなお、ヤツは用もないのに水を汲みに汲み、とうとう止まり木の上にてピョンピョン飛び跳ね、嘴を研ぎにかかった。さながら最寄りの地下の葡萄酒蔵まで足を運び、へべれけに酔っ払いでもしたかのように。

　ロバにしてからが。小生はロバが表戸から罷り入り、一見、二階に住まっているかのような照れ屋の界隈を知っている。というのもいくら手摺越しに裏庭をしげしげやろうと、ついぞ御当人の姿を目にしたためしがないからだ。社交界も高位貴顕も王室も、くだんのロバに呼び売り商人《あきんど》のためならば折ってやるホネを折るよう訴えたとて詮なかろう。とびきり高価なオート麦をたらふく食わせ、背《せな》の対《つい》の荷籠に稚《いとけな》き王子と王女を乗せ、艶やかな馬飾りを一分の隙もなくあしらい、ウィンザーのとびきり緩やかな坂まで引っ立て、もしやビクともして下さるものならもっけの幸い。さらば、奴の腹をペコペコに空かせ、平らな盆を乗っけた手押しにともかく括りつけてみるがいい。奴め、そら、ホワイトチャペルからベイズウォーターまで驀地に突っ切ろう。自然な状態にては、鳥とロバとの間に何ら格別な個人的諒解は成立していないかのようだ。が、照れ屋の界隈状態においては、御両人、同じ掌中にあり、必ずやとことん悪しき朱に交わらんととことん捩り鉢巻きでかかっている所にお目にかかろう。小生は一頭、ロンドン橋のサリー岸の、ジェイコブズ・アイランドとドックヘッドの砦に紛れて住んでいるロバを――ツラだけは、口を利くような間柄でないだけに――知っている。くだんの四つ脚は、無くて七クセたることに、すぐ様お呼びでない際には独りきりヌラリクラリ、手持ち無沙汰に出かけて行く。小生は奴が埒から一マイル離れた辺りで通りをあちこちブラついている所に出会したことがあるが、かようの折の奴の面付きと来ては実にヤクザっぽい。奴はタマキビガイを商う初老の御婦人の屋台に括りつけられ、土曜の晩ともなれば荷車一杯分のくだんの馳走ごとジン・ショップの表に突っ立ち、両の耳をピンと、客が荷車の方へ近づいて来るや押っ立て、連中升目をチョロまかされているとは百も承知なだけにやたら得々としたツラを下げていたものである。女主人は時に酔いどれ、小生が最後に（およそ五年ほど前）見かけた際、奴は当該珠に瑕が火種の難儀に巻き込まれていた。タマ

キビガイの荷車ごと独り置き去りにされた上からコロリと忘れられ、奴はフラリフラリさ迷い出した。一時《いっとき》お馴染みの下卑た縄張りをウロついては放蕩の憂さを晴らしていた。がとうとう荷車を勘定に入れずして、せせこましい横丁へ折れようと躍起になったはいいが二進三進も行かなくなった。かくて晴れてお縄となるや、教区の「獣檻」がつい目と鼻の先にあるものだから、ズルズル後ろ方《ざま》くだんの監禁所へとぶち込まれた。然なる危急存亡の秋、小生はバッタリ、ヤツと鉢合わせになったが、ヤツの露にせし己《おの》が極道たるの――との表現を蔑す気は毛頭ないながら――依怙地な意識たるや、小生は生まれてこの方、人間サマにあって右に並ぶものにお目にかかったためしがない。タマキビガイの直中に押っ立てられた、紙の笠の内にてゆらゆらと揺らめくロウソクに照らし出されているのは、ボロボロの曳き具のちぎれ、荷車のやたらガタピシのなり、ヤツが絵に画いたような面目丸つぶれと石頭の権化たりてピクピク口を痙攣《ひきつ》らせては項垂れたかぶりを頻りに振っているの図であった。小生は一再ならず小僧がブタ箱へしょっぴかれる所に出会しているが、連中こそヤツの血を分けた弟分かと見紛うばかりであった。

照れ屋の界隈の犬が気散じから足を抜き、我ながら懐が寂しいのを身に染みて感じていること一目瞭然。連中、もしや叶うことなら、無論汗水垂らすのからもきれいさっぱり足を抜こう。とはありとあらゆる四つ脚の性《さが》たることに。小生は晴れがましくもウォルワース界隈のとある裏通りに住まう犬を存じ上げているが、奴はへっぽこ芝居で大いなる名を馳せ、舞台にお呼びのかかっている際には、ビラの挿絵代わりに、こちとらの似顔絵をあちこち提げ回る。奴の（似ても似つかぬ）似顔絵には、イギリス将校を鉞《まさかり》もてぶった斬ったか、ぶった斬る気満々であったと思しきへっぴり腰のインディアンを折しも地べたにズルズル引こずり倒している様が描かれている。意匠がズブの純粋詩を地で行っている証拠、出し物にはかようのインディアンにせよ、かようの椿事にせよ影も形もないながら。奴はニューファウンドランド種の犬で、こと正直たることにかけては如何ほどの額なり請け合おう。が奴の劇的絵空事との連想における知的資質はおよそ高くは買ってやれぬ。実の所、奴は自ら首を突っ込んだ生業には正直にバカがつこう。昨年の夏、ヨークシャーのとある町にいた折のこと、その夜のビラに奴が触れ回られているのを目にし、早速、芝居に足を運んだ。奴の仰《のっ》けの場面はまんまと図に当たった。がそいつは上演にものの一秒（とビラに五行）しか要さなかったので、奴の力量を冷静かつ入念に判ずる根拠はほとんど得られなかった。ほんのワンワン吠え立て、盲滅法突っ走り、尻に帆かけた道化の後を追って旅籠の窓から飛び出せば事足りたから。寓話にとりてお次に肝要な場面は奴がやたら心配性なばっかりにいささか興が殺がれた。何せ飼い主が（嵐の晩に盗賊一味の洞窟にて行き暮れし兵士たる）、忠犬が側《そば》にいないのをしみじみ嘆き、奴は三〇リーグ彼方なる事実にやたらクダクダしき力コブを入れているというに、くだんの忠犬殿と来ては黒衣《くろご》の枡にてワンワン滅多無性に吠えまくり、首輪《カラー》で自らの息の根を止めそうになっていること火を見るより明らかだったからだ。が正直者の正直者たる所以が奴の上手《うわて》に出たのは、奴のいっとうの見せ場においてであった。奴は殺人鬼の後を追って鬱蒼たる、道なき森に分け入り、そこにて殺人鬼が贄を今にもグサリとやらんばかりにして括り上げたなり木の根っこでくつろいでいる所を見つけるが早いかそいつに飛びかかることになっていた。それは茹だるように暑い宵で、奴は全くもってあらぬ方角からごゆるりとした速歩《トロット》にて、これきり頭に血を上らせた風もなきまま、すこぶる御機嫌麗しゅう、森の中へとやって来た。して舌を突き出したなりフットライトの所まで小走りにお越しになるや、そこにて腰を下ろし、ハアハア喘いでは尻尾でポンポン、オランダ時計よろしく、舞台を打ちながら観客をズイと、愛嬌たっぷりに見はるかした。その間《ま》も殺人鬼は己《おの》が運命《さだめ》を苛々待ち受け、「こおっちえ来ねえか！」と奴をドラ声でけしかけ、片や贄御殿は枷と組み打ちながらも奴宛とんでもなくおどろおどろしき悪態を吐きまくった。然なる手続きの甲斐あって奴は漸う小走りにてお越しになるや男を八つ裂きの目にしてくれよう気になって下さるに及び、くだんの由々しき意趣を晴らすにペロペロ、殺人鬼の血醒き手よりバターを舐めている由やたら（劇的目的にとりては）明々白々とやってのけることと相成った。

ロング・エーカーの裏の照れ屋の通りには二匹の正直者の犬が住まい、二匹はパンチ人形芝居の役者である。小生は、こう見えても、二匹とは昵懇の仲にあり、ついぞいずれの犬にせよ、演技の仰《のっ》けから仕舞いまで屋台の内なる男を見下ろし損なうという瞞着の罪を犯している所に出会したためしがない。外の犬がこれら二匹がらみで悟性を得心さす上で感ずる難儀はおよそ時と共に薄れるどころではないと思しい。同じ犬共は二匹が非番の折々屋台の大御脚の背後や太鼓の傍をトボトボ歩いていると、幾度となく出会さねばならぬが、どいつもこいつも御両人のフリルとジャケットに眉にツバしてかかり、クンクン、くだんの舞台衣装をオデキか何ぞと――恐らくは、疥癬の質《たち》の――勘繰ってでもいるかのように嗅いでみる。小生のこのコヴェント・ガーデンの窓から、つい先達て田舎育ちの犬が目に留まった。犬は荷馬車の下にてコヴェント・ガーデン市場までやって来たはいいが、綱を切り、端を依然ズルズルと引こずっていた。犬は小生の窓から見はるかせる四本の通りの角をあちこちウロウロ、ウロつき、性ワルのロンドン生まれの犬共がやって来てはウソ八百を——ヤツはこれきり鵜呑みにしようとはしなかったが——並べ、輪をかけて性ワルのロンドン生まれの犬共がやって来ては市場で何かチョロまかして来いよと——ヤツは端《はな》から取り合わなかったが——焚きつけ、かくて都大路の習いに頭の中がこんぐらかること頻りにして脇道へ這いずり込むや、とある門口でへたり込んだ。がシバと微睡んだか微睡まぬか、パンチが犬のトウビもろともお越しになった。ヤツは慰めと忠言を求めてトウビに矢の如く駆け寄った。がフリルが目に入った途端ひたと、胆を潰した勢い、通りのど真ん中にて足を止めた。屋台が押っ立てられ、トウビは垂れ布の後ろへ回り、ゾロゾロ客が集まり、太鼓と笛がドンドン、ピーヒャラ、ぶっ放された。我が田舎育ちの犬はこれら奇妙奇天烈な物の怪にマジマジ目を瞠りながら微動だにせぬまま立ち尽くしていた。がやがてトウビが芝居の幕を開けるにこちとらの出っ張りに姿を見せ、奴宛パンチが登場し、タバコのパイプを口に突っ込んだ。との光景を目の当たりに、田舎育ちの犬はポンと空を仰ぎざま一声、凄まじき遠吠えを上げたと思いきや、すは真西に敗走した。

巻では人間が犬を飼うと言う。が間々犬が人間を飼うと言った方がより正鵠を射てはいまいか。小生はハマースミスのとある照れ屋の街角にて人間を飼っているブルドッグを存じ上げている。ヤツは人間サマを中庭の先で飼い、居酒屋に行ってはヤツがらみで金を賭けさせ、支柱に寄っかかってはヤツを睨め据えさせ、ヤツのせいで仕事を打っちゃらかさせ、そいつにおどろおどろしき睨みを利かせている。小生はいつぞや殿方を——しかもオクスフォードで手塩にかけられた——飼っている珍種のテリヤを存じ上げていた。テリヤは専らこちとらの面目を上げるためにこそ殿方を飼い、殿方はくだんのテリヤを措いて何一つ話の花を咲かせたためしがなかった。こいつは、しかしながら、照れ屋の界隈においてではなく、故に余談なり。

照れ屋の界隈には、小僧を飼っているその数あまたに上る犬がいる。小生はサマーズタウンで三人の小僧を飼っている雑種犬に目をつけている。奴はスズメを仕留め、クマネズミを穴から追っ立てられる（どっちもどっちお手上げなれど）風を装い、三人を狩猟の口実の下《もと》、ありとあらゆる手合いの町外れの野原へと連れ出す。のみならず釣魚の術の某か謎めいた奥義を極めているものと信じ込ませ、かくて三人はヤツが共々連れ立ち、途轍もなくけたたましく吠え立てねば、ハムステッド・ポンドにはたかがピクルス壺と広口瓶もて装備したくらいでは片手落ちもいい所だと思っている。サザックには盲《めしい》の男を飼っている犬が住んでいる。奴はほとんど毎日のように、オクスフォード・ストリートにて盲《めしい》の男をグイグイ、男には全くもって思いもかけねばチンプンカンプンにして、専らこちらの着想と手法になる用に引っ立てている様が見受けられる。逆に、男に何か腹づもりのある際には、犬は何が何でもごった返した目抜き通りにデンと腰を据えたが最後、瞑想に耽ろうとする。小生はつい昨日も、奴が喜捨盆を市井の人々に差し出す代わり、ゆるゆるの首輪よろしくブラ下げ、一見した限りではハロウに住まう犬を訪うべく——くだんの方角へ然ても御執心とあって——素行の如何わしきノラ公のお招きに与って男を不承不承引っ立てているのを目の当たりにした。アーケードとオールバニとの間の、バーリントン・ハウス・ガーデンズの北壁は、午後二時か三時ともなれば、盲《めしい》の男同士の約束のための照れ屋の落ち合い場所となる。連中はそこなる下り坂の石の上に（めっぽう居心地悪げに）腰を下ろし、四方山話に花を咲かす。彼らの犬は必ずや同時に、こちとらの飼っている人間サマをお互い同士、大っぴらに見くびり、それぞれ男をまたもや動き出せばどこへ連れて行こうか示し合わせている様が見受けられるやもしれぬ。小生はとある照れ屋の（固より伏せる謂れがないからには名を明かすが、ノッティン・ヒルの傍にして、陶磁器製造《ポタリー》業《ズ》区と呼ばる地区に面す）界隈の小さな肉屋で、家畜商人を飼っている、毛むくじゃらの白黒斑の犬を知っている。ヤツはのん気な気っ風の犬で、やたらしょっちゅう当該家畜商人を後はどうなとへべれけにさす。かようの折々、ヤツはいつも決まって居酒屋の表に腰を下ろし、一頭ならざる羊にじっと目を凝らしたなり瞑想に耽る。小生はヤツが羊を六頭引っ連れ、見るからに胸中、市場《いちば》を後にした際には何頭から取っかかり、外の奴らに如何なる場所にて置いてけぼりを食わしたものやらとパチパチ、ソロバンを弾いている所に出会したことがある。ヤツが格別な数頭がらみでこちとらに上手く辻褄が合わせられずに苦り切っているのは一目瞭然。が光明が一筋、次第に萌し始め、果たして如何なる肉屋にそいつらを置き去りにしたものかはったと思い出し、しかつべらしくも得々とした勢い、鼻のハエを引っ捕らまえ、見るからにほっと胸を撫で下ろしたものである。たといいつ何時であれ、小生が家畜商人を飼っているのがヤツであり、ヤツを飼っているのが家畜商人に非ズとの事実に眉にツバしてかかれていたとて、そいつは六頭の羊の面倒を独りこっきり見てやっているヤツなりのやり口にて証されて余りあったろう。何せ家畜商人が赤い代赭《たいしゃ》とビールまみれのなりお出ましになり、ヤツにお門違いな指示を与えようと、ヤツは坦々と突っぱねていたから。ヤツは羊を一頭残らず己《おの》が掌中に収め、ほんの恭しいながらもきっぱり「そんな御命に従ってた日にゃ六頭とも乗合馬車に轢き殺されちまうぜ。きさまはせいぜい自分の面倒を見てやることだ――脇目を振るどころの騒ぎじゃなかろう」と宣ふきり、預り物をさも賢しらげにピンと耳を欹てた上から尻尾を振り振り、こちとらの要件なら百も承知とばかり引っ立て、かくて天下の野暮天を、遙か、遙か、後方に打っちゃらかした。

さながら照れ屋の界隈の犬が四六時中、懐具合が思わしくないとの――概ね不安げなツラや、ぎごちない戯れようや、どいつか食い扶持稼ぎにこちとらを厄介な代物に括りつける魂胆ではあるまいかとの下種の何とやらに例証さる――コソついた意識をうっかり露にする如く、然に照れ屋の界隈のネコは、未開状態に逆戻りする強かな傾向をひけらかす。連中、グルリの過剰人口や、晴れて腹の足しにありつく並木道という並木道の鮨詰め状態に思いを馳すことにて独り善がりなまでに気が荒くなっているのみならず――こうした思索に跡づけらる、道徳的かつ政治経済学的荒みが窺われるのみならず――紛うことなき身体的頽廃の相をも呈している。連中のリンネルは小ざっぱりしているどころか、洗濯の仕上げと来ては目も当てられぬ。黒毛はおんぼろ喪服よろしく羊羹色に剥げ上がり、連中、めっぽうお粗末な毛皮に身を包み、絹《きぬ》天《てん》の代わり、とびきりみすぼらしい唐天《とうてん》に馴染む。小生はセント・ジョージズ・フィールズのオベリスクの辺り、ばかりかクラークンウェル・グリーンの近所、ばかりかドゥルアリー・レーンの裏手の新開地の一本ならざるせせこましい通りに住まう猫と見知り越しの仲にある。一見、連中はその直中にて暮らす女達そっくりだ。何ら仕度もせぬまま、こちとらの健やかならざるベッドから表通りへ繰り出すと思しい。こちとらが街角で薄汚くも喧嘩をしては毒づいては引っ掻いては唾を吐きかけている片や、幼気な我が子には後は勝手に溝《どぶ》をヨタつかす。わけてもいよいよ幼気な家族を増やそうかという(日常茶飯の)折に似通いは何やら埃っぽいふしだらさと、踵の拉《ひさ》げただらしのなさと、物事全般の打っちゃらかしように生半ならず顕現する。万が一にもこれまで当該階層のネコ科の女房が身重の際に顔を洗っている所に出会したためしがあると言えばウソになろう。

この上雄ネコの業を煮やした不機嫌さと、幾多の点における男にして兄弟（奴隷解放運動標語）との似通いがらみでクダクダしく御託を並べることにて照れ屋の界隈の下等動物の直中なる逍遥の旅のこれら覚書きを引き延ばすまでもなく、以下、同上の界隈の家禽に一言触れ、もって掉尾《ちょうび》を飾るとしよう。

　曲がりなりにも卵より生まれ、翼を授けられし生き物が得々と梯子伝《づて》地下の窖へと潜り、そいつをこそ塒へ戻ると称す羽目に陥っているとは然に瞠目的状況であるが故に、当該関連において訝しんで然るべきものは最早何一つあるまい。さなくば小生は何とこれら家禽の空を飛ぶ鳥ととことん懸け離れてしまったことよと――レンガやモルタルや泥の中を這い蹲うに馴れ親しんでしまったことよと――緑々《あおあお》と生い茂る木をコロリと忘れ、店の看板や、手押し車や、牡蠣樽や、張出し屋根や、靴拭いを塒にしていることよと――訝しむ所ではあったろう。小生は連中がらみの何一つ訝しむまでもなく、連中をあるがままに受け入れる。故に年がら年中質屋に入り浸っている、ハックニー・ロードの顔見知りの零落れ果てたチャボ一家を「自然の女神」の賜り物にして当然の代物として受け入れる。連中、お世辞にも浮かれているとは言えぬ。何せシケた気っ風の手合いなもので。が、ともかく御相伴に与れるなけなしの愉悦という愉悦を、質屋の脇扉の出入口にワンサと連むことより頂戴している。ここにて連中、必ずや手許不如意になったばかりにして、さもシッポをつかまれるのが憚られるかのようにいじけた具合にパタパタ羽搏きしている様が見受けられる。小生は元はと言えばドーキングの良家の出ながら、身持ちの悪いヤクザな奴を知っている。奴はこちとらの所帯の女房を一羽残らず、一列縦隊のなりゾロゾロ、ヘイマーケットに間近い風紀紊乱《びんらん》の居酒屋の大ジョッキ部門の戸口より連れて入り、常連客の大御脚に紛れて機動演習を執り行ない、ボトル入口より諸共お出ましになり、かくて日々世を渡り、時節中、めったなことでは夜中の二時より前には床に就かぬ。ウォータールー橋の向こうに、みすぼらしい斑《ぶち》の老夫婦が住まい（御両人、木製のフランス寝台と、洗面台と、タオル掛け造り商に御厄介になっているが）、四六時中とある礼拝堂の扉から中へ潜り込もうと躍起になっている。果たして老淑女がサウスコット夫人*のそれを彷彿とさす妄想の下《もと》、くだんの格別な宗派に卵を委ねようとの着想を得ているものか、或いは単に建物には何の筋合いもないと諒解し、故に滅多無性に罷り入らんと振り鉢巻きでかかっているものか、小生にはいずれともつきかねる。が、ひっきりなし大扉の下を穿とうと躍起になり、片や連れ合い殿は、ヨタヨタ大御脚がヨタついてはいるが、右往左往行きつ戻りつし、上さんにハッパをかけては森羅万象に挑みかかっている。とは言え、ブレントフォードのシナ種仲間が当該業腹な領域より引っ越してこの方、小生が最も懇意にしている一家はベスナル・グリーンのどこより立て込んだ界隈に住んでいる。連中の自ら直中にて住まう事物より何と超然としていることか、というよりむしろ何とくだんの事物の悉く固よりトリ族に傅かんがためにこの世にお出ましになっているとの思い込みに凝り固まっていることか、小生は然に見込まれているものだから様々な折々、連中を幾多の旅のネタにして来た。当該一家の人員たる二羽の首長と十羽の奥方を具に観察した挙句、小生は彼らの見解はお頭オンドリとお頭メンドリによりて成り代わられているとの結論に達した。後者は、どうやら生半ならず老いぼれた御婦人で、羽根が疎らな所へもって翮《かく》がやたら目につくだけに、これ一束の事務用鵞ペンかと見紛うばかりだ。象とてぺしゃんこに轢き潰そうかという鉄道貨物大型馬車が角を曲がりざま、これら家禽共の上をガラガラ突っ切ろうと、連中、馬の下よりカスリ傷一つ負わぬまま、突撃はそっくり空《くう》なる通りすがりの御身上にして、置き土産に何か食い物でも落ちているやもしれぬと得心し切ってケロリとお出ましになる。連中は古靴や、やかんやソースパンの成れの果てや、ボネットの残骸をある種、家禽の突っつくべき気象上の発散と見なしている。独楽や輪っかはどうやら一種の霰と、羽子は雨か露なものと思い込んでいる。ガス灯は他の如何なる明かりにも増して連中にはしっくり来、小生の下種の何とやらを働かすに、二羽のオンドリ殿の胸中、街角の早目の居酒屋は日輪に取って代わっていると思しい。小生の紛うことなき事実として得心するに至っていることに、二羽は居酒屋の鎧戸が取り外され始めると、時を作り始め、給仕がくだんの務めを果たすべく姿を見せるが早いか、さながらこの方、現し身の太陽神《フォイボス》ででもあられるかのように、お出ましを高らかに迎える。

第十一章　流浪人

（一八六〇年六月十六日付）

前回の随想にてたまたま「流浪人」なる語を用いたせいで、それはまざまざとくだんのその数あまたに上る同業者仲間が胸中、彷彿としたものだから、ペンを擱くが早いか、またもや手に取り、ありとあらゆる方位にてありとあらゆる夏の街道で目にした流浪人のことを綴ろうとのムラッ気が頭をもたげた。

流浪人なるもの路傍で安らうべく腰を下ろすと必ずや、乾涸びた溝《みぞ》に両脚を突っ込んで座り、いよいよ寝にかかる段には必ずや（とは蓋し、しょっちゅう）、仰向けに寝にかかる。そら、向こうの、明るい日射しを浴びて真っ白にギラついている小高い道端で、本街道から矮林《わいりん》を囲うクロイチゴの茂みの下なる埃っぽい猫の額ほどの芝土の上にぐっすり眠りこけたなり横たわっているのは野蛮な手合いの流浪人だ。男は面《つら》を空へ向け、ズタズタの腕の片割れを顔に横方《よこざま》渡したなり、仰向けに寝そべっている。男の包みは（ともかくあちこち提げ回るに足るものとするとは、果たしてくだんの謎めいた包みの中身は何ぞや？）傍の地べたに放り投げられ、道連れの、寝ぼけ眼ならざる女は溝《みぞ》に両脚を突っ込み、背《せな》を道に向けたなり座っている。女は歩く際には顔が日に焼けぬようボネットを頭の正面にちょんと小粋に被り、スカートをある種エプロンもてお定まりのきっちりとした流浪人流儀にて御尊体に巻きつけている。かくてくつろいでいる女に目をやれば、女はまず間違いなく鬱々とながらも挑みかからんばかりの物腰で髪かボネットに手を加え、ちらと、指の間から貴殿の様子を窺う。女は女自身、めったなことでは昼間は眠らず、如何ほど延々とであれ、男の傍らに座っていよう。男が然に何かと言えばゴロ寝をしたがるのはよもや包みを提げて疲れ切っているからでだけではあるまい。何せ女の方が遙かにしょっちゅう、長らく提げているから。二人が徒《かち》の際、貴殿はたいがい男が前方を、ぶっきらぼうげにズッコリズッコリ、背《せな》を丸めて歩き、片や女が後方を包みを提げたなりノロノロ、ずっしり歩いている所に出会そう。男はおまけに、女にこっぴどい灸を据える習いにあり——男の気っ風のくだんの様相は居酒屋の扉の外なるベンチの上にて就中間々顕現する訳だが——女はこうした謂れ故に男にやたら御執心になると思しい。哀れ、女は顔に打ち身を食らっている時こそわけ

ても懐っこいものと概ね相場は決まっていよう。何ら生業を持たず、この手の流浪人と来ては、どこへ行くにせよ何ら腹づもりも持ち併さぬ。男は時にレンガ造りか木挽きと名乗るやもしれぬが、それはほんのたまさか想像を逞しゅうする折にすぎぬ。男は概して何か仕事のクチを探している旨、漠たる物腰で仄めかすが、ついぞ精を出したためしもなければ、断じて出しもせねば、金輪際出すこともあるまい。とは言え、貴殿こそ断じて精を出さぬというのが、男にあっては(さながら御当人、この世にまたとないほどの働き者ででもあるかのように)お気に入りの絵空事であり、男は貴殿の庭先を過り、貴殿が花を眺めているのを目にするや、かくブツクサ、これぞ似ても似つかぬ奴がいたものだとばかり唸り上げるのが洩れ聞こえよう。「お宅あ左団扇の結構な御身分で、お宅あよ!」

　コソついた流浪人は同じお先真っ暗な手合いにして、貴殿は何であれ手にしているものに生まれついてはいるものの、ついぞ手に入れるべく何一つ骨を折ったためしがないとの同じササクレ立った思い込みに凝り固まっている。が、さまでふてぶてしい気っ風ではない。男は貴殿の門の前でつと足を止め――ひょっとして鎧戸か茂みの蔭の聞こえる所にいるやもしれぬどいつにであれ御教示賜るべく――さも生まれながらに腰の低げにして取っておきの猫撫で声で連れの女に宣おう。「こいつはイカした場所じゃねえか、えっ? すこぶるつきのよ! んでここんちのお方らあオレやおめえみたような哀れな二人連れの足のヒリついた流れ者に、あんなやたら小ざっぱりとしたネグラから真水の一雫なり恵んで下さらねえもんかい? もしかだってなら、オレ達ゃめっぽうありがたがろうによ、えっ? マジ、めっぽう、ありがたがろうじゃ、えっ?」男はすぐ側に犬がいるのに逸早く気づき、控え目ながらササクレ立った猫撫で声を貴殿の中庭につながれている犬にまで振舞うに、中庭の門の辺りでコソつきながら宣う。「あーっ! おめえもゴ立派な生まれの犬で、おめえはロハで食わせて頂いてるってな。もしかゴ主人様がどんなだんなや奥方さんにもこれっぽっち焼きモチ焼かねえ旅の男と女房におめえの食いくさしの一欠片でも恵んで下さろうってならありがてえ限りだがよ。あちらあ、おめえだってそうだろうが、ひもじい思いいした覚えはなかろう。きさまにこれきり手荒な真似えしっこねえ哀れな奴らにそんなに吠えるヤツがあるか。そいつらそれでなくたっていい加減踏んだり蹴ったりの目に会ってるってのによ。おお、止しやがれ!」男は概ね、立ち去り際に途轍もない溜め息を吐き、旅を続ける前に必ずや小径の向こうからこちらからをズイと、道の向こうからこちらからをズイと、見はるかす。

この手の流浪人はいずれ劣らずめっぽう頑丈に生まれついている。たといその田舎家の戸口で連中がウロウロ、ウロついては物を乞う重労働の人足がまたとないほど質《たち》の悪い瘧《おこり》にやられようと、この手の流浪人はピンシャンしていること請け合いだ。

貴殿がこの明るい夏の一日《ひとひ》に——例えば、潮風がそいつの埃を活き活きとしてくれ、船の帆が小高い草原の坂の向こうの紺碧の彼方に浮かぶような道で——出会すまた別の手合いの流浪人がいる。貴殿が陽気に歩き続けていると、遠見の、貴殿がこれから登ろうかという急な丘の袂に一見、門の上に上っ調子に腰を下ろしたなり、愉快でのん気な物腰で口笛を吹いている人影が目に留まる。人影に近づくにつれ、そいつはスルリと門から這いずり下り、ひたと口笛を止《や》め、そっくり返った帽子の縁《へり》を下ろし、びっこを引き、ガックリ項垂れた上から肩を怒らせ、こよなき意気消沈のありとあらゆる徴《しるし》を呈し始める。丘の袂に辿り着き、間近まで来てみれば、そいつはみすぼらしい若造の人影と判明する。若造は貴殿が向かっているのと同じ方角に、足を引こずりながら歩き出し、己《おの》が不遇でそれは頭の中が一杯なものだから、丘の麓でひたと追いつかれるまで貴殿が近づいているのに気づかぬ。いざ貴殿に気づいてみれば、若造はめっぽう行儀の好い、めっぽう物言いの上品な若造と思しい。若造は行儀の好い証拠、そっと恭しげに帽子に手をかける。若造は物言いの上品な証拠、滑《すべ》らかな物腰で思う所を述べる。若造は淀みない声でこだけの話とばかり、句読点を打たずに言う。「申し訳ありませんがもしや天下の本街道で必ずしも窶《やつ》して来た訳ではないながらしてその者自身の責任ではなく家族の病気や幾多の身に覚えのなき苦しみ故にほとんど襤褸にまで身を窶している者に声をかけられる無礼をお許し頂けるなら今何時でしょう」貴殿は物言いの上品な若造に今何時か告げる。物言いの上品な若造は、貴殿にしっかと歩調を合わせながら仕切り直す。「もちろん御自身の気散じのために散歩をしておいでの殿方にこの上お尋ねを致すのは不躾と重々承知の上憚りながらドーヴァーへの道筋と御主人およその距離をお教え願えないでしょうか?」貴殿は物言いの上品な若造にドーヴァーへはこのまま真っ直ぐ行けばよかろうと、距離はおよそ十八マイルだと告げる。物言いの上品な若造は大いに取り乱す。「かほどに疲れ切っていては」と若造は言う。「たといこの靴が我が身をドーヴァーまで連れて行ってくれる状態にあり足が燧石だらけの道を踏み越えられる状態にあり剥き出しの地べたの上になかろうと日が暮れる前にドーヴァーに辿り着くことはまず叶うまいかとことは如何なる殿方といえども一目で得心なされよう如く御主人憚りながら二言三言話をお聞き頂けましょうか？」物言いの上品な若造が貴殿にそれはしっかと歩調を合わせてついて来るものだから、貴殿は若造が憚りながら二言三言話をお聞き頂くのに待ったをかけること能はぬ。かくて若造は滔々とまくし立てる。「御主人かように話しかけていても決して物を乞おうというのではありませんと申すのもこの世にまたとないほど素晴らしい母親に手塩にかけられ物乞いは固より生業ではないものでたとい我が恥ずべき望みがさようであったとて物乞いに如何に生業として携わったものか御主人皆目見当もつかないでしょうと申すのもこの世にまたとないほど素晴らしい母親はまたとないほど素晴らしい我が家で長らく他の教育を施してくれていたものでなるほど今や目下の如く天下の本街道で不躾な真似をせざるを得なくなってはいますがわたくしは法文書の代書を務め法務次官や法務長官や判事の大多数や法曹界全体の覚え実に目出度かりしものを家族の病気と自ら保証人となった友人の裏切りのせいでしかもその男は外ならぬ妻の兄にして外ならぬ義兄でしたが夫思いの妻と三人の幼気な子供共々家を追われましたとは言え断じて物を乞うつもりはありませんと申すのもいっそ飢え死にした方が増しでしょうからただドーヴァーの港町まで何とか辿り着きたいと存じますあちらには救いの手を差し延べてくれるばかりか金を如何ほどなり貸してくれよう一廉の縁者がいます御主人より幸せな日々にしてかようの災禍に見舞われる以前よもや自分の髪のためを措いて必要としようなど思いも寄らなかった時分にほんの手遊びでこの」——ここにて物言いの上品な若造は胸許に手を突っ込む——「この櫛を作っていました！　御主人何卒慈悲の名にかけて正真正銘の鼈甲の櫛を御主人の情けがつけよう如何なる値であれお買い求め下さりロンドン橋の冷たい石の橋脚の上にてドーヴァーから夫にして父が帰って来るのを胸を高鳴らせつつ待っている路頭に迷った家族の祝福の永久《とこしへ》に御主人に垂れられんことを御主人何卒御主人に二言三言話をお聞き頂く不躾を許しこの櫛をお買い求め下さいますよう！」この時までには、天下の健脚なだけに、貴殿は物言いの上品な若造には一枚も二枚も上手《うわて》になっていよう。というのも若造はひたと立ち止まるや、業を煮やしている所へもって息の切れている証拠、長々と痰を吐こうから——貴殿に遙か後方に打っちゃられている片や。

　同じ明るい夏の一日《ひとひ》の、同じ散歩の終わり近くに、貴殿はお次の小さな町か村の角で、どうやらその唯一の先見の明のなさたるや最後のなけなしの身上を石鹸に注ぎ込んだことに尽きるかのような一点の非の打ち所もなき夫婦なる現し身に姿を変えしまた別の手合いの流浪人に出会うやもしれぬ。夫婦は目にするだに一点の染みとてなき連れ合い――「頭《バウ》」の代わり短い野良着の上に霜の置いた、アンダーソン夫人同伴のジョン・アンダーソン*――である。ジョンはこれ見よがしなまでに衣服の上の霜降りをひけらかし、風変わりな、してやたら仰々しいと評しても差し支えなかろう真っ白なリンネルの帯を腰に巻いている――アンダーソン夫人のエプロンに優るとも劣らぬほど雪のように真っ白な帯を。当該潔癖が人品卑しからざる夫婦の風前の灯の骨折りにして、アンダーソン氏はさらば後はただ踏鋤の上に雪白の綴り方めいた「空腹!」なる文字をチョークでデカデカやってもらい、ここに腰を下ろせば事足りよう。否。もう一点、アンダーソン氏には譲れないものがある――人物証明という。たとい独裁君主といえども氏より氏の努力の賜物たる人物証明を剥奪すること能うまい。故に、貴殿がこの困窮に喘ぐ美徳の権化に追いつくと、アンダーソン夫人が腰を上げ、深々と雅やかにお辞儀をしながら、いざ御覧じろとばかり、北ドジングトン教区の助任司祭たる某神学博士からの人物証明書を差し出し、そこにて師はキリスト教徒の馴染みを初め当事者皆に証明書の所持者ジョン・アンダーソンと正妻は貴殿の如何ほど惜しみなく喜捨しようとし足りまい人物たる旨請け合っている。当該慈悲深き牧師が善良な夫婦の旅仕度を整えてやるに一切手抜きをしていない証拠、その目が節穴でもない限り、踏鋤の上なる署名が師の筆跡たること一目瞭然。

別の手合いの流浪人は、その売り種のいっとう値の張る端くれがめっぽうオロオロうろたえた物腰たる男である。男は一見、田舎者風の出立ちで、貴殿はしょっちゅう哀れ、男が必死で一里塚の銘を読み解こうと――固より無筆であるからには悪あがきもいい所――躍起になっている所に出会そう。男の曰く、ほんにすまねえが、げにすまねえが（男はやたらノロノロと口を利き、この流浪人は、貴殿に話しかける間《ま》にも辺りをキョロキョロ、ここはどこかとばかり見回す）、あしらはどいつもてめえのホドコされてえようにホドコさなきゃなんねえんじゃ、んでもしかあわれな奴に石い切ってる間《ま》にどえれえ脚い折っちまったせいで、今のここのどんな男のためにもデマカセだきゃあおっしゃらねえ地主のパウンサビーのだんなご自身の手でつづって頂えてるびょおいんにやっけえになってる長男に会いに行くのにドンピシャの道い教えて頂けるようならありがてえんだが。男はそこで黒っぽい野良着の下から（必ずやめっぽうノロマでオロオロうろたえているが）小ぢんまりとしてはいるもののヨレヨレのおんぼろ革財布を取り出し、御逸品より紙切れを引っぱり出す。当該紙切れにはグローヴ館《やかた》のパウンサビー地主によりて「何卒貧しいながらも実に奇特な男たる持参人に、ブライトン近郊のサセックス州立病院への道を御教示賜りたし」と綴ってある――とは当該要望がハートフォドシャーの奥処にていきなり貴殿を見舞っているとあって当面、およそお易い御用どころではないが。ブライトンが何処にあるか――難行苦行、思い出した挙句――貴殿が御教示賜ろうと躍起になればなるほど、息子思いの親父さんは頭の中がこんぐらかり、いよよ間の抜けた風情でじっと辺りに目を凝らす。かくて、窮余の一策、貴殿は律儀な親父さんにまずもってセント・オールバンズ（ハートフォドシャーの都市）へ行くよう勧め、ついでに半クラウン与える。男は無論、大喜びするが、ほとんどお蔭で旅路の果てに近づいた風にもない。何せ貴殿は正にその同じ夕暮れ時、男が「三人の陽気な生垣作り亭」の看板の向かいの伐り倒された木の積まれた差し掛け小屋の下《もと》なる車大工の木挽き穴の中にてへべれけのなり横たわっている所に出会すから。

だが、ありとあらゆる物臭な流浪人の就中、遙かにいっとう質《たち》が悪いのは自称殿方崩れの流浪人だ。「学歴」と男は鉄錆じみた顔色の蒼ざめたインクで村のビール屋から書いて来る。「学歴。ケンブリッジ・トリニティ学寮――何一つ不自由なく育つ――いつぞやは不肖なりにミューズの神々の後援《パット》者《ロン》」等々、等々、等々――よもや慈悲深き向きはその者が市場町へ向かうに救いの手を差し延べるべく心ばかりの喜捨を施すをためらわれはすまい、何とならばそこにて当人は諸事全般に関し、地の恵みを糧とす者《フルーゲス・コンシュメ・ナティ》（ホラティウス『書簡集』）に対し講義をする所存のからには？　当該浅ましき奴は、今や然に黒とは程遠いからにはそもそも黒たりしはずもなきかのような襤褸の上下にて道端の一杯呑み屋の辺りをノラクラ、ウロついているが、荒くれの流浪人よりなお独り善がりにしてふてぶてしい。男は一ファージング欲しさに如何に貧しき小僧にとて集《たか》り、金を手に入れるが早いか小僧に足蹴を食わせよう。男は赤子と母親の胸の間にとて（もしやそれで何かせしめられるというなら）割って入ろう。自ら付き合っている仲間より高邁なりとの女々しき己惚れ故に、連中より遙かに下卑ているとあって、当該血も涙もなきヤクザ犬は馥郁たる生垣の間をブラつく間《ま》にも夏の道を立ち枯れさせ、そこにては（小生の惟みるに）野生のヒルガオやバラやノバラですら、奴が際を通りすがったからというのでゲンナリ萎び、空《くう》に漂う奴の穢《けが》れから立ち直るに暇《いとま》を要す。

裸足でトボトボ、五、六人が連んだなり、長靴をダラリと肩から吊る下げ、みすぼらしい包みを小脇に抱え、どこぞの

EGD

道端の森から切り出したばかりの杖を突きながら歩いている若造連中はさして人好きがするとは言えぬが、遙かに鼻持ちならなくはない。連中の間には流浪人誼《よしみ》とでも言うべきものがあり、宿場で互いに知り合うと、そのなり連んで旅を続ける。いつもスタスタ――大方同時にぴっこを引いてはいるものの――小気味好く歩き、中に必ずや外の連中に追いつくのにてんやわんやする奴が紛れている。大方馬や、徒《かち》以外の何であれ移動の手立てがらみで花を咲かす。或いは内一人が何か道中身に降り懸かりし椿事を――概ね悶着と難儀と相場は決まっているが――審らかにする。例えば。「んだからオレが市場《いちば》のポンプのとこに立ってると、ええいコンチクショーめが、教区吏の奴めノコノコやって来て言ってくれるじゃねえか。『ここに突っ立っておってはいかん』ってよ。『何でいけねえ?』ってオレだ。『乞食はこの町では御法度なもので』ってな。『どいつが乞食だ?』ってオレだ。『おぬしが』って奴だ。『どこのどいつがこのオレが物乞いしてるとこ見かけた? おめえさんかよ?』ってオレだ。『ならおぬし流れ人だ』って奴だ。『教区吏になるくれえならいっそそいつになりてえもんだ』ってなオレだ」(仲間はよくぞおっしゃって下さいましたとばかりやんややんやと囃し立てる。)『ほおっ?』って奴だ。『ああ、マジでな』ってオレだ。『はむ』って奴だ。『どのみち、この町から出て行け』『ああ、きさまのちんめえ町なんかクソ食れえってんだぜ!』ってオレだ。『どこのどいつがこんなとこにいつまでもグズグズすっかよ? いってえきさまの小汚えちんめえ町はノコノコやって来て街道のどっかにへばりつきやがるたあどういう了見だ? きさま何でまたショベルと手押し持って来て、きさまの町いどっか他人サマの邪魔になんねえとけえホカしやがらねえ?』」(仲間は一頻りやんややんやと手を打ってはゲラゲラ腹を抱え果すと、皆して丘を下って行く。)

それから、流浪人の手細工師がいる。連中、この真夏の時節ともなればイングランドの至る所に散っていないだろうか? 果たして何処でヒバリが歌い、ムギが生い、水車が回り、せせらぎが流れてなお、連中の光と蔭に紛れて、鍋の穴を繕ったり、椅子を直したり、コウモリを直したり、時計を直したり、ナイフを研いだりしていないということのあろう? もしや我々がくだんの身の上にあらば、ケントから、サセックスから、サリーへと、ナイフを研ぎに研ぎつつ流離うは、蓋し、愉快に違いない。仰《のっ》けの六週間かそこいら、自ら研ぎ散らした火の粉が緑々《あおあお》とした小麦や木の葉を背に真っ紅にギラつくのを目にしよう。その後ほどなく、熟れた刈り入れを背に我々の火の粉は赤から黄へと蒼ざめ、やがて鋤き返されたばかりの黒々とした土地がまたもや背景に回り、火の粉は今一度、赤くなる。その時までには、我々は海の絶壁へとナイフを研ぎに研ぎつつ辿り着き、回転砥石のヒューヒューという唸りは波の砕け散る音に掻き消されていよう。火の粉はお次に秋の森の豪華絢爛たる色彩のごった混ぜとの対照において色取り取りに様変わりし、いよいよライゲイト（サリー州都市）とクロイドン（ロンドン南部の自治区）の間《はざま》なる丘陵地帯までグルリと、道々ずっと実入りのいいクチにありつきながらナイフを研ぎに研ぎつつやって来る時分ともなれば、我々は軽い霜の置く外気の内にて小さな花火さながら浮かび上がり、鍛冶屋の竈のお次にいっとうイカした代物たろう。椅子直しの旅に出るのもまた御一興。我々の何たる藺草の目利きたりて、何と訳知り顔して（そいつの束と座部の抜けた椅子を背負《しょ》ったなり）橋の欄干にゆったりもたれ、行李《こり》柳の畑をズイと見はるかすことか！　野次馬の助太刀なくしてはおよそ請け負われること能はぬその数あまたに上る稼業という稼業の就中、椅子直しは筆頭の格付けに収まるやもしれぬ。いざ納屋か居酒屋に背《せな》をもたせて腰を下ろし、椅子を修繕し始めるや、何といきなり人気者になったような気のすることか！　村中の子供達のみならず、仕立て屋や、万屋や、小さな馬具屋でちっぽけな注文を出していた百姓や、大きなお屋敷の馬丁や、酒場の亭主や、九柱戯の御両人ですら（してここにて御留意あれかし、如何ほどその他大勢の村人が一人残らず忙しなくしていようと、必ずや二人、村の九柱戯がどこにあろうと、そいつに現を抜かす暇《いとま》のある人間がいよう）我々を見にワンサと集まり、それ組め、やれ編めと、何たるハッパの我々にかかることか？　我々がこれら文言を組んでは編む間《ま》は誰一人として我々を見る者はない。時計直しもまた。時計を小脇に抱える取るに足らぬ不都合と、人間の棲処に差し掛かる度、ベルをチリンチリン鳴らす単調さをさておけば、黙りこくった田舎家の時計にウンとかスンとか物を言わせ、またもや田舎家の一家におしゃべりしにかからすとは何たる愉快な特権よ。ことほど左様に、我々は頭上で差し交わす大枝の下《もと》、猟園の植込みの脇をグルリと（ノウサギや、アナウサギや、イワシャコや、キジが目の前の光と影の市松模様の地べたを狂ったように突っ切っては突っ切り返すのを後目に）回り、かくて猟園の梯子を越え、森を抜け、やがて森番の番小屋までやって来る。さらば、森番が戸口にてこんもりとした巣よろしき葉に包まれ、プカプカ、紫煙をくゆらせているのが目に留まろう。さらば、我々が我々の生業柄《がら》話しかけるや、森番は厨の「おんぼろ時計」がらみで上さんに声をかけよう。さらば上さんは我々を番小屋の中へ通し、然るべく探りを入れ果すや、我々は十八ペンスで物の見事に直してみせようと請け合う。くだんの申し出が受け入れられるや、いざ、一時間かそこら、小さな丸ぽちゃの、目から口からあんぐり開けた森番の卵方の直中にてカンカン、ちりんちりん腕を揮いにかかろう。それはドンピシャ、我々が一家のおメガネに適う具合にやってのけるものだから、森番は実は領主の館の角櫓廐時計の鐘の調子が悪いんだが、もしかおめえさん、ついでに今のその仕事にありつけるかもしれねえってんで家政婦のとこまで行っても構わねえようなら一つ案内するがよと持ちかけて来よう。さらば、我々は家畜の群れが道すがらここかしこでちらりほらり目をやっている片や、森番にのみ知らる静かな神秘の道伝《づて》大枝を張ったオークや深々としたシダの直中を縫い、やがてしめやかにして厳かな古式床しき館へと辿り着く。段庭花壇の下《もと》、廐の脇をグルリと回り、森番は我々を中へ連れて入り、我々は通りすがりに何と廐の広々として立派なことよと、何と馬の名の馬房の上にて見事に刷毛を揮われていることよと、何と辺り一面人気《ひとけ》ないことよと——一家の折しも上京して留守とあって——目を瞠らずばおれまい。さらば、いつしか、とある張り出し窓にひっそりとしてそっくり返ったなりチクチク針を運びながら座っている家政婦に御目通り願っていよう。張り出し窓からは因みに、やんごとなき一族の紋章入りの楯の上にて畏れ多くもトンボ返りを打っている石のライオンなる見張りの立てられた大きな陰気臭い赤レンガの方庭が見はるかせるが。さらば、修繕の申し出が受け入れられ、我々はロウソクを手に廐角櫓へと潜り込めば、そいつはほんの振り子の問題ながら、日暮れまでかかろうと目星をつける。さらば、我々はいざ、振り鉢巻きでかかるが、辺りには漠とながら「幽霊」の気配が漂い、館の中には、もしや家人さえ白状する気になりさえすれば、定めて額からお出ましになるや夜分「歩き回る」に決まっている絵があろうと下種の何とやらを働かす。さらば、我々は辺りが次第に薄暗くなり、ばかりか次第にとっぷりと日が暮れさえするまでアクセク、アクセク、根を詰める。仕事にとうとう片がつくと、我々はだだっ広い使用人部屋に通され、そこにて肉サンドとキツいエールを振舞われよう。さらば、惜しみなくお代をあてがわれ、いつでも好きな時に引き取って構わぬと告げられ、助っ人に指を差し差し、向こうの立ち枯れ病にやられたトネリコの際あグルリッと回って、そっから真っ直ぐ森い抜けりゃあ、その内町の明かりが真んめえに見えよう旨御教示賜る。さらば、何がなし人恋しいものだから、我々は概して、そもそもトネリコの奴、立ち枯れ病にやられていねば、と言おうか助っ人のやっこさん不躾にも程があろうに、そいつのことを引き合いに出して下さらねばと歯噛みせぬでもない。我々は、とは言え、そのなりズンズン恙無く歩き続ける。が、いきなり廐の鐘が全くもって我々の血を凍てつかすことに、とんでもなく侘しげなやり口で十時を打とう——なるほど奴に如何様に身を処せば好いかつい今しがた教えてやったのは外ならぬ我々ではあるが。さらば、我々はズンズン先を急ぐ間《ま》にも昔語りを思い起こし、万が一、皿目の、白づくめの、のっぽの人影がドロンと立ち現われ、かく宣へば如何様に振舞うに如くはなかろうか朧げながら思案に暮れよう。「おい、教会墓地までやって来て、教会の時計を直すんだ。さあ、とっととついて来い！」さらば、我々は木立を打っちゃるべくいきなり駆け出し、ほどなく空地に出てみれば町の明かりが前方に煌々と輝いていよう。かくてその夜は一先ず「クリスピヌスとクリスピニアヌス亭*」の神さびた看板の下《もと》にて身を横たえ、またもや早々徒《かち》で繰り出すべく夜が明けるか明けぬか床を抜け出そう。

　レンガ工はしょっちゅう二、三人で連んでは流れ歩き、夜分は祖国の至る所に散らばっている「飯場《ロッヂ》」でゴロ寝する。レンガ工もまた鄙びた辺りでは断じて野次馬の——狩り集め得る限りその数あまたに上る——助太刀なくしては執り行なふこと能はぬ生業である。人も疎らな田舎にては一再ならず、流浪のレンガ工が作業中のレンガ工に出会すや、如何に野次馬の不可欠たるか重々心得ているとあって、自らくだんの御身分にて腰を据えたが最後、ぶっ通しで二、三日、仕事の御相伴にこれきり与るを潔しとせぬ所にお目にかかって来た。時に、肩に余備の半長靴一足と、袋と、瓶と、缶を背負《しょ》った流浪の「新米土工《ナヴィ》」が穴掘り仕事においてやはり似たり寄ったりの役所《やくどころ》をこなし、有り金がそっくり底を突くまで手を拱いたなり作業を打ち眺めていよう。我が逍遥の生業の自然の成り行き上、小生はつい昨夏のこと、田舎の心地好き土地にてささやかながら一連みの人足のお手を煩わさねばならなくなったが、ある時などものの六人を見物するに二十七名に垂んとす野次馬の御臨席の栄に浴したものだ。

　一体どこのどいつが夏時の鄙びた本街道とお近づきになってなお、とあるオアシスよろしき町なり村なりからまた別のそいつへと、たとい晴れて売れたとて一シリングの値にもつくまい商い種を売るべく移ろう幾多の流浪人がらみでそれなりネタを仕込めぬということのあろう？　エビはこの手のヤマにとってはお気に入りの売り種にして、スペイン・ナッツとブランデー・ボンボンと一緒くたなる、ヤワで海綿めいた手合いのケーキもまた然り。在庫は籠に入れて頭の上にて運ばれ、頭と籠の間には、商い時ともなれば在庫のひけらかされる架台《うま》が載っけられる。足はすばしっこいながら、気苦労にやつれた手合いの流浪人だ、そいつら大方。首の辺りがギクシャク強張っているのは年がら年中籠の釣合いを気づかわしく取っているからで、唐人《からじん》めいた切れ長の目も、額にずっしり荷が伸しかかっているせいでギュッとくだんの形《なり》に窄《すぼ》まったものと思われる。

海港の町や大いなる川に間近い暑く埃っぽい街道にては見よ、流浪の兵士を。してたとい貴殿はたまたまついぞ果たして兵士の軍服は本務にしっくり来ようか否か自問したためしがなかろうと、そいつがゲンナリ、やたらキチキチのジャケットのボタンを外し、硬いストック・タイを手に吊る下げ、大御脚をベーズのズボンでしこたま擦り上げたなり、貴殿の方へ近づいて来る際の哀れ、兵士の見てくれは、正直ここだけの話、貴殿ならば如何《いか》にお気に召そうか吹っかけて来るやもしれぬ。なるほど奴の制服は陸《おか》の任務にはいささかぶ厚すぎようと、流浪の水夫の方が遙かに増しだ。とは言え、一体何故《なにゆえ》流浪の商船航海士が真夏に、しかも白亜質の田舎を歩くに真っ黒のヴェルヴェットのチョッキを着なければならぬか、は金輪際解けまい自然界の大いなる神秘の一つではあろう。

小生は左右を森に囲まれ、片側にては街道の土埃と木々の間《はざま》なる猫の額ほどの芝草に縁取られた、ケント街道のとある箇所に目をつけている。＊この辺りには野花がふんだんに咲き乱れ、聳やかにして清しくも、遙かな川がひっそりとながら着々と、人の一生さながら、大海原へと流れ去っている。ここにて一里塚に辿り着こうと思えば――御逸品、もしや旅人がひょいと覗き込みざま杖で脇へ押しやらねばコケや、サクラソウや、スミレや、ヒナギキョウや、野バラでほどなく判読不能となろうが――いずれの側《がわ》からやって来ようと、険しい丘を登らねばならぬ。かくて、荷馬車や幌馬車の流浪人は皆――ジプシー流浪人も、見世物流浪人も、呼売り大道商人《チープ・ジャック》も――その場の誘惑に抗うは土台叶はぬ相談と観念し、そこへ差し掛かるや馬の手綱を解き、やかんを沸かしにかかる。その場の素晴らしきかな、小生は辺りの芝草を焦がした流れ者の燃え殻を愛づ！　ほんの一握りほどの襤褸に身を包んだ如何なる流浪のチビ助共がここにて荷馬車の轅を体育館に見立て、燧石とイバラで羽根布団をこさえ、どんな安物オモチャよりさして本物じみていないびっこの老いぼれ馬をオモチャ代わりに遊んでいるのを目にすることか！　ここにて、小生の出会すは筵と箒と籠の荷馬車だ――が、ソロバン尽くというソロバン尽くはそっくり夕風にくれてやり――シチューをこさえては注ぎ分け――呼売り大道商人《チープ・ジャック》と大道商人女房《ディア・ジル》はいざ、縁日や市場で競りにかけるとならば戦闘シンバルよろしくガチャつかされる皿から柔らかな調べを奏で――お二人さんの心持ちと来ては小夜啼き鳥《ナイチンゲール》が御両人の背《せな》の森にて囀り始める段ともなれば連中の旋律に（定めて）それは和んでいるものだから、もしや小生が売った買ったと持ちかけようものなら、何であれ仕入れ値で売って下さろう。くだんの聖地にて、生垣の傍の、ヘビが入っているとは先刻御承知の毛布梱の上に受け皿付き茶碗や急須が並べられている片や、ピンクの目をした白髪の御婦人が大男とミート・パイを仲良く食べているのを目にするは（ここだけの話）棚ボタもいい所であった。たまたま当該絶景に出会したのは、とある八月の夕べのことで、大男が頭上で差し交わす大枝の下《もと》、半ば身を隠してゆったりくつろぎ、自然の女神のことなどとんとお構いなしげな一方、艶やかな御婦人の白髪は夕風に屈託なくなびき、ピンクの目は辺りの景色を惚れ惚れ打ち眺めていた。御婦人が口にするのを耳に留めたのはわずか一条《くだり》にすぎぬが、そいつは控え目な当意即妙の才を裏づけて余りあった。不作法な大男は――奴の邪な民に禍あれかし！――御婦人が何か言いかけているのに割って入り、よって小生が森のくだんの呪《まじな》われし片隅を通りすがっていると、御婦人がそっと、次なる文言にて大男をたしなめた。「まあ、コビィったら」――コビィだと！　何て寸詰まりの名なんだ！――「一時《いちどき》におしゃべりするのはおバカさん一人でたくさんじゃないこと？」

　当該魔法の地からほど遠からぬ所に――とは言え、酒場《タップ》か戸口の長椅子《ベンチ》から高らかに輪唱される歌が森の静寂を破るほど間近ではなく――ものの一ペニー懐にある何人《なんぴと》といえども未だかつて暖かな日和に素通りしたためしのなき小さな旅籠がある。入口の前には心地好い、体好く刈り込んだ菩提樹が一本ならず植わり、ことほど左様に、ひんやりとした井の手桶の柄《え》と来てはそれは旋律豊かなものだから、そいつが手桶の縁に当たろうものなら、思わずピンと、半マイルほど先のカラッカラに乾涸びた道の上にて馬が耳を欹て、ヒヒンと嘶かずばおれまい。これぞ干し草作りの流浪人や刈入れ流浪人御贔屓の盛り場たる証拠、連中が中に腰掛け、マグでビールをグビグビ聞こし召している片や当座お役御免の大鎌や刈入れ鎌が開けっ広げの窓からギラリと、さながら旅籠と来てはこれ一つの古代ブリテン人の家門の戦闘馬車ででもあるかのようにギラつく。時節の後ほどになると、田園は一帯、幾々マイルもホップ摘みの流浪人で溢れ返ろう。連中、男や女や子供の家族連れでやって来るが、一家はどいつもこいつも寝具の包みと、鉄瓶と、仰山な赤子を引っ提げ、ばかりかやたらしょっちゅう、荒っぽい生活にはてんで不向きながら、連中にしてみれば摘み立てのホップの香りが霊薬と思しき哀れ、病人まで連れている。これらホップ摘みの多くはアイルランド人だが、多くはロンドンからやって来る。彼らは街道という街道に群がり、生垣という生垣の下やせせこましい共有地という共有地の上にテントを張り、いずれそいつらそっくり摘み取られ、ホップ園が夏の間中然に美しかりしものを今や侵略軍によりて荒れ果てさせられでもしたかのような面《つら》を下げるまで、ホップに紛れて、ホップの上にて、暮らす。さらば流浪人は大挙、田舎を引き払い始め、もしや貴殿は手綱を取っていようと馬車で揺られていようと如何なる街道の如何なる角であれ常歩《なみあし》以上の速さで曲がろうものなら五十もの家族の真っ直中に突撃をかけたものと、グルリ四方八方へしっちゃかめっちゃか、寝具の包みと、赤子と、鉄瓶と、汗だくともへべれけともつかぬ、男女を問わぬありとあらゆる齢《よはい》の気さくな有象無象を撥ね散らかしたものと、気づいて途方に暮れよう。

第十二章　ダルバラ・タウン

（一八六〇年六月三〇日付）

　ひょんなことから最近、小生は最も幼かりし日々の過ごされた光景をあちこちブラつくこととなった。子供の時分に後にし、大人になるまで再び訪れることのなかった光景を。などということはおよそ稀な偶然ではなく、我々の幾人《いくたり》かの身にはいつ何時降り懸かっても不思議はない。よって然にお馴染みの経験にして然に逍遥めいた旅がらみで、読者諸兄と胸襟を開き合うのも一興やもしれぬ。

　一先ず、我が少年時代の古里を（してその名を口にする段には何やら英国風歌劇のテノールじみた気がするが）ダルバラ*と呼んでおこう。我々の内、田舎町出の大半はダルバラの出だ。

　ダルバラを後にした当時、祖国には未だ鉄道が一切走っていなかったから、小生はそいつを駅伝馬車にて後にした。果たして爾来閲した年月を通し、小生が——猟獣よろしく——詰め込まれ、運賃先払いにてロンドンはチープサイドのウッド・ストリートなる「十字鍵亭」へと転送された湿気たワラの臭いを忘れたためしのあろうか？　外《ほか》に車内席の乗客は誰一人いず、小生は独り寂しく、しょんぼり、サンドイッチを平らげた。道すがら篠突くような雨が降り頻り、胸中、人生は存外グショついてはいないかと惟みたものだ。

　当該甘酸っぱい思い出を胸に、小生は先日、列車にて、ダルバラへと権柄尽くに送り返された。切符は予め税金よろしく徴収され、ピッカピカの新《さら》の旅行鞄にはペタンとどデカい膏薬もどきが貼られ、小生はそいつ相手にせよ、我が身相手にせよ、為される何に対してであれ相当期間の禁錮を示談にすべく少なくとも四〇シリング或いは五ポンド以上の罰金を課せられる条件の下《もと》、国会制定法を向こうに回して異を唱えよと挑みかかられていた。かくて面目丸つぶれの身上を旅籠へ送りつけ果すと、辺りをキョロキョロ見回し始め、まずもって気づいたことに、駅が遊び場*をそっくり呑み込んでいた。

　遊び場は跡形もなく失せていた。二本の美しいサンザシの木と、生垣と、芝生と、あのキンポウゲとヒナギクは一本残らず、またとないほど石ころだらけのガタガタ道に席を譲り、片や駅の向こうでは、不様な黒々とした怪物よろしきトンネルがそいつら丸呑みしたのはこちとらにして、まだまだ胃の腑にぶち込んでやらんものと手ぐすね引いて待ってでもいるかのように、腭《あぎと》をこっぽり開けていた。小生を連れ去った馬車は旋律豊かにも「ティムソンの青い目の乙女号*」と呼ばれ、通りの上手《かみて》の乗合馬車出札所にてはティムソンの御身上だった。が小生を連れ戻した機関車は厳めしくも「97号」と呼ばれ、南西鉄道《S・E・R》の御身上にして、折しもペッペと、立ち枯れた地べたに燃え殻と煮え湯を撒き散らしていた。

　小生はプラットフォームの扉から看守に不承不承シャバに出して頂いた囚人《めしうど》よろしく外へ押っぽり出されるや、低い壁越しに今は昔の栄光の舞台をまたもや覗き込んだ。ここにて、干し草作りの時節ともなれば、小生は巨大な（干し草の）山なるセリンガパタム（イギリス占領下インド南部の町）の土牢より我が同国人、凱旋のブリテン人（たる隣の少年と少年の二人の従兄弟）によりて救出され、はるばる小生を身受けし、祝言を挙げるべく祖国（高台の二軒目の屋敷）より駆けつけた許嫁（グリーン嬢）によりて恍惚の内に迎えられたものである。ここにて初めて、小生はここだけの話とばかり、親父さんが政府の下《もと》で働いているからというので大立て者と縁故のある奴から、「急進派」と呼ばる、その名分たるや、摂政の宮はコルセットをつけ、誰一人として給金をもらう権利はなく、陸・海軍は撤廃さるべしというものなる恐るべき山賊の存在を聞かされ――くだんの恐怖を耳にワナワナ、どうか「急進派」が即刻引っ捕らえられて縛り首の刑に処せられますようと神に祈りを捧げし後《のち》ベッドの中で身を震わせたものである。ここにて、のみならず、小生達、ボゥルズ夫人塾のチビ助はコゥルズ夫人塾のチビ助とかのクリケットの試合を行ない、されどその折我々皆のてっきり思い込んでもいれば当てにしてもいた如くたちまち盲滅法互いに打ち合う代わり、くだんの腑抜け共と来ては各々「ボゥルズ先生はさぞや御機嫌麗しゅう」と、「コゥルズ先生と赤ちゃんは健やかにお過ごしのことと」とか言い合ったものである。というに、してもっとどっさりあれこれあったというに、遊び場は駅と化し、「97号」はそいつの上にペッペと、グラグラの煮え湯と真っ紅に火照り上がった石炭殻を吐き出し、一切合切国会制定法によりて南西鉄道《S・E・R》の御身上と定められているということのあり得ようか？

　がそいつは然たり得、然たるものだから、小生はずっしり胸塞《ふた》がれてその場を後にした――町をあちこち漫ろ歩くべく。してまずはティムソンの通りの上手《かみて》を。小生が「ティムソンの青い目の乙女号」のワラっぽい腕に抱かれてダルバラを出立した際、ティムソン営業所は並の大きさの（と言おうか実の所、小さな）駅馬車出札所で、窓の楕円の透かし絵は、夜分めっぽう美しく映ったが、ティムソンの駅馬車の一台が車内席も屋上席も超満員にして乗客という乗客のとびきりハイカラな流儀でめかし込み、途轍もなく浮かれ騒いだなり、今しもロンドン街道の一里塚を猛然と駆け過ぎているの図をひけらかしていた。が今やティムソン出札所などという場所は——名前は固よりレンガや垂木などというものは——この多産の地の表《おもて》にかようの建物は——影も形もなかった。ピックフォード*がやって来るなりティムソン出札所をぶっ潰していた。ピックフォードはティムソン出札所をぶっ潰すのみならず、ティムソン出札所の左右の二、三軒までぶっ潰し、それからそいつら一緒くたにして対《つい》の大きな門のあるどデカい運送会社を一軒でっち上げ、くだんの門を当今では、奴（ピックフォード）の荷馬車がいつもガラガラ出入りしているが、御者と来てはそれは高々とした御者台に掛けているものだから、町中を揺すぶり上げる間《ま》にも本町通り《ハイ・ストリート》の古めかしい屋敷の三階の窓越しに中を覗き込めるほどだ。小生はピックフォードの御高誼に与ったためしはないが、かくも荒っぽいやり口で小生の子供時代を轢き倒す上で少年殺しの狼藉を働いた、とまでは行かずともいたく侮辱されたような気がしてならなかった。よって万が一にもピックフォードが自ら怪物の一台の手綱を取り、その間《ま》もプカプカ（奴の使用人のいつもの伝で）パイプを吹かしている所に出会そうものなら、眼力《がんりき》一つで、とはもしや奴の目を引っ捕らえたとしての話、タダではおかぬ旨胆に銘じてやろう。

のみならず、小生にはピックフォードはいきなりダルバラに突っ込んで来るなり町から名物の絵をふんだくる筋合いはさらにないような気がしてならなかった。奴はよもやナポレオン・ボナパルトではあるまい。透かし絵の駅伝馬車を引っ剥がすなら、町に透かし絵の荷馬車《ヴァン》を賜って然るべきだろう。ピックフォードこそはどこからどこまで想像力に見限られた功利主義者なりとの思い込みに鬱々と凝り固まったなり、小生は漫ろ歩きの先を続けた。

神の思し召しか、小生は戸口に赤と緑のランプも夜間用の鈴《りん》もつけていない。というのも物心つくかつかぬか、それはその数あまたに上るお産の床に引っ立てられたものだから、如何で後年そいつに身を殉ずズブの専門医にならずに済んだものか不思議でならぬからだ。小生には確か、どっさり上さんの知り合いのいる、めっぽう親身な乳母がいたのではあるまいか。とまれ、ダルバラの散策を続ける内、その数あまたに上る屋敷が胸中、専ら当該格別な関心事とのみ連想されるのに気がついた。表通りから数段下りた、とある小さな青物屋で、一度に四つ子を（心底敬虔に五つ子と信じているにもかかわらず、然に記すのは如何せん憚られるので）出産した御婦人の下《もと》に伺候したのを記憶している。くだんのあっぱれ至極な上さんは小生がそこに通された朝、御自身の部屋にて正しく接待会を催し、屋敷を目にした途端、如何に四つ（五つ）子の亡骸がタンスの上の洗い立ての布の上に並んで寝かされていたことか、如何に勢い、どうやら赤子の顔色が少なからず与っていたと思しき素朴な連想の為せる業、今に小ぢんまりとした臓モツ店にてひけらかされているが常の豚足を思い起こしたことか、まざまざと記憶に蘇った。熱々の滋養《コード》粥《ル》がその折皆に振舞われ、小生はばかりか、青物屋を眺めて立つ内、一座の間で寄附が募られ、お蔭で我ながら折しもポケットに小遣いを突っ込んでいる身に覚えのなきにしもあらず、いたく気が気でなくなったのを思い起こした。当該事実は、誰にせよ、我が女案内手《コンダクトレス》には端《はな》からバレていたので、小生は貧者の一燈を投ずようひたぶるせっつかれた。がニべもなく突っぱねた。との点において一座の大いなる顰蹙を買い、そんな子は金輪際天国へ行こうなどお目出度な了見は起こさぬが好かろうと大目玉を食らった。

　如何で何処へ行こうと他の全てが変わっている一方、至る所、これきり変わっていない人間が二、三人はいると思しいものか？　青物屋の屋敷を目にした途端、上述の遙か昔の取るに足らぬ出来事が目眩く瞼に彷彿としている折しも、外ならぬ青物屋御当人がポケットにズッポリ両手を突っ込んだなり戸口の上り段に姿を見せ、ドアの抱きにちょうど小生のガキじみた目が幾々度となく出会していたままに肩をもたせた。実の所、ドアの抱きには今なお青物屋自身の影がそこにへばりつきでもしたかのような古びた染みがあった。そいつは紛うことなく青物屋御当人だった。青物屋はその昔老いぼれじみた若造だったものか、今や若造じみた老いぼれなものか、とまれそこに青物屋はいた。通りを縫いながら、小生は未だ懐かしの面《おもて》を、と言おうか親譲りの面《おもて》すら、探せど詮なかった。がこれぞ接待の朝《あした》、籠の重さを量っては捌いていた正にあの青物屋ではないか。そう言えばこの男、くだんの赤子に何ら所有主たるの関心を抱いていなかったのではあるまいかとの記憶が蘇るに及び、小生は道を過り、一件がらみで吹っかけてみた。青物屋は小生の記憶が如何に正確たろうとこれきり頭に血を上らせも得心しもしなかった、と言おうか如何様にも心を動かされるどころかただかく返すきりだった。ああ、そう言やちょいと妙ちきりんなことが――何人だったかあ忘れちまったが（とは、たとい半ダースの赤子だったとて、どのみち、大差ないかのように）――うちに間借りしてた何たらの上さんの身に降りかかるにゃかかったが、あんまし覚えてねえな。然なる魯鈍な振舞いに業を煮やし、小生は青物屋に自分は子供の時分に町を後にした由告げた。青物屋はこれきりジンと来るでなく、何やら皮肉っぽい手合いの悦に入りつつ、ゆっくり返して曰く。ほう？　ああ！　んで町の奴あお宅抜きでもそこそこピンシャンしてるみてえだって？　とある地から離れるのとその地に留まるのとの差は（と小生の青物屋を二、三百ヤード後方に打っちゃり、それだけ腹のムシも収まるや惟みるに）然なるものだから。小生は胸中独りごちた、青物屋が興味を催さぬからと言って青物屋に腹を立てる筋合いはさらになかろう。青物屋にとって小生など物の数ではない。たとい小生にとって青物屋は町にして、大聖堂にして、橋にして、川にして、子供時代にして、己《おの》が人生の大きな一齣たろうと。

　町は、宜なるかな、小生がそこにて子供たりし時以来、凄まじく縮こまっていた。小生はてっきり本町《ハイ・ストリート》通りは少なくともロンドンのリージェント・ストリートかパリのイタリア街といい対広々しているものと思い込んでいた。がほんの小径に毛の生えたようなものだった。本町《ハイ・ストリート》通りには公の時計があり、これぞこの世にまたとないほどイカした時計なものと思い込んでいた。が今やそいつはついぞお目にかかったためしのないほどぬっぺらぼんの、丸顔の、腑抜けの時計たるの化けの皮が剥がれた。時計は町の公会堂に吊る下がり、そこにて小生はその昔（今となってはよもやインド人たろうはずもなき）インド人が（今となってはよもや呑み込んだはずもなき）剣《つるぎ》を呑み込む所を見たことがあった。建物は当時どこぞの御殿かと見紛うばかりだったから、胸中てっきり、ランプの魔神がアラジンのために建てた宮殿の雛型なものとばかり思い込んでいた。が、何の、手持ち無沙汰もいい所の革ゲートルの男が二、三人、欠伸しいしい、ポケットにズッポリ両手を突っ込んだなり戸口の辺りでノラクラ油を売っては自らを穀物取引所と称している、気の狂れた礼拝堂よろしき小さないじけたレンガの山にすぎぬとは！

　芝屋はどうやら、ウィンドーにシタビラメ一匹と一クォート（一・一三六ℓ）のエビより成る小ぢんまりとした売り種をひけらかしている魚屋に問い合わせてみた所、影も形もあり——よってせめてもの慰めに、一目拝まして頂こうとホゾを固めた。そこにては、めっぽう窮屈な外套に身を包んだリチャード三世が初めて小生の前に立ち現われ、恐怖の余り生きた空もなく竦み上がらせて下さるに、徳高きリッチモンドと命がけで組み打つ（『リチャード三世』V、4）内、小生の座らされている舞台脇特別席まで後退って来たものだ。小生がさながら英国史の一頁からででもあるかのように、如何にくだんの邪な王が戦時《いくさどき》ともなれば御尊体にとて遙かに寸詰まりなソファーに身を横たえ、如何に凄まじく良心が御当人のブーツを責め苛みしか学んだのはくだんの四つ壁の内にてのことであった。そこにて、やはり、小生は仰《の》けに花模様のチョッキを着た、剽軽者の、とは言えあっぱれ至極な心意気の田舎者が、小さな帽子を食いちぎりざま地べたに叩きつけ、かく宣いながら上着をかなぐり捨てる所にもお目にかかっていた。「コンチクショー、地主め、悔しかったらかかって来い！」その途端、田舎者と恋仲の（艶やかな横桟よろしき五色のリボンの渡った小幅の真っ白なモスリンのエプロン姿で落ち穂拾いに出かけていた）愛らしい娘が奴のためにそれは胆を冷やしたものだから、その場でバッタリ気を失った。「自然の女神」の数知れぬ神秘とも、小生はくだんの聖地にてお近づきになり、わけても身の毛もよだつようだったのは、『マクベス』の三魔女がスコットランドの領主《セイン》を初め生粋の住人とウリ二つの所へもって、善良なダンカン王がいっかな草葉の蔭にて休らう（『マクベス』Ⅲ、2）こと能はず、ひっきりなしお出ましになっては御当人を誰か外の者呼ばわりすることだった。芝屋へと、それ故、小生はせめてもの慰めを求めて足を向けた。が慰めはほとんど見出せなかった。というのも芝屋はえらく左前で、零落れかけていたからだ。ワインと瓶詰めビール商が早、切符売り場に生業をギュウと捻じ込み、観劇料は——晴れてお越しとあらば——廊下のある種蝿帳にて取っ立てられていた。ワインと瓶詰めビール商は、おまけに、舞台下にもジワジワ潜り込んでいたに違いない。というのも選り取りみどりの「樽詰め」アルコール飲料を商っている旨標榜していたが、外にどこにも「樽」を仕舞う場所はなかったからだ。くだんの商人《あきんど》がちびりちびり芝屋を芯まで食いつくし、あれよあれよという間《ま》に独り占めしようこと一目瞭然。芝屋は「貸し」に出され、ばかりか今は昔の腹づもりのためにはお先真っ暗に貸しに出され、それが証拠、四つ壁の内にては長らく回転《パノラ》画《マ》を措いて何一つ出し物はなく、それとて「愉快なまでに教導的」たる由触れ回られ、小生は今にくだんの恐るべき表現の致命的含意と魯鈍な主旨ならば嫌というほど心得ている。然り、芝屋にも何ら慰めは見出せなかった。芝屋は、小生自身の青春同様、摩訶不思議にも失せていた。小生自身の青春とは異なり、そいつはいつの日か戻って来るやもしれぬ。が無いものねだりというものだろう。

　町にはあちこちダルバラ職工学校に纏わる貼り紙が掲げられていたので、小生はお次にくだんの施設を見に行くことにした。幼かりし時分、町にかようのものはなかったので、ふと、そいつがえらく羽振りを利かせているばっかりに「演劇」が冷や飯を食わされているのではなかろうかと思い当たった。職工学校を見つけ出すのはお易い御用どころではなく、もしや外っ面だけで目星をつけていたなら、よもや御当人に突き当たっているとは思いも寄らなかったろう。がこいつは職工学校がついぞ仕上がらず、正面がからきしないせいで、故に御当人、廐庭の先にひっそり、控え目に世を拗《す》ねていた。職工学校は（小生のネ掘りハ掘りやってみた所）とびきり羽振りのいいそいつにして、町にとってもこよなくありがたき誉れであるとのことで、その両の凱旋が学校に通う職工一人御座らぬ所へもって、煙突の通風管に至るまでどっぷり借金まみれであるとの表向きの落ち度によっても一向損なわれていないと知って、大いに胸を撫《づて》で下ろした。大教室が一室あったが、グラグラの段梯子伝にしか近づけなかった。のは、建築業者が現ナマの即金にて支払って頂かねば所定の階段を築くを平に御容赦願われたからで、御逸品を喜捨するに如何でかダルバラは（職工学校そのものはすこぶる高く買ってはいたものの）大いなる二の足を踏んでいた。大教室は大枚五百ポンドにもついていた――と言おうか晴れて支払われていたなら、ついていたろう。してくだんの額では到底御相伴に与れまいほどしこたまモルタルと箝で溢れ返っていた。部屋には演壇と、物々しい見てくれのどデカい黒板を初め、お定まりの講義道具が設えられていた。当該今を盛りの大講堂にて授けられて来た講義課程一覧に照会してみれば、何がなし人間性なるもの、暇な折にはともかく憂さを晴らし、気散じに耽る欲望を抱くものだと認めるに大いに吝かにして、如何なるお粗末な埋草じみた余興であれ横合いからこっそり照れ臭げに捻じ込まずにはいられぬかのようだった。かくて、小生の目を留めざるを得ぬことに、職工の卵はまずもってガツンと脳天にガスや、空気や、水や、食料や、太陽系や、地質年代や、ミルトン批評や、蒸気機関や、ジョン・バニヤンや、楔形文字を叩き込まれねば、退屈凌ぎの御愛嬌、ジョージ二世王の御世なる宮廷衣装でめかし込んだ黒人歌手たる例の摩訶不思議な聖歌隊員によりてクスリと擽ってすら頂けなかったと思しい。ことほど左様に、連中はまずもってシェイクスピアの作品には母方の伯父が数年間ストーク・ニューイントンに住んでいたことを証す内的証拠があるか否かなる由々しき質問にて人事不省に陥らされねば、ごた混ぜコンサートによりて息を吹き返させてすら頂けぬかのようだった。が実の所、気散じに化けの皮を被らせ、恰もそいつが何か別の代物ででもあるかのような風を装おうとする様は――さながら人々が寝台を居間に置かねばならぬ際に御逸品に化けの皮を被せ、書架か、ソファーか、タンスか、ともかく何であれ寝台以外の代物たる風を装おうとする如く――お気の毒な余興師自身がいざお越しになるや、儀礼上、ひけらかさねばならぬものと感じる猫っ被りの索漠たる風情にすら明々白々としていた。とあるめっぽう人好きのする玄人歌手は、二人の玄人女性歌手と旅をしていたが、まずもって自ら口上代わりにコムギとクローバーがらみで漠とながら二言三言御託を並べずしてくだんの御婦人のいずれにせよ俗謡「ライムギ畑を抜け」（ロバート・バーンズ叙情詩（一七九六））を歌うべく紹介するような野暮な真似はせず、その期に及んでなお、断じてくだんの歌を「歌」と呼ぶを潔しとせず、ビラにては「例証」なる化けの皮を被らせていた。図書館にてもまた――三千冊を収納する棚が設えられ、そこにては百七十冊に垂んとす（大方は寄贈本たる）蔵書がその隅を湿気た漆喰に浸けていたが――旅行や、大衆向けの伝記や、彼ら自身のようなただの人間の心や魂の野望を描いたほんの絵空事を繙いた六十二名の不届き者の然に痛ましいまでに弁解がましき報告書と、一日の仕事と幽閉の後《のち》にユークリッドにケリをつけた二名と、同上の後《のち》に形而上学にケリをつけた三名と、同上の後《のち》に神学にケリをつけた一名と、同上の後《のち》に文法と政治経済学と植物学と対数を一遽にイジメ抜いた四名の輝かしき手本が然に微に入り細にわたってひけらかされているものだから、小生としてはホラを吹かれし面々はわざわざそのため雇われた唯一の男ではなかろうかと下種の何とやらを働かさざるを得なかった。

　職工学校から這いずり出し、なおも町をあちこち漫ろ歩く内、相変わらずどこでもかしこでもこの、娯楽への自然の欲求を、さながらふしだらな家政婦が塵を人目につかぬ所へ打っちゃり、御逸品、きれいに掃き清められてでもいるかのような風を装う如く、人目につかぬ所へ打っちゃる習いが尋常ならざるほどハバを利かせているのに目を留めずにはいられなかった。がそれでいて娯楽は然なるネコを被るありとあらゆる者によって懶くも発育不全のやり口で傅かれてもいた。ダルバラにては「堅ブツ本屋」として知られ、小生のガキの時分、左右からガス灯の光を浴びたなり船嘴演壇《ロストラム》にて描かれているその数あまたに上る殿方の顔を具に研究していた店を覗き込み、ざっと、そこなる某かの刷り物の説教の開かれた頁に目をやってみれば、連中の中にすら――然り、正しく哀れ、小さな曲芸団《サーカス》を口汚く罵っている怒り心頭の講釈師の側《がわ》においてすら――剽軽と劇的効果を当て込んでの生半ならぬ量のはったりが見て取れた。ことほど左様に「愛の輪縄」やその他素晴らしき縁《えにし》の名簿に名を列ねている若人のために提供されている読み物においても、書き手は概ね（ともかく）

御伽草子の語り手らしく始め、若人をして書き手は必ずや面白かろうと思い込まさねばならぬとの鬱々たる意識の下《もと》にあるかのようだった。小生は当該ウィンドーを実に時計によらば二十分もの長きにわたり覗き込んでいただけに、くだんの出版物の挿絵図案師と彫版工に対す——この格別な点に限らぬ——気さくな諫言《かんげん》を呈す立場にはあろう。果たして彼らは「美徳」の具象より当然の如く招かれよう由々しき結果を惟みたためしがあるのか？　果たして自ら「善」とは切っても切れぬ仲にあるとして描いている如く、いずれは恐るべきかな、然に悍しくも頭が丸ぽちゃになり、腕が不様に歪み、脚が弱々しく脱臼し、髪がチリチリに縮れ、シャツ・カラーがどデカく膨れ上がるが必定とあらば、どっちつかずの繊細な向きは勢い「悪」へ凝り固まるまいか否か自問したためしがあるのか？　ゴミ屋と船乗りが晴れて行状を改めた暁には如何様になるやもしれぬか（もしや小生が鵜呑みにしていたならば）とびきり印象的な例がこの同じ店のウィンドーにてはひけらかされていた。御両人は（お互いツーカーの仲だったが）とんでもなく拉《ひさ》げた帽子を被り、髪を額の上までゾロンと垂らしたなり、ぐでんぐでんに酔っ払って後はどうなと捨て鉢に支柱に寄っかかっている際には、結構奇抜で、もしや人デナシの真似をせねば愛嬌者になるやもしれぬと思わす所があった。が、いざ悪しき習いを断ち、挙句、頭が途轍もなく膨れ上がり、髪がパンパンに膨らんだ頬を迫り上げかねぬほどクルクルに巻き、上着の袖口がこれきり汗水垂らすはお手上げなほどダラリと伸び、目がこれきりまんじりとするはお手上げなほどパッチリ見開くに及び、御両人は小心者の性《さが》を「極道」のどん底へと突き落とすこと必定の相を呈していた。

が最後に目にして以来然ても堕落の一途を辿っていたくだんの時計がここに長居をしすぎている旨小言を垂れた。よって小生は散歩を仕切り直した。

通りを五十歩と行かぬ内にひたと、とある男が医者の戸口で小さな軽四輪馬車《フェートン》から下り、医者の屋敷の中へ入って行くのを目の当たりに、釘づけになった。やにわに、辺り一面踏みしだかれた芝草の匂いが立ち籠め、歳月の眺望がパッと開け、どん詰まりにクリケットの捕手を務めているこの男の小さな生き写しが立っていた。小生は思わず声を上げた。「やっ！　ジョー・スペックスじゃないか！」

幾多の様変わりや幾多の労苦を越え、小生はジョーの思い出には一方ならぬ愛着を覚えていた。のは共にロデリック・ランダム（スモーレット『ロデリック・ランダムの冒険』）とお近づきになり、奴はてんでゴロツキなどではなく、生一本で人の気を逸らさぬ主人公だと信じていたからだ。軽四輪馬車《フェートン》に置き去りにされた少年に尋ねるを潔しとせず、扉の上の真鍮標札を読むのすら潔しとせず――然に確信があったからには――小生は鈴《りん》を引き、小間使いの娘に他処者がスペックス氏にお目通り願いたき由告げた。診察室兼書斎へと、小生は主《あるじ》のお越しを待つべく通され、通されてみれば部屋には一連の手の込んだ偶然の為せる業、ジョーに纏わる証明書が所狭しと並べられていた。スペックス医師の肖像、スペックス医師の胸像、スペックス医師に感謝を込めて患者より捧げられた銀のカップ、地元牧師からの贈呈説話、地元詩人からの献呈詩、地元貴族からの正餐招待状、「スペックス医師に捧ぐ、著者より《オマージュ・ドゥ・ロトゥール・ア・スペックス》」と銘打たれた、地元亡命者からの権力均衡に関す小冊子。

　我が懐かしの学友が入って来るに及び、小生が笑みを浮かべ、実は患者ではなき旨告げると、馴染みはくだんの事実がらみで何故《なにゆえ》微笑まねばならぬのか途方に暮れているらしく、一体如何なる謂れにてかようの栄に浴しているものかと問うた。小生はまたもや微笑みながら、尋ねた。だったらぼくのことはちっとも覚えていないのかね？　誠に（と彼の返して曰く）遺憾ながら。小生はそろそろ、スペックス医師のことを見損ない始めていた。すると馴染みは記憶の糸を手繰るかのようにつぶやいた。「がそれでいて何となく思い出しそうな」その途端パッと、小生には彼の目の中に幸先好さげなガキっぽい光が見て取れ、よってほんのネタを仕込みたい、というに手許に参照の手立てのなき他処者として、ランダム氏と連れ添った若き御婦人は名を何と言ったか御教示賜えぬかと吹っかけた。さらば馴染みはすかさず答えた。「ナルシッサ」してしばし、大きく目を瞠っていたと思いきや、小生の名を呼び、小生の手をギュッと握り締め、いきなりカンラカラ腹を抱えた。ああ、で、もちろん、ルーシー・グリーンのことは覚えていよう」と彼は二人して一時《いっとき》思い出話に花を咲かせていたと思うと、言った。「もちろん」と小生は返した。「一体どいつと連れ添ったと思う？」と彼はカマをかけた。「君か？」と小生は当てずっぽうを言ってみた。「オレだ」とスペックスは言った。「で、じき会わせてやろう」かくて小生は彼女に会わせて頂き、彼女はでっぷり肥え、たとい世界中の干し草が御当人の上に山と積まれていたとて、そいつは「時の翁」がその昔セリンガパタムの芳《かんば》しき土牢の中へと小生を見下ろした面《おもて》に纏わる小生の記憶より変えていたほど彼女の面《おもて》を変えられはしなかったろう。が、いざ彼女の末娘がディナーの後で入って来ると（というのも小生は夫妻とディナーを共にし、外《ほか》に法廷弁護士のスペックス二世しか同席していず、彼もクロスが取り払われるが早いか、来週祝言を挙げることになっている若き御婦人の世話を焼くべく出かけて行ったから）またもや、くだんの小さな娘の中に干し草畑の小さな面《おもて》が、これきり変わっていないまま見て取れ、かくて小生のガキじみた胸は蓋し、疼いた。我々はどっさり昔話に花を咲かせた、スペックス夫妻と小生とは、して懐かしの我々自身をまるで死んであの世へ身罷ってしまったかのように蒸し返し、実に、実にあいつらは――錆びた鉄の荒れ野にして南西鉄道《S・E・R》の身上と化した遊び場同様――死んであの世へ身罷っていた。

　スペックスは、しかしながら、小生の求めて已まず、さなくば可惜懐かしがっていたろう興味の光線でダルバラを明るく照らし、そいつの現在を過去と、めっぽう好もしき鎖で繋ぎ留めてくれた。してスペックスと一時《いっとき》過ごす内、小生はこれまで他の連中とのやり取りにおいて気づいていた点に改めて目を留めることと相成った。即ち、小生が消息を尋ねたかつての学友や外《ほか》の連中はどいつもこいつもすこぶるトントン拍子にやっているかとことん零落れ果てているかの――破産証書を有さぬ支払い不能者に成り下がるか、凶悪な罪を犯して島流しの目に会っているか、それとも人生において大当たりを取り、数々の驚異を成し遂げているかの――二つに一つであった。して然に相場は概ね決まっているものだから、果たして我々の青春時代の凡俗の輩は皆その後どうなっているものやら小生にはさっぱり見当もつかぬ――わけても我らが壮年期においてくだんの手合いにはこれきり事欠かぬとあらばなおのこと。されど、当該難問を、小生はスペックスには提起しなかった。というのも会話は留め処なく弾み、かようの暇はからきしなかったからだ。ばかりか、心優しき医師には珠にキズ一つ認められなかった――晴れて当該随想を目にしたらば、あいつのことだ、愉快な心意気の記録をさぞや気さくに受け留めてはくれようが――ただ、奴のロデリック・ランダムをコロリと忘れ、ストラップ（ランダムの幼馴染の召使い）をいくらピクルとはツーカーの仲とは言え、ランダムのことはこれきり存じ上げぬハッチウェイ中尉（スモーレット『ペリグリン・ピクル』）と混同しているのをさておけば。

　独り、日が暮れてから汽車に乗るべく鉄道駅へ向かう段ともなれば（スペックスは見送る気満々だったものを、生憎、急患で呼び出されたから）、小生は終日抱いていたよりダルバラ相手にお手柔らかな気分になっていた。がそれでいて終日、ヤツをこよなく愛してもいた。ああ！　小生自身然に変わったなり、そいつの下《もと》へ帰っておきながら、そいつが小生にとって変わってしまったからというので古里の町相手に喧嘩を吹っかけるとは、この小生は一体何者だというのか！

第十二章　ダルバラ・タウン

小生の幼かりし日々の読書と幼かりし日々の空想は全てこの町より芽生え、小生はそいつらを無垢な解釈と他愛なき信念で然に一杯にしたなり連れ去り、そいつらを然にクタクタに擦り切れさせ、自ら然に大いに賢くなった分大いにイタダけなくなったなり、連れ帰ったにすぎぬというに！

第十三章　夜半《よは》の散策（一八六〇年七月二十一日付）

数年前、とある塞ぎの虫に端を発す一時的な不眠に陥り、かくて数夜ぶっ通しで通りから通りを夜っぴて歩き回ったことがある。* 睡眠障害は、仮に寝床の中にて手緩く対処されていたなら、克服するに長らくかかっていたやもしれぬ。がそいつにはほどなく、床に就いた途端に床を抜け出すや、表へ飛び出し、夜が明けるか明けぬか、クタクタにくたびれ果てて帰宅するという小気味好い荒療治のお蔭で効果覿面、片がついた。

くだんの夜な夜な、小生は宿無しの純然たる素人体験における自学を終えた。小生の主たる目的は夜を凌ぐことにあったので、その目的を果たそうと思えば自づと一年三百六十五晩外《ほか》に何の目的も持たぬ連中と共感的な関係を結ぶこととなった。

月は三月で、日和はジメつき、どんよりと雲が垂れ籠め、底冷えがした。太陽は五時半にならねば昇らなかったから、夜の眺望はそいつと対峙せねばならぬおよその刻限たる十二時半には、やたら長々しく映った。

大都市が如何に往生際が悪いか、如何に晴れて床に就く前に悶々と寝返りを打たねばならぬか、は我々宿無しの観照に呈せらる仰《のっ》けの愉しみ事の一つに数えられよう。そいつはおよそ二時間の長きにわたり続いた。遅目の居酒屋がランプを消し、給仕が最後の叫《おら》びがましき酔っ払いを通りに叩き出してしまえば、辺りはとんと人気《ひとけ》がなくなるが、それでもなお、はぐれ者の馬車やはぐれ者の連中がグズグズとためらっている。もしやめっぽう幸運ならば、夜巡りのガラガラが鳴り、喧嘩がおっ始まる。が概ね、当該気散じの御相伴には驚くほどほとんど与れなかった。ロンドンで最も治安の悪いヘイマーケットと、バラ（テムズ南岸不特定地区）のケント・ストリート辺りと、オールド・ケント・ロードの道筋の一部沿いを除けば、平穏が著しく乱されることはめったにない。がロンドンは、いつもの伝で、こちとらに住まう個々の市民の右に倣いでもしたか、苛々と腰の座らぬ消耗性の発作を患っていた。辺りがシンと死んだように静まり返ったやに思われたその途端、もしや辻の一頭立て《キャブ》がガラガラ脇を駆け抜ければ必ずや半ダースからのそいつらが後を追った。して宿無したるの身分は酔っ払いなるものどうやら互いに磁石さながら惹き寄せられると思しいのにすら目を留めざるを得ず、かくてへべれけの奴が一匹ヨロヨロと店の鎧戸にぶち当たるのを目にすらば、へべれけの奴がもう一匹、五分と経たぬ内にヨロヨロお出ましになろうとは百も承知であった――奴と親交を結ぶか一戦交えるべく。我々がいざ腕の細い、顔のむくんだ、唇のどす黒い、ジン呑兵衛たるズブの手合いの酔っ払いから脱線し、まだしも人品卑しからざる見てくれのより稀な代物に出会そうものなら、くだんの代物は概ね薄汚い喪服に身を包んでいるものと相場は決まっていた。夜間の街路体験からして、昼間の街路体験の推して知るべし。不意にささやかな身上を譲り受ける凡人は不意に大なる酒浸りになる。

とうとうこれらちらちらと明滅する火の粉がくたびれ果てて消え失せ――宵っ張り生活の最後の正真正銘の火の粉がどこぞの遅目のパイ売りか焼きジャガイモ売りからズルズルと棚引き去るや――ロンドンは漸う眠りに就いたものである。さらば宿無き心の憧憬は如何なる人の気配であれ、火の灯った場所であれ、動きであれ、どいつか起きているのを――否、ほんの目を覚ましているのすら、というのも宿無き目は窓辺の灯を一心に探し求めるから――仄めかす何であれ、求めよう。

パラつく雨に打たれて歩きながら、宿無しは果てしなく入り組んだ通り以外何一つ見えぬまま歩きに、歩きに、歩いたものだ。街角ではここかしこ夜巡りが言葉を交わすか、巡査部長や警部補が部下に目を光らせてはいるが。夜中に時折――とは言えしごくたまさか――宿無しはコソついた頭がひょいと、二、三ヤード先の出入口から覗くのに気づき、頭に近づいてみれば、男が何ら格別他人様のお役に立ちたげな風もなきまま、出入口の蔭に身を潜めるべく直立不動で突っ立っている所に出会す。ある種見込まれたように、してその刻限に打ってつけの不気味な静寂の直中にて、宿無しと殿方は互いにジロリと、頭の天辺から爪先まで睨め据え合い、かくて、一言も交わさぬまま、どっちもどっち胡散臭げに袂を分かつ。ポタリ、ポタリ、ポタリ、出っ張りや笠木から雫が垂れ、バシャバシャ、管や桶口から水が撥ね散り、とこうする内宿無き影はウォータールー橋への道に敷かれた石ころの上に落ちる。道銭取立て人に「やあ今晩は」と声をかけ、ちらとでも御当人の火を拝ませて頂く半ペンス分の言い抜けを手にするのが宿無き下心だから。どデカい炉火と、どデカい大外套と、どデカい毛織の首巻きは道銭取立て人とグルで目にするにすこぶる心地好き代物なり。ばかりかチャリンと、そいつの憂はしき想念ごと夜に挑みかかり、夜明けのお越しなどこれきり歯牙にもかけていない男然と、こちとらのかの金っ気なテーブルに半ペンスの釣銭を放る段には、取立て人の活きのいい目の覚めようこそはとびきりの道連れである。橋のとば口では、何せ御逸品、えらく侘しいとあってハッパをかけて頂く要がある。無慙にぶった斬られた男は、くだんの夜々、未だ欄干越しにロープで吊り降ろされてはいなかった*。男はこの世にして、まず間違いなく、如何なる羽目になろうかなど夢にも思わぬまま、折しもめっぽう安らかに寝息を立てていた。が川は由々しき面《つら》を下げ、両の堤の建物は黒い経帷子にすっぽり包まれ、水面《みなも》に映った灯はさながら身投げした奴らのお化けが自らどこへ沈んだか教えて進ぜようとばかりかざしてでもいるか、水底《みなそこ》深くから光を放っているかのようだった。荒らかな月と雲は悶々たる寝台の疚しき良心よろしく落ち着かず、大都市ロンドンの正しく影がずっしり川面《かわも》に伸しかかっているかと見紛うばかりであった。

橋から二つの大劇場*まではつい目と鼻の先だった。よって劇場がお次に来た。夜分、中は陰気臭く真っ暗だった、くだんのどデカい干上がった井戸と来ては。してズラリと並んだ顔また顔は失せ、照明はふっつり消え、座席はがらんどうとあって、想像するだに寂しかった。ひょっとして、かようの刻限ともなれば、そいつらの中の何一つ――ヨリックの髑髏《されこうべ》（『ハムレット』V、1）をさておけば――己の何たるか分からぬのではあるまいか。とある夜半《よは》の散策において、教会の尖塔が三月の風と雨を四時の鐘の音《ね》で揺すぶっている折しも、小生はこれら大いなる砂漠の内一つの外側の際《きわ》を回り、中へ入った。仄暗いカンテラを手に、お馴染みの道を舞台まで手探りして行き、奏楽席越しに――疫病の折のために穿たれた大きな墓さながらの――向こうに広がる虚《うろ》を覗き込んだ。陰気臭い洞《ほら》めいた巨大な眺望。シャンデリアは外《ほか》の何もかも同様息絶え、幾段もの死衣をさておけば、靄と霧と空隙を突いて見えるものは何一つない。前回そこに来た際、ナポリの小作人共が今にも襲いかからんばかりの火山を物ともせず、葡萄に紛れて踊っている（オーベール『マサニエロ』V、2）のを目にした足許の床は、今や強かなヘビよろしき消防ホースの掌中に収められ、そいつめ、もしや二叉の舌をちらとでも見せようものなら飛びかかる手ぐすね引いてヘビたる「火事」を虎視眈眈と待ち伏せしていた。お化けじみた夜巡りが、いじけた人魂もどきを手に提げたなり、遙かな階上桟敷に取り憑いたと思いきや、ヒラヒラ消え失せた。舞台開口部《プロセニアム》の内側まで引き下がり、巻き上げられた――最早緑色ではなく黒檀さながら真っ黒な――緞帳へ向けてカンテラを頭上にかざせば、難破船よろしき帆布と索条を茫と窺わす陰気臭い地下納骨所で視界は閉ざされた。何がなし海底なる潜水夫の心持ちのせぬでもなく。

表通りに何ら人気《ひとけ》のないくだんの朝未だき、通りすがりにニューゲイトに立ち寄り、そのゴツゴツとした石に触れながら、眠りこけている囚人のことを思い浮かべ、それからちらと、忍び返しの峙つ潜《くぐ》り戸越しに番小屋を覗き込み、不寝《ねず》の番の鍵守りの炉火と明かりが白壁に映っているのを目の当たりにすらば、思索の恰好のネタにはなろう。ばかりか、然に幾多の者にとりては「死の扉」となって来た*——未だかつて目にした他の如何なる扉よりしっかと閉ざされた——くだんの邪悪な小さな「債務者の扉」の傍でグズグズとためらうにも、打ってつけならざる刻《とき》でもない。果たして田舎から誘《おび》き寄せられた人々によりて贋造の一ポンド紙幣が出回っていた当時（一八二〇年代）如何ほど幾多の男女を問わぬ惨めな連中が——内多くは全く身に覚えのなき——筋向いのセント・セパルカー教会の塔が残忍にも目の前に聳やぐ片や、非情にして理不尽な世からダラリと、縊り縄ごと葬り去られたことか！　果たして当今の後の世の夜な夜な、イングランド銀行応接室は疚しさに駆られたかつての取締役達によりて取り憑かれているのか、それともそいつは当該堕落した修羅の巷《アケルダマ》（『使徒行伝』一：一九）よろしき中央刑事裁判所につゆ劣らずひっそり静まり返っているのか？

古き善き時代を悼み、目下の悪しき時代を嘆きつつ、イングランド銀行まで足を伸ばすのはお易い御用の次なる成り行き。故に小生は銀行宛、宿無き巡回をし、内なる財宝と、ついでにそこにて夜を過ごし、炉火の上でウツラウツラ船を漕いでいる兵士の護衛に思いを馳せたものである。次いでビリングズゲイト（市内最大の魚市場）へ、或いは市《いち》の連中に会えるかと足を向けたが、未だ早すぎると分かり、ロンドン橋を渡り、サリー岸の川沿いを下り、大醸造所の建物に紛れて歩いた。醸造所では折しもしこたま精が出され、濛々たる湯烟と、穀物の匂いと、でっぷり肥えた荷馬車馬が秣桶をガタガタ揺すぶる音はすこぶるつきの道連れだった。当該愉快な仲間と交わったお蔭ですっかり息を吹き返し、小生は新たな心意気をもって新たな一歩を踏み出した。前方なる旧王座裁判所にお次の目的地として白羽の矢を立て、晴れて壁に辿り着いたらば哀れ、ホラス・キンチと男における「蒸れ腐れ」のことを惟みようと心に決めて。

男における「蒸れ腐れ」なるもの奇妙奇天烈な病いにして、仰《のっ》けのシッポをつかむは至難の技。そいつのせいでホラス・キンチは旧王座裁判所の壁の内へとぶち込まれ、そいつのせいで大御足から真っ先に壁の外へとお出ましになった。奴は見るからに前途洋々たる男で、人生の盛りにあり、金回りが好く、然るべく頭もキレ、あちこちで引っぱりダコだった。お似合いの相手と連れ添い、健やかで愛らしい子宝にも恵まれた。がどこぞの見てくれのいい屋敷か見てくれのいい船よろしく、「蒸れ腐れ」に祟られた。男における「蒸れ腐れ」の仰《のっ》けの外的顕現はコソコソ歩いてはグウタラ油を売り——これと言った謂れもなきまま街角に佇み——バッタリ鉢合わせになればどこへなり行っている最中《さなか》にして——ともかくどこか一所《ひとところ》にいるというよりむしろ仰山な場所をウロつき——明々白々たる何一つしていない代わり、明日《あす》か明後日《あさって》には色取り取りの明々白々ならざる務めを全うする気満々でいるとの傾向である。疾病の当該徴候が観察されるや、観察者は概ねそいつをいつぞや刻まれていた、と言おうか受けていた、患者はいささか切り詰めすぎているのではあるまいかとの漠たる印象と結びつけよう。観察者は一件を篤と惟み、「蒸れ腐れ」なる恐るべき疑念を抱く暇《いとま》のあるかなきか、患者の見てくれにおける悪しき変化に——貧困でも不潔でも酩酊でも不健康でもなく、単に「蒸れ腐れ」たる、とあるだらしのなさと廃れように——気づこう。と来れば、朝方の、悪臭芬々たる水のそれのような臭気が——こと金《かね》がらみでのふしだらさが——四六時中の、悪臭芬々たる水のそれのようなより芬々たる臭気が——ありとあらゆるものがらみでのふしだらさが——手脚の震えと、夢現と、悲惨と、ボロボロの瓦解が——次から次へと後釜に座ろう。さながら材木におけるは、男における如し。「蒸れ腐れ」は蓋し、計測不能な高複利にて進行する。板切れ一枚そいつに祟られているのが分かる。さらば建物全体がイカれていよう。つい最近ささやかな喜捨によって埋葬された不幸なホラス・キンチの場合がそうだった。馴染みの連中が「あんなに懐が温《ぬく》くて、あんなに女房子供に恵まれて、あんなに先行き明るかった——ってのに、ひょっとして、ちょいと『蒸れ腐れ』の気があるんじゃ！」と言い果したか果さぬか、そら！ 奴は「蒸れ腐れ」にそっくり祟られ、ボロボロに朽ち果てていた。

　くだんの宿無き夜な夜な当該陳腐にすぎる物語と連想されていた盲壁から、小生はお次にベツレヘム瘋癲病院の傍を漫ろ歩くことにした。一つには、病院はウェストミンスターへの回り道の途中にあったから。また一つには、念頭に病院の壁と丸屋根の見える所で眈るに如くはなかろう夜分の空想があったから。とは即ち——正気の者の夢を見つつ横たわる夜分、正気の者と気の狂れた者は同等ではないか？ この病院の外側にて夢を見る我々は誰しも、人生の夜毎、大なり小なり病院の内側の連中と同じ状況にあるのではなかろうか？ 我々は夜々、連中が日々やっている如く、不合理千万にも王と后や、皇帝と女帝や、ありとあらゆる手合いの高位貴顕と睦んでいるものと思い込んではいまいか？　我々は夜々、連中が日々やっている如く、様々な出来事と人物と時と場所を一緒くたにしてはいまいか？　我々は時に、恰も連中が時に白昼の妄想の点においてやる如く、我々自身の夢裡の矛盾に悩まされ、そいつらの辻褄を合わせよう、と言おうか申し開きをしようと悩ましくも躍起になってはいまいか？　先達てこの手の病院を訪うた際、気の狂れた患者が言った。「御主人、やつがれはしょっちゅう空を飛べまして」小生も――夜分は――仰せの通りと惟みるだに内心忸怩たるものがあった。同上の折、とある女性が言った。「ヴィクトリア女王が度々わたくしと一緒に食事をなさりに見えて、女王とわたくしはナイト・ガウンのままモモとマカロニを頂戴致し、夫君のアルバート殿下は陸軍元帥の軍服姿で馬に跨り、お席に付き合って下さいますの」果たして小生は自ら（深夜に）催した瞠目的皇室パーティーや、テーブルに載せた摩訶不思議な馳走や、くだんの映えある折々に自ら身を処した突拍子もなき物腰を思い起こすに及び、身に覚えのなきにしもあらず、赤面するを禁じ得たろうか？　果たして何故《なにゆえ》「眠り」を日々の生の死（『マクベス』Ⅱ、2）と称せし折、万事を心得ていた巨匠は「夢」を日々の正気の狂気と呼ばなかったのか？

この時までには小生は病院を背後に打っちゃり、またもや川に向かって針路を取り、息を吐く間もなくウェストミンスター橋に差しかかり、宿無き目を英国議会の外壁で大いに楽しませた――御逸品、なるほど、途轍もなき慣習の極致にして、紛うことなく、ありとあらゆる近隣諸国と後の世々の憧憬の的ではあるものの、恐らくはたまさか本来の仕事にチクリと狩り立てられたらその分少しは増しになろうが。旧王宮広場へ折れると、法廷が四半時間ほど付き合ってくれるにヒソヒソ、お蔭で如何ほどその数あまたに上る連中が眠られぬ夜を過ごし、如何ほど不幸な原告にとって未明が途轍もなく惨めで恐るべき刻限になっていることか垂れ込み賜ふた。ウェストミンスター寺院はさらにもう四半時間ほど素晴らしくも陰気臭い道連れたるに、各世紀のそれ以前の全世紀が束になってかかっても敵わぬほどお次の世紀によりて驚かされたなり、仄暗い迫持や列柱の直中に素晴らしくも連綿たる死者を厳かに匿っている旨仄めかした。して実の所、くだんの宿無き夜半《よは》の散策において――夜巡りが所定の刻限に墓の直中を歩き回り、是々然々の時刻に触れたことを記録する計器の告げ口屋の把手を動かす共同墓地すら縄張りとしていたが――如何に莫大な数の死者がとある古《いにしへ》の大都市には葬られ、如何に、もしや連中が生者の眠る間《かん》蘇ったならば、ありとあらゆる通りや道に生者の這い出づわずかピンの先ほどの隙間もなかろうとは、厳粛な思索のネタではあった。のみならず、死者は大挙、都大路の向こうの丘や谷に溢れ返り、グルリの四方八方、如何ほど遙か彼方にまでか、は神のみぞ知る、広がろうとは。

　教会の時計が真夜中に宿無き耳に時を打てば、そいつは初っ端、道連れかと早トチリされ、然なるものとして歓迎される。が、波紋よろしき震動の輪が――かようの刻限ともなれば、まざまざと見て取れるやもしれぬが――外へ外へと広がり、その後はいつ果てるともなく、恐らくは（哲学者の示唆する如く（ベーコン『樹林誌、或い は博物学』（一六二七））悠久の宇宙にて広がるにつれ、錯誤は正され、孤独感はいよよ募る。いつぞや――寺院を後にし、北へ面《おもて》を向けてからのこと――小生は、時計が三時を打っている折しも、セント・マーティン教会の大きな上り段の所までやって来た。するといきなり、一瞬後には定めて姿の見えぬまま踏みつけていたろう代物が、鐘によりて撞き出された、それらしきものをついぞ耳にしたためしのなき孤独と宿無しの叫び声もろとも、足許で飛び上がった。我々はそこで、互いに怖気を奮い上げ、互いを睨め据え合いながら面と向かって立ち尽くした。そいつは毛虫眉の兎唇《みつくち》の二十かそこらの若造と思しく、バラけた襤褸束を纏い、そいつを片手で引っつかんでいた。頭の天辺から爪先までワナワナ身を震わせ、ガチガチ歯を鳴らし、グイと小生を睨め据えざま――果たして虐待者か、悪魔か、幽霊か、小生のことを何と思ったにせよ――メソついた口で今にもパクリと、イジめられた犬よろしく、小生に噛みつかんばかりの仕種を見せた。当該悍しき代物に金でも恵んでやろうと、小生は待ったをかけるべく片手を突き出し――何せ若造は哀れな声を上げてはパクリと噛みつきそうになりながらも後込みしていたから――ポンと肩にかけた。やにわに、そいつはこちらの襤褸からスルリと新約聖書の若者（『マルコ』一四：五一・二）よろしく身を捩《よじ》くり、かくて小生は独りそいつの襤褸を手にしたなり立ち尽くすことと相成った。

　コヴェント・ガーデン市場は、市《いち》の立つ朝《あした》には、すこぶるつきの相方だ。キャベツを山と積んだどデカい荷馬車の下では栽培者の使用人や小僧がぐっすり眠りこけ、市場向け栽園界隈の抜け目ない犬共が一から十までに目を光らせているとあって、ズブの宴にも一向引けを取らぬ。が、小生がロンドンにおいて知っている最悪の深夜の光景の一つは、この場をウロつく子供達において見出せる。連中、籠の中で眠り、クズを取り合い、盗人《ぬすっと》めいた手をかけられると思しき如何なるものにも矢の如く突っかかり、荷馬車や手押しの下に潜り込み、お巡りをヒラリと躱し、ひっきりなしパラパラと、裸足なる雨もて広場回廊《ピアッツァ》の石畳になまくらな音を立てている。何と然に手を加え丹精込められた地の生り物においてひけらかされる手合いの堕落の進行と、これら（年がら年中追いかけ回されている点をさておけば）これきり丹精込められぬ蛮民の卵にひけらかされる手合いの堕落の進行との間に試みざるを得ぬ比較より痛ましくも不自然な結果のもたらされることか。

コヴェント・ガーデン市場辺りでは早目のコーヒーにありつけ、そいつはも一つおまけの——しかも、なおゴキゲンなことに、暖かい——道連れだった。実に食べ出のあるトーストにも事欠かぬ。とは言え、喫茶室の内側の奥の間《ま》で腕を揮う揉みクシャ頭の男は未だ上着を引っかけず、えらく寝ぼけ眼なものだからトーストとコーヒーの合い間合い間にまたもや仕切りの蔭なる、噎せ返りと鼾の込み入った十字路に紛れ込むや、すぐ様迷子になったものだ。ボウ・ストリートに間近い、この手の（わけても早目の）店の一軒へと、とある朝、小生が宿無きコーヒーをすすりながらお次はどこへ足を向けようかと惟みていると、のっぽの長ずっこい嗅煙草色のコートと、靴と、小生の信ず限り、帽子以外何も身に着けていない男が入って来るなり、帽子から大きな冷製肉プディングを取り出した。肉プディングと来てはそれはどデカいものだから、キチキチもいい所で、もろとも帽子の裏打ちまで引っぱり出してはいたが。当該謎めいた男は御当人のプディングでお馴染みの証拠、男が入って来るなり、寝ぼけ眼の料理人は一パイントの沸かし立ての紅茶と、小さなパンの塊と、大きなナイフ・フォークと皿を持って来た。仕切り席に独りきり置き去りにされると、男はプディングを剥き出しのテーブルにデンと据え、そいつを切り分ける代わり、ズブリと不倶戴天の敵よろしく、ナイフで上手《うわて》から、突き差した。と思いきや、ナイフを引っこ抜き、袖で拭い、プディングを指でバラバラに砕き、そっくり平らげた。このプディングの男の記憶は我が宿無き身の上の出会した最も化け物じみた人物の記憶として未だ瞼に焼きついて離れぬ。わずか二度しか、小生はくだんの店に立ち寄ったことはないが、二度とも男がスタスタ（十中八九、今しもベッドから、してほどなくベッドへ舞い戻るべく）入って来るなり、プディングを取り出し、ズブリとナイフを押っ立て、匕首を拭い、ペロリとプディングを平らげるのを目にした。男は姿形からして如何にもあの世めいた男だったが、やたら紅い顔を——ウマ面ではあったものの——していた。小生が男を見かけた二度目の折、男は寝ぼけ眼のやっこさんに嗄れっぽくたずねた。「オレは今晩は紅いか?」「へえ」とやっこさんは歯に衣着せず答えた。

「お袋は」と化け物は言った。「紅ら顔の女で、酒に目がなかった。オレはお袋が棺桶に寝かされている時にしげしげ覗き込んで、きっとそのせいだろう、紅ら顔を頂戴したのは」如何でか、プティングはそれを限りに、逆しまなプディングのように思われ、小生は爾来とんと御無沙汰している。

　市《いち》の立たぬ折には、と言おうか目先を変えたい折には、早朝の郵便列車の入る鉄道の終着駅《ターミナス》がそこそこ引き合う道連れだ。がこの世で手に入れられる道連れの御多分に洩れず、ほんの一時《いっとき》しかモタぬ。駅のランプがパッと燃え上がり、赤帽が隠処より這いずり出し、一頭立てやトロッコがガタゴト持ち場に就き（郵便局の荷馬車は早、持ち場に就いているが）、とうとうベルがけたたましく鳴り、汽車がガラガラ駆け込んで来たものだ。が乗客もほとんどいなければ荷物もほとんどないとあって、何もかも瞬く間に駆け去る。こちとらのどデカい網を引っ提げた――まるで骸を求めて国中を渫ってでもいたかのように――機関車郵便局はこと扉がらみではパッと開き、ランプの臭いと、くたびれ果てた局員と、赤い上着の守衛と、連中の手紙の袋を吐き出す。発動機《エンジン》はまるで額の汗を拭いながら「やあ、何て驀地に突っ走って来たこっかい」と言っている発動機《エンジン》然と、吹いては喘いでは汗をかく。が、ものの十分と経たぬ内にランプは消え、小生はまたもや独り、宿無きまま置き去りにされる。

　が今や近くの本街道では牛が追われ、やたら（牛のいつもの伝で）石壁の真っ直中へ潜り、ギュウと、六インチ幅の鉄柵に御尊体を捻じ込みたがり、影も形もなき犬共を放り上げてくれようと（これまた牛のいつもの伝で）梃子用に頭を下げ、こちとらのみならず連中にかかずらっている御難の奴という奴に途轍もなく夥しき量のあらずもがなのトバッチリをかけている。今や、はたまた、勘のいいガス灯は朝日がそろそろお出ましと気取ってでもいるか、蒼ざめ始め、通りにては早、ダラダラと人足が列なり、白昼の生活は、さながら最後のパイ売りの火の粉もろとも掻っ消されていた如く、仰《のっ》けの街角の朝飯売りの炎もろともまたもや灯され始める。かくて仕舞いのちびりはめっぽう速やかになるまで、より速やかに速やかにちびりちびり、日の出はお越しになり、小生はくたびれ果ててぐっすり休らう。して夜の真の砂漠地帯において、宿無き流離い人がそこにて独りきりだというのは、小生が当時かようの刻限に惟みるが習いたりし如く、ロンドン中で最も奇しからざることでもなかろう。小生は、いざとならば、何処にてありとあらゆる手合いの「悪徳」と「悲惨」を見出せるかは嫌というほど心得ていた。がそいつらは視界から打ちやられ、小生の宿無しにはそいつが己《おの》が孤独な道

（ミルトン『失楽園』最終行）を行き得る、事実行きし、幾々マイルにも及ぶ都大路があった。

第十四章　貸間

（一八六〇年八月十八日付）

　グレイズ・インのめっぽう自殺催いの一続きの貸間を今に塒にしている事務弁護士と業務を某か処理する謂れのなきにしもあらず*、小生は後ほどくだんの憂鬱の砦の大きな中庭を一巡りしながらざっと、グルリは打ってつけの面々とあって、我が貸間体験を一渡り復習《さら》ってみることにした。

　小生は、宜なるかな、まずもって、つい今しがた後にしたばかりの貸間から取りかかった。そいつは腐った階段の先の上階の続きの間《ま》で、部屋の外の踊り場には何やら海洋風にしてスクリュー運炭船めいた見てくれの、真っ黒にペンキの塗ったくられた寝棚、と言おうか仕切り壁が据えられていた。当該海の悪霊《ディヴィ・ジョーンズ》のロッカー*を何らかの用に充ててこの方幾多の埃っぽい歳月が流れ、生者の記憶の内なるその間《かん》終始、御逸品にはしっかと掛け金が鎖された上から南京錠が下りている。果たして元はと言えば石炭か死体の仕舞い場の役をこなしていたものか、それとも洗濯女にふんだくられた分捕り品の仮初の金庫代わりだったものか、はいずれともつきかねる。が、小生としては最後の見解に与したい。そいつはおおよそ胸の高さまであり、概ね手許不如意の被告が金もないのに手筈を整えようとのお目出度な用向きでお越しの際に背《せな》を預けて思案に暮れる出っ張りとして機能する——何せくだんの洋々たる状況の下《もと》、連中の会いたがっている弁護士先生は手一杯にして、連中、階段に延々と屯しているから。当該デンと居座った仕切り壁の真向かいに負けじとばかり、とんでもなく馬鹿げた物腰にて、事務弁護士の部屋の（これまた真っ黒な）墓そっくりの外扉が終日《ひねもす》半ば開き、半ば閉じたなり、暗澹と待ち伏せしている。事務弁護士の続きの間《ま》は数にして三部屋——薄切れと、独房と、楔より成っている。薄切れは二人の事務員にあてがわれ、独房はお頭が独り占めにし、楔ははぐれ者の書類や、田舎からのおんぼろ猟鳥籠や、洗面台や、今世紀の仰《のっ》けに特許権侵害差止め命令申請の際に大法官庁にて展示されていた新案の商船調理室の雛型の面々に捧げられている。週日の朝にはいつも九時半頃、二人の事務員の内（小生の、ことパイプとシャツがらみではペントンヴィルにて流行を魁けているものと信ずる謂れのなきにしもあらざる）若い方のが、事務所の扉の鍵の塵を上述の寝棚、と言おうかロッカーの上にて叩《はた》き落とす様が見受けられるやもしれぬ。して若者の鍵と来ては然にやたら塵に祟られがちにして、然にめっぽうくだんの余計者を溜め込み易いものだから、珍しいこともあったもので太陽光線が一筋、小生の目の前でロッカーに当たった夏の日和に、そいつのぬっぺらぼんの面《つら》がある種ブラーマ*丹毒、と言おうか天然痘によりて凸凹に打ち身を食らっているのに目を留めずにはいられなかった。

　当該続きの間《ま》は（小生が業務時間後に問い合わせをするか伝言を残す、腰の座らぬ謂れのある折々、次第に突き止めるに至った如く）、ぱっと見の一家のおんぼろコウモリそっくりにして、名をスウィーニーという御婦人の世話の下《もと》にある。上さんの住まいはグレイズ・イン・レーンの外れのとある中庭の盲壁に面し、この方概ね、お呼びとあらば、くだんの四阿の出入口へと、どこぞの御近所の、御当人の顔に炎症性の相を添える奇しき嫌いのなきにしもあらざる勤勉の館より引っ立てられる。スウィーニーの上さんは玄人洗濯女なる種属の端くれにして「スウィーニーの上さんの帳簿」と題さる瞠目的な肉筆の一巻本の編纂者であり、くだんの書よりはソーダ水と、石鹸と、砂と、薪と、その他似たり寄ったりの雑貨の高値とケチな使用法に纏わる幾多の興味津々たる統計学的ネタが仕込めるやもしれぬ。小生は胸中、今は亡きスウィーニー氏はグレイズ・インの映えある協会の下《もと》なる公認赤帽にして、氏の多年の功績に敬意を表し、スウィーニーの上さんは目出度く目下の御身分に収まっているとの口碑をでっち上げ——故にテコでも動かぬ構えで信じ込んでいる。というのも、お世辞にも器量好しとは言えぬながら、上さんが初老の公認赤帽精神に（わけても門口の下や、物蔭や入口にて）ある種見込んだように睨みを利かす所にお目にかかったことがあり、さらばそいつは御当人が同業者仲間の端くれでありながら仲間と張り合ってはいない証としか思えぬからだ。後は当該続きの間《ま》がらみではこう付け加えれば事足りよう。即ち、そいつはグレイズ・イン・スクエアの、とんと修繕に見限られた大きな両翼屋敷《ダブルハウス》の中にあり、外側の正門には石化した某法学院幹部のバラけた胸部と、胴体と、手足の見てくれを呈す、石の残骸が凄まじき物腰であしらわれていると。

　実の所、小生はグレイズ・インを総じて、人の子に知らる最も憂はしきレンガとモルタルなる名物の一つと見なしている。果たして法曹界のサハラ砂漠たるそいつの干上がったスクエアほど侘しきものがこの世にまたとあろうか——瓦葺きの借家と来ては不様に老いぼれ、窓は薄汚れ、貸間アリ、貸間アリと宣ふビラがここかしこ貼られ、扉の抱きには墓石さながら銘が刻まれ、ガタピシの門口は小汚いレーンに面し、ヴェルラム・ビルディング*に通ず鉄桟の渡った獄《ひとや》よろしき通路は苦ムシを噛みつぶし、カビ臭い赤鼻の公認赤帽は小さな棺桶標札を吊る下げ、して何故《なにゆえ》白エプロンなりや、掃き溜めは丸ごと乾涸びたガチガチの骸骨じみた面《つら》を下げているとあらば？　我が逍遥の旅が当該陰気臭い場所へ向かえば、せめてもの慰めか、そいつはとことん痀瘻病にやられている。想像力は階段が晴れてそっくり崩れ落ち——そいつら日に日にツンと鼻を突く微粒子に擦り減ってはいるものの、未だそっくりとは崩れ落ちていないから——在りし世の最後の老いぼれ長広舌の法学院幹部*が晴れて上階の窓より避難梯子伝《づて》救い出され、そのなりホウボーン救貧院に担ぎ込まれ——最後の事務員が晴れて泥だらけの年がら年中グレイズ・イン・レーンにて御当人と見分けのつかぬほど晒しに晒されている泥まみれの窓の最後の窓の最後のハネの蔭で最後の羊皮紙に法文書体で清書し果した暁のことを思い描いてはほくそ笑む。さらば、喫茶店とサウス・スクエアの間にのさばる、雑草の蔓延り、ポンプのぽつねんと立つ、小さなむくつけき塹壕は目下の如く、その版図をくだんの動物共とほんの二、三人の、御当人方の開き窓よりなおどんよりとした眼もて、光沢の失せ返った（『お気に召すまま』Ⅱ、7）侘しき部屋から下を見下ろしている——そこにては如何なるこの世の者によりてもお呼びのかからぬ所を見ると、誑かし屋の亡霊共の声にて弁護士界へと呼び立てられたに違いなき——訴訟依頼人にアブれた二本足との間で分かち合われている代わり、ネコとネズミにそっくり明け渡されよう。さらば、夏時ともなれば法文具商の窓から滲み止め粉が俗人の目の中にまで濛々と舞い込む、寸詰まりの陰気臭い列柱の下に目下は伸びている北西回廊はガラクタで息の根を止められ、目出度く行き止まりとなろう。さらば、芝や、木や、砂利が真っ黒な法衣を纏っている庭園には雑草が生い茂り、巡礼の徒はベイコンの歩いた所を見るべくここを訪う（とは実の所、めったにやらぬ）代わり、御当人の座像を見るべくゴーラムベリー（ベイコン邸の現存するハートフォドシャーの町）へ赴こう。さらば、要するに、定期刊行物の老舗の露天商人はホウボーン・ゲイトの蔭のちんちくりんの小児用寝台もどきの店に独りきり、恰も十億に垂んとす直喩の上にどっかと座って来た、カルタゴの廃墟の直中なる不様なマリウス（プルターク『ガイアス・マリウス伝』）よろしく、鎮座坐そう。

我が逍遥人生のとある時期、小生はグレイズ・イン・スクエアのまた別の続きの間《ま》に足繁く通ったことがある。部屋は俗に言う「天辺の一続き《トップ・セット》」で、部屋に持ち込まれる飲食物という飲食物には雄鶏屋根裏《コックロフト》の臭いがした。小生は「フォートナム・アンド・メイソン亭」から届いたばかりのストラスブール・パテが陶器の皿越しに当該雄鶏屋根裏《コックロフト》風味を吸い込み、ものの四十五分でいっとう奥のトリュッフの芯の芯まで雄鶏屋根裏《コックロフト》臭が染み渡ったのを存じ上げている。これとて、しかしながら、くだんの部屋の最も興味津々たる無くて七クセではない。そいつは（借家人たる）我が敬愛すべき友人パークルによりて凝り固まられている、部屋は清潔なりとの、性懲りもなき思い込みに存した。果たして御逸品、生まれながらの妄想か、或いは洗濯女のミゴットの上さんによりて吹き込まれしか、はいずれともつきかねる。が、奴はことその一件にかけては火炙りをも辞さなかったろう。さて、部屋はそれはとんでもなく埃まみれなものだから、小生はほんの束の間ぐったりもたれかかるだけで如何なる家財道具の上にとて己《おの》が姿形のこの上もなく明瞭な複製を取れていたし、部屋中に小生自身を焼き付けて回るのは――などという表現を用いて差し支えなければ――密かな愉しみだったものだ。小生が広く遍く出回ったのはこれが初めてではあるまいか。外の折などうっかり、パークルと四方山話に景気好く花を咲かす内に窓カーテンを揺すぶり、さらば確かに赤い色をした、が確かにテントウムシでだけはない一匹ならざる昆虫がモゾモゾ、手の甲に落ちて来た。がそれでいてパークルは部屋は清潔なりとの迷信に身も心も囚われたまま、くだんの天辺の一《トップ・セ》続き《ット》に何年も暮らしていた。奴はいつも部屋がらみで祝意を表されると、口癖のように言っていたものだ。「はむ、こいつは、ほら、珠にキズって訳でもないが、貸間らしくないがな。何せ小ざっぱりしてるもんで」同時に、これきり説明はつかなかったが、ミゴットの上さんは何らかの点で教会に縁故があるとの思い込みにも凝り固まっていた。わけても上機嫌の時には、上さんの今は亡き伯父貴は首席司祭だったものと、体調が今一つで落ち込んでいる時には、上さんの弟は助任牧師だったものと、思い込んでいた。小生はミゴットの上さんとは（実に雅やかな女性だったから）気の置けぬ仲にあったが、ついぞ上さんが一件がらみで何にせよきっぱり断言することにてのっぴきならぬ羽目に陥るような真似をした所にお目にかかったためしがない。上さんはただそいつが俎上に上せられると、さながら微睡んでいた「過ぎ去りし日々」が喚び覚まされ、いささか私事にわたらぬでもなきかのような表情を浮かべることにて教会における所有権を申し立てるにすぎなかった。ミゴットの上さんの往時に奴なり愛嬌好しの信頼を寄せればこそ、馴染みは部屋がらみでも錯覚に陥っていたのやもしれぬ。とまれ部屋に対す忠誠において片時たり揺るぎなかった。実に七年の長きにわたり塵埃の中でのたうち回っていたにもかかわらず。

　続きの間《ま》の窓の内二つは庭を見下ろし、我々は夏の幾晩となく、そこなる高みに腰を下ろしては、何と心地好いことかと言いながら取り留めもなく四方山話に花を咲かせたものである。くだんの天辺の一続き《トップ・セット》と懇ろなお蔭で、小生は貸間生活が如何に孤独なものか就中鮮烈な個人的印象を三つほど刻んでいる。以下、順に一、二、三と審らかにさせて頂こう。

　その一。小生のクレイズ・インの馴染みはいつぞや、一方の脚に怪我を負い、ひどい炎症まで起こした。小生はとある夏の夕まぐれ、いつものように馴染みの所へ遊びに出かけていた。すると、少なからず胆をつぶしたことに、グレイズ・インのフィールド・コートで、どうやらロンドンのウェスト・エンドへ向かっていると思しき、すこぶる活きのいいヒルにばったり出会した。ヒルは独りぼっちで、無論、己《おの》が立場を説明するは、たといその気が（一向そんな風にはなかったが）あったとて、土台叶はぬ相談だったから、小生はそのままやり過ごして歩き続けた。がグレイズ・イン・スクェアの角を曲がると、得も言はれず仰天したことに、お次のヒルにばったり出会した——そいつもやはりてんで独りぼっちで、然まで眦を決してはいないにせよ、やはり西へ針路を取っていた。当該尋常ならざる状況に思いを馳せ、果たしてこれまで英国王立学士院会報もしくは博物学に関す何らかの著作の中で、ヒルの大移動なるものについて読んだためしがあったものやら思い起こそうと躍起になりながら、小生はくだんの聳やかな領域と地の表《おもて》との間《はざま》なる事務所やがらんどうの一つ二つの続きの間《ま》の侘しくも連綿たる閉《た》て切られた表戸を通り過ぎながら天辺の一続き《トップ・セット》まで昇り詰めた。馴染みの部屋に入ってみれば、何と馴染みはハゲワシの代わりにとことん正気の失せ返った公認赤帽に付き添われた囚われのプロメテウス（アイスキュロス『捕縛されしプロメテウス』）よろしく大の字に伸びていた。くだんの寄る辺なき御仁は腑抜けの所へもって胆を消し、かれこれ数時間にわたって（馴染みの怒り心頭に発して説明してくれた所によらば）馴染みの脚にヒルをあてがおうと躍起になってはいたものの、未だ二十四匹の内二匹しか食いつかせていないとのことであった。当該お気の毒な御仁がカツを入れてやるべくヒルを湿布の上に乗っけていたわ、馴染みには「しっかり血を吸わさんか！」とどやしつけられるわでオロオロ生きた空もなく取り乱しているとあって、小生は何やらつい今しがた出会した珍現象の謎が解けたような気がした。折しも見事な標本が二匹、戸口から這い出している最中《さなか》にして、片や残りの大暴動がテーブルの上にて繰り広げられているとあらばなおのこと。しばらくして、二人がかりで捩り鉢巻きでかかった甲斐あって、ヒルがきれいに剥がれて元気を取り戻すと、我々はそいつらを丹念にデキャンターに封じ込めた。が小生は連中がらみでは、あいつら翌朝一匹残らず消え失せ、一階の「ビクル・ブッシュ&ボジャー法律事務所」の外回りの若造が何やら得体の知れぬ生き物によりて噛みつかれて血を吸われたということをさておけば、一切噂を耳にしていない。連中、ついぞ洗濯女のミゴットの上さんには上手く「くっつか」なかった。が小生の今に信じて疑わぬことに、上さんは挙句、連中が次第にヘビ生《せい》におけるとば口を見つけ出すまで知らぬが仏で数匹引っ提げ回していたのではあるまいか。

その二。小生の馴染みのパークルと同じ階にして、同じ階段の上に、他処で仕事を営み、くだんの貸間は単に塒として使っている法律関係の男が住んでいた。三、四年間、パークルは男のことを知っているというよりむしろ男について聞きカジってはいた。がくだんの——英国人にしては——短い思案の合間の後《のち》、彼らは口を利き始めた。パークルは相手の個人的人格においてのみ男と言葉を交し、男の仕事のやり口や懐具合については一切与り知らなかった。男は所謂粋人《すいじん》だったが、いつも独りきりだった。我々は互いによく話し合ったものだが、男に劇場や、音楽会や、似たり寄ったりの公の場でしょっちゅう出会すものの、男はいつも独りきりだった。がそれでいて陰気臭い訳ではなく、根はめっぽう話し好きな男だった。それが証拠、時に夕暮れ時など、葉巻きをくわえて、パークルの部屋に半ば入っているとも出ているともつかぬ具合に寄っかかったなり、その日の耳寄りなネタを何時間となくダシにしていたものだ。かようの折ともなれば男はいつも人生には四つのアラがあると当てこすっていた。第一に、いつも時計のネジを巻いてやらねばならん。第二に、ロンドンはちっぽけすぎる。第三に、故にそいつはメリハリに欠ける。第四に、そいつには塵が多すぎる、との。男自身のくすんだ貸間には、なるほどそれはどっさり塵が積もっているものだから、小生はふと、二、三千年間埋葬されたままになっていた後でいきなり白日の下に晒された「当今」の先を八卦見よろしく見越して設えられた墓所を思い起こしたものである。とある乾涸びた暑い秋の黄昏時のこと、この男は、当時五十を五つほど越えていたが、相変わらず葉巻きをくわえたなり、相変わらずぐったりした物腰でパークルの所にフラリと立ち寄ると言った。「そろそろ街を出ることにしたよ」男はついぞ街を出たためしがなかったから、パークルは返した。「おや、まさか！　とうとう？」「ああ」と男は言う。「とうとうな。ってのも一体どうすればいい？　ロンドンはこうもちっぽけだと来りゃ。西へ行けば、ハウンズロゥに突き当たる。東へ行けば、ボウに突き当たる。南へ行けば、ブリクストンかノーウッドがお待ちかねだ。北へ行けば、バーネットをお払い箱には出来ん。だったら、どっちを向いても通り、通り、通り——道、道、道——塵、塵、塵じゃないか！」かく宣うと、男はパークルに、んじゃあばよと言ったが、またもや取って返し、時計を手にして言った。「おう、オレはこいつのネジを何度も何度も巻き続ける訳には行かん。ってことで面倒を見てやってくれんか」よって、パークルは声を立てて笑いながら諾い、男は街から姿を消した。男はそれは長らく街から姿を消していたものだから、郵便受けは息の根を止められ、これきり手紙が一通たり突っ込めなくなり、かくて番小屋に預けられ、そこにて溜まり始めた。とうとう門番頭は管理人と額を寄せ合った挙句、合鍵を使って部屋を覗き、風の一つでも通してやることにした。さらば、男は寝台で首を吊り、次なる手書きのメモを残していた。「何卒、隣人にして友人（などと呼んで差し支えなければ）H・パークル殿によりて取り下ろして頂きたし」これであっさりパークルの貸間人生にはケリがつき、奴はすぐ様下宿住まいを始めた。

その三。パークルがグレイズ・インに住み、小生自身、逍遥風に法廷弁護士《バリスター》の準備をしていた時分*——とは誰しも御存じの如く、慢性の丹毒兼水腫症状にある婆さんにより配膳室にてボサボサの古ガウンを着せて頂き、かくてめかし込むや、各人が残る三人宛眉にツバしてかかっている四人の一座にてディナーを掻っ込むことにて成される訳だが——だから、こうした成り行きの下《もと》、とある初老の殿方がテンプルの路地に住まい、殿方はポート・ワインの大いなる目利きにして愛飲家だった。*殿方は毎日、倶楽部で食事をしてはポートワインを一、二本空け、毎晩、テンプルに帰宅しては孤独な貸間で床に就いた。といったようなことが何の変哲もなく、何年も続いた。とある晩のこと殿方は帰宅するや発作を起こし、倒れ込みざま頭に深傷を負った。が半ば持ち直し、暗闇の中で扉を見つけようと手探りした。後ほど死体が発見された際、殿方が手探りしたに違いないということは部屋中に残っている手の跡で歴然と確証された。さて、事件が起きたのはたまたまクリスマス前夜のことで、殿方の上階には一人ならざる妹や若い田舎の馴染みのいる若者が暮らし、若者はその夜、彼らを招いてささやかなパーティーを催し、パーティーの途中で鬼ごっこをした。彼らはその方がもっと愉しかろうと、炉明かりだけでくだんのゲームに興じた。がある時、皆して静かにカサコソ、こっそり動き回り、鬼がいっとう愛らしい妹を選り出そうと躍起になっていると（かと言って、小生はおよそヤツを責める気にはなれぬが）、誰かが声を上げた。そら、聞いてみな！　階下《した》の奴も今晩は独りきり鬼ごっこをしてるぜ、こりゃ！　彼らは聞き耳を立て、さらば何者かがあちこち倒れては家具に蹴躓いているのが聞こえ、皆して何と粋な思いつきよと腹を抱え、いよよ浮かれて陽気に鬼ごっこを続けた。かくて、くだんの然に似ても似つかぬ生と死のゲームは、二組の続きの間《ま》にて、目隠ししたまま、もろとも最後まで興じられ続けたという訳だ。

これら椿事のせいである、遙か昔、小生の知る所となるに及び、貸間の何と孤独なことよと感じ入らずばおれなくなったのは。ほぼ同じ趣旨の、今や幽明境を異にしている風変わりな手合いの男によりて盲目的に信じ込まれていた奇抜な事例がある。男とは、小生は既に逍遥の生業に就いてはいたもの の未だ法的分別年齢（十四歳）に達していない時分に知り合った。

男は齢《よはい》三十を越えてはいなかったが、色取り取りの相容れぬ立場にて世の中を渡り――奇妙な役所《やくどころ》の就中南アメリカ連隊の将校だったこともあるが――如何なる生業においてもさして梲《うだつ》が上がらず、早い話がクビが回らなくなった挙句、身を潜めていた。男はライオンズ・インの中でもとびきり侘しい手合いの貸間に住み、名は、しかしながら、扉にも、扉の抱きにも掲げられず、代わりに、部屋で死に、男に家具を譲っていたさる馴染みの名が居座っていた。逸話は家具より生まれ、主旨は以下の如し。――依然としてその名の扉と扉の抱きにデカデカやられている、部屋の以前の借り手の名を仮に遺書作成人《テスティター》氏としておこう。

遺書作成人《テスティター》氏がライオンズ・インの続きの間《ま》を借りた時、寝室にはほとんど、居間には全く、家具がなかった。彼は然なる状態で冬の数か月を過ごしたが、何とも剥き出しでひんやりしているような気がしてならなかった。とある晩、真夜中も過ぎた頃、せっせとペンを走らせ、それでもなお、床に就く前に片をつけねばならぬ書類があった。が炭を切らしているのに気がついた。階下《した》に炭があるにはあったが、自分の棚の上には地下倉庫の鍵があり、もしも地下まで降りて、鍵の合う倉庫を開ければ、くだんの倉庫の炭は自分のものと思って何ら差し支えなかろう。こと洗濯女に関せば、女はストランドの反対側の小径や横丁を下《くだ》った、川の傍のどこぞの名も知れぬネズミの巣もどきに、石炭荷馬車とテムズ船頭に紛れて――当時はまだテムズ船頭がいたから――暮らしていた。こと、どいつであれ鉢合わせになるか待ったをかける他の人物に関せば、ライオンズ・インは夢を見ているか、酔っ払っているか、ベソをかいているか、むっつり塞ぎ込んでいるか、金を賭けているか、為替割引きか切替えを企んでいるか――眠っているにせよ起きているにせよ、こちとらの用件にまけっきりだった。遺書作成人《テスティター》氏は片手に炭斗《すみとり》を、もう一方の手にロウソクと鍵を携え、ライオンズ・インの陰気臭いことこの上もない地下の窖へと降りて行き、降りて行ってみればそこにて通りの深夜の馬車の音は雷《いかづち》さながらゴロゴロ轟き、近所の樋口という樋口は喉にマクベスのアーメン（『マクベス』Ⅱ、2）が閊《つっか》え、必死でそいつを吐き出そうとしてでもいるかのようだった。ここかしこ、低い扉の間で空しく手探りした挙句、遺書作成人《テスティター》氏はとうとうピタリと鍵の嵌まる錆びついた南京錠の下りた扉に突き当たった。難行苦行、扉を開け、ひょいと中を覗き込んでみれば、炭のからきしない代わり、家具が一緒くたに山と積んであった。かくて別人の身上に押し入ったのに我ながら胆を冷やし、またもや扉に錠を下ろすと、彼自身の倉庫を見つけ、炭斗《すみとり》に炭を一杯詰め、階上《うえ》へ引き返した。

が目の当たりにした家具は、明け方の凍てつくような五時に床に就くや、遺書作成人《テスティター》氏の脳裏をひっきりなし、脚輪《キャスター》に乗ってコロコロ、コロコロコロ過りに過った。彼はわけても書き物机が入り用だったが、書き物をするのにわざわざ誂えたかのようなテーブルが家具の山の前景にあった。朝方、洗濯女が彼のやかんを沸かすべくネズミ穴より這いずり出して来るが早いか、彼は狡っこく地下倉庫と家具がらみでカマをかけた。が両のネタが女の頭の中で何ら結びついていないのは火を見るより明らか。女が帰り、朝食の席に着きながら家具をダシにつらつら思いを巡らせていると、南京錠の錆だらけの状態を思い起こし、ならば家具は長らく倉庫の中に仕舞ってあるに違いなかろうと思い当たった――ひょっとしてコロリと忘れられているか――それとも、持ち主は早あの世かもしれぬ？　二、三日、散々ああでもないこうでもないと知恵を絞り――その間《かん》家具がらみではライオンズ・インから何一つ仕込めなかったが――彼はとうとう捨て鉢になり、くだんのテーブルを拝借するホゾを固めた。して早速その晩、テーブルを拝借した。彼はテーブルを長らく失敬せぬ内、安楽椅子を拝借しようと心に決め、御逸品を長らく失敬せぬ内、書棚を拝借しようと肚を固め、それから寝椅子を、それから絨毯と炉敷きを、拝借した。その時までには家具に「然まで深入り（『マクベス』Ⅲ、4）」しているからにはいっそそっくり拝借するも同然のような気がした。故に家具をそっくり拝借し、地下倉庫にこれきり錠を下ろした。彼はいつも足を運ぶ度、倉庫に錠を下ろしていた。真夜中に一点ずつ家具を担ぎ上げ、せいぜい、死体盗掘人ほども邪な気がせずにはいられなかった。家具はどいつもこいつも、部屋へ担ぎ込んでみれば青カビが生えて綿埃が溜まっていたから、ロンドンがぐっすり眠りこけている隙に、罪深くも殺人鬼めいたやり口で、ゴシゴシ磨いてやらねばならなかった。

遺書作成人《テスティター》氏は家具付きの貸間に二、三年かもっと長らく暮らし、いつしか心安らかに家具は己《おの》が身上なりとの見解に与していた。かくて好都合な心持ちが然たりしある夜も更けてから、とある足音がコツコツと階段を昇り、とある手がノッカーはどこかと、扉の上をなぞり、それからガツンと、低く由々しき（『マクベス』Ⅱ、２）ノックがくれられ、そいつは御当人をそこより飛び上がらす、遺書作成人《テスティター》氏の安楽椅子の撥条だったやもしれぬ。然にすかさずくだんの効験いとあらたかだったとすらば。

ロウソクを手に、遺書作成人《テスティター》氏は戸口まで出て行き、さらば、そこにはやたら血の気の失せたやたらのっぽの男が立っていた。猫背の男が。やたら肩の怒った、やたら胸板の狭い、やたら鼻の紅い男が。うらぶれ上流風の男が。男は正面がズラリと、ボタンよりどっさりピンで留められた長い、糸の擦り切れた黒い上着に身を包み、小脇にギュッと、折しもバグパイプをブースカやってでもいるかのように、把手の捥げた雨傘を抱えていた。して切り出した。「つかぬことをお尋ね致すようだが、もしや――」がひたと口ごもった。部屋の中の然る代物が目に留まるに及び。

「もしや、何でしょう?」と遺書作成人《テスティター》氏は相手が口ごもったのに気づくや、やにわに胆を消してたずねた。

「つかぬことをお尋ね致すようだが、もしや」と見知らぬ男は言った。「――ではなくて――もしやあそこに見えるのは、わたしのささやかな身上の端くれでは?」

遺書作成人《テスティター》氏はしどろもどろ、よもやあちらが――とか何とか言いかけた。さらば客《まろうど》はスルリと彼の脇を抜けて部屋の中へ入った。してそこにて、遺書作成人《テスティター》氏の骨の髄まで凍てつかさずばおれぬ悪鬼めいたやり口で、仰《のっ》けに書き物机を調べて「わたしのだ」と言い、お次に安楽椅子を調べて「わたしのだ」と言い、それから本棚を調べて「わたしのだ」と言い、それから絨毯の隅をめくって「わたしのだ」と言った――要するに、地下倉庫から担ぎ上げた家具という家具を次から次へとしげしげやっては「わたしのだ!」と言った。当該在庫調べが済もうかという頃、遺書作成人《テスティター》氏は客《まろうど》が酒でへべれけにして、酒はジンなのを見て取った。客《まろうど》は物言いにおいても物腰においてもジンのせいでフラついているどころ

か、双方の詳細においてジンのせいでむしろギクシャクとしやちこばっていた。

遺書作成人《テスティター》氏は生きた空もなく怖気を奮い上げた。というのも（氏の審らかにせし所によらば）向こう見ずにして厚かましくも自ら働いた狼藉によりて下《くだ》るが必定の天罰が初めて十全と脳裏を過ったからだ。しばし互いに睨め据え合って立っていたと思うと、彼は小刻みに身を震わせながら切り出した。

「御主人、無論、何もかも包み隠さずお話し致し、能う限りの償いと、罪滅ぼしをさせて頂かねばなりません。いたく当然のことながら。どうか、貴殿の側《がわ》にては御立腹も、しごくごもっともの焦燥すらなきまま、これから少々――」

「酒でも呑まぬかと」と他処者は口をさしはさんだ。「結構」

遺書作成人《テスティター》氏は「少々冷静に御相談させて頂きたく」と言いかけていた。が、これぞ渡りに船とばかり、修正案を採用させて頂いた。彼はジン入りのデキャンターを取り出し、セカセカ湯と砂糖を仕度していた。すると客《まろうど》は早、デキャンターの中身を半ば呑み干していた。してストランドのセント・メアリー教会の鐘の音《ね》で、貸間にものの一時間といぬ内に残りを湯と砂糖で割って呑み干した。くだんの手続きの間中、しょっちゅうボソボソ独りごつともなく独りごちながら。

「わたしのだ！」

　ジンが底を突き、遺書作成人《テスティター》氏がはてさてお次はどうなることかと惟みていると、客《まろうど》は腰を上げ、いよよギクシャクとしゃちこばってたずねた。「明くる朝何時が、貴殿、好都合と？」遺書作成人《テスティター》氏は思いきって言ってみた。「十時では？」「貴殿」と客《まろうど》の返して曰く。「ならばかっきり十時に、お伺い致そう」彼はそれから何やら徐に遺書作成人《テスティター》氏を打ち眺めながら言った。「では失敬！　妻君も御機嫌麗しゅう？」遺書《テステ》作成人《イター》氏は（ついぞ連れ添ったためしはなかったが）しんみり答えた。「ずい分気には病んでいますが、かわいそうに、それ以外は恙無くやっております」客《まろうど》はその途端クルリと背《せな》を向け、立ち去り、階段を下りる途中で二度ほど倒れた。その刻《とき》を境に客《まろうど》の行方は杳として知れぬ。果たして幽霊だったにせよ、疚しき良心の化け物じみた幻影だったにせよ、そこに何の筋合いもなき酔っ払いだったにせよ、束の間キラリと記憶の蘇った、家具の酔っ払った正規の所有主だったにせよ——或いは無事我が家に御帰館遊ばしたにせよ、固より御帰館遊ばす我が家などなかったにせよ——或いは帰り道でへべれけのなりポックリ行ったにせよ、あの世へ行くまでへべれけのなり生き存えたにせよ——とまれ、男の行方はそれきり杳として知れなかった。以上が陰気臭いライオンズ・インの上階の貸間の第二の住人によりて家具と共に譲り受けられ、ネもハもあると目されている物語である。

　貸間全般に関して特筆すべきことに、そいつはズブの手合いの孤独を具えるには固より貸間として建てられていなければならぬ。たとい一続きの部屋を隔離し、貸間と称すことにて大邸宅をめっぽう孤独にしようと、ズブの手合いの孤独を醸すこと能うまい。邸宅にては、一家の宴が催され、子供が大きくなり、少女は乙女へと華やぎ、求愛と結婚が持ち上がって来た。ズブの貸間はついぞ若かりしためしも、幼かりしためしも、生娘らしかりしためしもなければ、ついぞ人形や、揺り木馬や、洗礼や、婚約や、小さな棺の付け入ったためしもない。グレイズ・インにその幾多の「続きの間《セット》」のどいつにてであれ仰《のっ》けにロビンソン・クルーソーと手や心を交わせた幼子は実は誰それだと申し立てさせてみよ、さらば黄金の銘の刻まれた真っ白な大理石のくだんの子の小さな彫像を乾涸びたスクェアにカツを入れてやるべく精霊のための飲用噴水として小生が自腹から身銭から切ってそいつに傅づかせてやろうではないか。リンカンズ・インにその齢《よはい》の二十分の一にしか満たぬ如何なる邸宅からなり引き出し得る、贈与財産ではなく愛と希望のために結婚する麗しの若き花嫁の行列の二十分の一なり、その屋敷一切合切から繰り出させてみよ、さらば副大法官を向後一人残らず当該頁の著者に申し込み次第、ロハで花束尽くめにして進ぜようではないか。なるほど、アデルフィ*のテラスであれ、くだんの地下廏だらけの界隈の如何なる通りであれ、ベドフォード・ロウか、ジェイムズ所縁の（身の毛もよだつ）ジェイムズ・ストリート辺りであれ、ともかくとうに花盛りの過ぎ、薹の立った界隈に紛れた何処であれ、「孤独」と「閉塞」と「闇」なる設いで溢れた貸間なら見つけられ、そこにて貴殿は本家本元の貸間におけるに劣らず鬱々と塞ぎ込み、劣らず易々、ほんの海辺へ行ったとの穏やか極まりなき評判の下《もと》、息の根を止められるやもしれぬ。が、くだんの乾涸びた径路にてはいつぞや事実、幾多の生命のせせらぎが旋律的に流れていた――法学院の直中にては、ついぞ。懶い法学院一族のいずれに纏わろうと唯一人口に膾炙した口碑はクレメンツ・インがらみの暗澹たる中央刑事裁判所《オールド・ベイリー》風聞で、風聞に曰く、そこにて日時計を抱えている黒ん坊*は主人を殺害し、主人の金櫃の中身でくだんの陰気臭い建物を押っ立てたそやつなり――との建築学的軽犯罪のためだけでも、奴はその中にて暮らすよう申し渡されて然るべきだったろう。が、かようの場所に、と言おうかニュー・インにせよ、ステイプル・インにせよ、バーナーズ・インにせよ、如何なるみすぼらしき同志の内いずれにせよ、可惜空想を費やしたがる物好きがいようか？

　ズブの洗濯女もまた、ズブの貸間の外にして離れた所ではその十全たる姿では手に入らぬ代物である。またもや、なるほど、貴殿は他処でも盗みに会うやもしれぬ。他処でも――身銭さえ切れば――ペテンと、酩酊と、不潔と、怠惰と、底無しの役立たずを頂戴するやもしれぬ。が正真正銘のテラついた紅ら顔の鉄面皮の洗濯女は――真正のスウィーニーの上さんは――形《なり》から、色から、肌理から、臭いから、一家の湿気たおんぼろコウモリそっくりの――長靴下と、火酒と、ボネットと、だらしのなさと、ふしだらさと、チョロまかしのごった混ぜのとびきりの鼻つまみ者は――源泉においてしか汲めまい。スウィーニーの上さんは個人の芸の埒外にある。くだんの大いなる賜物を確実に手に入れようと思えば、男が数名がかりで捩り鉢巻きでかからねばならず、御逸品、映えある法学会の下《もと》、法学院の内にてしか完璧には顕現すまい。

第十五章　乳母の物語

（一八六〇年九月八日付）

手持ち無沙汰な折に、ついぞ行ったためしのない場所ほど再び訪うに愉快な場所はさしてない。というのも、くだんの場所との付き合いはそれは長きにわたり、それは懐っこい質《たち》の親交へと深まっているものだから、そいつらいささかも変わっていないと得心するにわけても格別な興味があるからだ。

小生は生まれてこの方ロビンソン・クルーソーの島に足を踏み入れたためしはないが、それでいてしょっちゅうそこへは引き返す。ロビンソンが島の上に築いた植民地はほどなく跡形もなく消え失せ、最早生真面目で礼儀正しいスペイン人の子孫も、ウィル・アトキンズやその他叛徒の末裔も住みついていないとあって、未開の状態に逆戻りしている。柳枝小屋の小枝一本残っていなければ、山羊はとうの昔にまたもや野生に戻り、金切り声のオウムはもしやそこにてズドンと銃がぶっ放されればバタバタと、幾多の燃え立つような色彩の雲で日輪を曇らせ、フライデーが二人の胃の腑の餓《かつ》えた人食い土人仲間に追われて向こう岸まで泳いで渡った小さな入江の水面《みなも》には如何なる面《おもて》も映らぬ。同様に島を再訪し、良心的に島を視察して回ったことのある他の旅人達と意見を交わした結果、小生はそこにはアトキンズ氏の一家団欒も神学も何ら痕跡を留めていないものと得心するに至った。なるほど、船長を岸に揚げるべく上陸したというに、日が暮れるまであちこちグルグル、グルグル、誘《おび》き寄せられ、舟に穴を空けられ、精も根も尽き果てた忘れ難き夕べの足跡は未だ克明に辿られはするものの。ロビンソンがくだんの離れ小島における二十九年に及ぶ隔絶の後《のち》にとうとう、自分を連れ去ってくれよう船が岸から半マイルと離れていない所に浮かんでいるのを、今や再び任に就いた船長が指差した折に歓喜の余り絶句した丘の天辺もまた然り。記憶すべき足跡の刻まれ、蛮人共が長広舌の演説よりなおイタダけぬ踊りへと至るかの恐るべき公的ディナーのために続々と岸へ上がった際にカヌーを引き揚げた砂浜もまた然り。老いぼれ山羊のギラつく目が真っ暗闇の中で然に悪鬼めいて映った洞穴もまた然り。ロビンソンが犬とオウムと猫と一緒に暮らし、ついぞかの――語るに奇しきことなれど――如何なる幽霊じみた空想も伴はなかった（とは然にめっぽう特筆すべき状況なだけに、ひょっとして彼は記録を留める上で何か省いたのだろうか？）仰《のっ》けの孤独の苦悶に耐えた小屋の跡もまた然り。鬱蒼たる南洋の葉に隠れた幾百ものかようの代物のグルリで、南洋の海は永久《とこしへ》に波打ち、そいつらの上にて南洋の蒼穹は、短い雨季をさておけば、雲一つなく、燦々と輝く。

小生はついぞフランスやスペインの国境で狼の直中にて行き暮れたためしもなければ、いよいよ夜の帳が下り、地べたが雪で覆われる頃合に、小生の小さな一行を胸壁の役をこなす伐り倒された木々の間に集め、そこにていきなり六、七十匹は下らぬ火だるまの狼に煌々とグルリの闇を照らし出さすほど物の見事に火薬の導火線に火をつけたためしもない。にもかかわらず、時折くだんの陰気臭い地域に戻り、またもや芸当をやってのける。さらば、蓋し、メラメラと燃え上がる狼の焦げて揚げられている臭いを嗅ぎ、連中が突っかかっては引っくり返る側《そば》から互いにメラメラと燃え上がらすのを目にし、連中がこちとらの火を空しく揉み消そうと躍起になりながら雪の中を転げ回っているのを眺め、連中の遠吠えが森の中の目に清《さや》かならざる狼によってのみならず、谺という谺によって引き受けられるのを耳にするだに、総毛立つ。

小生はついぞジル・ブラースの住んでいた盗賊の洞窟（ル・サージュ『ジル・ブラースの冒険』（一七一五））の中に入ったためしはないが、しょっちゅうそこへ戻り、かの邪悪な片端の老いぼれ黒ん坊がいつ果てるともなくベッドの中で呪いまくりながら横たわっている片や、撥ね蓋がいつぞやと相も変わらずずっしりとしておいそれとは持ち上げられぬのに気づく。小生はついぞ御当人が騎士道の本を読み漁り、挙句ガバと腰を上げざま影も形もなき巨人に斬りかかり、そこで初めて景気づけにガブガブ水を飲んだドン・キホーテの書斎に罷り入ったためしはない。がそれでいて貴殿は小生の知らぬ間《ま》に、と言おうか小生のおスミつきの下《もと》、内一冊たり動かすこと能うまい。小生はついぞ（ありがたきかな）ひょいと、びっこを引き引き梱の中からお出ましになるや、商人《あきんど》アブダにオロメインズの護符を探しに出かけよと告げる小さな老婆（J・リドリー『魔神物語』（一七六四））と付き合ったためしはない。がそれでいて婆さんの保存がしっかり利いていて、相変わらず鼻持ちならぬことこの上もないと知っておくことをこそ要件にしている。小生はついぞホレーショ・ネルソン少年が、自分が食べたいからというよりむしろ、外の少年がどいつもこいつもへっぴり腰だからというので、ナシを盗むべくベッドから這い出した学校に通ったためしはない。がそれでいて当該学舎には一再ならず足を運んでいる。ほんの少年が窓からスルスルと、敷布で吊り下ろされる（ロバート・サウジー『ネルソン伝』（一八一三））所を見たいばっかりに。ダマスカスや、バグダッド(『アラビア夜話』)もまた然り。ブロブディンナッグや(こいつはいざ綴られるとなると大方綴りを間違えられるとの奇しき運命に祟られているが)、リリパットや、ラピュータ(スウィフト『ガリヴァー旅行記』)もまた然り。ナイル川や、アビシニアや、ガンジス川や、北極や、幾百とない場所もまた然り――小生はついぞ彼《か》の地へ赴いたためしはない。がそれでいて連中を手つかずのままにしておくのは人生の一大事にして、必ずや彼《か》の地へ立ち返っている。

が、小生が先達てダルバラに戻り、当該随想の前出頁(第十二章)に記されている如く子供時代の連想を再訪していると、この手の経験は、どうやら齢《よはい》六にならぬとうの先から乳母によりて紹介され*、いつも夜になると、てんで行きたくもないのに、引き返さざるを得なかったと思しき、その数あまたに上る場所や連中のせいで――全くもってあり得べからざるにもかかわらず凄まじく現《うつつ》めいていることに変わりのなき場所や連中のせいで――てんでちっぽけにして取るに足らぬものになってしまった。仮に我々誰しも己《おの》が胸の内を知っていれば(とはくだんの常套句の一般的な語義より敷衍された意味において)、我々が不承不承立ち返らざるを得ぬ暗澹たる片隅の大半の責めを負うているのは我らが乳母ではなかろうか。

小生の長閑な幼少時代にヅカヅカ(ダルバラでのくだんの日に思い起こした如く)押し入った仰《のっ》けの悪魔めいた人物は殺人鬼《マーダラ》船長だった。このならず者は青ヒゲ一族の端くれだったに違いないが、小生は当時、近親性をこれきり勘繰っていなかった。船長の怪しげな名もどうやら御当人に不利な一般的偏見は喚び起こさなかったと思しい。というのも船長はとびきり立派な仲間と付き合い、金もウナるほど持っていたからだ。殺人鬼《マーダラ》船長の使命は結婚と、人間食らいの餓《かつ》えをうら若き花嫁で満たすことにあった。祝言の朝、船長は必ずや教会への道の両側に奇妙な花を植えさせ、花嫁が「愛しい殺人《マーダ》鬼《ラ》船長、これまでこんな花、見たこともありませんわ。何という花ですの?」とたずねると、「食用仔羊の付け合わせ《ガーニッシュ》さ」と答え、我ながらの残忍極まりなき、質《たち》の悪い軽口をダシにおどろおどろしき物腰で腹を抱え、かくてその折初めてひけらかされためっぽう鋭い歯をズラリと剥くことにてやんごとなき花嫁の一行を気が気でなくさせたものである。船長は六頭立て馬車で求愛し、十二頭立て馬車で祝言を挙げ、馬は一頭残らず乳白色だったが、ポツリと一点、背に真っ紅な染みがあり、そいつを船長は曳き具で隠させていた。というのも染みは、殺人鬼《マーダラ》船長が買い求める際にはどの馬も乳白色だったにもかかわらず、どうしてもそこに滲み出すと言って聞かなかったからだ。して染みは若い花嫁の血であった。（との恐るべき点にこそ、小生は身震いと額の上なる珠のような冷や汗の初っ端の個人的体験を負うている訳だが。）殺人鬼《マーダラ》船長は宴と浮かれ騒ぎに片をつけ、やんごとなき客をお払い箱にし、祝言から一か月後に新妻と二人きりになると、金の伸し棒と銀の伸し板を取り出すのが習いだった。さて、船長の求愛には次なる格別な特徴があった。即ち、いつも決まって若き御婦人にパイ皮を作れるかとたずね、もしや生来にせよ教育によってにせよ作れなければ、御婦人は指南された。はむ。花嫁は殺人鬼《マーダラ》船長が金の伸し棒と銀の伸し板を取り出すのを目にするや、こいつを思い出し、いざパイ皮を捏ねるべくレースの絹の袖をたくし上げた。船長は途轍もない容量の銀のパイ皿を取り出し、小麦粉とバターと卵と、パイの中身はさておき、必要なものをそっくり取り出した。がパイの主成分それ自体の原料は、これきり取り出さなかった。そこで愛らしき花嫁はたずねた。「愛しい殺人鬼《マーダラ》船長、これは何のパイになさいますの？」船長は答えた。「ミート・パイさ」そこで愛らしき花嫁はたずねた。「殺人鬼《マーダラ》船長、でもお肉がちっとも見当たりませんわ」船長はおどけて突っ返した。「鏡を覗いてごらん」花嫁は鏡の中を覗き込んだが、それでも肉はこれきり見えず、さらば船長はゲラゲラ腹を抱え、いきなり苦虫を噛みつぶすや剣《つるぎ》を抜き、花嫁にとっとと皮を伸《の》すよう命じた。そこで花嫁は、船長がそれは気難しいものだからポタポタ大粒の涙をその上にこぼしながら皮を伸《の》し、皮を皿にきっちり敷き、天辺にぴったり合うよう皮を切り果すと、船長は叫《おら》び上げた。「オレには鏡の中に肉が見えるぞ！」して花嫁が且々船長が御当人の頭を斬り落とす所を拝まして頂けるか頂けぬか、鏡を見上げるや、花嫁をバラバラに切り刻み、花嫁にパラパラ胡椒を振り、花嫁にパラパラ塩を振り、花嫁をパイの中に突っ込み、丸ごとパン屋へ送り、そっくり平らげ、骨から肉をしゃぶり取った。

殺人鬼《マーダラ》船長はかくて、すこぶるトントン拍子にやって行き、とうとう双子の姉妹の一方を花嫁にすることになり、最初はどっちを選んだものか算段がつかなかった。というのも、一方は色白で、もう一方は浅黒かったが、姉妹はいずれ劣らず器量好しだったからだ。ところが色白の姉は彼を愛し、浅黒い妹は彼を憎んでいた。よって船長は色白の姉を選んだ。浅黒い妹は叶うことなら祝言に待ったをかけていたろうものを、叶はなかった。その前夜、しかしながら、殺人鬼《マーダラ》船長に大いに眉にツバしてかかっていたものだから、こっそり抜け出し、船長の庭壁を攀じ登り、窓の鎧戸の隙間から中を覗き込み、船長がガリガリ鑢で歯を尖らせているのを目にした。明くる日、妹は一日中聞き耳を立て、船長が食用仔羊がらみで十八番の軽口を叩くのを耳にした。それから一か月後、船長はパイ皮を伸《の》させ、色白の姉の頭を斬り落とし、姉をバラバラに切り刻み、姉にパラパラ胡椒を振り、姉にパラパラ塩を振り、姉をパイの中に突っ込み、丸ごとパン屋へ送り、そっくり平らげ、骨から肉をしゃぶり取った。

　さて、浅黒い妹は船長が鑢でガリガリ歯を尖らせ、またもや食用仔羊がらみで軽口を叩くせいでいよよ眉にツバしてかかり始めていた。が船長が姉は亡くなった由告げるに及び一から十まで繋ぎ合わせ、とうとう真相を突き止め、仇を討とうと心に決めた。よって、殺人鬼《マーダラ》船長の屋敷へ行き、ノッカーでコンとノックをくれ、鈴《りん》を引き、船長が戸口まで出て来ると言った。「愛しい殺人鬼《マーダラ》船長、次はわたくしと結婚して下さいな。だってわたくしいつも船長のこと愛していて、姉に焼きモチを焼いていたんですもの」船長はその言葉を世辞と取り、丁重な答えを返し、祝言の手筈はすぐ様整えられた。その前夜、花嫁はまたもや船長の窓まで攀じ登り、またもや船長がガリガリ鑢で歯を尖らせているのを目にした。然なる光景を目の当たりに、妹は鎧戸の隙間でそれは身の毛よだつような笑い声を立てたものだから、船長は血を凍てつかせ、思わず独りごちた。「まさか食い物に中《あた》った訳ではあるまいが！」との文言を耳に、妹はまたもや、いよよ身の毛もよだつような笑い声を立てた。鎧戸がすぐ様引き開けられ、辺りが見回されたが、妹はすばしっこく逃げていたから、人っ子一人見当たらなかった。明くる日、二人は十二頭立て馬車で教会へ行き、祝言を挙げた。して一か月後、妹はパイ皮を伸《の》し、殺人鬼《マーダラ》船長は妹の頭を斬り落とし、妹をバラバラに切り刻み、妹にパラパラ胡椒を振り、妹にパラパラ塩を振り、妹をパイの中に突っ込み、丸ごとパン屋へ送り、そっくり平らげ、骨から肉をしゃぶり取った。

　が妹はパイ皮を伸《の》し始める前にヒキガエルの目玉とクモの脛から煎じ詰めた、とびきり恐るべき手合いの凄まじい毒を呷っていた。よって殺人鬼《マーダラ》船長は花嫁の最後の骨から肉をしゃぶり取ったか取らぬか、ムクムク膨れ上がり、真っ蒼になり、体中斑《ぶち》だらけになり、金切り声を上げ始めた。していよよムクムク膨れ上がり、いよよ真っ蒼になり、いよよ体中斑《ぶち》だらけになり、金切り声を上げ続け、とうとう床から天井まで、壁から壁までパンパンに膨れ上がり、それから夜中の午前一時に、ボンッと、大きな爆発音と共にはじけた。そいつの音を耳にするが早いか厩の乳白色の馬は一頭残らず端綱《はづな》を切り、気が狂れ、それから殺人鬼《マーダラ》船長の屋敷の誰も彼もの上を（まずは船長の歯に鑢をかけていたお抱え鍛冶屋を皮切りに）襲歩《ギャロップ》で駆けずり回り、とうとう家人は一人残らず踏みつぶされ、それから馬は襲歩《ギャロップ》で駆け去った。

　幾百度となく小生は幼かりし日々、この、殺人鬼《マーダラ》船長の口碑を聞かされ、おまけの幾百度となくベッドの中にて、浅黒い妹が覗き込んだままに船長の窓から中を覗き込み、船長の恐るべき屋敷に立ち返り、船長が床から天井まで、壁から壁まで、パンパンに膨れ上がりながら見る間に蒼ざめ、体中斑《ぶち》だらけになり、金切り声を上げているの図を目の当たりにせざるを得ぬ強迫観念に駆られた。小生を殺人鬼《マーダラ》船長の御高誼に与らせた若い女中は小生が怖気を奮うのに悪魔じみた悦に入り、いつもまずもって、小生の記憶によらば——ある種お膳立ての序曲とし——両の手で空《くう》をワシづかみにするや、長く低く空ろな呻き声を上げることにて取っかかったものである。極悪非道の船長とグルなる当該儀式にそれは心底総毛立ったものだから、小生は時に物語をまたもや聞かせて頂くには今の所まだ然るべく強かにして然るべく大人になってはいないようだと訴えたものである。が乳母はついぞその一言なり容赦したためしはなく、実の所、由々しき聖杯（『マクベス』I、7）を唯一科学に知らる「黒猫」の魔除けとして小生の唇に推奨賜った——とは夜分、この地の表《おもて》をウロつき回っては幼子の息を吸うとは専らの評判にして、わけても（と小生の重々胆に銘じられたことに）小生のそいつに対す、汲々たる餓《かつ》えを授けられた、薄気味悪い、目のやたらギラつく、この世ならざる雄猫《トム》たる。

　当該女流吟唱詩人は——願はくは彼女のこと悪夢と発汗がらみで小生の御当人に作っている恩義の借りを返して頂いていることを——小生の記憶においては船大工の娘として蘇る。彼女は名を慈愛《マーシー》と言った。御逸品を小生にはからきし持ち併せていなかったが。次なる物語には何がなし船造りの風味が漂う。して必ずや甘汞の錠剤との漠たる連想の下《もと》、記憶に彷彿するとあって、定めて小生が薬でゲンナリ来ている懶い晩のために取って置かれていたと思しい。

　昔々船大工がいて、船大工はお上の造船場で働いていた。そいつは名をチップスと言い、先代の親父さんも名をチップスと言い、その先代の親父さんも名をチップスと言った。して親父さんのチップスは皆名をチップスと言った。して親父さんのチップスは鉄瓶と一ブッシェルの三吋釘と半トンの銅と口の利けるクマネズミと引き替えに、悪魔に魂を売り、祖父《じい》さんのチップスは鉄瓶と一ブッシェルの三吋釘と半トンの銅と口の利けるクマネズミと引き替えに、悪魔に魂を売り、曾祖父《ひいじい》さんは同方向へ同条件の下《もと》、御自身にケリをつけ、取り引きの血統は長らく一族に脈々と流れていた。という訳で、ある日のこと、若造

のチップスがてんで独りきり船溜まりの造船台《スリップ》に修繕のため引き揚げられているおんぼろ七十四門艦の薄暗い船倉で精を出していると、悪魔が現われ、かく宣った。

「レモン　には　種《ピップス》　がある
造船所　には　船《シップス》　がある
オレ様　には　木端《チップス》　がある！」

（何故《なにゆえ》かは定かならねど、悪魔が押韻詩にて自らの見解を審らかにするという当該事実はやたら小生の癇に障った。）チップスがくだんの文言を耳にハッと面《おもて》を上げてみれば、悪魔は皿目でとんでもないやぶ睨みをしてみせてはそこからバチバチ、青い炎の火花をひっきりなし散らしていた。悪魔が瞬きする度、青い火花は雨霰と飛び散り、睫がカチカチ、ちょうど燧石と燧鉄が火を打ち出す要領で鳴った。悪魔は片方の腕に鉄瓶の把手をかけ、くだんの小脇に一ブッシェルの三吋釘を抱え、もう一方の小脇に半トンの銅を抱え、一方の肩の上にはちょんと、口の利けるクマネズミが座っていた。という訳で、悪魔はまたもや宣った。

「レモン　には　種《ピップス》　がある

　造船所　には　船《シップス》　がある
　オレ様　には　木端《チップス》　がある！」

（悪霊の側《がわ》における当該同語反復《トートロジー》を耳に、小生は必ずやしばし正気を失ったものである。）という訳で、チップスはウンともスンとも返さぬまま仕事を続けた。「何をしてるのさ、チップス?」と口の利けるクマネズミがたずねた。「わたしは君や君の仲間が古い奴をガリガリ齧ってしまったとこに新しい板を嵌め込んでいるのさ」とチップスは言った。「けどオレ達やそいつらだって食っちまって」と口の利けるクマネズミは返した。「そしたら船は水浸しで、乗組員はアップアップ溺れて、オレ達や奴らだって食っちまうぞ」チップスは、何せしがない船大工にすぎず、軍艦の船員ではなかったから、言った。「どうぞ御勝手に」とは言いながらも、半トンの銅からも一ブッシェルの三吋釘からもいっかな目が離せなかった。というのも釘と銅は船大工にとっては恋人で、船大工は叶うことなら必ずやそいつらと駆け落ちしようから。という訳で、悪魔は言った。「きさまが何を見ているかはお見通しだぞ、チップス。とっとと手を打たんか。条件なら知っていよう。きさまの先代の親父はそいつを百も承知だったし、それを言うなら祖父《じい》様だって曾祖父《ひいじい》様だって」チップスは言う。「わたしは銅には目がないし、釘にも目がないし、鉄瓶だって構やしないが、クマネズミは願い下げだ」悪魔は怒り心頭に発して言う。「ヤツ抜きでは銅も釘もやれんし――ヤツは掘り出し物だぞ。オレはそろそろ失せるわい」チップスは半トンの銅と一ブッシェルの釘をみすみすスリたくないばっかりに、言った。「いや待て！」という訳で、彼は銅と釘と鉄瓶と口の利けるネズミを手に入れ、悪魔はドロンと姿を消した。チップスは銅を売り、釘を売り、ついでに鉄瓶も売る所ではあったろう。がそいつを売ろうと思って差し出す度、クマネズミがその中に入っているものだから、商人《あきんど》達は鉄瓶を落っことし、これきり手を打とうとはしなかった。という訳で、チップスはクマネズミを殺すホゾを固め、ある日のこと一方の傍に熱した松脂の入った大釜を、もう一方の傍にクマネズミの入った鉄瓶を据え、造船所でせっせと精を出している際に、グラグラに煮え滾った松脂を鉄瓶の中にぶちまけ、そいつを一杯にした。それから、そいつが冷えて固まるまでじっと目を凝らし、それから二十日間放ったらかし、それからまたもや松脂をグラグラに煮え滾らせ、大釜に戻し、それから鉄瓶をもう二十日間水に浸け、それから精練工達に頼んでもう二十日間竈に入れてもらい、それから連中はそいつを赤熱のなり、して鉄と言うよりむしろ赤熱のガラスといった態にて、取り出し——がそれでもなおクマネズミは火傷一つ負わぬまま、中にいた！　して彼と目が合った途端、ニタリと口を歪めて言った。

「レモン　には　種《ピップス》　がある
　造船所　には　船《シップス》　がある
　オレ様　には　木端《チップス》　がある！」

（当該折り返し句《リフレイン》を、小生は最後にお出ましになって以来、今や絶頂に達した得も言はれぬ怖気を奮い上げて待ち受けていた。）チップスは今や胸中、クマネズミはとことん自分にへばりつこうと観念した。クマネズミは、彼の胸の内までお見通しだったたと見え、言った。「ああ、そうとも——松脂みたいにな！」

　さて、クマネズミがかく啖呵を切り果すやピョンと鉄瓶から飛び出し、スタコラ駆け出すに及び、チップスはいくらあいつでも約言は守るまいと高を括り始めた。が翌日、とんでもないことが持ち上がった。というのも、昼飯時《どき》になり、船渠時計が「一時休止」を告げ、彼は物差しをズボンの脇の長いポケットに突っ込んでみれば、そこにネズミが——あのネズミではなく、別のネズミが——いたからだ。ばかりか帽子の中にも一匹、ハンケチの中にも一匹、昼飯を食いに行こうと引っかけてみれば上着の両の袖にももう二匹いた。してこの時を境にいつの間にやら造船所のネズミというネズミとそれは恐ろしくネンゴロになったものだから、連中は彼が仕事に精を出していると脚を這いずり登り、彼が御逸品を使っていると道具の上に腰を下ろした。ばかりか互いにペチャクチャ口が利け、彼には連中の言っていることがそっくり呑み込めた。連中は彼の間借り先にも、ベッドにも、急須にも、ビールにも、ブーツにも、潜り込んだ。して彼はいよいよ雑穀商の娘と連れ添うことになり、娘のために手づからこさえた裁縫箱を渡すと、ピョンと中から一匹飛び出し、娘の腰に腕を回すと、ギュッと一匹娘にしがみつき、かくて祝言は御破算になった。結婚予告は早、二度掲げられていたにもかかわらず——ということを教区書記は嫌というほど覚えていた。というのも予告の二度目に牧師に聖書を手渡した際、どデカい、丸々肥えたネズミが頁の上をチョロチョロ駆けずり回ったからだ。（この時までにはネズミは正しく滝の如く小生の背を這いずり下り、小生の聞き耳を立てたちんちくりんの御尊体はウヨウヨそいつらに集《たか》られていた。爾来折々、小生はひょっとしてそいつを弄る内くだんの害獣の見本に一、二匹出会しはせぬかと、小生自身のポケットに病的怖気を奮って来た。）

　もちろん御明察の通り、以上全てはチップスにとって身の毛もよだつようだった。以上全てとて、しかしながら、まだまだ序の口。彼にはおまけに、連中がどこにいようと、ネズミが折しも何をしでかしているかお見通しだった。という訳で、時に夜分倶楽部にいる際も大声で叫んだものである。「おうっ！　ネズミを囚人墓地から締め出してくれ！　そんな真似させるんじゃない！」それとも「一匹、階下《した》のチーズをガリガリやってるぞ！」それとも「二匹ほど屋根裏部屋の赤ん坊の臭いをクンクン嗅いでやがる！」それとも似たり寄ったりのあれやこれや。とうとう、彼はキ印の折り紙を付けられ、造船所の職を失い、何ら外の口にもありつけなかった。がジョージ王には兵士がお入りで、ほどなく水兵として徴発された。という訳で、とある夕暮れ時、スピットヘッド（イングランド南岸沖投錨所）に碇泊している出帆寸前の軍艦までボートで連れて行かれた。という訳で、そいつに近づくにつれ軍艦において仰《のっ》けに目に留まったのは、いつぞや悪魔に出会したおんぼろ七十四門艦の船首像であった。軍艦は「アルゴナウテー*ス」という名で、連中は「アルゴナウテース」の船首像が羊皮を手に、青いガウンを纏ったなり遙か沖合いを見はるかしている遣り出しの真下を漕いだ。して船首像の額の上にちょんと乗っかったなりマジマジ目を瞠っているのは誰あろう、例の口の利けるクマネズミではないか。して、そいつの文言はぴったし以下の通りであった。「おーいチップス！　やあ！　オレ達ゃあいつらもほとんど食っちまってて、じき乗組員をアップアップ溺らせて、奴らだって食っちまうぞ！」（ここにて小生は必ずや今にも気を失いそうになり、定めて水を所望していたろう、もしや口が利けぬというのでなければ。）

　船はインド諸国行きで、もしや貴殿がそこがどこに御座るか知らぬようなら、知っていなければならず、天使方は金輪際貴殿を愛しては下さるまい。（ここにて小生は我ながら死後の状態からのツマ弾き者なりと観念のホゾを固めたものだ。）船は正しくその晩出帆し、帆を張りに、張りに、張り続けた。チップスは胸中穏やかならざること夥しかった。彼の奮った怖気ほど凄まじきものはなかったろう。宜なるかな。とうとうある日、彼は提督にお目通り願う許しを乞うた。提督は許しを賜った。チップスは提督室にて跪いた。「閣下、もしや閣下が一刻の猶予もなく、最寄りの岸に向けて針路を切って下さらねば、これは呪《のろ》われた船にして、船の名は『棺桶《コフィン》』であります！」「若者よ、君の言葉は痴れ者の言葉だ」「閣下、いえ。あいらはこうしている今もガリガリ我々を齧っております」「あいつら?·」「閣下、あいつら恐るべきネズミ共は。頑丈なオークのあるべき所は塵《ちり》にして、虚《うろ》であります！　奴らはこうしている今も乗組員皆のための墓をガリガリ齧っております！　おお！　閣下は奥方や愛らしいお子達を愛しておいでと?·」「ああ、もちろん、愛しているとも」「だったら、後生ですから、最寄りの岸へ針路をお取り下さい。というのも目下もネズミは一匹残らずひたと仕事の手を止《と》め、一匹残らず歯を剥いたなり真っ直ぐ閣下の方を向き、一匹残らず互いに、閣下は二度と、二度と、二度と奥方やお子達に相見えることはなかろうと囁き合っているもので」「哀れな奴め、早速医者に診せねばなるまい。番兵よ、せいぜいこの男の面倒を見てやるがいい！」

　という訳で、彼は血を抜かれ、火脹れの目に会い、六日六晩というもの、あれやこれやこっぴどい灸を据えられた。という訳で、それからまたもや提督にお目通り願う許しを乞うた。提督は許しを賜った。彼は提督室にて跪いた。「さあ、提督、御自身、助かる望みは一縷もありません！　警告を一切聞いて下さらなかったもので。一縷の望みも！　ネズミは決して連中の計算において狂いがありません。して今晩、真夜中の十二時に齧り尽くそうと踏んでおります。という訳で、閣下には一縷の望みもありません！——自分と外の乗組員皆同様！」という訳で、真夜中の十二時かっきりに大きな漏れ口が報告され、どっと海水が流れ込み、何一つそいつを塞き止めること能はず、彼らは皆、一人残らず海の藻屑と化した。してネズミ共が——ミズネズミだったから——食いくさしたチップスの成れの果てがとうとう岸に流れついた際、骸《むくろ》の上にはデンと、どデカい肥え太ったネズミが座ったなりゲラゲラ腹を抱えていた。そいつは死体が海岸に着いた途端ボチャンと潜り、それきり二度と浮かんで来なかった。骸《むくろ》にはどっさり海草が絡みついていた。してもしや海草の十三の切れ端を摘み、乾かして火に焼べたなら、そいつらまたとないほどくっきり、さながらかようの十三の文言となってモクモク立ち昇ろう。

「レモン　には　種《ピップス》　がある
造船所　には　船《シップス》　がある
オレ様　はとうとう　木端《チップス》を
モノに　した！」

同じ女流吟唱詩人には——恐らくは、御逸品がいよいよ言語に探りを入れ始めんとする際にわざわざ人類の脳ミソをこんぐらかさすためにこそ存在していたと思しきかの恐るべき古《いにしへ》のスカルド詩人＊の末裔たる――小生を是が非とも御免蒙っていたろうその数あまたに上る悍しき場所に無理矢理引き返さす上でいと灼然《いやちこ》なるお定まりの託《かこつ》けがあった。とは即ち、怪談は一話残らず御自身の身内の身に降り懸かりしものなりという。奇特な一族に敬意を表さばこそ、故に、小生はそいつらに眉にツバしてかかる訳にも行かず、かくて伝家の怪談は小生の消化機能を終生損ねるに至る信憑性の気味を帯びることと相成った。とある、死の先触れをするこの世ならざる四つ脚に纏わる物語があり、くだんの物の怪は夕飯用に「ビールを取りに出かけた」住み込みの小間使いの前にドロンと、開けた通りで立ち現われるに、仰《のっ》けは（小生の今しも思い起こすに）黒い犬の似姿をしていたが、次第にカバを遙かに凌駕すどこぞの四つ脚獣に似て来た。当該化け物を――これきりあり得べからざると見なしたからというのではなく、ただ実の所耐え難いほどどデカいような気がしたというので――小生は意気地無くも、何とか態好く説明して厄介払いしようとした。が、マーシーがさも沽券に関わるとばかり、くだんの住み込みの小間使いは彼女自身の義理の姉だと突っ返すに及び、小生はお先真っ暗とサジを投げ、唯々諾々と当該動物学的珍現象に小生の幾多の追手の端くれとして身を委ねたものである。また別の、若い娘の亡霊がらみの怪談があり、娘はガラス・ケースからお出ましになると、また別の若い娘に取り憑き、とうとうそのもう一方の娘は亡霊にネ掘りハ掘りやった挙句、そいつの骨が（いやはや！　こちとらの骨がらみで然に小うるさいなどと考えてもみよ！）ガラス・ケースの下に埋《うづ》められているのを突き止めた。片やお化けは骨を別の是々然々の場所に、二十四ポンド一〇に垂んとす葬儀屋のありとあらゆる典礼ごと埋葬するようせっついた。当該怪談を小生は却下するに個人的利害があるものと心得た。というのも我が家には一つならざるガラス・ケースがあり、如何で、さなくば、この小生に、ものの一週二ペンスぽっきりの小遣いしかないというに、二十四ポンド一〇に垂んとす掛かりで骨を埋《うづ》めてくれとせっつく若き娘御方の侵入からこの身を守れたろう？　が仮借なき乳母はまんまと幼気な小生の先手を打つに、自分こそもう一方の若い娘だと垂れ込み賜ふた。よって小生には「そんなのウソっぽちだ」などとは言えなかった。よもや、口が裂けても。

といった辺りが、小生がめっぽう幼く、道理に疎い時分に不承不承、やらされた逍遥の旅の端くれだろうか。して蓋し、こと連中の後半部分に関せば、落ち着き払った面《つら》を下げてまたもや請け負うよう誘《いざな》われたのは――改めて思い返せば――さして昔のことでもない。

第十六章　アルカディア風ロンドン

（一八六〇年九月二十九日付）

　この秋は完璧な孤独と不断の瞑想に浸りたきムラッ気を起こし、小生は六週間ほど祖国で最も人通りの少ない場所――即ち、ロンドンに下宿している。*

　小生が引き籠もった隠遁所はボンド・ストリートである。この人気《ひとけ》ない場所から、グルリの荒野へと巡礼に出かけ、大砂漠の広範な区域をあちこち歩き回る。孤独の仰《のっ》けの厳粛な感情が封じ込められ、深遠な隠遁の仰《のっ》けの気の滅入るような意識が克服され果すと、小生は旅人達によりて（概して間々）指摘されて来たかの解放感を享受し、原始人のかの潜在的野生が胸中、蘇るのを感じる。

　小生の下宿先は帽子屋――小生自身の贔屓の帽子屋――だ。数週間、ウィンドーに海浜用の鍔広《つばびろ》フェルト帽と、狩猟用縁無し帽と、湿原や山岳用の選りすぐりの目の粗い防水帽以外如何なる売り種もひけらかさずにいたと思うと、帽子屋は一家の頭にそいつらが被り得る限りの在庫を被せ、皆をサネット島（ケント州北東部分離島）へと連れ去った。店には若い使用人が独りきり残り――ずっと独りきりでいる。若造は鏝を温《ぬく》める炉をひんやり放ったらかしにしているとあって、小生には御当人の強烈な義務感を措いて何故《なにゆえ》若造が鎧戸を外す謂れがあるものか見当もつかぬ。

　彼自身のみならず祖国にとっても幸ひなるかな、若造は義勇兵である。*わけても彼自身にとって幸ひ。さなくば定めて根深い鬱病の贄と化していよう。というのも人間サマの帽子に囲まれて暮らしてなお、そいつら試しに引っ被る人間サマの頭にソッポを向かれているというのは、なるほど大いなる試煉に違いなかろうから。然れど、若造は教練を復習《さら》ってはひっきりなしに制帽の羽根の手入れをすることにて自らにハッパをかけ（言うまでもなく、帽子屋だけに、雄鶏羽根隊所属だから）、かくて諦めの境地に達しているものか、グチ一つこぼさぬ。土曜日など、早目に店を閉め、ニッカーボッカーズを履く段ともなれば、若造は浮かれさえする。小生は当該若造への言及においてはありがたくも小うるさい。何となれば若造は幾多の長閑な時間にわたる小生の話し相手だからだ。小生の帽子屋は勘定台の奥の数段登った所に、教会の書記の机よろしく囲い込まれた机を据えている。小生は朝食後、この隠処に閉じ籠もって瞑想に耽る。かようの折々、若造が絵空事の銃に念には念を入れて弾を込め、いざ祖国の敵目がけ、とびきり情容赦なくも壊滅的な砲火を浴びせ続けるのに目を留める。この場を借りて一言、彼の人付きの好さと愛国心に謝意を表させて頂こう。

生活の質《たち》が素朴で、周囲の光景の性《さが》が穏やかなせいで、小生は自づと早く起床する。室内履きで繰り出し、舗道を漫ろ歩く。住人の疎らな街の空気の爽快さを肌で感じ、二、三人の牛乳売りの娘の女羊飼いめいた個性を愛でるのは実に牧歌的だ。というのも然にほとんど牛乳を賄わぬとあって、たといくだんの仕事を請け負う人間が残っていたとて、御逸品に混ぜ物をしようなどという物好きはまずいまいから。人々の犇き合う浜辺にては、白亜なる強烈な地元の誘惑と相俟って、如何ほど牛乳が引く手あまたか、御逸品の質の低下を見れば一目瞭然。アルカディア風ロンドンにて、小生は牛乳を牝牛より頂戴する。

首都全体のアルカディア風素朴と、そいつがこの秋なる黄金時代に逆行した原始的やり口のせいで、ロンドンは小生にはすっかり目新しい面《つら》を下げる。小生の隠遁所から二、三ヤードと離れていない所に馴染みの屋敷があり、馴染みは途轍もなく豪勢な執事を抱えている。つい昨日《きのう》まで小生はついぞくだんの執事が極上の黒ラシャに身を包んでいない所にお目にかかったためしがなかった。つい昨日《きのう》まで、小生はついぞ執事が非番の所にも、（とびきりの執事とあって）主人と主人の馴染みの栄光以外の何であれ気にかけている様子をしている所にも、お目にかかったためしがなかった。昨日《きのう》の朝、小生はこの執事が支えにして誉れたる屋敷の――側《そば》を室内履きで歩いていると、荒野たる屋敷の――今や鎧戸の下り、やはり室内履きにして、一色こっきりの狩猟用上下に身を包み、山の低い麦ワラ帽を被ったくだんの執事がプカプカ、早朝の葉巻きを吹かしているのと鉢合わせになった。彼には我々が一昨日までは全く異なる生存状態にて出会していたものを、今や別世界に住まっているものと察しがついた。よって賢しらにして物の見事に、挨拶一つせぬまま、脇を行き過ぎた。執事は小脇に朝刊を抱え、ほどなく小生は彼がリージェント・ストリートの心地好い開けた景色の直中なるとある手摺に腰を掛け、そいつにのんびり、熟れ行く日輪の下《もと》、読み耽っているのを目にした。

家主が一家を丸ごと塩漬けにすべく海辺へ連れて行ってしまったので、小生は年がら年中クンクン鼻を鳴らしている初老の女に面倒を見てもらっているが、婆さんは夜毎、九時半なる影深き刻限になると必ずや、小生のついぞ白鑞のポットに汲んだ気の抜けた一パイントのビール抜きでは目にしたためしのない、みすぼらしくカビ臭い爺さんを表戸より入れてやる。みすぼらしくカビ臭い爺さんは婆さんの亭主で、二人はこの地の表《おもて》に姿を見せる筋合いは何らないとの鬱々たる意識に苛まれている。よってロンドンが空っぽになるやどこぞの窖からゴソゴソ這いずり出し、ロンドンが一杯になるやまたもやゴソゴソ這いずり込む。小生は晴れてここをネグラにした晩早速、二人がお越しになるのを目にし、二人は気の抜けた一パイントのビールと、束ねた寝床ごとお越しになった。爺さんはヨボヨボの爺さんで、小生には御逸品もろとも、そいつにおっ被さったなり、寝床を厨の階段伝《づて》降ろしたとしか思えなかった。二人は地階のいっとう低い、いっとう奥まった片隅に寝床を設え、どっちもどっち寝床の臭いが染みつき、寝床以外何一つ身上を持ち併さなかった。もしや御逸品（夫婦の底流めいた臭いから下種の何とやらを働かすに）チーズでないとすらば。小生が夫婦の名を知っているのはたまたまお近づきになって二晩目の九時半に、女房の注意を何者か表戸の所にいるとの状況に向け、さらば婆さんが申し訳なさげに説明したからだ。「ありやほんの亭主のクレムで」果たして終日《ひねもす》クレム爺さんはどうなっているのか、何《い》時《つ》、何故《なにゆえ》這いずり出すのか、はおよそ小生ごときには解き明かせぬ謎である。が九時半かっきりに、爺さんは判で捺したように気の抜けた一パイントのビールごと戸口の上り段に姿を見せる。して一パイントのビールは、いくら気が抜けているとは言え、爺さんより遙かに勿体らしいものだから、いつも小生の気紛れにはふと、そいつめ爺さんが通りでタラタラ涎を垂らしている所をめっけ、情深くも家まで連れて来てやっているのではなかろうかという気がする。地下へ降りる道々、クレム爺さんは断じて世のキリスト教徒らしく、通路のど真ん中伝《づて》降りず、さながら小生にどうか自分はなるたけ屋敷にお邪魔していなき旨御留意あれかしと請うてでもいるかのようにズルズルと壁にへばりつき、小生が爺さんと面と向かい合おうものなら必ずや、見込まれたようにドギマギ後退る。小生が当該老夫婦との関連で突き止めている最も尋常ならざる状況は、夫婦には一見、両親より十《とお》は老けて見える娘のクレム嬢がいて、クレム嬢もまた寝床を引っ提げ、寝床の臭いが染みつき、御逸品を黄昏時ともなるとあちこち提げ回り、モヌケの殻の屋敷に隠すということだ。小生が当該ネタを仕込むに至ったのは、クレム婆さんがクレム嬢を一晩「ペル・メルの上っ側の面倒を見ている御一家がほ戻りなのと、サージェイミジズ・ストリートのほ屋敷の御一家がはす街をお出になるはいだ」くだんの屋根の下に匿うおスミ付きを頂けぬものかと持ちかけて来たからだ。小生は鷹揚にも肯《うけが》い賜い（小生の知る限り一件とは縁もゆかりもなかったから）、かの影深き刻限にクレム嬢が戸口の上り段にて束ねた寝床と組み打っている様が見て取れた。果たしてクレム嬢が夜分寝床をどこへ設えたか、小生には断言致しかねるが、恐らく下水溜めではなかろうか。とまれ、爬虫類か昆虫の本能もて、彼女は寝床のみならず御尊体をも人目につかぬ隅の隅に仕舞い込んだはずである。クレム一家においてもう一点、特筆すべき天賦の才に気づいているが、そいつは何もかもを毳に変える類稀な能力である。一家がこっそり食う手合いの残飯は（馳走の質《たち》が何であれ）必ずや毳を生ずかのようで、夜毎の一パイントのビールですら自然に消化される代わり、何やらくだんの形《なり》にてパッと、クレム婆さんのみすぼらしい上っぱりと御亭主の糸の擦り切れた上着にどっちもどっち吹き出すやに思われる。

　クレム婆さんは小生の名はからきし御存じない――ことクレム爺さんに関せば、爺さんは何であれからきし御存じない――して小生のことは「だんなさん」としてしか知らぬ。かくて、もしや小生が部屋にいるかいないか怪しいようなら、コンと扉にノックをくれてたずねる。「だんなさんはお見えで？」或いはもしや小生に面会を求めている遣い走りが小生の孤独と相容れるようなら、遣い走りをかく請じ入れる。「だんなさんはこちらで」こいつはどうやら属に特有の習いと思しい。というのも、とうに断っておくべきだったが、そのアルカディア風時節において、ロンドンの小生の縄張りは朧げながら隈なくクレム属によりて席捲されているからだ。連中は寝床ごとあちこち這いずり回り、幾マイルもにわたる人気《ひとけ》なき屋敷にて床に就く。お互い同士一切付き合いはないが、時に日が暮れてから、内二名が向かいの屋敷から這いずり出し、道のど真ん中にて、中立地帯とし、顔を合わすか、邪魔っ気な障壁よろしき地下勝手口の手摺越しにお隣さん同士からひょいと顔を覗かせては、連中の「おくがたさん」か「だんなさん」がらみでヒソヒソ胡散臭げな意見を交わし合おう。ということに、小生はウィムポール・ストリートや、ハーレイ・ストリートや、似たり寄ったりの厳めしい界隈といった由々しき眺望伝《づて》、隠処より北へ向けて独り、あちこち漫ろ歩く内、突き当たった。連中の効たるや、もしやクレムはぐれ者属でも出没せねば、原始の森のそれと大差あるまい。はぐれ者共は夜の帳が降りるや、ここかしこヒラヒラ、ヒラついたり、扉の鎖を掛けたり、一パイントのビールを持ち込んだり、仄暗い茶の間の窓辺で亡霊よろしく苦虫を噛みつぶしたり、地下のゴミ溜めや水槽とこっそり睦んだりしている様が仄見えるやもしれぬ。

バーリントン・アーケードにて、小生は原始状態なる流儀が超文明化の悪影響に取って代わっているのを目にすると格別な愉悦を禁じ得ぬ。女性靴専門店や造花商や頭飾り問屋の無垢に優《すぐ》るものはない。店は一年のこの時節ともなると不馴れな手に委ねられる——商品の値もロクに知らず、売り種を野暮な悦びと驚きを込めて打ち眺める新参者の手に。これら廉直な人々の子供はアーケードで馴れ馴れしい言葉を交わし合い、お蔭で二人ののっぽの取りつく島のない教区吏のお冠もどこへやら。彼らの他愛ない片言まじりの戯言は常ならざるやり口で辺りの光景の旋律的な蔭と綯い交ぜになり、全体の効たるや、木立の中の小鳥の囀りの如し。当該黄金時代の幸せな復活において、よりどデカい方の教区吏の上さんを目にすることすら小生にとっては特権だ。上さんは御亭主の昼飯を深鉢に入れて持って来る。御亭主は昼飯を安楽椅子にどっかと掛けたなり平らげ、それからぐっすり、慊《あきた》りた幼子よろしく眠りこける。とびきり腕のいい理髪師のトルーフィット氏の所では、皆して暇つぶしにフランス語を習い、角を曲がった香水商の（日頃は、ロンドン一情容赦のない殿方にして、三と六シリングを誰より見下している）アトキンソン氏の店にて見張りに残されている二、三人の隠士《いんし》は畝さながら波跡のついた渚《みぎわ》なる引き潮の海神《ネプチューン》（『嵐』V、1）の後を追う番を寝ぼけ眼で待つにせよ思い起こすにせよ、気持ち、腰が低い。宝石商のハント・アンド・ロスケル氏の店は宝石と、貴金属と、胸許に勲章をひけらかした戸口の退役軍人風の男をさておけば、モヌケの殻だ。小生はたといこの先一か月間昼となく夜となくサヴィル・ロゥにて舌を突き出したなり突っ立とうと、医者は誰一人、ロハにせよお代欲しさにせよ、そいつを診ては下さるまい。歯医者の七つ道具は引き出しの中にて錆びつき、ひんやりとした恐るべき診察室は、普段ならば患者は「エヴリデイ・ブック」*に読み耽り、これきり恐がってなどいない風を装っているが、日頃苦虫を噛みつぶしているせめてもの罪滅ぼしか、懺悔の白布を纏っている。春夏秋冬酸っぱいグースベリーを食べてでもいるかのようにいつも片目を窄《すぼ》めたなり、大方、貸し馬車屋の門口にどデカいチョッキの下《もと》なるめっぽうちんちくりんの大御脚にて踏んばっている、見るからに狡っ辛げな軽量級のやっこさんは、ドンカスター（イングランド中部サウスヨークシャー州の都市）に行ってしまった。砂利とムラサキソラマメがハバを利かせ、黄色い大型遊覧馬車《ブレイク》と来ては片隅のガラスの屋根の下《もと》に収められているとあって、やっこさんの罪なき中庭の今やそれは下心無きツラを下げているものだから、小生はたとい物は試しにやってみたとて、よもやそこにて一杯食わされることだけはあるまい。偉大な仕立て屋連中の店にて、大姿見はとんと覗き込んで頂けぬせいでぼんやり、埃っぽく、くすんでいる。ズラリと並んだ褐色紙の上着とチョッキの人台は、御芳名の刻まれた顧客の忌中紋標さながら弔いじみて見え、巻尺はダラリと懶げに壁から吊る下がり、あれでもどなたか立ち寄るやもしれぬとの万に一つもなき可能性を信じて店番をしている注文係は、窮余の一策、くだんの手に汗握る蔵書に読み耽ろうとしてでもいるかのように型紙帳越しに欠伸する。ブルック・ストリートのホテルは商売上がったりで、召使いはどいつもこいつもお次の季節はまだかと、ゲンナリ窓という窓から目を凝らす。十六シリングのズボンを触れ回る二枚の板切れに挟まったなり、直立のカメよろしくあちこち歩き回っている男にしてからが、我ながら見え透いたお笑い種と観念してか、後ろの甲羅を壁にもたせたなり、むしゃむしゃハシバミを食う。

　こうした鎮静剤めいた代物に紛れて漫ろ歩いては思いを巡らすのが、小生の愉しみだ。グルリの静寂に心安らぎ、知らず知らずの内にかなり遠くまで足を伸ばし、星を頼りに引き返す。かくて、ほんの一握りの、「灯火の全て失せ、花輪の全て枯れ、小生以外誰しもが立ち去りし」（トーマス・ムア「静けき夜に間々」（一八一五））訳でもなき、未だ幾許か人気《ひとけ》のある、繁華な界隈との対照を愛でる。さらば、この黄金時代にあって、ロンドンのごった混ぜの目抜き通りにては「男」に三つのことが喧しく求められているように思われる。その一、男はブーツを磨いてもらわねばならぬ。その二、男は一ペニー・アイスを食わねばならぬ。その三、男は写真を撮ってもらわねばならぬ。さらば、小生は蓋し、首を捻る。果たして見本を手にギリシア風の帽子を被って写真館の戸口に立ち、一般庶民に――女性庶民には執拗な猫撫で声で――どうか中に入って「撮られ」よと謎めいた物腰でせっつくかの皺だらけの芸術家共はこれまで何でメシを食って来たのか？　安写真の紀元の前は、持ち前の脂ぎった媚び諂いで何をしていたのか？　以前の贄は如何様の階層に属し、如何様に食い物にされていたのか？　して連中、如何様に一枚残らず館内で撮られたと称されている、にもかかわらずくだんの写真館のその一枚の撮映《テイク》たりデリーの奪還《テイク》*ほどにも縁もゆかりもなきくだんの夥しき肖像写真を手に入れ、そいつらに身銭を切ったものか？

　以上は、しかしながら、ちっぽけなオアシスにして、小生はまたもやほどなく首都圏アルカディアに戻る。その穏やかにして長閑な性《さが》の大半はお馴染みの「戯言」が欠けていることに帰せられるというのが小生の率直な印象だ。「戯言」にはそいつが耳に入らぬ者の魂まで煩わす微妙な影響力がないとどうして言えよう？　五か、一〇か、二〇マイル離れた

「戯言」が風に乗り、小生の体に障らぬとどうして言えよう？　仮に国会開廷期に、何がなし人生に悩み疲れ倦んで床《とこ》を抜けるとすれば、一体誰に、我が高貴な馴染みが、我が畏れ多く尊き馴染みが、我が畏れ多く映えある馴染みが、我が映えある博学の馴染みが、我が映えある雄々しき馴染みが、小生の神経組織へのくだんの作用の責めを負うていないと言えよう？　大気中にオゾンが多すぎると、と小生の垂れ込まれ、（なるほどそいつが何者かはさっぱりなれど）心底信じている如く、極めて不快なやり口で体に障るという。さらば何故《なにゆえ》「戯言」が多すぎても然ならざることのあろう？　オゾンは見えも聞こえもせぬ。「戯言」は見えも聞こえもせぬ。というに世は然に夥しき「戯言」で溢れ返っている。然に余りに夥しき。泰山鳴動して鼠一匹。人《ひと》労多くして功少なし！　故に、アルカディア風季節には、気《け》なきウェストミンスターまで漫ろ歩き、法廷が閉《た》て切られているのを目にし——気持ち足を伸ばし、両院が閉《た》て切られているのを目にし——アビー・ヤードに大英国史のニュージーランド人*よろしく立ち尽くし（くだんのお気の毒な男がらみではミヤマガラス一群れ分ものインチキ雌馬のネグラ（ジョン・フレッチャー『ボンデューカ』（一六四七）V、2）が概ね発見されてはいるが）、「戯言」の廃墟宛ほくそ笑めば——小生は甘美な凱旋を覚える。かくて原始的な孤独に戻り、眠りに就くべく横になると、己《おの》が感謝に満ちた心は繰り延べられた討論もなければ、政府側の釈明もなければ、女王陛下内閣の筆頭たる首相閣下に一緒くたになった二十五もの詮なき質問を吹っかける意図を予告する者もなければ、法的論争で溢れた開廷期もなければ、英国陪審に滔々と訴えかける陪審裁判《ナイサイ・プライアス》もないとの意識で——大気は明日も、また明日も、また明日も（『マクベス』V、5）当該「戯言」の過剰な醸成に煩わされぬままだとの意識で——躍る。或いは、倶楽部に入って行き、絨毯が巻き上げられ、退屈千万な輩やその手の塵芥が四方八方へ雲散霧消しているのを目にすると、よりちっぽけな度合いながら、甘美な凱旋を覚える。またもやニュージーランド人よろしく、小生は火の気のない炉床に佇み、孤独の内につぶやく。「ここにて小生はその声の必ずや曰くありげに低く、その頭の必ずや曰くありげに俯けられた第一級の退屈男がアダムの疑うことを知らぬ子供達の耳に政治上の秘密を囁くのを目にして来た。男の御霊の永《とこ》久《しへ》に呪はれんことを！」

だが、小生はこの間《ま》もずっと己《おの》が隠処の幸せな質《たち》はそいつが愛の棲処たることに就中甘美に表《ひょう》されようとの要点に触れつつある。そいつは、言はば、金のかからぬ愛の家《アガペマニ》*にして、誰の投機でもなく、誰しもの利益である。原始の習いを再び取り戻し、（同じ謂ではあるが）手持ち無沙汰でいるとある大いなる賜物は、愛が満ち溢れているということだ。

クレム属に惚れた腫れたはお手上げだ。恐らく、くだんの下卑た遊牧民において、惚れた腫れたはそっくり毳に退化したものと思われる。が、この例外をさておけば、小生と隠遁を分かち合う者は誰しも、恋に現を抜かしている。

サヴィル・ロウについては既に触れた。我々は誰しも、医師の助手を知っている。我々は誰しも、彼が如何に人品卑しからざる男か、如何に情にほだされぬ冷たい男か、如何に意志強固な男か、如何に機密に通じた男か、如何に我々のどこが悪いか詳細に知ってはいるものの、たとい拷問にかけられようと断じて秘密をバラすまい男然と、我々を待合室に通すか、知っている。味気ない散文的な「季節《シーズン》」には、彼は見るからに貯蓄銀行に預けた金を意識し、しっかと両足で己《おの》が体裁の上に踏んばった男の面《つら》を下げている。くだんの折、彼を気の緩みと、と言おうか何であれ人間的弱みと結びつけるは、彼と目が合ってなお軽い疾患の罪の意識に苛まれぬが土台叶はぬ相談なのに劣らず土台叶はぬ相談だ。目出度きアルカディア風時節には、何と似ても似つかぬことよ！　小生は彼が霜降りジャケットと――ジャケットと――トビ色のズボンの出立ちにて、長靴造りの小間使いの腰に腕を回したなり、昼の日中ににこやかに微笑んでいるのを目にしたことがある。オールバニーの傍のポンプで、二人の麗しき娘御のために――罐の上に屈み込んでいる姿形と来ては（もしや独創的な表現を許されるならば）、彫り物師のモデルに打ってつけだが――請われもせぬにいそいそ水を汲んでやっている所を目にしたことがある。医師の応接室にて人差し指一本でポロリンポロリン、ピアノを弾いている所を目にし、愛らしき女性を称えて一曲ならざる調べを口遊むのを耳にしたことがある。消防車に腰掛け、いざ（紛うことなく退屈凌ぎの御愛嬌）火事の現場へ駆けつけている所を目にしたことがある。とある月夜の宵、我らがアルカディア風西方の平穏と清浄が絶頂に達している折しも、手袋磨きの愛らしい娘とポルカのステップを踏み踏み、御自身の塒の戸口の上り段から、サヴィル・ロウを過り、クリフォード・ストリートとオールド・バーリントン・ストリートをグルリと回ってまたもやバーリントン・ガーデンズへと戻って来る所を目にしたことがある。こいつは黄金時代の蘇りか、それとも鉄のロンドンか？

歯医者の助手。あの男は我々にとって謎では、不可視の力の典型では、なかろうか？　くだんの途轍もなき男は抜かれた歯が果たしてどうなるか（外の誰が知っていよう？）知っている。何かが絶えず洗われたり鑢で削られたりしている小さな部屋では果たして何が持ち上がっているか知っている。我々が一フィートにも感じられる穴ぼこの空いた傷ついた口を漱《すす》ぐ心地好いタンブラーの中に果たして如何なる暖かく芳しき煎じ薬が入れられるか知っている。我々が唾を吐き出す代物は果たしてテムズ川へ通ず備え付けの設備か、それともダンスのためとあらばとっとと片づけられ得るか知っている。患者が一人もいない折の恐るべき診察室を目にし、さらば「エヴリデイ・ブック」がどうなるか、いざとならば、スッパ抜けよう。くだんの男を専門的観点より眺むれば、小生の胆の小さな良心はてっきり奴に小生の歯と歯茎の統計を、八重歯から、一重歯から、詰め物のしてある歯から、正常な歯からごとそっくり握られているものと観念する。当該アルカディア風安らいにあって、小生は奴のことなどスコッチ・キャップの罪なき腑抜けの優男として物ともせぬ。というのも近所の玉突き場のえらく嵩張った輪入りスカートの若き御婦人にクビったけにして、たとい娘の歯が一本残らず入れ歯だったとて、お熱はこれきり冷めまいから。いや、事実そいつら入れ歯やもしらん。が奴はそっくり掛けで頂戴しよう。

　小生の引き籠もった界隈の引き籠もった街角には召使いの棚ボタが買い取られる、巷の連中の興味からはツンボ桟敷の、断じて二軒一緒にはない、小さな店がある。料理人はこれら控え目にして便利な市場《マート》で獣脂を、執事はボトルを、従者や侍女は服を、大方の召使いは、実の所、たまたま手に入れるやもしれぬ大方のものを、処分する。聞く所によらば、より世智辛い時節には、さなくば横ヤリの入れられるお熱のやり取りもこの手の重宝な店の内某かの仲立ちを介し、手紙の形《なり》にて続けられるらしい。アルカディア風秋において、かようの手練手管はお呼びでない。誰も彼もが恋を、しかも大っぴらに、誰憚ることなく、恋を、している。小生の家主の若造はオールド・ボンド・ストリートの道の片側そっくりにホの字で、おまけにニュー・ボンド・ストリートの数軒分からホの字になられている。窓から外を覗けば必ずやグルリのどこもかしこもで投げキッスが飛び交っているのが目に入る。店から店へスルスル移ろい、ヤワな胸の内をやり取りするのは朝の習いにして、恋人同士が手に手を取って屋敷の玄関先に佇んだり、くだんの華やかな物腰にて結ばれたなり、人気《ひとけ》なき通りをブラつくのは夕べの習いである。恋愛を措いて何一つ片をつける用はなく、片をつけねばならぬ用は片をつけられるまでである。

　当該営為と相俟って、アルカディアの家庭的習慣においても純潔な素朴がハバを利かせている。ここかしこ疎らに散った人々は早目にディナーを認《したた》め、慎ましやかに生き、和気藹々と夕食を取り、ぐっすり眠る。巷の噂では、アーケイドの教区吏御両人は、小僧の不倶戴天の敵たりしものを、シャフツベリー卿（英国の政治家・慈善家）への建白書に涙ながらに署名し、貧民学校に貧者の一燈を捧げたという。宜なるかな！　というのも、御両人、重い棍棒を牧羊杖《クルック》に変え、アーケイドの羊を喉の干上がった通りから通りに飲み切れぬほどどっさりくれてやる撒水車のせせらぎに合わせて、追ってやってもよかろうから。

　幸せな黄金時代と長閑な静謐。魅惑的な絵画、だがそいつは色褪せよう。鉄の時代が戻り、ロンドンは街に戻り、かくてサヴィル・ロウでものの三十秒なり舌を突き出せば、小生は直ちに処方され、医師の助手と歯医者の助手はさらばくだんのそのスジならざる無垢の日々はついぞ存さなかった風を装おう。その折、クレム爺さんと婆さんと彼らの寝床が何処に御座すか、は人知の及ぶ所でない。が我が帽子屋なる隠者の庵はさらばこれきり夫婦を存じ上げず、さらば小生のことも存じ上げまい。小生がこれら瞑想を綴って来た机は意趣返しに小生の勘定書きを作成するのに立ち会い、豪勢な馬車の車輪と、血気盛んな馬の蹄はボンド・ストリートから静けさをザクザク踏み潰し――アルカディアを粉々に碾き果すや、御影石の微塵にして四方八方へ撒き散らしてくれよう。

第十七章　イタリア囚人（一八六〇年十月十三日付）

イタリア人が筆舌に尽くし難き迫害から立ち上がり、麗しき祖国に黒々と垂れ籠めていた圧政の長き長き夜の後《のち》、今や遅れ馳せの黎明が訪れたとあって、小生自身のイタリアにおけるささやかな流離いが、宜なるかな、この所しょっちゅう記憶に蘇る。それら流離いにはちっぽけながら奇しきドラマが纏わり、そこにて小生のこなした役所《やくどころ》は実に取るに足らぬものだから、たといその物語をここで審らかにしようと、自己顕示の誇りは免れよう。以下は厳正に真実の物語である。*

小生はとある夏の夕刻、地中海の然る小さな町に着いたばかりだ。して旅籠でディナーを認《したた》め、蚊共々表通りへ繰り出す所だ。ここはナポリからは遠く離れているが、旅籠の明るい褐色のふっくらとした小さな女中はナポリ生まれで、無言劇的仕種においてそれは小気味好くも手練れているものだから、小生の階上《うえ》に置いて来た靴を一足磨いておいてくれるようとの注文に応ずものの瞬く間の内に、架空のブラシをせっせと用い、靴をキュッキュと磨き上げる手続きを一から十まで踏み果し、そら如何と、小生の足許に置く。小生は女中の小気味の好さに心底得心し、小さな小気味の好い女中ににこやかに微笑みかけ、小気味の好い女中は小生が御当人を気に入ったからというので小生を愛嬌好くも気に入り賜い、パンパン手を打ってはコロコロ笑い転げる。我々は折しも旅籠の中庭にいる。小さな女中の明るい目がキラキラ、小生の吸っている葉巻きに留まるに及び、小生は思い切って一服どうかと持ちかける。女中は小生が葉巻きの軽い紙の端でふっくらとした頬のとびきりチャーミングな小さな靨に触れるからというのでそれだけ陽気に御逸品を受け取るまいか。ちらと、よもや女将は見ていまいがとばかり、その数あまたに上る緑色の格子窓を見上げ、小さな女中はそこで初めて小さな靨の両腕をグイと腰の所で突っぱり、小生の葉巻きで御自身のそいつに火をつけようと爪先立ちになる。「で、ほら、愛しい小さな旦那さん」と女中はこよなくあどけなくも智天使めいたやり口でプカプカ紫煙をくゆらせながら言う。「こっから真っ直ぐ行って、最初の角を右に曲がったら、多分、あの人は戸口に立ってましょうよ」

小生は「あの人」に託けがあり、先刻来男の消息を尋ねていたのだ。小生はここ数か月というものイタリアのここかしこ託けを提げ歩いている。祖国を発つ前のとある晩、然る心優しく寛大な英国貴族*が小生の下を訪れ（卿は小生が物語を綴っている先達て亡くなり、亡命者達は最高の英国人の友を喪った訳だが）、こんな言伝を託して行った。「これこれの町に行ったら、そこで小さな葡萄酒屋*をやっているジョヴァンニ・カルラヴェロという男を訪ね当て、いきなりわたしの名を告げ、どんな態度を取るか見て来て頂けまいか？」小生はお易い御用と引き受け、今しも付託を果たす途上にある。

シロッコ*が終日吹きつけていたせいもあり、ひんやりとした潮風の一向吹かぬ、熱く健やかならざる夕べである。蚊と蛍だけはやたら活きがいいが、大方の外の連中はとんと生気がない。開けっ広げの格子細工の鎧戸から身を乗り出している、とびきり小さく小意地の悪げな人形の麦ワラ帽子を被ったべっぴんの若い娘たちの婀娜っぽい科《エア》だけが唯一、戦いでいる風《エア》だろうか。糸巻竿を抱え、御自身の髪を紡いでいるかと見紛うばかりの灰色の粗麻《トウ》を載っけた、げっそり痩せこけた二目と見られぬ老いぼれ女共が（連中だって、いつぞやはべっぴんだったろうものを、今や見る影もない）、屋敷壁に寄っかかったなり歩道に腰を下ろしている。泉に水を汲みに来ている誰しもそこに居座り、どうやら家《うち》へ戻るなどという根の要る考えはお手上げと思しい。晩禱は済んだとは言え、教会を過りしな、ずっしりとした樹脂っぽい香《こう》の匂いを嗅げぬほどさして前ではない。誰一人として、銅鍛冶をさておけば、精を出している者はないかのようだ。イタリアの町にて銅鍛冶は必ずや精を出し、必ずやガンガン、力まかせに鎚を揮っている。

小生は真っ直ぐ歩き続け、ほどなく右手の仰《のっ》けの家に突き当たる。懶くせせこましい通りで、とある戸口に、大外套に身を包んだ、恰幅の好い、軍人風の物腰の、男前の男が立っている。当該門口に近づくにつれ、そいつが小さな葡萄酒屋の門口だと分かり、仄明かりの下《もと》、主《ぬし》はジョヴァンニ・カルラヴェロなる由、銘が且々見て取れる。

小生は大外套の人影宛帽子を浮かし、店の中へ入り、小さなテーブルに床几を引き寄せる。ランプには（ちょうど連中がポンペイから掘り出す手合いの）火が灯されているが、客は誰一人いない。大外套の人影は小生の後から店の中へ入り、小生の前に立つ。

「御亭主と？」

「さようで、お客様」

「地元のワインを一杯もらえるだろうか？」

亭主はワインを仕度すべく、小さなカウンターの方へ向き直る。亭主の人目を惹く面《つら》は蒼ざめ、仕種は明らかに、衰弱した男のそれである。よって小生は、体調を崩していたのかと尋ねる。いや、それほどでも、と亭主は丁重にして真面目に答える、やられてる間《ま》は大変ですが。熱病なもんで。

亭主がワインを小さなテーブルに置くと、小生は、亭主の見るからに目を丸くすることに、手の甲に手をかけ、まともに顔を覗き込みながら声を潜めて言う。「わたしは英国人で、君はわたしの馴染みと知り合いのはずだ。覚えているのではないかね――?」小生は我が寛大な同国人の名を告げた。

やにわに、亭主は大きな叫び声を上げ、ワッと泣き崩れ、小生の足許に跪き、ギュッと両脚を抱き締めざま、床に額づく。

数年前、この、今にも胸が張り裂けそうなほど感極まり、留め処なき涙が小生の着ている服の上にポタポタ落ちている、足許の男は、イタリア北部のガレー船囚人だった。その折最後の反乱に関わっていた政治犯で、終身禁錮刑に処せられていた。して十中八九、枷をかけられたまま死んでいたろう。もしやくだんの英国人がたまたま彼の牢獄を訪れてでもいなければ。

それはイタリアの劣悪な古い牢獄で、一部は港の水面下にあった。男の幽閉所は水中の迫持造りの地下牢で、入口の格子門からはなけなしの光と外気が洩れ込んだ。悪臭が芬々と立ち籠め、松明の助けがあっても何一つ見えなかったろう。この土牢のいっとう奥の端にて、故に光と外気からいっとう懸け離れているだけに最悪の位置にて、英国人は初めて男が重い鎖で繋がれたなり鉄の寝台に座っているのを目の当たりにした。男の表情は英国人には彼の関わりのある悪人の顔と何一つ似通った所がないように思われ、囚人と話をする内、如何で囚われの身となるに至ったか知った。

英国人は恐るべき窖から白日の下へと這い出すや、案内手《あないて》である刑務所長にたずねた。一体どうしてジョヴァンニ・カルラヴェロは最悪の場所に閉じ込められているのかね?

「格別な命《めい》を受けているからであります」というのが取りつく島もない返答であった。

「とは、獄死の格別な命《めい》をと?」

「申し訳ありませんが、格別な命《めい》を」というのがまたもや返答であった。

「あの男はどうやら、苛酷な幽閉が祟って首に悪性の腫瘍が出来ているようだ。このまま手当を受けず、現在の所にずっと閉じ込められていたら、命取りになるだろう」

「申し訳ありませんが、当方には何一つ為す術がありません。あの者は格別な命《めい》を受けているもので」

英国人はその町に滞在していたので、そこなる我が家に戻った。が寝台に鎖で繋がれたこの男の姿が瞼に浮かび、そこはおよそ我が家とは呼べず、休息と平穏は著しく掻き乱された。彼はわけても心根の優しい英国人で、くだんの姿に耐えられなかった。よって牢獄の門に戻り、幾度も幾度も戻り、男に話しかけ、男を励ました。能う限り、男がたとい一日にほんのわずかの間《ま》にせよ、寝台の鎖を解かれ、門の所まで出て来られるよう力を尽くした。長きを要したものの、英国人の地位と、人徳と、意志の堅さを前に、見解を異にする連中もそこまでは譲り、くだんの計らいはとうとう認められた。格子越しに、かくて腫瘍に光を当てられるようになると、英国人は腫瘍をランセットで切り、傷は順調に癒え、回復した。英国人の囚人に対す強い関心はこの時までには生半ならず深まっていたので、彼はカルラヴェロが恩赦を得られるよう最大限の自己犠牲を払い、最大限の努力を惜しむまいと必死の覚悟を決めた。

　仮に男が追い剥ぎにして殺人犯だったなら、仮に男がニューゲイト監獄暦報に載っていようといまいと、ありとあらゆる非政治的犯罪を犯していたなら、宮廷ないし司祭の威信を有す人物が男の釈放を手に入れるほどお易い御用もなかったろう。が然にあらざるからには、然まで難儀な御用もまたなかった。イタリア当局も、縁故のあるイギリス当局も、同様にイギリス人に彼の目論見は絶望的だと告げた。英国人は回避と、拒絶と、嘲笑にしか出会わなかった。彼の政治犯は当地にては物笑いの種となった。わけても特筆すべきことに、英国繁文縟礼省（第八章注(八〇)参照）と旅行中の英国社交界とはこと一件がらみでは繁文縟礼省と社交界なるものの如何なるネタがらみであれ排他的階級制《カースト》を失わぬ限りにおいて目一杯おどけてみせた。が、英国人は我々の間にては実に稀な勇気を具えていた（のみならず終生、見事に証してみせた）。よって人道的な善なる名分のためとあらば、よくよくの鼻つまみ者と見なされることを一向恐れなかった。よって倦まず弛まずジョヴァンニ・カルラヴェロを自由の身にしようと精魂傾けに、傾けに、傾け続けた。囚人は腫瘍の除去後、再度強制的に枷をかけられていたから、惨めな獄中生活もさして長らく続きそうにはなかった。

　町中で英国人と彼の政治犯のことを知らぬ者のなくなったある日のこと、英国人の下《もと》へ、少々面識のある陽気なイタリア人弁護士が訪れ、次のような奇妙な申し出をした。「カルラヴェロを釈放させるために、百ポンド頂けないでしょうか。それだけの金があれば、恩赦が得られるかもしれません。が、その金で如何様な手を講ずつもりか申し上げる訳には参りません。また卿も仮に首尾好く行こうと今のその質問をなさってはなりませんし、仮に首尾好く行くまいと金の使途の釈明をお求めになってはなりません」英国人は百ポンド賭けてみようと決心した。して事実賭け、一件についてはそれきり一言も耳にしなかった。半年間《かん》、弁護士は何ら合図を寄越さぬどころか、一度として如何なるやり口にせよ一件を気にかけている「素振り」すら見せなかった。英国人はその後已むなく北イタリアの別の、より著名な町に引っ越さねばならなくなった。彼は哀れ、囚人には「死」を措いて何ら釈放の望みのない、悪運尽きた男として、断腸の思いで訣れを告げた。

　英国人はさらに半年以上、新たな住まいで暮らしていたが、惨めな囚人については何ら音沙汰なかった。とうとう、ある日のこと、弁護士から以下なる主旨の、簡にして要を得た謎の短信を受け取った。「貴兄がまだ、あの、いつぞや関心をお寄せになっていた男にくだんの恩恵を施したいと望んでおいでなら、小生宛五十ポンドお送り賜わるよう。さらば恩恵は施されようかと」さて、英国人はとうの昔に胸中、弁護士を自分の担がれ易さと不運な受難者に寄す関心に付け込んだ、心なき詐欺師なものと決めつけていた。よって、腰を下ろすと、すげない返事を認《したた》め、自分は今では以前より少々智恵がついているので、これ以上身銭を切るつもりのなき由告げた。

彼は郵便局からおよそ一、二マイル離れた、市の城門の外に暮らし、日頃、手紙を携えて市内へ向かい、手づから投函する習いにあった。空の抜けるように青く、海の神々しいまでに美しい爽やかな春の日、彼はこの、弁護士への手紙をポケットに突っ込んだなり、いつものように漫ろ歩いた。道すがら、彼の優しい心は景色の美しさと、全世界が何ら喜びをもたらさぬ、寝台に鎖で繋がれた、遅々と死につつある囚人への思いとで、一方ならず衝き動かされた。手紙を投函することになっている市内に近づけば近づくほど、胸中めっぽう不安になった。かくて自問した、果たして詰まる所、この五十ポンドさえあれば、自分が然に憐れを催し、然に懸命に力を尽くして来た同胞を自由の身にしてやれるのだろうか？彼は所謂資産家ではなかった――どころか――が、銀行に五十ポンド某の預金はあった。よってそいつを一か八か擲つ肚を固めた。なるほど、神よ、ありがたきかな、肚を固めただけのことはあったのではなかろうか。

彼は銀行に行き、その額だけの手形を引き出し、（小生としても一目会いたかったろうものを）弁護士への手紙に同封した。彼は弁護士にはただ、自分は真実、貧乏人で、かほどの大金をかほどに曖昧な短信を鵜呑みにして手放すとは我ながら意気地のない話もあったものだが、ともかく同封するので、どうか無駄にしないで欲しいとだけ告げるに留めた。仮に悪用すれば、ロクなことにはなるまいし、いつの日か定めて良心に重く伸しかかろうと。

一週間と経たぬ内、英国人は朝餉の席に着いていると、階段に何やら抑えながらも動揺した足音が聞こえ、ジョヴァンニ・カルラヴェロが部屋に飛び込み、彼の胸に、自由の身たりて、すがりついた！

胸中、弁護士を蔑していた身に覚えのなきにしもあらず、英国人は彼に衷心より礼状を認《したた》め、その事実を潔く認めると共に、如何なる手段により、如何なる仲介を通し、かくも見事に首尾好く行ったものか教えて欲しいと請うた。弁護士は郵便で返事を寄越した。「この我々の祖国イタリアでは、卿も御存じの通り、口にすらされぬに――ましてや書き留められぬに――如くはなかろうことが数知れずあります。いつの日かお目にかかれるようなら、その折にでも、卿のお知りになりたいことを申し上げましょう。が今、ここでは」だが、二人は二度と再び相見えることはなかった。弁護士は英国人が小生に目下の任務を託した時には早亡くなっていた。して囚人が如何にして自由の身となったかは英国人にとっても囚人自身にとっても、小生にとってに劣らず、大いなる謎のままだった。

が小生にもこれだけは分かっている——ここなる男はこの蒸し暑い夜に、小生が英国人の友だからというので足許に跪いている。ここなる男の涙はポタポタ小生の服に落ちている。ここなる男は嗚咽のせいで口を利くのもままならぬ。ここなる男はそいつらが自らの救出を成し遂げた手に触れたことがあるからというので小生の手に口づけをしている。男は小生にわざわざ恩人のためならば命を賭しても構わぬと断るまでもなかった。果たして小生は以前にも以降にも、真の、純然たる、熱烈な感謝というものを目にしたためしがあったろうか。

自分はずい分見張られ、疑われているせいで、と男は言った、難儀に巻き込まれないよう用心するだけでも手一杯でした。そこへもって、商売があまり上手く行っていないものですから、あの方とはかれこれ——小生の今や思い出の糸を手操るに——二、三年もの間、ごくありきたりの手紙のやり取りすら出来ずにいます。がそろそろ先行きも明るくなり、重い病気にかかっていた妻も持ち直し、自分の熱病も癒え、小さな葡萄園も買ったことです。もしや差し支えなければ葡萄園の最初のワインをあの方に届けて頂けないでしょうか？

ああ、もちろん（と小生は心から請け合った）、で一滴たりこぼしもなくしもするものか！

男は自分自身について語る前に用心深く扉を閉《た》てていた。が、それは感極まり、それは理解しづらいイタリアの田舎訛りでまくし立てるものだから、小生は一再ならず待ったをかけ、どうか申し訳ないが、もう少しゆっくり、落ち着いて口を利いてくれぬかと請わねばならなかった。徐々に男は落ち着きを取り戻し、小生と一緒に心安らかに旅籠まで歩いて引き返した。そこにて小生は床に就く前に腰を下ろし、英国人宛一筆、男に纏わる忠実な報告を認《したた》め、締め括りに、万難を排し、ワインを一滴残らず、祖国に持ち帰ろうと請け合った。

翌朝早々、旅を続けるべく旅籠の戸口に出てみれば、カルラヴェロが、例のイタリアの小作人が我が家のワインを蓄えるが常の巨大なボトルの一本を——五、六ガロン（三・七八五三ℓ）は入ろうかという——道中、より安全なようにと籠細工にくるんだなり引っ提げて立っていた。今に、明るい日射しを浴び、彼が感謝の涙を目に一杯浮かべたなり、当該超弩級のボトルに小生の注意を得々と惹く姿が目に浮かぶ。（すぐ間際の街角では、二人の抹香臭いいかつい修道士が——四方山話に花を咲かせている風を装いながらも——四つの逆しまな目を我々に凝らしてはいたが。）

　如何様にボトルがそこまで辿り着いたか、は定かでない。四輪辻《ヴェット》馬《ウーラ》車に積み込むガタピシの四輪辻馬車が旅立つばかりにしているガタピシの

がボトルを小生が旅立つばかりにしているガタピシの四輪辻《ヴェット》馬《ウーラ》車に積み込む難儀たるやそれは甚大にして、いざ積み込んだら積み込んだで御逸品、それは生半ならず場所を塞いで下さるものだから、小生は屋上席に座ろうと申し出た。小生のジョヴァンニ・カルラヴェロの見納めは、町の外れまでジャラつく車輪の脇を駆け、御者台から下へ伸ばせば小生の手をひしと握り締め、親愛なる恩人への数限りない最後の懐っこい律儀な言伝を託し、訣れ際にちらと、得も言はれず愉快なるかな、そいつの晴れがまし旅のやり口にさもうっとり来てでもいるかのように中で安らぐボトルを覗き込むの図であった。

　して今や、当該最愛にして秘蔵のボトルのせいで小生の心が如何ほど千々に掻き乱されることと相成ったか、は神のみぞ知る。ボトルは長き旅路を通じ、小生の大切な預かり物にして、幾百マイルもの間《かん》、寝ても覚めてもボトルが念頭を去ることはなかった。凸凹道では――してその数実にあまたに上ったが――小生はボトルに懐っこくも捨て鉢気味にしがみついた。山を登る段には、ボトルを覗き込み、そいつが寄辺なくも仰向けに傾いでいるのを目の当たりに怖気を奮い上げた。数知れぬ旅籠の戸口で、天候が思わしくなければ、小生はボトルが積み込まれる前に馬車に押し込められねばならず、ともかくボトルを担ぎ出さねば如何なる救いの手とて小生に差し延べられなかった。同名の小鬼*とて、奴の連想はそっくり邪悪でこうした連想はそっくり善良だというのをさておけば、遙かに厄介ならざる道連れだったろう。小生は「ボトル」の悲惨の新たな挿絵のネタ*としてクルックシャンク氏には持って来いだったやもしれぬ。イギリス国民禁酒協会は小生をダシに歯に衣着せぬ小冊子を物していたやもしれぬ。

　当該無辜のボトルに纏わる嫌疑のせいで小生の難儀はいよいよ膨れ上がる一方だった。ボトルは子供の本のアップル・パイ*のようなものだった。ボトル宛、パルマは口を尖らせ《パウト》、モデーナは嘲笑い《モック》、タスカーニは組みつき《タクル》、ナポリはかじり《ニブル》、ローマは突っぱね《リフューズ》、オーストリアはなじり《アキューズ》、兵士《ソールジャ》は勘繰り《サスペクト》、ジェズイトは軽く押《ジョブ》した。小生は当該ボトルとの関連における己《おの》が罪なき意図を開陳する気の利いた「演説」を物し、数知れぬ衛兵所や、星の数ほどの町の城門や、要塞全体系分もの跳ね橋という跳ね橋や、角という角や、塁壁という塁壁で、そいつをぶった。日に五十度となく、馬車から下りては、怒り心頭の兵士共宛、ボトルがらみで熱弁を揮った。穢《けが》らわしくも零落れ果てた浅ましく邪なローマの州という州を

潜り抜けるに、たとい御逸品、全体系分もの異端神学をギッチリ詰め込んでいたとて敵わぬほどボトルごと先へ進むに往生した。ナポリの田舎では——どいつもこいつも間諜か、兵士か、司祭か、のらくら者《ラザローネ》とあって——四派一緒くたの恥も外聞もなき物乞い共がひっきりなしボトルに飛びかかっては、そいつを小生から金をせびる言い抜けにした。白茶けた紙に判読不能に印刷された幾々帖（二十四枚）もの——帖だと？　幾々連（二十帖）もの——書式がボトルがらみで記入され、そいつはついぞお目にかかったためしのないほど夥しき捺印と滲み止めのネタとなった。くだんの煙霧よろしき砂のせいで、恐らく、ボトルは必ずや不法にして、必ずや引き返すか先へ行けぬかの暗澹たる懲罰を潜在的に有し、そいつらボロボロの軍服の袖からシャツ無しのまま突き出されるさもしき手を銀貨がこっそり過ることによってのみ減ぜられた。ありとあらゆる意気阻喪の下《もと》、しかしながら、小生は飽くまで己《おの》がボトルにしがみつき、中身を一滴残らずボトルの目的地に届けんとの己《おの》がホゾを貫き通した。

　後者の潔癖は、それ自身の別箇の故あって別箇の難儀を山ほど蒙らせて下さった。何たるコルク抜きを、小生は軍隊がボトル宛持ち出すのを目の当たりにしたことか——何たる手錐を、犬釘を、占い杖を、計器を、未知の試煉と道具を！　一箇所ならざる場所で、連中はワインは栓を抜いて味見せぬ限り通すこと罷りならぬと執拗に言い張り、小生は、断固譲らず、そこでいつも、連中に力づくで開けられてはたまらぬと、ボトルの上に腰かけたなり侃々諤々やったものである。イタリア南部にてはくだんのボトルがらみで北部における五十件に垂んとす殺人より激しい金切り声やしかめっ面や身振り手振りが——より猛々しい罵倒や渋面や虚仮威しが——持ち上がった。ボトルは夜の黙《しじま》に要職の役人をベッドから叩き起こした。小生の身に染みて存じ上げている如く、半ダースからの軍事用カンテラが、とある夢の中の大いなる広場の四方八方へ散ったと思いきや、カンテラがそれぞれどこぞの当局の役人にとっとと起きて、三角帽を被り、ボトルに待ったをかけるべく出て来いと呼び立てたものである。特筆すべきことに、当該罪なきボトルが小さな町から町へ移動するのに然ても大いなる困難に直面している一方、シニョール・マッツィーニ*と血火の十字架は祖国を端から端まで縦走していた。

　がそれでもなお、小生は如何なる在りし世の素晴らしき老英国紳士（第十四章注（一五三）参照）にも劣らず己《おの》がボトルに飽くまでしがみついた。ボトルに待ったがかかればかかるほど、小生はそいつを同国人が然てもあっぱれ至極に生命と自由へと蘇らせた男が小生の下に届けたままに同国人に無傷で届けんとの仰《のっ》けのホゾにおいていよよ（などということがあり得るとすれば）依怙地になった。小生が往時、一刻者を決め込んだためしがあるとすれば――して、例えば、一、二度はあったやもしれぬが――小生はボトルがらみでは、蓋し、一刻者を決め込んだ。とは言え、小生はそいつのためとあらば必ずやポケットを袖の下の小銭で一杯にするを宗とし、断じてボトルの名分で癇癪を起こすような真似だけはしなかった。かくて、小生とボトルは旅を続けた。ある時、馬車が引っくり返ったことがある。しかも突風の吹き荒れる時化催いの晩、足下に海原の逆巻く険しく小高い場所で、生半ならず。我々は南国風に、野生の馬を四頭横並びに駆り、連中を止めるにいささか手こずった。小生は屋上席に座っていたお蔭で、放り出されなかったが、目の前でボトルに――相変わらず室内席で旅をしている――扉を突き開け、ゴロンゴロン道へ転がり出られた際に如何ほど生きた空もなく胆を冷やしたか、は筆舌に尽くし難い。が不死身の目出度きボトルは、ヤツは、カスリ傷一つ負わず、我々は破損した箇所を直すと、意気揚々と旅を続けた。

　小生宛、ボトルはここに、或いはあすこに、残して行き、後で取りに来ねばならぬと、一千もの説明がなされた。小生はそのどれ一つにも屈さず、如何なる口実や、勘案事項や、脅迫や、懇請を物ともせず、ボトルから片時たり離れなかった。ボトルの如何なる公的受領書にもこれきり信を置いていなかったので、如何なる受領書も受け取ろうとはしなかった。かくてテコでも動かぬ機略を用いた甲斐あって、とうとう小生とボトルは、相も変わらず意気揚々と、ジェノヴァに辿り着いた。そこにて、小生は二、三週間ボトルに後ろ髪を引かれる思いで、不承不承、別れを告げ、海路にてロンドン港へ届けるよう、信頼の置ける英国人船長に預けた。

　ボトルがヤツなり英国への船旅を続けている片や、小生は海上保険業者顔負けにハラハラ、回漕情報に目を通した。小生自身、スイスとフランス経由で帰国した後で海が荒れ、ひょっとしてボトルが難破するのではあるまいかと気が気でなかった。終に、小生の雀躍りせぬばかりに喜んだことに、ヤツが無事到着した旨連絡を受け、直ちにセント・キャサリン船渠へ出向いてみれば、ボトルは税関にてあっぱれ至極な監禁状態にあった。

　ワインは小生が心大らかな英国人の前に据えた時にはほんの酢に成り下がっていた――恐らく、ジョヴァンニ・カルラヴェロから受け取った時ですら、大方酢じみていたはずだ――が、一滴たりこぼしもなくしもしなかった。して英国人は小生に、面《おもて》から声から感無量の態にて、終生かほどに甘く健やかに思えるワインを味わったためしはないと言った。その後長らく、ボトルは卿のテーブルに華を添えていた。して今や幽明境を異にす卿にこの世で最後にバッタリ出会った際、卿は人込みの中で小生を脇へ引き立て、持ち前のにこやかな笑みを浮かべて言った。「ついさっき、ディナーの席で君の噂をしたばかりだよ。君がいたらどんなにいいかしれやしないと。というのもカルラヴェロのボトルに赤葡萄酒《クラレット》を少々詰めてやっていたもので」

〔上記の随想の出版後、ディケンズは『オール・ザ・イヤー・ラウンド』誌に十二月一日付で掲載を開始した『大いなる遺産』の週刊連載執筆のため、「逍遥の旅人」の寄稿を一時的に中断する。既に掲載されていた十六篇の随筆と導入的素描は出版のため直ちにまとめられ、初版本がライプチヒにては（タウクニッツ社より）十二月十三日に、ロンドンにては（チャプマン＆ホール社より）十二月十五日に発売された。ディケンズは短い前書きにおいて「連載は当座、完結する……が次の冬が訪れぬ内にまたもや旅路に着くのが逍遥の旅人の腹づもりである」と述べている。新たな連載小説の負担、ロンドンを初め各地における長期的公開朗読や、他の差し迫った幾多の要件のために、「逍遥の旅」が再開されるのは二年半後のことではあるが。〕

第十八章　カレー行き夜行郵便船
（一八六三年五月二日）

　小生にあって、果たしてカレーに遺書で某か気前の好い額を遺してやるか、それとも深甚なる呪詛を遺してやるか、は未決の問題である。小生はカレーをそれは心底疎みながらも、カレーを目にすると必ずやそれはやたらゴキゲンになるものだから、当該一件にかけては常にどっちつかずの状態にある。小生が初っ端カレーの御高誼に与ったのは*、唯一大いなる苦境、船酔い以外何ら苦境を意識せぬ――胃の腑のどこぞに頭痛を置き違《たが》えた、ほんの胆汁質の胴体《トルソー》にすぎぬ――ドーヴァー港にて恐るべきブランコに乗せられ、そいつからフラフラのなりフランスの岸辺に、と言おうかマン島（アイリッシュ海の英国の島）であれどこであれ、転がり出た――ネバついた冷汗とポタポタと滴る塩っぱい粒子にまみれた朦朧と歩き回る惨めな若造としてであった。時は流れ、今や小生はカレーを泰然として理性的に訪う。予めどこにあるか知っているとあって、そいつの見張りに立ち、どいつであれ目にすれば陸標をお見逸れだけはせぬし、そいつのやり口なら先刻御承知で、最悪の行状も知っている――故に大目に見てやれる。

　悪意に満ち満ちたカレーよ！　視覚をはぐらかし、希望を挫く、伏し身のアリゲーターよ！　今やこの舳先にて、今やあの舳先にて、今や何処であれ、今や至る所、今や何処ともなく、ヒラリハラリ身を躱す平らな一筋の地平よ！　グリネ岬が気さくに海の中までやって来て、船酔いの乗客に心の臓から胃の腑からシャンとさせよとカツを入れようとて水の泡。コソつき屋のカレーは、奴の砂洲の蔭に平伏し、嘔吐催いに絶望へと誘《いざな》う。たといその泥だらけの船溜まりに最早すっかりとは身を潜め切れなくなってすら、こっそり遠退く邪なやり口があり、カレーには、と来れば目に清《さや》かならざるよりまだイタダけぬ。桟橋が今にも遣り出しに乗っからんばかりにして、貴殿はてっきりカレーに着いたものと思いきや――グラリ、ドドッ、ザブン！　――カレーは早、何マイルも内地に引っ込み、ドーヴァーが奴はどこだとばかり、迫り出す。奴には根っから、わけても地獄の神々にこそおススメの、土壇場でボチャンと浸かってスルリと逃げを決め込むクセがある、カレーには。くだんの守備隊駐屯都市の三層倍呪われんことを、汽船の竜骨の下に潜ったが最後、定期船がブルブル震えてはブスブス泡《あぶく》を飛ばしては奴を探してキョロキョロ辺りを見回しているのを後目に一、二リーグ右手にぷっかり浮かび上がるとあらば！

かと言って、ドーヴァーに対しても小生なりウラミツラミがない訳ではない。わけてもドーヴァーが床に就く際の如何にも独り善がりな風情が気に食わぬ。そいつは必ずや（小生がカレーへ行くとなると）他の如何なる町より華々しくランプやロウソクをひけらかしたなり、床に就く。ロード・ウォーデン・ホテルの主《あるじ》と女主《おんなあるじ》たる、バーミンガム夫妻は小生の敬愛して已まぬ馴染みだが、夜行郵便船が出航する際に限ってくだんの旅籠の快適な設いをやたら鼻にかける。小生はそいつが宿泊するに恰好の旅籠だということは重々心得ている。がくだんの事実を、よりによってかようの折に明るく暖かい窓辺という窓辺にて申し立てるのは如何なものか。小生はウォーデン・ホテルが断じて横揺れも縦揺れもせぬ、地べたにしっかと根の生えた建物だということは重々心得ている。故にそいつのどデカい輪郭がくだんの状況を執拗に申し立て、言わばそいつでもって、よりによって小生が汽船の甲板にてヨタヨタ、ヨタついている際に小生宛、笠にかかるのには大いに異議がある。ことほど左様にウォーデン・ホテルの何と忌々しいことよ、くだんの角を突き出し、グルリと回って来る際に風の奴を然に哮り狂わすとは。節介焼きのウォーデンが横合いから割って入らずとも、いい加減ほどなくそいつめ吹き荒れてくれようと、この小生が知らぬとでも？

南東列車が郵便物ごとお越しになるのをここ、夜行定期船の甲板にて待っていると、小生にはドーヴァーは何やら小生を個人的に蔑すに、シャクたらしくも浮かれ騒ぐべく照明を灯されているような気がしてならぬ。そいつの物音という物音には陸《おか》を嘲り半分見上げ、片や陰鬱な海と、そいつに揺られるからというので小生を見下してでもいるかのような響きがある。高台の太鼓はとうに床に就いたと思しい。さなくば、小生の百も承知の如く、小生がこのツルツルと滑り易い甲板にヨロヨロ、辛うじて踏ん張っているばっかりに、小生宛ゴロゴロ、嘲りを打ち出して寄越そうが。海岸通り《マリン・パレード》の数知れぬガス灯の目はちらちら、さも小馬鹿にしたようにイケ好かぬやり口で瞬く。ドーヴァーの遙か彼方の犬共は不様なマントに身を包んだ小生に、きさまリチャード三世かとばかり、吠え哮る（『リチャード三世』I、1）。

金切り声が上がり、ベルがけたたましく鳴った。と思いきや二つの真っ紅な目玉がスルスルと、汽船が大きくうねるだけにいよよ滑《すべ》らかに海軍本部埠頭をこちらへやって来る。潮は埠頭宛、恰も一頭ならざる河馬がピシャピシャ舐めてはいるものの、こちとらには如何とも御し難き状況によりて長閑に飲むはとんとお手上げでもあるかのような音を立てる。我々汽船は、アタフタ慌てふためき——ゴロゴロ轟き、ブンブン唸り、キーキー喚き、ゴーゴー哮り、外輪覆いという外輪覆いにてどデカい一家の洗濯日をやらかす。郵便貨車の扉が開くと同時にパッと、列車の中で明るい光の接ぎが飛び出し、すかさず背《せな》に郵便袋を担いだ俯き加減の人影が杭の間をゾロゾロ、何やら幽霊じみた列を成して海の悪霊《デイヴィ・ジョーンズ》のロッカー（第十四章注（三三）参照）へと下りて行く様が見受けられ始める。乗客が続々船に乗り込む。巨大な角瓶の栓かと見紛うばかりの帽子箱を抱えた朧なフランス人が二、三人に、どデカい毛皮のコートとブーツ姿の朧なドイツ人が二、三人に、最悪にホゾを固めながらもそ知らぬ風を装っているイギリス人が二、三人。果たして己《おの》が逍遥の心から隠せようか——我々はツマ弾き者の一行にして、お付の者は能う限りとっとと我々をお払い箱にするに且々用を成すやもしれぬほど数にして微々たるもので、我々に興味のある夜歩きの者は一人とていず、不承不承のカンテラが我々宛ブルブル、ワナワナ震え、唯一の目的は我々を海神《わたつみ》に委ね（『祈禱書』水死者の埋葬の儀）、そのなり見捨てることなりとの悲惨な事実を。見よ、二つの真っ紅な目玉はいよよ、いよよ彼方でギラつき、さらば汽車それ自体も我々が陸を離れぬとうの先から床に就くとは！

幾人《いくたり》かの船旅素人によりて雨傘より得られる精神的支えとは何ぞや？　何故《なにゆえ》海峡を渡る一人ならざる乗客は必ずやくだんの装身具を差し、しかも陰険にして獰猛なまでにしぶとくかざそうとするのか？　小生のすぐ傍の同胞《はらから》は——そいつが事実同胞《はらから》だと分かるのは偏に御身上の雨傘故で、男は絶壁か埠頭か隔壁の黒々とした端くれやもしれぬ——ギュッと捨て鉢気味にくだんの利器を引っつかみ、まず間違いなくカレーに上陸するまで手を緩めまい。何らかの体質において、雨傘を高々と揚《あ》げることと、意気を高々と揚《あ》げることの間には類推があるのか？　大索《だいさく》がドサリと甲板に放り投げられるや、返す。「準備！」「船倉、準備！」「舳先、半転！」「舳先、半転！」「半速！」「半速！」「面舵！」「面舵！」「宜《よう》候《そろ》！」「宜候《ようそろ》！」「進め！」「進め！」

頑丈な木の楔がグサリと右のこめかみに打ち込まれるや左のこめかみから出て来る——生温い油が喉にゆらゆらと澱さながら沈む——鼻梁をグイとなまくらな鋏《やっとこ》で抓られる——と来れば身をもって沖へ出たものと観念し、フランスの土を踏むまで観念し続けよう。くだんの徴候が心地好く落ち着いたか落ち着かぬか、二、三の氷滑りの人影が、必死で歩こう、と言おうか立とうとしていたものを、もろとも倒れ込み、もう二つ三つの防水帆布の人影まで仲良く隅までスルスル滑り

込みざま連中を包《くる》み上げる。さらばサウス・フォアランドの灯台がお先真っ暗なやり口にて、我々宛吃逆《さくり》を放《こ》き始める。
およそこの時点でのことである、小生のカレーへの憎悪が果てしなくなるのは。胸中、改めてくだんの忌まわしき町を許すものかとホゾを固める。以前にも幾度となく、固めて来た。がそいつは過ぎたことだ。天地神明にかけて誓わせてくれ。カレーへの仮借無き敵意よ永《とこ》――そいつはぎごちない海だった。して煙筒もどうやら小生と同感と思しい証拠、グチっぽい唸り声を上げる。
風は北東から猛然と吹き、海は逆巻き、我々はしこたま波を被り、夜は暗く冷え冷えとし、不様な乗客達はさながら洗濯女用に選り分けられてでもいるかのように、憂はしき包みたりてあちこちにゴロゴロ散らばっている。が、小生自身の逍遥の立場から言えば、こうした事柄のいずれによってもさして不都合を蒙っているとは言い難い。そこいら中でビュービュー、ピーピー、バシャバシャ、ゴボゴボ、ザブザブやっているのは知っている――自然の女神が滅多無性に嬲り上げているのは。が小生の受ける印象は実に曖昧だ。何がなし傷んだオレンジの臭いに似ていなくもない、甘くかすかな心持ちとあって、暇《いとま》さえあれば懶くも鷹揚な気分になる所ではあろう。が生憎、暇《いとま》がない。というのも奇しくもアイルランド民謡にかかずらわねばならぬから。「キラびやかにして稀なるは彼女のあしらいし宝石かな」(トーマス・ムア『アイルランド民謡集』(一八二二))というのが、いつしか小生がクビったけになっている格別な旋律である。独り、とびきりチャーミングな物腰にして思い入れたっぷりに口遊むともなく口遊む。時折頭をもたげてみれば(またとないほどぐしょ濡れの態にてまたとないほど堅いぐしょ濡れの椅子の中でもとびきり堅いそいつの上に掛けている。がちっともお構いなしだ)、自分がフランス海岸の真っ紅な羽子板よろしき灯台とイギリス海岸の真っ紅な羽子板よろしき灯台との間でポンポン突かれているキリキリ舞いの羽子にすぎぬのに気づく。が、カレーを毒々しいまでに憎んでいると感じるためをさておけば、格別気づかぬ。それからまたもや続ける。「キラびやかにして稀なるはかのじょおーのあしらいしほおーせきかな。彼女の携ふ杖えーの上なる明るき黄金の指輪の。されど、おお、彼女の麗しさの遙かーあーあーに優れ」——小生はここにて我ながらの見事な節回しに格別鼻高々である。とその途端またもやグラリと海からぎごちない衝撃が伝わり、またもやブツブツ煙筒がグチを鳴らし、外輪覆いの所の同胞がおよそ筋合いのなきほど聞こえよがしなまでに嘔吐催いなのに気づく——「彼女のキラびやかな宝石や、雪白の杖より。されど、おお、彼女の麗しさの遙かーあーあーに優れ」——ここにてまたもやぎごちない揺れと、雨傘の同胞がどうど倒れて抱き起こされる——「彼女のキラびやかぁーあーあーな宝石や、彼女の面舵! 面舵! 宜《よう》候《そろ》! 宜候《ようそろ》! 外輪覆いにへばりついた雪白の道連れのやたら独り善がりにも聞こえよがしにして、ドスン、ゴー、ザブン白い杖え」

恰もアイルランド民謡がグルリで持ち上がっていることの小生の漠たる認識の気味を帯びる如く、然にグルリで持ち上がっていることはありのまま以外の何ものかになる。缶焚《かまた》きが炭を焼べるべく、船倉の窯の扉を開け、小生はまたもや旧エクセター電信快速馬車の御者台に座り、そいつは永久《とは》に揉み消されし馬車のカンテラの明かりにして、艙口《そうこう》や外輪覆いの仄明かりは田舎家や干し草山に当たっている連中の仄明かりにして、機関《エンジン》の一本調子な音は素晴らしき組み馬《チーム》のむらのないジャラつきである。ほどなく、グラリと激しい横揺れに見舞われる度、断続的な煙筒の異議申し立ての哮りは高圧機関《エンジン》の規則正しい噴射に変わり、小生にはアメリカ南北戦争が未だ勃発せず、ただその謂れのみが蠢いていた時分にミシシッピー川を溯ったやたら爆発催いの蒸気船だとピンと来る。カンテラ明かりの当たっているマストの端くれや、ロープの先や、グイと痙攣《ひきつ》る一つ二つの滑車は、恐らくは正しく今晩小生のいるはずの（というのも今や朝に違いないから）、パリのフランコニー・サーカスじみ、調教された駿馬、黒わた《ブラック》りがらす《レイヴン》とぴったり同じ拍子と調べに合わせてダンスを舞う。果たして何がこいつら、どっと押し寄せて来る波の特性なのか、小生はネ掘りハ掘りやるべく彼女のあしらいし宝石にしっこくせっつかれているのをスッポかす訳には行かぬが、それでも連中、ロビンソン・クルーソーがらみの何かで満ち満ち、ふと、彼が仰《のっ》けに航海に出て、仰《のっ》けの陣風であやうく擱坐《ファウンダ》しそうになったのは（何たる恐るべき響きをくだんの一語の小生にとりてガキの時分、有していたことよ！）ヤーマス・ロードだったのではあるまいかと惟みる。がそれでいてこの間《ま》もずっと彼女に（それにしても一体彼女の何者たりしや！）これが五十度目、にしてひっきりなし、たずねねばならぬ。汝《な》は流離うに怯えぬのか、この侘しき道を然に独りきり愛らしく、してエリン（アイルランドの雅名）の息子達は然にまっとうか、それとも冷ややかか、外輪覆いのさらなる道連れや黄金に誑かされぬほど？　騎士様、わたくしはいささかも恐れませぬ、よもやエリンの如何なる息子もわたくしに危害を及そうなど、と申すのも彼らはまたもやどうど倒れた雨傘の道連れと黄金の財宝を愛してはいるものの騎士様、彼らは何たる途轍もなき奴よ名誉と美徳をなお愛しているからには。と申すのも彼らは龕灯提灯を煌々と照らした船室係を愛してはいるものの、彼らは切符をお見せ頂けましょうか、お客様——今晩はまたやけに揺れますが！

　これぞ人間の脆弱と矛盾の惨めな例証として正直に認めざるを得ぬが、小生は上述の船室係からのくだんの文言を意識するや否や、カレーに対しお手柔らかになり始める。なるほど先刻まで、連中の爾来それもて然に幾多の諷刺漫画《カートゥーン》に引きずり込まれて来たかの致命的な綱を首に巻いたなり*故郷の町から近道で英国史へと攻め入って来た例のカレー市民などいっそ一人残らずその場で絞め殺されていればと恨みがましく呪ってはいたものの、今や連中を極めて人品卑しからざる高潔な商人《あきんど》と見なし始める。四方を見回してみれば、グリネ岬の灯台が風下の鈎柱《ダヴィット》に吊る下がったボートの艫にまともに、してカレー港の灯台が、なるほど相変らずの小細工を弄してはいるものの、それでも前方にしてキラキラ輝いているのが見える。カレーに対す愛着、とまでは行かずともカレーに対す容赦の念が胸中、広がり始める。帰路には一両日滞在しようとの女々しき考えすら抱く。盥の縁に気息奄々、寄っかかった見知らぬ男が深遠なる瞑想に耽っていたものをつと止《や》め、小生にたずねた。カレーとは如何様な場所ですかな？　小生は（神よ許し給え！）男に返して曰く、全くもって実に気持ちのいい場所です――どちらかと言えば丘陵に富んではいますが。

時は然に奇しく、しかも総じて然に速やかに流れるものだから――とは言え早、一週間波に揺られているかのようだが――小生は彼女の乙女の笑みが終に緑の島（アイルランド）の果てまで足許を照らさぬ内にカレー港へとドスン、グラリ、ゴロゴロ、ザブン、ゆっさと放り込まれ、さらば信を置く彼女に永《と》久《は》に神の御加護のあらんことを、高潮にてカレーに着くに。というのも我々は今晩は、人間サマが陸《おか》に乗り揚げたエビよろしく桟橋の表面に這いずり上がる、くだんのネバついた――人魚のお気に入りの梳《くしけず》り場でもあるかのように緑色の髪の毛に被われた――材木に紛れて上陸せねばならぬ代わり、鉄道駅埠頭まで港を蒸気で上《のぼ》って行くからだ。道すがら潮は怒濤さながらにして全くもって（我々の鼻高々な）情け容赦もへったくれもなきやり口にて基礎杭や板材の間で打ち寄せては引き、カンテラは風に揺れ、一時を告げるカレーの鐘はさながら我々が荒れ狂う大海原相手に組み打ちながらやって来た如く、荒れ狂う大気相手に組み打ちつつ震動を送って寄越す。して今や、いきなりほっと胸を撫で下ろし、額の汗を拭う上で、船上の誰しも何がなし晴れて途轍もなき八重歯を抜いてもらい、今しも歯科医の手から自由になったかのようだ。して今や誰しも初めて、何と我ながらずぶ濡れで冷え切り、何と塩まみれなことよと思い至り、今や小生は心の底の底からカレーを愛す！

「オテル・ドゥサン！」（がこの一例に限り、そいつは声音なる叫びではなく、くだんのとびきりの旅籠の陽気な成り代わりの目の明るい輝きにすぎぬ）。「オテル・モリス！」「オテル・ドゥ・フランス！」「オテル・ドゥ・カレー！」「英国風旅籠、御主人、ロイヤル・オテル！」「パルリーへお行きと、お客様？」「お荷物はチッキで、お客様？」いやはや、御機嫌麗しゅう、我が客引きよ、いやはや、我が受付係よ、いやはや、小生のついぞ貴殿らがありついているのを目にしたためしのなき得体の知れぬクチを求めて年がら年中ここに昼となく夜となく、晴天たろうと悪天たろうと、屯している、軍帽風の縁無し帽を被った餓《かつ》えた目の摩訶不思議な連中よ！　いやはや、御機嫌麗しゅう、我が緑と灰色の制服の税関役人よ、何卒小生に左右から一方ずつ小生の旅行鞄に突っ込まれ、底にてリンネルの着替えを御逸品、一山の籾殻か穀物ででもあるかのように格別揺すぶり上げるべく出会すお待ちかねの両手をギュッと握らせ給え！　小生には何一つ申告するものはありません、ムッシュー税関吏《ドゥワニエ》、ただ締切れし暁にはカレーの名が胸に綴られていよう（一世辞世《メアリー》）という点をさておけば。地方税の対象となる如何なる物品も携えてはいません、ムッシュー入市税徴収員《ロフィシエ・ドゥ・ロクトロワ》、もしや貴殿のチャーミングな町にぞっこんのハートにくだんの税を課してやらねばならぬというのでなければ。ああ！　舷門にてちらちらと瞬くカンテラ明りの下《もと》、我が最愛の兄弟にして馴染みを、いつぞやは旅券局の役人たりしが、今や入国者名を綴っている男を、見よ！　願はくは彼の、手帳を手に、黒い山高帽を丸くにこやかな辛抱強き面《おもて》の上に頂かせたなり、いついつまでも、ぴっちり喉元までボタンを留めた黒いフロックコート姿のままであらんことを！　互いにひしと抱き締め合おうではないか、我が最愛の兄弟よ。小生はア・トゥ・ジャメ――未来永劫――君のものだ。

　鉄道駅にて起きて忙しなく立ち回っているカレーよ。寝台にて臥して夢を見ているカレーよ、どことなく「古臭い、魚のような臭い（『嵐』II、2）」のするカレーよ、穢《けが》れなく風に吹かれ潮に洗われているカレーよ、軽食堂《ビュッフェ》にては美味な炙りドリと、熱いコーヒーと、コニャックと、ボルドーによりて成り代わられているカレーよ、何処にても両替の偏執狂《モノメニア》に取り憑かれた、ヒラヒラと行き交う人々によりて成り代わられているカレーよ――小生には果たして連中、如何でかくて生き存えているものか目下の存在状態にては（もしや通貨の問題が解《げ》せればいざ知らず）金輪際解《げ》せまいが――十把一絡げのカレーよ、微に入り細を穿つカレーよ、汝《な》を深く蔑せし者を許し給え。――小生は向こう岸にてそれには十全と気づかなかった。がドーヴァーのつもりだったのだ。

　ガラン、ガラン！　馬車へどうぞ、旅のお客様方。それから旅のお客様方、アズブルーク、リル、ドゥエ、ブリュッセル、アラ、アミアン、してパリへはこちらをお昇りを！　小生は、逍遥派の成り代わりたりて、外の連中共々そちらを昇る。汽車は今晩は空《す》いていると見え、小生の仕切り客室の相客はほんの二人の道連れだ。一人は時代遅れのクラヴァットの同国人で、フランス鉄道にても「ロンドン時間」を守らぬとは全くもって言語道断と思し召し、小生が或いはパリ時間の方が流儀に適っているからではないかと具申し上げるやカンカンに頭から湯気を立てる。もう一人はめっぽう小さな籠にめっぽう小さな小鳥を入れた若き司祭で、小さな小鳥に鵞ペンで餌を与え、それからヤツを頭の上の網棚に乗せ、そこにて小鳥はチュンチュン囀りながら正面の針金までしゃしゃり出で、小生宛、選挙演説でもぶつ要領で話しかけているやに思われる。同国人（汽船で海峡を渡り、厳めしい手合いのウサギよろしく甲板の個人の檻に閉じ籠もっていたからには、どこぞの名士と思しい）と若き司祭（我々とはカレーで合流した）はほどなく眠りこけ、さらば小鳥と小生が客室をそっくり二人占めする。

　依然、時化催いの晩。荒らかにして気紛れな手もて電信線を揺すぶる晩。それはめっぽう時化催いの所へもって、汽車がまた時化もどきにそいつを突っ切るものだから、我々が全速力で飛ばしている間《ま》に車掌は切符を確認すべくヨロヨロ、這い攀じらんばかりにして回って来ると（とは、こよなく慎重な物腰で開けっ広げの窓に両肘ごとしがみついてはいるものの、実に恐るべき芸当だが）、それは生半ならず強かな旋《つむ》風《じ》の中に立っているものだから、小生はカラーをむんずと捕らまえ、そいつを手離すはほとんど殺人も同然と観念する。依然、車掌が行ってからもなお、小さな小さな小鳥は正面の針金にしがみついたなり小生宛チュンチュン囀り——チュンチュン、チュンチュン囀りに囀り、挙句、席にぐったり背《せな》を預け、寝ぼけ眼のなり見込まれたようにヤツを見ていると、ヤツめ、何やら皆して猛然と突っ切る間《ま》にも小生の記憶を呼び覚まして下さるかのようだ。

　逍遥の旅人は（かく、小さな小さな小鳥の囀るに）他の幾多の風変わりな場所を潜り抜けると同様、こんないつ果てるともなき沼や濠をそいつなりなまくらで徒なやり口で潜り抜けて来たよ。してこの辺りには、ほら、君もよく知っているだろう、跳ね橋からでなければ近づけない奇妙な古びた石造りの農家や、小舟でしか辿り着けない風車があるのさ。この辺りには、ほら、女達が畑から畑へとカヌーの要領で櫂を操り、鍬で耕しては掘り返す土地があり、この辺りには、ほら、敷き藁の散った中庭の鳩小屋と来ては古城の衛兵塔とどっこいどっこいビクともしない居酒屋だの百姓家だのがあるのさ。この辺りには、ほら、ケバケバしく塗ったくられたオランダ産のどデカい艀が浮かび、そいつらを曳く娘達が時に額に、時に帯や肩に曳き綱を回されているとあって、目にするだに忍びぬ光景たる、幾マイルも続く何の変哲もなき運河があるのさ。この片田舎のここかしこ散っているのは、君も聞き及んでいるヴォーバン（仏元帥・名工兵術師）の巨大な堡塁や、君もいつぞや耳にしたことのある幾連隊分もの伍長や、数知れぬ青い目のベベ*ルさ。こんな平地を日の燦々と降り注ぐ夏の日々、どデカいショベル帽を被った青二才の新兵が例の調子でゾロゾロ、不気味な縦列を成して練り歩き、君も覚えているだろう、緑々《あおあお》と生い茂る並木で市松模様になった地べたを黒く塗りつぶす。してアゼブルーケが数キロ先で微睡む今や、駅からフラリとやって来た君の埃まみれの足が行き当たりばったりにそこなる縁日に向かった夏の夕まぐれを思い起こせよ。そこにては誰より老いぼれた村人が誰よりしかつべらしげにクルクル、クルクル、揺り木馬に跨ったなり手回し風琴のグルリを回り、そこにて縁日の最大の見世物は信心深きリチャードソン＊の仮小屋――文字通り、そいつ自身の大文字になる看板によらば、宗教劇場《テアトル・レリジョー》――だったが。くだんの啓発的な社《やしろ》にて出し物は「我らが救い主の、秣桶から墓所に至るまでの全生涯にわたる興味深き出来事」にして、主演女優は、如何なる留保も例外もなきまま、君の到着した折しもせっせと（ちょうど薄暗くなりかけていたこともあり）屋外石油調節灯の芯を摘《つ》むのにかまけ、片や二番手女優は金を取っ立て、幼気な聖ヨハネは舞台の上にて真っ逆様のなり戯れていたが。

　この期に及び、ヤツの審らかにして来た詳細という詳細において小さな小さな小鳥に宜な宜なと相づちを打つべく面《おもて》を上げてみれば、ヤツはいつしか鳴き止み、翼の下に頭を突っ込んでいる。故に、小生なり別クチの流儀にて、善き手本に倣う。

第十九章　死すべき運命《さだめ》に纏わる記憶*
（一八六三年五月十六日付）

小生はおよそ午前四時に、小さな小鳥と別れ、ヤツはアラ（仏北部の都市）で下り、付き付きしくも鳥類学的にしてワタリガラスそっくりの様相を呈す、駅でお待ちかねの二人のフェルト帽によりて受け取られていた。同国人と小生はパリまで行ったが、同国人は何かと言えばフランス鉄道旅行に纏わる連綿たる言語道断の苦情で小生を啓発し賜い、そのどれ一つ取っても小生には、固より罪人《つみびと》であるだけに、正しく目からウロコの感があった。いくら小生自身、大方の逍遥の旅人に劣らずフランス鉄道の焼きを入れられてはいるものの。小生は御仁とは終着駅《ターミナス》にて別れたが、見納めは（ありとあらゆる説明と諫言《かんげん》を向こうに回し、手荷物切符をこそ乗客切符と天から信じ込んでいるだけに）当直の係員に大層な剣幕で御自身、重さ同数キロの四つの荷なりと――さながらカシム・ババ（「アリババと四十人の盗賊」）ででもあるかのように！――我と我が身をもって言い張っているの図であった。小生は入浴と朝食を済ませ、明るい波止場を漫ろ歩いていた。瞑想のネタは果たして世の首都なるもの、まずもって罠にハメ、奴《やっこ》にしてやらぬことには美観を呈さぬとは、ブリテン人の然る学派が思い込んでいるらしき如く、紛うことなく物事の精髄にして本質なりや否やなるもの。してたまたま目を上げてみれば、小生の足は、小生の心同様フラフラとさ迷い、いつしか小生をノートル・ダムまで連れ来ていた*。

と言おうか、ノートル・ダムは目の前にあったが、我々の間には大きな開けた空地が広がっていた。つい最近目にした際、くだんの空地にはびっしり建物が立て込んでいた。が今や公の街路か、広場か、庭か、泉か、それら四つの一緒くたなる何か新たな驚異のために邪魔物がそっくり取っ払われていた。ただ如何わしき小さな死体公示所《モルグ》だけが、川っ縁にてコソつき、今にも取り壊されんばかりにして、そこにて置いてけぼりを食ってはいた。さも疚しげにしてとんでもなく邪な面《つら》を下げたなり。小生が当該古馴染みにちらと目をやったかやらぬか、浮かれた一行が大病院を過り、ノートル・ダムの正面へやって来るのが目に入った。一行はど真ん中で縞模様の帳がヒラついているとあって、何がなしマサニエロ*っぽい風情が漂い、またとないほど活きのいい物腰で大聖堂の角を踊りながら回って来た。

さては野良着人生における祝言か、洗礼か、何かその手の、小生としても最後まで見届けさせて頂きたき家庭内の祝祭かと察しをつけかけていたその矢先、素早く脇を行き過ぎた野良着の一団のおしゃべりから、そいつは死体公示所《モルグ》へ向かう骸《むくろ》と判明した。これまでついぞ当該通過儀礼に出会したためしがなかったこともあり、小生は自ら同様に野良着役を買って出るや、その他大勢共々死体公示所《モルグ》へと雪崩れ込んだ。それはめっぽう泥濘《ぬか》った日で、我々は大量の泥を持ち込み、我々と踵を接すようにして入って来た一行は輪をかけてどっさり引っ連れて来た。一行はすこぶるつきの上機嫌で、出発地点より帳に包まれた担《にな》い籠もろともお越しのノラクラ者と、道々拾っていた野次馬の助っ人皆より成っていた。一行は担《にな》い籠を死体公示所《モルグ》のど真ん中に下ろし、さらば守衛二人が声高に、我々は全員、外へ出るよう「請われて」いる旨宣った。当該要請には我々がグイグイ小突き出され、観音開きの蛇腹門が我々宛門を鎖されることにていよよゴマすりめいた熨斗がつけられた、とまでは行かずともいよよ否応なきダメが押された。

未だかつて死体公示所《モルグ》を目にしたためしのない者は、表通りから対《つい》の蛇腹門伝《づて》敷居を跨げる、舗装のお粗末な馬車納屋を思い描けば、そいつを一点の非の打ち所もなく目の当たりに出来るやもしれぬ。馬車納屋の左側にては横幅一杯に、如何なるどデカいロンドンの仕立て屋にせよ切れ地商にせよ、磨き板ガラスのウィンドーが地べたまで嵌まり、ウィンドーの内側にては二列の斜面の上に馬車納屋のともかくひけらかせる代物が並び、頭上には、洞窟の天井から垂れ下がった不揃いの氷柱石《つららいし》よろしく、夥しき衣服が――馬車納屋の死亡・埋葬されし見世物の衣服が――吊る下がっている。

我々は守衛御両人が、行列のお越しになるにつれて上着をかなぐり捨て、シャツの袖をたくし上げるのを目の当たりにカッカと頭に血を上らせていた。然にやたら本腰めいているとあって。泥濘《ぬか》った表通りへ締め出され、我々は今や一件がらみでそっくり仕込まんものと餓《かつ》えた如く汲々となった。そいつは川か、ピストルか、ナイフか、色恋沙汰か、博奕か、盗みか、恨みか、幾突きか、幾弾《たま》か、縡切れたばかりか腐爛死体か、自殺か他殺か？　どいつもこいつも一緒くたに楔よろしく押し込められ、どいつもこいつも頭を前方へ突き出したなり互いにグイと睨め据え合いながら、我々はこれら、のみならずなお百ものその手の質問を吹っかけた。いつの間にやら、向こうの、のっぽの土気色のムッシュー石工がその辺りの事情に通じているらしいということになった。どうかのっぽの土気色のムッシュー石工よ、どっとばかり我々の新たな波に押し寄せられ、その辺りの事情をお教え願えぬか？　そいつはほんのお気の毒な爺さんで、どこぞの新しい建物の下の通りを歩いていたら、石が落っこちて来て、そのなりポックリ行っちまったのさ。歳は？　と来ればまたもやどっと、のっぽの土気色の石工宛波が押し寄せ、我らが波は突っかかりざま砕け、たと思いきや爺さん、六十五から九十までの如何なる齢《よはい》でも御座った。

爺さんなるもの物の数ではない。おまけに、我々としてはいっそ爺さん、人間サマの手にかかって――爺さん自身のそれにせよ、他人様のそれにせよ――あの世へ行っていたなら好かったものを。後者ならなおもっけの幸い。がせめてもの慰めは、爺さん、身元を確認できるようなものを何一つ身につけていず、よって爺さんの家族はここにて爺さんを探し当てねばならぬということだった。ひょっとして家族は今ですら、爺さんのためにディナーのお預けを食っていないとも限るまい？　とはなかなか乙ではないか。我々の内、ハンケチを持っている者はゆっくり、ゴシゴシ、延々と鼻を拭い、そこで初めて野良着の胸許に捻じ込む。我々の内、ハンケチを持ち併さぬ者は万感の思いに同様の捌け口を処方してやるに、袖にいつ果てるともなく口をなすりつける、と言おうかそいつで口を拭う。とある陰気臭い不恰好な額の男は――青っぽい顔色と、体全体に漲る中風の気《け》から判ずるに鉛白《えんぱく》の自殺っぽい人足と思しいが――上着の襟をガブリとくわえ、何やら旨そうにむしゃぶりついた。雅やかな女が数名、人込みの外っ縁に辿り着き、隙あらば陰気臭い馬車納屋へ潜り込む手ぐすね引いて待ち、内一人の若く愛らしい母親など、男の赤ん坊の人差し指を噛む風を装いながらもそいつが見世物を案内手《あないて》よろしく指差すに重宝やもしれぬと、バラ色の舌の間に挟んだままにしている。片や顔という顔は馬車納屋の方へ向けられ、我々男共はテコでも動かぬ構えで――大方は腕組みしたなり――待ち受けた。なるほど、そいつは唯一、己《おの》が逍遥の目の出会した、お待ちかねの人々が「列《キュ》」を成していない、フランスの大っぴらな光景であった。がここにはかようの整然たる秩序などからきしない。あるのはただそいつ目がけて突撃をかけようとの皆して固めたホゾと、蝶番が回ろうものならいざ舞い下りんとの腹づもりの下《もと》、門の蝶番の傍の二本の石造りの支柱の上に陣取った一人ならざる小僧に異を唱えたき腹のムシのみ。

今や蝶番が回り、我々はどっと詰め寄す！　押し合い圧し合いした、と思うと最前線より叫び声が一つ二つ。かと思うと、笑い声が一つ二つ、肩透かしの呻き声、人波は弛み、揉み合いは収まる。――爺さん、そこにいないとは。

「だがどうしろというんだ?」と守衛は小さな扉からひょいと顔を覗かせながら理詰めに押す。「辛抱せんか、辛抱! 爺《じじい》の身繕いをしてやっている所だ。じきお出ましになろう。ともかく規則通りにやらなきゃならん。あっという間には行かんのだ。その内お出ましになろうさ、その内お出ましに」かくてプカプカ、パイプを吹かしながらさっと、かく言わぬばかりに袖をたくし上げた腕をウィンドーの方へ振ってみせながら姿を消す。「それまでせいぜい外《ほか》の見物《みもの》で暇をつぶすがいい。幸い見世物小屋は今日は空っぽじゃないもんで」

死体公示所《モルグ》においてすら野次馬はムラッ気だと、一体どこのどいつに思いも寄ったろう? がくだんの折、連中は正しくムラッ気だった。担《にな》い籠が仰《のっ》けに大聖堂の角をダンスのステップを踏み踏みお越しになるのが目に入った際、大いに注目を集めていた、つい今しがたまでのお気に入りたる三体は、今やそれはほとほと格下げになっているものだから、二人の小さな(一人は連中をお人形さんに見せている)少女を措いて誰一人見向きもせぬ。というに三体の内お頭格の、正面の列の骸《むくろ》は左のこめかみにジグザグの傷を負い、後ろの列のもう二体は——頭を互いの方へ気持ち向けたなり、並んで横たわっている土左衛門御両人は——お頭がらみでヒソヒソ耳打ちし合っているかのようだ。実の所、後ろの列のくだんの二体はそれはコソついた見てくれをしている所へもって、それは(連中なり浮腫《むく》んだやり口にて)正面の奴がらみで闇討ちっぽくも訳知り顔をしているものだから、三人《みたり》がこの世ではついぞ出会したためしがなく、ただあの世でのたまさかの道連れでしかないとはおよそ想像し難かった。果たしてこいつが逍遥のそれである如く、一般の空想であろうとなかろうと、三人《みたり》がつい十分前まではやたら客ウケが好かったことに疑いの余地はない。が今や、移り気な大衆は三人《みたり》にソッポを向き、ウィンドーの外の横桟にぞんざいに肘をもたせ、靴から泥を拭い落とし、ばかりかパイプの火まで貸し借りしていた。

守衛がまたもや小さな扉より入って来る。「これより、皆の衆、どうか——」それきりお招き頂くまでもない。すかさず表通りへ繰り出す。身仕舞いには片がつき、爺さん、いよいよお出ましだ。

この度は、興味がそれは津々となったものだから石造りの支柱の小僧共には一切堪忍ならぬ。自殺っぽい鉛白《えんぱく》人足は今しも腰を上げかけていた小僧の一人に襲いかかるや、皆のやんやんやと囃し立てる中、地べたに引こずり下ろす。ギュウギュウの鮨詰めなれど、我々はそれでいて小さく連んで——大きな塊から離れることなくペチャクチャ、小さく連んで――爺さんがらみで侃々諤々やり出す。のっぽの土気色の石工の好敵手共がいきなり現われ、ここでもまた大衆の何と移り気なことよ。これら好敵手共は聴衆を惹きつけ、貪るように汲々と耳を傾けられ、専らのっぽの土気色の奴からネタを仕込んでいたにすぎぬものの、野次馬の内節介焼きの手合いは今や連中を笠に着て、やっこさんにこそ御教示賜りにかかった。当該世智辛い焼きを入れられ、鉄の面《おもて》の恨みがましき世捨て人にコロリと宗旨替えするや、石工はジロリと人類を睨め据え、胸中、目下の一座がいっそ一人残らず今はあの世の爺さんと立場を取っ替えればと歯噛みしているのは火を見るより明らか。して今や聴衆は気も漫ろになり、ほんのコトリと物音がしただけでハッと前方へ飛び出し、不浄な炎が皆の目の中でメラメラと燃え、門に最寄りの連中は苛々シビレを切らし、腹ペコの人食い土人よろしくそいつに拳固を揮った。

　またもやギギと蝶番が軋み、我々はどっと雪崩れ込む。しばらく押し合い圧し合いしていたと思うと逍遥の個体は総体の最前列へと数え入れられている。哀れ、永久《とは》に黙《もだ》せし痩せこけた白髪頭の老人の周囲で然に夥しき興奮と喧騒がフッフツ煮え滾るとは目にするだに奇しきことではなかろうか。仰向けに寝かされている老人は――後頭部に石が当たり、そのなり前へ倒れ込んだとあって――顔付きは坦々とし、どこと言って傷も負っていないが――涙のようなものが一、二滴閉じた目からこぼれ、頬を伝っている。逍遥の興味は、一目で慊《あきた》り、左右と後方で揉み合っている人込みへ自づと向かい、果たしてくだんの面《おもて》の表情からだけでそいつらが如何なる類《たぐい》の光景を眺めているか察せられるものやらと訝しむ。表情は大同小異。いささかの憐憫はあるが、さしたるものではなく、しかも大方は独り善がりの気味がある――「自分も、哀れ、その時が来たらあんなツラを下げるんだろうか！」とでも言わぬばかりの。なお目につくのは以下の如き、こっそり鬱々と塞ぎ込んだ凝視と好奇心。「あの、オレの気に入らん、ウラミツラミのある男は、あの男は、もしやどいつか――どいつとは言わんが――ふとした弾みでガツンとしこたまくれてやったら、あんなザマを晒すんだろうか？」自殺っぽい鉛白《えんぱく》人足がいい例で、骸《むくろ》を狼よろしく睨め据えている輩もある。遙かに多くの連中はただ詮なく空ろに目を凝らしているきりだ――さながら便覧《カタログ》もないままロウ人形を眺め、何と解《かい》したものやらさっぱりでもあるかのように。だがこれら全ての表情は、眼差しを返すことは能わぬ何かを見ているとのとある底流を成す表情を帯びている点では同断。逍遥の注意はこれぞめっぽう特筆すべきものとして太鼓判を捺していた。と思いきやいきなり表通りから新たな人込みがどっと押し寄せ、小生は、面目丸つぶれもいい所、羽交い締めに会い、かくて小さな扉で紫煙をくゆらし、プカプカ吹かす合間合間に、なるほど下々の輩とは違う御身分なれどテングではなき何やら坦々として殊勝げな風情で質問に答えている守衛の（今やまたしても袖を下ろした）両腕にとっとと突っ込まれる。してことテング云々に関せば、ここにて因みに断っておけば、正面の列を元はと言えば独り占めしていた骸《むくろ》には如何せん哀れな老人の至極ごもっともなウケを見下しているげな風情が纏いつき、片や後列の御両人は当該落ち目の人気にそれ見たことかとほくそ笑んででもいるかのようだ。

　ほどなく聖ジャック・ドゥ・ラ・ブーシュリ塔の庭をグルリと、してまたもやほどなく市庁の正面を漫ろ歩きながら、小生はふと、一八六一年の厳冬のとある日、たまたまロンドンで出会し、目にした折には中国で行き当たったかのように奇異に映ったさる侘しい戸外の死体公示所《モルグ》を思い起こした。街灯点灯夫が今に、夜の帳がやたらとっとと降りるとあってお呼びがかかる少し前に街灯を灯し始めるかの、冬の午後の刻限辺り、小生はリージェント・パークの——堅く凍てついた、人気《ひとけ》のない——北側にて、田舎から徒《かち》で市内に戻っていた。すると空《から》の辻の一頭立て二輪《ハンサム・キャブ》がグロスター・ゲイトの番小屋へ乗りつけ、御者がそこなる男に取り乱した風情で声をかけ、さらば男はすかさず木から長い竿を引っつかみ、御者に小器用に首根っこをつかまえられたなり、小さな座席の踏み段に飛び乗り、かくて一頭立て二輪《ハンサム》はガラガラ門から駆け出すや、ガチガチに凍てついた道をギャロップで駆け去った。小生も後を追って駆け出したが、およそ韋駄天どころではなかったから、「チョーク・ファーム亭」への交差路に間近い、右手の運河橋に辿り着いた時には早、一頭立て二輪《ハンサム》は停まり、馬は濛々と湯烟を立て、長竿は地べたになまくらに放り出され、御者と公園番は橋の欄干越しに身を乗り出していた。小生も身を乗り出してみれば、曳き船道に顔を我々の方へ仰向けにしたなり、約しい黒づくめの女が横たわっていた。女はせいぜい三十かそこらで、死後一日二日経っていたろうか。足は踝の所で軽く交差され、暗褐色の髪は捨て鉢な手の最期の仕種ででもあったかのように、顔から払いのけられ、地べたにほつれかかっていた。グルリには水と、女が引き揚げられた際に服から落ちて跳ねていた砕けた氷があちこち散っていた。つい今しがた女を引き揚げたばかりの警官と、警官に手を貸した通りすがりの呼売り商人《あきんど》が溺死体の側《そば》に立っていたが、後者は例の、小生が便覧《カタログ》抜きでロウ人形の展示会場にいる連中に準えた如く一心に目を凝らし、前者は巡査然と冷ややかにしゃちこばったなり、呼びにやった駕籠舁きのやって来るはずの方向をストックタイ越しに、見ていた。何と凄まじく寄る辺なく、凄まじく悲しく、凄まじく謎めいていることよ、ここにて幽明境を異にす我らが親愛なる姉妹（『祈禱書』埋葬の儀）のこの姿の！　艀が一艘、浮氷と静寂を破りながら近づいて来た。櫂を操っているのは女だった。艀を曳いている馬の手綱を取っている男と来ては死体にそれは無頓着なものだから、躓きがちな馬の蹄がとうに髪に紛れ、曳き綱が女の頭を引っくり返し、かくて怖気を奮った我々の叫び声を耳にして初めて、アタフタ頭絡に飛びついた。くだんの叫び声を耳に櫂を操っている女はさも見下げ果てたかのように橋の上の我々を見上げ、それから似たり寄ったりの表情を浮かべて骸《むくろ》を見下ろすと――まるで女自身とは別の似姿にこさえられ、別の情念を吹き込まれ、別の偶然によりて身を持ち崩し、別の性《さが》がズルズルと地獄堕ちの目に会いでもしたかのように――肘鉄めいた泥を櫂ごと一筋撥ねつけながら漕ぎ去った。

とあるまだしも増しな、とは言えやはり死体公示所《モルグ》じみた、たまたま小生が幸い、いささかなり力を貸すこととなった体験が、セバストポール並木路伝《づて》パリのより明るい光景へと漫ろ歩く内、記憶に蘇った。

一件はおよそ二十五年ほど前に出来した。* 小生は当時腰の低い若き逍遥の旅人で、胆が小さい所へもって世馴れていなかった。幾多の太陽と風のお蔭で爾来、仕事柄日に焼けてはいるが、くだんの日々は小生の生っ白い時代である。さる著名な首都教区の屋敷を借り受けたばかりで――当時の小生には由々しき責任を伴う、凄まじく第一級の家族向け豪邸に映った屋敷を――小生は教区吏の贄と化した。恐らく教区吏は小生が屋敷に出入りするのを目にし、小生が自らの威厳の重みの下《もと》ヨタついているのに気づいていたに違いない。或いは小生が人生初めての馬を（第一級の家族向け豪邸の厩庭で）買い、呼売り商人《あきんど》がそいつをいざ御覧じろとばかり引っ立て、馬布を引っ剥がし、ピシャリと平手打ちを食らわせざま、奇抜な物腰でかく宣った際に藁の下に身を潜めていたのやもしれぬ。「そら、だんな！　これこそウマでやんす！」して小生が雄々しく「いくら欲しい？」とたずね、呼売り商《あき》人《んど》が「だんなからあ六〇ギニーぽっきりで結構で」と答え、小生が如才なく「どうしてわたしからは六〇ギニーぽっきりでいいのかね？」とたずねた際に。して呼売り商人《あきんど》が身も蓋もない話「んりゃ誓ってヤツあ目利きのだんななら七〇だってお釣りが来るとお思いでやしょうが――だんなは、んじゃねえもんで」と返した際に――だから、教区吏はくだんの面目丸つぶれが小生の身に降り懸かった際に藁の下に身を潜めていたのやもしれぬし、小生が賢しらなやり口で第一級の家族向け豪邸を担うには余りに初でクチバシの黄色い大黒柱《アトラス》たることお見通しだったのやもしれぬ。とまれ、教区吏はグレイの挽歌（『墓畔の挽歌』（一七五一））において「憂鬱」が若者に為したことを為した。即ち、小生に白羽の矢を立てた。してそいつをやってのけるに――小生を奴の検屍陪審員として召喚した。

仰《のっ》けに狂おしくも胆を冷やした勢い、小生は「安らぎと救いを求め（ホーム『ダグラス』Ⅱ、1（一七五六））」――かの、まずもって若きノーヴアルを何ら信じる謂れのないからには実に慎重にも彼を信じるという剣呑な想を起こさなかった聡明な北方の羊飼い達の顰に倣い――さる老獪な戸主の所へ行った。当該目から鼻へ抜けるような御仁は教区吏の奴め、おぬしがソデの下を使うのを――召喚せぬよう金で話をつけようとするのを――当てにしておるのだろうて、よってもしや検屍に浮かれた面《つら》を下げて立ち会い、祖国の公務のくだんの部門における敏速を標榜すらば、鼻をあかされて、一件にサジを投げよう旨御教示賜った。

　小生は勇を揮い、狡っこい教区吏がお次に召喚をかけた際に出かけて行った。小生が名前を呼ばれて応えるや、教区吏はポカンと、未だかつてお目にかかったためしのないほど魯鈍な面《つら》を下げ、奴が泡を食ったのを目の当たりに、小生は一件をとことんやり通すホゾを固めた。

　我々はほんの小さな幼子の死を巡って調査すべく選任されていた。よくある惨めな話だ。果たして母親は出産を隠蔽するというより軽度の罪を犯していたものか、それとも子供を殺害するというより重度の罪を犯していたものか、というのが我々の召喚を求められた争点であった。我々は母親をくだんの容疑のいずれかで拘禁しなければならなかった。

　検屍は教区救貧院で執り行なわれたが、小生は今に満場一致で同胞陪審員に想像し得る限り最も取るに足らぬ端くれとして受け入れられたとの鮮烈な印象を刻んでいる。のみならず、調査を開始する前から、小生をつい先達て対《つい》のカード・テーブルの一件で生半ならずハメて下さった古物商が法の究極的厳正に与しているとの。未だ忘れ得ぬことに、我々はある種会議室の、然にめっぽうどデカい角張った馬尾《ばす》毛織の椅子に掛けたものだから、胸中、果たしてこいつら如何なる種族のパタゴニア人*のために誂えられているものやらと首を捻ったものである。のみならず、とある葬儀屋からは我々がつい今しがた宣誓させられたばかりだとの道徳的に溌溂とした気分にどっぷり浸り切っている折しも、「当教区に引っ越して間もない、近々幼い家族を抱えよう住人」として名刺を渡された。事件の概要がそれから検視官によって説明され、それから我々は階下へ——手練手管の教区吏先達の下《もと》——下りて行った。遺体を検屍すべく。その日から今日《こんにち》に至るまで、くだんの仰々しい法的呼称の授けられた、哀れ、小さな骸《むくろ》は、小生の記憶の中にては同じ場所に、同じグルリに取り囲まれたなり横たわっている。教区棺桶の保管専用のある種地下納骨堂なるありとあらゆる大きさの棺桶の「全景」の真っ直中にて、骸《むくろ》は箱の上に寝かせられていた。母親は産み落とすと同時に赤子を彼女の箱に——この箱に——入れ、赤子はほどなくそこにて発見された。遺体は切開され、小ぢんまりと縫合され、その観点から眺むれば、剥製の生き物に見えなくもなかった。遺体はすぐ側《そば》に外科用器具を一つ二つ添えて洗い立ての白いクロスの上に寝かされ、その観点から眺むれば、クロスが「広げ」られ、今にも巨人がディナーにお越しになりでもするかのようだった。哀れな無垢の塊には何ら不快な所はなく、ただ形ばかりちらとやってやれば事足りた。よって、我々はさながら御当人、自己採寸の症例ででもあるかのようにフィート尺を手にグルグル棺桶の間を歩き回っている老いぼれ貧民をちらとやり、互いをちらとやり、口々にここはともかくしっかり水漆喰が塗られていると言い合い、さらば大英帝国陪審員としての我々の会話力は萎え、陪審長は宣った。「よろしいですかな、皆さん？　では引き返すと致そう、教区吏殿！」

つい二、三日前にこの赤子を生み、すぐその後で冷たいびしょ濡れの戸口の上り段を掃除していた惨めな若い母親が我々がまたもや馬尾毛織《ばすおりおり》の椅子に掛けると、引っ立てられ、手続きの間中居合わせていた。娘自身、たいそう体調が悪く弱っていたこともあり、馬尾毛織《ばす》の椅子に掛けていた。小生の今に忘れもしない、娘の何と、貧民船の船首像としてもいっぱし通っていたろう付き添いの薄情げな看護婦にすがっていたことか、何とくだんの木製の肩に突っ伏し、すすり泣きと涙を押し殺していたことか。のみならず、何と女主は娘に（娘は雑働きの女中だったが）辛く当たり、何たる酷き執拗さでくだんの「美徳」の権化と来ては、証拠の糸を二重に紡ぐに、こよなく厳格な解釈の糸を縒り合わせていたことか。尋問の間中片時たり止まぬ、天涯孤独の孤児《みなしご》の少女の凄まじき低い嗚咽に心底身につまされ、小生は敢えて当該証人に一つ二つ、あれでも本件に好もしい解釈をもたらすやもしれぬ答えが返って来るかと、吹っかけた。証人は能う限り好もしからざる解釈を開陳し賜うたが、水の泡でもない証拠、あっぱれ至極にも辛抱強く、情に篤い検視官は（今は亡きワクリー氏*だったが）小生の方へ力強い励ましの眼差しを投げた。

それから我々は診断や、子供は死産ではなかったか否かに関し通常の検査を行なった医者に質問した。がこれがまた胆の小さな、間の抜けた医者で、頭の中がこんぐらかった勢い、支離滅裂になり、こいつは請け合えぬとかそいつは責任を持てぬと言い出し、一点の非の打ち所もなき古物商が一枚も二枚も上手《うわて》に出た挙句、我々の形勢はまたもや不利になった。しかしながら、小生はまたもや物は試しに吹っかけ、検視官はまたもや小生の肩を持ち、故に小生は今に彼の御霊に感謝している如く、以降ずっと彼に感謝の念を抱き続けた。して我々は被告に生半ならぬ偏見を抱いている、一家のさる端くれたる、また別の証人からも好もしい解釈を引き出し、確か、再度医者に問い質し、こちらは確かに、検視官は我々の側《がわ》に与して事件要点を略説し、小生と我が大英帝国陪審員諸兄は判決を論じ合う、と同時にどデカい椅子と古物商相手にほとほと手を焼くべく、向き直った。一件のその期に及び、小生は、それなりの謂れがあると確信すらばこそ、またもや懸命に努め、とうとう我々は出産を隠蔽するというより軽度の罪しか犯していないとの評決を下し、哀れ、打ち拉がれた娘は、我々の協議の間《ま》は連れ出されていたものを、評決を申し渡されるべく再び連れて入られ、さらば仰せの通りでございますと――小生の未だかつて耳にしたためしのないほど痛

ましく訴えながら我々の前に跪き——気を失ったなり担ぎ出された。

（以上全てに片がついた後《のち》の個人的会話において、検視官は小生に熟練した外科医として、赤子はこの、ともかく呼吸をしたとの極めて疑わしき場合において、最も好もしい状況の下《もと》であれ幾度《いくたび》も呼吸をしたとは考えられぬ理由を審らかにした。即ち、束の間にせよ生き存えるべくもないことに、気管内にさる異物が発見されたせいで。）

苦悶に喘ぐ娘がくだんの最後の申し立てをした際、小生は娘の顔を目の当たりにし、そいつは悲嘆に暮れた狂おしき声と相俟って、実に痛ましかった。娘の顔はもちろん、その本来有す美しさ故に小生の胸を打ったのではない。もしや別の世で再び相見えるとしても、何か新たな感覚か知性の助けがあって初めて、娘の顔だと気づくにすぎまい。がその夜は、夢の中に立ち現われ、小生は独り善がりにも思い浮かべられる限り最も有効なやり口でお払い箱にした。小生は獄中、娘に何か格別な措置が講ぜられるよう、いざ中央刑事裁判所で審理を受ける段には弁護士がつけられるよう取り計らい、娘の受けた宣告は寛容で、娘の来歴と品行はそれが正しかったことを証した。小生が娘のために尽くしたささやかな力において、小生には自ら訴えた誰か心優しき役人の親身な援助があったということは覚えている——が如何なる役人だったものか、は忘れて久しい——確か検屍に職務上立ち会っていた人物だが。

小生はこれぞめっぽう特筆すべき逍遥の体験と見なしている。何故なら当該陰徳は元を正せば教区吏に端を発しているからだ。して小生の知り、学び、信ず限りにおいて、これぞ唯一、仰《のっ》けの教区吏が御当人の三角帽を被ってこの方、教区吏に端を発す陰徳ではなかろうか。

第二十章　誕生日の寿ぎ

（一八六三年六月六日付）

ふと、これまで旅の途中で宿を取った幾多の旅籠の二、三軒なり当該随想にて思い起こしてはとの気紛れが脳裏を過り、事実、そのためわざわざペンを手にしていた。が奇しき星の巡り合わせか、出端を挫かれた。というのも、戸口からひょいと覗き込んだ然る明るい面《おもて》の持ち主に「お誕生日お目出度う」と寿ぐべくペンを擱かねばならなかったから。その途端、新たな考えがひらめきざま先達を追っ立て、勢い目下の頁に辿り着くまでに宿を取って来た誕生日を——旅籠ではなく——思い起こし始めた。*

つい昨日のことのように覚えているが、小生はブルーの飾り帯とお揃いの靴の、桃のような面《おもて》の少女を訪うべく連れ出され、少女の人生はそっくり誕生日で出来ているものと思い込んでいた。専らヒメウイキョウ・ケーキと、甘口ワインと、キラびやかなプレゼントで、くだんの目映いばかりの少女は育てられているかのように映った。して己《おの》が旅路の然に早い段階に少女の生誕記念日に立ち会い（ついでにクビったけになった）ものだから、小生は未だ誕生日とはこの世に生を受けた誰しも共通の財産なりとの深遠な知識を習得していず、てっきり依怙贔屓ありの「天」によってくだんのとあるお気に入りに授けられた格別な贈り物なものと思っていた。外に客は一人もなく、我々は蔭深い四阿に——小生のより善き（と言おうか悪しき）叡智の垂れ込む所によらば、テーブルの下に——潜り込み、やけに甘ったるい固体と液体の御相伴に与り、やがて別れの刻《とき》が来た。明くる朝、苦き散薬を処方され、小生は惨めなことこの上もなかった。概して、かようの点における小生のより成熟した経験の実に正確な先触れの図たることに！

それから、さる勲功の感覚が、授かって当然の殊遇の意識が、己《おの》が誕生日と分かち難き時がやって来た。さらば小生は誕生日を小生自身の優雅な功績と、大いに小生の誉れを高める、己《おの》が忍耐と、独行と、良識の記念碑と見なした。これはおよそオリンピア・スクワィアーズが記念日とかかずらうようになった時期と重なる。オリンピアは（もちろん）とびきりの器量好しで、小生は彼女にそれはぞっこんなものだから、いつも夜中にわざわざかく「孤独」に叫ぶべく、小さなベッドから這いずり出さざるを得なかったものだ。「おお、オリンピア・スクワイアーズ！」サルビア色にそっくり身を包んだオリンピアの幻は——とすらばサウス・ケンジントン装飾美術博物館とは縁もゆかりもなかったに違いなき奇特な両親の側《がわ》において或いは趣味が十全とは陶冶されていなかったのやもしれぬが——今に瞼に彷彿とする。「真実」は神聖にして、幻影は有り得べくもなく、小さな女御者かと見紛うばかりのテラついた真っ白のビーバー・ボネットを頂いてはいる。忘れもしないとある誕生日、オリンピアと小生は血も涙もない身内によって——どいつか酷たらしい伯父貴かその手の奴によって——太陽系儀《オーラリ》*と呼ばる遅々たる拷問道具へと引っ立てられた。恐るべき絡繰は地元の「芝屋」にデンと据えられ、小生は朝方、いっそ「芝居」ならいいのにとの不敬な願望を表明していた。お蔭で根っから生真面目な伯母はグサリと小生の良心を、なおグサリと小生のポケットを、探り針の要領で探って下さるに、お祝いの半クラウンの返還を申し立てた。そいつは少なくとも一千恒星と二十五彗星分時代遅れの、神さびたみすぼらしい太陽系儀《オーラリ》だった。にもかかわらず、由々しかった。杖を手にしたしょぼくれた御仁が「紳士淑女の皆々様」（とはわけてもオリンピアと小生の謂にて）「これから明かりが消されますが、心配御無用」と言うや、めっぽう心配御用だった。それから惑星と恒星がおっ始まった。時にそいつらはいっかなお越しになろうとせず、時にいっかなお暇なさろうとせず、時に中に穴の空いていることもあったが、大方はてんでらしくなかった。この間《ま》もひっきりなし、杖を手にした御仁は暗がりの中で（コンコン、退屈千万なキツツキよろしく何かと言えば天体を叩きまくりながら）二千六百三十五億二千四百万他の某の内に八千九百七十億回——だったかマイル——自転する天体についてまくし立てていた。挙句小生の胸中、もしやこれが誕生日なら、いっそ生まれて来なければ好かったと惟みるまで。オリンピアも、すっかりしょげ返り、ぼく達は二人共うつらうつら居眠りしては、むっつりツムジを曲げて目を覚まし、男は相変わらず暗がりの中で——果たして上方の恒星の中か下方の舞台の上か、たといやってみるだけのことがあったとて見極めるはおよそお易い御用ではなかったろうが——軌道面がらみでそれは言語道断なまでにしぶとく運算してみせるものだから、オリンピアは腹のムシの居所がてんで悪くなった勢い、蓋し、小生を蹴飛ばしすらした。傑作な誕生日の光景ではあった、いざ明かりがまたもや灯されてみれば、町中の学校という学校が（ロハで入っていた国民学校も含め。してあいつらイイ気味だ、何せいつも石ばかり投げているんだから）くたびれ果てたツラを下げたなりゴジゴジ、拳を目玉の中に捻じ込んでいるか、髪の毛にむんずとつかみかかっているとあらば。傑作なスピーチではあった、いざロンドン無月謝学校の舌先三寸《スリーク》博士が舞台脇特別席にて髪粉頭をひょいともたげ、当該集会がお開きとなる前に一言、未だかつて拝聴するが縁《えにし》たりし如何なる講演にも劣らず啓発的にして、教育的にして、若人の頬をちらとでも染めるやもしれぬものの一切無き講演に対す全き賛同の意を是非とも表《ひょう》させて頂きたくとぶつとあらば。総じて傑作な誕生日ではあった、「天文学」が哀れ、小さなオリンピア・スクワィアーズと小生をいっかなそっとしておくこと能はず、何が何でも我々の恋に終止符を打つと言って聞かぬとあらば！　というのも、我々はそいつの上手《うわて》にはこれきり出られなかったから。糸の擦り切れた太陽系儀《オーラリ》は我々の互いの甘酸っぱい思いよりモチが好く、杖の男を前にしては弓矢の少年キューピッドとててんで歯が立たなかった。

果たしていつになったら小生はオレンジと褐色紙と藁の一緒くたになった匂いをあの、来《きた》る詰め籠が予めその影を投じ（トマス・キャンプル「ロキールの警告」（一八〇三））、一週間に及ぶ和気藹々たる調和が——うっとりかんたる懐っこい人気が、とまで言い添えようか——くだんの仕来りのお膳立てをする、学校での他の誕生日から切り離せるのだろう？　詰め籠に先立つ日々には如何なるあっぱれ至極な所信が小生宛表明され、如何なる友情の誓いが小生宛立てられ、如何なるめっぽう古ぼけたナイフが小生宛贈られ、如何なる大らかな、自分が悪かったとの告白がいつぞやは小生の宿敵名簿に名を列ねていた、さなくば頑固一徹＊の連中より迸ったことか！　壺詰め猟鳥肉とグワヴァ・ゼリーの誕生日はお山の大将グロブサンのあっぱれ至極な振舞いによりて小生にとっては今に格別な誕生日となっている。我が家からの一通ならざる手紙は、来《きた》る詰め籠の財宝に紛れて壺詰め猟鳥肉と、西インド諸島特産のグワヴァ・ゼリーが入っていたら大いにびっくりすると同時にがっかりするか否か謎めいた問いを吹っかけていた。小生は二、三の友人にここだけの話とばかり、くだんの仄めかしを打ち明け、今に信ず謂れのなきにしもあらず、優に一群れ分はあろうかというイワシャコの壺詰めと、一ハンドレッドウェイト（五〇・八kg）に垂んとすグワヴァ・ゼリーを振舞おうと約束していた。事ここに至りて、最早お山の大将ならざるグロブサンが小生を校庭でめっけ出した。彼は大きなでっぷり肥えた少年で、大きなでっぷり肥えた頭と大きなでっぷり肥えた拳固をしていた。してくだんの半期の仰《のっ》けに小生の額にそれはどデカいコブをこさえて下さったものだから、小生は教会に行くのに他処行きの帽子をまともに被れぬほどだった。奴の言うには、頭を冷やして（四か月もの間《かん》）考えてみれば、どうやらあの一発は自分の判断の誤りだったような気がする、どうかそいつのことでは大目に見てやってくれ。ばかりか、小生がその分手が届き易いようにと大きな頭を大きな両手に挟みながら、今や目覚めし良心をなだめすかしてくれよう因果応報の行為とし、そいつにガツンと、証人の見ている前でシッペ返しの一発をお見舞いしてくれとも。この鷹揚な申し出を小生は慎ましやかに断り、さらば彼はギュッと小生を抱き締め、我々はペチャクチャおしゃべりしながらその場を後にした。ダシにしたのは西インド諸島にして、知識を探求する上で、彼は果たして読書の途中でグワヴァ・ゼリーの製造法の信頼の置ける記述に出会した覚えがあるか否か、果たしてこれまでかの、自分としては世にも稀なる絶品として聞き及んでいる砂糖漬けをたまたま食《しょく》したためしがあるか否か、ネ掘りハ掘りカマをかけて来た。

十七、十八、十九、二十。それから一月《ひとつき》、一月《ひとつき》欠けるにつれ、二十一の威厳の意識は弥増しに膨れ上がった。神のみぞ知る、小生には種も仕掛けもない誕生日を措いて何一つ「譲り受ける」ものはなかった。がそれでいてそいつを大いなる一身上と見なしていた。小生はちょくちょく自らの箔への道を均すにとある命題を「例えば二十一の男は」なるさりげない文言で始めたり、およそ正気では反駁の余地なき事実を「というのも二十一の男ともなれば」といった具合に、さもついでめかして想定したものである。小生はその折パーティーを催した。彼女もそこにいた。* 彼女をより詳細に名差す要はなかろう。彼女は小生より年上で、三、四年というもの小生の心の割れ目という割れ目に、裂け目という裂け目に、浸み渡っていた。小生は我々の結婚という主題を巡り彼女の母親と万巻もに上る架空の会話（ウォルター・サヴィジ・ランドー『架空の会話』（一八二四‐九））を交わし、くだんの雅やかな女性に宛て、祝言における娘御の御手を希う、数においてホラス・ウォルポール*のそれをも凌ぐ書簡を認《したた》めた。かと言ってくだんの手紙の一通とて送る意図を抱いたためしはなく、ただペンを執り、数日後にはビリビリと引き裂くことが崇高な営みとなっていた。時にはかく切り出すこともあった。「拝啓、御母堂様。無論御母堂様の有されているはずのかの慧眼に恵まれ、其を疑うは異端以上であろう若く情熱的な者へ寄すかの女性らしき共感を具えておいでの御婦人ならば、必ずや小生が眉目麗しき令嬢を心より、ひたすら愛していることは既にお気づきのことと」然まで上っ調子ならざる心境の折にはかく切り出した。「何卒、小生に――大胆不敵な不届き者に――お目こぼしを、親愛なる御母堂、と申すのもその者は今しも御母堂の全く思いも寄られぬ、して如何なる身の程知らずの高嶺にまでその者の狂おしき野望が舞い上がっているか御存じになり次第炎に委ねて頂きたき瞠目的告白を致そうとしているからには」また外の折には——彼女が小生のいない舞踏会に行ってしまった深遠なる精神的消沈の折には——草稿は小生が地の果てまで出立した後《のち》に小生のテーブルの上に置き去りにされているはずの一様の便箋なる痛ましき形《なり》を取った。かくの如く。「何た《オーノー》ら誰それ《ウイネヴァ》夫人へ、以下の条《くだり》がお目に触れる時には早、同上を綴りし手は遙か彼方かと。小生は敢えて名差すまでもなき愛しき方を詮なく愛す日々の苦悶に耐えること能はず。アフリカの海岸にて焼かれようと、グリーンランドの岸辺にて凍てつこうと、此の地にいるよりは彼の地にいる方が遙かに遙かに増しかと」（当該所感に、小生の今やより冷静な判断力の察すに、熱愛の対象の一家は衷心より賛同して下さっていたろうが。）「仮に功成り名を遂げ、我が名が『令名』によりて先触れされるとすらば、それは偏に愛しき彼女のためでありましょう。仮に小生が『巨万の富』を築くとすらば、それは偏に彼女の足許に擲つためでありましょう。片や万が一小生が『渡烏』の贄と化すとすらば——」果たしてくだんの痛ましき場合に何が為されることになっているか小生自身肚を括っていたか否かは今に疑わしい。小生は物は試しに「さらば其に如くはなかろうかと」と綴ってみた。が其に如くはなかろうともつきかね、残りをそっくり空白にしたものか——さらばさも意味シンにして侘しげたろうから——それとも「い《フ》ざさらば《エアウェル》！」と締め括ったものか踏んぎりがつかなかった。

閑話休題。つい小生の絵空事の書簡で脱線したが。だから、小生は二十一歳の誕生日にパーティーを催し、彼女もそこにいたその先を続けようとしていたのだ。そいつはゴキゲンなパーティーで、パーティーに纏わる血の通おうと通うまいと一つとて（一座と小生自身はさておき）ついぞお目にかかったためしのあるものはなかった。何もかもが借り物で、お付の傭兵は見ず知らずの赤の他人だった。ワイングラスが思いもかけぬ場所で見つかるような夜のパン屑っぽい頃合に、小生は扉の蔭で彼女に話しかけた——はっきり思いの丈をぶちまけた。一体何が持ち上がったか、徳義を重んず男として打ち明ける訳には行かぬ。彼女はどこからどこまで天使のように優しかったが、一言——Bで始まる三文字の短くも恐るべき一言*——が口にされ、その刹那小生の口を突いて出た如く「我が脳は灰燼に帰した」。彼女はほどなく立ち去り、空ろなその他大勢が（無論、連中のせいではこれきりなかったが）散ると、小生は放蕩癖のある嘲り屋共々表に繰り出し、奴にきっぱり啖呵を切った如く「忘却を求めた」。御逸品は、とんでもない頭痛コミで見つかったが、長くは続かなかった。というのも翌日の正午の面目丸つぶれの陽光を浴びながら、ベッドの中で重い頭をもたげるや、後方に打っちゃって来た誕生日をそっくり復習《さら》い、とどの詰まりはまたもや苦き散薬と惨めったらしさへと巡り巡って辿り着くが落ちだったからだ。

　当該反作用散薬は（人類全般によりてそれは大がかりに服用されているものだから、その昔「実験室」にて探し求められていた万能薬とも見なせようが）誕生日用にまた別の形《なり》にて調合され得る。何人《なんぴと》の長らく行方知れずの兄であれ、誕生日にひょっこり舞い戻るとすらば不粋もいい所だろう。仮に小生に長らく行方知れずの兄がいるとして、御当人、もしや小生の誕生日にいきなりこの腕の中に飛び込む旨約束していたならば、途轍もなき兄上ポシャと相成ろうとは先刻御承知。小生が生まれて初めて目にした幻灯は、とあるめっぽう幼気な誕生日の大いなる趣向たるようこっそり、周到に計画されていた。が上手く作動せず、映像はぼやけていた。小生の大人の誕生日の幻灯に纏わる経験はひょっとしてツキに見限られていたのやもしれぬが、確かに五十歩百歩。とある論より証拠の誕生日が瞼に彷彿とする。馴染みのフリップフィールドの誕生日が。彼の誕生日は社交的上首尾として夙に名高かった。そいつらには杓子定規な、と言おうか堅苦しい所がてんでなかった。フリップフィールドは大方ほんの二、三日前に「いつも通り、なあ、親愛なる君《オールド・ボーイ》、必ず食事にやって来てくれよな」と言うきりだったから――果たして彼が招待する御婦人方に何と言っていたかはいざ知らず。よもや「ねえ、親愛なる君《オールド・ガール》」でだけはなかったはずだが。とまれ彼の誕生パーティーは愉快な集いで、お招きに与った誰も彼もがゴキゲンな一時《ひととき》を過ごした。悪しき星の巡り合わせか、フリップフィールドの長らく行方知れずの兄が海の向こうでひょっこり見つかった。それまでずっとどこに隠れていたのか、何をしていたのか、小生は一切与り知らぬ。というのもフリップフィールドはただ漠然と兄きが「ガンジス川の堤で」めっかったとしか教えてくれなかったからだ――とはまるでドンブリコッコと岸に流れ着きでもしたかのように。長らく行方知れずの兄がいよいよ帰国する段になると、フリップフィールドはP・&・O汽船*の名立たる規則正しさに則り、長らく行方知れずの兄はドンピシャ彼（フリップフィールド）の誕生日に出現すべく手筈が整えられるやもしれぬとの不幸なソロバンを弾いた。小生は、嗜みのないでなし、当該計画を耳にするだに覚えた悪しき虫の報せをさすが口にするのは憚られた。いよいよ運命の日が訪れ、我々は大挙集うた。母親のフリップフィールド夫人は焼き菓子職人から調達したタルトかと見紛うばかりの卵形の、故フリップフィールド氏の青筋の立った細密画を首のグルリに下げているとあって――髪粉を振った頭と上着の金ピカ釦は見るからにそっくりだったが――一座の中で一際異彩を放っていた。御母堂の脇には幾多の兄弟姉妹の長女たるフリップフィールド嬢が付き添い、物々しいやり口でハンカチを胸にあてがったなり、我々皆に（内誰一人としてついぞ御当人にお目にかかったためしはなかったにもかかわらず）、さも信心深げにしてお目こぼしめいた物言いにて、御幼少時から――さぞや遙か昔へと溯ったに違いないが――今の今に至るまで、兄弟姉妹の間で出来した喧嘩という喧嘩を審らかにし賜ふた。長らく行方知れずの兄は未だ姿を見せなかった。いつもより半時間遅れてディナーが告げられたが、依然、長らく行方知れずの兄は影も形もない。我々はテーブルの席に着いた。長らく行方知れずの兄のナイフ・フォークは「自然」に真空を成し*、シャンパンが初めて回って来ると、フリップフィールドはその日は一先ず兄きにサジを投げ、ナイフ・フォークを下げさせた。その期に及び長らく行方知れずの兄は一座にあって人気の絶頂に達し、小生自身はと言えば、兄さんを心底愛しているものと得心した。フリップフィールドのディナーは今に一点の非の打ち所もなく、奴はまたとないほど気さくで気のいい持て成し役である。ディナーはトントン拍子に進み、長らく行方知れずの兄がお越しにならねばならぬほど、我々は心底くつろぎ、いよよ兄さんは我々の覚え目出度くなった。フリップフィールド自身の（小生に今もって一目置いてくれている）下男が折しも無知蒙昧な有給牧師と揉み合い、そいつが小生に無理矢理押しつけていたホロホロチョウの義足もどきを捥ぎ取り、代わりに胸肉を一切れ装ってくれていた。とその時、玄関扉の鈴《りん》が鳴ったせいで揉み合いに待ったがかかった。グルリを見回してみれば、小生自身の面《つら》がさらけ出しているとは我ながら百も承知の唐突な蒼白が一座の面《おもて》という面《おもて》に映し出されていた。フリップフィールドはそそくさと詫びを入れ、部屋から出て行き、一、二分席を外していたと思うと、長らく行方知れずの兄共々またもや入って来た。

歯に衣着せず言わせて頂けば、たとい他処者はモン・ブランを引っ連れていたとて、と言おうか万年雪なる供奉に傅かれて故郷に錦を飾っていたとて、さまで物の見事に一座を骨の髄まで凍てつかせられはしなかったろう。現し身なるポシャが長らく行方知れずの兄の額に鎮座坐し、長らく行方知れずのブーツにまで浸み渡っていた。如何ほど御母堂のフリップフィールド夫人が胸を大きく広げながら「わたしのトム！」と叫び、トム殿の鼻を今は亡き御尊父の肖像にギュッと押し当てようとて詮なかった。如何ほどフリップフィールド嬢がかくて再び相見えた仰《のっ》けの恍惚に駆られた勢い、御当人の乙女の頬の凹みを見せ、鞴でこれをこさえた時のことを覚えているかしらと尋ねようとて詮なかった。我々傍観者は気圧された、が同じ気圧されるにしても長らく行方知れずの兄の明々白々たる、紛うことなき、丸ごとの、全き瓦解によりて。自ら為し得る何一つ――立ち所にガンジス川に御帰館遊ばすのをさておけば――御当人を我々宛立ち直らせはしなかったろう。正しく同じその刹那、揺るがし難い事実となったことに、くだんの感情はお互いサマにして、長らく行方知れずの兄も我々がこれきり気に食わなかった。一家のさる友人が（名誉にかけて、小生自身ではなく）またもや事をトントン拍子に運ばさんものと、兄上に、スープをすすっておいでの片やたずねた――あっぱれ至極にも腹づもりにおいては愛嬌たっぷりに、が白旗間違いなくも実地においては腑甲斐なく――ガンジス川は如何なる類《たぐい》の川だとお思いですかな？長らく行方知れずの兄はスプーン越しにグイと、一家の友人を忌まわしき種属の端くれよろしく睨め据えながら返した。「ああ、多分、水の流れる川じゃないんで」して愛嬌好しの穿鑿屋を立ち枯らさずばおかぬほど手から目からに悪意を漲らせてスープを御尊体に流し込んだ。臨席している如何なる個人の所見と一致する見解一つ、長らく行方知れずの兄から引き出すこと能はなかった。兄はサーモンを平らげ果さぬとうの先からフリップフィールドに真っ向から異を唱えた。その日が弟の誕生日だなどとは思いも寄らず――と言おうか思いも寄らぬ風を装い――くだんの興味津々たる事実を知らされるや、ただ、それにしちゃあ四つばかし老けて見えるがなと注釈賜るにすぎなかった。兄は誰も彼ものいっとう傷つき易き場所を踏み躙る格別な能力と才能に恵まれた鼻持ちならぬヤツだった。アメリカでは連中、男の「基本的信条《プラットフォーム》」という。小生ならば長らく行方知れずの兄の「基本的信条《プラットフォーム》」は他人のウオノメより成る「基本的信条《プラットフォーム》」にして、彼はその上を力まかせにズシズシ、目下の立場に収まるまで踏み締めて来たと評そう。蛇足かとは思うが、フリップフィールドの大いなる誕生日はボチャンと船外へ落っこち、奴は小生が別れ際お誕生日お目出度うと寿ごうとした際にはズブの難破船と化していた。

小生自身それはしょっちゅう立ち会っているものだから、かようの誕生日は巷ではすっかりお馴染みと思って差し支えなかろうまた別の手合いの誕生日がある。例えば、馴染みのメーデーの誕生日のような。客は一年のくだんの一日を措いて互いのことを全く知らず、年々歳々、またもやお互い顔を合わそうとの先行きに一週間ほど怖気を奮い上げる。我々の間にはその折、格別はしゃいで浮かれねばならぬ徒ならぬ謂れがあるとの絵空事が罷り通っている。が我々の心持ちを表《ひょう》すに深き意気阻喪などと言ったのではおよそ言い得て妙どころではない。が一件の目ざましき様相たることに、我々は暗黙の諒解の内にそのネタだけは避け——能う限り長らく、能う限り遙か彼方に遠ざけ——愉快な慶事よりはむしろ他の何事であれダシにして花を咲かそうとする。ばかりか、我々の間には皆してそいつはメーデーの誕生日ではない風を装おうとの黙《もだ》した契りが交わされていると言っても過言ではなかろう。とある謎めいた陰気臭いヤツが——何でもメーデーと同じ学校に通っていたとかで、それはひょろりと痩せこけているものだから二人が仲良く手塩にかけられた学舎の規定食に生半ならず身をもってケチをつけているようなものだが——いつも我々を、言わば、断頭台へと導くに、薄気味悪い手をデキャンターにかけ、ではグラスになみなみお注ぎ下さいと音頭を取る。致命的瞬間を先へ延ばし、この男と男の腹づもりとの間に割って入るべく実行に移されている所を小生の目の当たりにして来た手練手管と言い抜けたるや枚挙に遑がない。これまでも破れかぶれの客が薄気味悪い手がデキャンターの方へ伸びるのを目にするが早いか、出し抜けに「そう言えば思い出したんだが——」と切り出したが最後、延々たる長話に突入する所に立ち会って来た。いよいよ手とデキャンターがくっつくと、震撼が、明々白々として紛うことなき震撼が、テーブルを駆け巡る。我々は今日はメーデーの誕生日なりとの音頭をさながらこれぞ彼の蒙った何か深刻な屈辱の記念日にして、我々は奴を必死で慰めようとしてでもいるかのように受け止める。して皆してメーデーの健康を祝して杯を干し、彼に誕生日お目出度うと言い果すや、恰も外科手術を受け終わった仰《のっ》けの意気揚々たる反動にでもあるかの如く、しばし、凄まじき快活さと、不自然極まりなき上っ調子に見舞われる。

この手の誕生日は私的な側面と同時に公的な側面も有す。我が「少年時代の故郷」ダルバラは恰好の事例となろう。ダルバラにては不滅の名士が淀んだ水面《みなも》に一日なり、髷をつけるべくお呼びがかかった。名士はダルバラ全般によりてはそこそこお呼びがかかり、町一番の旅籠の亭主によりてはそこそこどころかお呼びがかかっていた。州の歴史が、地元ならではの不滅の名士は御座らぬかと繙かれたが、登記簿に載っているダルバラ傑人はどいつもこいつも無名氏だった。事ここに至りて、敢えて断るまでもなかろうが、ダルバラは人間誰しも本を物するか、一席ぶちたい、して主《おも》ネタ以外全ての材料が揃っている際にやってのけることをやってのけた。即ち、シェイクスピアを狩り出すという。

　ダルバラにてシェイクスピアの生誕日を祝おうと取り決められるや否や、くだんの不滅の詩人の人気はウナギ登りに登った。彼の作品の初版本は先週出版されたばかりにして、熱狂的ダルバラは早そいつらを半ばまで読み果したものかと思い込んでいたやもしれぬ。（果たしてダルバラが、ところで、ともかくそれまでその半分でもやり果せていたか否かは甚だ疑わしい。がこいつは私見なり。）御逸品を二年間の長きにわたり手許に置いていたせいで気が狂れかけ、膝もガクガク震えていたとある、ソネットを物せし若き殿方はソネットをダルバラ長官に謹呈し、見る間に肥え太った。シェイクスピアの肖像画が本屋のウィンドーにオデキさながら吹き出し、我々の第一級の画家は食堂の装飾用に大きな独創的な油絵の肖像を物した。そいつは他の如何なる肖像とも似ても似つかず、頭がやたら膨れ上がっているというので、めっぽうウケが好かった。協会では討論会が新たな問題――果たして不滅のシェイクスピアがシカを盗んだと想定する十分な根拠はあるか？*――が論じられた。こいつは憤懣遣る方なくも圧倒的大多数によりて否決された。と言おうか実の所「縄張り荒らし」側《がわ》に与す投票はわずか一票しかなく、投じたのはそいつの肩を持とうと予め請け負っていた弁士にして、男は絵に画いたような鼻つまみ者と相成った――わけてもその他大勢といい対、一件にかけてはチンプンカンプンのダルバラ「与太《ラフ》」にとりて。名立たる講演者が当地へ招かれ、すんでに（がそっくりとではなく）お越しになりかけた。寄附が募られ、委員会が開かれ、興奮の絶頂にあってダルバラにそいつはストラトフォド・アポン・エイヴォンに非ズと言うはおよそ気受けのいい措置どころではなかったろう。がそれでいて、これだけの手筈が全て整えられた挙句、いざ大いなる祭典が執り行なわれ、高々と掲げられた肖像画があわや知性の鉱脈を破裂させ、我と我が身を吹っ飛ばしかねぬ勢いで一座を眺め渡すに及び、これぞ紛うことなく、物事の摩訶不思議な神秘に則り出来したことに、いよいよダルバラきっての弁士が不朽の御霊のために乾杯の音頭を取るべく腰を上げるまで誰一人としてシェイクスピアに触れる、とまでは行かずとも彼の一マイル以内に来ようとはしなかった。していざ弁士が腰を上げるやいとも当惑的にして瞠目的顛末と相成るに、六度《むたび》大いなる名を繰り返さぬ、と言おうか同上分《ふん》大御脚にてしっかと踏んばり果さぬとうの先から、「本題《クエスチョン》に返れ！」なる満場の罵声を雨霰と浴びた。

第二十一章　半日制学童（一八六三年六月二十日付）

「小生のこのコヴェント・ガーデンの間借り先のつい目と鼻の先の――ウェストミンスター寺院や、セント・ポール大聖堂や、国会議事堂や、牢獄や、法廷や、国家を統治するありとあらゆる官公庁のつい目と鼻の先におけると同様――開けた通りで子供の疎外の恥ずべき例証を、貧民や、無精者や、泥棒や、惨めで有害な心身共における片端者や、彼ら自身にとっての悲惨や、共同体にとっての悲惨や、文明にとっての恥辱や、キリスト教に対す蹂躙の醸生の容認し難き容認を目にし得る――と言おうか、好むと好まざるとにかかわらず、目にせざるを得ぬ。如何なる算術の初等解法における如何なる総計にも劣らず立証し易き事実ではあるまいか、仮に国家はまずもって自らの仕事と本務に手をつけ、未だ連中が子供の間《ま》にくだんの子供を力づくででも街路から連れ出し、賢明に教育する気さえあれば、彼らを祖国の恥辱ではなく栄光の――祖国の弱さではなく強さの――端くれに変え、犯罪人口の種より有能な兵士や水夫を、善良な市民や幾多の偉人を、育てられようとは。がそれでいて小生は何ら取るに足らぬことででもあるかのように無法に耐え続け、取り合うだけのことがあるかのように国会討論を読み続け、十世代もにわたる瘰癧や、無知や、邪悪や、売春や、貧困や、重罪よりとある公道に架かる一本の鉄橋に遙かにかかずらっている。如何なる深夜であれ、スルリと小生自身の戸口から表へ這い出し、コヴェント・ガーデン市場の界隈を一巡りしさえすれば、恰もブルボン王家の人間が英国王座に君臨しているが如く逆しまな幼年と青春の状態を目の当たりにしよう。片や大いなる警察はただ悍しき害獣共をイジめ抜いて物蔭に追い立て、そこにて厄介払いすべくふんぞり返って傍観しているきりだ。通りをものの二つ三つ行かぬ内に、然になまくらな近視眼的頑迷さで取り仕切られているものだから、自ら受け入れている子供達に関すその最大の機会は失せ、というに一ファージングとて誰一人に対しても取って置かれていない救貧院に一つは出会す。が車輪はクルクル、クルクル、クルクル回り、ともかくクルクル回っているからには――と、この上もなく丁重な当局の御教示賜るに――そいつはトントン拍子に行っている」

小生はかく、去る聖霊降臨節週のとある日、テムズ川の橋の間を下《くだ》り、溺死体を引き揚げるべく小汚い桟橋に吊る下がっている引っ掛け錨と、連中を転がり込み易くすべく備え付けられたその数あまたに上る利器を——まんざらお門違いでもなく——眺めている内、惟みた。くだんの逍遥の旅における腹づもりが別の思考の脈絡を喚び起こし、そいつは以下の如く取り留めもなく流れた。

「小生が七十人の少年の端くれたりて学校に通っていた時分*、果たして如何なる密かな諒解の下《もと》我々の注意は何時間も教科書に読み耽った挙句散漫になり始めたものか。果たして如何なる創意工夫によりて我々はかの、意味が無意味になり、数字がいっかな解かれて下さらず、死語がいっかな解釈されて下さらず、現用語がいっかな口にされて下さらず、記憶がいっかなお越しにならず、懶さと空ろがいっかな立ち去ろうとせぬ混乱した精神状態を招いたものか。ともかくこれきりディナーの後で眠気を催そうと企んだ覚えも、格別間の抜けた真似をしたがったり、火照ったツラを下げた上から頭をズキズキ、カッカと疼かせたがったり、この昼下がり、明朝の爽やかさにおいては完璧に明快にして明白たろうものの中に空虚な絶望と曖昧を見出したがった覚えもない。というに我々はこうした症状に苦しみ、お蔭でとことん惨めになった。のみならず何か秘密の誓いか他の厳粛な恩義にかけて、所定の期間を過ぎると椅子がおとなしく座っているにはほとほと堅くなるような気がせねばならぬとか、くだんの部位がらみで攻撃的かつ意地悪になるに大御脚がピクピク、耐え難いまでに痙攣《ひきつけ》を起こさねばならぬとか、肘が似たり寄ったりのやり口でムズムズ落ち着かなくなるせいでつい隣の奴にゲンコを食らわせたくならねばならぬとか、胸に二ポンドの鉛を、頭に四ポンドの鉛を、両耳に数匹活きのいいキンバエを抱え込まねばならぬとか約束した覚えもない。がそれでいて確かに、我々はくだんの苦痛に苛まれ、必ずやそいつらに祟られているからというので、まるで自らの故意の所業と行動によりて連中を喚び起こしでもしたかのようにこっぴどい灸を据えられた。ことそいつらが小生自身の場合における小生自身の落ち度である精神的側面にかけては——如何なる熟練した経験豊かな心理学者に、とまでは行かずとも教師にであれ、たずねたい。こと肉体的側面にかけては——オーウェン教授*にたずねたいものだ」

たまたま小生は所謂、学校における「半日制」に関す小さな論文の束を携えていた。くだんの論文の内一篇に当たってみれば、不屈のチャドウィック氏*は小生の機先を制すに、既にオーウェン教授に問い合わせ、教授は鷹揚にもかく返答賜っていた。責めは小生にあるのではなく、ただ、骨格なるものに煩わされ、然る自然の法則に準じて構成されているだけに、小生と小生の骨格とは不幸にもくだんの法則に――学校においてすら――拘束され、よって然るべく身を処していたにすぎぬ。心優しき教授が小生の側《がわ》に与しているというので大いに胸を撫で下ろし、果たして不屈のチャドウィック氏は小生の苦悩の精神的側面も取り上げているか否か突き止めるべく、さらに読み進めた。そこで明らかになったことに、氏は事実くだんの側面を取り上げ、小生のためにサー・ベンジャミン・ブロディーや、サー・デイヴィッド・ウィルキーや、サー・ウォルター・スコット*や、人類の常識までも味方に引き入れてくれていた。その点に関し、是非ともチャドウィック氏に、仮に小論が目に触れるようなら、深甚なる謝意を表したい。

くだんの折まで小生はてっきり小生がその端くれたる七十名の罪人《つみびと》は我知らず一定期間に及ぶ連続的勉強の後《のち》龕灯提灯を手に地下納骨所をウロウロ手探りすべく、悪霊によりてある種果てなき火薬陰謀事件《ガイ・フォークス・プロット》に荷担させられていたものと思い込んでいた。が今や懸念は雲散霧消し、半日制が実施されている所を拝見すべく安らかな心持ちにて漂い続けた。というのもこれぞテムズ川上《がわじょう》の汽船、並びに陸上《りくじょう》のめっぽう薄汚い鉄道双方による目下の旅の目的だったからだ。後者の代物に対しては因みに、機関《エンジン》の燃料として石炭の不法な使用ではなく、コークスの合法的使用を推奨させて頂きたい。当該推奨にこれきり利己的な所のない証拠、小生は道中、一銭も取られずに粉炭を実に惜しみなくあてがわれるに、目と鼻と耳のみならず、帽子から、ポケットというポケットから、手帳から、時計から、びっしり詰めて頂いた。

V・D・S・C・R・C（又の名をめっぽう薄汚い粉炭鉄《Very·Dirty·Small·Coal·Railway·》道会社《Company》）によりて目的地の間際まで連れて来られてみれば、半日制はほどなく、広大な敷地内にて確立され、余す所なく小生の便宜と任意に委ねられているものと判明した。

まずもって半日制のどこからお目にかけましょう？　小生は「軍隊風教練」に白羽の矢を立てた。「気を‐つけ！」すかさず百名に垂んとす少年が舗装された中庭にて一斉に整列した――明るく、素早く、一心に、確乎と、指揮の眼差しに目を光らせ、号令を抜かりなく待ち受けて。一つ事を為す上での完璧な正確さ――耳目への完璧な順応――のみならず、際立った敏捷性が具わっているせいで、奇しくも、その単調な、或いは自動的な質《たち》は失せていた。完全な統一が取れていたが、それでいて個人の気概や競争心も旺盛だった。少年達が教練を気に入っていること一目瞭然。身の丈一ヤード（約九一・四センチ）から一ヤード半までの下士官相手とあって、さなくばくだんの結果はもたらされ得なかったろう。彼らは行進し、背面行進し、列や方陣や、中隊や、一列縦隊や二列縦隊を組み、様々な展開を演じた。一から十まで物の見事に。こと自分達が取り組んでいることについての愉快な諒解の風情に関せば、御逸品、イギリス兵には御法度と思しいからには、少年達は或いは小さなフランス軍勢だったやもしれぬ。一旦解散になり、遙かに少人数に限られた段平練習に移ると、くだんの新たな教練に参加しない少年は傍で注意深く見守るか、すぐ近くの体育館で戯れた。如何に段平少年が短い脚でしっかと踏んばり、様々な姿勢を揺るぎなく保っていることか、は蓋し、特筆に値した。

段平練習が終わると、突然大きな歓声が上がったと思いきや、どっとばかり、皆は一斉に駆け出した。海軍教練だ！

校庭の片隅には本物のマストと、帆桁と、帆を備えた——大檣《たいしょう》など七〇フィートもある——甲板を張った模造船がデンと据えられていた。一声、この船の船長から命令が発せられると——船長は頰につきものの噛み煙草を突っ込み、手には正真正銘の海図を握り、どこからどこまで一点の非の打ち所もなき、赤褐色《マホガニー》の御尊顔の筋金入りの海の男だが《のっ》——マストの索具にはワッと少年達が群がり、内一人の、仰けに横静索《シュラウド》に飛び込んだ奴など、仲間皆に大きく水をあけるや、瞬く間に大檣の中檣《メイントップマスト》の円形木冠《トラック》に陣取った。

して今や我々はびっくり仰天物のやり口で大海原へと針路を取った。船長自身も、全乗組員も、逍遥の旅人も、そこに居合わす誰も彼もが心底、一刻の猶予もならぬと、風は折しも急変し、いきなり順風になったと、我々はいざ遙か世界一周の航海に出ているものと信じ込み。帆を全て揚げろ！　本腰でかかれよ、お前ら！　そこの大檣下桁《たいしょうかこう》張り出せ！　風上の耳索《みみづな》、抜かるんじゃない！　気合いを入れろよ、お前ら！　そら、帆脚索《ほあしづな》を緩めろ！　帆綱、用意！　気合いを入れろ、そこの帆桁の上の！　止《や》めろ、右舷直！　横笛吹き！　艫へ回って、横笛吹き、一節聞かせてやれ！　直ちに、横笛吹きが、横笛を手に、躍り出る——またとないほど小さな少年が——つい今しがた敷石の上に落っこちたせいで、こめかみに大きなゴブをこさえた——渾身の力を振り絞り、皆に一節聞かせてやる。バンゼーッ、横笛吹き！　本腰を入れろ、お前ら！　もっと活きのいいヤツを弾んでやんな、横笛吹き！　血はいよよ滾る。帆を振り広げろ、お前ら！　よくやった！　横笛吹きはもっと活きのいいヤツを弾んでやり、さらば皆のそうだ、その調子！　いいぞ、いいぞ！　引っ提げられるボロからボロごと、風はまともに艫に吹きつけ、船は時速十五ノットで大海原を突っ切る！

航海のこの絶好の折しも、小生は急を告げる。「誰か落ちたぞ！」（とは砂利の上へ。）だがそいつはすかさず、相変わらずピンシャン引き揚げられる。ほどなく、小生は船長が船外へ打っちゃられているのに気づくが、今回は警告を発さぬ。というのもこの方、さりとて一向動じた風にもないから。実の所、小生は間もなく船長を水陸両棲生物と見なし始める。何とならば帆桁の上の乗組員を見上げるべくそれはひっきりなし船外へ打っちゃられているせいで、甲板の上よりしょっちゅう海神《わたつみ》の胸に抱《いだ》かれているから。くだんの折々の船長の乗組員に寄す誇りたるや実に痛快にして、逍遥の陸者《おかもの》や船医助手の耳における船長の号令の（なるほど必ずや乗組員にとりてはストンと腑に落ちるものの）お定まりのチンプンカンプンさもほとんどいい対愉快極まりない。がいつまでもこんな調子でやって行くは土台叶はぬ相談。海は荒れ、いよよ荒れ、我々はこれきり思いも寄らぬ時に途轍もなき難儀に巻き込まれる。恐らくは海図にどこかネジの緩んだ所が——ともかくどこかに何かマズい所が——ある、がそら、前方に砕け波だ、お前ら、まともに突っかかって来やがる、もろ風下の岸辺へ！　との恐るべき警告を船長がそれは生きた空もなく取り乱したなり発すものだから、小さな横笛吹きは、今やピーともやらぬまま、横笛を小脇に抱えて舵輪の傍に立ったなり様子を見守っているとあって、当座すっかり意気地が失せ返ったと思しい——すかさず心の平静を取り戻しはするものの。その後に続く苛酷な状況にあって、さすがこの船長にしてこの乗組員。船長は凄まじく嗄れっぽくなるが、それ以外は慌てず騒がず事に当たる。舵手は次から次へと瞠目的なことをやってのけ、乗組員は（横笛吹きはさておき）誰しも船を下手回しにすべく甲板に集められる。して小生は横笛吹きが、我々の切羽詰まりに詰まるや、チョッキのポケットの書付けに——何がなし遺書じみた——当たっているのに目を留める。どうやら船が座礁した模様だ。小生は小生自身何ら衝撃は意識しなかったが、目の前で船長がそれはやたらしょっちゅう甲板から海へ攫われてはまたもや戻って来るものだから、定めて船が間切っているに違いない。小生はいっぱし船乗りでないだけに、果たして我々が如何なる機動によりて救われたのか審らかにすること能はぬが、お蔭で船長は真っ紅に火照り上がり（持ち前の赤褐色《マホガニー》の御尊顔にフランスワニスを塗ったくり）、乗組員はめっぽうはしこく立ち回り、かくて窮地を脱した。それが証拠、最初の警告が発せられて二、三分と立たぬ内に我々は船を下手回しにし、「万事整った《オール・アトート》」——とはやれやれと、小生もほっと胸を撫で下ろす。ただし、そいつが何なものやら知っているから、というよりむしろこの所お世辞にも「万事整って《オール・アトート》」いるとは言えなかったというくらい察しがついたから。陸《おか》が今や風上側《がわ》斜め前方に現われ、我々は風を真横に受け、誰もが番に当たれるようしょっちゅう舵柄の男を変えながら、そちらへ向けて針路を取った。我々は好天の下《もと》港に入り、帆を収め、帆桁を竜骨とマストに直交させ、万事小ざっぱりと整え、かくて我らが航海には幕が降りた。小生が別れ際船長に御当人の奮闘と恐いもの知らずの乗組員の同上を称えると、後者は一人残らず泳ぎも素潜りも鍛えられているだけに最悪の事態にも対処出来よう旨御教示賜り、ついでに大檣の中檣《メイントップマスト》の円形木冠《トラック》の腕利きの船乗りは就中、高々と昇れるだけ深々と潜れようと太鼓判を押し賜ふた。

　半日制学童訪問においてお次に小生の身に降り懸かった血湧き肉躍る出来事は軍楽隊の突然の出現であった。小生は誉れの丸の乗組員の吊り床を見て回っていた。するといきなり真鍮製のどデカい一つならざる楽器にそれぞれいきなり二本脚がニョッキリ生え、一ヤードほど小走りに歩いているげなのを目の当たりに、腰を抜かしそうなほどびっくりした。がいよいよ仰天したことに、先刻来壁にぐったり寄っかかっていた大太鼓が四本脚でしっかと踏ん張るではないか。当該大太鼓に近づき、ひょいと上から覗き込んでみれば、後ろに少年が二人いるばかりか（一人の手には余ったから）、真鍮楽器からは早、それぞれ少年が一人ずつお出ましになり、いよいよ甘美な音を奏さんとしていた。少年達は——今や新たな楽器を奏《かな》でている横笛吹きもコミにて——世の軍楽隊の御多分に洩れず、小ざっぱりとした制服に身を包み、譜面台を前に輪になって立っていた。彼らは行進曲を一、二演奏し、それから「陽気に、きさまら、陽気に」を、それから「ヤンキー・ドゥードゥル」を、締め括りに、さすが王室への本務に則り「女王陛下万歳」*を、御披露賜った。楽隊の腕前は実に瞠目的だった。よって半日制学童なる全法人団体がこの上もなく興味津々にして楽しげな面持ちで聞き入っていたのはいささかも瞠目的ではなかった。

　半日制学童の間でお次に何が持ち上がったか？　まるで楽隊は小生を真鍮製の管楽器から大教室へと吹き飛ばしでもしたかのように、小生は今や気がついてみれば大教室の中で、片や半日制学童なる全合唱隊は足踏みオルガンの音《ね》に合わせて夏の一日《ひとひ》の賛美を歌い、我が小さいながらもあっぱれ至極な馴染み横笛吹きは、この十二か月というもの息を溜め込んででもいたかのようにガンガン歌って歌って歌いまくり、ばかりか誉れの「名無し丸」の乗組員全員もついぞ索具を攀じ登っては攀じ降りたためしのなきが如く、音階を攀じ登っては攀じ降りた。こいつに片がつくと、我々は「英国皇太子に神の御加護のあれかし」（ヘンリー・リチャーズ作愛国歌（一八六二））を腹の底からガナり上げ、殿下の幸ひをそれは心底祈ったものだから、我が逍遥自身としては、歌にケリがついた時にはつられてゼエゼエ喘ぐこと頻りであった。こいつに片がつくや否や、我々はまたとないほど潑溂として、中空方陣を組み、恰も断じて外の何一つ手は出さぬ、と言おうか手を出そうなど夢にも思ったためしがないかのように、口述課業に捩り鉢巻きでかかった。

果たして逍遥の旅人が、くだんの狡っこい御仁の側《がわ》における全き叡智の風情と相俟った慎重な寡黙がなければうっかり如何なるのっぴきならぬ羽目に陥っていたことか、は不問に付そう。五を二乗し、十五を掛け、三で割り、八を引き、四ダースを足し、ペンスで解《かい》を出し、一箇につき三ファージングの卵がいくつ買えるか答えよ。問題が口にされるが早いか、十人は下らぬ小さな少年が一斉に答えを喚き立てた。解答の中には大きく的を外すものもあれば、当たらずとも遠からざるものもあれば、ことそいつらに関す限り、それは正確に算出されているものだから、同時に如何なる鎖の環っかが急く余り落っことされたか歴たるものもあった。当座、どれ一つとして完全に正しい解《かい》はない。が見よ、その四苦八苦、苦悩する精神が内的計算の過程において血肉を具えたチョッキのボタンを打ち、暗算の専心において血肉を具えた額の不慮のコブを八の字に寄す様を！　そいつは我があっぱれ至極な馴染み（などと呼んで差し支えなければ）横笛吹きなり。解答を霊感さながら授かった証拠、右腕を懸命に突き出し、右脚を真っ先に身を乗り出したなり、横笛吹きは謎を解く。それから腕と脚をもろとも引っ込め、コブには虎視眈々待ち伏せさせたなり、お次の難問を待ち受ける。三を二乗し、七を掛け、四で割り、五十を足し、十三を引き、二を掛け、自乗し、結果をペンスで答え、さらに半ペンスでは何枚になるか答えよ。ヘビ顔負けに賢しら（『マタイ』一〇：一六）なるは、その右腕の即座に現われ、当該算術的炎を揉み消す、くだんの手先に目一杯近似の楽器を奏す四フィートの奴なり。大英帝国について何か述べよ。その主要産物について何か述べよ。その港について何か述べよ。その海と川について何か述べよ。石炭と、鉄と、綿と、材木と、錫と、テレビン油について何か述べよ。中空方陣は突き出された右腕で逆立つ。が常に事実に忠実なるは横笛吹きなり、常にヘビ顔負けに賢しらなるはくだんの楽器の奏者なり、常にとびきり快活にして才気縦横なるは全楽隊員なり。小生はシンバル奏者がてんで割って入らぬよりむしろ時折、音高らかな（『コリント第一』一三：一）解答に飛びつくのに目を留める。がそいつは恐らく奴の楽器の十八番に違いない。これら全ての質問、のみならずその手の仰山な質問は、咄嗟に、してついぞくだんの少年達を試問したことのない人間によって吹っかけられる。逍遥の旅人は、お客様もどうぞと持ちかけられ、しどろもどろたずねる。二月二十九日生まれの男は五十年目が終わった時点で何度誕生日を迎えることになるだろう？　即座に、皆は一斉に引っかけにして落とし穴を勘繰り、横笛吹きは格別頭を冷やし、己《おの》が知性と語らわねばならぬと見て取ったか、最寄りの隣人方のコーデュロイの蔭に引っ込む。その間《かん》、ヘビの叡智はかく仄めかす。男は五十年の内にわずか一度の誕生日しか迎えまい、何とならば生まれるのも死ぬのも一度こっきりとあらば、如何で一度以上誕生日を向えられよう？　赤面した逍遥の旅人は御叱正をありがたく頂戴し、お定まりの祭文に手を加える。熟考が続き、誤った解答が二、三飛び出し、シンバルは「六回！」とぶち上げるも、何故《なにゆえ》かは皆目見当もつかぬ。さらばコーデュロイの学究的木立より控え目にスルリと這い出しながら、姿を見せるは横笛吹き――右腕を突き出し、右脚をいっとう仰《のっ》けに身を乗り出し、コブを燦然とテラつかせたなり。「十二回、で二余り！」

　半日制女子学童も同様に、しかもめっぽうあっぱれ至極に、考査を掻い潜った。もしや彼女達の教生の側《がわ》にもういささかなり愛嬌があれば、恐らくもっと物の見事にやってのけてはいたろう。というのも冷ややかな目と、我が若き馴染みよ、刺々しく突っけんどんな物腰は、断じて、君の無垢がてっきり思い込んでいるような強かな梃子ではないから。少女も少年も、手習いであれ口述であれ、しっかりとした字を書き、いずれも料理が出来、いずれも自分達の服を繕え、いずれも身の回りの何もかもをきちんと手際好く片づけられた――少女達はおまけに、女性らしい家政の知識が具わってはいたが。秩序と規律は小生が同様に訪問した幼児学校の歌において緒に就き、両者は託児所においてすらそれなりちっぽけな度合いにて見出されることとなった。というのもそこにては逍遥のステッキがやんややんやの歓声と共に掻っさらわれ、そこにては「博士《ドクター》」が――薬剤師の戸口で拾われた正しくその晩に学位を取得した、齢二才の医師たる――実に慇懃にして陽気に託児所の持て成し役を務めたからだ。

　こうした学校はかなり以前から素晴らしき学舎であった。半日制の日々よりかなり以前から。小生がこの手の施設を最初に目にしたのは十二年から五年前のことである。が半日制が導入されて以来、ここでは一週十八時間の学校教育は三十六時間より有益にして、生徒は昔より悟りが速く聡明だと証明されている。学童全体に対す音楽の好影響も同様に紛うことなく証明されている。善い教育なる名分にとっての半日制の計り知れぬ利点のもう一つは、明らかに、その経費と、教育の及ぶ期間の大いなる削減である。最後の一点はわけても、貧しい親は必ずや一刻も早く子供達の労働によって利益を得たいと願っているため、就中重要な案件である。

異論もあろう。まず第一に、こいつはなるほどすこぶる結構だが、かようの成功には格別な地の利と、格別な児童の選択が肝要に違いない。第二に、こいつはなるほどすこぶる結構だが、めっぽう高くつくに違いない。第三に、こいつはなるほどすこぶる結構だが、我々には結果の証拠が何らないでは、貴殿、結果の証拠が。

第一の格別な地の利と格別な選択の点に関し。果たしてライムハウス・ホールは「子供の楽園」の用地として選りすぐられようか？　或いは果たしてかようの川畔地区の沿岸人口の嫡出であれ庶出であれ、貧民の子供は教えを施すにまたとないほど恰好の適例と見なされようか？　がそれでいて上記の学校はライムハウスにあり、ステップニー救貧区連合の貧民学校である。

第二の経費の点に関し。果たして一週につき六ペンスは教師の全給料と教師の給食も含め、生徒一人頭の教育のためにそれほど高額と見なされようか？　仮に経費は一週につき六ペンスでも五ペンスでもないとしたら？　実に、そいつは四ペンス半である。

第三の、証拠が何らないでは、貴殿、証拠が何ら、なる点に関し。果たしてここでは半日制の下《もと》、全日制の下《もと》より幾多の、より十分な資格を有す教生が輩出しているという事実には何ら証拠がないであろうか？　果たして半日制学童が綴り方の競争において、第一級の国民学校の全日制児童を破ったという事実には？　果たして見習い水夫が商船ではそれは引っぱりダコなものだから、一頃は訓練を受ける前に少年一人につき一〇ポンドの謝礼が——やたらしょっちゅう、見習い期間が終わらぬとうの先から、もしやシゴき上げられた少年がお先にトンヅラしていなければ、トンヅラする、どこぞの阿漕な人デナシよろしき酔っ払い船長に——支払われていた片や、今ではとびきり人格公正な船長がくだんの少年達を一切謝礼抜きで、心より喜んで引き受けるという事実には？　果たして少年達はむしろ「何もかもがそれは小ざっぱりとして清潔できちんとしているから」というので彼らに人気のある英国海軍においてもすこぶる高い評価を受けているという事実には？　或いは、海軍船長達が「貴校の小さな方々さえ来て下されば幸甚の極みにて」と綴っていることには何ら証拠がないであろうか？　或いは、以下のような証言には何ら証拠が？「とある船主が学校を訪れ、次のように言った。持ち船が前回の航海で貴校の生徒の一人を乗せて英仏海峡を渡っている際、水先案内人が『最上檣帆を下げた方が好さそうだ。誰か下げてくれぬものか』と言った。すると何ら命《めい》を待たず、水先案内人の目にも留まらぬまま、船に乗せていた貴校の出身の少年がたちまちマストに登り、最上檣帆を下げ、水先案内人が次にちらとマストの先に目をやった時には既に帆が下ろされていた。水先案内人は思わず声を上げた。『あいつをやってのけたのは誰だ？』船主は、船上にいたから、返した。『あれは二日前にわたしが船に乗せたチビ助だよ』水先案内人はやにわに答えた。『ああ、でしたらあの少年は一体どこで手塩にかけられたのです？』くだんの少年はそれまで一度として海を見たことも本物の船に乗ったこともなかった」或いは、これら少年達が救貧区連合には追っつかぬほど軍楽隊からお呼びがかかるという事実には何ら証拠が？或いは、わずか三年間で内九十八名が軍楽隊に入っているという事実には？　或いは、内十二名は一連隊の楽団に所属しているという事実には？　或いは、くだんの連隊の連隊長が「もう六名ほど頂けませんか。彼らは皆素晴らしい少年ばかりです」と一筆認《したた》めているという事実には？　或いは、少年の内一人は同じ連隊の楽隊伍長に昇格しているという事実には？　或いは、ありとあらゆる手合いの雇用主が異口同音に「教練を受けた少年達を寄越して下さい。彼らは機敏で、従順で、時間厳守なもので」と称えるという事実には？　他の証拠を小生自身、この逍遥の目で見て来た。御両人がその昔ステップニー救貧区連合の救貧児童たりし、人品卑しからざる男女が如何なる社会的立場にある所を見て来ているか審らかにする筋合いがあるとは思っていないが。

如何なる立派な軍人に育つ可能性を、これら少年の他の者が秘めているか、今更指摘するまでもなかろう。内幾多の者は常日頃から軍務に強い野心を抱き、いつぞやなど卒業生が懐かしの学舎を見に、拍車ごと、一分の隙もなく軍服に身を固めた騎兵たりて、戻って来るに及び、騎兵連隊に入り、くだんの崇高な装具を身に纏いたいとの然なる憧憬が沸き起こったものだから、未だかつて学舎にてかほどに皆がワクワク胸を躍らせたためしはなかった。少女は素晴らしい女中に育ち、然る時期になると一時《いちどき》に二十から四十人が、懐かしの学舎を眺め、懐かしの教師とお茶を飲み、懐かしの楽隊を聞き、懐かしの船がマストを御近所の屋根や煙突の遙か上方に聳やかす様を見るべく、戻って来る。これらの学校の身体的健康に関せば、それが（ただ単に衛生上の規定が他の教育上の手筈に劣らず整っているからというだけで）実に例外的なまでに優れているものだから、視察官のタフネル氏が初めて一件を報告書で明らかにした際、氏は、高潔な人格にもかかわらず、てっきり何か尋常ならざる過ち、もしくは誇張を犯したものと思い込まれた。これらの学校の精神的健康においては――ここでは体罰の事例はないから――「嘘偽り無きこと」が第一義とされている。船が初めて据えられた際、少年達は、今では常にそこに張られている網が事故に対す予防措置として張られるまで、帆桁の上に登るのを禁じられた。数名の少年が、矢も楯もたまらず、命令に背き、夜が明けるか明けぬか、窓から抜け出し、マストの先まで登った。とある少年が不運にも落ちて死亡した。外の少年については何ら手がかりがなかった。が少年は一人残らず集められ、救貧委員会の委員長は彼らに告げた。「わたしは一切約束はしない。君達にはどんな恐ろしい事が起こったか分かるはずだ。どんな重大な違反のせいでこんな結果になってしまったかも分かるだろう。果たして違反者に対して如何様な措置が取られるかは言えない。が、諸君、君達はここで何よりもまず真実を尊ぶよう教育を受けて来た。わたしが求めているのは真実だ。命令に背いたのは誰だね？」即座に、事件に関わった全ての少年が、他から離れ、一歩前へ出た。

さて、くだんの殿方の頭と心は（素晴らしき頭と素晴らしき心は、と断るまでもあるまい）ここ幾年もこれらの学校に深く関心を寄せ、今なお寄せている。施設は実に幸運にも素晴らしい校長に恵まれているばかりか、ステップニー救貧委員会が強い責任感を有す熱心で人道的な人々で構成されていなければ、現在のような姿にはなれなかったろう。がとある集団がかようの点において為し得ることは、別の集団も為し得るはずであり、これは他の全ての団体や救貧区連合の気高き手本にして、国家にとっての気高き手本である。この手本は、右に倣われ、怠慢な親に対す力説によってなお敷衍されれば、ロンドンの通りからその目の毒たる最も悍しき代物を――我らが救い主の文言を由々しく逆転させ、「天の王国」の子ら（『マタイ』一八：三）ではなく「地獄の王国」のそれたる無数の幼子を――一掃してくれよう。

天下の公道からかようの恥辱を、公共の良心からかようの譴責を、一掃してくれようか？　ああ！　なるほど、八卦めいてはいまいか、かの調子のいい童歌は――

「そいつはいつのことさ
教えておくれ、ステップ - ニーの鐘《かね》よ！＊」

第二十二章　グレイト・ソルト湖行き

（一八六三年七月四日付）

いざ御覧じろ、小生はとある六月初頭の暑い朝、移民船へ向から途上にある。* 小生の道は勝手知ったる連中には概して「船溜まり沿い」として知られるロンドンのくだんの地区を抜ける。船溜まり沿いは、その数あまたに上る——もしや表通りに溢れ返った地元人口から判ずれば、その数あまたに上りすぎる——連中の我が家《ホーム》だが、小生の鼻はそいつが芳しき《スイート・》我が家《ホーム》たる人間の数はお易い御用で数えられるやもしれぬと垂れ込む。船溜まり沿いは、もしや小生が移民ならば我が乗船地点として白羽の矢を立てよう界隈である。何せ小生自身の腹づもりを然に道理に適った観点から目の当たりにさせ、とっととズラかるに如くはない然ても仰山な代物をひけらかして下さろうから。

　船溜まり沿いでは連中、聖ジョージと竜の末裔（即ち、英国人）に知られる限りいっとうどデカい牡蠣を食い、いっとうゴツゴツした牡蠣殻を散蒔く。船溜まり沿いでは連中、銅の船底から刮《こそ》げ落としたかと見紛うばかりにとびきりネバついたフジツボやハマグリを平らげる。船溜まり沿いでは、青物屋の軒先の野菜は魚や海草と掛け合わされでもしたかのように塩っぱげにしてウロコっぽい面《つら》を下げている。船溜まり沿いでは連中、飯屋や、呑み屋や、安出来合い服屋や、茶屋や、割符屋や、口に出来ようと出来まいとありとあらゆる手合いの店で「船乗りに部屋を貸す」——と言おうか、言わば海賊的意味合いにおいて部屋を貸すに、情け容赦もへったくれもなく金を絞り取る。船溜まり沿いでは、船乗りがポケットを引っくり返し、脳ミソも似たり寄ったりにしたなり、真っ昼間に道のど真ん中をブラつく。船溜まり沿いでは、波を治めるブリタニア（ジェイムズ・トムソン「ブリタニアよ、統治せよ」）の娘達もまた、絹のドレスに身を包み、髪を房々そよ風になびかせ、バンダナ・カーチーフを肩からヒラつかせ、スカートをクリノリンでたっぷり膨らませたなり、あちこちフラつく。船溜まり沿いでは、貴殿は比類なきジョー・ジャクソンが如何なる夜とてホーンパイプの伴奏で「英軍旗」* を歌っているのを耳にするやもしれぬし、如何なる昼の日中とてロウ人形館で行列無しの一ペニーにてアクトンでお巡りを殺し、こっぴどいお咎めを食らっている奴を目にするやもしれぬ。船溜まり沿いでは、貴殿はもしや香味付けをさておけば何でこさえられているかうるさいことを言わぬようなら、ポロニーや、サヴィロイや*、ソーセージの各種料理を買うやもしれぬ。船溜まり沿いでは、ヤコブの子（即ちユダヤ人）が賃借り出来る如何なる陰気臭い小屋や出入口であれ潜り込み、そこに船乗り用のあれやこれやを――白鑞の時計に、暴風雨帽に、耐水のつなぎ服《オーバーオール》といった――「とひきりの品れ、ふなのりのあんさん」――吊る下げる。船溜まり沿いでは、帽子の内っ側の蠟細工の顔なる洗練そっちのけにて完璧な水夫服一式を枠の上にひけらかすような商人《あきんど》は、絵空事の着手《きて》が桁端《けたはし》にてゲンナリ、この世なる船旅《ふなたび》にも陸旅《おかたび》にもそっくりケリをつけたなり、項垂れている様をひけらかす。船溜まり沿いでは、店の貼り紙が、御当人を予め気さくに存じ上げて客にかく頓呼する。「さあ、どうだい、ジャック！」「そら、きさまにピッタシの奴だせ！」「二と九で、うちの船乗りカクテルの味を利いてみな！」「お国の水夫《タール》にゃ打ってつけの樽だぜ！」「おーい、そこの船よーい！」「ラムを特配しようじゃないか、兄弟！」「さあ、元気を出すんだ、お前ら。うちにゃとびきりの酒がありゃ、ぶっちぎりのビールは一味も二味も違うってな！」船溜まり沿いでは、質屋は英国国旗の図柄のハンケチや、小さな船が文字盤の上でグラグラ縦揺れしている時計や、望遠鏡や、ケース入りの航海器具等々を形に金を貸す。船溜まり沿いでは、薬剤師はとびきりいじけたやり口で店を構えるに、明るい薬ビンも小さな引出しもからきしないまま、専ら傷口を塞ぐにリント布と硬膏の世話になる。船溜まり沿いでは、マレー人か中国人が貴殿をロハでグサリとやった挙句、みすぼらしい葬儀屋がロハ同然で埋めて下さるとあって、貴殿はかほどに安上がりなケリもまずつけれまい。船溜まり沿いでは、酔っ払いはどいつもこいつも酔っ払い相手だろうと素面相手だろうと端から喧嘩を売り、外のどいつもこいつも鼻を突っ込み、あれよあれよという間に貴殿は竜巻よろしき赤シャツと、茫々の顎鬚と、ボサボサの頭髪と、剥き出しの刺青の腕と、ブリタニアの娘と、ウラミツラミと、泥と、呂律の回らぬ罵声と、狂気に巻き込まれるやもしれぬ。船溜まり沿いでは、ヴァイオリンが日がな一日居酒屋でキーキー耳障りな音を立て、連中の騒音やありとあらゆる騒音よりなお甲高く、海の向こうから連れて来られた数知れぬオウムの金切り声が上がる。何せ連中、ここなる我らが祖国の岸辺にて目の当たりにするものに胆をつぶしていると思しいから。果たしてオウムは知っているのか、知らぬのか、船溜まり沿いは愛らしき島々の浮かぶ太平洋へ通ず道にして、そこにては野育ちの少女が花を編み、野育ちの少年がココナツの殻に刻み、苦虫を噛みつぶした盲《めしい》の偶像がこちとらの鬱蒼たる木立の中にてドンピシャ司祭や首長に劣らず要領を得て瞑想に耽っていると。果たして連中は知っているのか、知らぬのか、気高き未開人*とはどこへ行こうとてんで願い下げのペテン師にして、申し開きに五十万巻分もの戯けと惚けしか持ち併さぬと。

シャドウェル教会だ！　船溜まり沿いより川沿いの方がよっぽどか爽やかな風が吹いているよと、愉快な囁きがいたずらっぽく、尖塔の風窓を出たり入ったり、お互い追いつ追われつする。教会のすぐ向こうの繋船ドックに巨大に浮かび上がっているのは、小生の移民船、その名も「アマゾン号」なり。船首像《フィギュア・ヘッド》はそれだけ弓を引き易いよう男勝りの女武者の民《たみ》*のかの麗しき始祖が言い伝えられる如く端麗な容姿《フィギュア》を失ってはいない。が小生は彫り物師と見解を一にする。

「胸像を然るべく――ありのままではなく――
彫らんと心を砕くゴマすり屋の彫り物師*」

我が移民船は船端《ふなばた》をまともに埠頭に向けて碇泊している。円材や厚板で出来た対《つい》の巨大な舷門板が船を埠頭に繋ぎ留め、これら二枚の舷門板を登ったり降りたり、アリよろしくひっきりなし押し合い圧し合い、右往左往、出ては入っているのは、我が移民船にていよいよ大海原を渡らんとしている移民である。キャベツを抱えた者あらば、パンの塊を抱えた者あらば、チーズとバターを抱えた者あらば、ミルクとビールを抱えた者あらば、梱や寝具や包みを抱えた者あらば、赤子を抱えた者あらば――ほとんど全員子連れだが――ほとんどどいつもこいつも毎日の水の配給用に真新しい、さぞやブリキの臭いがツンと鼻につこう、ブリキの缶を抱えている。右往左往、上へ下へ、船へ岸へ、ここかしこ、至る所、我が移民はウョウョ群れている。がそれでいて船溜まり門がギギギと蝶番の上で軋み開く度辻馬車が、荷馬車が、幌馬車が、続々お越しになっては我が移民をいよよどっさり、いよよどっさりキャベツや、パンの塊や、チーズとバターや、ミルクとビールや、梱と寝具と包みや、ブリキの缶ごと引っ連れて来る――くだんの船旅投資の元手を子供なる複利で膨れ上がらせたなり。

小生は我が移民船に乗る。まずもって大船室を覗いてみれば、そいつはかくて切羽詰まった船室なるもののお定まりの状態にある。バラけた書付けと、ペンとインク壷を手にした汗だくの陸人《おかにん》がそこいら中に散り、一見した所、さながら故アマゾン氏の葬儀がつい今しがた共同墓地から帰って来たばかりにして、悲嘆に暮れたアマゾン夫人の管財人共が故人の御事情たるや混乱を極めているものと見て取り、遺書を折しも血眼になって探し回っているといった態である。小生はいい空気でも吸おうと船尾楼甲板《プープデッキ》に這いずり出し、ざっと下方の甲板の移民を眺めれば（実の所連中、上のそこの、小生のグルリでもごった返しているが）、いよよ仰山なペンとインク壷がしゃかりきになり、いよよ書付けが飛び交い、ブリキ缶だの何だのの個人相手の勘定がらみで果てなき混乱が持ち上がっている。が誰一人として不機嫌な者も、酒に酔っている者も、悪態を吐いたり妄りな言葉を使ったりする者も、見るからにしょぼくれている者も、涙をこぼしている者もなく、下方の甲板の片隅という片隅にてはともかく二、三フィート四方なり跪くか、蹲るか、横になる場所がありさえすれば、人々は、物を書くには打ってつけならざるありとあらゆる姿勢にて、手紙を書いている。

さて、小生は六月の本日より以前にも一艘ならざる移民船を目にして来た。がこれなる移民はそれまで目にして来た、同様の状況における他のありとあらゆる移民とそれは似ても似つかぬものだから、思わず声に出して首を捻る。「他処者はこの連中を一体何者だと思うだろう！」

「アマゾン号」の潮焼けした船長の注意おさおさ怠りなき明るい面《おもて》が小生のすぐ肩先にあり、船長は言う。「全くもって、一体何者だと！　連中の大方は昨夕乗船しました。祖国の各地から、三々五々やって来たばかりで、もちろんついぞ顔を合わせたためしはありません。というに乗船して二、三時間と経たぬ内に、自分達の警察を設置し、規則を作り、昇降口という昇降口に見張りを立てました。九時にならぬ内に、船は軍艦並みに規律正しく、静かになりました」

またもや周囲を見渡してみれば、誰しもとびきり奇しくも坦々と落ち着き払ってペンを走らせている。人込みの直中にあってなお脇目も振らず――片や大きな樽が艢上でグラリグラリ揺れ、船倉へ降ろされていようと、火照り上がった差配人がアタフタ行ったり来たりしては、果てなき勘定にケリをつけていようと、二百人に垂んとす見知らぬ人々がどこもかしこもで他の二百人に垂んとす見知らぬ人々を探し、連中がらみでもう二百人に垂んとす他の見知らぬ人々に質問を吹っかけていようと、子供達がありとあらゆる階段の上や下で、ありとあらゆる人々の脚の内や外で、戯れ、皆の生きた空もなく胆を消すことに、ありとあらゆる危なっかしい場所越しでんぐり返っている様が見受けられようと何のその――手紙のペンはさらさらと穏やかに走る。船の右舷側にては白髪まじりの男がまた別の、どデカい毛皮の縁無し帽を被った白髪まじりの男に延々たる手紙を口述しているが、くだんの手紙と来てはそれは由々しき質《たち》なものだから、文筆助手《アマニュエンシス》は時折脳

ミソに風を通してやるべく、両手で毛帽子を脱ぎ、口述している男にじっと、これぞ一見の価値ある、幾多の神秘を秘めた男として目を凝らさねばならなくなった。左舷側にては女が小ぢんまりとした机を仕立てるべく索留め栓《ビレーピン》に白い布を被せ、小さな箱に腰掛けたなり、帳簿係顔負けにひたぶるペンを走らせていた。この女の足許の甲板の厚板の上に腹這いになり、便箋の恰好の隠処として、くだんの側《がわ》の舷檣の梁の下に頭を突っ込んだなり、小ざっぱりとした愛らしい少女が優に一時間の長きにわたりペンを走らせ（少女はとうとう気を失ったが）ほんの時折インク壺に浸けようというので表面へ浮かび上がって来るきりだった。船尾楼甲板《プープデッキ》の小生のすぐ側《そば》のボートに横付けになって、別の少女が、潑溂とした大柄な田舎の少女だが、剥き出しの甲板の上でまた別の手紙を書いていた。その日の後程、正しくこの同じボートが合唱や輪唱を一頻り歌う聖歌隊で溢れ返ると、歌い手の一人は、少女だったが、自分のパートは終始一本調子に歌い、その間《ま》もずっとボートの底で手紙を書いていた。

「初めての方は連中の正しい名を言い当てるのに戸惑われましょうな、逍遥殿」と船長は言う。

「全くもって」

「もしも御存じなければ、まさか連中——？」

「どうしてよもや！　てっきり彼らなり、祖国の精粋にして精華なものと思い込んでいたでしょう」

「かく言うわたしも」と船長は言う。

「何人ほどいらっしゃいます？」

「ざっと八百人でしょうか」

　小生は中艙を歩き、そこにては子供連れの家族が暗がりの中で群がり、そこにてはつい今しがたの到着によりて不可避の混乱が持ち上がり、混乱は各々の仲間内で進行しているディナーのためのささやかな仕度のせいで彌増しに増していた。ここかしこで女が二、三人、道に迷い、我ながらの粗忽に声を立てて笑い、身内の所へ戻るか、またもや甲板に出る道をたずねていた。哀れ、一人ならざる子供が泣いていた。がそれ以外は皆、驚くほど陽気だった。「明日までには落ち着くさ」「一日二日もすればすっかり持ち直すだろう」「沖に出たらもっと明るいはずだ」といった文言を、小生は至る所で耳にしながら、櫃や樽や梁や、依然出しっぱなしの積荷や環付きボルトや移民の間を手探りで下甲板へ降り、そこからまたもや日射しの中へと、さらには先の持ち場へと、這いずり上がった。

　なるほど、こと没頭する能力にかけては徒ならぬ連中ではないか！　先ほど手紙を認《したた》めていた連中は相変わらず坦々とペンを走らせ、ばかりかいよいよその数あまたに上る連中が小生の留守中にペンを走らせにかかっていた。手に本の袋を提げ、石板を小脇に抱えた少年が、下方から姿を見せ、小生の近くに（腹づもりにしっくり来る天窓を目敏く見つけると）荷物ごと陣取り、ズブの聾でもあるかのようにひたすら算術を解き始めた。父親と母親と幼子が数名、小生の下方の主甲板にて、右往左往人の込み合った舷門板の袂の際に一家の輪を成し、そこにて子供達はロープの蜷局に巣よろしく潜り込み、父親と母親は（後者はいっとうのおチビさんに乳を与えていたが）、さながら全く人気《ひとけ》のない所に引き籠もってでもいるかのように長閑に内輪話に花を咲かせていた。総勢八百名において最も顕著な特質は焦燥の気配が微塵もないことだろうか。

　八百名の何において？　「ガチョウとでも、ならず者よ？（『マクベス』V、3）」いや、八百名のモルモン教徒において。小生、「同胞愛兄弟商会」に勤務する逍遥の旅人は、八百名の末日聖徒（モルモン教徒の正式呼称）は如何様なものか確かめるべく移民船に乗船した訳だが、彼らは（ありとあらゆる己《おの》が予想を潰走・転覆せしめらることに）自ら目下細心の精確を期して審らかにしている如きであった。

　移民を集め、彼らをグレイト・ソルト湖への途上ニューヨークまで連れて行く契約を小生の馴染みの船主連中と交わす上で鋭意尽力して来たモルモン教徒代理人を指し示された。いささか小柄な、暗褐色の髪と顎鬚を蓄え、澄んだ明るい目をした、黒づくめの、体の引き締まった好男子だった。話し振りからしてまずアメリカ人に違いなかろう。恐らくは散々「諸国を歴巡って」来た男――気さくでざっくばらんな物腰と、たじろぐ所のない眼差しの男、と同時に実に機転の利く男であった。恐らく小生の逍遥の個性など全く与り知らず、故に小生の大いなる逍遥の威信も全く与り知らなかったはずだ。

逍遥。　ここに集めておいでなのは実に素晴らしい方達ばかりではありませんか。

モルモン教徒代理人。　ええ、御主人、実に素晴らしい連中ばかりです。

逍遥（辺りを見回しながら）。　正直な所、他の何処であれ八百人の人間を集めてなお、彼らの間にかほどの美しさや、労働に対すかほどの体力と適応性を見出すのは極めて困難ではないでしょうか。

モルモン教徒代理人（辺りは見回さず、ひたすら逍遥に目を凝らしながら）。　恐らく。――昨日は、リヴァプールからもう一千人ほど送り出しました。

逍遥。　御自身は移民の皆さんとは御一緒なさらないのでしょうか？

モルモン教徒代理人。　ええ、御主人。こちらに留まります。

逍遥。　ですがこれまではモルモン教の地にいらしたと？

モルモン教徒代理人。　はい。三年ほど前にユタを発ちました。

逍遥。　小生にとっては移民の方が皆かほどにほがらかで、これからの長旅をほとんど意に介していないのが不思議なほどですが。

モルモン教徒代理人。　はむ、中には、ほら、ユタに馴染みのいる者もあれば、道中馴染みに会うのを心待ちにしている者も少なからずいます。

逍遥。　道中？

モルモン教徒代理人。　つまり。この船はニューヨーク・シティーで信者を降ろします。それから彼らは鉄道でセント・ルイスを越え、ミズーリ川の堤が大草原地帯に突き当たる辺りまで旅を続けます。そこまで来ると、新開地から荷馬車が大陸横断の――およそ千二百マイルに及ぶ――旅に付き合うために出迎えにやって来ます。新開地に移民する勤勉な信者はほどなく彼ら自身の荷馬車を購入し、よってこれらの信者の中には馴染みが自分達の荷馬車で出迎えに来る者も少なからずいます。それを大いに楽しみにしているのです。

逍遥。砂漠を横断する長旅の際に武器はお持たせになるのでしょうか？

モルモン教徒代理人。信者は大方、既に何らかの類《たぐい》の武器を身につけているはずです。武器を携えていない者にも草原地帯を横断する際には、通常の防御と護身のために武器を持たせます。

逍遥。そうした荷馬車というのはミズーリ川まで何か農産物を運んで来るのでしょうか？

モルモン教徒代理人。ええ、南北戦争が始まって以来、我々は綿を栽培するようになったので、恐らく機械類と交換するために綿を積んで来るでしょう。我々には機械類が不足していています。それから、我々は洋藍栽培にも取り組んでいます。洋藍はかなり実入りのいい産物です。グレイト・ソルト湖の向こう岸の気候は洋藍栽培に適しているようです。

逍遥。確か、目下乗船している信者は主として南イングランドの出身だそうですが？

モルモン教徒代理人。それと、ウェールズの。仰せの通りです。

逍遥。スコットランド人もたくさんいるのでしょうか？

モルモン教徒代理人。いえ、さほどでも。

逍遥。例えば、高地地方出身者《ハイランダー》は？

モルモン教徒代理人。いえ、高地地方出身者《ハイランダー》はいません。彼らは普遍の同胞愛や平和や誠意にそれほど関心がありませんので。

逍遥。昔ながらの喧嘩好きが脈々と受け継がれているのでしょうか？

モルモン教徒代理人。はむ、ええ。ばかりか、彼らには信仰というものが全くありません。

逍遥（先刻来、預言者ジョー・スミス*を持ち出したくてウズウズしていたのだが、どうやらとば口を見出したと思しく）。信仰とは何における——！

モルモン教徒代理人（逍遥の一枚も二枚も上手《うわて》たる）。はむ。——何事においても！

この同じ話題に関し、ことほど左様に、逍遥はウィルトシャー出身の労働者によっても出端を挫かれる。齢三十八の、純朴な、色艶のいい作男に。というのも男はさる折、逍遥の傍に立ったなり続々お越しの連中を眺めていた関係で、逍遥は以下の如き言葉を交わすから。

逍遥。つかぬことをおたずねしますが、どこの御出身でしょう？

ウィルトシャー。　ちっとも構うこたねえ。そら！（と嬉々として）オレは生まれてこの方ずっとストーンヘンジの影の真下の、ソールズベリー平原で働いて来たのさ。とはお思いになんねえかもしんねえが、マジで。

逍遥。　しかもあちらは実に気持ちのいい土地柄と。

ウィルトシャー。　ああ！　んりゃめっぽうな。

逍遥。　御家族も一緒に乗船しておいでなのでしょうか？

ウィルトシャー。　子供二人と。坊主と尼っこだが。オレは鰥でよ、オレは、んで坊主と尼っこと一緒に海い渡るとこだぜ。あれが尼っこだ、十六になろうかってえ、めんこい（とボートの傍らで手紙を書いている少女を指差しながら）。何なら坊主をめっけて来てやろう。一つ見てやっとくれ。（ここにてウィルトシャーは姿を消し、ほどなくブカブカのブーツの、およそ十二になろうかという、図体の大きな照れ屋の少年を引っ連れて戻って来る。御当人、紹介の儀に与ったからとて一向嬉しそうな風にはないが。）こいつもめんこいヤツで、だし、何でもござれと来る！　（坊っちゃん親不孝にも尻に帆かけたによって、ウィルトシャーはあっさりサジを投げる。）

逍遥。　三人でそんな遠くまで行こうと思えばさぞや費用が嵩むのでは。

ウィルトシャー。　うんとこな。そら！　週に八シリン、週に八シリン、週に八シリン、っていつからってことなし週の給金からこねくり出してよ。

逍遥。　よくぞそこまで。

ウィルトシャー（こいつはなかなか話の分かるヤツだとばかり）。ほれよっと、そこだぜ！　このオレだってよくぞってなもんで！　けどここでちびっと金出してもらって、あすこでちびっと手え貸してもらって、とうとう、ってなことになったのさ、どうやってそこまでなったかあさっぱりだが。そっから、ツいてねえ話もあったもんで、ほれ、オレ達ゃブリストルでうんとこ足止め食っちまった――十日は下んねえ――ハリデー牧師さんに何か手違いがあったとかで。ほんたあそのなりまっすぐやって来れたってのに、しこたま金え持ってかれちまったぜ。

逍遥（それとなくジョー・スミスに近づきながら）。お宅はもちろんモルモン教徒と？

ウィルトシャー（自信満々）。　おいや当たりき、オレはモルモンだぜ。（と言ったと思いきや、物思わしげに）オレはモルモンだぜ。（と言ったと思いきや、船をあちこち見回し、空っぽの場所に格別な馴染みがいるのに気づいたような風を装い、それきり逍遥とはスッパリ縁を切る。）

昼食のための正午の休憩の後《のち》——その間《かん》我が移民はほとんど全員中檣に集まり、かくて「アマゾン号」はまるでガランと、脱船されたかのような面《つら》を下げていたが——全体点呼が始まった。点呼は政府視察官と医師のおスミ付きを頂戴する儀礼上のものだった。くだんの権威御両人は中檣にて樽一つ二つで仮初の威厳を保ち、小生は八百人の移民が彼らと面と向かい合わねばならぬと知らぬでなし、御両人の背後の持ち場に就いた。二人は確か、小生については一切知らなかったはずだ。よって二人が如何ほどさりげなくも優しく気さくに本務を全うしたか、小生の立てる証はそれだけ鵜呑みにして頂いて差し支えなかろう。二人の手続きに繁文縟礼省（第八章注(八〇)参照）めいた所は微塵もなかった。

　移民は今や全員甲板に出ていた。彼らは艫に密集し、船尾《プー》楼甲板《プデッキ》に蜂さながら群がっていた。モルモン教徒代理人が二、三名、移民を順次視察官の方へ送り、晴れて合格したなら先へ送るべく傍に立っていた。果たして如何なる手立てにて統制への格別な適性がこれら信者に首尾好く鼓吹されたものか、小生には無論、報告する術《すべ》はない。が、確かに、この期に及んでなお、混乱や、焦燥や、悶着は全くなかった。

　用意が万端整うと、第一のグループが送り出される。一行の内、全員の乗船券を預かるくだんの信者は代理人の一人に予め用意しておくよう告げられているので、そら、乗船券は手の中だ。八百名を通じ全ての事例において、この証書は例外なく、必ずや用意されている。

　視察官（乗船券を読み上げながら）。ジェシー・ジョブソン、ソフロニア・ジョブソン、再度ジェシー・ジョブソン、マティルダ・ジョブソン、ウィリアム・ジョブソン、ジェーン・ジョブソン、再度マティルダ・ジョブソン、ブライアム・ジョブソン、レオナルド・ジョブソン、オーソン・ジョブソン。全員揃っているか？（と眼鏡越しにざっと一行を見やりながら。）

　第二のジェシー・ジョブソン。全員揃っています。

　この一行は祖父母と、彼らの既婚の息子と妻と、彼らの子供達から成っている。オーソン・ジョブソンは母親の腕の中でスヤスヤ寝息を立てているチビ助だ。医師は、優しい言葉を一言二言かけながら、母親のショールの隅をかすかに持ち上げ、子供の顔を覗き込み、固めた小さな拳に触れる。もしや我々が誰しもオーソン・ジョブソンほど健やかならば、医者の出る幕はなくなろう。

　視察官。結構、ジェシー・ジョブソン。ほら、乗船券だ、ジェシー、行っていいぞ。

　かくて一行はお役御免と相成る。モルモン教徒代理人は手際好く、坦々と一行を先へ送る。モルモン教徒代理人は手際好く、坦々とお次の一行を呼び寄せる。

視察官（またもや乗船券を読み上げながら）。スザンナ・クレヴァリーとウィリアム・クレヴァリー。姉と弟だな、えっ？

姉（てきぱきとした若い娘で、ノロマな弟を急き立てながら）。はい。

視察官。結構、スザンナ・クレヴァリー。さあ、乗船券だ、スザンナ、くれぐれもなくすんじゃないぞ。

かくて二人は立ち去る。

視察官（またもや乗船券を受け取りながら）。サムソン・ディブルとドロシー・ディブル（いささかびっくりしたように、眼鏡越しにズイと、めっぽう老いぼれた夫婦を見やりながら）。御亭主は全盲なのかね、ディブル夫人？

ディブル夫人。ええ、全く目が見えません。

ディブル氏（マストに向かって話しかけながら）。ああ、からきし。

視察官。それは気の毒に。ほら、乗船券だ、ディブル夫人、なくさぬよう。では行きたまえ。

医師はディブル氏の眉を人差し指で軽く叩き、夫婦は立ち去る。

視察官（またもや乗船券を受け取りながら）。アナスターシャ・ウィードル。

アナスターシャ（今朝方、満場一致で「ミス『アマゾン』に選ばれた、明るいガリバルディ*の愛らしい娘）。はい、視察官様。

視察官。独りで海を渡るのかね、アナスターシャ？

アナスターシャ（巻き毛を揺らしながら）。ジョブソンの奥様にお仕えしていますが、視察官様、今だけ離れ離れになっております。

視察官。おお！　ジョブソン家に仕えていると？　なるほど。結構、ウィードル嬢。乗船券をなくさぬよう。

娘は立ち去り、お待ちかねのジョブソン家の仲間に加わり、身を屈めながらブライアン・ジョブソンにキスをする――がくだんの腹づもりには坊っちゃん如何せん幼きに過ぎようと、傍で見ていた二十《はたち》前のモルモン信者数名によりては目される。娘の裾のだだっ広いスカートが樽から立ち去り切らぬ内に、雅やかな寡婦が四人の子供を引き連れてそこに立ち、かくて点呼は続く。

ウェールズ人の幾人《いくたり》かの――老人も少なからず紛れている――顔は、確かに最も知性に欠けていた。これら移民の中には、もしや指図する手がいつもお待ちかねというのでなければ、目も当てられぬほどヘマをやらかす者もいたろう。ここなる知性は紛れもなく低級なそれにして、頭はお粗末な手合いであった。概して、しかしながら、事情は逆である。この種の連中の間には辛抱強い貧困と厳しい労働の刻印を留めた幾多の疲れ切った顔があり、揺るぎない意志の堅さと、軽々ならざる控え目な矜恃が窺われた。二、三の若者は独りきり海を渡り、五、六人の娘は二、三人で一緒に行くようだった。これら後者に関し、果たして如何様な我が家と職業を捨てて来たのか、想像を逞しゅうするのはおよそお易い御用どころではなかった。恐らく、他の如何なる階層の若い娘というよりむしろ、田舎の帽子仕立て屋か、やたらケバケバしい身繕いをした教生といった態だった。身につけられた幾多の小さな飾り物の中に英国皇太子妃、並びに今は亡きアルバート殿下の写真ブローチが一つならず紛れているのも目に留まった。三十代の独身女性数名は、或いは縫い取り師か麦藁ボネット造りかと当て推量を働かす所ではあったろうが、より洗練された御婦人方がインドへ行く要領で、夫探しに海を渡っていること一目瞭然。彼女達がともかく多夫や多妻について明瞭な概念を持ち併せていたとは、今に信じ難い。移民の大多数が構成されている家族連れを複婚制に取り憑かれていると想像するのは、父親と母親を目にする如何なる者にとっても明々白々たる不条理を想像するに等しかったろう。

　ここには恐らく（事実を確認する手立てはなかったが）大方の馴染みのある類《たぐい》の手細工が成り代わられていた。作男や羊飼いやその手の連中も然るべく顔を揃えていたが、ハバを利かせているとは言えなかったろう。ほんの呼ばれた端から名前に応え、名前の持ち主に合印を付ける単純な過程においてすら、如何に一家の輪の主導者が必ずや自づと明らかになるものか、は目にするだに奇しかった。時にそいつは父親のこともあれば、遙かにしばしば母親であり、時には年から言えば二、三番目の利発な小さな少女のこともあった。魯鈍な親父さんの中にはここへ来て初めて、何と仰山な子供を引っ連れて来ていることよと思い当たる者もあったと思しく、目玉をギョロギョロ、一覧が読み上げられている片や、回していたものだ――よもやどこぞの他処の子が知らぬ間《ま》にこちとらのそいつに紛れ込んだのではあるまいがとばかり。愛らしい、器量好しの子供達皆の中に、首に恐らくは瘰癧《るいれき》らしき痕のある者はわずか二人しかいなかった。移民全体の内わずか一名、老婆が熱病の疑いがあるというので医師によって一時的に隔離された。が老婆ですら後ほど完全健康証明を頂戴した。

　全員が晴れて「おスミ付き」を頂戴し、日もそろそろ傾きかけた頃、甲板に真っ黒な箱が姿を見せ、箱はやはり黒づくめの数名の人物の管理の下《もと》にあったが、巡回布教師のお定まりの風情が漂うのは内一人しかいなかった。この箱の中には小ぢんまりと印刷・装幀された讃美歌集が入っていた。リヴァプールで出版されたものもあれば、ロンドンの「フローレンス・ストリート30番地『末日聖徒』書籍部」で出版されたものもあった。装幀の見事なものもあったが、より簡素な方がひっぱりダコで、買い求められるものも少なからずあった。表題には『末日聖徒イエス・キリスト教会のための聖歌・讃美歌集』とあり、一八四〇年、於マンチェスターと記された序には以下の如く認《したた》められていた。――「本国の聖徒は真理を聡明な心で歌い、久遠の新約聖書に応じた歌において称賛と歓喜と感謝を表現致せるよう、自らの信仰と崇拝に適合した讃美歌集を切に求めて来た。聖徒の願いに応じ、我々は当該巻を精選したが、これがより多様な歌が加えられるまで意に適えば幸いである。深甚なる崇敬と敬意を込め、久遠の新約聖書における貴兄の同志ブリガム・ヤング、パーリー・P・プラット、ジョン・テイラー」当該讃美歌集より――ただしお蔭で小生自身にとりては久遠の新約聖書は一向審らかにならず、くだんの秘跡の一件がらみで小生の心はこれきり聡明なそいつにはして頂けなかったが――讃美歌が一曲歌われ、御逸品、およそ大いなる注意を惹くどころか、むしろ選りすぐりの面々によってしか支持されなかった。がボートの中の聖歌隊はすこぶる愉快で、めっぽうウケが好く、おまけに楽隊も、コルネットの乗船さえ遅れていなければ、お目見得するはずであった。未だとっぷりと日の暮れ切らぬ内にとあるお袋さんが岸から「モルモン教徒達と駆け落ちしちまった」娘を探して駆けつけた。視察官に至れり尽くせり手を貸して頂いたものの、娘は船の中には見つからなかった。聖徒方は娘を見つけるに格別興味津々の風もなかったが。

五時になろうかという頃、厨房は湯沸かしで一杯になり、紅茶の馥郁たる芳香が辺り一面立ち籠めた。熱湯を求めて押し合い圧し合いしたり小突き合ったりする者もなければ、機嫌を損ねる者も悶着を起こす者もなかった。「アマゾン号」は次の潮で出帆することになっている上、午前二時までは高潮にならなかったので、小生は御当人の紅茶が酣にして、片や手持ち無沙汰の蒸気曳船が蒸気と煙のお鉢を当座、湯沸しに回して繋留されているがまま、「アマゾン号」を後にした。

後程知ったことだが、船長から渺茫たる大西洋に出る前に祖国宛速達が届き、くだんの移民の振舞いと、彼らの社交上の手筈全てにおける一点の非の打ち所もなき秩序と礼節が大いに称えられていたとのことである。果たして貧しき人々をグレイト・ソルト湖の岸辺で何が待ち受けていようか、如何なるお目出度な錯覚に連中の今しも囚われていることか、何たる惨めな盲目に彼らの目は開くやもしれぬことか、小生は敢えて口にしようとは思わぬ。が小生はもしや連中がそれに然るべく値すれば——とは心底信じていた如く——彼らに不利な証を立てようと移民船に乗船した。が、生半ならず驚嘆したことに、信者は不利な証には全く値しなかったし、自らの偏見や性向に、小生は正直な証人として、囚われてはなるまい。かくて小生は「アマゾン号」の側《がわ》に宗旨替えした——何らかの顕著な影響力が、これまでの所、より人口に膾炙した影響力がしばしばもたらし損ねて来た顕著な成果をもたらしているという事実は否めないと感じるだけに。†

† 当該逍遥の旅が印刷された後《のち》、小生はたまたまそこに審らかにされている体験をホートン卿に語った。くだんの殿方はさらば自ら執筆した一八六二年一月号の『エディンバラ・レヴュー』誌における寄稿文を見せ、その記事はくだんの末日聖徒に纏わる極めて哲学的かつ文学的考察と思われる。よってその一部をここに引用させて頂く。* ——「一八五四年の移民船に係る下院特別委員会はモルモン教徒代理人兼渡航仲立人を召喚し、『旅客法』の条項の下なる如何なる船もその者の管理の下なるそれらと同程度の快適と安全が得られようとは期待出来まいとの結論に達した。モルモン教徒移民船は快適と、礼節と、心的平和のための全ての備えの整った、強力かつ異論なき統制の下にある正しく一家に外ならぬ」

第二十三章　不在者の街

（一八六三年七月十八日付）

小生はわけても我ながらあっぱれ至極にやってのけていると、少々の御褒美に与るだけの筋合いはあろうという気がすると、コヴェント・ガーデンからフラリと、土曜か――それよりなおいいことに――日曜に、そこなる営業時間の後でロンドン・シティーへと出かけて行き、人気《ひとけ》ない奥まりや隅をウロウロ、ウロつき回る。こうした流離いを心行くまで堪能するには夏時を狙わねばならぬ。というのもさらば小生の格別取り憑きたい鄙びた穴場はいっとうなまくらにして懶いツラを下げているからだ。しとしとと雨のそぼ降るのも悪くない。暖かい靄は小生のお気に入りの隠処をすこぶる際立たせてくれる。

就中、シティーの教会墓地が筆頭に上げられようか。然に奇妙な教会墓地がロンドン・シティーには身を潜めている。時に教会から然にそっくり懸け離れ、必ずやグルリの家々にギュウと押し込められている教会墓地が――然にせせこましく、然に雑草の蓬々に蔓延り、然にひっそり静まり返り、然にコロリと、ススけた窓からともかく見下ろして下さる二、三の物好きをさておけば、忘れ去られた教会墓地が。*鉄門や手摺越しにひょいと中を覗き込みながら佇んでみれば、錆だらけの金属がペロリと、古木の樹皮さながら引っ剝げよう。判読不能の墓石はてんで一方に傾ぎ、土饅頭は百年来の雨で見る影もなく拉《ひさ》げ、いつぞやは乾物屋の娘と数名の市議たりし、セイヨウハコヤナギかスズカケノキはくだんのお偉方といい対萎び、そいつの今は亡き葉はその下《もと》なる塵にすぎぬ。遅々たる腐朽の感染がその場全体に垂れ籠め、グルリの建物の剝げた瓦葺き屋根はそれは拗けた具合に乗っかっているものだから、風がヒューとでも吹けばこれきり持ち堪えられまい。ガタピシのおんぼろ組み煙突はゲンナリ迫り出しながらも、如何ほど落ちねばならぬか首を捻り捻り下方を見下ろしているかのようだ。壁のとある角では、いつぞやは墓掘り男の道具納屋たりしものがサルノコシカケをびっしりこびりつかせたなり、朽ち果てている。グルリを取り巻く切妻から雨を流し去るための管や竪桶は、とうの昔に古鉛欲しさに叩き割られるか無慙にぶった斬られているとあって、今や雨をそいつのお気に召すまま、雑草だらけの地べたに滴ってはあちこち跳ね散るがままにさす。時に間際のどこぞに錆びついたポンプがあり、手摺越しに中を覗き込んで物思いに耽っていると、キーキー、未知なる手の下《もと》、さながら教会墓地の故人がかく訴えてでもいるかのようにグチっぽく水を汲み上げているのが聞こえる。「わたしらをここにそっと寝かしておいてくれんか。わたしらを吸い上げて飲んだりせずに！」

我が最愛の教会墓地の一つを、小生は凄まじく身の毛のよだち聖《ひじり》教会墓地＊と呼び習わしている。巷の人々が何と呼び習わしているか、はさっぱり与り知らぬ。教会墓地はシティーのど真ん中にあり、ブラックウォール鉄道が来る日も来る日もそいつ宛、金切り声を上げている。獄《ひとや》よろしく、酷たらしい頑丈な忍び返しの鉄門のある、小さな小さな教会墓地だ。この門には石で細工された、実物より大きな髑髏印《どくろじるし》があしらわれているが、おまけに身の毛のよだち聖《ひじり》の脳裏をふと、もしや石造りの髑髏《されこうべ》の天辺にグサリと、串刺し刑の要領で鉄の犬釘を押っ立てたならば愉快な意匠たらんとの酔狂がかすめた。故に髑髏《されこうべ》はズブリズブリ鉄槍を突き立てられたなり、遙か高みにて悍しくニタつき、よって小生にとって凄まじく身の毛のよだち聖《ひじり》には忌避の魅惑が纏いつく。いつぞやなど、日光や暗がりの中でしょっちゅう拝まして頂いているとあって、真夜中の雷雨の直中にて否応なく惹き寄せられるのを如何とも抑え難かった。「何故いけぬ？」と小生は我と我が身への申し開きとし、独りごちた。「いつだったか月明かりの下《もと》、大円形劇場《コロセウム》を見に行ったことだってあるんだ。稲光の下《もと》、身の毛のよだち聖《ひじり》を見に行って何が悪い？」かくて聖殿《ひじり》の所まで辻の一頭立てを走らせ、辿り着いてみれば、髑髏《されこうべ》の面々は一見、公開処刑の風情が漂う所へもって、ピカリと稲妻が走る度、犬釘の苦痛でシバシバ瞬《しばた》いてはニタニタ、ニタついているかのようとあって、またとないほど不気味な様相を呈していた。正しく我が意を得たりと伝える相手に事欠くばっかりに、小生は思わず胸の内を御者に開陳した。さらばおよそ宜な宜なと相づちを打つどころか小生をズイと――生まれながらにして徳利鼻の紅ら顔の男だったが――血の気の失せた面《つら》を下げて見やった。のみならず帰りの道すがら何かと言えば肩越し振り返っては馬車の正面の小さな窓から中を覗き込んでいた。恰も小生と来ては固より身の毛のよだち聖《ひじり》教会墓地の墓よりお出ましの乗客にして、またもや塒へヒラリと、お代も払わず取って返すのではあるまいかと疑心暗鬼を生じてでもいるかのように。

時に、どこぞの風変わりな会社の風変わりな大食堂がこの手の教会墓地に面し、同業組合員が正餐を認《したた》めている折など、貴殿には（もしや鉄桟越しに中を覗き込めば――とは小生がやっている折には断じてやっていぬが）連中が尊き会長

の健勝を祝して杯を干しているのが聞こえるやもしれぬ。時に、厖大な保管場所を要す卸し商がグルリを取り囲む空間の一辺か二辺、或いは三辺そっくりすら占めようものなら、商い種の梱の背《せな》が窓をびっしり、何やら中で連中自身のギュウギュウ詰めの生業会議を開いてでもいるかのように塞いでいよう。時に、墓地に眺めの利く窓はどいつもこいつもがらんどうで、下方の墓とどっこいどっこい——いや、墓ほどにも——生気がないこともある。何せ連中はその昔確かに生命たりしものを物語っているから。といった態だったのだ、小生が昨夏、自ら買って出た土曜の夕刻八時頃に見かけたとあるシティーの教会墓地は。が中でヨボヨボに老いぼれた爺さんとヨボヨボに老いぼれた婆さんがせっせと干し草を作っているのを目の当たりに、腰を抜かしそうなほど仰天した。然り、この世のありとあらゆる営みの就中、よりによって干し草を作っているのを！　そいつはグレイスチャーチ・ストリートとロンドン塔の間《はざま》なるネコの額ほどのせせこましい教会墓地で、例えば、エプロン一杯ほどの干し草が仕込めたろうか。果たして如何なる手立てによりてヨボヨボに老いぼれた爺さんと婆さんが、ほとんど歯のない干し草熊手ごと、そこへ潜り込んだものか、小生如きには皆目見当もつかなかった。御両人の老いぼれた大御脚が降りて来られそうなほど地べたに近い如何なる開けっ広げの窓も——それを言うなら如何なる窓も——視界には入らなかった。教会墓地の錆だらけの門には錠が下り、カビ臭い教会にも錠が下りていた。墓石《グレイヴ》に紛れて神妙《グレイヴ》に、夫婦は二人きり、干し草を作っていた。「時」の翁と上さんかと見紛うばかりに。夫婦の間には熊手が一本しかなく、二人して牧歌的恋愛風に仲良く握り、婆さんの黒いボネットには爺さんがつい今しがたまでふざけてでもいたかのように、干し草が乗っかっていた。爺さんは膝丈ブリーチズと目の粗いグレーの長靴下の、全くもって時代遅れの爺さんで、婆さんは生地といい色といい爺さんの長靴下そっくりの二叉手袋を嵌めていた。二人は御当人方をさっぱり解《げ》しかねて黙々と見守っている小生のことなどとんとお構いなしであった。婆さんは教会の座席案内係にしてはえらく明るく、爺さんは教区吏にしてはえらくしおらしかった。小生と夫婦の間の前景なる古びた墓石の上には智天使が二つ乗っていた。が、もしやくだんの聖なる飾り物には膝丈ブリーチズも、長靴下も、二叉手袋もこれきりお呼びでないというのでなければ、いっそ天使御両人を干し草作りの爺さん婆さんと引き比べ、似通いを探し求める所ではあったろう。小生はコホンと咳払いをし、谺を喚び起こした。が干し草作りの夫婦はちらともこちらを見なかった。二人は規則正しい動作で熊手を動かし、乏しい刈入れを自分達の方へ掻き寄せていた。よって小生は已むなく立ち去り、夫婦には後は勝手に暮れなずむ三ヤード半の空の下《もと》、二人きり、墓石《グレイヴ》に紛れて神妙《グレイヴ》に干し草を作って頂くこととした。ひょっとして夫婦はお化けにして、小生には霊媒がお入り用だったのやもしれぬ。

　いずれ劣らずせせこましいまた別のシティー教会墓地にて、小生はくだんの正しく同じ夏、二人の心地好さげな慈善学校生を見かけた。二人は「愛」を語らい——とはくだんの不死の代物が如何ほど強かか証して余りあることに。というのも二人は祖国の「慈悲」が嬉々として身を隠す優美な制服姿だったから——体が大きくなりすぎていたものか、大御脚は（少なくとも少年のそれは、というのも少女のそれを俎上に上すのは如何せん憚られるので）ほんの言いなりな気っ風の弱さの能う限りギクシャクしていた。おお、そいつは鉛色の教会墓地*だったが、くだんの若き恋人同士にとっては黄金の地たること一目瞭然！　小生が二人を初めて見かけたのは土曜の夕べで、その喋々喃々振りからして土曜の夕べこそは逢引きの刻《とき》なりと目星をつけ、よって一週間後のくだんの夕べに引き返し、またもや二人を黙々と見守りにかかった。二人はそこに、教会の側廊に広げられているちんちくりんの筵の塵を振り払うべくやって来た。して後ほど、少年はクルクル自分の端を、少女はクルクル自分の端を、お互いがくっつくまで巻きながら御逸品を巻き上げ、二つの、先刻までは分かたれしが今や一つに結ばれた——何たる甘美な象徴よ！——巻き物越しに穢れなき接吻を交わした。我が色褪せた教会墓地の一つがかくて華やぐのを目にするとはそれは清々しいものだから、小生は二度、三度、引き返し、とうとう然なる顛末と相成った。——二人は塵を叩いたり、きちんと片づけたりする上で、教会の扉を開けっ広げにしていた。堂内を見ようと中へ入ってみれば、仄明かりで、少年が説教壇の中に、少女が聖書台の中に、いるのが見て取れ、少年は下を見下ろし、少女は上を見上げ、互いに甘い言葉を交わし合っていた。と思いきや、二人はいきなりひょいと潜り、この地球上にては言わば影も形もなくなった。見て見ぬ振りを装い、小生は聖堂を後にすべくクルリと向き直った。とその拍子、ほてっ腹の人影がぬっと表玄関に立ちはだかり、ゼエゼエ、ジョウゼフを呼び立て、ジョウゼフがいないならと、シーリアを呼び立てた。当該物の怪の袖を引っつかみ、お呼び立ての人物の所まで案内する言い抜けの下《もと》、そいつを連れ出すことにて、小生はジョウゼフとシーリアにまんまと這いずり出す暇《いとま》を与えた。何せお二人さん、ほどなく教会墓地の我々の方へ、埃だらけの筵の下に身を屈《ここ》め、正しく絵に画いたような旺盛にして知らぬが仏の勤勉たりて近づいて来たからだ。申すまでもなかろうが、小生は爾来これぞ我が人生のわけても誇らしき一齣と見なしている。

だがかようの事例には、と言おうかともかく生気溢る徴《しるし》には、我がシティー教会墓地にてはめったにお目にかかれぬ。スズメが二、三羽、時たま連中の一本こっきりの木の中で活きのいい囀りを上げようとする——恐らくは虫ケラに関し、人間サマに抱かれているのとは異なる見解に与しながら——が書記や、オルガンや、鐘や、牧師や、その他、日曜にネジを巻かれる際の教会絡繰の一切合切同様、味もすっぽもない嗄れ声をしている。御近所の中庭に吊る下がった籠のヒバリや、ツグミや、クロウタドリはくだんの一本こっきりの木の匂いを嗅ぎつけ、今にも牢を破り、冥途の土産にもう一目葉っぱなるものを拝まして頂こうとしてでもいるかのように狂おしく歌声を迸らす。が連中の歌は柳よ、柳よ*——めっぽう教会墓地っぽい——である。たとい両者が共存するとしても、それはほんの有るか無きかのなけなしの光しか我が教会墓地の教会の内にては生き存えぬものだから、連中のどいつか奇妙な窓にはステンドグラスがあると気づくのは間々、ほんのたまさかにして長らく御高誼に与ってからのことである。西に傾く太陽がどこぞの不馴れな入口から教会墓地に斜《はす》

に射し込み、*ポタリポタリ、虹色の涙が古びた墓石に落ち、さらばてっきりほんの汚れているだけだと思い込んでいた窓は当座一面、宝石を鏤めたかのようにキラめき渡る。と思いきや、光は去り、色は失せる。とは言えその期に及んでなお、もしや教会塔の天辺まで見上げられるほど遠退く余地があれば、錆だらけの風見鶏が新たに艶掛けされ、何やらピカリと、愉快な仄光を放ちざま、朦々たる煙の大海原越しに遙かな田舎の岸辺を見はるかしているげなのが見て取れる。

　時間極めで救貧院から出して頂く、やたらシバシバ瞬《しばた》きがちな老人は、何かと言えばこの手の教会墓地の小さな笠石に腰を下ろし、杖に両手ごと寄っかかったなりゼエゼエ喘息っぽく喘いでいる。よりしょぼくれた手合いの物乞いもまた、ここへ残飯を持って来てはモグモグ頬張る。小生はくだんの教会墓地の内一つにていつまでもグズグズとためらうとある瞑想的な給水栓係と会えばコクリと頷き合う間柄にある。ばかりか男は詩人肌やもしれぬと睨んでいる。転ばぬ先の杖の革の切れ端の裏打ちがなければ、とうに上着の肩を擦り切れさせていようこちとらのかのどデカい音叉もてグイとばかりさも見下げ果てたかのように消火栓を捻り上げる段には如何にも腹の虫の居所の悪げな面《つら》を下げるとあらばなおのこと。より大きな教会墓地にては避難梯子が――そいつめ、どいつの知ったことでもなければ、鍵など太古の昔に失せていようが――木造りの眉よろしき庇の下でボロボロに朽ち果て、くだんの片隅たるや男や小僧の縄張りからそれは生半ならず懸け離れているものだから、いつぞや十一月五日（火薬陰謀記念日）のこと、「ガイ」の藁人形がそこにてグンニャリ、持ち主方がちゃっかりディナーに出かけている片や、手前のことは手前で面倒見るがよいとばかり放ったらかされているのに出会した。御尊顔の表情に関しては、何せ壁の方を向いていただけに、小生としては報告致しかねる。が竦んだ両肩と十本の押っ広げられた指からして何がなし、小さな藁の椅子の中にて死すべき運命《さだめ》の者の神秘を巡って諄々と教えを垂れていたものを、挙句一件にとんとお先真っ暗なネタとしてサジを投げてしまったかのようではあった。

　貴殿はこの手の教会墓地に藪から棒に出会すことはない。近所には微妙な移ろいの陰影が漂う。一見、ジョージ三世時代の初頭に御贔屓筋に見限られたかのような古臭い新聞屋か床屋の店でも見かければ、何やらクサいぞと――もしやこの点における発見の余地が残されているとすらば――ピンと来る。ひっそり静まり返った路地裏がある所へもって得体の知れぬ染物屋兼洗濯人にでも突き当たれば、教会墓地に出会すこと請け合い。乗合馬車そっくりの形《なり》をしたオガ屑っぽい談《パ》話室《ーラー》にバガテル盤が仄見え、酒場《バー》の棚にズラリとポンチの深鉢の並ぶ、めっぽう引っ込み思案の居酒屋は聖地はつい目と鼻の先なりと垂れ込もう。「牛乳屋」が慎ましやかなウィンドーにいたく小さな牛乳缶一つと卵を三つばかしひけらかしていれば、まず間違いなくすぐ御近所で家禽共が小生の御先祖様を啄んでいよう。小生が仰《の》けに凄まじく身の毛のよだち聖《ひじり》教会にハナが利いたのも、仰山な倉庫の山に格別な安らいと陰鬱の気配が漂っていたからに外ならぬ。

　こうした教会墓地の静けさから静まり返った金融街へ足を向けるのも御一興。脇道伝いに、小生は荷車や荷馬車がゆったり一緒くたにされ、起重機がなまくらに油を売り、倉庫がぴっちり閉《た》て切られているのを目にするのが好きだ。厳めしいロンバード・ストリートの鎧戸の下りた銀行の裏の路地でつと足を止め、金《かね》を数え上げるのに打ってつけの、端に畝の立っただだっ広い勘定台や、貴金属を計量するための秤や、ずっしりとした元帳や、わけても、金《きん》を掬うための明るい銅のショベルを思い描けば、すこぶる懐が温《ぬく》くなったような気がする。いざ金《かね》を引き出すとならば、そいつが明るい銅のショベルから小生宛掬い出される時ほどたんまりに見えることはない。小生は「金《きん》で」と言い、七ポンドがショベルからジャラジャラ、七〇ポンドよろしく旋律的に迸り出るのを見るのが好きだ。銀行は小生にかく宣ってでもいるかのようだ——さよう、かのようだと傍点を付させて頂こう——「もしやこの黄土がもっとお入り用なら、いつでも御手配致せるよう手押し車で保管致しております」銀行員が自ら引出しからでっぷり肥え太った筒にして取り出した一〇〇ポンド紙幣のピンピンの端を手練れた指で繰《く》っている様を思い描けば、またもやかの甘美な南《みなみ》‐現ナマ風《かぜ》のカサコソという戦ぎが聞こえて来そうだ。「如何様にお換え致しましょう？」小生はいつぞや当該しごくありきたりの問いが銀行の勘定台にて、喪服に身を包んだ、どこからどこまで純真を絵に画いたような初老の御婦人に吹っかけられるのを耳にしたことがある。さらば御婦人の、目を丸くし、指を鉤形《かぎなり》にし、涎を垂らさんばかりにして声を立てて笑いながら返して曰く。「何としても！」* こうした事共をフラリと銀行に紛れて漫ろ歩く内にも胸中、思い起こしながら、小生はふと、たまたますれ違ったもう一方の孤独な日曜男は果たして銀行相手に何か善からぬことを企んでいるものやらと首を捻る。一件の興味と神秘のために、いっそこの男、事実企んでいればと、グルの相方はこうしている今の今も鉄金庫室の鍵型を蠟に取り、愉快な銀行強盗が着々と進行中やもしれぬと想像を逞しゅうする。コリッジ・ヒルや、マーク・レーンや、ロンドン塔へ、さらには船溜まり界隈へ向かう辺りでは、人気《ひとけ》ない葡萄酒の地下倉庫が恰好の思索のネタとなる。が銀行の人気《ひとけ》ない地下の現ナマ倉庫や、金銀食器倉庫や、宝石倉庫の、こいつらの、何たる魔法のランプの地下の縄張りたることよ！　してまたもや。ひょっとしてどこぞの襤褸を纏った裸足の小僧が昨日この通りを縫い、小僧には時満ちて銀行家になり、大金持ちの御身分に収まる運命が待ち受けていぬとも限るまい。そんな運命の悪戯ならウィッティントン（三度ロンドン市長になった伝説的人物）の時代以来掃いて捨てるほどあるし、それ以前にだってあった。果たして小僧はここなる石ころを踏み締めている今や、くだんのキラびやかな星の巡り合わせの何かキラびやかな虫の報せでも受けるものか。劣らず果たして同じ小さな「債務者の扉」（第十三章注（一四三）参照）にて同じ大いなる借りを返した最後の男をダシに散々花を咲かせている際、向こうのニューゲイトでお次に縛り首の目に会うはずの男はズンズン、くだんの結末へ向かっている何か胸騒ぎでも覚えるものか。

　忙しない就業日にこの手の光景の至る所で見かける連中は皆、一体どこにいるのか？　黒い折畳み鞄を鋼の鎖で御尊体に繋ぎ留めたなり持ち運ぶ、腰の座らぬ銀行員は、あいつは一体どこにいるのか？　鎖をくっつけたまま床に就くのか――鎖をくっつけたまま教会に行くのか――それともそいつを一先ずお役御免にするのか？　してもしや一先ずお役御免にするとすらば、男が休日に鎖の枷を解かれている際、折畳み鞄は一体どうなるのか？　これら閉《た》て切られた会計事務所の屑籠は、もしや探りを入れれば幾多の機密事項をこっそりバラしてくれようし、果たして如何なる心の秘密を小生は若き事務員達の「紙綴じ《パッド》」の上に――彼らの書類と机の間にさしはさまれた薬莢紙《やっきょうし》や吸取り紙の上に――見出すまいか！　紙綴じ《パッド》なるものはいっとう甘酸っぱい折にすらここだけの話とばかり胸の内を明かされ、しょっちゅう小生は仕事の用件で訪い、表の事務所から名前を取り次いでもらう際、取り次ぎ役の若き殿方が幾度も幾度も「アミーリア」なる名を紙綴《パッ》じ《ド》の隅に色取り取りの年代なるインクで綴って来ている様を否応なく、己《おの》が取り取り留めもなき目に留めて来た。実の所、紙《パ》綴《ッ》じ《ド》はこれら若き騎士が（エッピングより近い手頃な森に事欠き）恋人《ミストレス》の名を刻む古《いにしへ》の森の木の正系の現代版後釜と見なして差し支えあるまい。詰まる所、そいつは名を刻むより意に染む手順にして、より頻繁に繰り返せる。よってこれら日曜の安らいにある袋小路は、如何ほど殺風景に映ろうと（小生自身、然に思いついてほくそ笑むことに）「全能の愛の神」の袋小路なり。してここなるは閂桟を鎖した上から堅くしっかと鎧戸を閉《た》てたギャラウェイ喫茶店！　サンドイッチを切る男が干し草畑で大の字に寝そべっているのを想像するはお易い御用。男の机が教会に出かけた行員の机同様、主《ぬし》のいない様を想像するはお易い御用。が如何ほど想像を逞しゅうしようと、金輪際やって来ぬ男を週の仰《のっ》けから仕舞いまでギャラウェイで待っている男の行方を追うは土台叶はぬ相談。連中、土曜の晩に無理矢理店から追っ立てられると——自分達からはいっかな出て行こうとせぬもので、致し方なく——月曜の朝までどこへ雲隠れしているものやら？　ここへさ迷い込んだ正に初っ端の日曜日、小生はてっきり連中が腰の座らぬ幽霊よろしく、ここいらの裏通りをあちこちヒラついては、たとい扉の錠を似非鍵と、錠前開けと、螺子回しで外そうと躍起になって、とまでは行かずとも鎧戸の隙間からギャラウェイを覗き込もうとしている所に出会すものと思い込んでいた。が摩訶不思議な話もあったもので、連中跡形もなく消え失せているとは！　してそれを言うなら、摩訶不思議な話もあったもので、この手の光景に平日入り浸っているどいつもこいつも跡形もなく消え失せているとは。犬の首輪や小さなオモチャの炭斗を売っている男は「グリン商会」か「スミス・ペイン・アンド・スミス商会」とどっこいどっこい遙か彼方まで立ち去らねばならぬとでも思い込む。ギャラウェイの地下には古めかしい僧院の地下礼拝堂があり（小生いつぞやそこにてポート・ワインに紛れたことがあるが）、ひょっとしてギャラウェイは終生談話室で待ちぼうけを食っているカビ臭い連中に憐れを催し、下のひんやりとしたそこに月曜の朝まで泊めてやるのやもしれぬ。が、それにしてもパリの一つならざる地下墓地《カタコンベ》とて行方知れずのその他大勢を収容するには狭きにすぎよう。当該ロンドン・シティーの特徴故に、そいつは週毎の仕事の休止にあって事実然たる風変わりな場所の面目躍如たるものがあり、かくて小生もそこにて正しく「最後の男」＊たる日曜の感懐に浸る大いなる御利益に与る。公認赤帽まで一人残らず外の連中もろとも姿を晦ましているとあって、小生は独りきりの暇に飽かせて、物言わぬレンガや石ころ相手にここだけの話とばかり、訝しみを囁く。何故《なにゆえ》公認赤帽は、手づから何ら汗水垂らさぬというなら、白エプロンを巻かねばならず、何故《なにゆえ》大いなる聖堂の高僧も、手づから何ら汗水垂らさぬというなら、これまた黒いそいつを巻かねばならぬ？

第二十四章　懐かしの駅馬車旅籠

（一八六三年八月一日付）

女給が扉を締め果さぬとうの先から、小生は彼女がいつぞやは町で駅馬車が日に何台馬を替えていたと言っていたか失念していた。が構うものか。如何ほど法螺を吹こうと同断。町は大いなる駅馬車時代には大いなる駅馬車町であったが、仮借なき鉄道が息の根を止め、地下へ葬り去った。

　旅籠は名を「イルカの頭亭*」と言った。何故《なにゆえ》頭だけなのか、はさっぱり解《げ》せぬ。何せ等身大の、真っ逆様のイルカの肖像が――イルカなるもの恐らく、自然な状態にては時にまともな方が上に来るのではあろうが、芸術的に物される際のイルカの御多分に洩れず――看板に華を添えていたからだ。看板は小生の部屋の張出し窓の外の錆だらけの鉤をこすり上げ、実にお粗末な代物だった。如何なる宿泊客とてイルカがちびりちびりあの世へ行きかけていること眉にツバしてかかる者はいなかったろう。が何ら鮮やかな色彩を放って（バイロン『チャイルド・ハロルド』第四篇第二十九節）はいなかった。奴はいつぞや別の亭主に仕えていた。が今や奴の下にはより新たなペンキが一筋掃かれ、やたら冴え冴えと、とはちぐはぐもいい所、J・メロウズ*経営なる銘をひけらかしていた。

　小生の扉がまたもや開き、J・メロウズの成り代わりが戻って来た。小生は先刻ディナーには何を仕度してもらえそうかたずねていたが、女給は今や何をお望みでございましょう？　なる反対尋問ごと引き返して来た。「イルカ亭」は小生の事実お望みのものを何ら持ち併せていなかったので、已むなくとんとお望みならざるカモで折り合いをつけねばならなかった。J・メロウズの成り代わりは実に憂はしき若い娘で、一方の目はすんなり仰せに従う代わり、もう一方の目はとんと言うことを聞かず、くだんの後者殿、今は亡き駅馬車はどこぞと訪ね回ってでもいるかのようとあって、「イルカ亭」のどっぷり浸かった憂鬱を剰え膨れ上がらせた。

　この若い女給がまたもや引き下がるに及び扉を閉《た》てたか閉《た》てぬか、小生はふと、注文に「何か気の利いた野菜も」との文言を言い添えてはと思い当たった。くだんの文言をお聞き逃しなきよう口にすべく戸口からひょいと外を覗き込んでみれば、娘は早、人気《ひとけ》なき回り廊下にて物思わしき強硬症にでも祟られたか、せっせとピンで歯を穿《ほじく》っていた。

　七マイル離れた鉄道駅にて、小生はここへやって来る辻の一頭立てを注文するや、驚きの的となっていた。して「イルカの頭亭」と行く先を告げるに及んでは、鉄道会社のプラットフォーム係たる腕っぷしの強そうな別珍の若造のツラの上なる不吉な目付きにも気づいていた。若造は、ばかりか小生の御者に別れ際、「オーライ！　あすこへ行っても首吊んなよ、ジョーオーーージ！」と皮肉っぽい調子で声をかけ、よって小生の脳裏を束の間、くだんの廉で若造を総支配人に訴えてやろうかとの思いが過らぬでもなかった。

小生は町には一切用がなかった――それを言うなら如何なる町にもこれきり用はない――が、ふと、その寂れようを見に行くのも悪くなさそうだとの気紛れを起こした。小生の腹づもりがまずもって「イルカの頭亭」で幕を開けたのはもっけの幸い。というのも至る所で往時の駅馬車全盛と目下の駅馬車衰退を物語っていたからだ。出立している、到着している、馬を替えている馬車の、燦然と日射しを浴びた馬車の、雪景色の中の馬車の、風にビュービュー吹きっ晒されている馬車の、濛々たる霧と雨に烟《けぶ》っている馬車の、国王陛下生誕の日の馬車の、連中の凱旋と勝利にしっくり来るありとあらゆる状況の下《もと》なる、が断じて倒れかけたりでんぐり返りかけてだけはいない馬車の、彩色版画が旅籠中所狭しと掛かっていた。これら芸術作品の内、額には入っているがガラスの嵌まっていない連中の中には穴が空いているものもあれば、ワニスがてんで赤茶けた上からヒビ割れているせいで、焦げたパイ皮そっくりなものもあれば、幾夏分ものハエのせいで図柄がほとんど掻っ消されているものもあった。壊れたガラスや、傷んだ額縁や、てんで一方に傾いだ吊る下がりようや、サジを投げられた片端者が仄暗い片隅の隠処へ打っちゃらかされている所からして、その他大勢の廃れようたるや推して知るべし。「天翔号《あまがけ》」の乗客がいつも食事を掻っ込んでいた一階の古めかしい部屋は、剝き出しの領土を隠すべく、だだっ広い窓にほんの小枝と植木鉢が某か惨めったらしくひけらかされているきりで、片隅には小さなメロウズ坊っちゃんの乳母車がパラソルの頭すらしょんぼり壁の方へ向けたなり押し込められている。もう一方の、駅馬御者がいつも中庭の向こうで換え馬が仕度されている片や、暇をつぶしていた部屋は、依然、地歩を保ってはいた。が恐らく霊柩馬車ほどにも風通しが悪かったのではあるまいか。衝立に高々と揚げられた（如何でポート・ワインがそんな所まで跳ね散っているものかは定かならねど、ポート・ワインめいたポチの飛んだ）ピット氏が宜なるかな、鼻をツンとそっくり返らせてクンクン臭いを嗅がずばおれぬほど。「蚊の臑《すね》」を地で行くサイドボードの上の栓の御座らぬ薬味入れと来ては惨めったらしいほどしょぼくれ返っていた――アンチョビ・ソースは数年前に血の気を失い、カイエンヌ・ペパーは（ちんちくりんの義足の雛型めいた杓子の突っ込まれたなり）カッチンコに凝り固まっているとあって。いつもお代をふんだくられてはついぞ使われたためしのなきペテン師紛いのおんぼろロウソクはとうとう燃え尽きているが、連中ののっぽの竹馬よろしき燭台は依然しぶとく生き存え、依然銀のネコを被ることにて人間サマの知性を威仮にしていた。右手を上着の胸許にボタンでピッチリ留め上げ、有権者の幾梱分もの嘆願に、さもありなん、背を向けた、カビの生えた性懲りもない老いぼれ自治区選出議員もそこにいた。が駅馬の御者連中にやたら火を掻き熾されてはたまらぬと、ついぞ炉辺道具の仲間に入れて頂けなかった火掻き棒は、相変わらず、影も形もなかった。

「イルカの頭亭」にあれこれ探りを入れる内、小生は旅籠が見る影もなく縮こまっているのに気づいた。J・メロウズ氏は旅籠を手に入れた際、酒場《バー》の半分を壁で仕切り、そいつは今や中庭に専用の入口を持つタバコ屋になっていた――その昔、御者が鞭を手に、必ずや最後の最後にチョッキのボタンを留めながら、表へ駆け出しざま馬に跨り、立ち去っていた、いつぞやは華やかたりし中庭に。「熟練蹄鉄鍛冶兼獣医師」がその上、中庭に侵入してもいれば、「小ぢんまりとした一頭立て馬車《フライ》と一頭立て荷馬車《カート》」貸しマスなる旨喧伝している凄まじく皮肉っぽい日極めの貸馬屋がだだっ広い厩の隅に稼業と御自身と家族ごと居座ってもいた。別の端くれは「イルカの頭亭」からこっぽり切り取られ、今や礼拝堂と、車大工と、藁置場《ロフト》なる「若人の相互陶冶と討論協会」から成り、〆て裏通りがでっち上がっていた。如何なる権柄尽くの手も厩の中央頂塔《キューポラ》から風見鶏を引きずり下ろしてはいなかったが、そいつは錆だらけのなりN――Nil《ゼロ》にて立往生し、片や御先祖様の伝統と地所に飽くまで律儀な二、三十羽のハトは「イルカ亭」によりて唯一保持されている離れの屋根棟《むね》に一列にズラリと並び、そこにて内っ側のハトは一羽残らず外っ側のハトを押し出そうと躍起になっていた。これぞ、小生には鉄道時代における地位と持ち場の分捕り合いの象徴かと思われた。

フラリと、いつぞやはスープと厩の敷き藁の匂いの芬々と立ち籠めていたものを、今やカビ臭い廃れ臭《しゅう》芬々たる「イルカ亭」の中庭の屋根から柱から付いた入口伝《づて》町の方へと漫ろ歩き出しながら、小生は表通りを縫った。それは茹だるように暑い日で、店の小さな日除けはそっくり引き下ろされ、まだしも進取の気象の商人《あきんど》は丁稚にポタポタ店の正面辺りの石畳にだけ水を撒かせていた。連中、駅馬車を偲んでポロポロ涙をこぼし、役立たずのハンケチを乾かしてでもいるかのようではあったが。かようの意気地の無さもごもっともではあったろう。というのも景気は――主《あるじ》を生き存え《キープ》さすことにて世辞を返すを平に御容赦願っている店を切り盛り《キープ》しているうらぶれ返った豚肉屋の垂れ込み賜ふた如く――「どん底」だったから。大方の馬具造りと穀物商は馬車の行く道を行っていたが、くだんの商人《あきんど》の後釜に概ね砂糖菓子や安オモチャの呼び売りが座っているとは、かの古《いにしへ》の原始の険しき坂道――「死の影の谷（『詩篇』二三：四）」――を幼子が連綿と辿っているとの愉快な認識ではあった。いつぞやは「新白シカ亭」として広く遍く知られていた、「イルカ亭」のライバル旅籠はとうの昔に暖簾を下ろし、とことん意気阻喪した勢い、こちとらの窓に水漆喰をぶっかけ、表玄関を板で塞ぎ、ほんの横手の勝手口こっきりに縮こまっていた。がそいつですらその最後の様相たりし「ニッシサッシクビタケドウ《Literary Institution》」にとりてはどうやら広きに過ぎて（『お気に召すまま』Ⅱ、7）いたと思しい。何せ「クビタケドウ《Institution》」もまたポシャり、「白シカ亭」の正面の銘の野心的な文字は次なる成れの果てをさておけばそっくり剥げ落ちていたからだ。

L　Y INS　T

――まるで「ニッチモサッチモクビマハラズ《Lamentably Insolvent》」とでも言わぬばかりに。こと御近所の市場《いちば》に関せば、どうやら売った買ったをそっくり壺や鍋をダラダラとその中ほどまで広げている瀬戸物商と、さも小馬鹿にしたようにグルリを睨め据えながら、荷馬車の轅に腕組みしたなり腰かけている大道呼売り商人に明け渡してしまったと思しい。後者の別珍のチョッキと来ては、因みに、果たしてかようの場所に一晩でも居座るだけのことがあるものか否かしかつべらしくも眉にツバしてかかっていること一目瞭然。

　小生がこの場を立ち去りかけていると、教会の鐘が鳴り始めたが、お蔭で事の次第の一向好くなるでなかった。というのも連中はかく、グチっぽいやり口にして、苛々胆を煎っているせいでギクシャク口を利きながら宣ったからだ。「えっ、き‐でん‐は‐どう‐しち‐まっ‐たん‐だい！」して、いよよ甲高く苛立たしげになるのをさておけば、これきり（と小生の耳を傾けるに及び判明するに）力コブを変えようとするどころか、判で捺したように続けた。「えっ、き‐でん‐は‐どう‐しち‐まっ‐たん‐だい！」――必ずやお尋ねを不躾にも藪から棒に吹っかけながら。恐らく連中、こちとらの高みから鉄道が嫌でも目に入り、業を煮やしに煮やしていたのであろう。

ばったり馬車造りの作業場に突き当たり、あれでも今は昔の町の威容の名残を某か拝ませて頂けるやもしれぬと、小生はいささか気を持ち直して辺りを見回し始めた。汗を流している男は一人きりしかいなかった――乾涸びた、白髪まじりの、かなり老けた男だったが、のっぽで矍鑠とし、小生が傍で見ているのに気づくと、何やら文句があったらかかって来いとばかり、ピンと背《せな》を伸ばし、褐色紙帽宛眼鏡を押し上げた。よって小生はなだめすかしがちに声をかけた。

「御機嫌好う、大将！」

「なぬ？」と男は言った。

「御機嫌好う、大将」

男は一件を篤と惟み、小生とは見解を異にしているかのようだった。――「何か探しものかい？」男はそれから、突っけんどんにたずねた。

「ここに何か古い駅馬車の端くれでも残っていないかと思ってね」

「ってだけのこって？」

「ああ、というだけのことだ」

「なら、ねえな」

今や「おうっ」と返すのが小生に回ったお鉢だったので、小生は然に返した。それきりウンともスンとも宣はらぬまま、乾涸びた白髪まじりの男はまたもやひょいと背《せな》を丸めて仕事に精を出しにかかった。馬車造りの往時、馬車のペンキ塗りは傍の支柱でペンキの掃け具合を試していた。よってズブの暦もどきの昔日の栄華がその上に数インチに垂んとすぶ厚い青や黄や赤や緑で読み取れることと相成った。ほどなく男はまたもや頭をもたげた。

「やけに暇そうじゃねえか」というのが男のグチっぽい剣突であった。

小生は然りと返した。

「手に職持ってねえってな生憎だな」と男は言った。

小生はああ、確かに、我ながら、と返した。

何やらふといい考えがひらめいたと思しく、男は鉋を下へ置くと（というのも男が根を詰めていたのは鉋だったから）、またもや眼鏡を押し上げ、戸口へやって来た。

「駅伝ならイケるかい？」と男はたずねた。

「とはどういうことだ」

「駅伝なら」と馬車造りは小生の目の前にひたと立ち、反対尋問を吹っかけている弁護士よろしく腕を組みながら言った――「だんなの腹づもりにゃぴったしかよ？　ぴったし来んのか来ねえのか？」

「ああ、ぴったり来るとも」

「ならそいつが見えるまであすこお真っ直ぐ行きな。そこそこ行きゃあヤツがマジ見えようさ」

と言ったと思いきや、男は小生を肩ごと御提案の方角へ回し、中へ引っ込み、葉っぱとブドウを背に仕事を仕切り直した。というのも男はツムジのヒネた不平タラタラの男だったにもかかわらず、作業場は今に祖国の小さな町でしょっちゅうお目にかかれる、町と田舎の、街路と庭の、かの心地好き綯い交ぜだったからだ。

小生は男の差し向けた方角へ向かい、「一事が万事亭」なる看板の吊る下がったビール店に突き当たり、町外れのロンドン旧街道に出ていた。道銭取立て門に来てみれば、奴は奴なり黙《もだ》したやり口にて街道に降り懸かりし有為天変がらみで雄弁に物語っていた。道銭取立て小屋には一面ツタが生い茂り、道銭取立て人は道銭では如何せん食い扶持を稼ぐこと能はず、せっせと靴直しなる生業に精を出していた。ばかりか、女房は清涼飲料《ジンジャービヤ》を商い、正しく昔日の道銭取立て人が襲《ギャ》歩《ロップ》で飛ばして来る豪勢なロンドン馬車を畏怖の念を込めて眺めていた覗き窓にネバついたカンテラ入りの小さな床屋のアメンボじみた砂糖菓子を売り種としてひけらかしていた。

道銭取立て門の主《ぬし》の政治経済学は以下の如く開陳された。

「稼業の捗はどんな具合に行ってる、おやじ?」と小生は元番人が小さな車寄せ《ポーチ》に座ったなり靴の片割れを繕っているのをこれ幸いと声をかけた。

「どうもこうも行ってやしねえやな、だんな」とおやじは返した。「立ち往生もいいとこで」

「それは生憎だな」と小生は言った。

「生憎?」と靴直しはオウム返しに声を上げた。して折しも道銭取立て門に攀じ登っている日に焼けた埃まみれの子供達の内一人を指差し、森羅万象相手に異でも唱えるが如く、開いた右手を突き出しながら言った。「〆て五匹で!」

「だがどうやって稼業を立て直す気だ?」と小生はたずねた。

「手はねえでもねえ、だんな」と靴直しは一件がらみで散々知恵を絞って来た男の風情で返した。

「ほう、そいつを是非とも聞かせてもらいたいものだ」

「ここを潜《くぐ》る奴あ端から取っ立てるんだぜ。テクってる奴からだって取っ立ててよ。ここお潜《くぐ》んねえ奴あ端から別クチの奴で取っ立てるんだぜ。家《うち》でグウタラしてる奴からだって取っ立ててよ」

「今のその最後の手は公平だろうか?」

「公平? 家《うち》でグウタラしてる奴らだって気が向きゃ潜《くぐ》りに来れるんじゃねえのかい、えっ?」

「ああ、だとしたら」

「奴らからだって取っ立てるってことよ。もしか潜《くぐ》んねえとしても、そいつあ奴らの知ったこった。んまどのみち——取っ立てるんだぜ！」

当該財務の天才と渡り合うは、さながら大蔵大臣を相手にするに劣らず土台叶はぬ相談と、よって適材適所を地で行っているものと見て取るや、小生はしおしお散歩の先を続けた。

さて、小生は今や内心、不如意千万の馬車造りめ、さては所詮的外れの用向きに小生を差し向け、ここいらには駅伝馬車など一台こっきり御座らぬのではと下種の何とやらを働かせ始めた。が道端の市民菜園が見える辺りまで来ると、勘繰りを取り下げ、馬車造りに申し訳ないことをしたと正直認めた。というのも、そら、この世にまたとないほど惨めったらしいお役御免の駅伝馬車が、蓋し、雨晒しの目に会っているではないか。

そいつは車軸ごと車輪から外され、ドスンと粘土《ねばつち》めいた畑の蓬々に伸びた野菜の直中に据えられた駅伝馬車であった。そいつは地べたの上ですら真っ直ぐ据えられているどころか、グラリと、まるで軽気球から落っこちでもしたかのようにてんで一方に傾いだ駅伝馬車であった。そいつはとうの昔に後はどうなと腐るがままに打っちゃらかされ、これ幸いとムラサキソラマメの仕立てられた駅伝馬車であった。そいつはあちこちおんぼろ茶盆、と言おうか御逸品そっくりの鉄の端くれで継ぎ接ぎの当てられ、こと窓がらみでは御丁寧に板打ちつけられた、がそれでいて右側の扉にはノッカーまでくっついた駅伝馬車であった。果たしてそいつが道具納屋か、四阿か、それとも歴たる塒として使われている駅伝馬車かどうか、小生は何せノッカーでコンとやっても誰一人在宅でないとあって、生憎、判ぜられなかった。がともかく何かの用に充てられ、折しも閉《た》て切られていること一目瞭然。こいつはオドロ木モモの木と、小生はグルグル、グルグル、駅伝馬車の周りを幾度となく回り、何か新たな謎解きが天から降っては来ぬかと駅伝馬車の傍に腰を下ろした。が目からウロコは落ちて下さらなかった。とうとう、市民菜園の向こうの隅から、よって先刻逸れたより遠くの箇所で、ロンドン旧街道へ戻った。して生垣を掻い潜り、急な堤伝《づて》攀じ降りねばならなかったが、あわや道端に腰を下ろしたなり石を砕いている小さな痩せぎすの男の天辺に突っ込みそうになった。

男は玄翁をつと止め、黒っぽい針金細工の塵除け眼鏡越しに小生を怪訝げにジロリと睨め据えながら言った。

「こいつあ縄張り荒らしだってな御存じで、だんな？」

「わたしはただあそこの風変わりな駅馬車が見たくて」と小生は申し開きにこれ努めながら返した。「街道から外れただけだ。あいつのことを何か知らないか?」

「ヤツなら街道を何年も駆けってたぜ」と男は言った。

「だろうとも。持ち主を知っているか?」

石砕き屋は果たしてくだんの質問に答えるべきか否か思案に暮れてでもいるかのようにグイと、眉と塵除け眼鏡を諸共、石の山宛ら顰めた。と思いきや、先と同様、針金桟の渡った目を小生の面《つら》の方へ上げながら、返した。

「オレだ」

とは寝耳に水もいい所だったので、小生はもって返すにいい加減ギクシャク声を上げた。「お、おや、本当に! これはこれは!」してほどなく言い添えた。「で、もしや——」小生は「あいつをネグラにしていると」と言いかけたが、いくら何でも馬鹿げているような気がしたので、やにわにすげ替えた。「この近くに住んでいると?」

石砕き屋は、互いに言葉を交わし始めて以来一欠片も砕いていなかったが、さらば以下の如き手に出た。まずは玄翁に指を突くことにて腰を上げ、下に敷いていた上着を片腕にかけた。それから、黒っぽい塵除け眼鏡を終始黙々と小生の方へ向けたなり、堤の小生が降りて来たより楽な所まで後退り、それから玄翁を担ぎ、いきなりクルリと背を向け、堤を登り、そのなり姿を晦ました。男のツラはそれは小さく、男の塵除け眼鏡はそれはどデカいものだから、男は人相がらみでは何一つ手がかりを与えてくれなかった。が姿を晦ます際に後ろから目にしていたガニ股は、老いぼれ御者のそれなりとの印象だけは深々と刻まれた。してそこで初めて気がついた。男はずっと草の生い茂った一里塚の傍で玄翁を揮っていたが、そいつめやたらロンドン街道の墓の上に押っ立てられた墓石めいてはいなかったかと。

ディナー・タイムが間近に迫っていたので、小生はその折は塵除け眼鏡もくだんのネタも追う暇《いとま》がなく、「イルカの頭亭」へ引き返した。門口にたまたまJ・メロウズ氏が突っ立ち、何を見るともなく見はるかし、たかがそんな子供騙しくらいでは一向意気が揚がるどころの騒ぎではなき旨思い知らされているかのようだった。

「手前は町にはさして食い気が起こりませんで」とJ・メロウズ氏は小生が町の持ち併せている、と言おうかいぬやもしれぬ衛生面の利点をダシに世辞を言うと宣った。「いっそ町のツラなど見なければ好かったものを!」

「ではこの町のお生まれではないと、メロウズ殿?」

「町のお生まれですと!」メロウズはオウム返しに声を上

BEDS
THE
DOLPHIN'S
HEAD
J. MELLOWS
EGD

げた。「もしやこいつよりまだしも増しな手合いの町の生まれでないとすれば、いっそ手桶に身を投げてみせましょうが」そこで小生の脳裏をふと、メロウズは手持ち無沙汰に飽かせて四六時中、自家薬籠の方便に——即ち「イルカ亭」の地下の酒蔵に——訴えているのではあるまいかとの思いが過った。

「我々に肝心なのは」とメロウズは帽子を脱ぎ、お次の荷を積むべくまたもや被る前にさながら脳ミソからぢくぢく滲み出ていた「胸クソ悪さ」の最後の荷をお払い箱にしてでもいるかのような仕種を見せながら言った。「我々に肝心なのは、支線でして。支線設立法案を求める建白書が喫茶室にあります。差し支えなければ署名を一つお願い出来ませんかな？　チリも積もれば何とやら」

問題の文書は厨からの何らかの重しの助太刀の下《もと》、喫茶室のテーブルにペタンと平らに広げられ、小生は我が逍遥の署名なるおまけの重しをかけてやった。自ら知る限りにおいて、小生は外つ国との競争における果てなき祖国の凱旋のみならず普遍の交易、幸福、繁栄、文明は必ずや支線よりもたらされようとの慎ましやかな声明に誓いを立てた。

当該立憲的芸当をやってのけ果すと、小生はメロウズ氏にたずねた。ディナーに華を添えるに一パイントの高級ワインを出して頂けませんかな？　さらばメロウズ氏の返して曰く。

「もしやお客様に一パイントの高級ワインもお出し致せぬようなら、いっそ——そら！——いっそ手桶に身を投げてみせましょうが。ですがこの商いを買い受けた際にまんまとハメられ、在庫はデタラメのごった混ぜで、手前は未だそいつら選り分けようとの腹づもりの下《もと》そっくりとは味を利き果しておりません。という訳で、もしやとある手合いを注文しておきながら別クチの奴が参るようなら、どうかぴったり来るまで取り替えて下され。と申すのも」とメロウズは先と同様帽子から荷を下ろしながら宣った。「もしやお客様であれどなたであれ、とある手合いのワインを注文しておきながら別クチのそいつを押しつけられたら如何なされます？　ああ、いっそ（しかも殿方の心をお持ちのからには至極当然にしてごもっともにも）手桶に身を投げられましょうが！」

第二十五章　新生イングランドの茹で牛肉*

（一八六三年八月十五日付）

我らが祖国の首都のみすぼらしさは、パリや、ボルドーや、フランクフルトや、ミラノや、ジュネーブと——ヨーロッパ大陸のほとんど如何なる重要な都市と——引き比べても、ともかく外つ国に如何なる期間にせよ滞在した後では歴たるものがある。ロンドンはエディンバラや、アバディーンや、エクセターや、ベリー・セント・エドマンズのような明るい小さな町とはアベコベにみすぼらしい。ロンドンはニューヨークや、ボストンや、フィラデルフィアとはアベコベにみすぼらしい。敷衍すらば、ロンドンは上述の場所のいずれからやって来た新参者にとっても肩透かしもいい所、これ一つのみすぼらしさの権化たること必定。ローマそれ自体にすら、ドゥルアリー・レーンほどみすぼらしいものは何一つない。パリの並木街路《ブルヴァール》の大いなる通りと引き比べたリージェント・ストリートのさもしさたるや、コンコルド広場の勇壮な美しさと引き比べたトラファルガー広場の発育不全の醜さとどっこいどっこい鼻につく。ロンドンは白日の下《もと》、みすぼらしく、ガス灯の下《もと》、なおみすぼらしい。如何なる英国人といえども日没後のリボリ通りとパレ・ロワイヤルを目にするまで、ガス灯の何たるかを知らぬ。

ロンドン市民の大方はみすぼらしい。際立った装いの欠如が無論、一件と某か関わりがあるに違いない。葡萄酒卸し商組合の赤帽と、荷馬車屋と、肉屋くらいしか際立った装いをしている者はない上、連中とて休日はそいつをお役御免にする。我々はこと安さと、清潔さと、便利と、画趣にかけて、フランス風のベルト付き作業着《ブラウス》に張り合えるものを持たぬ。こと我らが女性方に関せば——お次の復活祭か聖霊降臨節にでも、大英博物館もしくは国立美術館でボネットに目をやり、愛らしき小さなフランスの縁無し帽なり、スペインのマンティラなり、ジェノバのメッゼロなり*思い浮かべてみるが好い。

恐らく、ロンドンにてパリほど古着は売られていまい。がそれでいてロンドン人口の大半はパリ人口の大半には断じて認められぬ古着めいた面《つら》を下げている。これは主としてパリの労働者はパリの無精者によりて何が着られているか一切お構いなしにして、自らの階層のやり口にて、自らの快適のために、服を着るからに違いない。ロンドンでは、逆に、流行は下《くだ》る。して、とある流行が如何ほど不便か、と言おうか馬鹿げているか、そのどん底なる御逸品を目にするまで十全とは分かるまい。つい先達てのこと、競馬場で幌付き《バルーシュ》四輪の四人組が徒《かち》の四人組を眺めて大いに愉快がっているのを目にした。徒《かち》の四人組は若い男二人と若い娘二人で、幌付き《バルーシュ》四輪の四人組も若い男二人と若い娘二人だった。若い娘四人は全く同じ流儀でめかし込み、若い男四人は全く同じ流儀でめかし込んでいた。というに車上の二組のカップルはさながら自分達こそくだんの流行の魁をしたとも、正しく折しもくだんの流行をひけらかしているとも、知らぬが仏で、徒《かち》の二組のカップルをダシにゲラゲラ腹を抱えていた。

　果たしてここロンドンで——よってイングランドで——流行が下《くだ》り、そこよりみすぼらしさが上《のぼ》るのは服装の一件にかけてだけであろうか？　しばし思いを巡らせ、依怙贔屓なしでやろうではないか。バーミンガム周辺の「ブラック・カントリー」はめっぽう黒々とした一帯《ブラック・カントリー》だが、この所黒々と塗りたくられているほど事実黒々としているだろうか？　去る七月、バーミンガムに間近い公共広場で、ブラック・カントリーの人々でごった返している際に身の毛もよだつような事故が出来した*——言語道断にも危険極まりなき見世物故の、身の毛もよだつような事故が。果たして言語道断にも危険極まりなき見世物は元を正せばブラック・カントリーの道徳的「黒さ」に、彼らが観てはいたものの加わってはいなかった、命がけの芸当に伴う興奮をブラック・カントリーの人々が殊の外愛でることに、端を発していたのか？　ブラック・カントリーには光明が大いに欠けている。おお、とは誰しも認める所ではあろう。が、我々は言語道断にも危険極まりなき流行の魁をするその数あまたに上る上流人士のこともそっくりと忘れてはなるまい。我々はブロンディン・ロープ*を能う限り高々と張ることにて下卑た感興を能う限り煽った、実しやかな教育的口実を標榜する某協会の山師跣の重役のこともそっくりと忘れてはなるまい。以上全てがブラック・カントリーの「黒さ」の内に覆い隠されてはなるまい。綱に近い遙か高みの指定席、軽業師以外は誰も強打してはならぬというので席を取り払われた空間、ツルリと滑って落下するやもしれぬとの見せかけ、足には籠、頭には麻袋、至る所に貼られた写真、何処にもなき義憤——以上全てが漆黒の一帯《ジェットブラック・カントリー》の「黒さ」の内にそっくり呑み込まれてはなるまい。

　イングランドで魁られる流行は何であれ、必ずや下《くだ》る。これぞ流行の魁をする上での注意を説く不変の説法の原句なり。とある流行が成り下がっているのに出会したら、そいつが遙か高みの流行たりし（およそ遙か昔ならざろう）時を顧みるが好い。これぞ社会正義を説く不変の説法の原句なり。下は黒人ミンストレルの模倣から、上はアルバート殿下の上着とチョッキの模倣に至るまで、本家本元の雛型はセント・ジェイムズ教区に見出せよう。ミンストレルが退屈千万になったら、ブラック・カントリーの遙か向こうまで行方を尋ねるが好い。上着とチョッキが鼻持ちならなくなったら、その元凶を求めて上流おべっか遣い地区まで溯るが好い。

　有閑階級の倶楽部はその昔、野蛮な派閥争いのために維持され、当時の労働階級の倶楽部も似たり寄ったりの気味を帯びていた。有閑階級の倶楽部は静かな罪のない娯楽の場となり、労働階級の倶楽部も右に倣い始めた。たとい労働階級が有閑階級の懐をイタめずに済ませ、彼らの快楽を高める団結の利点の真価を認めるにいささか吝かなように見えようと、それはただ労働階級は固より元手に事欠くだけに援助なくしてかようの団結を起こすこと能はず、援助なるものかの大いなる厚かましさ「後ろ楯風《かぜ》」と切っても切れぬ仲にあるからに外ならぬ。後ろ楯風《かぜ》に対す本能的な反感は祖国の労働者において大いに尊ばれて然るべき資質であり、彼の最良の資質の基《もとい》の基《もとい》である。さらば驚くには値すまい、たとい労働者がお門違いなほど後ろ楯風《かぜ》を胡散臭がり、時には影も形もなき所ですらそいつに憤ったとて。果たしてこれまで何たる洪水よろしき水っぽい駄弁が献身的な頭《こうべ》に雨霰と降って来たことか、何たる独り善がりな恩着せがましさで今のその同じ頭《こうべ》が撫でてはさすられて来たことか鑑みれば。小生にとっては労働者の克己の証に外ならぬ――「我が馴染み方」もしくは「我が御臨席の馴染み方」の端くれとして話しかけられようと断じていきなりボクサーよろしく右へ左へ打って打って打ちまくらぬとは――上質黒ラシャの二足動物が御託を並べるべく演壇に登るのを目にすらば必ずやマライ人よろしく暴れ狂わぬとは――精神を陶冶す如何なる言い抜けを耳にしようと立ち所に逆上し、大きなお世話の後ろ楯氏を狂牛さながら角で突き上げぬとは。

　というのも、小生の何としょっちゅう気の毒な労働者がさながら御当人、こと鼻の発育にかけては洟《みず》っぽく、こと教義問答にかけては厳密に字義的にして、神慮によりて終生、祝祭の折にマグ入りの生温い湯割りミルクと菓子パン一個に成り代わるとある身の上のまま終生歩み続けよ（『祈禱書』教義問答）と申し渡されている小さな慈善学校生ででもあるかのように説教されているのを耳にして来たことか！　何たる豆鉄砲もどきの与太がポンポン飛ばされ――何たる愚にもつかぬ所見が、何たる「不能の結論（『オセロ』II、1）」が、何たる綴り方教本じみた訓話が、何たる弁士の鼻持ちならぬ――どうせこれくらいしか呑み込めまいと容易くして下さっている——退屈至極な長広舌が——労働者宛ぶたれるのを聞いてこの耳はウヅウヅ疼いて来たことか！　たとい本人の玄翁が、鋤と鶴嘴が、鋸と鑿が、ペンキ壺と刷毛が、炉と竈と発動機が、作業場で彼の駆る馬が、作業場で彼を駆る機械が、そっくり、とある小さな紙箱に収められたオモチャにして、男がそいつらで戯れる赤子だったとて、彼は小生が幾々度となく御託を並べられるのを耳にして来たほど無礼にして不条理に御託を並べられ得はしなかったろう。故に、阿呆でもお追従者でもないからには、男は後ろ楯風《かぜ》に謝意を表《ひょう》すに事実上かく言《い》うに至る。

「どうか放っといてくれ。もしもオレのことをそれくらいにしか御存じないってなら、だんなや奥さん、どうか放っといてくれ。悪気はないんだろうが、そいつは食えねえ。誰が二度とこんなとこえ来るもんか。そいつをまんだしこたま食わされによ」

　何が労働者の快適と向上のために為されようと、そいつは労働者自身によって維持される程度までは労働者自身によって為されねばならぬ。のみならず如何なる恩着せがましさの気配も、後ろ楯風《かぜ》の微塵も紛れていてはならぬ。産業地帯では、当該真理は研究し、理解されている。アメリカ南北戦争が勃発し、まずはグラスゴーで、後ほどマンチェスターで、労働者は食料の購入と調理において組織と数の結合からもたらされる利点を如何に有効に利用すれば好いか示されねばならぬということになった際、当該真理が就中銘記された。即座に成果が現われるに、猜疑や不本意は跡形もなく消え失せ、努力は驚嘆すべき完璧な成功へと結実した。

　などという思いが、この夏のとある七月の朝、ホワイトチャペルの（逍遥通り《アンコマーシャル・ストリート》ならぬ）商用通り《コマーシャル・ストリート》目指し漫ろ歩く内、小生の脳裏を過った。*当地にては最近、その普及に関心を寄せる数名の有志によってグラスゴー&マンチェスター組織が緒に就き、小生はバラ色の紙に印刷された以下なるちらしに気をそそられていた。

労働者階級のための

自営

調理大食堂《デポー》

ホワイトチャペル、コマーシャル・ロード

一時《いちどき》に三百人まで

快適に食事可能な施設完備

営業時間

午前七時から午後七時まで

価格表

全て最高級品質

紅茶又はコーヒー　1ペニー
バター付きパン　1ペニー
チーズ付きパン　1ペニー
薄切りパン　半ペニー又は1ペニー
茹で卵　1ペニー
清涼飲料《ジンジャービヤ》　1ペニー

以上は常備

以下は十二時から三時までの限定

スコッチ・ブロス*　1ペニー
スープ　1ペニー
ポテト　1ペニー
細切れ牛肉　2ペンス
冷製牛肉　2ペンス
冷製ハム　2ペンス
プラム又はライス・プディング　1ペニー

調理の倹約は多人数が一時《いちどき》に配膳される手筈の簡素さに
拠る所大なため当館「上階の間《ま》」は

連日十二時から三時まで
定食用に特設

メニュー

ブロス又はスープ
冷製牛肉又はハム
ポテト料理
プラム又はライス・プディング

定価4ペンス半
日刊紙常備

注意せよ《ノウタ・ビーニ》――当館は誰しも完璧な自立心をもって利用出来るよう、自給の十全な意図の下《もと》この上なく厳密な運営方針に則り経営されている。

当館の快適、平穏、規律に差し障る如何なるものも阻止する上で、必ずや大食堂《デポー》の常連客皆の御協力を仰げるものと信ず。

何卒このちらしは破棄せず、他の関心のあられる向きに手渡されたし。

「自営調理大食堂《デポー》」は（さして気の利く名でもないからには、いっそ英語の名にすげ替えてやりたいほどだが）たまたま貸しに出ていた新築の倉庫を借り受け、故にわざわざそのため設計された建物で営まれている訳ではなかった。が建物は明るく、換気が好く、清潔で、陽気とあって、わずかの出費で実に目的にしっくり適うよう改増されていた。大食堂《デポー》は大きな三部屋より成り、地階は調理場、一階は通常の食堂、二階はちらしにては定食が連日一食四ペンス半で供される旨触れ回られている「上階の間《ま》」だった。調理は空間と燃料を極力倹約すべく、アメリカ製調理用コンロと、固より調理人としては修業を積んでいない若い女達によって行なわれ、二部屋の食堂の壁と柱は装飾的な色合いで小粋に彩られ、テーブルはそれぞれ六人または八人掛けで、ウェートレスは皆若い娘で、つきづきしくも小ざっぱりとした、しかもよく似た装いをしていた。どうやら従業員は全員、賄い頭、と言おうか支配人をさておけば、女性のようだった。

　小生の仰《のっ》けの質問はこれら従業員の賃金へと向けられた。というのも、仮に自営を標榜する如何なる施設であれ、何者か或いは何物かを食い物に生き存えるか、貧しい口や乏しい懐によっていじけた食い扶持を捻出しているとすれば（とはその数あまたに上る所謂職工学校の顰みに倣い）、小生は敢えて、そいつはそもそも生き存える筋合いなどなく、とっととあの世へ行くがよかろうとの逍遥の私見を表明させて頂きたいからだ。が会計簿に当たってみた所、従業員は皆然るべく報酬を得ていることが明らかになった。小生のお次の質問は購入される食材と、それらが買い求められる条件とに向けられた。さらば質は正しく最高級にして、全ての勘定書きは週極で皆済されていることが同様に明らかになった。小生の第三の質問はここ二週間分の――とはほんの当館の経歴の第三、四週にすぎなかったが――貸借対照表へと向けられた。さらば購入された全ての代金が支払われ、なおかつ労賃、家賃と税金、使用中の生産設備の減価償却、資本金に対す年利四パーセントの利子、といった週毎の経費を然るべく賄った結果、先週の収益は（概数にして）一ポンド一〇、先々週の収益は六ポンド一〇であることが同様に明らかになった。この時までには小生は早、何食分もの定食を平らげられそうなほど健やかな食い気を催していた。

　折しも時計が十二時を打ったばかりで、顔また顔が早、引きも切らず、小生が帳簿を調べながら座っている仕切り部屋の壁の小窓に現われ始めていた。劇場の切符売場よろしきこの小窓の内側では小ざっぱりとした快活な娘が専ら金を受け取っては食券を渡していた。客は誰しも食券を買わねばならなかった。上階の間《ま》のための四ペンス半券にせよ（これがどうやら一番人気のある食券のようだったが）、スープのための一ペニー券にせよ、お好み次第の某ペニー券にせよ。三ペニー券を買えば、選り取り見取りの馳走にありつけた。冷製茹で牛肉とポテト、或いは冷製ハムとポテト、或いは熱々の細切れ牛肉とポテト、或いはスープとチーズ付きパンとプラム・プディング、といった具合に。こと取り合わせにかけては、席に着くや否や物思いに耽り――何がなしオタつき――白羽の矢を立てるのにやたら二の足を踏み、戸惑いがちに、はてさてどいつにしたものやらとつぶやく者もあった。とある老人など、小生は一階の部屋のテーブルに紛れて腰を下ろすや気づかずにいられなかったことに、献立表に目を回した勢い、御逸品、まるで化け物か何ぞででもあるかのように、マジマジ目を瞠ったなり座っていたものだ。少年達の決断は実践同様素早く、必ずやプディング込みであった。

客の中には女性も数名いれば、事務員や店員も数名いた。修繕中の近所の建物からお越しの大工や塗装工もいれば、船乗りもいれば、とある客の小生に宣った如く、「大方の手合いの誰か」がいた。独りきりの客もいれば、二人連れの客もいれば、三、四人か六人ぐるみで食事をしている者もあった。後者は仲良く四方山話に花を咲かせていたが、確かに誰一人としてペル・メルの小生の行きつけの倶楽部*における ほど喧しい者はいなかった。とある若者は食事を待ちながらやたら甲高い物腰で口笛を吹いていたが、小生は我ながら妙に得心したことに、どうやら逍遥なる小生個人宛、文句があったらかかって来いとばかり口笛を吹いているようだった。なるほど、仰せの通り、もしも外の連中同様食事をするのでなければ、そこにいる筋合いはさらになかろう。よって、いざ、ボクサーの言い種ではないが、四ペンス半相手に「打って」出た。

四ペンス半定食の部屋には、一階の食堂と同じくカウンターが一台あり、上にはいつでも配膳出来るよう数え切れないほどたくさんの冷製の一食分が並んでいた。このカウンターの後ろでは芳しいスープが底の深い罐で濛々たる湯烟を立て、いっとう煮え頃のポテトも同様の容器から魚よろしく釣り上げられた。料理のどれ一つとして手で直に触れられるものはなかった。女給にはそれぞれ受け持ちの一台ならざるテーブルがあり、新たな客が内一台に腰を下ろすのを目にするが早いか、カウンターから客の定食――スープと、ポテトと、肉と、プディング――を手際好く両手に積み上げ、客の前に置き、食券を受け取った。かくて定食を一時《いちどき》に出すことで給仕の手間は大いに省け、ばかりか客にもウケが好かった。というのも客はかくて料理のお定まりの日課にメリハリをつけることにて――今日はまずもってスープから始め、明日はスープを中程に回し、明後日《あさって》はスープを仕舞いまで取っておき、肉とプディングがらみでも似たり寄ったりの転調の鐘を撞きながら――食事そのものにもメリハリをつけられたからだ。何と素早く、新たな客がお越しの度、定食が運ばれることか、は瞠目的にして、何とテキパキ手際好く、女給が（一か月前はズブの素人だったというに）給仕をこなしていることか、は御当人方が何と小ざっぱりとして小粋に身繕いを整え、髪を梳きつけていることか、に劣らず目にするだに好もしかった。

仮に小生がめったにかほどの給仕にお目にかかったためしがないとすれば、確かにかほどの肉と、ポテトと、プディングはついぞ口にしたためしがなかった。スープは中にコメとオオムギと何か「プツプツ歯に当る」と前述の階下の馴染みによりて垂れ込まれていた如く「小さな代物」の入った、混ぜ物のない所へもってコクのあるスープだった。定食用食器類一式もまた、鼻につくほど高尚芸術にせよ低俗芸術にせよ気触れている訳ではなく、人好きのする純な見てくれをしていた。料理と調理法について、最後に一言。小生は上述のペル・メルの行きつけの倶楽部で二、三日後、ディナーを食べたが、かっきり十二層倍の身銭を切ってこの半ばも旨くなかった。

客は時計が一時を告げてからはいよよ込み合い、目まぐるしく入れ替わり立ち替わりした。なるほど食堂の雰囲気はごく最近でなければ味わえなかったものの、なるほど依然として表通りや入口辺りではかなり物見高げではあったものの、全体的な調子は願ってもないほど好く、客は店のやり口にすんなり馴染んだ。小生には、しかしながら、一目瞭然たることに、客はそこに、叩《はた》いた分だけ頂戴すべく、飽くまで独立独歩の地歩を保つべく、足を運んでいた。小生に判ぜられる限りにおいて、連中はもしや後ろ楯風《かぜ》を吹かせられようものならものの一か月で食堂にソッポを向くやもしれぬ。さも賢しらげに訪われ、質《ただ》され、読み聞かせられ、当てこすられでもした日には、二週間と経たぬ内に（この先四半世紀は下らぬ）寄りつかなくならぬとも限るまい。

当該私心なく聡明な運動は労働者の生活におけるそれは幾多の健全な変化や、我々自身の無意識の無礼が育んで来たかの猜疑を克服する上でのそれは多大な効果に満ちているものだから、現時点で詳細を批判するのはおよそ嗜み深いとは言えまい。わけてもホワイトチャペル大食堂《デポー》の経営者達が運営の如何ほど些細な点にかけても誓って客に与している旨徹頭徹尾感じていること論を俟たぬとあらば。が、たといアメリカ製調理用コンロは炙ることは叶うまいと、確かにある種の肉は他の種の肉に劣らず茹でられようし、必ずしも自らの茹でる才能をハムとビーフの限界に留める要もあるまい。如何ほどくだんの食べ出のある馳走の熱烈な信奉者といえども、恐らく、たまに豚肉と羊肉がらみで不節操があったとしても異は唱えまい。或いは、格別身を切るように冷たい日和には、他愛なくも少々グズグズとアイリッシュ・シチューや、ミート・パイや、トード・イン・ザ・ホール*を突つこうと。もう一点、ホワイトチャペル大食堂《デポー》の難点はビールがないことだ。単に機略の問題として考えただけでも、これは労働者の足をジンが売られていると評判の居酒屋へ向かわせるとあって、実に非戦略的だ。が、このビールの欠如が釈然としないのには別の、遙かに高尚な根拠がある。即ち、これぞ労働者への不信の現われだとの。これぞかの、道徳界を然に暗澹と徘徊している然に幾多のお偉方絞殺強盗団《サツグ》が労働者をすっぽり包《くる》んでやろうと誓いを立てている後ろ楯風《かぜ》の古マントの端切れに外ならぬ。旨いビールは自分にとってはクスリのようなものだし、と労働者は言う、自分はビールが大好きだ。大食堂《デポー》はビールをクスリとして呑ませてくれてもよさそうなものだが、労働者は今やビールをドクとして呑み下す。何故《なにゆえ》大食堂《デポー》はビールを労働者にクスリとして与えぬ？　何とならば労働者は酔おうから。何故《なにゆえ》大食堂《デポー》は労働者に食事と一緒に一パイント呑まさぬ、それなら酔うこともあるまい？　何とならば労働者はここへ来る前にもう一パイント、それとももう二パイント引っかけているやもしれぬから。さて、この不信は侮辱であり、経営陣がちらしの中で表明している信頼と著しく齟齬を来す上、一直線の本街道における臆病な急停止に外ならぬ。そいつはまた、不当にして不条理でもある。そいつは不当である。何故ならかくて素面の男を酔っ払いの悪徳故に罰すから。そいつは不条理である。何故ならかようの事情に曲がりなりにも通じた者なら誰しも、酔っ払った労働者は呑み食いする所ではなく呑みに行く所で――専ら呑みに行く所で――酔っ払うということくらい百も承知だから。労働者が当該問題を自らに、小生がここにて開陳しているに劣らず明々白々と開陳してみせられぬと想定するだに、またもや、労働者に面と向かっていつもながらのうんざりするような恩着せがましい後ろ楯風《かぜ》を吹かせ、お前はいい子ちゃんのブリっ子にして、おとなしくお言いつけ通りにして、大人ぶったりえらい子ぶったりせずに、おててを結んでおチビさんらしくしてなさいと当てつけるようなものだ。

　小生はホワイトチャペル自営調理大食堂《デポー》の勘定書きから、

そこにて売られている料理は全て、小生の引用した価格においてすら、ささやかながら某かの利潤をもたらしているとの事実を突き止めた！　個々の投機家は無論、既に狼煙を上げ、無論、既にその名を騙りつつある。その恩恵のためにこそ真の大食堂《デポー》の設計されている階層には必ずや、似て非なる二様の投機の見極めはつこうが。

第二十六章　チヤタム造船所

（一八六三年八月二十九日付）

テムズ川とメドウェイ川には、小生が夏時にしばしば漫ろ歩く小さな鄙びた船着き場がある。淀みない水の流れは白昼夢には打ってつけで、潮の流れの激しい川は小生の白昼夢にとっては最高の淀みない水の流れだ。小生は大きな商船が沖へ出て行ったり、どっさり荷を積んで帰港したり、活きのいい小さな蒸気曳船が連中と一緒に自信満々ポッポと鼻嵐を吹き上げながら水平線へ向かったり来たりし、一艦隊分もの艀が光景の中の生熟した木々から毟り取ったかのような褐色や朽葉色の帆を張り、ずっしりとしたおんぼろ運炭船が底荷が軽いせいで、潮に押されて四苦八苦グラつき、軽量のスクリュー小型帆船《バーク》や縦帆式帆船《スクーナー》が、外の連中は一艘残らず辛抱強く間切ったり針路を変えたりするのを後目にひたぶる傲然と真っ直ぐ突き進み、ヨットがちっぽけな図体にどデカい真っ白な帆を広げ、小さな帆掛けが遊山にせよ商用にせよ、ヒョイヒョイ行きつ戻りつし――ちっぽけな連中の悲しき性《さが》か――こちとらのちっぽけな御事情がらみでてんやわんや大騒ぎしているのを見守るのが好きだ。こうしたあれやこれやにじっと目を凝らしながらも、小生はさりとて、そっくり気の進まぬ限り、連中がらみで思いを巡らす要もなければ見る要すらない。とは潮がドブン、ザアーッと打ち寄せ、足許でピシャピシャさざ波が立ち、遙か彼方で巻き揚げ機がギギギと軋み、なお遙か彼方で汽船の外輪がブンブン唸っているのを耳に留める要のほとんどないに劣らず。こうした連中は、小生の腰を下ろしているキーキー託ちがちな小さな突堤や、泥に埋《うづ》もれたひょろ長い高潮標と浅潮標や、崩れた土手道や、崩れた堤や、グイと、まるでこちとらの見てくれを鼻にかけ、どれどれ如何様に映ろうかと水面《みなも》宛前のめりに寄っかかっている崩れた棒と基礎杭諸共、如何なる空想の脈絡にもすんなり溶け込もう。劣らず如何なる目的にも、と言おうか無目的にもしっくり来るのは、沼地の上でムシャムシャ草を食んでいる羊と雌牛や、小生の周りでクルクル回ってはポチャンと浸かっているカモメや、豊饒な刈り入れ畑から（射程外にて）塒に戻っているカラスや、魚獲りに出かけたはいいが、そいつがてんでハラに合わなかったかのように上方の蒼穹にてシケた面《つら》を下げているアオサギの面々。五感の埒内にある何もかもは、淀みない水の流れの助太刀の下《もと》、くだんの埒外の何もかもにしっくり馴染み、ある種調べに似ていなくもないながら飽くまで名状し難き寝ぼけ眼の総体へと綯い交ぜになる。

この手の船着き場の一つはとある古びた砦の側《そば》にあり（そこから望遠鏡でノア（テムズ河口中央の砂洲）の灯台が見えるが）、くだんの砦より摩訶不思議にも少年が立ち現われ、小生はお蔭で我ながら生半可な知識にどっさり蘊蓄を傾けて頂く。彼は真夏の太陽のせいで小麦色に焼けた聡明な顔付きと、同上の色合いのクルクルと縮れた髪をした初々しい少年である。*仮にかすかな目の周りの黒痣が（さすが如何で負うたものか尋ねるのは憚られたから）然に見なされねばならぬというのでなければ、勤勉な探求と思索の習いと相容れぬものの何一つ認められぬ少年である。少年のお蔭で、小生は如何ほど遠くからであれ税関船が見極められるようになったし、川を上《のぼ》って帰航中の東インド会社貿易船に税関吏が乗船する際、如何なる形式と儀礼が遵守されるかそっくり仕込めた。少年がいなければ「潜在マラリア」なる病名はついぞ耳にしなかったやもしれぬ。くだんの病気がらみで小生は今やそこそこ通じている訳だが。仮に少年の足許に座っていなければ、たとい艀の帆に白馬が描かれているのを目にしようと、くだんの艀が石灰艀だとはついぞ知らぬままあの世へ行っていたやもしれぬ。ことビールがらみでの特ダネも、少年に垂れ込んで頂いた。例えば、さる銘柄のビールはさっぱり買い手がつかぬせいで饐えているから気をつけた方が好いとか。ただ、我が若き哲人は同様の悪化にエールも祟られているとの見解には与していないが。少年はまた沼沢地のマッシュルームに関しても小生の蒙を啓くに、てっきりそいつら塩っぱいものと思い込んでいたものを（とは何たる素人考えよ）ヤンワリ御叱正賜った。蘊蓄を傾ける少年のやり口は思慮深く、辺りの光景に実にしっくり来る。少年は小生の傍らで身を乗り出しながら、川の中に小石か砂利を放り、そこで初めて、さながら飛礫が水面《みなも》に作る波紋の中央から口を利いてでもいるかのように覡《かんなぎ》よろしく口を利く。少年は当該定則を遵守せずして断じて小生の精神を陶冶することはない。

聡明な少年と――少年のことは小生、「砦の精」以外の名では存じ上げぬが――先達て、とある風の戦ぐ日に一時《いっとき》過ごし、川は我々の周囲で躍り跳ね、すこぶる活きが好かった。小生は川っ縁までやって来る途中、黄金《こがね》色の畑の中で束ねられた小麦が運ばれるのを眺めていると、輓馬《コブ》に跨ったなり人足を見守っている色艶のいい農夫が、如何に先週二六〇エーカーの茎長小麦を刈り入れ、如何に生まれてこの方ものの一週間でかほどの収穫に恵まれたためしがないか御教示賜った。平和と豊饒は麗しき姿形と、麗しき色彩にて田園に漲り、実りの秋は遙か彼方をまろやかに染めている、黄金《こがね》をどっさり積んだ艀の形《なり》にてついぞ刈り取られたためしのなき大海原に彩を添えるべく沖へ出てすらいるかのようだった。

正しくこの折のことである、「砦の精」が川のくだんの直線流域《リーチ》にここの所碇泊している、とある鉄製の浮き砲台に話題を向け、造船学に関する卓見で小生の蒙を啓き、いずれは技師になりたいのだと打ち明けたのは。少年はどうやら請負業においてピートー、ブラッシー両氏*によりて為されている万事に通暁していたと思しい――ことコンクリートなる代物にかけては抜け目なく――こと鉄の一件がらみでは玄人跣にして――こと砲類の点に関しては何でもござれとあって。いざ基礎杭を打ち込み、水門を築く話題になると、小生には正しく立つ瀬がなくなり、にもかかわらず足場を失った小生を大目に見てくれたとは今にいくら感謝してもしきれない。少年はかくて御教示賜る間《ま》にも一再ならず景色のとある遙かな方角へ目をやり、曖昧模糊たる謎めいた畏怖の念を込めて「ヤード」を引き合いに出した。お互い別れた後で少年の教えにつらつら思いを馳せる内、小生ははったと、「ヤード」とは我らが広大な国営の「海軍造船所《ドックヤード》」の一つなりと、そいつはさながら平時には慎ましやかに身を隠し、何人《なんぴと》の目をも穢《けが》すまいとしてでもいるかのように風車の蔭の窪地の生り物に紛れてひっそり横たわっているのに思い当たった。ヤードの側《がわ》における当該腰の低さに心惹かれ、小生は晴れてヤードの御高誼に与らんものとホゾを固めた。

ヤードの引っ込み思案の気っ風に対す小生の目出度き覚えは近づくにつれ、いよよ目出度くならざらんことのあったろうか。辺り一帯、玄翁の鉄を打つ音が響き渡り、その下《もと》にて巨大な軍艦の造られている大きな格納庫、と言おうか造船台が茫と、川向こうから眺めると取り付く島もなげに浮かび上がっていた。にもかかわらず、ヤードには、しかしながら、これきり外連味がなく、一面、小麦畑や、ホップ園や、果樹園の広がる山腹の麓に小ぢんまりと身を潜め、どデカい煙突と来てはプカプカ紫煙をくゆらせている巨人よろしき物静かな――ほとんど懶げな――風情で煙を吹き上げ、沖に碇泊しているどデカい指叉《さすまた》起重機は機械類森羅万象のキリンさながら、見てくれにしてはおっとり、罪の無い面《つら》を下げていた。間近なる火器桟橋の上の大砲倉庫は無垢なオモチャじみた様相を呈し、大砲の番に一人こっきり当たっている赤い上着の歩哨は、ほんのギクシャクと撥条仕掛けで動くオモチャの絡繰にすぎなかった。ギラリと、暑い日射しが照りつければ、ドンピシャ、弾は、そいつら鉛で、鉛で、鉛でこさえられた

小さな銃《つつ》を担《にな》った小さな男（「小さな男」（『マザー・グース』））で通っていたやもしれぬ。

川を渡り、桟橋から陸《おか》へ上がってみると――そこにては木端と雑草の吹寄せが一足お先に陸《おか》へ上がろうと躍起になってはいたものの敢えなく頓挫し、代わりにとある片隅に潜り込んでいたが――正しく通りの支柱にしてからが大砲で、建築的装飾は貝殻であった。かくてヤードに到着してみれば、巨大な新案特許の金庫よろしく、大きな折り畳み式の門によって堅くきっちり閉て切られていた。くだんの門が小生をガツガツ食らうや、小生はあっさりヤードなる胃の腑へとぶち込まれた。ヤードには、仰《のっ》けは、お次の戦時までそっくり仕事は打っちゃらかしでもしたかのようにきれいに掃き清められた休日の風情が漂っていた。とは言え、実の所、そこにおいてすら、ロープのための大量の麻外皮《ヘムプ》が倉庫から溢れ出し、御逸品、もしやヤードがネコを被っているほど穏やかならば まず、白い石の上にその量だけの干し草よろしくのさばってはいなかったろう。

ガン、ガシャ、ゴン、ドン、ブーン、ガラ、ガシャ、カチ、ドン、ゴン、ドン、カチャ、ドドドドドーン！　一体全体こいつは何だ！　こいつは鉄の装甲艦「アキレス号」*だ、と言おうか、ほどなく「アキレス号」と相成ろう。千二百名の人足が目下、この船にかかずらい、千二百名の人足が船端《ふなばた》や、舳先や、艫の上や、竜骨の下や、甲板の間や、船倉の中や、内っ側や外っ側の足場で精を出し、二本脚の身を捩《よじ》くらせ得るどこであれ如何ほど濃やかな曲線の中へとて這いずり込んでいる。千二百名の槌打ちが、測量師が、槙皮詰めが、装甲師が、鍛職工が、鍛冶工が、船大工が——千二百名のガン、ガシャ、ゴン、ガラ、カチ、ドドドドドーン屋が！　とは言え、今しも如何ほど途轍もなき喧騒が未完の「アキレス号」の周囲で持ち上がっていようと、完成した「アキレス号」にこいつなどほんの予備音（『ヘンリー五世』第四幕「コーラス」）にすぎぬ本腰の仕事が手がけられる由々しき日に——折しもどデカいカラッカラの乾涸びた導管さながら嵌め込まれている甲板排水孔が真紅に迸ろう日に——溢れ返ろう砌に比ぶれば物の数ではない。これら、煙と炎に包まれて仕事に屈み込んでいる様の仄見える中艙の人影が如何ほど忙しなく立ち回ろうと、くだんの一日《ひとひ》、ここにて煙と炎に包まれて別の手合いの仕事に精を出そう人影に比ぶれば物の数ではない。これら、「アキレス号」に手を貸すに、あちこち行きつ戻りつしては、その数だけの木の葉よろしく幾トンもの鉄板をゆらゆら運び回っている舷側の蒸気発動機は、もしやその折ものの一分たりそいつの肩を持とうものならズタズタの八つ裂きの目に会おう。この、鉄のタンクとオークの櫃の化け物じみた合の子がともかく水の上を走ったり、波に揺られたりし得るなど考えてもみよ！　如何なる波風《なみかぜ》の力にせよこいつを打ち砕けようなど考えてもみよ！　真っ紅に火照り上がった赤熱の鉄の先端が内側から船端《ふなばた》をぶち抜き——そら、あっちでも、こっちでも、そっちでも——外側の足場の二人の抜かりない男が剝き出しの腕と玄翁もて力まかせに打ちかかり、黒く平らになるまで玄翁を揮いに揮い続けるのを目にする何処においてであれ、鉄板という鉄板にてはその数あまたに上り、船全体にては〆て幾々千本もに上る鋲がグサリ、グサリと打ち込まれるのを目にしているなど考えてもみよ！　一旦乗船するや何故《なにゆえ》船の大きさを見極め難いかと言えば、それはそいつが連綿たる鉄のタンクとオークの櫃にして、故に内部にては絶えず仕上げられては絶えず取っかかられ、図体の半ばがたとい打ち砕かれようと残りの半分が十全として健やかだからだなどと考えてもみよ！　それから、またもや船端《ふなばた》を越え、船体を支えている地下森林よろしき遣り止め杭《ドッグショア》や支柱《ステイ》の深みなる船溜まりのどん底へと、じっとりネバついた泥濘《ぬかるみ》に紛れて下り、巨大な船体がグイと上方の光を背に迫り出し、下方の小生の方へ向けては先細りになっているのを目にするとは即ち、四苦八苦、必死で攀じ登った挙句、ともかくこいつは船たる旨諒解する不可能に達し、さては古代円形競技場に（そう、例えばヴェローナの）建造された、あわやはみ出さんばかりにどデカい、地に根の生えた建物なりとの空想に取り憑かれることだとは！　がそれでいて、こういった連中ですら、縁の下の力持ちたる作業場や、厚さ四インチ半に垂んとす鉄板に鋲のための穴を開けたり、そいつらを水圧力の下《もと》、船の輪郭の如何ほど繊細な先細りの彎曲にも合うよう象ったり、どこぞの酷たらしい猛禽の嘴に似ていなくもないナイフで、設計の如何ほど微妙な要件にもしっくり来るよう刮《こそ》げ落としたりするための動力がなければ、一体何だというのか！　然に易々、とある注意深き面《おもて》と統轄的な片手によりて操作される、これら途轍もなき力を秘めた機械は、ヤードの引っ込み思案の気っ風の御相伴に幾許か与っているように思われる。「従順な怪物よ、どうかこの鉄の塊をグルリと、チョークの規則正しい印のある所で等間隔にガブリ、ガブリやってくれないか」怪物はこちとらの請負いをグイと睨め据え、重たげな頭をもたげながら答える。「あんまり気は進まんが、どうしても片をつけねばならんというなら――！」硬い金属は怪物の歯にバリバリ砕かれたホッカホカのなり、ぬたくり出る。と思いきや、そいつには事実片がつく。「律儀な怪物よ、もう一つ、こっちの鉄の塊をよく見ておくれ。こいつはこの、ほら、微妙に細くなっている任意の線に応じて刮《こそ》げてやらねばならんのさ」怪物は（しばし瞑想に耽っていたものを）なまくらな頭を下げ、ジョンソン博士そっくりの物腰で、線にじっとり――いささか近視とあって、やたらじっとり――目を凝らす。「あんまり気は進まんが、どうしても片をつけねばならんというなら――！」怪物はまたもや近視の目を凝らし、狙いを定めたかと思いきや早、地獄の責め苦に会った欠片はのたうち回り、ポロリと、赤熱の捩《よじ》くれ上がったヘビたりて、燃え殻の直中へと落ちる。鋲作りはほんの男と少年によりて戦われる小粋で愉快な順繰り《ラウンド》ゲーム。というのも二人は真っ紅に火照り上がった大麦糖をポープ・ジョーン（ストップ系のトランプ遊び）盤に突っ込み、さらば立ち所にザラザラ、鋲が窓から落ちて来るから。が大いなる機械の調子は大いなるヤードと大いなる祖国の調子なり。「あんまり気は進まんが、どうしても片をつけねばならんというなら――！」

如何で「アキレス号」ほど途轍もなき巨大戦艦がそのため誂えられ、ここなる傍に転がされている錨ごときやたら小さな錨でともかく繋ぎ留められ得るものか、はかの聡明な少年に問い合わせねばならぬ船舶操縦術の神秘たらん。小生自身に言わせれば、いっそ繋ぎ縄もて象をテントの留め杭に、もしくは動物園のよりどデカいカバを小生のシャツ・ピンに、繋ぎ留めた方がまだ増しというもの。川の向こうの、とある廃船に横付けになっているのは、当該軍艦の中空の鉄のマストの内二本だ。が、あいつらは見た目にはそこそこデカい。し、それを言うなら外《ほか》の装置のどいつもこいつも。さらば何《なに》故《ゆえ》錨だけが小さく見えねばならぬ。

　小生はただし、当座一件をダシにつらつら思いを巡らす暇《いとま》はない。というのもこれから英国海軍で使われる全てのオールを作っている作業場を視察することになっているから。さぞや大きな建物にして、さぞや長たらしい作業に違いない！　こと建物にかけては、ほどなく肩透かしを食う。何せ作業はそっくりとある屋根裏《ロフト》で行なわれているから。してこと長たらしい作業にかけては――ん、こいつは何だ？　二台の大振りな皺伸し機が据えられている所へもって、その上をヒラヒラ、蝶の群れが舞っているとは？　一体皺伸し機の中には蝶をかくも惹き寄す何があるというのか？

　なお近づいてみれば、こいつらは皺伸し機ではなく、小刀と鋸と鉋の嵌め込まれた込み入った機械である。して小刀と鋸と鉋は下に突っ込まれる木切れの所定の要件に応じてここでは滑らかに真っ直ぐ、あそこでは斜《はす》に、切り、今やかようの深さまで切ったかと思えば、今やそっくり切るのを端折る。これらいずれオールになる木切れは固より、遙か彼方の森にこれきり別れを告げ、イングランドへと海を渡る前に、粗方くだんの目的にしっくり来るよう仕上げられてはいる。ことほど左様に、蝶も、蓋を開けてみれば本物の蝶どころか、鉋屑にして、機械の猛烈な勢いによって木から吹き上げられ、回転の弾みで目まぐるしくもムラっ気に空《くう》を舞い続けているとあって、ヒラヒラ飛んでは戯れ、浮いては沈み、願ってもないほど蝶そっくりの振舞いをする。いきなり音と動きが止み、蝶は皆、ハラハラと縒切れて舞い落ちる。小生が入って来てからオールが一本、柄をさておけば仕上がっている。目にも留まらぬ早業にしてあれよあれよという間に、この同じオールは旋盤へと運ばれる。ヒューッ、カチ！　柄は仕上がり、一丁上がりだ。

　当該絡繰が如何ほどすこぶる美しく精巧に出来ているか敢えて例証するまでもあるまい。がたまたま今日は恰好の論より証拠がある。常ならざる大きさの対《つい》のオールに偶然、格別な目的のためにお呼びがかかり、よって手で作らねばならぬ。微妙にして滑《すべ》らかな機械と肩を並べて、床の上の見る間に大きくなって行くオールの山と肩を並べて、男が一人、くだんの特注のオールを斧一梃で仕上げている。如何なる蝶にも付き添われぬまま、引き比べればさながら御当人、先方の小舟のための三途の川の渡し守カローンへの贈り物として引っ提げて行くべく、齢七十にして身罷るお膳立てに御両人を仕度している不信心者ででもあるかのようにゆっくり削っては窪みを作りながら、男（三十がらみの）は黙々と根を詰めている。機械ならば、男が額の汗を拭う間《ま》にも正規のオールを一本こさえよう。男は斧一梃で午前中の作業を終えぬ間《ま》に、クルクルとオールに仕立て上げられる木からさながら分《ふん》が時計からこぼれ落ちる要領で引き剥がされる薄っぺらな幅広のリボンよろしき木端で出来た土饅頭に埋《うづ》もれてしまうやもしれぬ。

当該素晴らしき光景からまたもや船の方へ引き返すに及び——というのも小生の心は、ことヤードに関せば、船の存する所に存すから——未完成の木壁*が某か木と鉄の功罪問題に決着がつくまで、造船台の上にて乾燥するがまま放ったらかされたなり、むっつりとながら自信満々時満つのを待っているげな風情を漂わせているのが目に留まる。これら傑人の名は、塔載可能な砲門数共々脇に掲げられている——とはもしや人類に適用されれば、社交における安らぎと得心に資する所大なる仕来りではあろうが。とある頑丈な、というよりむしろ艶やかな振り子めいた厚板伝《づて》、小生は勇を揮い、折しも請負業者の作業場から点検・認可のために送り込まれて来たばかりの輸送船（甲鉄スクリュー汽船）に乗船する。輸送船は軍隊のための手筈の素朴さと思いやりにおいて、光と空気と清潔のための設いにおいて、女性と子供に対す配慮において、すこぶる得心の行く経験である。小生の脳裏をふと、船内を見て回りながら、造船所の鐘でかっきり真夜中に乗船し、朝まで独りきり居座ろうと思えばよほどの見返りを頂かねば割りが合うまいとの思いが過る。というのもこいつは様変わりした御時世宛智天使めいた正肩章を憂はしげにパタつかす一刻者の老いぼれ鬼軍曹の仰山な幽霊に祟られていること請け合いだから。がそれでいて我々は目下の我らがヤードの瞠目的な手立てやヤり口から、ヤード抜きで海に出て行き、海と戦い、海を守った御先祖方をこれまで以上に心より敬う術《すべ》を学ぶやもしれぬ。などと思い返せば、こと銅にかけてはめっぽう緑《あお》く、大方くすんで接ぎだらけのおんぼろ廃船に対しすこぶる腹のムシの居所が好くなったものだから、小生は先方宛脱帽する。当該敬礼をクチバシの黄色い青二才の英国陸軍工兵隊の若将校が折しも通りすがりに見て取るや、てっきり御当人宛と早トチリする——して早トチリして、無論、大いに結構。

蒸気丸鋸や、垂直鋸や、水平鋸や、奇妙奇天烈な作動の鋸によりて（絵空事の中で）ズタズタに切り刻まれ果すや、小生は遠出の漫ろ歩き部門へと、故に己《おの》が逍遥の営為の核心へと、やって来る。

　至る所、ヤードを漫ろ行きつ戻りつしていると、そいつの物静かで引っ込み思案な気っ風の証に出会す。赤レンガの事務所や屋敷にはしかつべらしさが、特段取り立てて言うほどの用もなさげな坦々たる素振りが、外連味のなさが、窺われ、そいつら祖国を一歩外に出たが最後ついぞお目にかかったためしがない。石畳の白い石はたまさか響く二つ三つの跗をさておけば「アキレス号」や奴の千二百名のガンガン腕を揮っている（内誰一人として見得を切る者のなき）人足のシッポさえつかませぬ。仮に大鋸屑《おがくず》や木端を仄めかす空中の囁きがなければ、オール造りや色取り取りの動きを見せる鋸は幾マイルも遙か彼方やもしれぬ。ここの下方には材木が乾燥の過程の一端とし、様々な温度の水に浸けられる大きな貯水池がある。その上方の、柱によって支えられた炭車用軌道に乗っているのは、唐の妖術師の駕籠*で、そいつは丸太を十分水に浸け切られ次第釣り上げ、連中を積み上げるべくスルスル走り去る。小生は子供の時分（ヤードは当時、お馴染みだったから）いつも唐の妖術師ごっこをしたいものだと、くだんの絡繰をどこか心優しき国が好きにするがいいと、勝手に使わせて下さるならどんなにいいかしれやしないと思っていたものだ。と言おうか今なお駕籠の中で本を書く効験の如何にあらたかなるか試してみたき誘惑に駆られる。そいつの世の拗ねようたるや一点の非の打ち所もなく、材木山の間をスルスルと行きつ戻りつするのは便利な手合いの外国旅行——北アメリカの森林地帯や、ホンジュラスの泥濘った沼沢地や、鬱蒼たる松林や、ノルウェーの霜や、熱帯の暑気や、雨季や、雷雨の直中なる——となろう。大量の高価な材木は徹して見得や外連を取っ払ったなり、人知れぬ場所に堆く積まれ、能う限り自己をひけらかさず、誰にも「俺を見に来い！」とは声をかけぬ。がそれでいて、世界中の木から選りすぐられている。長さ故に、幅故に、真っ直ぐであるが故に、拗《ねじ》くれているが故に。船やボートの必要という必要を満たすべく。あちこち、奇妙に捩《よじ》くれた木切れが、船大工の目には掛けがえなくも、転がされている。くだんの木立を漫ろ縫う内、人足が数名つい今しがた届けられたばかりの材木を吟味している開けた空地に突き当たる。川と風車を背に、実に牧歌的な眺めではないか！　してアメリカ諸州が目下合衆国から程遠い如く*戦争とは程遠い。

　縄綯いの間を漫ろ歩く内、小生はいつしか至福に満ちた無精の状態へと紡がれ、そこにて人生の縄がくだんの過程によりて然に解《ほぐ》れるかのように思われるせいで、蓋し、めっぽう幼い日々にまで溯り、当時小生の悪夢は——より成熟した識別力をもってしても未だ何故《なにゆえ》か解き明かすには至っていないものの、身の毛がよだつようだったが——果てしのなき手合いの縄綯いにして、絢代《こ》わりの長く儚い細糸は目の間際まで一緒くたに束ねられるや、思わず金切り声を上げずにはいられなかったものだ。お次に、小生は幾多の備品の蓄えられた——帆や、円材や、索具や、艦載ボートといった——静かな屋根裏《ロフト》から屋根裏《ロフト》に紛れて歩く。胸中、どいつかその筋の人間が帯を巻き、どデカい鍵束の重みの下《もと》に腰を屈め、いざかようの物がお入り用とあらば、青ヒゲよろしく鍵を弄り、かようの扉を開けるものと思い込もうとホゾを固めて。たとい如何ほど長い屋根裏《ロフト》が懶げに見えようと、いざ電槽が指令を伝えれば、鎧戸や扉は次から次へとパッと跳ね開き、汽走帆走を問わぬ一艦隊分もの軍艦が繰り出し、かくて古《いにしへ》のメドウェイ川を——陽気なスチュアートが、陛下の然まで陽気ならざる船乗り達が通りで飢え死にしている片や、オランダ海軍の侵入を許した——大海原まで連れ行く様を目にするに相応しき代物で溢れ返らせよう。かくて小生はまたもやフラリとメドウェイ川までブラつき、さらば今や上げ潮で、川は「アキレス号」が千二百名のガンガン腕を揮っている連中共に傅かれている乾涸びた船溜まりへと、今にもそいつら一切合切仕度の整わぬとうの先から運び去る気満々にて、ひたぶる潜り込もうと躍起になっている。

最後の最後まで、ヤードは物静かな面《つら》を下げている。というのもとびきり風変わりなオランダ風の波止場に蔭を落とすひっそり静まり返った小さな木立を抜けて門までやって来ると、そこにて折しも向こうの端から立ち去りかけている船大工の葉の斑《ふ》の入った影法師はピョートル露皇帝その人の影法師やもしれぬ*から。かくて、大いなる新案特許金庫の扉はとうとう小生宛閉じ、小生はまたもや小舟に乗る。如何でか、オールがボチャンと水に浸かる度、法螺吹きピストルと奴の一味（『ヘンリー四世第二部』『ヘンリー五世』『ウィンザーの陽気な妻達』）を、してヤードの物静かな怪物達を、連中の文言ごと思い起こす。「あんまり気は進まんが、片をつけねばならんというなら——！」バリバリッ。

第二十七章　フランス領フランドル地方にて

（一八六三年九月十二日付）

「さして輪郭の際立った地方でもなければメリハリの利いた地方でもない」と小生は独りごちた。「この、四分の三がフランドル語で、四分の一がフランス語の地方＊は。がそれなり魅力もふんだんにある。大鉄道の線路が一本ならず過ってはいるものの、汽車はこいつを後方にうっちゃり、ポッポと蒸気を上げ、パリや南部へ、ベルギーやドイツへ、フランスの北海岸へ、してイングランドへと向かうきり、ほんの通りすがりに少々燻して下さるにすぎぬ。それから小生はこいつを存じ上げぬ。のはここにいるしごくもっともな謂れだ。店の上にデカデカやられている長たらしい奇妙な名の半ばも発音出来ぬ。のはも一つおまけに、ここにいるしごくもっともな謂れだ。なるほど、如何様に発音すれば好いか学ばねばなるまいから」詰まる所、小生は「ここ」にいた。してここから立ち去らぬ言い抜けが欲しく、そいつを我ながら得心の行くよう弄し、晴れてここに居座ったという次第。

小生の固めたホゾに如何ほどムッシュー・P・サルシが一役買っているか、はこの際不問に付そう。とは言え、ホゾを固める前に壁の赤いビラの上なるくだんの殿方の名に出会していたことは素直に認めよう。ムッシュー・P・サルシは「市長閣下の許可によりて」水漆喰の市庁舎に劇場を設け、外ならぬくだんの名にし負う建物の戸口の上り段に小生は立っていた。して「北部行政区一演劇的な郡」にお目見得するかようの劇場の特権的支配人ムッシュー・P・サルシは何卒フランス領フランドルの皆様方にあられては「我が総勢十五名より成る俳優一座（ラ・ファミユ・P・サルシ・コムポゼ・ダルシスツ・ドラマティーク・オー・ノンブル・ドゥ・１５スジエ）」によりて供さる知的饗宴の御相伴に与るべくお越し頂くよう誘《いざな》っていた。

さして輪郭の際立った地方でもなければメリハリの利いた地方でもない、と小生はまたもや独りごつ。おまけにだらしなげな地方だ。が、平原や窪地を縫う舗道が真っ黒な泥で泥濘《ぬか》っていない限りは、馬車で揺られるにそこそこ心地好い。辺り一帯、それは人家が疎らなものだから、つい、大地を耕し、種を蒔き、生り物を刈り入れる百姓は一体どこに住まっているものやらと、ばかりか如何なる影も形もなき軽気球によりて日の出と共に遙かな苫屋から畑へと、日没にはまたもや畑から遙かな苫屋へと、運ばれるものやらと、首を傾げたくなる。この辺りにポツンポツンと散ったたまさかの二、三軒の貧しい田舎家や農家では、よもや、耕作に必要なだけの百姓に夜露を凌がすこと能うまい。如何にくだんの作業と来ては、やたらめっぽう悠長にやりこなされるせいで、とある延々たる刈り入れの日のこと、十二マイル進む内に、およそ（〆て）二層倍人《にん》の男や女しか刈り入れては束ねていないのを見かけてはいたものの。がそれでいて小生はより純粋なフランス語の話されている所におけるより多くの、しかももっといい御身分の牛や、羊や、豚を、ばかりかもっと立派な干し草山までも目にしている——御当人の厨の焼き串の一本でズブリと大地に押っ立てられた、巨人の湯浸しトーストのトーストパンかと見紛うばかりの無様な褐色の山ではなく、しっかり藁で葺かれた、丸い、ほてっ腹の木製独楽《こま》よろしき干し草山までも。ことほど左様に、この辺りの村人には、農家や田舎家の瓦葺きの差し掛け屋根をグイと迫り出さす善き習いがあり、かくて三、四フィート方《がた》張り出した屋根は雨除けに持って来いとあって、恰好の干し場には香草や道具や何やかやが吊る下げられる。とは、屋敷の扉のすぐ前に年がら年中ゴミ山や水溜まりを据えておくお馴染みのそいつよりまっとうな習いではなかろうか。というのもそうでもした日には如何ほど小生の住まいをまたとないほど明るい青色に塗りたくろうと（してこの辺りでは、小生にとっていくら青かろうと青すぎまいが）、熱病が扉の内側まで忍び込むこと必定だから。フランス領フランドル地方の素晴らしき家禽共よ、何《なに》故《ゆえ》わざわざ家禽たらねばならぬ？　何故《なにゆえ》来る世代の卵において急停止し、絶滅し、一件にとっととケリをつけてしまわぬ？　小生は今日の今日、惨めったらしい雛鳥を引っ連れたニワトリの親鳥が勿体らしくも泥から何をほじくり出すともなく——ヨタヨタ、然に骨と皮に痩せさらばえている所へもっていじけているせいで、太鼓撥型脛《ドラムスティック》なる勇ましき文言は連中に当てつけたが最後お笑い種以外の何物でもなき大御脚にて歩き回っているのを目にしたばかりにして、頭《かしら》にして長《おさ》の作る時などほんの偽膜性喉頭炎《クループ》の侘しき症例にすぎなかった。荷馬車や他の農器具は目にするだに不様にして、ガタピシにして、物の怪じみている。幾千本ものポプラが畑のグルリを取り巻き、平らな景色の縁を取り巻き、かくて真っ直ぐ前方を見はるかせば、低い地平線の際の際を越えたが最後、そのなり虚空へもんどり打ちそうな気がする。道端の隅には、扉に門の鎖され、フランドル語の銘のある小さな水漆喰の営倉よろしき礼拝堂が犇き合い、しょっちゅう子供の剣《つるぎ》じみた木の十字架の束で彩を添えられるか、そいつらに事欠けば、聖《ひじり》が塒に就いている空洞の老木、もしくはめっぽうちんちくりんの聖《ひじり》がある種聖なる鳩小屋に高々と奉られている棹が、似たり寄ったりの要領であしらわれている。とは言えこなる町にかようの飾りつけが欠けているという訳ではない。というのも向こうの教会にては建物の外側に、古レンガと石で築かれ、彩色の帆布と木像で仕上げられたキリストの生々しき磔刑像があり、そいつら一切合切、元を正せば調理されるべく突っ込まれたはいいがとうの昔に火が消えてしまったかのように、小さな灰だらけの鉄の火格子の後ろに封じ込められた、どこぞの（恐らくは）聖者の埃まみれの髑髏《されこうべ》の天辺に鎮座坐しているからだ。風車っぽい地方だ、こいつは。ただし風車はどいつもこいつもそれは湿気て病瘻病めいているものだから、風受けが回る度、今にも根っこからぶっ倒れそうになり、キーキー金切り声で不平を鳴らしている。ばかりか、機織りっぽい地方でもある。というのも路傍の田舎家という田舎家では機《はた》が懶く回り――カタンコトン、カタンコトン――ひょいと中を覗き込んでみれば男か女か、貧しい機織り百姓が、背《せな》を丸めて精を出し、片や子供が、やはり精を出しながら、背丈に合うよう床に据えられた小さな手回しの紡錘《つむ》を回しているからだ。血も涙もない怪物ではないか、小さな塒における機《はた》なるもの。一家の大黒柱として情容赦もへったくれもなく我を通し、子供達の藁の寝床の上に大きく跨がり、空間においても風通しにおいても一家をギュウと押し込め、四六時中嫌味ったらしくも権柄尽くに身を処すとあらば。奴は水門から水を引いた畑にニョッキリ、藪から棒にして剝き出しのやり口で顔を出し、こちとらといい対これきり飾り物めくのも八方美人めくのも平に御容赦願っている不様な粉碾き場や工場や晒し場にへいへい媚び諂ってもいる。グルリをこうした連中に取り囲まれ、小生はここ市庁舎の戸口の上り段に立った。総勢十五名の演じ手より成るP・サルシ一座によりて何卒居残るよう口説き落とされて。

かてて加えて縁日もあった。これで口説き言にはダメが押され、そこへもって昨夜まで宿を取っていた旅籠に海綿を置き忘れてもいたので、小生は代わりを買うべく小さな町を一巡りした。日の燦々と降り注ぐちっぽけな店々では――ここかしこ聖像を商う雑貨商と軒を並べた服地商やメガネ屋や薬屋兼万屋といった――眼鏡をかけたフランドル生まれの老夫婦の中でもとびきりしかつべらしげな御両人が剝き出しの勘定台越しに互いにじっと目を凝らし合ったなり腰を下ろし、片や町を軍隊よろしく掌中に収め、そいつにスズメバチ戒厳令を敷いてでもいるかのようなスズメバチがウィンドーの中にて戦《いくさ》じみた機動演習を執り行なっていた。中にはスズメバチにそっくり乗っ取られた店もあり、小生がカウンターをコツコツ、五フラン硬貨で叩こうと誰一人気にもかけねばお出ましにもならなかった。小生のお入り用の代物はカリフォルニアの天然金塊を探し求めていたろう如くこれきり見つかりそうになかった。よって海綿抜きのまま、P・サルシ一座と夕べを共に過ごすべく繰り出した。

　P・サルシ一座の面々はそれはでっぷり肥え太り、それはお互いウリ二つなものだから――親父さんやら、お袋さんやら、姉妹やら、兄弟やら、伯父伯母やら、叔父叔母やらが――ひょっとして地元の観客は上演されている出し物がらみで大いに頭の中がこんぐらかり、幕が下りる際の際までどいつもこいつもが外《ほか》のどいつもこいつもの長らく行方知れずの身内と相成るに違いなかろうと目星をつけていたのではあるまいか。芝屋は市庁舎の天辺の階に設えられ、長い剝き出しの階段を昇った先にあったが、くだんの階段の風通しの好い場所にてはP・サルシ一座の端くれ殿が――革帯によりて生半にしか抑えの利かされていないほてっ腹の殿方が――入場料を取り立てていた。お蔭でその夕べ一番の大騒動の持ち上がったことに。というのもお膳立ての寄席演芸《ボードビル》にて幕が開き、青二才の（眉毛でめっぽう短い歌を歌う）恋人役たりて一見、正しくあの同じ、革帯によりて生半にしか抑えの利かされていないほてっ腹の殿方が登場するや否や、観客は我も我もと、果たして御当人、然に短兵急にくだんの燕尾服と、くだんの色艶のいい顔色と、くだんの黒々とした歌上手の眉毛を背負《しょ》い込み得たものか確かめるべくすは駆け出したからだ。そこで明らかになったことに、これはまた別の革帯によりて生半にしか抑えの利かされていないほてっ腹の殿方にして、殿方の前へ、未だ観客が心の平静を取り戻さぬ内に第三の、第二の殿方そっくりに革帯によりて生半にしか抑えの利かされていないほてっ腹の殿方が登場した。これら二人の「役者」は、入場料取っ立て係と併せてビラにて触れ回る十五名の内三名を成していたが、とある婀娜っぽい若き後家さんがらみで侃々諤々やり始め、後家さんは、ほどなく姿を見せてみれば、十五名の内第四番目の役者にして、手荷物合札部門を取り仕切っている第五番目の役者の姉たる、如何なる手立てによりてもこれきり抑えの利かしようのない――例のアメリカ黒人*の絵に画いたようなウリ二つの症例たる――ほてっ腹の御婦人と判明した。とこうする内、十五名の役者が舞台の上に勢揃いし、かくてお披露目に与ったのはお定まりの「母さん《マ・メール》、母さん《マ・メール》！」に、これまたお定まりの父さん《ペール》の悪態に、はたまたお定まりの侯爵に、またぞろお定まりの田舎出の若造の面々。若造は因みに、血の巡りはトロいながらも律儀で、ジュリーを追ってパリまで行き、一時《いちどき》に泣いて笑って噎せてはいた。物語は初っ端は徳高き紡ぎ車の、中程は小意地の悪いダイヤモンド一式の、仕舞い近くには母さん《マ・メール》からの（郵便によりて舞い込んだ）リューマチっぽい祝福の、助太刀の下《もと》、展開し、引っくるめれば革帯によりて生半にしか抑えの利かされていないほてっ腹の殿方の内一人の御尊体に突き刺さった匕首と、もう一方の革帯によりて生半しか抑えの利かされていないほてっ腹の殿方への年酬五万フランと勲章と、田舎出の若造への誰も彼もからの、たとい天にも昇るほど幸せでないとしても――然なる謂れも筋合いも何らなさそうではあったが――定めて幸せになろうとの太鼓判もて大団円を迎えた。かくて若造はこれが最後、一時《いちどき》に泣いては笑っては噎せ、観客はおセンチな悦に入りつつ家路に着いた。かほどに一心な、と言おうか行儀の好い観客はまたとなかったろう。なるほどＰ・サルシ一座の芝屋の二等席は英貨にして六ペンス、一等席は一シリングにすぎなくはあったものの。如何で十五名の役者がくだんの端金如きで然にブクブク肥え太れるものか、はありがたき神のみぞ知る。

もしや小生がフランス領フランドル地方の農夫にしてそれだけの金があれば、つられてテラつき出すまで金《きん》を着せられた何たる豪勢な騎士と貴婦人の陶器の置物を縁日にて、我が家にあしらうべく買い求めていたやもしれぬことか！　もしやそれだけの運に恵まれていたなら、何たる輝かしき受け皿付きコーヒー茶碗を回転盤遊びにて勝ち取っていたやもしれぬことか！　魅惑的な香水や砂糖菓子にもまた、ヤマを張っていたやもしれぬし、懸品目当てに壁龕の中なる仰山な小さな人形宛鉄砲をぶっ放し、いっとうべっぴんの人形を見事射留め、フランと誉れを諸共勝ち取っていたやもしれぬ。或いは、もしやフランス領フランドルの若造だったなら、町からの褒美欲しさに水槍的《みずやりまと》に突きかかるべく仲間によりて手押し車ごと引かれていたやもしれぬ。たとい見事輪っかに槍を突き刺さねばザンブリ、頭からバケツ一杯の水をぶちまけられ、片や水をぶちまけられては大変と、競争相手共は奇妙奇天烈なおんぼろ案山子帽を被っていようと。或いは、もしやフランス領フランドルの男か女か、少年か少女だったなら、所々に凱旋車の散った四頭並びの木馬の豪華絢爛たる山車行列の小生の木馬に跨ったなり、グルグル、グルグル、グルグル、グルグル、夜っぴて回転し、我ら豪勢な面々は手回し風琴と太鼓とシンバルの調べに合わせてのん気なコーラスを歌っていたやもしれぬ。引っくるめれば、ロンドンはハイド・パークの環状道《リング》ほど一本調子でない所へもって遙かに陽気だ。というのも一体いつ、あそこで、クルクル回りに回っている仲間が手回し風琴に合わせてコーラスを歌ったりしよう。一体いつ、御婦人方が両腕でひしと木馬の首に抱きついたりしよう。一体いつ、殿方が御当人の勇ましき駿馬の尻尾で御婦人方を煽いだりしよう？　これら回転する愉悦全てに、連中と一緒に回転する連中自身の格別なランプと唐提灯に、物思わしげな機織《はたお》りヅラもパッと晴れ上がり、市庁舎は煌々たる一並びのガス光を降り注ぎ、片やその上なるフランスの鷲（ボナパルト王朝の標章）はガス光に縁取られ、一見、家禽の身に降り懸かりし疫病に祟られてでもいるかのようだが、機略のめっぽうどっちつかずの状態にあり、鳥としては羽毛が抜け変わりかけている。辺り一面、旗がハタハタ翻り、その場に漂う陽気さたるや然なるものだから、牢獄の看守は一目、錠の下りていない世界を拝まして頂かんものと、獄《ひとや》の扉の外の石の上り段に腰を下ろし、片や獄《ひとや》横丁の獄《ひとや》の向かいの葡萄酒屋なるかの居心地好き溜まり場は（そのチャーミングな地の利故に看板のその名もズバリ「長閑けし亭」とあるが）、当該祝祭の宵にワンサと屯している男女を問わぬ羊飼いのさんざらめきで溢れ返っている。勢いふと、つい今日の昼下がりのこと、お縄の羊飼いが近所の通りのゴツゴツの石ころの上をこちらへやって来るのを見かけたのを思い起こす。仰々しい眺めではあった、野良着姿のそいつが、いじけた小さなトボトボ歩きの田舎者が、せせこましい通りからはみ出しそうなほどどデカい三角帽を被った、二人の大男の警察保安隊員《ジャンダルム》が巻き起こす風に掻っさらわれているの図は。御両人、こちとらの正装用肩章とて入り切らなかったろうほどちんちくりんのクスねた代物の包みを一人一つずつ引っ提げ、そいつに比ぶれば因人《めしうど》などほんの小人《こびと》にすぎぬサーベルをガチャつかせてはいたが。

「紳士淑女の皆々様、当縁日へお越しの皆様方にこれからこの、かくも名立たる町の方々への信頼の証と致し、また同上の方々の良識と典雅な趣味への臣従の礼と致し、腹話術師を、腹話術師を、お披露目させて頂きたく存じます！　ばかりか、紳士淑女の皆々様、皆様方に百面相男を、人相学者を、物真似名人を、お披露目させて頂きたく。と申すのもその者は天より賜りし造作をおよそ人間の顔に能うありとあらゆる精力的にして表情豊かなしかめっ面と、愛や、嫉妬や、復讐や、憎悪や、貪欲や、絶望といったありとあらゆる人間の心の情念を、紳士淑女の皆々様、ひっくるめた果てしなくも連綿たる瞠目的にして尋常ならざる表情に変えて進ぜましょうから！　ハイハイ、ホゥホゥ、ルールー、さあさ、入った入った！」といった趣旨の口上を時折、朗々たる手合いのタンバリンを力まかせに叩きながら——さながらいっかな入って下さろうとせぬ連中の成り代わりででもあるかのように意志を授かった――まくし立てているのは、高飛車にして棘々しい物腰の男――我ながら見世物小屋の内なる秘密を握っていると知らばこそ陰険な、厳めしい制服の男――である。

「さあさ、入った入った！　皆様にお目にかけられるのも今夜限り。明日には永久《とは》に叶はぬ相談。明朝、急行列車にて鉄道が腹話術師と百面相男を掻っさらいましょう！　アルジェリアが腹話術師と百面相男を掻っさらいましょう！　如何にも！　彼らの祖国の名誉のため、両名は法外な額の申し出を受け入れ、アルジェリアに姿を見せる予定にて。どうかこれが最後、両名が出立せぬ内にご覧じろ！　待ったは無用。ハイハイ！　ホゥホゥ！　ルールー！　さあさ、入った入った！　今のそのこっちへお越しの金《かね》を頂くよう、マダーム。ただしその後はビタ一文。というのも待ったは無用！　さあさ、入った入った！」

　にもかかわらず、陰険な弁士とモスリンの四阿の中にてスーを頂戴するマダーム双方の目は今のそのこっちへお越しの金《かね》がお越しになり果してなお、運命の分かれ目でためらっているスーはないものかと、食い入るように人込みを見渡す。

「さあさ、入った入った！　ちょうどこっちへお越しになりかけている、マダーム、金《かね》はまだあろうか？　まだあるようなら、待って進ぜよう。が、もしなければ、待ったは無用！」弁士はかく口上をぶつべく肩越し振り返り、かくて今しも自ら飛び込まんとしている綴織の襞の隙間から腹話術師と百面相男にじっと目を凝らしているに違いなかろうとの思いで観客を責め苛む。スーが一枚ならずポケットから飛び出し、こっちへお越しになる。「だったら、お登りを、殿方の皆様！」とマダームが金切り声で、して指輪を嵌めた指でしきりに手招きしながら叫ぶ。「さあさ、お登りを！　グズグズなさらず。ムッシューは二人に待ったは無用と声をかけておいでで！」ムッシューは御当人の「内っ側」に飛び込み、我々の内殿《しんがり》の五、六人も後を追う。ムッシューの「内っ側」はいささか棘々しい。ムッシューの「外っ面」同様。真の「芸術の社《やしろ》」には座席と、綴織と、対《つい》の石油調節灯の吊る下がった小さなテーブルと、壁に嵌め込まれた飾り物の姿見さえあれば事足りる。制服のムッシューはテーブルの後ろに回り、額を石油調節灯の下《もと》悪魔まがいに賢しらげにテラつかせたなり、我々をズイと、さも見下げ果てたかのように眺め渡す。「紳士淑女の皆々様、これから腹話術師に御登場願いましょう。師はまずもって名にし負う窓の中の蜂の『体験』を御披露致します。蜂は、明らかに『自然界』の正真正銘の蜂にして、窓の中や、部屋中を飛び回りましょう。がやっとのことでムッシュー腹話術師の手の中に捕らまえられ——何とか逃れ——またもや飛び回り——とうとうまたしてもムッシュー腹話術師に捕らまえられ、やっとのことで瓶に入れられましょう。では、お願い致します、ムッシュー！」ここにて座元はテーブルの背後にて腹話術師に取って代わられるが、後者はいじけた見てくれの痩せた土気色の男だ。蜂がブンブン飛び回っている間《かん》、ムッシュー座元は少し離れた床几に腰掛け、暗澹として取り付く島のなき思案に暮れている。が蜂が瓶に封じ込められるが早いか、スタスタしゃしゃり出で、やんややんやと囃し立てている我々をグイと、陰険に睨め据え、そこで漸う険しく片手を振りながら口上をぶつ。「百日咳を患った子供の素晴らしき『体験』！」子供に片がつくと、座元は先と同様ガバと腰を上げる。「食堂なるムッシュー・タタムブールと地下倉庫なる下男ジェロームとの間のやり取りの透逸にして尋常ならざる『体験』。掉尾《ちょうび》を飾るは木立の啼鳥《なきどり》と農家の中庭の家畜の『合唱』」以上全てにケリが、しかも上首尾のケリがつくや、ムッシュー腹話術師は引き下がり、ムッシュー百面相男が、まるで御当人の楽屋たるやものの長さ一ヤードの代わり、一マイルに垂んとしてでもするかのように、躍り込む。鬘を手にした、おどけた面構えの、大きな白チョッキの、ずんぐりむっくりの小男である。思わずプッと吹き出さんとの不敬な気分にはすかさず百面相男の途轍もなきしかつべらしさによって待ったがかかる。というのも男はお辞儀において、もしや我々はその手のことを当てにしているなら心得違いもいい所だろう旨仄めかすから。後ろに突っ支いのついためっぽう小さなヒゲ剃り鏡が持ち込まれ、テーブルの上の百面相男の前に据えられる。「紳士淑女の皆々様、これからこの鏡とこの鬘をさておけば何一つ小道具を使わぬまま一千もの個性をお目にかけて進ぜましょう」お膳立てに、百面相男は両手もて御自身を抉り出し、口を内を外へ引っくり返す。と思いきや、またもやとんでもなくしかつべらしげになり、座元に言う。「では、何なりと！」座元は毒気《どっき》のある瞑想からスタスタしゃしゃり出るや、一声上げる。「青二才の新兵！」ポンと、百面相男は鬘を後ろ前に引っ破り、鏡を覗き込み、鏡越しにそれはめっぽう間抜けにして、それはとんでもなくやぶ睨みなものだからお国のためにはとんと役に立ちそうもない新兵たりて姿を見せる。割れんばかりの拍手喝采。百面相男はひょいと鏡の後ろに引っ込み、地毛を前へ引っ張り出し、またもや御当人に戻るや、やたらしかつべらしげな面《つら》を下げる。「サン・ジェルマン郊外の名立たる住人」百面相男はひょいと潜り、ぷっかり浮かび上がり、見るからにやんごとなき生まれの、途轍もなく慇懃な、老いぼれた、霞み目の、歯の抜けた、中風の気のある御老体に為り変わる。「大将の祝祭日なる『傷病兵院』一の最古参兵」百面相男はひょいと潜り、ぷっかり浮かび上がり、鬘をてんで一方に傾げて被り、この世にまたとないほどいじけた、退屈千万な老いぼれ軍人が一丁上がる。して軍人殿、もしや無言劇でないとすらば、これまで挙げた手柄がらみで大ボラを吹くこと一目瞭然。「我利我利亡者!」百面相男はひょいと潜り、ぷっかり浮かび上がり、袋をむんずとワシづかみに引っつかみ、鬘の毛が一本残らずピンと、ひっきりなし盗人《ぬすっと》に怖気を奮っているげに押っ立つ。「祖国の天才!」百面相男はひょいと潜り、ぷっかり浮かび上がり、鬘はぺしゃんと撫でつけられたなり後ろへ押しやられ、天辺には(今の今まで狡っこく隠していた)ちんちくりんの三角帽が乗っかり、百面相男の白チョッキはもっこり膨れ上がり、百面相男の左手は白チョッキの胸許に突っ込まれ、百面相男の右手は背《せな》の後ろに回っている。割れんばかりの拍手喝采。これが祖国の天才の三態の内の第一態。第二態にて、百面相男は嗅ぎ煙草をクンと嗅ぎ、第三態にては、右手をクルリと丸め、くだんの携帯望遠鏡越しにズイと、果てなき軍勢を見はるかす。百面相男は、と思いきや舌をペロリと突き出し、格別どうという風もなく鬘を被ることにて「村の阿呆」に為り変わる。百面相男の奇抜な芸当の一から十までの内わけても特筆すべきは、この男、化けの皮を被るべく何をやらかそうと、挙句仰《のっ》けよりむしろ御本尊めくやに思われることなり。

　当該縁日には覗き絡繰があり、一、二年前にクリミア戦争としてお近づきになった数か所の映えある戦場が今やメキシコ戦勝利*の役をこなしている所に際会したのは望外の喜びであった。様変わりはロシア兵を格別念入りにブスブス燻し、前景なる非戦闘従事者には好き放題敵軍より軍服をふんだくるがままにさすことにて物の見事にやりこなされていた。画家が本家本元の素描を物せし折には如何なる英国軍もたまたま視界の中に入っていなかったので、幸運にも今や邪魔っ気なそいつらはからきしいなかった。

　縁日は舞踏会でもって幕を閉じた。舞踏会の催されたのが格別何曜の晩だったか、小生はただそいつは鉄道にそれは間近い廐庭にて催されたものだから機関車があわや火をつけかねぬ勢いだったと言うに留め、自ら抜き差しならぬ羽目に陥るは平に御容赦願おう。(スコットランドでは、恐らく、易々然なる顛末と相成ってはいたろうが。)そこにて、一枚ならざる鏡や数知れぬオモチャの旗にて愛らしく飾り立てられたテントの中で、人々は夜っぴて踊り続けた。エスコート役の男性と御婦人用のペア券の値段が英貨にして一と三ペンスで、くだんの少額の内ですら五ペンスは「コンソマシオン」用に払い戻しが利くとあって、およそ値の張る気散じどころではない。先の一語を小生なり訳させて頂けば、如何ほどキツかろうとせいぜい砂糖とレモン入りの通常の温ワインそこそこにしかキツくない飲み物といった所であろうか。そいつは実に上機嫌の、実に愉快な舞踏会であった。踊り手の大半はP・サルシ一座の十五名の役者とどっこいどっこい懐が寂しかったには違いないが。

詰まる所、小生自身のお気に入りの英国風パイント・ポットを当該縁日には持参していなかったので、小生はそいつが味気ないフランス領フランドル地方の生活に注《そそ》いだ素朴な愉悦の升目を存分堪能してもって善しとした。そいつが如何ほど味気ないか、小生は縁日が終わってやおら本腰を入れて惟みにかかった――縁日の催された広場の家々の窓から三色旗が引き降ろされ――窓がぴっちり、一見お次の縁日時《どき》まで閉《た》て切られ――市庁舎がガス栓を締め、鷲を片付け――どうやら町の総舗装人口と思しき二人の舗装工が装飾用の棹を立てるために積み上げていた石を槌でガラガラ突き崩し出し――獄《ひとや》の看守が門をガシャリと締め、むっつり御自身宛預かり物共々錠を下ろし果して漸う。がさらば、小生が市場《いちば》の今は亡き揺り木馬の跡を印す輪っかを辿りながら胸中、如何ほど長らく揺り木馬なるもの事実、公道に連中の跡を残し、如何ほど御逸品、おいそれとは拭い去られぬものか、つらつら惟みていると、なかなかイカした光景が目に留まった。見れば、日溜まりの中、明らかにこの町の住人ではなく、それを言うならどこの町の住人でもなさそうな、ゆったりとした世界市《コスモポリ》民《タン》風情の漂う男が四人、肩を並べて広場を物思わしげに歩いているではないか。初っ端の男は白い粗布の上下に、二番目の男は縁無し帽と野良着に、三番目の男は古ぼけた軍服のフロックに、四番目の男は一見、おんぼろコウモリで仕立てたかと見紛うばかりの不様な服に、身を包み、四人共鈍いトビ色の靴を履いていた。小生の胸は高鳴った。というのも、くだんの四人《よったり》は誰あろう、色艶も眉毛もお役御免にしてはいるものの、P・サルシ一座の四名の役者だったからだ。なるほど青味がかった髭を蓄え、我らが白亜の国《アルビオン》にては「ホワイトチャペル剃刀」と呼ばる（して実の所、掌で相応に慎重に顎に撫でつければ、白ドーラン代わりになる）代物によりて添えられる、頰の若々しい滑《すべ》らかさには見限られているが、くだんの四名たることお見逸れすべくもなかった。小生がうっとり見蕩れて立ち尽くしていると、下卑たキャバレーの中庭からお出ましになったのはぶっちぎりの母さん《マ・メール》、母さん《マ・メール》で、一言「スープが出来たよ」と声をかけ、さらば粗布の奴と来てはそれはとんでもなく有頂天になったものだから、皆して御相伴に与るべく駆け込む段には道化役《ピエロ》の流儀に鑑み、両手をギクシャク、粗布ズボンのポケットに突っ込んだなり雀躍りしながら殿《しんがり》を務めた。中庭の先まで目をやってみれば、小生の見納めは奴が片脚で窓越し（もちろんスープを）覗き込んでいるの図であった。

　こいつは傑作千万と浮かれながら、よもや我ながらの幸運にダメ押しの落ちがつくとは夢にも思わず、小生はほどなく町を後にした。がおまけの棚ボタが落ちて来た。小生は（厳しい監視の下《もと》なる）若者でギュウギュウ詰めの三等客室でずっしり重くなった列車に乗っていた。若者達はつい先達ての徴発で不運なクジを引き当て、軍人の卵の大方が一人前のそいつに仕立て上げられる、名立たるフランスの駐屯部隊の町へ向かう途中であった。駅の構内で、彼らは塵と泥と、フランスの色取り取りの土にまみれた貧相な小さな包みを小脇に抱え、擦り切れた手紡ぎの青い服に身を包み、てんでバラバラに座っていた。連中の大半はいい加減しょぼくれていたが、目一杯歯を食いしばり、ほんのちょっとしたきっかけさえあればピシャピシャ胸板を叩いては声を合わせて歌い、より陽気な手合いは黒パン半斤を散歩用の杖に突き刺したなり、肩に担いでいた。旅を続ける間《ま》も、彼らは駅に停まる度

ガナり上げ、調子っ外れもいい所、てんでデタラメに声を合わせては、とびきりの浮かれ気分を装っていた。しばらくすると、しかしながら、歌うのを止め、さりげなく声を立てて笑い始め、片や彼らの笑い声には時折、犬の吠え声が紛れた。さて、小生は彼らの目的地に行き着かぬ内に降りねばならず、かくて汽車が停まると、散々角笛が吹かれ、鈴《りん》が鳴らされ、旅の殿方はそれぞれの目的地に着くには一体何をせねばならず、何をしてはならぬか声高に告げられたものだから、最後に一目、一人残らず窓から頭を突き出し、大はしゃぎの子供のように腹を抱えている我が新兵の姿を拝ませて頂くべくプラットフォームの先まで歩いて行く暇《いとま》がたっぷりあった。さらば連中の旅の道連れにして大はしゃぎの火種たりし、ピンクの鼻の大きなプードルがプラットフォームの端の端で、列車が出て行く段にはいつでも彼らに敬礼出来るよう、後ろ脚で突っ立ったなり捧げ銃《つつ》のポーズを取っているのが目に留まった。このプードルは軍帽《シャコー》を（言い添えるまでもなく、片目の上にてんで斜《かし》げたなり）被り、小さな軍服を着た上から正規の白ゲートルまで履いていた。ヤツは小さなマスケット銃と小さな銃剣に身を固め、辛うじて雲隠れしていない方の目を傍に立っている御主人、と言おうか上官にじっと凝らしたなり、銃を一点の非の打ち所もなき姿勢にて捧げて立っていた。してヤツの仕込まれ方たるやそれは見事なものだから、いざ汽車が動き出し、新兵達の訣れの喝采、のみならず、内数枚は軍帽《シャコー》に命中したサンチーム銅貨を雨霰と浴び、勢いヨロけそうになるに及んでなお、汽車が見えなくなるまでビクともせぬまま持ち場に踏み留まっていた。と思いきや、武器を上官に明け渡し、足で天辺をこすることにて軍帽《シャコー》を脱ぎ、晴れて四つ脚で踏ん張るや、制服を頭上なる蒼穹との関係で言えばてんでちぐはぐな具合に着込み直しながら、白ゲートルのなりプラットフォームを駆けずり回り、尻尾をちぎれんばかりに振った。小生はふと、プードルにあってこれしきの剽軽玉はまだまだ序の口、奴は新兵達がこちらほど易々鍛錬を掻い潜るも、制服をお役御免にするもお手上げたること百も承知なのではあるまいかと思い当たった。して胸中、そんなことを惟み、何か散銭でも駄賃にやろうとポケットの中を弄り、たまたまヤツの上官の面《つら》に目を上げたその拍子、百面相男のそいつに出会した！　それはおよそアルジェリアへの方角どころか真反対ではあったものの、兵《つはもの》プードルの大佐は雨傘の先の小さな包みを肩越しブラブラ吊る下げた、黒っぽい野良着の百面相男にして、男は胸許からやおらパイプを取り出すと、プカプカ紫煙をくゆらしながら、プードル共々何処へとも知れず立ち去った。

第二十八章　文明世界の呪い師

（一八六三年九月二十六日付）

蛮族の直中を（紙製ボートにて）旅をすると、しょっちゅう我が家に居ながらにして思索の種を頂戴する。して奇しくも文明人の中に未開人の名残が留められ、未開の仕来りがそいつらの一枚上手たることを少なからず鼻にかけている社会の様々な状況にハバを利かせている所に出会す。

果たして北アメリカ・インディアンの呪い師は、北アメリカの国家の外にて、断じてお払い箱には出来ぬものか？　そいつはありとあらゆる折に、しかもとびきり馬鹿げた「呪い」を引っ提げて、小生のウィグワム*に罷り入る。小生は奴を小生のウィグワムから締め出すは必ずや至難の業にして、間々土台叶はぬ相談と、思い知らされる。奴の法的「呪い」のために、呪い師は頭の天辺に四つ脚獣の毛を引っ被り、同上にごってり獣脂と薄汚い白い粉をまぶし、同じ民族の男や女房にからきしチンプンカンプンの戯言《たわこと》をほざく。奴の宗教的「呪い」のために、呪い師は白いちょうちん袖と、小さな黒エプロンと、奇妙な裁断の大きな黒チョッキと、「呪い」ボタン・ホールの襟なし上着と、「呪い」長靴下と脚絆と靴でめかし込み、そいつら一切合切の天辺にやたら薄気味悪い「呪い」帽子を冠る。とある一点において、なるほど、小生は奴にてんで祟られずに済んでいる。「呪い師」全般が、奴の村の男女を問わぬその数あまたに上る住人共々、酋長に拝謁賜る折々、呪い師の土着の「呪い」は古ぼけた（商人《あきんど》共から借り受けた）ガラクタと骨董の化けの皮を被った目新しい代物のおどけたごった混ぜに、（奴のわけてもお気に入りの）赤い布の切れ端に、顔面に塗ったくる白と赤と青の顔料である。当該格別な「呪い」の不条理の掉尾《ちょうび》を飾るは似非戦《いくさ》の突撃にして、そいつより女房の内少なからぬ者は生きた空もなく担ぎ出される。これが如何にセント・ジェイムズ宮殿における接見会と似て非なるものか、は言を俟たぬ。

アフリカの妖術遣いもまた、小生のウィグワムから締め出すは至難の業と思しい。この男は死と弔いの事例を監督下に置き、言語道断の魔術でしょっちゅう一家丸ごとから金を絞り取ろう*。男は鯨飲馬食を宗とし、必ずや悲嘆に暮れた外っ面の下《もと》、ホクホク悦に入った胃の腑を隠す。男の魔除けは専ら厖大な量の一文の値もない端切れより成り、御逸品に男は法外な値を吹っかける。男は哀れ、故人の縁者の胆にてっきり奴の供人のより仰山な連中にかようの端切れを御尊体の上にて一、二時間ひけらかすよう身銭を切れば切るほど（連中、生まれてこの方ついぞ故人にお目にかかったためしのなく、むしろ故人が死んで浮かれ返っているにもかかわらず）、故人の死を誉れ高くも敬虔に悼むことになろうと銘じさす。哀れ、縁者が当該降霊術師の言いなりになるや、やたら値の張る行列が組まれ、そこにては棒切れや、鳥の羽根や、その他黒絵の具の塗ったくられた夥しき無意味な代物が、誰一人としてその意味を、たといあったにせよ、解《げ》せぬ然る凄まじき隊形にて墓の際まで運ばれ、それからまたもや持ち帰られる。

トンガ三群島にては万物に霊魂が宿ると思われているだけに、手斧がこれきり使い物にならなくなると、島民は口々に言う。「ヤツの不滅の端くれは逝ってしまった。ヤツは幸せな狩り場に身罷った」然に信ずらばこそ、極めて論理的にも、男が埋葬される段には、生前の食器を某かと、武器を某か、壊して一緒に埋めねばならぬということになる。* なるほど迷信的にして誤っているやもしれぬが、如何なる誠実な信仰に基づく意味も何ら有さぬ見世物のために卦体な端切れを拝借するよりまだしもあっぱれな迷信ではなかろうか。

我が逍遥の旅路にてつと足を止め、これまで目にして来た内で、北アメリカ・インディアンも、アフリカ妖術師も、トンガ三群島民も紛れていないはずの野辺の送りを概観してみるとしよう。

いつぞや、小生はとあるイタリアの都市に滞在したが、一時《とき》気さくな気っ風の、血の気の多い分だけ前後の見境のない英国人が同居していた。* この馴染みはとある侘しい他処者が町外れの村の葡萄園の直中なる孤独な田舎家にて実に近しき者の不慮の死を悼んでいるのを突き止めた。死別の状況は尋常ならざるほど痛ましく、小作人にも村にも不馴れな他処者は、亡骸と二人きり取り残されているとあって、大いに助けを必要としていた。いささか難儀せぬでもなく、とは言え同時に優しくもあれば自分そっちのけでもあればテコでも動かぬ構えでもある腹づもりの為せる業、馴染みは――ミスター親切心は――喪主と親しくなり、埋葬の手筈を整える役を買って出た。

市壁の近くに小さなプロテスタントの共同墓地があり、ミスター親切心は小生の所へ戻って来る道すがら、墓地へ折れ、場所を決めた。彼は何をするにせよ孤軍奮闘で世話を焼くとめっぽう意気が揚がるので、小生は水を差しては大変と、馴染みの人助けからはお高く止まっておくことにした。ところが夕飯時《ゆうめしどき》に、馴染みが日中の善行でカッカと頭に血を上らせ、喪主を「英国風葬儀」で慰めるという名案を思いつくに及び、さすがにくだんの仕来りは祖国においてすら徹頭徹尾崇高とは言えぬだけに、イタリア人の手にかかったが最後ポシャるやもしれぬと仄めかした。しかしながら、ミスター親切心は我ながらの名案に有頂天なばっかりに、ほどなく一筆、明朝夜が明けるか明けぬか、さる小さな家具職人に伺候願うよう町へ宛てて書き送った。くだんの家具職人はこの世の如何なる人間より遙かにチンプンカンプンのやり口にてチンプンカンプンの（御当人の）お国訛りを話すので夙に名高かった。

翌朝、浴室から小生はミスター親切心と家具職人が研催いの階段の天辺で侃々諤々やるに、ミスター親切心が英国流葬儀屋用語をとびきり選りすぐりのイタリア語に置き換え、家具職人が前代未聞の異国語にて返答しているのを洩れ聞き、そこへもって地元の葬儀は英国風葬儀と似ても似つかぬのを思い起こすに及び、密かな胸の奥底で気が気でなくなった。がミスター親切心は朝餉の席で然るべく手筈を整えたのでとびきり首尾好く行くこと間違いなしと胸を張った。

野辺の送りは日没に行なわれることになっていた。小生は一行が市の門のいずれへ向かわねばならぬかも知っていたので、日が沈むと共にくだんの門から市外へ出て、埃っぽい、埃っぽい道を歩いた。がさして遠くまで行かぬ内、以下の如き行列に出会した。

一、ミスター親切心が、少なからず面食らったなり、どデカい葦毛の馬に跨っている。

二、どぎつい黄色の二頭立て馬車が、どぎつい真っ紅なヴェルヴェットの膝丈ブリーチズとチョッキ姿の御者に手綱を取られている。（これぞ「威儀」のお定まりの地元流解釈であるによって。）馬車の両の扉は棺桶のせいで開けっ広げになっている。何せ御逸品、車内にて横倒しのなり、左右から突き出ているから。

三、馬車の後ろから、御当人のためにこそ馬車の仕立てられた喪主がトボトボ、埃の中を歩いている。

四、とある庭園の灌漑用の道端の井戸の蔭にて、チンプンカンプンの家具職人がうっとりかんと、身を潜めている。

などということは今となっては問題ではない。極彩色の馬車はどいつもこいつも哀れ、今は亡きミスター親切心にとっては同じで、彼は地中海の然に麗しき市壁の際の、シダレイトスギの生い茂る小さな共同墓地の遙か北方に眠っている。

小生の初っ端の葬儀は、そいつなり見事な典型的葬儀は、かつて小生の乳母たりし既婚の女中（第十五章注（二六〇）参照）の亭主のそれであった。女中は金欲しさに連れ添った。サリー・フランダースは連れ添って一、二年後に小さな大工の棟梁のフランダース親方に先立たれ、サリーだったかフランダースだったかが、小生に晴れがましくも「付き従って」頂きたき旨表明していた。小生は七、八歳だったろうか——ともかく、まだいい加減幼かったから、くだんのお誘いに何処にてケリがつくものか、如何ほど遠くまで今は亡きフランダース親方に付き従わねばならぬものか、さっぱりなだけに、くだんの言い回しに少なからず胆を冷やした。家長方からお許しが出ると、小生は我が家にては雅やかな喪装と称さる（記憶違いでなければ、外《ほか》のどいつかのシャツを含む）出立ちに騙し騙し小突き入れられ、万が一にも葬儀の途中で手をポケットに突っ込むか、目をハンカチから引っこ抜こうものなら小生自身としては二度と浮かばれず、一家は面目丸つぶれと相成ろう旨クギを差された。由々しき当日、悲惨な心持ちになろうと散々骨を折り、というに涙がポロリともこぼれぬせいで何と血も涙もない奴よと我と我が身をとことん見下し果すと、小生はサリーの家《うち》へ向かった。サリーはとびきり気のいい奴で、老いぼれフランダース親方にとってもいい女房だった。がサリーを一目見た途端、てんでいつものサリーらしくないのに気がついた。サリーは気付け瓶と、ハンカチと、オレンジ一箇と、酢の瓶と、フランダース親方の妹と、サリー自身の妹と、フランダース親方の弟の上さんと、近所の二人の金棒曳きに——一人残らず喪装に身を固め、一人残らずサリーが気を失ったらいつでも抱き抱えられるよう手ぐすね引いて待っている——グルリを取り囲まれたなり、ある種「大紋章」を成していた。哀れ、チビの小生を目の当たりに、サリーは大いに取り乱し（かくて小生を遙かに大いに取り乱させ）、「あんれ、可愛い逍遥坊っちゃん！」と叫んだと思いきや、ヒステリーの発作に見舞われ、正しく小生が命取りになりでもしたかのようにバッタリ気を失った。さらば見るも痛ましき光景が繰り広げられ、その間《かん》小生は色取り取りの連中によりて嗅ぎ塩瓶よろしく、グルグル回されてはサリー宛突き出された。いささか持ち直すと、サリーは小生をひしと抱き締めながら言った。「坊っちゃんはうちの人のことよおく御存じで、愛しい逍遥坊っちゃん、うちの人も坊っちゃんのことよおく存じてましたとも！」してまたもや気を失い、すると「大紋章」のその他の面々はなだめすかしがちに言った。「さすが感心な心がけじゃないか」さて小生は、今日《こんにち》しかと存じ上げているにつゆ劣らず、サリーはもしや気が進まねば気を失う要はなかったろうし、当てにされてでもいなければ気を失ってはいなかったろうと、存じ上げていた。お蔭でえらく居たたまらなくなり、おまけに猫っ被りになった。よってお次はひょっとして自分が気を失うのがお行儀が好いやもしれぬと思い当たり、フランダース親方の伯父さんにじっと目を凝らし、もしや伯父さんがそちら向きやらかしそうな気配をちらとでも見せようものなら、慎ましやかに、右に倣おうとホゾを固めた。がフランダース親方の伯父さんは（いじけた小さな老いぼれ万屋だったが）、一つ考えに凝り固まり、そいつは我々はどいつもこいつもお茶を御所望なり、というものだった。かくて我々に、好むと好まざるとにかかわらず、ひっきりなし紅茶茶碗を渡して回った。フランダース親方の若造の甥もその場に居合わせ、巷の噂によるとフランダース親方から十九ギニー譲って頂いたとのことだった。若造は差し出される——恐らくは数クォート（一・一三六リットル）に垂んとす——紅茶を端から呑み下し、この甥は、手当たり次第のプラム・ケーキを平らげた。が時折ケーキの塊の中途でひたと手を止め、亡き伯父貴の思い出に浸る余り口が一杯なのも忘れてしまったかのような風を装うのが雅やかな服喪と心得ている節があった。小生はこいつはそっくり、我々に手袋をマフィンよろしく茶盆に乗っけて手渡し、我々をマントに括り込んでいる（小生のマントは、因みに、やたら長ずっこいせいでどこもかしこもピンで留めて回らねばならなかったが）葬儀屋のせいだとピンと来た。というのもそいつが茶番を演じていることくらいお見通しだったからだ。という訳で、皆して表通りへ繰り出し、小生がハンカチで目が見えないばっかりに前の連中宛つんのめり、マントがえらく長いばっかりに後ろの連中を蹴躓かすことにてひっきりなし行列を掻き乱す段ともなると、我々は皆、茶番を演じているような気がして来た。小生は心底フランダース親方が気の毒でならなかったが、かと言って皆して（わけても女性方と来ては黒い側《がわ》を外っ側にした石炭バケツそっくりのフードに頭を突っ込んだなり）、今にもグイと伸ばしざまズイと地平線を見はるかさんとしている喪の携帯用望遠鏡じみた代物を手にした、スカーフの男と足並み揃えねばならぬことにはてんでなるまいということくらい分かっていた。もしや皆して茶番を演じているのでなければ、誰しも葬儀屋によりて打ち出されたとある格別な主音で口を利く筋合いはさらさらなかろうということくらい分かっていた。表情においてすら、我々はどいつもこいつも御当人の一族ででもあるかのように葬儀屋そっくりの面《つら》を下げ、小生にはもしや皆して茶番を演じているのでなければ、そもそもそんなことにはなっていまいということくらいお見通しだった。サリーの家《うち》に引き返しても同断。相変わらずプラム・ケーキなしではてんでやって行けず、ポートとシェリーとコルクの入った対《つい》のデキャンターが仰々しくもお目見得し、ティー・テーブルに陣取ったサリーの妹は取っておきの陶器をカチャつかせ、急須の中を墓よろしく覗き込む度憂はしげにかぶりを振り、またもや「大紋章」と相変わらずのサリー。とうとう、サリーが「シャンと持ち直す」のが然るべきと思われる頃合になると、サリーに慰めの言葉がかけられ、御逸品、故人もこれで晴れてココロ安まる限り「ココローやーすーまーるー弔ーい」をして頂いた！　なるもの。

くだんの日以来、小生は大人びた目で他の葬儀を見て来た。がその折り返し句は同じ子供っぽい折り返し句——茶番——である。真の苦悩、真の悲嘆と厳粛は蹂躙され、葬儀が「演じ」られる。幾多の蛮族の葬送の仕来りが顕著たる浪費は、これら文明社会の埋葬式にも付き纏う。して一度ならず、二度ならず、心の奥底でつぶやいて来たものだ。たとい浪費は致し方ないにせよ、葬儀屋には金を、小生には馴染みを、埋葬させては頂けぬものか。

フランスにては概ね、この手の儀式は概ねまだしも金をかけずに取り仕切られるだけにまだしも合理的に取り仕切られる。さすがにお世辞にも喪に服している屋敷の正面に胸当て付きエプロンを括りつける習いによりて大いに蒙を啓かれて来たとか、小生自身墓場まで中風病みの四柱式寝台よろしくコクリコクリ頷いてはひょこひょこ跳ねる車体に押し込められたなり三角帽の墨黒の同胞《はらから》によりて駆られるのに格別御執心だとは言えぬ。が或いは小生は三角帽の美徳に生まれながらにして無頓着なのやもしれぬ。フランスの片田舎において、粛々たる儀礼はいい加減悍しいが、稀にして安価である。故人の馴染みや町民はアフリカ降霊術師主催の下《もと》仮装舞踏会に加わらずして、普段着のまま、手提げ棺架のグルリを取り囲み、間々自ら運ぶ。担ぎ手の息を塞ぐことも、荷を肩に担ぐことすら、不可欠とは見なされぬ。故にそいつは難なく引っ提げられ、難なく降ろされ、通りから通りを縫う段にも、我々が祖国で目の当たりにする如く気の滅入るほどヨロけたりズルズル足を引こずったりすることもない。一、二名の薄汚れた司祭と、輪をかけて薄汚れた一、二名の侍僧は特段手続きに華を添える訳ではなく、小生は個人的には、仲間がまどろっこしくも心悲しげながら屈強に声を合わす段にちょくちょく大きな脚の司祭によりて吹かれるバスーンを（御逸品を吹くのはいつも大きな脚の司祭と相場は決まっているので）疎ましく感じる。が一件には祖国の似たり寄ったりの状況の下《もと》より遙かに降霊術師や呪い師が出しゃばらぬ。わざわざかようの見世物のために我々ならば取って置いている薄気味悪い馬車は、影も形もない。もしや共同墓地が遙か町外れなら、人生の他の目的のために雇われる馬車が当該目的のために狩り出され、たとい種も仕掛けもない馬車が打ち拉がれている風を装うまいと、中の連中がその分イタダけぬ所に出会したためしもない。イタリアにて、葬儀に付き添う信心会の頭巾の会員は目にするだに醜く陰気臭い。が連中の施す力添えは少なくとも自発的に施され、お蔭で誰一人懐を傷める訳でもビタ一文叩かれる訳でもない。何故《なにゆえ》高尚な文明と低俗な未開は自らを野放図に無駄で浅ましき一連の虚礼に仕立て上げる点において畢竟、一致するのか？

　かつて小生は馴染みを亡くしたが、馴染みは生前呪い師と降霊術師に祟られ、さして温《ぬく》からざる懐を大いに痛めつけられていた。降霊術師は小生に断固「付き従わ」ねばならぬと請け合い、呪い師とグルになって、必ずや黒い馬車で行き、「装身具」を纏わねばならぬと言い張った。小生はこと装身具にかけては友情とは縁もゆかりもないとの理由をもって異を唱え、こと黒い馬車にかけては一つならざる意味における儲け話《ジョブ》なりとの理由をもって異を唱えた。という訳で、もしや人知れず小生なりのやり口で我が家から馴染みの埋葬所まで歩いて行き、馴染みのぽっかり空いた墓の傍に我と我が喪服にて立ち、敬虔に礼拝《らいはい》の最たるものに耳を傾けたならば如何なる次第と相成ろうか試してみようとのムラッ気が頭をもたげた。蓋を開けてみれば、いずれ劣らずゾロンと、正しく踵にまで届こうかという借り物の帽子紐とスカーフで身を窶していたに劣らず、と言おうか食うや食わずの孤児《みなしご》達に十ギニー身銭を切らせていたにつゆ劣らず、得心が行った。

　果たして下院にて「上院議員閣下からの教書」につきものの途轍もなき馬鹿馬鹿しさを目の当たりにしたどこのどいつが、哀れ、インディアンの呪い師に食ってかかれよう？　果たして呪い師は例の御身上の乾涸びた革の巾着に、黒いペチコートを掲げ、議長宛滑稽千万な鬘もて頭突きをかける二名の大法官庁主事ほどとんでもなく馬鹿げた「魔除け」を入れていようか？　がそれでいて小生に戯言《たわごと》は不可欠にして、そいつの撤廃は極めて由々しき結果をもたらそうと――さながらインディアンの中に連中に噛んで含めて言い聞かす権威がごまんといる如く――噛んで含めて言い聞かす権威はごまんといる。ついぞ司法や法廷弁論風「装身具」を耳にしたためしのない理性的な男が開廷期初日における民事訴訟裁判所を如何様に思おうか？　或いはもしや頭の天辺なる毛皮と赤布と山羊の毛と馬尾毛《ばす》と粉末の白亜と黒い当て布がそっくりウエストミンスターの代わり、タラ・マンゴンゴに存すなら、如何なるユーモア感覚を喚び覚まされて、リビングストーンの同様の光景（『南アフリカにおける布教の旅と調査』（一八五七））は精読されようか？　くだんの模範的宣教師にして心優しき勇士は少なくとも黒人の一部族は、なるほど愛嬌好しの従順な連中であるにもかかわらず、伝道師が脚を跪く姿勢に折り曲げるのを目にしたり、讃美歌を合唱し始めるのを耳にしたりすると必ずやゲラゲラ腹を抱え出さずばおれぬほど滑稽なものにめっぽう鋭い勘が働くのを目の当たりにした。願はくは当該剽軽な部族の如何なる端くれ殿も金輪際はるばる英国まで海を渡り、挙句、法廷侮辱罪の廉でブタ箱にぶち込まれぬことを。

上述のトンガ三群島にはありとあらゆる公的儀式の式部官にして、厳かな公的集会が催される折には——臨席している殿方は一人残らず何か吐き気催いの飲み物を飲み干すよう求められるのが手続きの眼目たる点において我々自身の公式晩餐会と骨肉の似通いを有す集会が——酋長は誰しもかっきりどこに腰を下ろさねばならぬか知っているマタブーと——或いは、何かその手の名で——呼ばれる一座がいる（ジョン・マーティン『トンガ群島概説』（一八二七））。これらマタブーは、然にその天職たるや肝要なだけに、特権階層にして、己《おの》が高尚な職務の上に目一杯ドッカと胡坐をかいている。トンガ群島から遙か彼方、と言おうかむしろイギリス諸島のつい目と鼻の先にて先般、上席席次なる大地を震撼さす問題を解決すべくマタブー一座が呼び入れられなかったろうか？　してマタブーの側《がわ》にて、くだんの馬鹿馬鹿しさにめっぽう鼻の利く不運な部族に通訳されれば一人残らず腹の底から笑い転げること必定だろう如何なる由々しき御託も並べられなかったろうか？

小生は、しかしながら、然るべく正義感を持ち併さぬでなし、これは単に一方的な問題という訳でもないということは素直に認めよう。仮に我々が唯々諾々と呪い師と降霊術師に我が身を委ねるきり、お蔭でさっぱり意気が揚がらぬとすれば、未開人は我々が連中の右に倣いそくなっている外《ほか》の諸々の事柄において彼らが振舞っているより愚かしい真似をしているではないかと突っ返すやもしれぬ。蛮族の間では何か公的に重要な案件を討論すべく集まる際には夜っぴて凄まじき叫《おら》び声を上げたり、踊ったり、法螺を吹いたり、（火器に馴染みのある場合には）野原に飛び出しざま銃をぶっ放す習いが広く遍く行き渡っている。我らが立法府は当該慣例の爪の垢でも煎じて飲むに如くはないのではあるまいか。法螺は固より旋律的な管楽器ではなく、一本調子なことこの上もない。がこいつとて我が映えある閣下御自身の吹く大ボラと、と言おうか閣下が国務大臣のために然ても力まかせに吹く大ボラといい対音楽的にして、然まで一本調子ではない。如何なる内閣、或いは野党であれ、支持者との議論の空しさは周知の事実。物は試しに踊ってみるがいい。その方が遙かに胸のスク気散じにして、断じて報道されまいとの得も言はれぬ利点がある。充填した銃を携えた、映えある未開の端くれ殿は、侃々諤々やるのに嫌気が差せば、戸外へ飛び出しざま、空《くう》に発砲し、頭を冷やしておとなしく「無駄話《パラーヴァ》」へ戻る。ならば長広舌で充填した映えある文明的な端くれ殿もことほど左様に夜の黙《しじま》にウェストミンスター寺院の回廊に飛び込みざま、御逸品をぶっ放し、人畜無害たりて引き返しては如何なりや。なるほど一見した所、いざ事に本腰で当たるお膳立てに、だだっ広いブルーの縞を鼻越し両の頬へ、だだっ広い真っ紅な縞を額から顎へかけて引き、下唇に二、三ポンドの木を吊る下げ、両耳に魚の骨を、鼻に真鍮のカーテン・リングを突き刺し、体中、悪臭芬々たるオイルを塗ったくるのはさして理に適った習いではない。がこいつは趣味と儀礼の問題であり、ウィンザー宮殿朝服*もまた然り。事に本腰で当たる物腰そのものはまた別問題。仕立て屋とは縁もゆかりもなきまま車座になって胡坐をかき、プカプカ煙草を吹かしては時折ぶーぶー不平を鳴らす六百名に垂んとす未開の殿方の協議会は、小生が航海や旅行において積んだ経験に照らせば、ともかくわざわざそのため集うている事を為しているように思われる。が片や、同上は、仕立て屋とは切っても切れぬ仲にあり、機械的な絡繰の上に座る六百名に垂んとす文明社会の殿方の協議会に纏る通常の体験ではない。立法議会は大衆を

ケムに巻くことに精力を傾ける代わり、己自身をケムに巻くべく全力を尽くすに如くはなかろう。して留意を要す一つネタを埋《うづ》めるくらいなら、いっそ和睦の証に五十本の手斧を埋《うづ》めて頂きたいものだ。

第二十九章　ティトゥブル養老住宅（一八六三年十月二十四日付）

ロンドン郊外の大方の線路沿いでは（概して翼《よく》か迫枠《せりわく》に事欠き、ありのままより遙かにどデカくなろうと虎視眈々狙っている）養老住宅や収容所がちらほら目に留まり、中には新たに創設された慈善院もあれば、移転した古い施設もある。こうした建築物にはジャックの豆の木よろしく不意にニョッキリ芽を出し、礼拝堂の尖塔や玄関広間の頂塔《ランタン》がらみでゴテゴテと飾り物めく嫌いがある。何せ御逸品、出費なる歯止めの勘案事項さえなければ幾多のおよそ眉目麗しからざる楼閣もて空《くう》に彩を添えるやもしれぬから。とは言え、管理人達は必ずやお目出度な気っ風とあって、先行きにおける蜃気楼の平・立面図で自らを慰め、目下の所は鉄道乗客に対す博愛に振り回されている。それが証拠、建物が彼らの目に如何ほど羽振り好く、前途洋々と映るかが常日頃から、建物を如何様にすれば居住者のためにいっとう使い勝手が好くなるかとのよりちっぽけな案件に取って代わっているから。

何故《なにゆえ》くだんの場所に住まう人々は誰一人として窓から外を眺めたり、いずれ庭になるはずの猫の額ほどの地所を漫ろ歩いたりせぬものか、は小生がこの世の不思議の長くなる一方の一覧に付け加えて来た不思議の一つである。かくててっきり連中、慢性の権利侵害と憤慨の状態にて暮らし、故に建物を人間的興味で彩るを平に御容赦願っているものと思い込むに至っている。恰も小生自身、御逸品五千でないからというので五百ポンドの遺産で生半ならず業を煮やしている遺産受取人を一人ならず存じ上げ、いつぞやなどものの六ペンスぽっきり頂戴する筋合いが何らないだけに、年四百受領せぬからというので年がら年中祖国を呪いまくっていた年二百ポンドに垂んとす国民年金受給者と馴染みだった如く、然に、恐らくは下手にちっぽけな手を貸されると、もっと多くのそいつをふんだくられているとの思い込みに凝り固まるという事態が得てして、限られた範囲内にせよ、出来していると思しい。「一体どんな具合に彼らはこの美しく長閑な場所で日々暮らしているのだろう?」というのが、いつぞや男女を問わぬ老人のためのチャーミングな鄙びた養老住宅まで同伴してくれた慰問者*と共に小生の巡らせた思いであった。養老住宅はとある心地好い英国の州の、絵のように美しい教会の蔭にある、豊かな古めかしい僧院の庭に紛れた風変わりな古式床しき慈善施設で、屋敷はほんの十数軒かそこらしかなく、我々は、ならば、穹陵《グロイン》作りの部屋の暖炉の明かりと、格子細工の窓から射し込む明かりとの間に座っている住人に話しかけ、一件を突き止めようということになった。かくて明らかになったことに、連中は連中に紛れて方庭に住まう聾の老いぼれ賄い方によりて某かオンスの紅茶をチョロまかされているると思い込むことにて日々を送っていた。かようの某かオンスの紅茶が未だかつてこの世に存していたと思う謂れも、老いぼれ賄い方が一体何事かこれきり知ってすらいると思う謂れもさらになかった。――爺さんは爺さんで教区吏によりて周期的に榫箒《かんばぼうき》を巻き上げられていると思い込むことにて日々を送っていたから。

とは言え目下の逍遥の覚書きがかかずらっているのは田舎の古びた養老住宅でも、線路沿いの新しい養老住宅でもない。当該頁はかの、正面を言わばレンガとモルタルなる雪で閉ざされ、鉄格子で囲い込まれた小さな石畳の裏庭を有し、いつぞやは郊外にありながら、今やグルリの忙しない生活の直中なる空隙たりて、通りから通りのびっしり詰まった染みだらけの原本の直中なる挿入句たりて、民家の立て込んだ街《まち》中《なか》にある、しごくありきたりの、ススけた外っ面のロンドン養老住宅に紛れての漫ろ歩きへと溯る。

時に、この手の養老住宅は組合か協会が運営していることもあれば、時に、個人によって設立され、遙か昔に永代遺贈された私的基金から維持されていることもある。後者の就中小生のお気に入りはティトゥブル養老住宅*で、これぞ幾多の連中の雛型とも言えよう。ティトゥブルに関し小生の知っているのはただ、亡くなったのは一七二三年で、洗礼名はサムソンと言い、社会的な肩書きは郷士《ごうし》で、くだんの養老住宅を死後の財産処分に関す遺言書によりて九名の貧しき女性と六名の貧しき男性のための住居として設立したということくらいのものだ。小生はこれとて、もしやティトゥブル養老住宅の中央の屋敷の正面に嵌め込まれ、天辺にティトゥブルのバスタオル像よろしき垂れ布の彫り物のあしらわれた、読み解くが至難の業の陰気臭い石に銘が刻まれてでもいなければ仕込めてはいまい。

ティトゥブル養老住宅はロンドン東部の、大いなる本街道の、貧しく忙しなく込み入った界隈にある。古鉄と揚げ魚や、咳止めドロップと造花や、茹で豚足と唇用軟膏で磨き上げたかと見紛うばかりにテラついた家具や、裏一面俗謡の歌詞のびっしり括りつけられた雨傘と連中の健康状態の芳しき折にはしっくり来ると思しき緑の汁にどっぷり浸かったエビだのカニだので一杯の受け皿が、貴殿のティトゥブル養老住宅へ向かう道すがら石畳の脇道に華を添えている。地べたはくだんの界隈にてティトゥブルの時代以来隆起したものと思われる。よって貴殿は彼の版図に三段の石段伝《づて》転がり落ちる。然に事実、小生は仰《の》けに転がり落ちざま、あわやティトゥブルのポンプに額をぶち当てそうになった。というのも御逸品、目抜き通りに背《せな》を向けたなり、門のすぐ内っ側に突っ立ち、てんで脂下がったなりズイと、ティトゥブルの年金受給者方を閲兵賜っているからだ。

「んでこいつよりもっと性ワルの奴は」と水差しを手にした毒気《どっき》を含んだ老人が言った。「どこを探してもおるまいて。把手を動かすのにもっと難儀な奴も、言うことを聞くのにもっと不平タラタラの奴も、どこを探してもおるまいて!」この老人は我々がホガース(第九章注(100)参照)の駕籠舁きがそれもて成り代わられている所にお目にかかる手合いのゾロンとした長外套を着込み、御逸品、例の、懐の寂しさから来ると思しき、緑味《あお》の抜けた独特の緑《あお》エンドウ色をしていた。のみならずこれまた例の、懐の寂しさから来ると思しき、独特の食器戸棚臭が芬々とした。

「ポンプは多分、錆びているのでしょう」と小生は言った。

「いや、あやつに限って」と老人はポンプを潤み目にこれきりお手柔らかになるでない毒気《どっき》を滲ませて睨め据えながら返した。「あやつめ、そもそもポンプなんぞと呼ばれる筋合いのさらさらないクセをしおって。というまでのことじゃ」

「ですがそれは一体誰の責任でしょう?」と小生はたずねた。

老人はモグモグ、癇癪のタネを噛み下そうと躍起になってはいるものの、御逸品、やたら硬くてどデカいせいで歯が立たぬとばかり、ひっきりなし口を動かしていたが、返して曰く。

「あいつら殿方の」

「とは、どちらの?」

「ひょっとして貴殿も連中の端くれかの?」と老人は胡散臭げにたずねた。

「被信託人《トラスティー》のと?」

「やつがれは連中なんぞ金輪際信用《トラスト》はすまいが」と毒気《どっき》を含んだ老人は返した。

「もしもこちらの施設を管理しておいでの殿方のことでしたら、いえ、わたしは皆さんの端くれではありませんし、噂を耳にしたためしもありません」

「やつがれとていっそ連中の噂なんぞこれきり耳にしたためしがなければの」と老人はゼエゼエ毒づいた。「この歳にもなって――リューマチにやられて――水を汲みながら――それもあやつから！」断じてそいつを「ポンプ」と呼ぶを潔しとせず、老人はまたもやグイと毒気《どっき》を含んだ一瞥をくれ、水差しを引っつかむや、隅の屋敷へ提げて入り、入る側《そば》からバタンと戸を閉《た》てた。

ざっと辺りを見渡し、小さな家はそれぞれ小さな二部屋から成り、正面の小さな長方形の前庭は乾涸びた平らな石に如何なる銘も刻まれていないのをさておけば、住人の墓地そっくりなのを目にし、表では生命と騒音の潮が活気に満ちた渚《みぎわ》なるある種干潮標よろしき当該施設とは縁もゆかりもなく差しているのを目にし、だから、こいつを、してこいつこっきり目にし、小生は門から外へ出かけた。とその時、扉の一つが開いた。

「何かお探しだったのでしょうか、お客様？」と小ざっぱりとした器量好しの女性がたずねた。

いいえ、別に。何か探していた訳ではありません。

「どなたに御用の訳でも、お客様？」

「ええ――少なくとも小生は――申し訳ありませんが、あそこの隅の屋敷に住んでおいでの御老体は名を何とおっしゃるのでしょう？」

小ざっぱりとした女性は小生の言っている扉を確かめようと一歩踏み出し、かくて女性とポンプと小生は仲良く目抜き通りを背に、一列に並んだ。

「おお！　あちらはバトンズ様とおっしゃいます」と小ざっぱりとした女性は声を潜めながら言った。

「ついさっきまであの方とお話しをしていました」

「あら、本当に？」と小ざっぱりとした女性は返した。「まあ！　バトンズ様がお話しなさるだなんて！」

「あちらはいつもそんなに無口なのでしょうか？」

「はむ、バトンズ様はここではいっとうお年で――つまり長らく住んでらっしゃるという意味で――御老体の中でもいっとうお年でらっしゃいます」

女性には口を利きながら手を互いに上へ下へこすり合わす癖があり、当該無くて七クセは小ざっぱりとしているのみならずなだめすかしがちであった。よって小生はたずねた。お宅の小さな居間を拝見させて頂けないでしょうか？　女性が快く「ええ」と返したので、共々中へ入り、女性は、小生の解《かい》す所、社交上の礼儀に悖《はざま》ってはと、扉を開け放ったままにした。扉はいきなり、何ら間なる入口もなきまま部屋の中へと開《あ》いたので、かくて石橋を叩いて渡れば天下の金棒曳きとてグウの音も出なかったろう。

居間は陰気臭い小さな部屋だったが、清潔で、窓辺のマグには二オイアラセイトウが活けてあった。炉造りの上には孔雀の羽根が二本と、船の彫り物と、貝が二つ三つと、睫一本こっきりの黒い横顔が飾ってあった。果たして当該肖像が男性か女性か、画家の真意は小生の理解を越えていた。がとこうする内我が女主が御当人の一人息子にして「それこそ生き写し」たる旨御教示賜った。

「で、もちろん御存命と?」

「いいえ、お客様」と後家さんは返した。「息子は中国で難破致しました」とは、控え目ながらも、御母堂に少なからず地理的面目を施し賜ふたとでも言わぬばかりに。

「こちらにお住まいの御老体が口数が少ないとしても」と小生は言った。「淑女方はよもやそういう訳では?　お宅がいい例で、という訳ではありませんが」

女主はかぶりを振った。「皆さん、ほら、たいそう気難しくなってらっしゃるもので」

「それはまたどうして?」

「はむ、果たして殿方の皆様が事実、本来ならばわたくし共のものであるべきささやかなあれやこれやを取り上げてしまっておいでなものか、わたくしには何とも申しかねます。が古くからいらっしゃる方はみんなそうだとおっしゃいます。でバトンズ様は、あの方は、創設なさった方が手柄を立ててよいものかどうか怪しい限りだとまで現におっしゃっています。というのもバトンズ様の、あの方の、現におっしゃるには、ともかくあちらはそいつで男を上げたが、安値でお上げになったからでございます」

「ひょっとしてポンプのせいでバトンズ殿は気難しくなっておいでなのでは」

「かもしれませんが」と小ざっぱりとした後家さんは返した。「把手は現に、たいそう堅うございます。とは申せ、殿方の皆様は良いポンプと悪いポンプの差をちゃっかり懐に入れておいでではないやもしれませんし、叶うことなら皆様のことは悪く思いたくないものでございます。で住まいでございますが」と我が女主はざっと部屋を見渡しながら言い添えた。「多分、こちらは創設なさった方の、という̀こ̀と̀に̀なっている時分には、便利な住まいだったのでございましょうから、あちらをお咎め致すのは筋違いかと。ですがサガーズの奥様はたいそう手厳しくてらっしゃいます」

「サガーズ夫人がここでは一番お年なのでしょうか?」

「上から二番目でらっしゃいます。クィンチの奥様がいっとうお年で、すっかり惚《ほう》けておいでです」

「でお宅は?」

「わたくしはここへ参っていっとう間がありません。ですから一人前には扱って頂けません。けれどクィンチの奥様が目出度く神にお召されになったら、下に一人お見えでしょう。サガーズの奥様だってよもや不死身でらっしゃるはずもございませんし」

「なるほど。バトンズ殿とて」

「御老体はと申せば」と我が後家さんは見下しがちに言った。「皆様、御自分方の間では物の数かもしれませんが、わたくし共の間では物の数ではらっしゃいません。バトンズ様はそれは皆さんと違ってらっしゃるもので、何度も殿方の皆様に手紙を書いては苦情を訴えておいでです。ですから一目置かれてらっしゃいます。けれどわたくし共は、概して、御老体の方々のことはさして勘定には入れておりません」

同上のネタで花を咲かす内、貧しい御婦人方の間では、貧しい御老体方は皆、何歳であれ、実の所、めっぽう老いぼれ、耄碌しているものといつからとはなく決めつけられているようだった。ばかりか若輩の新参者は一時《いっとき》ティトゥブルと彼の被信託人《トラスティー》に信を置く尻窄まりの傾向を見せはするものの、格が上がるにつれて当該信念を捨て、ティトゥブルと彼の仕業全て（『祈禱書』教義問答）を見くびり出すようでもあった。

引き続きこの、名をミッツ夫人と言う、奇特な御婦人との友好を暖め、折々ポケットに高級家庭用熙春茶《ヒューチュン》（中国産緑茶の一種）なるささやかな貢ぎ物を忍ばせてひょっこり立ち寄る内、小生は次第にティトゥブル養老住宅の内政並びに慣行に通じて来た。がくだんの権威方と来てはただ「殿方の皆様」としてのみ曖昧模糊として謎めかして言及されねばならぬというのが当施設の凝り固まった考えの端くれであるによって、果たして被信託人《トラスティー》とはそもそも何者にして、一体何処に御座すものか探り当てることは叶はなかった。いつぞや「殿方の皆様」の秘書を指差されたことがあり、御当人、どうやら不如意千万のバトンズ氏の猛攻撃を相手取り、鼻持ちならぬポンプの肩を懸命に持っている模様であった。が今もって弁護士事務員の活きのいい物腰をしていたという以上報告する術《すべ》を持たぬ。小生はミッツ夫人から直々、ここだけの話とばかり、バトンズ氏はいつぞや御自身の苦情によりて乾坤一擲、「殿方の皆様の前へ引っ立て」られたことがあり、当該由々しき要件で建物から立ち去り際、古靴の片割れ（旅立ち等の餞の印）を背《せな》から投げつけられた——のも水の泡ではなかった証拠、配管工にてケリのついた会談はバトンズ氏のこめかみを勝利の花輪で飾ったものと目された由垂れ込んで頂いた。

ティトゥブル養老住宅にて御当地社交は嗜み深き社交とは見なされていない。外来の訪問客をもてなす殿方ないし御婦人は相応に、言はば、物の数に入る。がティトゥブル住宅民同士でやり交わされる訪問や喫茶は勘定に入らぬ。かようの交遊は、しかしながら、サガーズ夫人のバケツが火種の内輪揉めのせいで、めったなことでは出来せぬ。何せ当該家財道具のお蔭でティトゥブル養老住宅はくだんの敷地内に住宅があるおよそその数だけの党派に分かれているからだ。一件がらみの相容れぬ信仰箇条の極めて複雑な質《たち》故に小生はそれらをここにていつもながらの明瞭さで述べること能はぬ。がどうやら一切合切、果たしてサガーズ夫人は御当人のバケツを住まいの外に据える筋合いがあるや否や？　なる根幹を成す問題より枝分かれしていると思しい。一件そのものは微に入り細にわたって論じられてはいるものの、大雑把にかいつまめば、くだんの文言にてかいつまめるやもしれぬ。

　ティトゥブル養老住宅には、小生の聞きカジった所によらば、ポンプと鉄柵の向こうの世界にていずれも「商い」にかかずらっていた時分からお互い顔見知りの二人の老人が住んでいる。二人は苦境にせいぜい善処し、皆からとことん見下されている。二人共、陽気な御尊顔の小さな腰の曲がった霞み目の老人で、おどけた具合に顎を揺すってはペチャクチャ、全くもって浮かれた調子で四方山話に花を咲かせながら前庭をヒョコヒョコ行きつ戻りつする。こいつが顰蹙を買い、のみならず果たして御両人、当人自身以外の窓を過る筋合いがあるや否やなる物議を醸した。バトンズ氏が、しかしながら、二人の痴呆はほとんど無責任の域にまで達しているとの侮蔑的謂れをもって、御自身の窓を過らせているが故に、二人は長閑に散歩するおスミ付きを頂戴している。二人は互いに隣同士で、代わる代わる新聞を（つまり、手に入れられる限り新しい新聞を）声に出して読み合い、夜にはクリベッジに興じる。日の燦々と降り注ぐ暖かい日和には二脚の椅子を持ち出し、鉄柵の傍に腰を下ろして外を見はるかしすらするとは周知の事実である。が当該下卑た振舞いがティトゥブル養老住宅中で俎上に上せられるに及び、二人は蹂躙されし民意によりてこれきり自重せざるを得なくなった。ひょっとして御両人、今は亡きティトゥブルに何やらいじけた手合いの敬意を抱き、いつぞやなど彼の墓を訪ね当てるべく教区教会墓地まで仲良く行脚に繰り出したそうではないかとの風聞まで——ただの後ろ指やもしれぬが——流れている。恐らくはそのせいもあって、二人は皆に「殿方連中」の回し者に違いあるまいと勘繰られ、火のない所に煙は立たぬの伝で、くだんの下種の何とやらを殿方連中の事務員によりてポンプの肩がいじけた具合ながら懸命に持たれんとした際に小生自身の目の前で自ら実しやかに潤色することと相成った。というのもその折、二人はヒョコヒョコ、恰も埒と御当人方は中に二体の御老女の仕組まれた二重絡繰の古式床しき晴雨計を成してでもいるかのように脱帽のなり塒の戸口からお出ましになるや、事務員宛ペコペコ、先方が立ち去るまで合い間合い間にお辞儀をしていたからだ。とまれ二人は馴染みも身内も一人こっきりいないものと諒解されている。紛うことなく、哀れ、二人の老いぼれはティトゥブル養老住宅にて生き難き生を目一杯生き抜き、紛うことなく、そこにて（前述の如く）全き侮蔑の的となっている。

　土曜の晩には、表通りが常にも増して賑わい、あれやこれやの商い種の旅回りの呼び売り商人《あきんど》が鉄柵の前に陣取り、連中の燻ったランプに火を灯しすらするとあって、ティトゥブル養老住宅はソワソワ落ち着かなくなる。サガーズ夫人は土曜の晩には大方、かの名にし負う心悸亢進《しんきこうしん》に見舞われる。がティトゥブル養老住宅はその如何なる様相においても表通りの喧騒と組み打つは端からお手上げだ。ティトゥブル養老住宅にては世間の連中は一頃より押しが強くなっていると、のみならずイングランドとウェールズの人口の筆頭の目的は貴殿を引き倒した上から踏み躙ることとなりと、敬虔に信じられている。鉄道についてすら、ティトゥブル養老住宅にてはほとんど甲高い汽笛くらいしか知られていないし（サガーズ夫人に言わせば御逸品、御尊体を突き抜け、よってお上に然るべく灸を据えて頂かねばなるまいが）、そこにては未だ一ペニー郵便制（一八四〇年導入）さえ知られていないやもしれぬ。というのも小生はついぞ如何なる住人にも手紙一通配達された所にお目にかかったためしがないからだ。がティトゥブル養老住宅七号舎にはのっぽの、ピンと背筋の伸びた土気色の御婦人が住まい、御婦人は誰にも一言たり話しかけず、グルリを没収財産なる迷信的後光に包まれ、家事全般を女中の手袋を嵌めてやりこなし、表向きアラばかり探されてはいるものの、内々にては一目も二目も置かれ、何でも「請負人」の息子だか、孫息子だか、甥だか、外の身内だかが御座り、そいつはティトゥブル養老住宅を打ち毀し、コーンウォールの果てまで送り飛ばし、またもやあっという間にでっち上げることとくらいお茶の子さいさいなのだそうなとの風説が曖昧模糊とながら漏洩してはいる。大いなる旋風が、この御婦人を日帰りでエッピング・フォレスト（エセックス州元御料林の行楽地）まで遊山に連れて行くべくジプシーの一行がバネ付き幌荷馬車にて乗りつけることにて巻き起こり、果たして一行のどいつが「請負人」たる息子か、孫息子か、甥か、外の身内なものやらがらみで侃々諤々口角沫を飛ばされた。口に葉巻きをくわえた、白帽子のずんぐりむっくりの御仁が本命だった。とは言えティトゥブル養老住宅にはともかく「請負人」がそこに紛れていると信ず謂れは、この男がさもそいつらを打ち毀し、ガラガラ荷馬車で運びたげに組み煙突をしげしげ眺めていたという以外何一つなかったので、人心は結論に達すに大いなる二の足を踏んだ。かくて二進も三進も行かなくなるや、人心は窮余の一策とし、一行の自他共に認める「佳人」に鉾先を向け、佳人のドレスの縫い目という縫い目は老淑女方の舌鋒によりてその時その物で解きほぐされ、佳人とまた別の、白帽子のより痩せぎすの御仁との「行状」は（専らその傍にて御逸品が俎上に上せられた）ポンプをも向後数か月間、真っ紅に赤面させていたやもしれぬ。この点にてティトゥブル養老住宅は飽くまで己に律儀（『ジョン王』V、7）であった。というのも養老住宅は他処者という他処者が根っから気に食わなかったから。こと新機軸と改良に関せば、養老住宅は常々己自身の欲さぬものは何人《なんびと》たり欲す可からずとの見解に与していた。が小生自身、当該一点張りにはティトゥブル養老住宅の埒外にても出会してはいる。

　これきりあの世へ身罷るまでくだんの瞑想の場に身を落ち着ける際、入居者によりてティトゥブル養老住宅へと持ち込まれる約しき家具調度の内、その大半にしてより高価なそれは御婦人方の身上である。小生は晴れがましくも、九名の御婦人方皆の敷居を跨ぐか、戸口から中を覗き込ませて頂いているが、目ざましきことに御婦人方は皆、寝台なる一項にかけては選り好みがうるさく、長らく馴れ親しんで来たお気に入りの寝台と寝具を安らいに欠くべからざる端くれとして、大切に使っている。概ね古式床しき整理ダンスが御婦人方の愛用の身上の内一つに数えられ、茶盆は必ずや、数えられる。小生は少なくとも二部屋において艶べらがけをされた純銅の小さな湯沸しが炉端でシバシバ瞬《しばた》いている猫と雌雄を決しているのを存じ上げてもいれば、とある老婦人に至っては整理ダンスの天辺に茶釜をデンと、威儀を正して据え、くだんの釜の御婦人の書庫として使われている証拠、四六判の四巻本と、シャーロット王女（一八一七年二十一歳で死去）の葬儀を報ず黒枠の新聞が突っ込まれている。貧しき御老体の間にはかようの雅趣は皆目見当たらぬ。彼らの家具にはどことなく、どこぞの廃れた雑録文学よろしく、「一つならざる手」によりて寄贈された風情が漂い、ものの二、三脚の椅子とてこれきり噛み合わず、古ぼけた寄せ布細工の上掛けが連中に紛れていつまでもグズグズとためらい、御当人方には帽子箱をタンス代わりに用いるだらしなき習いがある。靴ブラシと靴墨にいささか選り好みの激しいとある御老体を思い起こせば、建物のくだんの側《がわ》なる家庭的優美は悉く要約したことになろう。

　ティトゥブル養老住宅にて誰か住人が身罷ると、生き残った連中の間では必ずや、故人は自ら好き好んで「死に神にお越し願う」ような真似をやらかしたということで見解の一致を見る――唯一、彼らが見解を等しゅうするネタたることに。どうやらティトゥブル養老住宅より判ずらば、人類はもしや気をつけさえすれば金輪際あの世へ身罷る要はないと思しい。が人類は然るべく気をつけず、人類は事実あの世へ身罷り、いざティトゥブル養老住宅にて身罷るとなると、彼らは財団の掛かりにて埋葬される。くだんの目的のために仕度金が某か調えられ、そいつを元手に（小生は以下、クィンチ夫人の葬儀に相見えた体験の下《もと》、審らかにしている訳だが）、近所の快活な葬儀屋が御老体の内四名と、御老女の内四名を着飾らせ、セカセカ四組の行列を組ませ、帽子の後ろにどデカい黒の蝶結びをくっつけたなり先達を務め、何かと言えば連中、まるで盲《めしい》のおんぼろ人形の一行ででもあるかのように、どいつか迷子になるかつんのめってはいまいがとばかり、浮かれた物腰で肩越し振り返る。

　住まいの明け渡しは、ティトゥブル養老住宅にてはめったなことでは出来せぬ。そこにてはとある物語が人口に膾炙し、その昔然る老婦人の息子が富クジで三万ポンドの賞金を引き当て、ほどなくお抱え馬車にて後部でフレンチ・ホルンをぶっ放させつつ門まで乗りつけ、お袋さんを掻っさらい、祝宴の心付けとして一〇ギニー置いて行ったということになってはいる。が小生としては今に一件を如何なる証拠にても立証すること能はず、かくて口碑を「養老住宅御伽草子」と見なすに至っている。が奇しくも明け渡しの唯一ネもハもある事例が我が見聞の内に出来した。以下の如く。

　御婦人方の間ではこと訪問客の慇懃がらみで生半ならぬ鍔迫り合いが演じられ、小生はそれはしょっちゅう訪問客が祝祭日の折よろしく一張羅でめかし込んでいるのを目の当たりにしているものだから、御婦人方は予め訪う際には能う限り見場よく身繕いを整えるようクギを差していると思しい。かような状況の下《もと》、とある日のこと、ミッツ夫人がグリニッヂ国立海軍老廃兵病院退役軍人の訪問を受けたことで大いなる興奮が沸き起こった。訪うたのは上着の一方の袖が空っぽの、如何にも無骨な、兵《つはもの》めいた見てくれの退役軍人で、とびきり丹念に身繕いを整えるに、上着のボタンは目映いばかりにキラめき、空っぽの上着の袖は優雅な花綵《はなづな》飾りに仕立て上げられ、さぞや値が張ったろう散歩用ステッキを手にしていた。当該ステッキの柄《え》もてコンと、客がミッツ夫人の扉をノックするや――ティトゥブル養老住宅にはノッカーのノの字もなかったから――ミッツ夫人はお隣の御婦人によりてキャッと、生半ならぬ動揺を表す驚愕の叫び声を発すのが洩れ聞かれ、この同じ隣人は事実後程《のちほど》、客がミッツ夫人の部屋へ請じ入れられるやチュッと接吻《スマック》をする音が聞こえた旨、天地神明にかけて断言すらした。平手打《スマック》ちならざる接吻《スマック》を。

このグリニッヂ退役軍人には暇を乞う際、何やら勿体らしい風情が漂い、かくてティトゥブル養老住宅の住人は一人残らず、客が再び訪うこと間違いなしと決めつけた。客はひたすら首を長くして待ち侘びられ、ミッツ夫人はひたすら具に目を光らされた。その間《かん》もしやお気の毒な六名の御老体をそれまで年がら年中追い込まれていたよりなお不利な立ち場に追い込ませ得るものがあったとすらば、それはこのグリニッヂ退役軍人の押し出しであったろう。御老体方は早いい加減、尾羽打ち枯らしていたが、退役軍人との比で言えば、とことん尾羽打ち枯らした。哀れ、御老体方自身、我ながらの勝ち目のなさを思い知ってか、過ぎ去りし日々には軍人らしくも船乗りめいた経験を有し、目下はタバコの金を有す——紺碧の海と、漆黒の火薬と、祖国と故郷と佳人*のための真紅の流血なる市松模様の来歴を有す——退役軍人には天から歯が立つまいとしおしお観念しているかのようだった。

三週間と経たぬ内に、退役軍人は再び姿を見せた。してまたもやコンと、ステッキの柄《え》もてミッツ夫人の扉にノックをくれ、またもや中に請じ入れられた。がこの度、客は独りでは立ち去らなかった。というのも再度艶やかに仕立て直されたこと請け合いのボネットを被ったミッツ夫人が客と連れ立って出て行き、グリニッヂ標準時刻にして十時のビールまで戻って来なかったからだ。

今やサガーズ夫人のバケツの波瀾含みの水を巡ってすら戦闘休止が宣せられ、ミッツ夫人の素行と御逸品のティトゥブル養老住宅の評判に及ぼす立ち枯れの影響を措いて何一つ御婦人方の間では取り沙汰されなくなった。満場一致にてバトンズ氏こそ「一件を俎上に上す」可しということになり、バトンズ氏は一件がらみでお伺いを立てられた。くだんの不平タラタラの御仁が「未だ目処立たず」と返したによって、御婦人方の間にてはこの方、生まれついての鼻摘み者と総スカンを食った。

果たして如何で一見、いささか辻褄の合わぬことに、ミッツ夫人が御婦人方皆から爪弾きの目に会い、片や退役軍人が御婦人方皆の憧れの的となりしか、はこの際不問に付そう。もう一週間と経たぬ内に、ティトゥブル養老住宅はお次の青天の霹靂によりて度胆を抜かれた。午前十時、辻の一頭立てが片腕のグリニッヂ退役軍人のみならず片脚のチェルシー国立陸軍老廃兵病院退役軍人ごと横付けになった。御両人共ミッツ夫人に手を貸すべく馬車から降りると、グリニッヂ退役

第二十九章　ティトゥブル養老住宅

軍人はミッツ夫人共々車内に乗り込み、チェルシー退役軍人は御者の隣の御者台に登った。さながら相方の海洋人生におどけた臣従の礼を致すに、遣り出しの要領で義足を斜《はす》に突き出したなり。かくて供回り付き馬車はガラガラ駆け出し、ミッツ夫人はその夜はこれきり御帰館遊ばさなかった。

　翌朝、バトンズ氏が怒り心頭の民心に責め苛まれた挙句、「一件を俎上に上す」問題において如何なる手に出ていたやもしれまいと、そいつはまたぞろお次の青天の霹靂によりて出端を挫かれた。即ち、それぞれプカプカ長閑にパイプをくゆらせ、御当人の兵《つはもの》っぽい胸板を把手に押し当てたグリニッチ退役軍人とチェルシー退役軍人によりて舵を操られし手押し車なる。

　グリニッヂ退役軍人の側《がわ》にて「婚姻証明書」がひけらかされ、御自身と馴染みは旧姓ミッツ、現G退役傷痍軍人夫人の家財道具一式を取りに立ち寄った旨表明されると、御婦人方は御当人方の姉妹《シスター》の所業におよそお手柔らかになるどころか、ついぞなかったほど腸を煮えくり返らせた由伝えられている。にもかかわらず、当該椿事の出来した月日以来たまさかフラリとティトゥブル養老住宅を訪うている関係で、小生はそいつは健やかなカツだったとの印象を強くしている。なるほど揃いも揃って六名の御老体をとことん見下げ果ててはいるものの、九名の御老女方は知性においても装いにおいても未だかつてないほど垢抜けしている。ばかりか小生が初めてティトゥブル養老住宅とお近づきになった時より遙かに表の目抜き通りに津々たる興味を抱いている。してたまたまポンプか鉄柵に背《せな》をもたせ、よりお若い御婦人方の一人に話しかけ、パッと御婦人の面《おもて》に紅葉が散るのを目にしようものなら必ずや、わざわざ肩越し振り返るまでもなく、立ち所に、グリニッヂ退役軍人が行き過ぎたものと察しがつく。

第三十章　破落戸《ラフィアン》

（一八六八年十月十日付）

小生は然に、近年流行になっている如く「破落戸《ラフィアン》」を「与《ラ》太《フ》」に口調好く和らげることに生半ならぬ異議があるため、敢えて正当な呼称を当該論考の表題に復活さすことにした。わけても小生の目的は「破落戸《ラフィアン》」が我々の間で破落戸《ラフィアン》めいていない忍耐を悉く越える程度まで容認されているという事実を詳述することにあるだけに。小生の憚りながら信ずに、仮に「破落戸《ラフィアン》」が——開けた都大路で野放しになり、悪名高くも「破落戸《ラフィアン》」の、して己《おの》が合法的要件で、誰に介入するでもなく長閑に散策している小生を不安に陥れ、身上を剥ぎ取るそれを措いて他に何ら生業を持たぬズブの「破落戸《ラフィアン》」が——小生の人生を包囲しているとすらば、さらば小生がその下《もと》に存す大いなる立憲的特権、並びに至高の名誉と幸福等々を有す政府は如何なる政府の最も単純な初歩的義務の遂行においても瓦解しよう。

正しく去る九月初頭の数日間にロンドン日刊新聞において小生は如何なる記事を読んだろうか*？　曰く、警察は「終にウォータールー・ロードに然ても長らく出没して来た悪名高き一味の内二名を逮捕することに成功した」などということがあり得ようか？　何と素晴らしき警察かな！　ここなるは人通りの賑やかな、長さ半マイルの、夜分はガス灯の灯され、街灯以外にもガス灯の灯った大鉄道駅があり、商店が犇き合い、かなりの交通量の繁華な交差路が過り、それ自体南ロンドンへの主要道路たる、一直線のだだっ広い天下の目抜き通りにして、あっぱれ至極な警察と来てはこの仄暗く人気《ひとけ》ない箇所が長らく「破落戸《ラフィアン》」の一味に横行された挙句、蓋し、連中の内二名を逮捕したとは。ああ、果たして法の権力で身を固め、然るべくロンドンに纏わる知識と通常の決断力を具えた如何なる男であれ、ものの一週間もあれば徒党を一網打尽に引っ捕らえられていたろうことをつゆ疑ってかかれようか？

「破落戸《ラフィアン》」階層がその数あまたに上り、傍若無人な振舞いをする主たる要因は、治安判事や警察によって温存されて——イワシャコよろしく昔ながらに密猟を禁じられて——いることにあるに違いない。何故《なにゆえ》名うての盗人《ぬすびと》にして破落戸《ラフィアン》が野放しにされねばならぬ？　奴は断じて自由を暴力と略奪以外の何ものにも利用せず、ついぞ獄《ひとや》の外で一日たり汗水垂らしたためしもなければ、金輪際獄《ひとや》の外で一日たり汗水垂らすまい。折り紙つきの名うての盗人《ぬすびと》として、奴は必ずや、三か月間の禁錮に処されて然るべきだ。たといシャバに出ようと、ぶち込まれた時に劣らず名うての盗人《ぬすびと》たること請け合い。ならば奴を再度送り返せ。「公平なる天よ！」と不平タラタラの「破落戸《ラフィアン》」のための擁護団体は声高に訴える。「これでは終身禁錮刑も同然では！」正しくくだんの謂れ故に、小生はそいつを唱道する。是非とも破落戸《ラフィアン》を小生の邪魔にならぬ所へ、人品卑しからざる者全ての邪魔にならぬ所へ、打ちゃって頂きたいものだ。是非とも破落戸《ラフィアン》を女王陛下の臣民に伐りかかり、彼らの懐中より時計を汲み上げる代わり、否も応もなく、世のため人のため、どこぞで木を伐り水を汲む（『ヨシュア』九：二一、七）用に狩り出して頂きたいものだ。仮にこれが理不尽な要望と称されるなら、さらば小生に対す収税吏の要望は遥かに理不尽に違いなく、搾取的にして不当以外の何ものでもなかろう。

申すまでもあるまいが、小生は盗人《ぬすびと》と破落戸《ラフィアン》を同断と見なしている。然に見なすのは、大多数の事例において、二つの特性は一つだと、警察が知っているにつゆ劣らず知っているからだ。（こと治安判事に関せば、一二、三の例外はさておき、彼らは警察が敢えて報告しようとする内容以外、一件に関しては何一つ知らぬ。）世には例えば線路工夫や、レンガ工や、木挽きや、呼び売り商人のように、荒くれながらも盗人《ぬすびと》ではない手合いがいる。この手の連中は間々荒くれにして厄介千万だ。がそいつは大方仲間内でのことであり、ともかく連中には勤勉な生業があり、朝から晩まで、しかも身を粉にして働く。属としての破落戸《ラフィアン》は——お手柔らかに「与太分子《ラフ》」と呼ばれるものの映えある端くれは——盗人《ぬすびと》か、盗人《ぬすびと》共のグルである。奴が日曜の夕べに礼拝堂から出て来る女性を不埒千万にも猥りがわしく悩ます際（くだんの廉にて、小生としてはいっそ奴の背を幾度となく深々と滅多斬りして頂きたいものだが）、そいつは奴の愉快な本能を満たすのみならず、本街道での追い剥ぎか巾着切りを犯す上で奴か奴の馴染み共が御利益に与る騒動が持ち上がるからやもしれぬ。奴が巡査を殴り倒し、終生不具になるほど蹴り上げる際、そいつはいつぞやくだんの巡査が奴を処断する上で本務を全うしたからに外ならぬ。奴が居酒屋の酒場《バー》に駆け込み、そこなる客の一人の目を抉り出すか、耳を噛み切る際、そいつは大怪我を負う男が奴に不利な証言をしたからに外ならぬ。奴と歩道一杯に広がる一味の列が——例えば、かの、イタリア中部アブルッツィ地方の人気《ひとけ》なき山の尾根なるウォータールー・ロードの歩道一杯に——小生の方へ連中同士の間で「馬鹿騒ぎ《スカイラーク》」しながらやって来る際、小生の財布かシャツ・ピンは予め奴の浮かれ気分に白羽の矢を立てられている。必ずや破落戸《ラフィアン》にして、必ずや盗人《ぬすびと》。必ずや盗人《ぬすびと》にして、必ずや破落戸《ラフィアン》。

さて、こうした諸事を心得るべく金を払われていない小生がそいつらを日々、己《おの》が五感と経験の証拠に基づき心得ているとすらば——破落戸《ラフィアン》は盗人《ぬすびと》がお蔭で旨い汁を吸うためでなければ断じて表通りで御婦人を小突いたり、帽子を叩《はた》き落としたりせぬと心得ているとすらば、小生がこうした諸事を心得るべく事実金を払われている連中に是非とも狼藉に待ったをかけるよう申し立てたとて驚くに値しようか？

とある街角の当該一味をいざ御覧じろ。親分格は見てくれから臭いから芳しからざる上下を着込んだ、年の頃二十五のズルけた野郎だ。ズボンは別珍仕立てだが、上着の生地は獣脂が芯まで染みついているせいで識別すること能はぬ。首巻きはウナギそっくりの所へもって、顔色は薄汚れた捏ね粉じみ、疥癬病みの毛帽子は牢刈り頭を隠すべく毛虫眉の上まで深々と引き下げられ、両手はズッポリ、ポケットに突っ込まれている。奴はなまくらな折には御両人をさながら忙しない折に他人様のポケットに突っ込む要領でさりげなくそこに突っ込む。というのも我ながらそいつら仕事のせいでガサついてだけはいないと、そっくりネタをバラしてくれようと、知

っているから。よって、袖で鼻をこするべく片割れを引っこ抜く段には必ずや——とは、固より目が悪く、年がら年中鼻カゼを引いているだけにしょっちゅう——そいつをまたもやすかさず元のポケットに捻じ込む。一の子分は硬い山高帽を被った、三十中程のいかつい猛者で、こと出立にかけては博奕打ちとボクサーの合の子にして、頰髭を蓄え、胸許には右手ぐるみでケバケバしいピンを挿し、横柄で血も涙もなさげな目と、怒った肩と、頑丈な脚をしている所へもって、ブーツには足蹴にダメを押すべく先革が嵌まっている。二の子分は四十がらみの、背の低い、ずんぐりむっくりの、頑丈な、ガニ股の男だ。膝丈のコール天ズボンに白長靴下と、やたら袖の長いチョッキと、喉のグルリで二重にも三重にも蜷局を巻いたどデカい首巻きに身を固め、揉みクシャの白帽子が身の毛のよだつような黄ばんだ羊皮紙面《づら》の頂を飾っている。引っくるめれば、うっかり早々絞首刑用木枠から断ち下ろされ、片棒担ぎの悪魔が御丁寧にも息を吹き返させた上からミイラにしてやった今は昔の縊られた御者といった態である。お次の子分三人《みたり》は図体ばかし馬鹿デカい、物臭な、猫背の若造で、あちこち接ぎだらけでみすぼらしく、袖において寸詰まりに過ぎ、脚において窮屈に過ぎ、ネバついた服と、下卑た物言いの、どこからどこまでイケ好かぬチンピラ共だ。総じて、そこなる一味はピクピク口を痙攣《ひきつ》らせ、キョロキョロ狡っこげに目を動かす習い性となり、かくて如何に小心者が虚仮威し屋の仮面の下《もと》、こっそり身を潜めているかは一目瞭然。くだんの準えがまんざら的外れでもない証拠、連中、いざ窮地に追い込まれるや、敢然と立ち向かおうとするどころか遙かに仰向けに転がりざま足をバタつかせがちな、こっそり、コソコソ忍び歩く手合いの面々である。(或いはそれ故ではなかろうか、雑魚三人《みたり》の背《せな》の街路の泥が大御脚の乾涸びかけた泥ハネよりよっぽどか生々しいのは。)

これら人好きのする輩にとある警官がじっと目を光らせながら立っている。彼の「署」は助っ人予備隊ごと、つい目と鼻の先だ。連中が何らかの生業に精を出している風を、と言おうか赤帽や遣い走りの風をすら装うは、土台叶はぬ相談。たとい装おうとて詮なかろう。というのも警官は連中が札つきの盗人《ぬすびと》にして破落戸《ラフィアン》たること百も承知にして、連中は警官が然なる旨百も承知たること百も承知だから。警官は連中がどこいらに入り浸っているか、如何なる渾名で互いに呼び合っているか、如何ほどしょっちゅう、如何ほど長らく、如何なる罪状で牢にぶち込まれて来たか、御存じだ。以上全ては彼の「署」でも知られていれば、スコットランド・ヤード*でも知られている(と言おうか、知られているはずだ)。が果たして何故《なにゆえ》こいつら、本来ならば所轄の警官が一人残らず誓いを立てられよう名うての盗人《ぬすびと》として、雁首揃えて錠と鍵の下《もと》重労働を課せられているやもしれぬというに、ここにて野放しになっているものやら警官は知っているのか、或いは彼の「署」は、スコットランド・ヤードは、或いはどいつか、知っているのか？　少なくとも警官は知らぬ。して実の所、もしや知っているなら、よほどの智恵者に違いない。彼が知っているのはせいぜいこいつら、正しく去る九月の新聞の警察報道によらば、ウォータールー・ロードの由々しくも人気《ひとけ》なき箇所に「然ても長らく出没して来た」、してそのほとんど難攻不落の巣穴より警察が終に、善良な文民皆の得も言はれず陶然となったことに、内二名を引っ立て果した「悪名高き一味」の仲間だということくらいのものだ。

当該行政官の側《がわ》における静観の習性の——世捨て人においては求められるも、よもや警察組織においては求められまい習性の——顛末を知らぬ者は誰一人いまい。破落戸《ラフィアン》は政治的《ボディ・ポ》統一体《リティク》の確乎たる一階層となっている。与太《ラフ》なるおどけた名の下《もと》（恰もほんの質《たち》の悪い悪戯者《いたづらもの》にすぎぬかのように）奴の動静と首尾は公的な折々記録に留められる。果たして多勢《たぜい》で、或いは小勢《こぜい》で繰り出したか、浮かれていたか落ち込んでいたか、気前の好い骨折りでめっぽう旨い汁を吸ったか「運命の女神」は奴につれなかったか、血腥い気分にあったか人命や手足への鷹揚な思いやりをもって、愛嬌好しのバカ騒ぎめかしてふんだくったか。以上は全て奴こそ「名物」ででもあるかのように年代記に留められる。果たして、ヨーロッパ広しといえども、かようの折り合いが社会の害虫共との間でつけられている都市がイングランドを措いてまたとあろうか？　或いは、今日という今日、ロンドンにおけるが如き人身からの凶暴な強奪が絶え間なく犯されている都市がまたとあろうか？

破落戸《ラフィアン》根性予備校もことほど左様に看過されている。ロンドンのクチバシの黄色い破落戸《ラフィアン》は——未だ盗人《ぬすびと》の焼きまでは入っていないが、刑事裁判所大学における奨学金と特別研究員給費のために研鑽を積んでいる破落戸《ラフィアン》は——おとなしい庶民と彼らの身上にほとんど信じ難いまでにうるさく付き纏う。路上での投石は危険な破壊的犯罪になっているが、そいつはたとい我々に我々自身の乗馬鞭と散歩用ステッキ以外——小生自らかようの折に訴える警察たる——何ら警察がなかろうと、より手に負えぬほどにはなり得なかったろう。走っている鉄道客車の窓への投石は——正しく大悪魔の一枚カんだ横暴極まりなき邪悪の所業は——鉄道会社が警察に目を向けさせた時点では早、火急の害悪となっていた。その時まで、巡査の静観は当代の趨勢であった。

まだ一年と経っていないが、破落戸《ラフィアン》根性なる野望を抱き、くだんの大いにハッパをかけられている社交術に日々磨きをかけているロンドンの若き殿方の間には、通りすがりの御婦人の身につけている某かの小間物を引っつかみざま「こいつを頂き!」とおどけて叫ぶ習いが横行している。小生は白昼に御婦人のヴェールがかくて戯れに顔から引き剥がされ、開けた大通りから大通りを掻っさらわれて行ったのを知っていれば、小生自身、晴れがましくもまた別の若造破落戸《ラフィアン》をウェストミンスター橋の上にて追撃させて頂きもした。若造は何せ、夏の早目の夕刻、公衆の面前で、慎ましやかな若き御婦人が何ら罪なく小生の前を歩いている折にくだんの叫び声もろとも襲いかかる恥ずべき物腰にて娘をあわや怒りと戸惑いの余り失神させそうになっていたからだ。カーライル氏はいつぞや路上の破落戸《ラフィアン》の氏自身の体験を綴ることにてささやかな冗談を喚び起こした。*小生は破落戸《ラフィアン》が正しくカーライル氏の審らかにしたままに振舞うのを幾度となく目にして来たが、一度として歯止めをかけられたのを目にしたためしはない。

我らが天下の公道で――わけても気散じ専用のそれらにおいて――およそ能う限り最悪の言語を聞こえよがしに大声で用いる習いもまた我々にとっては恥辱であり、巡査の側《がわ》なる静観の結果に外ならず、それらしきものを小生はついぞ我が逍遥の旅の及んだ他の如何なる国にても耳にしたためしがない。幾年か前、乳母と共に散歩と運動をすべくリージェント公園に送り出される子供達に近しい関心を抱いていた時分、小生は当該悪弊がそこにてそれは悍しくも凄まじく罷り通っているのを目にし、よって公共の注意を一件、並びに一件が警察によって静観されている事実へと喚起した。後に最新の警察法令を調べ、くだんの犯罪はその下《もと》に罰され得ると知り、顕著な折が出来したら訴追者としての己《おの》が手並を試してみようとホゾを固めた。くだんの折はほどなく出来し、小生は以下の如きこっぴどい灸を据えられた。*

くだんの粗悪貨を流通させているのは齢十七か八の娘で、下種や、若造や、小僧といった実に付き付きしきお供を引っ連れ、アイルランド人の葬儀からの帰りがけに、戯れ唄だのステップだのの飛び交う行列を組んだなり、通りから通りをヒラヒラ派手やかに練り歩いていた。娘は小生の方へクルリと向き直りざま、またとないほど聞こえよがしな物腰で思う所を述べ、さらばくだんの選りすぐりの面々はやんややんやと囃し立てた。小生は道の反対側にてさらに一マイルほど連中に付き合い、そこでばったり巡査に出会した。一行は今の今まで小生をダシに散々腹を抱えていたものを、小生が巡査に話しかけるのを目にするや、男性諸兄は娘を独り置き去りにしたまま、とっとと尻に帆をかけた。小生は巡査にたずねた。小生の名は御存じでしょうか？　はい、存じています。「あの娘を路上で猥りがわしい言葉を用いた廉で、小生の摘発の下《もと》に拘留して下さい」自分はかようの摘発は耳にしたことがありません。小生は耳にしたことがあります。断じて御迷惑はおかけしないと申せば信じて頂けますかな？　はい、もちろん。かくて巡査は娘を逮捕し、小生は警察法令を取りに帰宅した。

当該強かな文書をポケットに、小生は比喩的のみならず字義的にも「摘発へ戻り*」、所轄の警察署へ出頭した。そこにて、当直しているのは実に聡明な警部補で（彼らは今に皆、聡明な連中だが）、警部補もかようの摘発はついぞ耳にしたためしがなかった。小生は条項を見せ、二人して二、三度目を通した。条項は簡にして要を得ていた。して小生は翌朝十時に郊外管轄治安判事の下《もと》に伺候する約束をした。

明くる朝、小生は再度警察法令をポケットに、郊外管轄治安判事の下《もと》に伺候した。小生は判事によって大法官か英国首席裁判官によってならばさぞやというほど丁重には迎えられなかったが、それは判事の側《がわ》における行儀作法の問題であり、小生は小生の条項をその頁を折ったなり用意していた。というだけで小生には十分だった。

訴因を巡り、治安判事と書記との間で額が寄せ合われ、その間《かん》小生が被告より遙かに鼻持ちならぬ人物と――被告にかようの罪だけは着せ得ぬことに、そこに自ら好き好んでノコノコ足を運ぶことにて少なからぬ難儀をもたらした人物と――見なされていること火を見るより明らかであった。被告は小生が最後にお目にかかった時以来、白エプロンと麦藁ボネットの効験あらたかなるかな、楚々と身繕いを整えていた。かくてふと、娘は赤ずきんちゃんの姉御ではなかろうかと思い当たり、小生は片や、娘に付き添っている情にほだされ易き煙突掃除の小僧にはオオカミを彷彿とさせているかのようではあった。

治安判事は、果たしてこの訴因が考慮され得るか否か、逍遥の旅人殿、いずれともつきかねます。これまでに事例がないもので。逍遥の旅人殿の返して曰く、でしたらもっと周知徹底して頂かねばなりませんし、もしや暇《いとま》さえあれば、小生自身、周知徹底するよう尽力させて頂こうものを。その点については、しかしながら、と旅人の食い下がるに、疑いの余地はありません。ほら、これが条項です。

条項が提出され、額がまたもや寄せ合われた。それから小

生はかく質され、我が耳を疑った。「逍遥殿、貴殿は本当にこの娘を投獄して欲しいとおっしゃるのでしょうか?」よって小生はグイと睨め据えざま、陰険に答えた。「仮にそうでなければ、どうしてわざわざこちらまで足を運んだり致しますかな?」とうとう、小生は宣誓させられ、好もしき証言をクダクダしく並べ立て、「白ずきんちゃん」は条項の下《もと》、十シリングの罰金を課せられるか、同上日間投獄されることになった。「ああ、いやはや、御主人」と小生を見送ってくれた警官は娘が然に効験あらたかにめかし込み、然に生半ならぬ二の足を踏ませたお笑い種をダシに腹を抱えながら言った。「たとい牢にぶち込まれようと、あの娘にはイタくもカユくも何ともないでしょうな。何せドゥルアリー・レーンはチャールズ・ストリート*の出なもので!」

全てを勘案すらば、警察は優れた部隊であり、小生はささやかながら彼らの勲功に証を立てて来た。巡査の側《がわ》なる静観は悪しき体制――一週十二シリングで雇われている、巡査の制服に身を包んだ男によって考案されたのではなく、実践されている体制の――結果にすぎぬ。彼には指令があり、仮に勇み足を踏めば、出る杭は打たれるを地で行くこと必定。体制が悪いという事実は、ここで延々と証明すべく議論を重ねるまでもない。何故《なぜ》なら自明の理だから。仮に然ならざれば、事実に伴う結果は断じてもたらされ得なかったろう。一体何人《なんぴと》が、善き体制の下《もと》、我らが目抜き通りが目下の状態になり得たなどと言おう？

　破落戸《ラフィアン》に関す限り、警察組織全体は以下の如く表現され、その不履行は以下の如く例証されるやもしれぬ。即ち、大挙、結集するありとあらゆる重大な場合において、イギリス国民の大多数は彼ら自身の頼もしき警察だとは論を俟たぬ。何処であれ国民の公平な全般的代表が集う所ならば必ずや法と秩序に対す敬意と、無法と無秩序を顔色なからしめんとす決意に信を置いても差し支えなかろうとは論を俟たぬ。こと互い同士にかけては、人々は実にあっぱれ至極な警察だ。がそれでいて根っから気さくなだけに、有給の警察が庶民の節度の栄誉を受けるにおよそ異議があるどころではない。が我々は誰しも破落戸《ラフィアン》には無力である。何故《なぜ》なら我々は法に服すが、一枚上手の勢力と暴力で法に抗うのが、奴の唯一の生業だからだ。のみならず、我々は常々高所より（菓子パンと水割りミルクの祝日に教会に繰り出すその数だけの日曜学校生よろしく）法を我々自身の掌中に収めるのではなく、我々の保護を法に委ねねばならぬとクギを差されている。まずもって処断し、根絶せねばならぬ人類共通の敵が破落戸《ラフィアン》たること火を見るより明らかだ。破落戸《ラフィアン》こそは、就中、その鎮圧のために我々が高価な警察組織を維持している犯罪人たること火を見るより明らかだ。奴を、故に、我々は概して互い同士ならば相応に然るべく処せるし、事実処していると得心すらばこそ、然るべく処すよう殊更警察に委ねる。奴を、然るに、警察が然に詮なくも馬鹿げたやり口で処しているがために、奴は大手を振り、増殖し、帽子に劣らず悪名高くも悪業という悪業を頭《こうべ》に頂いたなり（『ベニスの商人』IV、1）、我々自身に劣らず何ら妨害も阻止も受けぬまま、都大路に跋扈する。

第三十一章　船上にて

（一八六八年十二月五日付）

小生の「同胞愛兄弟商会」の逍遥の旅人としての旅は、最後に同上について報告して以来、いささかもダレを見せているどころか、お蔭で小生は片時たり休む暇《いとま》がない。小生は相変わらずなまくらな用向きにかかずらっている。これきり注文を請わねば、如何なる口銭《こうせん》も受け取らぬ。根っから苔むさぬ転石である――もしや以下なる試供品の間にたまたま御逸品が紛れていなければ。

およそ半年前、小生はアメリカ合衆国のニューヨーク・シティー港の船上で、またとないほどなまくらで、夢見がちで、総じてまたとないほど無責任な状態にあった。* 大海原に浮かぶありとあらゆる頼もしき船の内でも、小生の乗っているのはクック船長の舵操りの下《もと》、リヴァプールへ向かう頼もしきキュナード汽船（第五章 注（四）参照）、「露西亜号」であった。それ以上、何を望み得たろう？

小生には順風満帆の航海を措いて何一つ望むものはなかった。小生の顔の青《あお》ざめ、船酔いに祟られた青《あお》二才時代（『アントニーとクレオパトラ』I、5）はより善き事と共に失せ（それで結構）、来《きた》る如何なる椿事も予めその影を投じて（トマス・キャンベル「ロキールの警告」（一八〇三））はいなかった。

小生はつい今しがた、スターンの顰みに倣い、つぶやいていたやもしれぬ。「『がそれでいて、思うに、ユージニアスよ』――かく、彼の上着の袖に心悲しげに人差し指をかけながら――『がそれでいて、思うに、ユージニアスよ、汝と訣れるは実に遺憾な仕業ではないか。というのも如何なる瑞々しき野原《フィールズ》が……我が愛しきユージニアスよ……汝ほど瑞々しかれよう、して如何なる新たな牧場《まきば》にて吾はイライザを、或いはアニーと、ユージニアスよ、汝の望むなら、呼ぶが、見出そう？』」――然り、小生はかくて訣れを告げていたやもしれぬ。がユージニアスは失せ、よって然に訣れを告げてはいなかった。*

小生はハリケーン甲板（主甲板上の雨除け用軽甲板）の天窓にもたれ、船が祖国へ向けて出航すべくやたらゆっくり向きを変えられているのを見守っていた。それはとある四月のこよなく麗しき正午のことで、目も綾な湾は晴れやかにして輝かしかった。幾々度となく、そこなる岸辺にて、雪が（それ自体綿毛《ダウン》よろしく）下《ダウン》へ、下《ダウン》へ、下《ダウン》へ舞い降り、挙句人々皆の、がどうやらわけても小生の、行く手に深々と積もるのを目の当たりにして来た。というのも数か月の内靴をぐしょ濡れにせずして出歩けるのは幾時間もなかったからだ。ついこの二、三日ですら羽毛のような雪が疲れ果てた冬の裳裾を引っぱり、瑞々しく若やかな春を垣間見さす代わり、新たなムラッ気でも起こしたかのようにひたぶる沈々と降り頻りにかかるのを見守ったばかりだ。が燦然たる日輪と澄み渡った蒼穹が自然の大いなる坩堝の中で雪を溶かし、雪はくだんの朝《あした》、無数の金や銀の光彩に姿を変え、またもや海や陸に降り注がれていた。

船には花の香気が芬々と立ち籠めていた。昔ながらのメキシコの花への情熱が幾許か、北アメリカの地にいつしか紛れ込んだのやもしれぬ。というのもそこにては花が艶やかに咲き誇り、嗜み深くもこの上なくふんだんに景色を彩っているからだ。が、とまれ、花の形《なり》なる然に豪勢な餞が乗船しているものだから、小生の拝借している甲板の小さな航海士船室はすぐ側《そば》の水落としまで咲きこぼれ、船室に入り切らぬ他の花また花が山と積まれ、船客談話室《サルーン》の空いたテーブルは庭かと見紛うばかりであった。こうした岸の甘美な芳香が大海原の爽快な潮風と綯い交ぜになり、大気はかくて実に夢見がちにして、魅惑的なそれとなっていた。よって、檣上の見張りは帆という帆を揚げているわ、船倉のスクリューは猛烈な勢いで回転し、時にグラリと、下手《へた》に抗ったからというので船を腹立たしげに揺すぶっているわで、小生はとびきりなまくらなやり口に陥ったが最後、我と我が身を見失った。

果たして、例えば、そこに横たわっているのは小生なのか、遙かに謎めいた存在なのか、はおよそ物臭すぎて取り合う気になれぬ問いであった。仮にそいつが小生だとしても小生にとって何だというのか？　或いは仮にそいつが奴だとしても、くだんの遙かに謎めいた奴にとって？　ことほど左様に小生の、或いは奴の、傍を懶げに漂い去る諸々の記憶に関せば、何故《なにゆえ》あれやこれやがいつ、どこで持ち上がったか問わねばならぬ？　そいつら、いつか、どこかで出来したというだけでたくさんではないか？

とある風の吹き荒ぶ日曜日、別の汽船の船上で教会の礼拝《らいはい》に参列したことがある。確か往航の途中だったが*、構うものか。船の鐘が能う限り教会の鐘そっくりに鳴るのを耳にするのは心地好く、非番の見張りがいっとうの帽子と、いっとうの厚編みジャケットと、小ざっぱり洗った手と顔と、撫でつけた髪のなり皆してドヤドヤ入って来るのを目にするのは心地好かった。と思いきや、それは野放途に滑稽な一連の状況が出来したせいで、如何ほどしかつべらしき意図が利かせられよう如何なる歯止めもそいつらを手懐け果せはしなかったろう。とは以下の如き光景が。およそ七十名に垂んとす乗客が談話室《サルーン》のテーブルに集うていた。テーブルの上には祈禱書。激しい横揺れ。休止。司祭の影も形もない。噂によらば、乗船している控え目な若き牧師がその場を取り仕切るようとの船長の要望に応じているとのこと。またもや休止、めっぽう激しい横揺れ。閉《た》て切られた二重扉がいきなりパッと開け放たれ、二人のいかつい船客係が間に司祭を抱えたなりスルスル、滑るように入って来る。一見、どいつかぐでんぐでんに酔いつぶれ、警察署までしょっぴかれている真っ最中《さなか》ででもあるかのようだ。ひたと止まる。休止、殊の外激しい横揺れ。船客係二人は機を見て体勢を整える。が司祭の体勢を整えること能はぬ。というのもガックリ項垂れたなり、ひたすら後退ってばかりいるとあって、片や御両人が何としても談話室《サルーン》のど真ん中なる書見台まで連れ行かんものとホゾを固めているに劣らず下方の船室へ引き返さんものとホゾを固めているかのようだから。書見台は携帯用だけにスルスルと、長いテーブルの向こうの端まで遠ざかり、会衆のあちこちの信徒の胸に突っかかる。事ここに至りて二重扉がまたもやパッと、他の船客係によりて丹念に閉《た》てられていたものを、開け放たれ、俗っぽい乗客が、どうやら白ビールの思惑がらみで転がり込み、馴染みを探していたと思しく、「ジョー！」と名を呼ぶ。が、お門違いもいい所なのを見て取ると、「おや！　失敬！」と言いながら、またもや転《まろ》び出る。この間《ま》もずっと会衆は——世の会衆なるものの御多分に洩れず——宗派に分かれていたせいで、各々の宗派が独りでにスルスル滑り去り、どいつもこいつも仰《のっ》けに片隅に滑り込んでいたいっとういじけた宗派にドスンドスンとぶち当たる。ほどなく片隅という片隅にて究極の意見の不一致が持ち上がり、激しい横揺れがぶり返す。船客係がとうとう突撃をかけ、司祭を談話室《サルーン》中央のマストまで連れて行き——さらばひしと、司祭はそいつにしがみつくが——そのなりスルスル出て行き、司祭にはくだんの状態にて、後は勝手に会衆と折り合いをつけて頂く。

また別の日曜日、船の航海士が礼拝《らいはい》を読み上げた。礼拝《らいはい》は静かで感銘深かった。がやがて我々はふと、讃美歌を始めてはとの剣呑極まりなくもこれきりお呼びでなき実験を思いつく。讃美歌の歌詞が読み上げられるや、我々は一斉に腰を上げるが、誰も彼もが仰《のっ》けに声を出すお鉢を外のどいつかに回す。辺りがシンと静まり返るや、航海士はまたもや（およそ御当人、喉自慢どころではなかったから）いささか恨みがましげに第一行を読み上げる。さらば航海の間中、人一倍愉快極まりなくも慇懃だった、バラ色のピピンよろしき御老体がコツンと（カントリー・ダンスの火蓋を切る要領で）ブーツもて床を踏み締めるやいざ、小鳥の囀りめいた甲高い声にてまんまと我々に声を合わせている化けの皮を被らせた。第一節の仕舞いには、我々はくだんの手練手管によりてそれは生半ならず息を吹き返した上からハッパをかけられていたものだから、誰一人として、如何ほど調子っ外れたろうと、第二節から爪弾きの目に会うを潔しとせず、こと第三節に関せば、皆していとも朗々と聖なる遠吠えにて声を張り上げたものだから、果たして一斉に表明している所信と、こよなく耳障りにも拍子と調子に抗いつつ所信を表明している事実とのいずれに鼻高々なものか、は疑わしい限りであった。

「いやはや！」と小生は、こうした記憶がまざまざと蘇った勢いカンラカラ、水がゴボゴボ音を立てている寂莫《じゃくまく》たる夜の黙《しじま》に独り心から腹を抱えながら――夜の黙《しじま》ともなれば必ずや木の横桟もて楔さながら寝棚に押し込められ、さなくばそいつから転《まろ》び落ちていたに違いないが――胸中、惟みた。「当時小生は何用で出かけ、如何なるアビシニアの地点まで当時、公の出来事は行進し果していたのか*？　こと小生がらみでは物の数ではない。してこと国事がらみでは、もしや慰み物を求める（その計り知れぬ不条理において全くもって面食らわずにはいられぬ）瞠目的な大衆の熱狂が当時、哀れ、とある幼気な蛮族の少年と、哀れ、老いぼれ駑馬の身に降り懸かり、前者を英国義勇兵を視察すべくその王子たる頭髪もて掻っさらい、後者をそのウマ科たる尻尾もて水晶宮へと掻っさらっていなかったならば*、ああ、我々瘋癲院の埒外の者にとって如何ほど増しだったろうか！」

故に、飽くまで船に律儀に、小生はわざわざ自問していた。果たして自分は正午、絶対禁酒統一連合協会の面前で、「食器受け《フィドル》」にてのグロッグ（水割りのラム）配給を披露したいのか否か？　如何にも、披露してみようでは。恐らく目下の状況においてラムの匂いを嗅ぐのはまんざらでもなかろう。手桶で混ぜたグロッグを取り仕切るは、小さなブリキ缶を手にした、甲板次長。入室するは、幼気な天使「希望」団とは似ても似つかぬ巨人「絶望」（ジョン・バニヤン『天路歴程』（一六七八））のおよそ幼気ならざる、罪深き呑み干し屋、乗組み員一同。ブーツの者あらば、ゲートルの者あらば、防水オーバーオールの者あらば、フロックの者あらば、ピー・コートの者あらば、ごく少数ながらジャケットの者あり。大方の連中は暴風雨帽を被り、どいつもこいつも喉のグルリに何か目の粗いガサついた代物を巻き、どいつもこいつもポタリポタリ、立ちながらにして塩水を滴らせ、どいつもこいつも荒天に飛礫を打たれ、獣脂に

塗れ、ススけた索具で黒ずんでいる。各人のナイフは、食事のために緩められたベルトに鞘ごと挿さっている。仰《のっ》けの男が、賢しらげに目をキラキラ輝かせながら毒盛りの聖杯（『マクベス』I、7）（散文的には、実の所、ほんの小さなブリキのマグにすぎぬ）に酒がなみなみ注がれるのを見守り、ポンと頭を仰け反らすことにて中身をポンと御尊体にぶち込み、空っぽの聖杯を先へ回せば、然に第二の男は今にも涎を垂らさぬばかりに袖かハンケチで口を拭い、こちとらの番を待ち、杯を干すや先へ回し、奴において、して番が近づくにつれ、各人において、目はいよよ賢しらげにキラキラ輝き、腹の虫はいよよゴキゲンに蠢き、どいつか仲間相手におどけてやらんとのムラッ気にいきなりボッと火がつく。のみならず、職権により毒杯を二層倍割り当てられた船のランプ係は、中身を一杯、また一杯と、さながら御当人とは縁もゆかりもなきどこぞの吸収性設備に送り届ける要領で御尊体にぶち込もうとて、さしてへべれけになっている風にすらない。どころか、小生はほどなく全員が甲板の上にて、悴《かじか》んだ蒼い拳により紅き血がグルグル巡り出すほど、とことんくつろいでいるのを目にする。して連中が帆桁の上一杯に広がり、激しく打ちつける帆の間で命がけでしがみついているのを見上げるに及び、小生には小生の命と引き換えにしても彼らに——或いは

この小生に――またとないほどこっぴどい巡回裁判において糾弾される如何ほどその数あまたに上る罪人《つみびと》の酩酊罪をも帰す正当性が皆目見えぬ。

　己《おの》がなまくらな気分なる小生自身にハッパをかけるに、小生は目を閉じ、くだんの一日《ひとひ》の某か、ニューヨーク湾にて、おお！　横たわったなり、*例の郵便定期船の一艘の船上での生活を思い起こした。規則正しい生活は――小生の生活の必ずや始まった如く。というのもその後《ご》はいっかな寝つけなかったから――未だ辺りが白まぬ内にポンプを装備し、甲板を洗い流す作業と共に始まった。そのありとあらゆる部門において水治療法を生真面目に耐え忍び、わけても歯を磨くことにかけてとびきり几帳面な、途轍もなき水治療法施設の如何なるどデカい巨人とてかようの音を立てようが。バシャバシャ、シュッシュッ、ゴシゴシ、キュッキュッ、歯ブラシ、ブクブク、バシャバシャ、シュッシュッ、ブクブク、歯ブラシ、バシャバシャ、バシャバシャ、ブクブク、キュッキュッ。ところする内、夜が明け、小生はその下《もと》なる半開きの引き出しより成る優美な梯子伝《づて》寝棚から下りると、水治療法の間《ま》は当直によって閉《た》てられている外側の盲蓋《めくらぶた》と内側の引き窓をまたもや開け放ち、長々と逆巻く、鉛色の、白き波頭《なみがしら》の巨浪を見はるかし、さらばその上へざっと、黎明が、ひんやりとした冬の朝《あした》、孤独な水平の眼差しを投げ、その直中を船が恐るべき速度で四苦八苦、憂はしき道を突き進んでいたものである。して今や、またもや身を横たえ、炙りハムと紅茶の頃合を待ちながら、良心の声に――スクリューに――否応なく耳を傾けたものである。

　そいつは某かの事例においては、ほんの胃の腑の声やもしれぬ。が小生は小生の空想において、そいつをより高尚な名で呼んだ。何故なら我々は誰しも日がな一日その声を揉み消そうと躍起になっているように思われたからだ。何故ならそいつは誰も彼もの枕や、誰も彼もの皿や、誰も彼もの折り畳み床几や、誰も彼もの本や、誰も彼もの営みの下にあったからだ。何故なら我々はわけても食事時や、夕べのホイストや、甲板上での朝の会話の折には耳に入らぬ風を装ったにもかかわらず、そいつはいっかな豆スープの底に沈められも、カードと一緒に切り混ぜられも、本によって紛らわされも、如何なる模様に編み込まれも、スタスタ歩き去られもせぬまま、必ずや一本調子の底流たりて我々の間を流れていたからだ。そいつは如何ほど煙草臭の強い葉巻きにおいてもプカプカくゆらされ、如何ほど度の高いカクテルにおいてもグビグビ呑み下され、真っ昼間にはそこにて星の瞬くまでぐったりショールに包《くる》まれたまま横たわっている御婦人方と共に甲板に担ぎ上げられ、船客係と共にテーブルに傅き、何人《なんぴと》たり照明と共に消すこと能はなかった。良心の声を認めることは(陸《おか》の上におけると同様)嗜みに欠けると見なされた。口にするのは不粋であった。とある時化催いの日のこと、気のいいホの字の殿方がホの字の相手を初めとするグルリの一座の大いなる顰蹙を買うに、安楽椅子二脚と天窓一つの上にて責め苛まれた挙句、口にせざるを得なくなった。「このスクリューめ!」

時にそいつは鳴りを潜めるやに思われることもあった。泡《うた》沫《かた》の一時《いっとき》、シャンパンの泡が鼻一杯に広がったり、献立表に「羊肉馬鈴薯蒸煮《ホットポット》」がお目見得したり、来る日も来る日も判で捺したように食べて来たお馴染みの料理がくだんの公文書にて新たな名前で表記されたりする折など——かくて頭に血の上った勢い、誰しもそいつがシッと揉み消されたかと思い込みそうになったものだ。食事が済む度、賞金目当ての陶器二十四鐘変打法奏者の一団よろしき仲間によりて甲板の上にて仰々しくもガチャガチャ皿が洗われると、そいつはシンと封じ込められた。巻き枠《リール》を手操り寄せたり、正午に太陽高度を六分儀で計ったり、二十四時間航程を掲示したり、子午線によって船内時刻を変更したり、船外に残飯をぶちまけたり、我々の跡を汲々と追って来るカモメ共を誘《おび》き寄せたり——こうした出来事は束の間、そいつを押し黙らせた。が如何なるかようの気散じに如何なる途切れなり休止なり出来しようとその途端、声はまたもや本腰を入れてかかり、我々をとことんイジメ抜いたものである。新婚の若夫婦は、甲板を日に二十マイルとなく睦まじく歩いていたが、潑溂と血を滾らせている真っ最中《さなか》、いきなりひたとそいつのせいでクギ付けになるや、くだんの声の譴責の下《もと》、それ以外は微動だにせぬまま、ワナワナ小刻みに身を震わせながら立ち尽くしたものである。

当該恐るべき戒告者が我々に対していっとう手厳しいのはその夜は一先ずそれぞれの檻へ引き取る刻限が近づき——談《サ》話室《ルーン》の火の灯ったロウソクの数がいよいよ疎らになり、スプーンを突っ込まれたなり見捨てられたグラスの数がいよよ、いよよ多くなり、炙りチーズのはぐれ者や捏ね粉で揚げたイワシの迷子がテーブル棚の中で懶げに前へ後ろへ滑り、いつも本を読んでいる男がパタンと本を閉じるや専用のロウソクをフッと吹き消し、いつも四方山話に花を咲かす男がこれきり他人様の耳を煩わすを止め(『ヨブ』三三:一七)、いつも医者にいよいよ振戦譫盲《しんせんせんもう》に陥りかけていると診断されている男がそいつを明日まで先延ばしにし、夜毎二時間の長きにわたり甲板にてひたすら真夜の紫煙をくゆらしていたと思うと、夜毎十分と経たぬ内にベッドに潜っている男が苛酷な不寝《ねず》の番のために三枚目の上着に喉元までピッチリ、ボタンを掛けつつある折である。というのもさらば、我々が一人また一人と立ち去り、各々の小屋に戻りながら淦水《かんすい》とウィンザー石鹸の独特の大気の直中へやって来るに及び、声は我々を骨の髄まで震撼させたから。哀しきかな、ソファーの上に腰を下ろしたなり、ゆらゆら揺れるロウソクがいつ果てるともなく逆立ちしようと躍起になってはなり返すのをじっと見守っている折の我々の！　或いは木釘の上の上着が我らが運動の日々に映っていた様を真似るに、より軽く、お易い御用のタオルの向こうを張って壁から水平の姿勢を保っているのを見守っている折の我々の！　さらば声はわけても我々を贄として申し立て、ズタズタに引き裂いてくれたものである。

　明かりが消え、寝棚に潜り、風が立てば、声はいよよ腹立たしげにして野太くなる。筵の下で枕の下で、ソファーの下で洗面台の下で、船の下で大海原の下で、大いなる大西洋を掬う毎（しておお！　何故然《なにゆえ》に掬わねばならぬ？）声は必ずや大地の下《もと》なる礎から立ち昇って来るかのようだ。夜の時節にその存在を打ち消そうとて詮なかろう。耳が遠くなるは土台叶はぬ相談。スクリュー、スクリュー、スクリュー！　時にそいつは水から迫り上がり、ヒューッと、獰猛な花火よろしく——とは言え、決して潰えず、必ずやまたしても打ち揚げられる手ぐすね引いて待ってはいるが——回転することもあれば、時に悶々と悶え、ブルブル震えているかのように思われることもあれば、時につい今しがた自ら突っかかったのに怖気を奮ってでもいるか、発作に見舞われたが最後、抗い、震え、束の間止まることもある。して今や船は然に荒らかに時空を越え、夜となく昼となく、晴天たろうと荒天たろうと、スクリューに絞め上げられる船にしか能うまいほどひたぶる横揺れし始める。

　船はこれまで、あのさっきの奴のほどひどい横揺れをしたためしがあったろうか？　船はこれまで、今やお越しのこの、もっとひどい奴のような横揺れをしたためしがあったろうか？　そら、小生の耳許の仕切り壁は風下側の遙か深みだ。我々は二度と再びもろとも浮かび上がれようか？　否、と小生は惟みる。仕切り壁と小生はそれは長らくそいつにかかずらっているものだから、蓋し、今度こそ度が過ぎたものと観念する。おお、いやはや、何たる掬いようよ！　何たる深々とした掬いようよ、何たる空ろな掬いようよ、何たる長き掬いようよ！　果たしてこいつにはともかくケリがつき、我々はどっさり船上に頂戴した、して航海士専用食堂のありとあらゆる食事用調度を野放しにし、事務長《パーサー》と小生との間の小さな通路の扉を開け放ち、そこですら、ここですら、バシャバシャ撥ね散っている大量の水に耐え得るのか？　事務長《パーサー》は、どこ吹く風と鼾をかき、船の鐘が鳴るや、当直の「万事異常なし！」との陽気な声が、ついさっきまで潜り込んでいた仕切り壁が今や空《くう》の高みにて（共々掻い潜った試煉によってこれきりお手柔らかになるどころか）小生を寝具ごと寝棚から押っぽり出そうと躍起になっている間《ま》にも、甲板の先の先まで高らかに返されるのが聞こえる。

「万事異常なし！」とは何より。なるほど万事、もっと異常なくても好かろうものを。横揺れとどっと押し寄す高波はさておくとしても、然に黒々とした闇夜を然に猛然と突き進んでいると考えてもみよ。何か他のよく似た物体が真っ向から突っかかって来ていると考えてもみよ！

或いは海上を突き進むかようの物体同士の間には惹きつけ合う力が働き、かくてそいつらを衝突さすべく偶然とグルにならぬとも限るまい？　のみならず（声は、その間《ま》も片時たり黙りこくるどころか、やたら焚きつけがちだが）、下方に深淵が潜んでいるのではあるまいか、折しも奇妙な不毛の連山や深い谷間の上を過っているのではあるまいか、中程に化け物じみた魚が泳いでいるのではあるまいか、船はいきなり手前勝手に針路を変え、狂ったように突っ込みざまブクブク沈み、くだんの船旅にあの世の探険家なる乗組員もろとも乗り出すのではあるまいか、との疑心暗鬼も生ず。今や、のみならず、乗客の側《がわ》にては日中、何かと言えばこの同じ航路を進んでいた然る大型汽船が海上で行方を絶ち、それきり音沙汰なくなった話題に蹴躓く広く遍き傾向が認められたのが思い起こされる。誰も彼もがくだんの陰険なネタのとば口への接近、急止、狼狽、してついぞ近づいた覚えのなき素振りを強いる呪《まじな》いの下《もと》にあるかのようだった。甲板長の呼び子が鳴る！　風向きが変わり、嗄れた命令が下され、当直はめっぽう忙しなく立ち回る。帆は頭上でまともにぶつかり合い、ロープは（一見、瘤だらけだが）同上にして、捩り鉢巻きで事に当たっている乗組員はどいつもこいつも派手にズシンズシン踏みつける並の二十層倍の力を秘めた二十本からの足を有してでもいるかのようだ。次第に物音はダレを見せ、嗄れた叫び声は消え、甲板長の呼び子は慰めがちにして満ち足りた調べへと柔らぎ、いささか不承不承ながら、仕事には当座片がついた旨認めていると思しく、さらば声がまたもや羽振りを利かす。かくて丘を登っては降り、前後左右に揺れては揺れる訳の分からぬ夢が訪れ、やがて辺りに立ち籠めるウィンザー石鹸と淦水《かんすい》の意識が蘇り、またもや巨人が水治療法にお越しの由、声が告げる。

といった辺りが、小生がくだんの一日《ひとひ》の某か、ニューヨーク湾にて、おお！　横たわっている際に脳裏を過った気紛れな思い出であった。ばかりかナロウズ*を打っちゃり、沖へ出て行く際に。ばかりか日の燦々と降り注ぐ日和の海上なるなまくらな幾々時間もの間《あいだ》！　とうとう観測と算定の結果、我々は今晩、アイルランド岸を認めようことが明らかとなる。よって小生は今晩は夜っぴて、アイルランド岸が如何様に認められるか確かめるべく甲板にて見張りに就いた。

　めっぽう暗く、海は目も眩まんばかりに燐光を発している。船にはズンズン行きあしがつき、見張りは二層倍厳重になる。不寝《ねず》の番の船長は係留索の上に陣取り、不寝《ねず》の番の一等航海士は左舷越しに身を乗り出し、不寝《ねず》の番の二等航海士は羅針盤を前に操舵員の傍らに立ち、不寝《ねず》の番の三等航海士はカンテラを手に、艫の舷檣上部の持ち場に就く。ひっそり静まり返った甲板には乗客の影も形もない。が、にもかかわらず至る所で固唾が呑まれている。舵輪に就いた二人の男は実に手堅く、実に真剣で、実に速やかに命《めい》に応える。命《めい》は時折、鋭く下され、谺で返される。それ以外は夜は何の変哲もなく、ゆっくり、静かに、更ける。いきなり、午前二時なる空ろな刻限に、長きにわたる緊張からの解放の漠たる気配が乗組員皆に漂い、三等航海士のカンテラがちらちら瞬き、彼は狼煙を一発、してもう一発、打ち揚げる。前方の漆黒の空のむっつりとした孤独な灯台が小生に指し示される。くだんの灯台における変化が待ち受けられるが、如何なる変化も出来せぬ。「狼煙をもう二発揚げろ、ミスター不寝《ねず》の番」狼煙が二発揚げられ、青花火が灯される。皆の目はまたもやひたと、灯台に凝らされる。とうとうパッと、小さなオモチャよろしき流星花火が打ち揚げられ、暗闇なるくだんの小さな光線が消え失す間《ま》にも、我々はクィーンズタウンや、リヴァプールや、ロンドンへと、してまたもや海底にてアメリカへと、打電される。

　それからクィーンズタウンで下船する五、六人の乗客が甲板へ姿を見せ、袋を預かる郵便局員が甲板へ姿を見せ、彼らのために港を離れる郵便専属船へと袋を担ぎ込むことになっている男達が甲板へ姿を見せる。ランプとカンテラが甲板のここかしこで瞬き、邪魔っ気な積荷は梃で突き退けられ、つい今しがたまで不毛たりし左舷舷檣はいきなり船乗りや、船客係や、機関士の頭なる生り物で溢れ返る。灯台はひた迫られる側《そば》から横付けになり、と思いきや船尾へ打っちゃられ始める。さらなる狼煙が打ち揚げられ、我々と陸との間では外航のニューヨーク行きインマン汽船「花の都パリ号」が美しく蒸気を上げる。我々はそいつにまともに逆風が吹き（風は我々にこそ順風だから）船が横揺れから縦揺れからしているのを目にして悦に入る。（当該状況によりていっとう有頂天になっているのは、因みに、船上でいっとう船酔いに祟られている乗客だが。）我々がズンズン進むにつれ、時はズンズン流れ、今や我々にはクィーンズタウン港の明かりが、今や我々の方へ近づいて来る郵便専属船の明かりが、見える。途中、専属船が羅針盤のありとあらゆる方位において、がわけてもいっとうお門違いなそいつらにおいて、如何なる奇態を演じ、また何故《なにゆえ》演じているのか、は神のみぞ知る！　とうとうそいつは我々の左舷舷側から一鏈（一八五・二メートル）以内の所に飛び込む様が見受けられ、我々の拡声器伝《づて》これをしろ、あれをするな、こっちの船についておけと、蓋し、気の狂れた専属船よろしくどやしつけられている。それから、我々が耳を聾さぬばかりの蒸気の轟音の直中にて速度を落とすや、この踏んだり蹴ったりの専属船は大索によりて我々にしっかと括りつけられ、男達がすかさず袋を船に積み込み、お次の奴らを取りに引き返し、荷の重みでずっしり腰を屈めてみれば、我々のガキの時分の芝屋の粉屋とその一味（アイザック・ポコック作（一八一三））のボール紙の人形かと見紛うばかりにして、ほとんどいい対グラグラ、グラついている。その間《ま》もずっとお気の毒な専属船は上へ下へ突っ込んでは、どやしつけられている。それからクィーンズタウン乗客は果てなき突っ込みやどやしつけの直中をそいつに乗り込み、専属船はそれは途轍もなく高々と海上に放り上げられるものだから、あわや我々の船に陸《おか》へ上がったカッパよろしく、乗り揚げそうになる。最後の最後までミソクソにどやしつけられ、当該惨めったらしい専属船はとうとう面目丸つぶれもいい所、これきり突っ込みざまお役御免と相成るや、クルクル、クルクル、我々の航跡にて旋回しにかかる。

良心の声は、日が高々と昇るにつれてまたもや祟にかかり始め、港へと、我々乗客皆にしぶとく付き纏い、我々が他の灯台や、小生が共に見張りに立っていた航海士の内幾人《いくたり》かがいつぞや霧の中を帆船にて擱座したことのある（してくだんの謂れ故に、めっぽう懐っこい記憶を持っていると思しき）海岸沖の危険な島を過る間《ま》にも、我々にしぶとく付き纏い、ウェールズ地方の浜を、チェシャー州の浜を、我々の船とマージー川なるそいつ自身の格別な船溜まりとの間に横たわるありとあらゆる物とありとあらゆる場所を行き過ぎる間《ま》にも、我々にしぶとく付き纏う。とうとうその沖で、五月初旬の麗しき夕べの九時に、我々はひたと渟まり、声は止んだ。小生自身の耳に栓を突っ込まれているのに似ていなくもない、めっぽう奇しき感懐が、くだんの静寂の後《のち》に続き、劣らず奇しき感懐を込めて、小生は晴れて頼もしきキュナード汽船「露西亜号」から下船し（そいつの航海という航海が順風に恵まれんことを！）声の長らく住まっていた優美な怪物の船体の外っ面を見はるかした。かくて、恐らくは、我々誰しもいつの日か、小生の取り留めのなき空想が当該寓喩を拝借したより忙しなき声を宿せし骸《むくろ》を、霊たりて、眺めるのであろう。

第三十二章　東方の小さな星
（一八六八年十二月十九日付）

小生は昨夜、名立たる「死の舞踏」*に目を通していた関係か、今日は胸中、陰険な古めかしい木目木版画が本家本元には見出し得ぬ凄まじき単調さの新たな意味を帯びて立ち現われた。不気味な骸骨がガラガラと、通りの前方を歩き、荒らかに打ちかかった。がこれきり化けの皮を被ろうと骨は折らなかった。ここにてはダルシマー*を奏でるでも、花冠を被るでも、羽根を振るでも、長く裾を引く外衣や裳裾で小刻みに気取って歩くでも、ワイン・グラスをかざすでも、宴の席に腰を下ろすでも、賽を振るでも、金《きん》を数えるでもなかった。ただ辺り構わず薙ぎ倒して行くしか能のない、剥き出しの、ひょろりと痩せこけた、腹ペコの骸骨にすぎなかった。

　ロンドンの東方の、穢《けが》れた川に面す、ラトクリフとステップニーの境界は、とある十一月の時雨模様の一日《ひとひ》、当該仮借なき「死の舞踏」の舞台であった。一室ごとに貸しに出されている惨めな家の立ち並ぶ、むさ苦しい迷路紛いの通りや、袋小路や、横丁。荒れ野よろしき泥と、襤褸と、餓《かつ》え。大方、食い扶持稼ぎにアブれた、と言おうかそいつがほんの気紛れにしてたまさかにしかお越しにならぬ連中によって住まわる泥濘《ぬかるみ》の砂漠。連中は、いずれにせよおよそ熟練した職工どころではない。しがない人足――船溜まり人足、水辺人足、石炭担ぎ、底荷荷揚げ人、といった木を伐り水を汲む者（『ヨシュア』九：二一）にすぎぬ。が、ともかくこの世に生を受け、かくて惨めな種《しゅ》を繁殖させている。

　とある不気味な軽口しか、どうやら、骸骨はここでは叩いていないようだった。あちこちの壁に選挙のビラを貼り、そいつらを風と雨が付き付きしくもズタズタに引き裂いていた。*とある廃屋の鎧戸の上にチョークでデカデカと投票の状況をかいつまんですらいた。自由にして独立独歩の飢餓民に是々候補者に一票を、然々候補者に一票を、投ぜよと訴えながら。連中、党派の状態と国家の繁栄を重んずが故に（いずれも彼らにとっては肝心要たろうから）絶対的一名に票を投ずためではなく、互いに他方なくしては無に等しき是々候補者と然々候補者を選出することにて映えある不滅の総体を捏ねくり合わすべく。なるほど骸骨は何処にても本家本元の修道士じみた発想におけるほど酷くも皮肉っぽいことはない。

　胸中、幾千もの（一体幾千と誰に言えよう？）イギリス国民の心身共における堕落を食い止め――ひたすら身を粉にして働き、生きたい者のために共同体に有益な雇用を考案し――地方税を均一にし、荒れ地を耕し、移民を促し、就中、来《きた》る世代を救い、活かし、かくて膨れ上がる一方の国家的弱さを強さに変えるための、是々候補者と然々候補者の、俗に「党派」と呼ばれる公共の祝福の、遠大な政策につらつら思いを馳せながら、こうした前途洋々たる奮闘に、だから、胸中つらつら思いを馳せながら、小生は一、二軒、中の様子を覗いてみようと、せせこましい通りへと折れた。*

それは一方が盲壁の仄暗い通りだった。家々の外側の扉はほとんど一軒残らず開け放たれている。小生は仰《のっ》けの敷居を跨ぎ、コンと、居間の扉をノックした。入ってもよろしいですかな？　ええ、どうぞ、よろしけりゃ、だんなさん。

部屋の女（アイルランド生まれ）はどこぞの波止場か艀から、長い木切れを拾って来ていた。薪は今しも、二つの鉄鍋を沸かすべく、さなくば空っぽの火格子の中へ突っ込まれたばかりであった。一方には魚が、もう一方にはじゃが芋が、入っていた。薪がゆらゆら燃えているせいで、朧げながらテーブルと、ガタの来た椅子が一、二脚と、炉造りの上の古ぼけた安陶器の飾り物が某か見て取れた。女としばらく口を利いて初めて、片隅の床の上の悍しき褐色の山に目が留まり、そいつを、もしやこの陰気臭い向きにおいて予め場数を踏んでいなければ、よもや「寝台」とは察せられなかったやもしれぬ。山の上に何か投げ出されていたので、小生は何かとたずねた。

「こりゃここに寝ちょる哀れな娘で、だんなさん。えろう悪うて、ずっとえろう悪うて、もうこれきり好うはなりませんで、一日中寝ては一晩中起きちょります。ナマリのせいで、だんなさん」

「何のせいで？」

「ナマリの、だんなさん。もちろん女が早いもん勝ちで申し込んで、運好くお入り用なら、だんなさん、日に十八ペンスで働かしてもらうナマリ工場で。娘はナマリの毒にやられちょりますんで、だんなさん、中にはすぐっとやられる女もいりゃ、なかなかやられん女もいりゃ、ほんの一握りじゃありますが、これきりやられん女もおります。こればっかしは生まれつきで、だんなさん、中には根っから強いのもいりゃ、弱いのもいて、娘は根っからナマリの毒にやられやすい質《たち》で、とことんやられちょります。脳ミソが耳からぢくぢく出て、そりゃ疼くの何の。ということでございます、正直、ミもフタもない話が、だんなさん」

病気の若い娘がここにて呻き声を洩らしたせいで、話し手は娘の上に屈み込み、頭から包帯を外し、未だかつてお目にかかったためしのないほどせせこましく惨めったらしい裏庭から頭に日射しを当ててやるべく、裏扉を開け放った。

「ありゃ娘の声で、だんなさん、何せナマリの毒にやられちょるもんで。朝から晩までひっきりなし洟らしちょります、かわいそうに、えろう悪いもんで。疼くの何の。で神様もあの方も御存じの通り、うちの人は、人足なもんで、この四日っちゅうもの通りから通りを歩いて、今の今も歩いて、いつでも汗水垂らす気でおりますが、クチにアブれたきり、うちにゃあ火もなけりゃ、腹の足しだってナベの中のほんの一口こっきりしかなけりゃ、この二週間で一〇シリングぽっきりしかありません。どうか神様、お助けを！　ほんにスカンピンで、ほんに暗うて寒うて」

後ほど克己の埋め合わせは、もしや然るべきと心得ればできると分かっていたので、小生はこうした慰問の途中では一切喜捨は施すまいと心に決めていた。この手に出たのは彼らを試したいからでもあった。ここにて直ちに述べても差し支えなかろうが、如何ほど具に目を凝らそうと、小生からの金を当てにしている素振りは皆目認められなかった。彼らは自分達の惨めな暮らしぶりについて話しかけられるとありがたがり、共感は明らかに慰めであった。が如何なる場合においても金を求めも、小生が一銭たり恵まぬからというので驚いたり、がっかりしたり、腹を立てたりといった素振りを一切見せもしなかった。

女の嫁いだ娘がこの時までには、客がお越しならと、二階の自分の部屋から降りて来ていた。娘は娘自身、「働かして」もらおうとその朝めっぽう早く鉛工場に出かけていたが、無駄足に終わった。娘には四人の子供があり、夫は、これまた水辺人足で、折しも仕事を探しに出かけて留守だったが、ことそいつにありつくことにかけては娘の父親といい対お先真っ暗のようだった。娘はイギリス生まれで、生来肉付きが好く、陽気だった。娘の約しい身繕いにも母親のそれにも、ともかく小ざっぱり見せようとの努力の跡が窺われた。娘は気の毒な病人の苦しみのことはそっくり、鉛中毒のことはそっくり、徴候が如何に現われ、ひどくなって行くか――しょっちゅう目にしているだけに――知っていた。工場の戸口の一歩中に入っただけでぶっ倒れそうな臭いがします、と娘は言った、けども一度「働かして」もらいに行ってみるつもりです。ほかにどうしようがあるってんで？　子供らが飢えるの黙って見てるくらいならいっそそいつが持つ間《ま》は、日に十八ペンスでタダれて手足がシビれた方がまだましってもんじゃ。

裏手の扉とありとあらゆる類《たぐい》の不快に面す、この部屋の仄暗くむさ苦しい小納戸が、しばらく病気の若い娘の寝床だった。が夜は今や冬めき、毛布と上掛けは「質屋へ行っちまって」いたから、娘は終日横になり、折しも横になっている所で夜っぴて横になった。部屋の女と、女の亭主と、この惨めなことこの上もない患者と、もう二人が、寒さ凌ぎに、一つこっきりの褐色の山の上で雑魚寝をした。

「神の御加護のありますよう、だんなさん、でありがとうございました！」というのが、くだんの連中からの――しかも心底ありがたそうに口にされた――別れの言葉であり、かくて小生はこの場を後にした。

通りを数本先へ行き、またもやコンと、別の一階の別の茶の間の扉をノックした。中を覗き込むと、男と、女房と、四人の子供がテーブル代わりの洗面床几に着いたなり、パンと出がらしの紅茶で夕飯を取っていた。一家が傍に座っている火格子にはやたら貧相な燃え殻じみた火しかなく、部屋にはベッドと上掛けの一枚載ったテント式四柱寝台が一脚あるきりだった。男は小生が入った際にも、小生の訪問中も腰を上げなかったが、小生が脱帽すると丁重に頭を倒し、一つ二つお尋ねしても好いかとの問いに、「もちろん」と返した。この部屋の両端には、後ろと正面に窓があり、換気されていても好かったろうが、冷気を締め出すべくぴっちり閉《た》て切られ、実に不快であった。

女房は、知恵の回る利発な女で、腰を上げるや亭主の肘先に立った。亭主はちらと、助けを求めるかのように女房を見上げた。ほどなく明らかになったことに、男はいささか耳が遠かった。年の頃三十がらみの、血の巡りの悪い朴訥な奴だった。

「仕事は何をしているのかね？」

「だんなさんが仕事は何をしてるのかっておたずねだよ、ジョン」

「あしは汽罐《ボイラー》造りで」と、さながら如何でか失せてしまった汽罐《ボイラー》を探してでもいるかのようにオロオロ、戸惑いがちな風情で辺りを見回しながら。

「この人は、もちろん、職工じゃありませんで、だんなさん」と女房が口をさしはさんだ。「ほんの人足なもので」

「仕事はあるのかね？」

男はまたもや女房を見上げた。「だんなさんが、あんた仕事はあるのかって、ジョン」

「仕事は！」と当該寄る辺なき製罐工は途方に暮れて女房にじっと目を凝らし、それから、やおら夢現で小生の方へ向き直りながら声を上げた。「おお、いや！」

「ああ、ほんとに！」と哀れ、女房は次から次へと四人の子供を、して亭主を、見やる間《ま》にもかぶりを振りながら言った。

「仕事！」と製罐工は、まずは小生の顔に、お次は空《くう》に、仕舞いは膝頭の次男坊の面《つら》に、依然、くだんの杳として行方の知れぬ汽罐《ボイラー》を追い求めながら言った。「仕事がありゃどんなにいいか！　この三週間ってもの一日分の仕事にもありついてねえす」

「どうやって食いつないでいるのかね？」

賛嘆の輝きが、かすかながら、男がボサボサに擦り切れた粗布ジャケットの寸詰まりの袖を突き出し、かく答えながら女房の方を指差す間《ま》にもパッと、製罐工志願の男の面《おもて》に広がった。「女房の稼ぎで」

果たして汽罐《ボイラー》造りなる稼業が何処へ失せたものか、と言おうか何処へ失せたと男自身、思っているものか、小生は今や失念した。が男は御逸品、金輪際戻るまいととうにサジを投げてでもいるかのような表情を浮かべたなり、くだんのネタがらみで何やらボソボソ言い添えた。

女房の陽気な内助の功は実に目ざましかった。女房は安既製服の仕立てをやっていた。ありていには、ピー・ジャケットを作っていた。女房は目下手がけているピー・ジャケットを取り出し、寝台の上に――部屋の中で唯一、そいつを広げられる家具たる――広げてみせた。して如何ほど自分が仕立て、後で如何ほど機械によって仕上げられるか教えてくれた。その折の彼女の計算によると、縁取《へりと》りに掛かる分を差し引いても、ピー・ジャケットを一着仕立てれば一〇ペンス半の稼ぎがあり、一着仕上げるのにせいぜい二日しかかからないとのことだった。

けど、仕事があたしの所にやって来るまでには、ほら、間に二人ほど通さなきゃなりませんし、二番目のを通そうと思えば当たり前、ロハって訳には行きません。どうしてそもそも二番目のを通さなきゃならないのかって？　ああ、そりゃこういう訳で。二番目のには、ほら、取り次ぎの危なっかしさが付き纏います。もしかあたしに担保を――例えば二ポンドほど――払う余裕があれば、初っ端のからそのなり仕事が回って来て、二番目の分が差し引かれるこたないでしょう。けどこれきり手持ちがないもんで、二番目のが割って入って、儲けを頂戴して、ってことで丸々が一〇ペンス半にまで減っちまうんです。といった主旨のことを理路整然と、ささやかな誇りすら込め、してこれきり泣きごとやグチを洩らすでなく説明し果すと、女房はまたもや縫い物を畳み、洗面床几の亭主の傍に腰を下ろし、素焼きのパンの食事に戻った。

なるほど、コップ代わりの小壺だの何だの、むさ苦しいその場凌ぎの並ぶ剥き出しの食卓の上の食事は約しく、女は出立ちにおいてみすぼらしく、栄養と沐浴の足らぬせいでブッシュマン族色にくすんではいたものの——女の中には哀れ、難破した製罐工の艀を辛うじて繋ぎ留めている一家の錨（『ヘブル』六：一九）としての威厳が紛うことなく具わっていた。小生が部屋を出て行く際、製罐工の目はゆっくり、さながらくだんの影も形もなき汽罐《ボイラー》を二度と再び目にする最後の一縷の望みはそちらにこそあるかのように女房の方へ向けられていた。

　この一家はただ一度を除き、教区の救済を申し込んだためしがなく、くだんの一度ですら夫が作業場で聴覚を損なう事故に会った時にすぎぬ。

　ここから数軒と離れていない家《うち》で、小生は二階の一室へと入って行った。女は「何かと取り散らかしておりまして」と詫びを入れた。それは土曜のことで、女は暖炉のソースパンで子供達の服を茹でていた。外《ほか》に何一つ、そいつらを突っ込めそうなものはなかった。陶器一つ、ブリキ缶一つ、盥一つ、手桶一つ。古い小壺が一つ二つに、壊れたビンが一、二本に、椅子代わりの拉《ひさ》げた箱は某かあった。最後の石炭のちっぽけな寄せ集めが床の隅に掻き寄せられ、空っぽの食器戸棚や、床にも襤褸が散っていた。部屋の隅にはガタピシのフランス式寝台があり、男が一人、ヨレヨレの水先案内人ジャケットと、目の粗い防風雨帽のまま、仰向けに横たわっていた。部屋は真っ黒だった。仰《のっ》けは、そいつがわざわざ黒く塗られていないと信じるのは到底お易い御用どころではなかった。然に、壁という壁はススけていたから。

　小生は女が子供達の衣服を茹で——女にはそいつらを洗う石鹸の一欠片もなかったから——こんなことをしながらでと詫びを入れている向かいに立ちながらにして、以上全てを目に留めている風もなきまま視界に収め、在庫目録に手すら加えられた。最初にちらと目をやった際には、半ポンドほどのパンがさなくば空っぽの蠅帳の中に仕舞われ、古ぼけた赤いズタズタのクリノリンが小生の敷居を跨いだ扉の把手に吊る下がり、壊れた道具と煙突の端くれに見えなくもない、錆びた鉄の欠片が床に散らばっているのを見逃していた。子供が一人、じっと目を瞠ったなり、立っていた。炉に最寄りの箱の上にはより幼気な子供が二人座り、内一人は華奢で愛らしいおチビさんだったが、そいつにもう一方が時折キスをしていた。

　この女も、先ほどの女同様、痛ましいほどみすぼらしく、ブッシュマン族の顔色にくすんでいた。が女の姿形と、何がなし快活な、今は昔の面影と、頰の靨の名残は奇しくも小生の脳裏にフィッツウィリアム夫人がヴィクトリーヌの馴染みたりし、ロンドンはアデルフィ劇場の懐かしの日々＊を蘇らせた。

「ところで、亭主の稼業は何だね？」

「石炭担ぎでございます、だんな様」――ちらと、溜め息まじりにベッドの方へ目をやりながら。

「だが、仕事がないと？」

「おお、ええ、だんな様！　仕事はいつもめったに、めったに、この人の所へは来ちゃくれません。その上、今は寝たきりで」

「脚のせいで」とベッドの男が言った。「包帯をほどいてみせやしょう」してすかさず言行一致でかかった。

「上にはお子さんはいないのかね？」

「お針子の娘と、あれば、日雇いの息子がおります。娘はただ今仕事に出かけ、息子は仕事を探しています」

「二人ともここに住んでいると？」

「二人ともここで寝起きします。これ以上家賃は払えないもので、夜分はここへ戻って来ます。家賃はわたくし共にはひどくこたえます。今ではおまけに法律で税金まで変わってしまったせいで、高うございます――週に六ペンスと。わたくし共には一週間分の滞りがございます。家主はずっとあの扉を恐ろしいほど揺すぶってはガタガタ言わせておいでです。叩き出してやるとか何とかおっしゃりながら。一体この先どうなることやら」

ベッドの上の男が侘しげに口をさしはさんだ。「ほら、脚を御覧なすって。腫れてるだけじゃなし、皮が剥げちまってるんで。アクセクやってたら何やかやで蹴りまくられてよ」

男は一時《いっとき》（ひどく変色した上から不様に腫れ上がった）両脚を見やっていたと思うと、はったと、そいつら家族にとってはおよそウケのいいネタどころではないのを思い出したものか、またもやクルクル、口にされるのすらてんで願い下げの地図か設計図の手合いででもあるかのように巻き上げ、またもやお先真っ暗とばかり、扇形帽を顔の上に引っ被ったなり仰向けに寝そべったが最後、身動ぎ一つしなくなった。

「一番上の息子さんと娘さんはあの納戸で寝るのかね？」

「ええ」と女は答えた。

「下の子達と？」

「ええ。ちょっとでも暖かいようみんなで固まって寝なくてはなりません。掛けるものがほとんどないもので」

「あそこに見える小さなパンのほか食べ物は何もないのかね？」

「ええ、これきり。パンの塊の残りは朝ご飯に水と一緒に食べてしまいました。一体この先どうなることやら」

「先行き明るくなる見込みは?」

「もしも一番上の息子が今日いくらかでも稼げば、お金を持って帰りましょう。でしたら今晩は、何か食べるものにありつけましょうし、家賃だって何とかやりくりできるかもしれません。ですが、さもなければ、一体この先どうなることやら」

「何とも労しい限りだ」

「ええ、だんな様。たいそう辛う、辛う、ございます。どうかお降りの際には足許にお気をつけを、だんな様――階段は壊れておりますー―で御機嫌好う、だんな様!」

一家は救貧院に入るのを心底恐れている上、院外救助も一切受けていなかった。

なお別の借家の別の部屋には実に嗜み深い女が子供五人と暮らし――末っ子はほんの赤子で、女自身、教区医の患者だったが――夫が入院している関係で、救貧院から彼女自身と子供の生活保護とし、週に四シリングとパンの塊五つを支給されていた。或いは、是々国会議員と然々国会議員と公共の祝福たる「党派」がいずれ額を寄せ合い、地方税の均一化に至る頃には、女はもう六ペンスなる調べに合わせて「死の舞踏」のステップを踏み始めているやもしれぬ。


小生はくだんの当座、他の如何なる家の敷居も跨ぐ気にはなれなかった。というのも子供達の姿を見るに忍びなかったからだ。大人の悲惨に対して持ち堪えるべく辛うじて狩り出していたほどの意気地も、子供を見ると失せた。彼らが如何に幼く、如何に飢え、如何に真面目でおとなしいか目にしていた。彼らがくだんの窖で病み死んで行く様を思い浮かべた。たとい彼らが死んでいる様を思い浮かべても苦悶に苛まれまいと、彼らがかくも苦しみ、かくて死んで行く様を思い描くだに蓋し、意気は阻喪した。

ラトクリフの川土手の際で、小生は故に、再び鉄道まで戻るべく、脇道伝上手《づてかみて》へ踵を回らせかけていた。がちょうどその時、道の向かいの「東ロンドン小児科医院」なる銘に目が留まった。我ながら、かほどにその折の心境にしっくり来る銘を目にすることはほとんど叶はなかったろう。よって道を過り、真っ直ぐ中へ入って行った。

小児科医院はまたとないほど粗野な手合いの古ぼけた帆造り小屋、と言おうか倉庫に、またとないほど質素な資力の下《もと》、施設されていた。床には荷物が吊り上げられたり下ろされたりしていた跳ね蓋があり、重い足や重い荷はしこたま踏み締められた床板の瘤という瘤を飛び出させ、不都合極まりなき張出しや梁や危なっかしい階段は共同病室から病室へと移動する上で小生を大いに面食らわせた。が総じて風通しが好く、快適で、清潔だった。三十七台の寝台にほとんど美しさは認められなかった。というのも第二、三代目の餓《かつ》えはキチキチに竦み上がった面《つら》を下げていたからだ。が揺籃期や子供時代の苦痛がいずれも甲斐甲斐しく和らげられているのを目にし、小さな患者がお茶目な愛称に応えるのを耳にし、華奢な御婦人の軽い手の触れが痩せ細った小枝のような腕を小生の憐れを催すよう剝き出しにすると、鉤爪よろしき小さな手は、御婦人に然にされる間《ま》にも彼女の結婚指輪に慕わしげに絡みついた。

　とある赤ん坊じみたおチビさんはラファエルの天使かと見紛うばかりに愛らしかった。小さな頭には脳水のために包帯が巻かれ、急性気管支炎にもかかっていたので、時折、心悲しげな、とは言え焦れったそうでもグチっぽくもない小さな呻き声を洩らした。頰と顎の滑《すべ》らかな曲線はその濃やかな幼《いとけな》き美しさにおいて一点の非の打ち所もなく、大きな明るい目はとびきり愛くるしかった。たまたま、小生がベッドの足許で立ち止まると、くだんの目はかの、我々誰しも時にめっぽう小さな子供達において知っている物思わしくも訝しげな懐っこい表情を浮かべて小生の目にじっと凝らされた。おチビさんの目は小生にひたと凝らされたが最後、小生がそこに立っている間《ま》は片時たり逸らされなかった。たといくだんの心悲しげな声を洩らした勢い小さな肢体が震えようと、眼差しは依然、揺るぎなかった。小生は何がなし、その子は自分の入院している小さな病院の物語を誰であれ小生の話しかけられる優しい心根に伝えて欲しいと訴えているような気がした。よって、顎の所でギュッと固められた染み一つない小さな拳に小生自身の世渡りに疲れた手をかけながら、ああ、必ずそうしよう、と無言の内にも約束した。

　さる殿方と御婦人が、若き夫妻が、目下の気高い目的のためにこの建物を購入し、設備を整え、医師兼管理者としてひっそり暮らしていた。*いずれも内科と外科の実地の経験を豊富に積んでいた。夫はとあるロンドンの大病院の住み込み外科医とし、妻は厳しい試験によって審査された非常に熱心な医学生として、又コレラが蔓延した際には貧しい患者の看護婦として。

　他処へ誘《いざな》うありとあらゆる資格を有し、周囲の如何なる胸にも何ら反応を見出し得ぬ若さと、教養と、趣味と、習慣を具えてなお、かようの界隈にはつきものの悍しき状況という状況にひたと取り囲まれながら、そこに彼らは住んでいる。夫妻は病院そのもので寝起きし、部屋は二階にある。食卓に着いている際にも、苦しんでいる子供達の誰かが声を上げれば聞こえよう。婦長のピアノや、絵の具や、本や、その他似たり寄ったりの典雅な嗜みの証は、小さな患者の鉄の寝台に劣らず、粗末な場所の軽々ならざる端くれである。夫妻は船上の乗客よろしく、場所のやりくりに頭を悩ませている。調剤師は（私利私欲ではなく、彼ら自身と彼らの名分の磁気によって夫妻に惹き寄せられ）食堂の奥まりで眠り、食器棚に洗面用具を仕舞っている。

　周囲の物全てに善処する夫妻の満ち足りた物腰こそ、小生は夫妻の有益性と然に好もしくも分かち難いものと心得た！　彼らの何と、我々が手づから据えたこの衝立を、我々が取り外したあの衝立を、我々が動かしたまた別の衝立を、待合室のために寄贈されたストーブを、我々が小さな診察室を夜毎喫煙室に変える創意工夫の才を、誇らしく思っていることか！　彼らの何と、せめて我々がそいつの珠にキズたる鼻持ちならぬ立地条件――裏手の石炭置場――さえお払い箱に出来るものなら、敷地に惚れ惚れ来ていることか！　「馴染みがプレゼントしてくれた病院専用の、しかも実に使い勝手のいい馬車です」かくて小生は階下の片隅にそいつを収納するに且々大きな「馬車納屋」の見つかった乳母車に紹介された。既に病室を飾っている連中の仲間入りする手ぐすね引いて待っているありとあらゆる準備段階なる彩色版画は数知れず、釣合いの錘さえ作動させれば頭をひょいと突っ込む、あり得べからざる冠毛の、チャーミングな木造りの珍鳥中の珍鳥が正にくだんの朝、看板彫像として除幕式を執り行なわれたばかりにして、チョコチョコ、患者という患者と気の置けぬ仲にてベッドの間を駆け回っているのは、その名もプードルズという、おどけた雑種犬であった。当該剽軽者は（ヤツそのものがこれ一つの強壮剤だが）如何にもヤツらしく、病院の戸口で飢え死にしかけている所を拾われ、中に入れて餌を与えられ、爾来ここに住みついていた。ヤツの血の巡りの好さに感服したさる人物が奴に「プードルズを外っ面だけで判ず可カラズ」なる銘の刻まれた首輪を贈呈していた。当該控え目な訴えを小生宛提起した際、ヤツはとある少年の枕許で陽気に尻尾を振っていた。

　この病院が本年一月に初めて開院した際、人々はよもや何者かがそこで施されている治療に対して金を払っていないとは思いも寄らず、そいつを当然の権利として要求し、もしや腹の虫の居所が悪ければいつでもアラを探しにかかる気でいた。がほどなく真相を呑み込み、今では遙かに感謝の念を強くしている。患者の母親は面会の規則の御利益に実に遠慮なく与り、父親は間々、日曜に与っている。親の間には、もしや今はの際なら我が子を惨めな我が家へ連れ帰りたがる理不

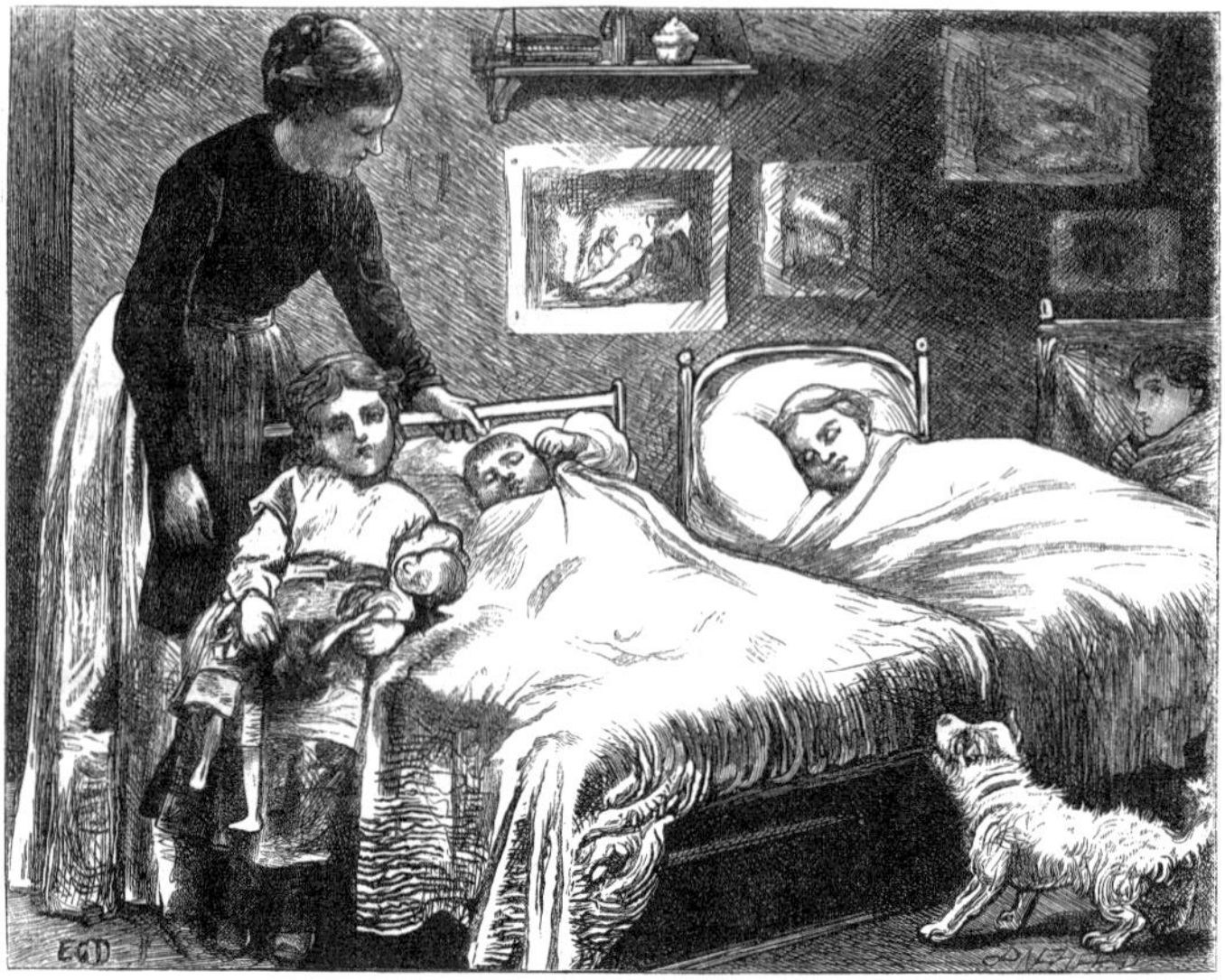

尽な（とは言え痛ましく、もっともには違いなき）傾向が認められる。かくてとある雨降りの晩に重度の炎症の状態にありながら連れ去られ、後に連れ戻された少年は回復に難儀を極めた。が固より陽気な少年で、小生が目にした際には、ディナーをすこぶるおいしそうに食べていた。

不十分な食事と不健全な生活がこれら幼気な患者の間の病気の主たる原因である。故に栄養と、清潔と、換気が主たる治療法だ。退院した患者は引き続き面倒が見られ、時折食事を共にしに来るよう招かれる。ついぞ患者ではなかったものの餓《かつ》えに苦しんでいる子供達もまた然り。婦長と院長は患者とその家族の来歴のみならず、その数あまたに上る彼らの隣人の特質や境遇も熟知し、以上については記録をつけている。夫妻の常日頃の経験に照らせば、人々は一寸一寸、より深く、より深く、貧困に陥ると、そいつを夫妻からさえ、もしや叶うことなら、最後の最後まで、隠そうとするらしい。

この病院の看護婦は皆若く――恐らく十九から二十四までの間と思われる。彼女達はこの狭い建物内ですら、幾多の十分な基金を有す病院ならば許すまいものを――食事を取る専用の快適な部屋を――あてがわれている。子供に寄す関心と、彼らの悲しみに対す共感がこれら若い娘達を他の如何なる勘案事項にも叶はぬほど切実に職務に携わらせているとは麗しき真実ではなかろうか。看護婦の内最も熟練した娘は固より劣らず貧しい、よく似た界隈の出身で、この仕事が如何ほど必要とされているか知っていた。彼女は美しい婦人服仕立て屋である。病院としては娘に一年に月の数のあるだけポンドを支払えぬ。そこである日、婦長は娘に将来のことを考え、本来の仕事に戻ってはどうか尋ねるのが本務と心得た。「いえ」と娘は返した。わたくしは他処ではもうこれほどお役に立てることもこれほど幸せに感じることも叶いません。どうかこのまま子供達と一緒に過ごさせて下さい。よって娘はそのまま子供達と一緒に過ごしている。とある看護婦は、小生の通りすがりに、赤子じみた男の子の顔を洗ってやっていた。娘の愛嬌好しの面立ちに心惹かれ、小生はつと足を止め、娘の預かり物に声をかけた——ヌルヌルの手でこちとらの鼻を引っつかみ、グイと、やたらしかつべらしげに毛布の隅から睨め据えている、いい加減ありきたりの、イガグリ頭の、しかめっ面の預かり物に。当該若き殿方が小生宛やぶから棒に足蹴を食らわせ、コロコロ声を立てて笑い出すに及び、くだんの愛嬌好しの面《おもて》に一面、笑みが広がったとあらば、少々その前にイタい目に会ったからとてお釣りが来るというものだったろう。

数年前、パリで「小児科医」と題される感動的な芝居が演じられたことがある。*小生は目下問題の我が小児科医との別れ際、彼のゆったりとした黒ネクタイに、ボタンのかかった緩やかな黒いフロック・コートに、物思わしげな面差しに、暗褐色の髪のほつれ様に、睫に、正しく口髭の形に、舞台で上演されたパリの芸術家の理想の正確な具現を目の当たりにした。が小生の知る限り、如何なる伝奇小説家も未だかつて敢えて東ロンドンの小児科医院のこの若き夫妻の生活と家庭を予示しようとしたためしはない。

小生はラトクリフからステップニー鉄道駅で汽車に乗り、フェンチャーチ・ストリートの終着駅に着いた。くだんの道筋を逆に辿ってみようという向きはどなたであれ、小生の歩んだ跡を溯られては如何だろう。

第三十三章　一時間でささやかなディナーを

（一八六九年一月二日付）

たまたま昨秋のとある日、小生は一時間の要件で畏友ブルフィンチと共にロンドンから然る海辺の行楽地へ赴かねばならなかった。くだんの海辺の行楽地を、差し当たり、ネイムレストン*としておこう。

小生はめっぽう暑い盛りにパリ近郊でノラクラ過ごし、パレ・ロワイヤルやチュイルリー宮殿の庭の戸外で愉快に朝食を認《したた》めたり、シャンゼリゼ通りの戸外で愉快にディナーを認《したた》めたり、真夜中過ぎの未明にイタリア遊歩道の戸外で愉快に紫煙をくゆらせてはレモネードをすすったりしていた。ブルフィンチは——めっぽう腕の立つ事務家だが——ネイムレストンで上述の一時間の業務をやりこなすべく、小生を海峡のこちら側へ呼び戻していた。かくてブルフィンチと小生はそれぞれチョッキのポケットに往復切符を突っ込んだなり、仲良く鉄道客車で揺られながらネイムレストンへ向かうこととなった。

ブルフィンチは切り出す。「一つどうだ。テメレール*でディナーを食うというのは」

小生はブルフィンチにたずねた。ほんとにテメレールで大丈夫か？　というのもここ幾年もテメレールの帳簿に名を列ねていなかったからだ。

ブルフィンチは敢えてテメレールに太鼓判を捺す責めを負おうとはしなかったが、概して一件がらみでは楽観点だった。いつだったかあそこで旨い物を「食ったような」とブルフィンチは言った、覚えがある。飾りっ気はないが、味はなかなかだった。さすがにパリ風のディナーではないが（ここにてブルフィンチは見るからに覚束無くなったが）、それなりめっぽう気が利いていたさ。

小生はブルフィンチに果たして小生は常日頃から如何なるディナーであれ、と言おうか——ことそいつがらみでは——それなり気が利き、事実、自ら標榜しているものたる何物であれ——快く満足するか否か見極めがつけられるほど小生の望みや習いに通じているだろうなと念を押した。ブルフィンチが忝くも然りと返したので、小生は天下の健啖家としてテメレールに乗船することに同意した。

「じゃあ、こういう手筈にしてはどうだ」とブルフィンチは鼻に人差し指をあてがったなり言う。「ネイムレストンに着いたら、真っ直ぐテメレールまで馬車を飛ばして、一時間でささやかなディナーを仕度するよう注文しよう。どうせゆっくり平らげる時間はなかろうから、連中にはせいぜいそいつを熱々のなり手早く出せるよう、喫茶室で食べる、というのは？」

　小生にはただ、それはいい、と返す外なかった。ブルフィンチは（根っからお目出度な奴だったから）さらば、鵞鳥《グリーンギー》の雛《ス》がらみで戯言《バブル》をまくし立て（『ヘンリー五世』Ⅱ、3）にかかった。が小生はくだんのフォールスタッフ的気分なる馴染みに待ったをかけるに、時間と調理法を考えてもみろとたしなめた。

　とこうする内、我々はテメレールに乗りつけ、馬車から降りた。仕着せの若造が戸口の上り段で我々を迎えた。「なかなか幸先よさそうだ」とブルフィンチはここだけの話とばかり耳打ちした。それから声高に、「喫茶室を頼む！」

　仕着せの（今やカビ臭いこと一目瞭然たる）若造は御所望の安息所へと我々を案内し、ブルフィンチによりて直ちに給《ウェ》仕《イタ》を呼ぶよう、一時間でささやかなディナーを仕度して欲しいもので、と命ぜられた。それからブルフィンチと小生は給《ウェ》仕《イタ》を待望《ウェイト》したが、とうとう、給仕《ウェイタ》がどこぞの未知にして不可視の行動領域にて給仕《ウェイト》し続けているものだから、給仕《ウェイタ》を呼ぶべく鈴《りん》を鳴らし、さらば給仕《ウェイタ》が出て来たが、そいつは自分は我々に給仕《ウェイト》すべき給仕《ウェイタ》ではないと告げ、それきり片時たり給《ウェ》仕《イト》しようとはしなかった。

　よってブルフィンチは喫茶室の扉に近づき、若き御婦人二名がテメレールの帳簿を預っている酒場《バー》宛朗々と声を張り上げながら、一時間でささやかなディナーを注文致したいのだが、孤独に委ねられているが故に我らが罪無き目的の実行を阻まれている由、遠慮がちに告げた。

　さらばすかさず若き御婦人の片割れ嬢が鈴《りん》を引き、さらばまたもや——この度は酒場《バー》に——我々に給仕《ウェイト》すべき給仕《ウェイタ》ならざる給仕《ウェイタ》が姿を見せ、くだんの尋常ならざる男は、どうやら生涯、専ら客に自分は連中に給仕《ウェイト》する気のさらになき旨告げるべく人々に給仕《ウェイト》していると思しく、さも腹立たしげに先の異議を繰り返すと、そのなりふっつり姿を晦ました。

　ブルフィンチはしょぼくれた面《つら》を下げ、今にも小生に「こいつはイタダけん」と言いかけていた。すると我々に給仕《ウェイト》するはずの給仕《ウェイタ》がとうとう我々にお預《ウェイト》けを食わすのを止しにした。「給仕《ウェイタ》」とブルフィンチはしょんぼり言った。「ずい分待たせてくれるではないか」我々に給仕《ウェイト》すべき給仕《ウェイタ》は我々に給仕《ウェイト》することになっていない給仕《ウェイタ》に責めを負わせ、全てくだんの給仕《ウェイタ》のせいだと言った。

「我々は」とブルフィンチは生半ならずしょげ返って言っ

た。「二時間でささやかなディナーを注文したいんだが、どんなものがあるかね?」

「如何ようのものをお望みでございましょう、お客様方?」

ブルフィンチは、とびきり憂はしげな物言いと物腰にして、給仕が手渡していた、ある種貴殿のお好み次第の如何なる料理の本であれ、そいつの十把一絡げの手書き索引たる、古ぼけたハエの染みだらけの寄る辺なき献立表を手に、先の質問を提起した。

手前共では擬製すっぽんスープと、シタビラメと、カレーと、炙り鴨肉を御用意致せます。結構。この窓辺のこのテーブルで。かっきり一時間で。

小生は先ほどからこの窓から外を眺めている風を装いながらも、テーブルというテーブルの上のパン屑や、小汚いテーブル・クロスや、むっとする、スープっぽい、淀んだ雰囲気や、そこいら中に散らかっている饐えた残り物や、我々に給《ウェ》仕《イト》することになっている給仕《ウェイタ》の鬱々たる物腰や、片隅の離れたテーブルの孤独な旅人がやたら紛うことなく苛まれている腹痛に目を留めていた。して今やブルフィンチにこの旅人は正真正銘ディナーを食べ果しているとの由々しき状況を指摘した。我々はすかさず、ならば旅人に擬製すっぽんスープか、シタビラメか、カレーか、炙り鴨肉の御相伴に与ったか否かカマをかけても礼儀作法に悖らぬものか額を寄せ合った。がそんな真似をしたのでは不躾に当たろうと、よって一旦我々自身の胃の腑を賽の一振りに賭けたからには御両人、飽くまで一か八かの賽子《さいころ》転がしに耐えねばなるまい(『リチャード三世』4 V、)ということになった。

小生は常々骨相学なるもの、一定の範囲内では、理に適っていると見なし、より微妙な手相にかけても似たり寄ったりの見解に与し、観相術は不可謬なものと信じている。なるほどこれら全ての学問は学徒における類稀な資質を要求しはするが。とは言え小生は同時に、個々人の気っ風を探るに、如何なる旅籠の気っ風に対す一揃いの薬味入れの状態ほど確かな手がかりはないとも思っている。小生の当該理論を心得ている上、これまでも度々実地に試しているとあって、ブルフィンチは小生が猫っ被りの如何なるなけなしのヴェールをもかなぐり捨て、目の前に次から次へと濁った油とカビの生えた酢に、団子になったカイエンヌペパーに、薄茶けた塩に、如何わしい醤油の澱に、フラノのチョッキめいた腐朽状態にあるアンチョビ・ソースをかざして見せるに及び、さすがに観念のホゾを固めた。

我々は要件に片をつけるべく繰り出した。テメレールの喫茶室のむっと息詰まるような重苦しい、屁座《へた》った空気からネイムレストンの清しい潮風の吹く、小ざっぱりとした通りへ出る安堵たるや然に爽快とあって、我々の胸中、見る間に希望が息を吹き返し始めた。よって孤独な旅人は恐らく薬を服用したか、何か気分が悪くなるようなことをしたに違いないと思い込み始めた。ブルフィンチは我々に給仕《ウェイト》することになっている給仕《ウェイタ》はカレーを申し出る際に気持ちパッと晴れやかになったような気がするとまで言った。して小生は、くだんの折、彼が正しく絶望の権化だったのを知ってはいたものの、如何せん自づと上機嫌にならざるを得なかった。我々が波のひたひたと打ち寄す渚《みぎわ》を歩いていると、今に潮よろしくこれきり変わらぬまま、果てしなく満ちては引いているネイムレストンの名士という名士が列を成してここかしこ歩いていた。愛らしい娘達の中には鼻持ちならぬ乗馬教師共々、馬に跨っている者もいれば、徒《かち》の者もいた。片や帽子を被った——眼鏡の、男勝りの——中年の御婦人方はグイと異性を、と言おうかより弱き性を睨め据えている。株式取引所が紛うことなく成り代わられ、エルサレム*が紛うことなく成り代わられ、より味気ないロンドン倶楽部の退屈千万な男共が紛うことなく成り代わられていた。幌無し二輪《カリクル》の毛むくじゃらの身上潰しから、胡散臭いブーツの、喉元までぴっちりボタンを留めた詐欺師連中に至るまで、ありとあらゆる類《たぐい》の山師が、どいつか角を曲がった玉突き場で一勝負したそうなお誂え向きの若き殿方はいぬかと虎視眈々目を光らせている。言語教師は、その日は一先ず課業にケリがつくといいそいそ、海の見えぬ我が家へと戻り、様々な才芸の女教師は小さな紙挟みを小脇に抱え、同様に小走りにて家路を急ぎ、学究肌の教え子は、二人また二人とゲンナリ、まるでどこぞの方舟が自分達を連れ去りにやって来るのを待ってでもいるかのように水面《みなも》を見はるかしながら浜辺を歩いていた。ジョージ四世王の御代（一八二〇－三〇）の亡霊共が外っ面だけは神さびた伊達者そっくりの形《なり》にめかし込んだなり人込みに紛れて覚束無い足取りでヒラつき、どいつもこいつも棺桶に片脚、もしくは両脚を突っ込んでいるどころか、どっぷり、のっぽのシャツ・カラーの天辺まで浸かり、骨を措いて何一つ現《うつつ》めいた所がないと言っても差し支えなかろう。ありとあらゆる動きの直中にあって唯一微動だにせぬまま、ネイムレストンの船頭連中は手摺に寄っかかったなり欠伸しいしい、遙か沖の彼方を、繋留している釣舟を、して何を見るともなく、見ていた。我らが屈強な船乗りの当該温床がらみでの生活の不変のやり口たるや今に然なるものだから。して、連中、実に乳ならぬ喉の干上がった乳母にして、年がら年中何か引っかける物に餓《かつ》えている。二人きり、手摺から離れている海の男は幸運にも折しも釣れたばかりの（とは、ネイムレストン沖ではしばしば）名立たる怪物じみた未知のバーキング・フィッシュを手にした男共で、御両人、釣果を詰め籠に入れてあちこち提げ回り、しきりに科学的向きに蓋から中を覗き込むようせっついていた。

一時間の砂は一粒残らず、我々がテメレールに戻った時には潰えていた。さらばブルフィンチの、仕着せの若造に果敢に曰く。「化粧室へ！」

我々は仕着せの若造が御所望の設備として請じ入れた、天窓付き一家の地下納骨堂に辿り着いた時には早、クラヴァットと上着をかなぐり捨てていた。が芬々たる悪臭と、リンネルといってもただどいつか外《ほか》の二人の客の御尊顔を拭って湿気たばかりの二枚の揉みクシャのタオルこっきりの御前にいるのに気づくや、またもやそそくさとクラヴァットと上着を引っかけ、手も顔も洗わぬまま喫茶室へと尻に帆かけた。

そこにて我々に給仕《ウエイト》することになっている給仕《ウエイタ》はその薄汚れた御高誼に我々のとうに与り、御当人の染みの馴染み深き表情からしてお見逸れすべくもないクロスの上に我々のナイフ・フォークとグラスを並べていた。が、青天の霹靂とはこのことか、我々に給仕《ウエイト》することになっていない給仕《ウエイタ》がヒューッとどこからともなく我々に襲いかかりざまむんずと我々のパンの塊を引っつかむや、同上ごと掻っ消えた。

ブルフィンチは当該得体の知れぬ人影が『ハムレット』の亡霊よろしく今にも「正門から外へ」（『ハムレット』Ⅲ、4）出かけつつあるのを半狂乱の目で追っていた。とちょうどその時、我々に給仕《ウエイト》することになっている給仕《ウエイタ》が蓋付き深鉢《テュリーン》を手にしたなり、物の怪に衝き当たった。

「給仕！」と、つい今しがた食事を終えたばかりの棘々しい客が、片眼鏡越しにおどろおどろしき形相で勘定書きを覗き込みながら声を上げた。

給仕は我々の蓋付き深鉢《テュリーン》を遙か彼方のサイド・テーブルに置くや、この新たな方角にて一体如何なる粗相が出来したかとばかりすっ飛んで行った。

「こいつは、そら、けしからんではないか、給仕。ここを見ろ！　昨日のシェリーが、一と八ペンス。でここにもう、二シリング。でこの六ペンスは一体どういう了見だ？」

六ペンスが一体どういう了見か存じ上げるどころか、給仕は何にせよ一体どういう了見かつゆ存じ上げぬ旨訴えた。してじっとりとした額から汗を拭い、それは――とは何かは審らかにせぬまま――およそ致しかねます、調理場はずい分遠いもので、と返した。

「ならば勘定書きを酒場《バー》に持って行って、書き直させたまえ」と怒り心頭のコッカー氏（第五章注（四五）参照）は、便宜上然に呼ばせて頂くが、言った。

給仕は勘定書きを受け取り、しげしげ覗き込み、どうやら酒場に持って行く考えが気に入らなかったと思しく、一件に射した新たな光明とし、具申した。恐らく六ペンスとは六ペンスの了見なのでは。

「いいか、くどいようだが」と怒り心頭のコッカー氏は言った。「昨日のシェリーが――こいつが見えんのかね――一と八ペンス、でここにもう二シリング。一と八ペンスに二シリングで〆て如何ほどになる？」

一と八ペンスに二シリングで〆て如何ほどになるか弾き出すは土台叶はぬ相談とサジを投げ、給仕はブルフィンチの我々のスープの蓋付き深鉢《テュリーン》はどうしてくれるとの訴えに応えてほんのちらと寄る辺なげに肩越し振り返ったきり、外《ほか》にどいつか叶はぬ相談ならざる人間はいぬか探しに出て行った。一《いっ》時《とき》経ってから――その間《かん》怒り心頭のコッカー氏は新聞に目を通し、文句があったらかかって来いとばかり頻りに咳《しはぶ》いていたが、ブルフィンチは自ら蓋付き深鉢《テュリーン》を取りに行くべく腰を上げた、するとその途端、給仕が再び姿を見せ、蓋付き深鉢《テュリーン》を運んで来た――道すがら、怒り心頭のコッカー氏のテーブルに怒り心頭のコッカー氏の書き替えられた勘定書きを落として行きながら。

「それは到底致しかねます、お客様方」と給仕はつぶやいた。「調理場はずい分遠いもので」

「はむ、君がこの旅籠をやっている訳ではあるまい。君のせいではなかろう。さあ、シェリーを頼む」

「給仕！」とは新たに、して憤懣やる方なくも無礼千万とばかり、怒り心頭のコッカー氏より。

給仕は、我々のシェリーを取って来る途中で待ったをかけられ、ひたと立ち止まるや今度は何がお気に召さぬか確かめるべく引き返した。

「ここを見たまえ。これではさっきよりまだひどい。君は一体分かっているのかね？　昨日のシェリーが、一と八ペンス、でここにもう二シリング。で一体全体この九ペンスはどういう了見だ？」

当該新たな凶兆にて給仕はすっかり途方に暮れ、ナプキンをギュッと握り締めるや黙々と天井に訴えかけた。

「給仕、とにかく今のそのシェリーを持って来てくれ」とブルフィンチはあからさまに腸を煮えくり返らせた上から呆れて物も言えぬとばかり言う。

「さあ、教えてもらおうでは」と怒り心頭のコッカー氏はしぶとく食い下がった。「九ペンスとは一体どういう了見だ。さあ、昨日の一と八ペンスのシェリーと、ここのもう二シリングとは一体どういう了見だ。どいつか寄越さんか」

気も狂れんばかりの給仕はどいつか寄越す言い抜けの下《もと》、部屋から出て行き、くだんの手立てにて我々のワインを持って来た。が我々のデキャンターを手に姿を見せるや否や、怒り心頭のコッカー氏はまたもや給仕に襲いかかった。

「給仕！」

「どうかそろそろ我々のディナーに気を配ってはもらえんかね、君」とブルフィンチは一歩も譲らぬ構えで言った。

「大変申し訳ありませんが、それは到底致しかねます、お客様方」と給仕は訴えた。「調理場は――」

「給仕！」と怒り心頭のコッカー氏は言った。

「――ずい分」と給仕は仕切り直した。「遠いもので――」

「給仕！」と怒り心頭のコッカー氏はしぶとく食い下がった。「どいつか寄越さんか」

我々はまさかあの給仕、首を括るべくアタフタ駆け出したのではあるまいがと怖気を奮わぬでもなかった。よって給仕がどいつか――艶やかな、流れるような裳裾とキュッとくびれた腰付きの――を連れて来たのでほっと胸を撫で下ろし、くだんのどいつかはほどなく怒り心頭のコッカー氏の要件にケリをつけて下さった。

「おうっ！」とコッカー氏は当該麗しの妖姫のお蔭で、さっきまでカンカンに湯気を立てていたのもどこへやら、コロリと腹のムシも収まったか、言った。「是非ともこのわたしの勘定書きについて教えてもらいたいことがある。というのもここにいささか手違いがあるように思われるもので。ほら、いいかね。昨日のシェリーが一と八ペンス、ここにもう二シリング。で、この九ペンスをどう説明してくれる？」

そいつは、しかしながら、こちらまでは聞き取れぬほど柔らかな口調で説明された。コッカー氏はただ「ああーっ！ なるほど。忝い！ 如何にも」とだけ返すのが聞こえ、ほどなくスタスタ、よりにこやかな御仁たりて、出て行った。

腹痛に祟られた孤独な旅人はこの間《ま》もずっと、片脚を時折引き寄せては卸しショウガの入った湯割りブランデーをすすりながら悶々と苦しんでいた。我々は我々の（めっぽう）擬いのすっぽんスープの味を利くや、いきなり、饐えた小麦粉と、毒気《どっき》の利いた香辛料と、あれやこれやの台所の残飯の（あらかた）四分の三で捏ねた団子の溶け込んだ生温い食器の洗い水で鼻から脳からを満タンにすることにて惹き起こさる何やら卒中めいた疾患の徴候に見舞われるに及び、旅人の不調を如何せんくだんの要因に帰さざるを得なくなった。片や、旅人には我々の内にて、シェリーによると確証される結果に余りに酷似しているが故に由々しき懸念から打っちゃること能はぬ黙《もだ》した苦悶も認められた。のみならず、我々は旅人が給仕の（恐らくは）馴染みの連中に会うべく部屋から出て行っている間《かん》、すぐ間際の仮初の奥処にて我々のシタビラメが風に当てられているのに少なからず鼻白んでいるのにも鳥肌を立てぬでもなく目を留めていた。してとうとうカレーがお目見得するや、旅人はいきなり大いに呆てふためきつつ姿を消した。

　詰まる所、当該ささやかなディナーの（飲むに耐えぬ代物とは一線を画し）食すに耐えぬ代物のお代とし、我々は一人頭七シリング六ペンスしか身銭を切らずに済んだ。してブルフィンチと小生とはかほどにマズく傅かれ、マズく設えられ、マズく火を入れられた鼻持ちならぬささやかなディナーはこの日輪の下《もと》、他の如何なる場所にてもくだんの料金にてはありつけまいとの見解の一致を見た。くだんのせめてもの慰めを背に、我々はそいつらを古き愛しきテメレールに、討ちてし已まんテメレールに向け、腑抜けのテメレールには（スコットランド訛りで言えば）金輪際《ギャング・ネィ・メァ》足を運ぶまいとホゾを固めた。

第三十四章　バーロウ先生
（一八六九年一月十六日付）

極めて幼い時分から良質の物語を読み耽った者として、小生は恰もその御芳名が目下の思索の冒頭に掲げられている、尊敬には値するものの至って鼻持ちならぬ御仁の監督の下《もと》に生まれつきでもしたかのような気がする。教訓的偏執狂、バーロウ先生*は、ハリー・サンドフォード坊っちゃんとトミー・マートン坊っちゃんの個人教師《チューター》として御記憶の方も多かろう。先生は何もかもに通じ、一皿のサクランボの馬食から星月夜の観照に至るまで（『サンドフォードとマートン』第二巻）ありとあらゆる手合いの場合をダシにしかつべらしい御託を並べる。若者が果たしてバーロウ先生抜きだと如何様な羽目になるか、はサンドフォードとマートンの物語においては然《さ》る恐るべきマッシュ坊っちゃんなる見本によりて審らかにされている。当該若きならず者は、バックルを留めた上から髪粉を振り、芝屋にては言語道断なまでに上っ調子に身を処し、独りきり狂牛と立ち向かうを物ともせず（こと一件がらみでは、小生自身の気っ風と朧げながらダブるだけに、然まで不埒とも思われぬが）、贅沢三昧に耽ると人間誰しも如何に腑抜けになるか身をもって証していた。

　それにしてもバーロウ先生の側《がわ》にては、子供時代の興冷まし屋の体験として世々代々語り継がれるとは、奇しき運命《さだめ》ではなかろうか！　幾星霜も緑《あお》き瑞々しさに退屈千万穿ち入る《ボア・ヒズ・ウェイ》*不滅のバーロウ先生とは！

　バーロウ先生に対す小生の個人的公訴提起はその数あまたに上る訴因の一つにすぎぬ。以下、先生によって蒙って来た禍の例を二、三審らかにさせて頂こう。

　まずもって、先生はついぞ軽口を叩いたためしも解《かい》したためしもない。当該バーロウ先生の側《がわ》における不粋は小生の子供時代にそれそのものの暗澹たる影を投じたのみならず、当時の六ペンスの笑話集をすら立ち枯らせた。というのも万事をバーロウ先生に照会するを余儀なくさす道徳的呪縛の下《もと》にて呻吟を洩らしながら、小生はクスクス、刷り物の与太にこそばゆくなりながらも、声を潜めて自問せざるを得なかったからだ。「先生だったら何と思うだろう？　先生だったら何を見て取るだろう？」さらばすかさず冗談の妙味《ポイント》は鋭い突き《スティング》と化し、小生の良心をチクリと刺した。というのも小生の心眼（『ハムレット』I、2）は先生がのっそり、しゃちこばって、恐らくはそいつの書棚から味もすっぽもないギリシア語の本を一冊取り出し、御当人がどこぞのお気の毒な剽軽者をアテネから追放せし折に陰気臭い哲人が何と宣い＊（恐らくは、後ほど出版用に手を加えたか）クダクダしく翻訳する様を思い描いたからだ。

　何と小生の幼気な人生の彼自身を除く他のありとあらゆる端くれとバーロゥ先生の相容れなかったことか――何と小生のお気に入りの絵空事や愉しみに先生のこれきりしっくり来なかったことか――小生が先生をわけてても忌み嫌った謂れはその点にこそある。一体先生に小生の『アラビア夜話』に退屈千万穿ち入る《ボア・ヒズ・ウェイ》どんな筋合いがあったというのか？　というに先生には事実筋合いがあった。先生はいつも船乗りシンドバッドの真憑性に眉にツバしてかかっていた。万が一魔法のランプを手に入れようものなら、定めてそいつの芯を切り、火を灯し、そいつに託けて、ちらと捕鯨術に触れつつ、鯨油の質について蘊蓄を傾けていたろう。それはあっという間に魔法の木馬の首の止め釘を――物理学的原理に則り――暴き立て、それは玄人はだしのやり口でそいつをまっとうな方へ回すものだから、馬は一寸たり空《くう》へは天翔らず、物語は端《はな》からポシャっていたろう。地図と羅針盤もて韃靼《だったん》地方の国《くに》境《ざかい》にはカシュガルなる愉快な王国は影も形もないと証明してみせていたろう。例のネコっ被りの若き衒学者ハリーに――庭なる仮初の建物と替玉人形《ダミー》の助太刀の下《もと》――とある実験を試み、それ見ろ、息の根を止められた傴僂を細縄一本で東洋の煙突伝《づて》下ろし、暖炉の上に真っ直ぐ、サルタン御用達商人の胆をつぶすべく突っ立たせておくなど土台叶はぬ相談と、実地にやってのけさせていたろう。

　ロンドンの仰《のっ》けの無言劇の序曲の黄金《こがね》の音色《ねいろ》は、忘れもしない、バーロゥ先生なる卑金属の混ぜ物のせいで台無しになった。カチカチ、リンリン、バンバン、ヒュルルヒュルル、バンッ！　小生の脳裏をふと、「こいつはバーロゥ先生にはてんでイタダけないや！」との思いが過るに及び、ヒューッと底冷えのする風が体中を駆け抜け、火照った喜びをひんやり凍てつかせたのを今に覚えている。幕が上がったら上がったで、バーロゥ先生は果たして星雲の妖精達の衣裳を然るべく不透明だと思し召すや否やとの恐るべき疑念が小生の愉悦にヅカヅカ押し入った。道化の中に小生は二人の人物を見て取った――一方は才気煥発たる、知恵には欠けるが気分は愉快な、消耗熱っぽい顔色の、人の気を逸さぬ奇妙奇天烈なヤツで、もう一方はバーロゥ先生に教えを乞うに打ってつけのヤツを。小生は惟みた、果たしてバーロゥ先生ならば如何様にこっそり朝早く起き、ヤツのために石畳にバターを塗り、まんまとスッテンコロリン尻餅をつかせ果すや御自身の書斎の窓からしかめっ面で外を覗き、ヤツに如何ほどおひゃらかしが気に入ったかたずねよう。バーロウ先生ならば如何様にもっと胆に重々白熱した鉄の特質を銘じてやるべく――御逸品がらみで彼（バーロウ先生）は微に入り細にわたって講釈賜ろうから――屋敷中の火掻き棒という火掻き棒を熱した挙句、ヤツを面々でごってり焼き焦がそうか。バーロウ先生ならば如何様に道化の勉強における振舞いと――インクをゴクゴク呑み干し、習字帳をペロペロ舐め、頭髪の毛を吸取り紙代わりに使ったりといった――バーロウ先生の足許に座ったなり狡っこく若々しき博識の恍惚に浸っている風を装う前述の若き衒学者中の衒学者ハリーのそれとを引き比べにかかろうか。バーロウ先生ならば如何ほどあっという間に道化の髪をツンツン、三つののっぽの鶏冠《とさか》もどきに押っ立つがままにさす代わり、ペタンと撫でつけようか。して如何に、バーロウ先生とものの二、三年一緒に暮らしたら、道化は歩く際にもひたと両脚をくっつけ、ダブダブの大きなポケットから両手を引っこ抜き、ピョンとも跳ばなくなってしまおうか。

小生自身わけても宇宙の大半のものが何で、して如何様に、出来ているか知らぬという点が、バーロウ先生に対すお次の訴因だ。罷り間違ってハリーみたような少年になるのが恐いばっかりに、して万が一にもあれこれ尋ねたが最後、冷水シャワーよろしき説明と実験を浴びることにて正しくバーロウされるのが恐いばっかりに、小生は幼かりし時分に蒙を啓かれるのを御容赦願い、かくて感傷的通俗劇にて連中の言う所の「見ての通りの能無し」と相成った。小生が敢えてノラクラ者やウスノロなる朱に交わったのもまた、小生にしてみればバーロウ先生に責めのある憂はしき事実の端くれである。くだんの独り善がりな衒学者ハリーが小生の目にそれは疎ましく映ったものだから、仮に奴が南でせっせと勉強に励んでいると風の便りに聞けば、小生は北の果てまでノラクラ尻に帆かけていたろう。サンドフォードのような奴から科学や統計を学ぶくらいならいっそマッシュ坊っちゃんのような奴から悪ふざけの焼きを入れられた方がまだ増しと！　かくて小生は、もしやバーロウ先生さえいなければついぞ踏み締めていなかったやもしれぬ小径をトボトボ歩いた。胸中、かく独りごちては総毛立ちながら。「バーロウ先生ってのは退屈野郎をでっち上げる途轍もない底力のある退屈野郎だ。先生の御褒美見本は退屈野郎だ。先生はぼくを退屈野郎に仕立て上げる気だ。知識は力なり（『箴言』二四・五）ってのは端《はな》から打ち消せっこないけど、バーロウ先生がらみじゃ、知識は誰も彼もを退屈さす力だ」故に、小生は無知の洞穴（プラトン『国家』第七巻）に難を逃れ、爾来そこに住みつき、そいつを今にネグラとしている。

　とは言えバーロゥ先生に対すありとあらゆる訴因の内最も由々しき訴因は、先生は依然として様々な化けの皮を被って地上に迷い出で、大人になってなお、小生をトミーのような奴に仕立て上げようと振り鉢巻きでかかって来ることだ。堪え性のない教訓的偏執狂、バーロゥ先生は小生の人生を落とし穴だらけにし、いっとう思いも寄らぬ時にいきなり襲いかかるべく、底にひっそり身を潜めている。

　以下、この手の憂はしき体験を二、三かいつまめば事足りよう。

　バーロゥ先生がパノラマ業に手広く投資しているのを知らぬでなし、ばかりか様々な折々暗がりにて長い杖を手にしたなり（この点においては時に軽口と早トチリしてカーライル氏自身の死海の果物の端くれ*を与太よろしく飛ばすことにていよよ身の毛もよだちそうな）昔ながらのやり口でまくし立てている所に出会して来てもいるので、小生は巻軸の上なる絵画的娯楽は避けるを宗としている。ことほど左様に、水の瓶と手帳がやたら目につく代物たる己《おの》が同胞の如何なる集会であれ敢えて出席する前にはバーロゥ先生の出現に備えて信頼の置ける保証と担保を要求しよう。というのもくだんの連想のいずれにおいても御当人がお目見得するものと概ね相場は決まっているからだ。が先生の狡猾な性《さが》たるや然なるものだから、如何なる理に適った予防措置も予見も予期すること能はぬ所へこっそり、先生は潜り込む。次なる場合における如く——

　「無知の洞窟」のすぐ側《そば》に田舎町がある。この田舎町に総勢九名のミシシッピー・モーモス（ギリシア神話でアラ探しの神）が去るクリスマス週間に、これも御一興と、公会堂にお目見得する旨触れ回られた。バーロゥ先生は共和主義的見解を有してはいるものの、ミシシッピー川とは縁もゆかりもないと知っていたから、よもや鉢合わせになる危険はあるまいと高を括り、小生は一階前方の一等席を予約した。小生の目的はビラにて彼らの「国民的俗謡、大栽培園民族舞踊《ブレイクダウン》、黒ん坊四部合唱《パートソング》、選りすぐりの頓智問答《コナンドラム》、才気煥発たる当意即妙《レパーティー》の応答等々」として標榜されているものにおけるミシシッピー・モーモスを見たり聞いたりすることにあった。晴れてお目見得した九名は皆一様に黒い上着とズボンに、白いチョッキに、めっぽう大振りなシャツのイカ胸に、めっぽう大振りなシャツの襟に、めっぽう大振りな白ネクタイとカフスの出立ちだった、とは今にアフリカ民族の大半の出立ちを成し、旅人によりては広範な緯度に渡って普及しているのを目にされている如く。九名は九名共がやたらキョロキョロ目玉を回し、真っ紅な唇をしていた。連中の描いている弧の両隅にて、椅子に腰かけているのはタンバリンと拍子骨《ボーンズ》の奏者であった。中央のモーモスは、憂はしげな面構えの（勢い小生はその折には得体の知れぬ漠たる不安に駆られたが）黒人で、いつぞや我らが島国にてはハーディガーディ*と呼ばれていたものそっくりのミシシッピー楽器を演奏した。彼の両側のモーモスはそれぞれまた別の、河の父*特有の楽器を抱え、御逸品、逆さに引っくり返した弦楽晴雨計に準えられるやもしれぬ。同様に、小さなフルートとバイオリンもあった。しばらく万事トントン拍子に進み、タンバリンと拍子骨《ボーンズ》の奏者同士の間で才気煥発たる当意即妙《レパーティー》の応答が一再ならず交わされていた。するといきなり、憂はしげな面構えの黒人がクルリと後者の方へ向き直りざま、朗々たる御託めいた声音にて「そら、拍子骨《ボーンズ》」として話しかけ、折しも臨席している少年少女と一年の時節がらみでしかつべらしくも諄々と説いて聞かせにかかった。その途端、小生はバーロゥ先生の――焼きコルクで黒人の化けの皮を被った！――御前にいるものと心得た。

　また別の夜のこと――この度はロンドンにおいて――小生はちょっとした喜劇を観に行った。登場人物は皆生身そっくりで（それ故説教臭い所がなく）、小生に殊更個人的に当てこするまでもなく各々のやり口や腹づもりに則り行動していたので、小生はトミーと見なされずして無事最後まで掻い潜れようと高を括っていた。のは明らかに、いよいよ大団円に近づきつつあったからにはなおのこと。が捕らぬタヌキの何とやら。突然、出し抜けもいい所、当事者全員がひたと釘づけになるや、小生に真っ向から狙いを定めるべく一斉にフットライトまで押し寄せ、そのなりズドンと、道徳的説法もて小生を撃ち落とし、そいつにバーロゥの由々しき手が一枚噛んでいること一目瞭然だった。

　否、当該狩人《かりうど》の手練手管たるやそれは複雑にして微妙なものだから、小生は正にその翌晩、またしても如何なる撥条の気配とて如何ほど胆の小さな臆病者によりても気取られ得なかったろう所でまんまと罠に嵌まった。小生が観劇したのは茶番劇《バーレスク》――当事者誰しも、がわけても御婦人方が、実に目まぐるしくもドタバタ、派手に騒ぎまくる仮借なき茶番劇《バーレスク》――だった。劇団の就中人目を惹き、潑溂としているのは愛らしい姿形をしていると小生の見初め（蓋し、自ら小生に正しい結論に達す願ってもない機会を与えてくれた）若き御婦人であった。娘は艶やかな若き殿方に変装し、パンタロンがその揺籃期に命を絶たれていたがために、めっぽう小ぢんまりとした膝とめっぽう小ぢんまりとした絹のブーツをひけらかし

ていた。俗っぽい唄を歌い、俗っぽい踊りを舞っていたと思いきや、この魅惑的な人影はすかさず致命的なランプに近づき、そいつら越しに、甲高い声で「美徳」がらみで手当たり次第の賛辞を並べ、御逸品を追い求めよと説きつけにかかった。「いやはや！」と小生は思わず声を上げた。「またバーロゥか！」

　バーロゥ先生が小生にトミーの役をこなし続けるようひっきりなし言い張るまた別の様相もあり、そいつはやたら喧嘩腰なだけになお鼻持ちならぬ。論説や新聞のためとあらば真夜中の油の値段など、と言おうか実の所たらふくネタを仕込むことをさておけば外の何もかもてんでお構いなしにて、深遠な主題を四苦八苦、大ボネを折って頭に叩き込もうと躍起になる、このバーロゥという男。だが、御留意あれかし。バーロゥ先生はたとい博識をぶっ放そうとて、そいつをギュウギュウ詰め込み、小生、彼の標的たるトミー宛発砲するだけでは飽き足らず、常々自家薬籠中のものにしていたからにはそいつのことなど歯牙にもかけていないかの――母乳と一緒に吸い込んだかの――小生、惨めなトミーは右に倣い損なう上で目も当てられぬほど後手《ごて》に回っているかの、風を装う。小生は問う、一体何故《なにゆえ》トミーは然まで年がら年中バーロゥ先生の引き立て役にされねばならぬ？　バーロゥ先生が先生自身ものの一週間前にはこれきり与り知らなかったことに小生が今日精通していないからといって、よもやそいつは小生におけるめっぽう由々しき背教のはずはなかろう！　がそれでいてバーロゥ先生は故意にそいつを小生宛高飛車に振りかざし、その論説において、さも小馬鹿にしたように果たして小生が小学坊主という小学坊主はロシアの大草原地方の左手の十四番目の角を曲がると、是々然々の遊牧民に巡り合おうということくらい百も承知ということに気づいていないということのあり得ようかと、似たり寄ったりの手合いの非難がましき問い共々吹っかけて来よう。故に、いざバーロゥ先生が有志の投書家として如何なる新聞雑誌にせよ投稿する段には（とはしょっちゅうやっている所にお目にかかる如く）、予め何者かから途轍もなき専門的事項を仕込み、その上でとびきり坦々たる物腰で「さて、編集主幹殿、平均的知識と知性を具えた、貴兄の寄稿欄《コラム》の全読者ならば小生同様御存じと想定して差し支えなかろうが」――と書き出し、是々口径の大砲の火門からの火薬一発分は砲口からの火薬一発分に対し厳正精密に是々の比率にある、とか何とか劣らずお馴染みのちっぽけな事実を開陳する。がネタが何であれ、必ずやバーロゥ先生の意気はかくて昂揚し、氏の無理強いされた奴《やっこ》よろしき生徒の意気は阻喪する。

　バーロゥ先生の小生自身の営みに関す知識たるや、どうやらそれは深遠なものだから、そいつに関す小生自身の知識など物の数ではなくなる。バーロゥ先生は（化けの皮を被り、偽名を使ってはいるものの、小生によっては正体が見破られているだけに）時折、長いディナー・テーブルの端から端まで、朗々たる声で、小生が憚りながら二十五年前に教えて進ぜた些事を小生に御教示賜って来た。バーロゥ先生に対す小生の問責の掉尾《ちょうび》を飾る条項は、先生は朝餉に出かけ、正餐に出かけ、ありとあらゆる所に、限なく、出かけ、何が何でも小生宛御託を並べ、小生は先生をいっかなお払い箱にすることと能はぬということだ。先生は小生を縛られしプロメテウス風トミーに仕立て上げ、御当人、小生の無知蒙昧の精神なる胆をガツガツ貪り食うハゲ鷲に外ならぬ*。

第三十五章　素人巡回中にて

（一八六九年二月二十七日付）

小生の酔狂の無くて七クセたることに、如何ほどなまくらな散歩ですら必ずや予め定められた行先がなくてはならぬ。小生は表通りを散策すべくコヴェント・ガーデンの間借り先を発つ前に自らに要件を課し、課したが最後、誰か他者との間に結ばれた約定に不埒千万にも背こうなど思いも寄らぬに劣らず、途中で道筋を変えたり、踵を回らせ、それきり散歩を尻切れトンボに打っちゃらかしたりしようなど思いも寄るまい。先日、ライムハウスへ足を運ぶこの種の責めの下《もと》にあると心得*、かっきり正午に、己《おの》が誠意にかけて誓った小生自身との契りの条件に応じ、出立した。

　かようの折、自らの散策を巡回と、小生自身を同上にて本務を全うしている、より高尚な手合いの巡査と見なすのが小生の習いである。あちこちの目抜き通りにはその数あまたに上る破落戸《ラフィアン》がウロつき、連中を小生は心の中で首根っこを捕らまえざま大通りから追っ立てる。というのも連中、もしや小生にそいつらと腕っぷしにて渡り合えるものなら、まず間違いなくロンドンにはこれきりのさばれまいから。

　正しく当該巡回に繰り出し、家路に着いている——くだんの我が家がらみではドゥルアリー・レーンからものの二、三ヤードと離れていず（なるほど連中、小生が小生自身の埒で暮らしているにつゆ劣らず平穏無事に連中の埒にて暮らしてはいるものの）やたらせせこましい、窮屈な方角（第三十章注（三四）参照）にあると天地神明にかけて誓えようが——三人のコソついた首絞め強盗《ガロッター》を目で追いながら、小生は新警視総監*に慎んで提起する重大案件ごと任務に就いた——というのも新総監には熟練した有能な公務員として全幅の信頼を寄せているから。何としばしば（と小生の惟みるに）小生自身、警察報道にて、如何に巡査は治安判事閣下に囚人の共犯者はこうして口を利いている今しも何人《なんびと》たり敢えて踏み入ろうとせぬ通りないし袋小路に住んでいるか報告し、如何に治安判事閣下はかようの通りないし袋小路の好もしからざる評判は耳にしたことがあり、如何に我らが読者諸兄は恐らくかくて目からウロコ物《もの》で、例えば二週間に一度、俎上に上せられるのはいつも決まって同じ通りないし袋小路であると御記憶していられようかといった、鼻持ちならぬ紋切り型の丸薬めいた戯言《たわごと》を否応なく呑み下させられて来たことか。

　さて、仮に警視総監がロンドン勤務の全所轄警官に回状を送り、ありとあらゆる管区において何人《なんぴと》たり敢えて踏み入ろうとせぬありとあらゆる然に人口に膾炙した通りないし袋小路の名を即刻求め、かようの回状にて「もしやくだんの場所が事実、存すなら、それらは警察の無効力の証であり、断固罰す所存である。して、もしやくだんの場所は存さず、昔ながらの虚構にすぎぬなら、さらば、それらは職業的違反行為に対す怠惰な警察の黙諾の証であり、これもまた断固罰す所存である」といった主旨の簡にして要を得た警告を発したとしたら——さらばどうなる？　虚構にせよ現実にせよ、そいつらがこの芥子粒もどきの常識なる試金石にかけられてなお生き存えられるということのあろうか？　挙句化け物グースベリ*といい対陳腐な特ダネに成り下がるまで、前代未聞の値の張る警察組織はロンドンにこの蒸気とガスと盗人《ぬすびと》の手配写真と電信の時代にスチュアート朝の免罪区にして遊郭を残していると我々に面と向かって言うとは！　ああ、ありとあらゆる部局における似たり寄ったりの実践はものの二夏で大疫病を、一世紀でドゥルイド僧を蘇らせよう！

　当該公的権利侵害の小生の割当て分の下《もと》、いよよスタスタ足早に歩く内、小生は惨めったらしい小さな小僧を引っくり返した。というのも小僧は襤褸よろしきズボンの成れの果てを鉤爪の一方で、ボサボサの髪の毛をもう一方で、引っつかみながらパタパタ、泥だらけの石の上を裸足で駆けていたからだ。小生はこの哀れ、シクシクすすり泣いている惨めな小僧を抱え起こそうと足を止め、さらば小僧にそっくりの、が両の性《せい》の、五十は下らぬ連中があっという間にグルリを取り囲み、物を乞うたり、蹴躓いたり、取っ組み合ったり、喚き立てたり、金切り声を上げたり、裸同然と腹ペコでワナワナ身震いしたりしにかかった。小生の引っくり返した小僧の鉤爪の中へ突っ込んでいた硬貨はそいつの中から別の鉤爪にて引ったくられ、またもやくだんの狼じみた握り拳から別の鉤爪にて引ったくられ、またもやそいつからも引ったくられ、ほどなく小生には果たして泥濘《ぬかるみ》の直中なる、襤褸と脚と腕と泥の悍しき取っ組み合いの如何なる辺りに金があるものやら皆目見当がつかなくなった。小僧を抱え起こす上で、小生はそいつを都大路から脇へ引っ立てていた。して以上はテンプル・バーの間際の取り壊された建物の木造りの板囲いと柵と残骸の直中にて出来した。

　不意に、そいつらの直中より正真正銘の警官がぬっと現われ、警官を前に恐るべき餓鬼共は四方八方へ散り散りに駆け出し、片や警官はこっちの方向へ、あっちの方向へ、取っ捕まえる風を装ったり突っかかったりした、が何一つ引っ捕らえるでなかった。餓鬼が一人残らず胆を潰して散り散りに散り果すや、警官はやおら帽子を拭ぎ、山の中からハンケチを引っぱり出し、汗だくの額を拭い、ハンケチと帽子を元の場所へ戻した。大いなる道徳的本務を果たし終えた男の風情で――とは実の所、男のために規定された務めを全うする上で事実果たし終えていた如く。小生は警官を眺め、泥の中の乱雑な足跡を眺め、地質学者が絶壁の表《おもて》に認めて来た、遙か太古の雨滴と、絶滅種の生き物の足跡を思い浮かべ、さらば以下なる思いがふと、脳裏を過った。仮にこの泥がこの瞬間に石化し、ここに一万年間埋《うづ》もれたままであり続け得るとすれば、果たしてその頃この地上で我々の後を継いでいるであろう人類は、これら、もしくは何らかの痕跡から、伝統に頼ることなく、純然たる人間の叡智を最大限に働かすことにて、その首都の街路における疎外された子供達の公的な蛮性を黙過し、その陸海軍の力を誇りつつもついぞくだんの力を連中をつかまえて救うことにだけは用いなかった典雅な社会状況の存在などという驚くべき推断を演繹し得ようか！

とこうする内、小生は中央刑事裁判所に差しかかり、ちらと上手《かみて》のニューゲイトの方へ目をやってみれば、何がなし監獄は辻褄の合わぬ面《つら》を下げていた。その日、辺りの雰囲気にはどことなくツキに見限られた矛盾の気味が漂っているかのようだった。というのもセント・ポール大聖堂の均衡は今にめっぽう美しいながら、小生の目にはいささか描き違《たが》えられている風情が否めなかったからだ。さながら十字架は余りに高みにあり、遙か懸け離れた間《はざま》なる黄金の玉の上に聳やいでいるかのような。

東方へ面《おもて》を向け、小生はスミスフィールド肉市場と中央刑事裁判所を後方に打っちゃり――かくて火刑と、死刑囚監房と、公開絞首刑と、市中引き回し鞭打ち刑と、晒し台と、焼鏝と、その他荒らかな手が根扱ぎにはしたものの、未だ蒼穹をそっくりとは我々の頭上に引きずり下ろすに至っていない麗しき先祖の陸標を打っちゃり――この辺りでは何と風変わりにも個性的な界隈が道を過る不可視の線によるが如く互いから分かたれていることか目に留めつつ、己《おの》が巡回を続けた。ここにては銀行家と両替屋が終わり、ここにては回漕業者と航海用具店が始まり、ここにては万屋と薬のあるかなきかの風味付けが続き、ここにては肉屋の香気が芬々と立ち籠め、今や、小さな靴下商人がハバを利かせ、以降は商い種という商い種に正札がくっつけられることとなる。これら全てはさながら格別な天の摂理にして配剤によるかの如く。

ハウンズディッチ教会にて一跨ぎすると――かの、スコットの審らかにする所によらば（『キャノンゲイト年代記』（一八二七））ホウリルード聖域なる負債者がピョンと飛び越え、かくて無罪放免の側《がわ》にて債務不履行者逮捕人《キャッチポール》を愉快千万にも物ともせぬ御身分に収まることにてほっと胸を撫で下ろすが常であった、キャノン・ゲイトの袂の溝《みぞ》を越えるか越えぬか、一跨ぎすると――何もかもが今にコロリと、肌理《きめ》と性質《たち》において変わる。一跨ぎした西側にて、売り種のテーブルもしくはタンスはマホガニー製にしてフランスワニスで仕上げを施されているが、一跨ぎした東側にて、同上は樅製にして唇用軟膏そっくりの安物似非ワニスで塗ったくられていよう。一跨ぎした西側にて、ペニー・ローフやバンはキュッと引き締まり、自己充足しているが、一跨ぎした東側にて、同上はお代の割にもっとデカく見せてやろうとばかり、だらしなくぬたくった、扁平足めいた風情をしていよう。小生の巡回区はホワイトチャペル教会と近隣の製糖所の――一見、リヴァプールの船渠倉庫の近親めいた面構えの、階また階の重なる堆き建物だが――グルリにあったので、小生は右手に折れ、左手の危なっかしい角を曲がるやいきなり、遙か彼方のロンドンの大通りにてお馴染みの物の怪に出会した。

　如何なる当今のロンドンの逍遥派学徒《ペリパテティック》が何か脊椎の疾患のせいで前へ、くの字に、折れ、頭がここ最近一方へ大きく傾いでいるために今や片腕の裏っ側の手首の辺りへまでゲンナリ項垂れている女を見かけたためしのなかろうか？　一体何《なん》人《びと》がヨボヨボ、石畳以外何一つ見えぬまま、これきり物を乞うでも、立ち止まるでもなく、いつ果てるともなく何ら用もないというに、どこぞへ向かいながら手探りしている際の女の杖を、女の肩掛けを、女の手提げを知るまいか？　女は如何様に生き存え、何処から来て何処へ向かい、また何故《なにゆえ》に？　小生はいつぞや女の黄ばんだ腕がほんの骨と鞣革だったのを覚えている。がかすかな変化がいつしか来している証拠、今や両の腕には人間サマの皮膚らしき気配がどことなく漂っている。ストランドが女が半マイル軌道上で公転している中心点と見なしてまず差し支えなかろう。一体何故《なにゆえ》女はかくも東方までやって来たのか？　しかも引き返しているとは！　一体如何ほど遠くまで行った帰りなのか？　女はこの界隈ではめったに見かけぬ代物だ。といった主旨の賢しらなネタを小生はとある犬から――トボトボ、尻尾を押っ立て、ピンと耳を欹てたなり歩いては二本脚の同胞《はらから》の――などという表現を用いて差し支えなければ――やり口に気のいいハナを突っ込んでいる、馬鹿げた尻尾のてんで一方に傾いだ雑種の犬から――仕込む。豚肉屋の前でつと足を止めていたと思うと、ヤツはゆるゆる、豚肉のその数あまたに上る美点に思いを巡らせてでもいるかのように穏やかな面《つら》を下げた上からタラタラ涎を垂らしたなり、小生と同様、東へ向かっている。とその拍子、当該くの字のボロ束がこちらへやって来るのに出会す。してボロ束そのものに（なるほどびっくり仰天してはいるものの）度胆を抜かれるというよりむしろ、そいつが中に移動の手立てを具えているという状況に度胆を抜かれる。よってひたと釘づけになり、いよよピンと耳を欹て、気持ち身構え、グイと睨め据え、短く低い唸り声を上げ、鼻をテラつかす――とは小生の目の当たりに、総毛立つことに。ボロ束が、しかしながら相変わらず近づいて来るものだから、ワンワン吠え立て、クルリと踵を返し、今にも尻に帆をかけそうになる。が尻に帆をかけるは犬に付き付きしくなかろうと胸中惟み、クルリと向き直り、今一度、ヨボヨボ近づきつつある襤褸の山に面と向かう。して散々二の足を踏んでいたと思うと、ふと、中のどこぞに顔があるやもしれぬと思い当たる。ええいままよと、飽くまでネ掘りハ掘り探りを入れんとの肚を括り果すや、ゆっくりボロ束に近づき、ゆっくりグルリを回り、とうとう人間サマの御尊顔の断じてあり得べからざる下の下の方なる人間サマの御尊顔に突き当たりざまキャインと、負け犬の何とやら、甲高い遠吠えを上げるや、とっとと東インド船溜まりまで尻に帆かける。

今や我が巡回区のコマーシャル・ロード地区に差し掛かり、ステップニー駅がつい目と鼻の先なのに思い当たり、小生はくだんの箇所にて街道から折れ、果たして己《おの》が小さな東方の星は如何様に瞬いているか確かめるべく歩を速める。

小生がくだんの名を与えた小児科医院は正しく捩り鉢巻きでかかっている。ベッドは一台残らず塞がっている。小生のお気に入りの赤ん坊の横たわっていたベッドには新たな顔があり、くだんの可愛いおチビさんは今や永久《とは》の眠りに就いている。ここにては小生が前回訪うて以来、心濃やかな同情が少なからず寄せられ、ありがたきかな、壁には人形がふんだんに飾られている。勢いふと首を捻る――果たしてプードルズはベッドの上方で腕を突き出し、マジマジ目を瞠り、豪勢なドレスをひけらかしている人形達を如何様に思し召しているものやら。がプードルズは患者方により御執心と見える。奴はもう一匹、奴の見習い外科助手の資格にて一緒に駆け回っているげな――馴染みの――犬をお供に、住み込み外科医よろしく回診中だ。プードルズはとびきり健やかそうな（とは言え膝の癌のために片脚を切断した）愛らしい小さな少女に小生を引き合わせようと躍起になっている。難しい手術でしたが、とプードルズは掛け布団の上で頻りに尻尾を振りながら、それとなく御教示賜る、ケチのつけようのないほど首尾好く行きました、ほら御覧の通り、親愛なる御主人！　患者は、優しくプードルズの頭を撫でてやりながらにこやかに言い添える。「脚はとっても痛かったから、なくなってよかったくらい」小生はまた別の小さな少女が舌の格別な腫れ物を見せるべく口を開ける際のプードルズの立居振舞いほどイカしたものをついぞイヌ連中において目にしたためしがない。プードルズは（折しも気がかりのタネと水平になるべくテーブルの上に乗っかっているが）少女の舌を（御自身のも親身に突き出したなり）それはめっぽうしかつべらしげにして訳知り顔にて覗き込んでいるものだから、小生は思わずチョッキのポケットに手を突っ込み、奴にギニー金貨を一枚、紙に包《くる》んでやりたくなる。

またもや巡回に戻り、その終点たるライムハウス教会の間際に来ると、いつしかさる「鉛工場」のつい目と鼻の先にいる。記憶に新しいその名にハッと胸を衝かれ、尋ねてみれば、この同じ鉛工場は小生が初めて東ロンドン小児科医院とその界隈を訪うた際に言及したあの同じ工場と判明したので、工場を視察するホゾを固めた。

二人の実に知的な殿方に迎えられ——二人は兄弟で、父親と共に共同出資者として経営に携わり、小生に是非とも余す所なく工場を案内させて頂きたいとのことだったので——小生は工場を見て回った。かようの工場の目的は鉛地金を鉛白《えんぱく》に変えることにある。この変換は鉛それ自体の中に連続的な化学変化をゆっくり、徐々にもたらすことによって惹き起こされる。その過程は極めて絵画的にして興味深い——就中、鉛を準備の然る段階にてそれぞれがさらに一定量の酸も入った壺に沈め、数知れぬ壺が全て、幾重《いくえ》にも重ねられておよそ十週間、タン皮の下に寝かせられるそれは。

挙句、自らを鳥とレンガ工のいずれに準えるべきか覚束無くなるまでピョンピョン梯子を登ったり、厚板を渡ったり、上方の止まり木に飛び乗ったりする内、小生はいつしか格別何の上にということなく踏ん張ったなり、外の日光が上方の瓦葺き屋根の割れ目から射し込む一並びの大きな屋根裏の一室を見下ろしていた。幾人もの女が、それぞれ上りの行程では仕度された鉛と酢の壺を湯烟の立っているタン皮の下に埋《うづ》めるべく提げたなり、当該屋根裏部屋へ昇ったり降りたりしていた。一並びの壺がぎっしり並べられると、上から丹念に厚板があてがわれ、厚板は厚板で上から丹念にタン皮をあてがわれ、それから、その上にまた別の一並びの壺が積まれて行く。その間《かん》、十分な換気の手立てが木製の管伝《づて》確保されていた。折しも一杯になりつつある屋根裏部屋へ降りてみると、タン皮の熱は驚くほど高く、鉛と酢の臭いも、確かにその時点では有毒でないものの、すこぶる芳しいとは言えなかった。壺が掘り出されている他の屋根裏部屋にて、湯烟を立てているタン皮の熱は遙かに高く、臭気は鼻を突き、異様だった。ありとあらゆる段階の屋根裏部屋があり――一杯なのや空っぽなのや、半ば一杯なのや半ば空っぽなのや――丈夫で活発な女達が忙しなげにあちこち攀じ登っていた。総じて、どことなく律儀な妻妾達が皇帝《サルタン》か高官《パシャ》がお越しになるからというのでせっせと金を隠しているどいつか途轍もなく大金持ちの老いぼれトルコ人の屋敷の上階の風情が漂わぬでもなかった。

大方のパルプか顔料の場合におけるが如く、この鉛白《えんぱく》の事例においても、混ぜ、分け、洗い、碾き、捏ね、圧す工程が続く。これらの中には明らかに、鉛の粒子を吸い込むか、直接鉛に触れるか、或いはその両者には危険が伴うとあって、健康に有害なものもある。これらの危険に対す予防措置とし、丈夫な（安価に取り替えられ、何らかの場合には香料石鹸で洗濯が利くようほんのフランネルとモスリンで出来た）防毒マスクと、籠手風の長手袋と、緩やかな外衣が支給されていた。至る所、適切な場所に設えられ、開け放たれた窓から取り込める限りの新鮮な空気が漲っていた。説明によると、作業の最悪の工程に携わる女工を頻繁に交替させる予防措置は（元を正せば女工自身のその作業の悪影響の体験もしくは懸念に端を発す予防措置は）極めて健全な功を奏すようだった。女工は口と鼻を覆い、緩やかな外衣を纏っているとあって、神秘的で奇妙な様子をしていた、がそれでいて、身を窶していればこそ、老いぼれトルコ富豪と妻妾の準えをいよよ地で行くこととなった。

とうとう当該地獄の責め苦の鉛白《えんぱく》は埋めて暴かれ、熱して冷やして掻き混ぜられ、分けて洗って碾かれ、捏ねて圧され果すと、焼けつくような灼熱の作用に晒される。上述のような装いの一並びの女工が言わば、巨大な石造りのパン工場の中に立ち、調理人から渡される側《そば》からパン焼き皿を手から手へ、竈の中へと渡して行く。今の所冷たい竈、と言おうか炉は、並の屋敷ほどものっぽに見えるが、キビキビと皿を渡しては仕舞い込んでいる、仮設の足場の男や女が犇き合っている。また別の、いよいよ冷やして空っぽにされようかという竈、と言おうか炉の扉が、逍遥の面《つら》が覗き込めるよう上から開けられた。逍遥の面《つら》はアタフタ、してむっと息が詰まりそうになりながら、鈍く火照る熱と目眩い催いの臭気からこちとらを引っ込める。概して、恐らくは開け放たれたばかりの折にこれら炉の中へ作業をすべく入って行くのが、作業の最悪の工程かもしれぬ。

がくだんの鉛工場の経営者達が正直かつ勤勉に、作業の危た。ことそれ以外に関せば、鉛中毒と労働者の一件の哲理は小生の先の随想にて引用したアイルランド女によって実に簡潔にかいつままれていたように思われる（第三十二章三九頁参照）。

「中にはすぐっとやられる女もいりゃ、なかなかやられん女もいりゃ、ほんの一握りじゃありますが、これきりやられん女もおります。これればっかしは生まれつきで、だんなさん、中には根っから強い女もいりゃ、弱い女もおりますんで」

巡回区を引き返し、かくて小生は非番となった。

険を最低限に抑えようと努めていることに疑いの余地はなかった。女工のために洗面所が設けられ（小生としては、もっとタオルがたくさんあっても好さそうなものではあったが）、ばかりか洋服を掛けたり食事を取ったりする部屋があてがわれ、相応に立派な炉と調理用レンジが設えられているばかりか、女工に手を貸したり、食事に触れる前に手を消毒するのを怠っていないか目を光らす付き添いの女までいた。その上熟練した医師が雇われ、鉛中毒の如何なる前駆症状であれ丹念に治療されている。小生が女工の部屋を見た際、テーブルの上には午後の食事のための急須やその他茶道具が並べられ、見るからに家庭的な雰囲気が漂っていた。どうやら女工は男工より遙かに仕事に耐えられるらしく、中には僅かながら何年も仕事に携わっている者もあれば、小生の視察した女工の大半は丈夫で活発だった。がその一方、ほとんどの女工は勤務においてめっぽう気紛れで不規則だということも忘れてはなるまい。

アメリカの創意工夫の才はほどなく鉛白《えんぱく》の製造が完全に機械化されるかもしれぬと示唆していると思しい。*早ければ早いに越したことはなかろう。それまでは、小生は彼らに、そこに何一つ隠すべきものも、責めを負わねばならぬものもないと告げることにて我が両名の気さくな工場案内手《あないて》に暇を乞う

第三十六章　人生の遊び紙《フライ・リーフ》

（一八六九年五月二十二日付）

いつぞや（いつかは不問に付そう）、小生はさる（何かも不問に付そう）小生独りによって請け負われ、如何なる助けも仰げぬ、絶えず注意と、記憶と、観察と、体力への緊張を強いられ、途法もない量の場所の変化と忙しない鉄道旅行を伴う仕事に携わっていた。小生はこの仕事に必ずや苛酷な気候における例外的に苛酷な冬の間中関わり、短期間の休息の後《のち》、再び祖国にて携わっていた。* かくて業務は延々と続けられていたものの、終に――して何やら、やぶから棒に――疲労困憊の余り、果たしていつもながらの陽気な自信をもってこのべつ幕なしに繰り返される請け負いを我ながらやりこなせるものか覚束無くなり、クラクラと（生まれて初めて）目眩いを感じ、グラグラ揺れてはワナワナ震え、気が遠くなり、声も視力も足許も感触も定かでなく、気が滅入り始めた。つい二、三時間前に求めた医学的所見は「即、休養」なるものの二言で審らかにされた。常日頃から小生自身を別人さながら興味津々見守る習い性となり、くだんの所見が唯一小生の要求を満たすものと心得ていただけに、即刻、上述の業務を打ち切り、休息を取った。

小生の意図は、言わば、我が人生なる書にものの二、三週間の束の間の時節の間《かん》、外界からは何一つ書き加えられぬ遊《フラ》び紙《イ・リーフ》をさしはさむことにあった。がめっぽう奇しき体験がこの同じ遊び紙《フライ・リーフ》に自づと記されることとなったので以下、逐語、審らかにするとしよう。然り、逐語。

小生の仰《のっ》けの奇妙な体験は、人心における小生の症例と、『リトル・ドリット』という表題の小説にたまたま記されているマードル氏なる人物のそれとの間における著《しる》き偶然の一致であった。なるほどマードル氏は詐欺師にして贋造者にして盗人《ぬすびと》であり、小生の生業はより罪がない（だけに上がりも少ない）手合いのものであった。がこと一件に関せば、要は同じである。

以下、マードル氏の症例を引けば――

「当初、マードル氏は既知のありとあらゆる病気ばかりか、その折の需要を満たすべく電光石火の如くでっち上げられた一つならざる真新しき慢性病による死亡が伝えられた。幼少から水腫症を隠していたのだそうな。隔世遺伝で莫大な胸水を譲り受けていたのだそうな。十八年もの長きにわたり毎朝手術を受けていたのだそうな。体中の目ぼしい静脈が花火の要領で爆発する持病を抱えていたのだそうな。肺腑にどこかガタが来ていたのだそうな。心臓にどこかガタが来ていたのだそうな。脳味噌にどこかガタが来ていたのだそうな。一件などてんで知らぬが仏で朝食の席に着いた五百人からの連中が朝食を平らげぬとうの先から、ここだけの話、いつぞや主治医がマードル氏に『この調子では今にロウソクの丁子頭みたいにフッと掻っ消えてしまわれますぞ』と言っているのを小耳に挟み、マードル氏が主治医に『人間どうあがいてみた所で一度しか死ねませんので（『ヘンリー四世第二部』Ⅲ，1）』と言っているのを小耳に挟んだものと信じ込んでいた。およそ午前十一時までには、脳味噌ガタ説が諸説紛々たる中より擢んで、十二時までにはかのガタとは『血圧』なりときっぱり決めつけられていた。

『血圧』は民意にそれはしっくり来た上、お蔭で誰しもそれは心安らかになったものだから、もしや弁護士が九時を三十分ほど回ろうかという頃、事の真相を法廷に持ち込んででもいなければ終日《ひねもす》持ち堪えていたやもしれぬ。かくてマードル氏は自殺したらしいとの風聞がおよそ一時までにはロンドン中でヒソヒソ触れ回られ始めた。『血圧』は、しかしながら、自殺説ごときに出し抜かれるどころか、いよいよ天下御免でのさばった。どこでもかしこでも『血圧』がらみで漠たる御託が並べられた。血眼になって金を儲けようとしたものの、当てが外れた連中が寄ってたかってうそぶいた。そら、見たことか！　我利我利亡者になった途端、『血圧』を食らっちまうのさ。物臭組《ぐみ》も似たり寄ったりのやり口でここぞとばかり一くさりした。ほら御覧、アクセク、アクセク、アクセク汗水垂らしたらどうなるか！　働き通し働いて、度を越しちまったら、『血圧』に取っつかまって、そら、イッカンの終わりって訳さ！　との論法はあちこちで大手を振って罷り通ったが、間違っても度を越す心配だけはない駆け出しの若造書記や共同出資者の間におけるほど天下御免で罷り通りはしなかった。この手の連中は一人残らず心底敬虔に宣ったものである。これぞ転ばぬ先の杖。死ぬまで胆に銘じとこうじゃないか。『血圧』だけは真っ平御免。せいぜい養生に養生を重ねて、馴染みの連中を悲しませないためにも長生きしなきゃな（『リトル・ドリット』下巻第二十五章）。」

とは正しく小生の――もしや然なる旨知ってさえいれば――己《おの》がケントの牧場《まきば》にて長閑に日光浴をしていた折の症例であった！

が小生はかくて、ありがたくも刻々回復しながら休らっている片や、これよりなお奇妙な経験をした。即ち御逸品、小生にくだんの人類の呪いに対す新たな警告を与えてくれるだけに、小生は早、今にも足蹴を食らわさんばかりに蹄をウズウズ、ウズかせた如何なるはぐれ者のロバに対しても恋患いのライオン（ラ・フォンテーヌ『寓話集』（一六六八））の役をこなすに異を唱えられぬほど棺に片足を突っ込んでいると思って下さろうとは向後、必ずや感謝の念を禁じ得まい、「慢心」の経験を。どうやらありとあらゆる手合いの人々が小生をダシに、小生に成り代わって、信心深くなるかのようだった。小生は御当人の無知蒙昧にして大見得張りの不遜な同類の大方の御多分に洩れず、母国語で読むに耐える文章一条《くだり》物し得ぬ、と言おうかまともな手紙一通認《したた》め得ぬ野外宣教師の最後的な権威に則り、「異教徒」なりとのこよなく仮借なき警告を受けた。当該霊感を授けられし御仁は小生に歯に衣着せず議事規則違反を注意し、小生が一体何処へ向かい、万が一にも師の輝かしき右に倣いそくね、「日月星辰」と冒瀆的信頼関係にあるなら果たして如何様な羽目に陥ろうか極めて屈託のない気さくなやり口で御存じであった。師は小生の心の秘密から魂の最も深き水底《みなそこ》からに通じ――師が！――小生の性《さが》の深みを御当人のＡＢＣ以上に読み解き、小生を御自身のネバついた手袋よろしく引っくり返すなどお茶の子さいさいであった。が、遙かに尋常ならざることに――というのもかくの如き穢《けが》れた水は独りかくの如き浅く泥だらけの源からしか汲めまいから――ついぞ耳にしたためしも目にしたためしもなき聖職禄付司祭より、小生はこれまで、てっきり然に思い込んでいたものを、某かの読書と思索と探求の生活を送って来なかったと、てっきり然に思い込んでいたものを、書物において某かのキリスト教的教えを説き勧めようと努めて来なかったと、てっきり然に思い込んでいたものを、一人二人の子供を我らが救世主に纏わる知識と愛へ優しく差し向けようと試みて来なかったと、てっきり然に思い込んでいたものを、馴染みを喪くした、と言おうかこっぽり口を開けた墓の傍らに佇んだためしがなく、終始「不断の繁栄」の生《せい》を生き、故にこの「歯止めを、剰え」必要とし、其を利用する方法は我が差出し人自らによりて同封され、認《したた》められ、発行されしこれら説教を、これら詩を、読むことなりと御教示賜るとは！　何卒誤解なきよう、小生は何ら空しき絵空事を並べているのではなく、我が逍遥の体験なる事実を審らかにしているにすぎぬ。証拠書類ならすぐ手許にある。

　遊び紙《フライ・リーフ》へのまた別の、より愉快な手合いの風変わりな記載は、何と瞠目的なまでにも執拗に心優しき身につまされ屋方が小生が然に唐突に断念されし営みと、固より其と相容れぬこと明々白々にして、其と共に維持されるが不可能なこと火を見るより明らかたるくだんの個人的習いとを無理矢理結びつけたが故に体を壊したものと思い込んでいるかという事実であった。例えばあの運動全て、あの冷水浴全て、あの風と天候全て、あの上り坂の鍛錬全て――あの、言うなれば、今に旅行鞄と帽子箱に詰めて急行列車であちこち運び回され、二千人の聴衆の面前で、一並びの燃え盛るガス灯の下にて御相伴に与られるその他一切合切とを。かくてありとあらゆる事実と蓋然性に反して一件をそっくり仮想するとは、小生にはわけても滑稽千万としか思われず、これぞくだんの遊び紙《フライ・リーフ》を繰るまで生まれてこの方然るべく経験を積んだためしのなき変則であった。

我が昔馴染みたる物乞いの手紙の書き手共が実にめっぽう敬虔に遊び紙《フライ・リーフ》に躍り出た。連中、かようの抜き差しならぬ折ともなれば、かの郵便為替を送るまた別の機会を与えて下さるにおよそ吝かどころではなかった。小生は、以前せっつかれていた如くそいつを一ポンドにする要はない。十シリングで心安らかになれるやもしれぬ。してよもや彼らがかように取るに足らぬ額にて、過てる同胞《はらから》の記憶より重荷を取り去るを拒もうか！　とある芸術家肌の（して托鉢協会の本に夥しき挿絵を画いている）殿方は、可惜使い所を過たれし才能なる傷つき易き点に関し、仮に御当人の独創的意匠の約しき天稟に手を差し延べるべく直ちに正金にて支払う所存ならば小生の良心も慰められるやもしれぬと思し召しであった――くだんの意匠とやらの見本とし、画家は今を溯ること四、五十年、故トロロープ夫人のアメリカに関す本（『素顔のアメリカ人』（一八三二））においで出版された板目木版画からの模写たることお見逸れすべくもない芸術作品を同封していたが。小生より遙かに長らく生き存える気満々の連中の――一件につき即金にて五十ポンドなる、同胞への倦むことを知らぬ篤志家の――数たるや瞠目的にして、べらぼうな額の懺悔の銀行券を、喜捨すべく――断じて手許に置いておくべくではなく――御所望の篤志家の数もまた然り。

色取り取りの素晴らしき薬剤や機械が然ても空白であるはずだった遊び紙《フライ・リーフ》に御当人方の推薦状をそれとなく突っ込んで来た。わけても特筆すべきことに、精神的方面であれ肉体的方面であれ、処方箋の書き手は皆、小生をとことん御存じで――頭の天辺から爪先まで、内も外も、徹頭徹尾、上も下もなく、御存じで――あった。小生は共有財産のガラス製品にして、誰しも小生とは正しく昵懇の仲にあった。二、三の公共施設は小生が生半ならず自省してなお、如何なる徴候も突き止めるに至っていない小生の心の隅々をお世辞たらたら見て取って下さったものか、くだんの隅々宛、「小生は以下、遺贈す」なる文言にて始まる小ぢんまりとした小さな刷り物の書式が送りつけられた。

当該奇しき遊び紙《フライ・リーフ》のありとあらゆる記録の内、最も正直で、最も謙虚で、最も己惚れと縁がないのは「如何様にすれば、四、五百年生き存えられるか」なる深遠な秘訣を心得違いにも突き止めた気でいる人物からの手紙だったとの小生の信念を述べると大袈裟だと思われようか？　無論、然に思われよう。がそれでいてくだんの申し立ては断じて誇張ではなく、小生の真剣にして誠実な確信において成されている。と述べた所で、その他一切合切にはおよそ皮肉っぽくだけはなく腹を抱えつつ、遊び紙《フライ・リーフ》を繰り、またもや先へ進むとしよう。

第三十七章　絶対禁止への訴え*（一八六九年六月五日付）

去る聖霊降臨節のとある日、かっきり午前十一時に、いきなり小生の間借り先の窓より見はるかさる視界に騎馬の珍現象が乗り込んで来た。そいつはまたとないほど馬鹿げた物腰で身繕いを整えた馬上の同胞《はらから》であった。同胞《はらから》は丈の高いブーツと、どいつか外《ほか》の（遙かに大柄な）同胞《はらから》の、生焼けの捏ね粉じみた色合いにしてダブダブの形《なり》をした膝丈ブリーチズを履き、青シャツの裾、と言おうか燕尾を上述の膝丈ブリーチズの腰帯の中へふっくらたくし込み、上着の影も形もなく、真っ紅な肩帯を掛け、正面に門外漢の視覚には羽根の生え変わりかけた羽子としか映らぬ羽根飾りのついた、四半分軍帽風の真っ紅な帽子を被っていた。小生は一心に読み耽っていた新聞を傍らに置き、くだんの同胞《はらから》をズイと、目を丸くせぬでもなく打ち眺めた。果たして男は『衣裳哲学』（トーマス・カーライル『衣裳哲学、或いはトイフェルスドレック氏の人生と見解』（一八三五））新版の口絵としてどこぞの画家のモデルになっていたものか、或いは我が敬愛するトイフェルスドレック氏ならば「男の外殻もしくは外皮」（『衣裳哲学』六章）と表《ひょう》すやもしれぬものが基《もとい》としているのは競馬騎手か、サーカスか、ガリバルディ将軍（第二十二章注(三九)参照）か、安物陶器か、オモチャ屋か、ガイ・フォークスか、ロウ人形か、金鉱探しか、瘋癲病院か、それら一切合切か——は小生の悟性を生半ならず悩ます疑念であった。その間《ま》も我が同胞《はらから》は小生のコヴェント・ガーデン・ストリートのツルツルの石ころの上を不如意千万、蹴躓いては滑り、馬の頭越しにつんのめらぬようピクピク痙攣《ひきつけ》もどきに御尊体に抑えを利かすことにて一人ならざる身につまされ易き御婦人より金切り声を引き出してはいた。当該旋回運動の正しく危機にして、実の所、軍馬の尻尾がタバコ屋の店に突っ込み、騎手の頭が街中《まちじゅう》何処にでもある試煉の折しも、この騎馬武者に二名の似たり寄ったりの珍現象が加勢し、御両人、仲良く蹴躓いてはツルツル滑っているとあって先達をいよよ痛ましきまでに蹴躓いてはツルツル滑らすことと相成った。とうとう当該ギルピン風三人組*は目出度く手綱を引き果し、北の方へ向き直るや三本の右手をさながら影も形もなき軍勢に「立てよ、近衛連隊、してかかれ！」*と命じてでもいるかのように振った。とその途端、耳障りな金管楽団がぶっ発し、さらば三人組はやにわにどこぞの地の果てへと諸共、サリー・ヒルズの方角へ駆け出した。

当該物の怪じみた出現より、行列がゾロゾロお越しなものと目星をつけ、小生は窓を引き上げ、首をヒョロリと突き出し、案の定、そいつが通りから通りを練り歩いて来るのを目の当たりにした。行列は、幟から判ずに、絶対禁酒のそれで、やたら長たらしいものだから、通り過ぎるのに二十分の長きを要した。行列には仰山な子供も紛れ、中には母親の腕の中にて然てもめっぽう幼気なものだから、行列が練り歩く最中《さなか》にも身をもって発酵酒なる忌みを断ち、非酩酊性飲料への愛着を例証している者もあった。見世物は、総じて、世の清潔で、陽気で、行儀の良い人々の上機嫌の祝日の集いの然るべく目にするだに微笑ましかった。リボンや、スパンコールや、肩帯で明るく輝き、花で溢れ返っていた――くだんの後者の戦利品と来てはふんだんな水遣りの効験あらたかなるかな、今を盛りと咲き誇りでもしたかのように。風の強い日だったので、大きな幟の抗いようと来ては不埒千万であった。幟は各々二本の棹で高々と掲げられ、およそ半ダースに垂んとす細縄で固定されていたため、前世紀の典雅な本が物されていた如く「様々な手」によりて担がれ、くだんの担ぎ手の仰向けられた面《おもて》に何たる気づかわしげな――どことなく皿回しの術に伴い、気散じの凧揚げに付きものにして、ウロコだらけの獲物を引き揚げる上での釣り師の技《わざ》の気味の無きにしもあらざる――不安の色が浮かんでいることか、は実に感銘深かった。これまたいきなり、とある幟が風にビリビリ震え、不都合極まりなきやり口にて翻ったものである。こいつは必ずや、折しもビールで痩せ細っているいじけた一家の性根をあっぱれ至極にも即決にて入れ替えさせようとしている、紅茶と水ででっぷり肥え太った黒づくめの御仁を模した手合いの豪勢な旗がらみでいっとうしょっちゅう出来した。風を孕んだ黒づくめの御仁は、さらばとびきり付き付きしからざる浮かれ騒ぎようで身を処し、片やビールっぽい御一家はいよいよビールでほろ酔い機嫌になることに、御尊父のありがたき御託より死にもの狂いで我と我が身を引き離そうとしたものである。幟にデカデカやられた銘の中には「我々は断じて、断じて、禁酒なる名分を明け渡すまい」といったためっぽうホゾの堅い手合いもあり、俗っぽい精神にはどちらかと言えばミコーバー夫人の「わたくし決して夫を見捨てませんので」と、ミコーバー氏の「実の所、お前、お前はこれまで一度だって、どなたからもその手のことをやらかすよう説きつけられたためしはなかったのではないかね（ディケンズ『ディヴィッド・コパフィールド』）」とのシッペ返しを彷彿とさせぬでもなき似たり寄ったりの健全な決意を表明していた。

折々、一行の通りすがりの面々に暗い蔭が垂れ籠め、当初、小生には何とも説明のしようがなかった。がこいつの火種は、少々目を凝らす内、騎馬行列のあちこちの幌馬車に散っている死刑執行吏の——ほどなく一席も二席もぶつ構えでいる由々しき役人の——お越しと判明した。さながら幾枚もの濡れ毛布からででもあるかのような暗澹たる雲と湿気た感覚が必ずやこれら首切り役人の乗っている恐るべき馬車がゴロゴロお越しになるのに先立った。してどうやら、馬車の後にひたと付き従い、言わば否も応もなく彼らの組まれた腕と、得々とした面構えと、凄味の利いた唇を目にせざるを得ぬ惨めな連中は、正面の連中より当該翳りと湿気になお黒々と祟られているかのようだった。実の所、小生は連中の幾人《いくたり》かの内に絞首台の大立て者に対すそれは鬱々たる仮借なき敵意と、連中をいっそ八つ裂きにしてやらんとのそれは明々白々たる餓《かつ》えが見て取れたものだから、是非とも高官諸兄に次の聖霊降臨節には死刑執行吏を人通りの少ない道伝《づて》、きっちり日除けの下りた荷馬車にて御当人方の陰鬱な職務の現場へ向かわせて頂くよう恭しく具申し上げたい。

行列はそれぞれ首都の各地区からたまたま一緒くたになった一連みのより小さな行列より成っていた。寓喩の混入が、愛国心したたかな《ペイトリオティック》ペカムが近づくにつれて明らかとなった。然に見極めがついたのは、ペカムが「ペカム救命ボート」なる文言もて天地を煽いでいる絹の幟をクルクルと巻き広げた状況による。海員制服姿の「勇猛果敢な、勇猛果敢な乗組員」めいた「命」はさておき、如何なる「ボート」も幟に付き従ってはいなかったので、小生は勢い、ペカムが地理学者によりてはくだんの時化催いの要港に小生の固より救命ボートの今に存さぬと御教示賜っている、サリー運河の曳き船道より大きな海岸線も近い海岸線もない内陸の新開地として記述されているとの事実に思いを馳すこととなった。かくて寓喩的趣意を演繹し、次なる結論に達した。曰く、もしも愛国《ペイ》心したたかな《トリオティック》ペカムがピクルス漬けの詩情《ポエトリ》を一突き突っつけ《ピックト・ア・ペッ》ば《ク、い》これぞ愛国心したたかな《ペイトリオティック》ペカムの突っつい《ピックト》たピクルス漬けの詩情《ポエトリ》の一突き《ペック》ではなかろうか＊。

上述の如く、一緒くたの行列は引っくるめれば、目にするだに微笑ましかった。小生がくだんの但書き付きの表現を用いたのには腹蔵なき趣意があり、それを以下審らかにさせて頂こう。一件には当該随想の表題と、それそのものの試金石による絶対禁酒主義のささやかながら公平な検証が関わる。中には徒《かち》の人々が大勢いれば、様々な手合いの乗物の人々も大勢いた。前者は目にするだに微笑ましかったが、後者は目にするだに微笑ましいとは言えなかった。というのもつい ぞ、如何なる折であれ如何なる状況の下《もと》であれ、当該公の見世物におけるほど馬に重荷《じゅうか》がかけられている所を目にしたためしがないからだ。仮に十人から二十人からの人間を背負《しょ》い込んだ大きな箱荷車をたった一頭の馬の背に負わすのが、哀れ、くだんの動物の相応の苦役でないとすらば、然らば馬の禁酒主義的徴発は法外にして残酷であった。最も小さく軽い馬から最も大きく重い馬に至るまで、幾多の事例において役畜が然に言語道断なまでに過剰の荷を課されるがために、動物愛護協会は然まで甚だしからざる場合においても度々異議をさしはさんで来た。

　さて、小生は常々虐待なき使用というものは存在するやもしれぬし、確かに存在すると、故に絶対廃止論者は不条理にして頑迷であると主張して来た。が行列は自説を完全に覆した。というのも行列において荷車用馬を使っている実にその数あまたに上る人々がそれは紛うことなく連中を虐待せずして使うこと能はぬものだから、馬の絶対禁止を措いて一件の許容する治療法はないものと見て取ったからだ。恰も絶対禁酒主義者にとって貴殿がビールを半パイント呑もうと半ガロン呑もうと一つ事であると同様、ここにては役畜がポニーたろうと荷馬車馬たろうと全く一つ事であった。実の所、小生の主張には半パイント四つ脚獣が半ガロン四つ脚獣に劣らず大きな苦しみに耐えているとの格別な強みがあった。訓言。徹頭徹尾、馬を絶対禁ず可し。この旨、全ての、ただし歩行者は除く絶対禁酒主義行列参加者は一八七〇年四月一日、『オール・ザ・イヤー・ラウンド』編集室にて誓約を義務づけられよう。

　考慮すべき要点に御留意あれかし。この行列にはギグ馬車や、ブルーム型馬車や、免税荷馬車や、バルーシュ型馬車や、一頭立て幌付き軽装馬車等々に乗り、なおかつ馬車を曳いている物言わぬ獣に慈悲深く、連中の力を酷使していない多くの人々も加わっていた。これら罪無き人々を如何に処すべきか？　小生は絶対禁酒主義小冊子や演壇が、もしや一件が馬を駆るのではなく酒を呑むそれならば定めてやろう如く前後の見境もなく暴れ回り、彼らを悪しざまにコキ下ろし、誹謗中傷を浴びせたりはすまい。小生はただ尋ねているまでのことだ。彼らをどう処すべきか？　答えには何ら反駁の余地がない。紛うことなく、絶対禁酒主義教義に厳密に則り、彼らも中へ入り、馬の絶対禁示誓約を立てねばならぬ。行列のくだんの参加者がほとんどの国家においていつの世にても我々人間が使うべく授けられて来た然る援軍を酷使したとは言い切れぬが、行列の他の参加者が酷使していたのは疑うべくもない。絶対禁酒主義的数学はより小なるものにはより大なるものが含まれる*と、罪深き者には罪無き者が、目の見えぬ者には目の見える者が、耳の聞こえぬ者には耳の聞こえる者が、口の利けぬ者には口の利ける者が、酔っ払いには素面が、含まれると論証する。もしやくだんの荷馬車用家畜の穏当な使用者の内どなたか上記の論法の原理によりて御当人の理性に穏やかかな危害が加えられていると思し召されるようなら、是非とも次の聖霊降臨節には行列から外れ、小生の窓から行列を眺めて頂きたい。

訳注

第一章

（一）小間物商い　「小間物を扱う」の“fancy”に「空想」の意を懸けて。

（〃）コヴェント・ガーデンの自室　暗に、間近の『オール・ザ・イヤー・ラウンド』誌事務所を指す。

（〃）以上が…信任状である　一月二十八日号ではこの後、「商いは商い、早速取りかかるとしよう」と続き、現第二章が幕を開ける。

第二章

（二）一八五九年は生き存えるに後わずか一日しかなく…「平穏」そのものであった　ディケンズは十二月二十九日、メルボルンからリヴァプールへ帰航中の全装定期船「ロイヤル・チャーター号」難破の現場を視察するため、アングルシー島ラナルゴ村を訪れる。「チャーター号」は十月二十六日ホリーヘッド（ウェールズ北西部ホリー島北岸の港市）まで無事航海した後、マッファ・レドウォーフ湾で坐礁。乗客四九八名と正貨・金塊にして八十万ポンドが沈没。生存者は僅か三十九名。ディケンズの義理の親戚四名も遭難し、三名がスティーヴン・ヒューズ師によって埋葬される。

（六）さぞや小作人達が溺死体に迷信めいた忌避を示したのではなかろうか　十八世紀末まで「溺れかけた人間を救うと、いずれ我が身に不幸がもたらされる」という迷信が流布していた。

（一〇）それらより数通、以下の如く抜粋した　ディケンズは十二月三十日の夜は牧師館で一泊し、ロンドンに戻るとほぼ同時に起草し、一月十日までには詳細の訂正のためヒューズ師に校正刷りを送り、併せて以下の礼状も返却したと思われる。

（一一）バンゴー　ウェールズ北西部、アングルシー島対岸のグウィナド州の港市。

（一四）I・H・Sのイニシャル　「人類の救い主イエス《ジーザス・ホミナム・サルヴェイタ》」の頭文字。

第三章

（六）ティープ殿下とチャールズ・ラムに思いを馳せつつ　前者は英国軍と度々交戦したミソレの君主（一七四九—九九）。後者は一七九二年から一八二五年まで東印会社に勤めた経験がある。

（〃）我が小さな木造りの海軍少尉候補生　『ドンビー父子』にも登場する、レドンホール・ストリートの店先の木像。

（〃）ウォッピング　ロンドン東部、テムズ河畔の一地区。

（〃）船乗りの恋人に然ても麗しき古き調べに合わせ…娘の一途さ　俗謡「ウォッピング旧桟橋」の歌詞の捩《もじ》り。

（〃）東部警察判事が朝刊伝《づて》…悪しざまにコキ下ろし　一八六

○年一月二十三日付『タイムズ』紙においてテムズ警察裁判所判事（ヘンリー・セルフ）は審理中に、ウォッピング婦人救貧院はこの上もなく屈辱的にして痛ましい状況にあり、「全き態闘技場」と化していると（認識不足も甚だしいことに）批判した旨報じられた。ディケンズはこれを受けて一月末までには救貧院を視察したと思われる。

（一八）**東部一の賢者**　聖書の「東方」（『マタイ』二：一－一二）にイースト・エンドの「東部」を懸けて。

（〃）**聖ジョージ教会における仮装と無言劇風身振り手振り…容易に推し量られ**　セント・ジョージ・イン・ザ・イーストの英国国教会牧師ブライアン・キングは当時、礼拝式の執り行ないや彼自身の服装における所謂「ローマカトリック的」新機軸を巡って物議を醸していた。前年秋から礼拝中に過激な反カトリック主義の抗議が続出したが、警察本部長もロンドン主教も半ば黙認し、八〇年七月二十五日、キング師の「暫定的」辞職によって事無きを得た。

（〃）**ベイカーの旦那の筌《うえ》**　元、ロンドン・ドックの東西繋船池を結ぶ閘門《こうもん》に渡るオールド・グラヴェル・レーンに架かっていた旋回橋。自殺が多いため、地元では「溜め息橋」の名で通っていた。

（〃）**ポル**　メアリーの愛称。口語では暗に「売春婦」を指す。

（二二）**ギャンプ夫人**　『マーティン・チャズルウィット』に登場する酔浸りで阿漕な産婆。

（二三）**小生は幸いパン屋の職人に…詩的委託を付し**　お馴染みの童謡「ケーキこねて、ケーキこねて、パン屋さん」より。

第四章

（三〇）**巨大な劇場**　以下、本文でも明らかになる通り、オールド・ホクストン・ストリートにあったブリタニア劇場（一八四一年築）。一八五八年に経営者サムエル・レーンによって改築。ディケンズは一八六〇年一月二十八日土曜日にウィルキー・コリンズ、エドモンド・イェイツと共にパントマイムとメロドラマを観劇し、翌日曜日にはコリンズと共に説教を聴きに行ったと思われる。

（三一）**然る不便な古い建物**　シェイクスピアも常連だったと伝えられる「ピムリコ亭」。

（三五）**今夜の主席牧師**　超福音主義低教会派の機関誌「ザ・レコード」によれば、サリー礼拝堂在職の安息日厳守主義牧師ニューマン・ホール。

（三七）**クライトン**　ジェイムズ・クライトン（一五六〇—八二）はスコットランド生まれの文武兼備で多芸多才の放浪学者。

第五章

（四〇）**リヴァプールの船渠埠頭を漫ろ歩く間《ま》にも…思いであった**　ディケンズがリヴァプールに金曜日に滞在した最後の記録が残っているのは、ただし、この随想が掲載された一八六〇年初頭ではなく、当地での公開朗読中の一八五八年八月二十日と十月十五日に溯る。

（四一）キュナード汽船　汽船会社の創設者サー・サムエル・キュナード（一七八七—一八六五）に因む。

（四二）千里眼　以下、三人の部下の名はグリム童話『フォーチューニオ』の登場人物より。

（四五）コッカーの算数大全　エドワード・コッカー（一六三一—七五）はロンドン生まれの著名な数学者。「算数大全」は一世を風靡し、コッカーと言えば「正確の標準」を意味するようになった。

（五一）二目と見られぬ薄気味悪い老婆が三人　『マクベス』の三魔女の焼き直しか。

（五三）極道の香気の内に身罷る　ローマ・カトリック教会の格言、「(聖者は）高徳の香気の内に死ぬ」の捩《もじ》り。

第六章

（五四）ウォルワース　テムズ川南岸サザック自治区の一部。以下、ブリクストンはその西方、ペッカム、デットフォードはその東方郊外。

（五五）果たして何故《なにゆえ》人々は…早朝に床を抜け、連んで出かけねばならぬ？　『タイムズ』紙（一八六〇年二月二十九日付「恐るべき強風」）によれば船渠人足と思われる二人の男が早朝、曳き船道からサリー運河に吹き飛ばされ、行方不明になった。（サリー運河はウォルワース南部からペッカムへかけて東に伸びる運河。後出のリージェント運河は西ロンドン、パディントンから東部地区まで伸びる運河。）

（〃）サー・リチャード・メイン　ロンドン首都警察初代警視総監（一七九六—一八六八）。

（〃）その語の表現力豊かなフランス的意味合いにおいて——元気を「回復《リストア》」する要がある　「レストラン」の語源はフランス語の“restore（回復させる）”＋“ant（人・物）”。

（五六）バンベリー・ケーキ　バンベリー（オクスフォードシャー州北部の都市）特産の、干しぶどう・果物の砂糖煮・香辛料などを混ぜ合わせて包んだ楕円形のパイ。

第七章

（六五）小生は旅行用の軽装四輪《チャリオット》に乗り込み　語り手を夢現の旅に連れ行く遊覧馬車のモデルはディケンズが家族と共にイタリア（一八四四—五）、及びスイス、フランス（一八四六—七）へ旅をした際に西ロンドン、モトコム・ストリートの家具陳列販売所《パンテクニコン》で買い求めた大型馬車。

（六六）くだんの屋敷はたまたま小生の屋敷で…信じる謂れがあるからだ　ギャズヒル・プレイスはディケンズが一八五六年から没年まで住んだ屋敷。奇妙な少年と父親との会話は少年時代のディケンズ自身の体験。

（六七）スターンのマライア　『トリストラム・シャンディ』第九

巻、『センチメンタル・ジャーニー』に登場する気の狂れた田舎娘。

（六九）**とあるクリスマスの日**　以下は一八四六年十二月三十一日の実体験に基づく。

（七六）**バンベリー・クロスと…御婦人に纏わる童歌**　童歌の中で御婦人は「指には指輪、足には鈴。どこへ行こうとリンリン、リンリン」と歌われる。

第八章

（八〇）**ロンドンに終着駅のある…大きな営舎へ向かう路線**　一八五九年に開通したチャタム&ドーヴァー鉄道の終着駅はロンドン橋。チャタムには英国陸軍兵舎があった。ディケンズは一八六〇年代、ギャズヒルからロンドンや南東海岸へ向かうのに度々この路線を利用した。

（〃）**繁文縟礼省めいた**　ディケンズは『リトル・ドリット』（一八五七）の中で、手続きが面倒で事務が少しも捗らない官庁を「繁文縟礼省（盥回し局）」として皮肉った。

（〃）**パングロス**　ヴォルテール『カンディード』（一七五九）において揶揄される詭弁的個人教師《チューター》。

（八一）**最近インドから帰航したばかりの除隊兵に会うことにあった**　軍用輸送船「グレイト・タスマニア号」は一八五九年十一月カルカッタを発ち、翌三月十五日の朝、マージー川の船繋りに到着した。乗っていたのは主として東インド会社服務から新兵に与えられる通常の報奨金も受けぬまま公務への転属を命ぜられ、これを拒んだために除隊させられた兵士。九七一名の乗客の内、壊血病などによる死傷者は七〇余名に上ったと伝えられる。

（〃）**ハヴロック**　サー・ヘンリー・ハヴロック（一七九五—一八五七）はインド暴動鎮圧で武勲を挙げた英国将校。

第九章

（九〇）**ボアネルゲ・ボイラー**　ボアネルゲの原義は「雷《いかづち》の子ら」。キリストがヤコブとヨハネに授けた名（『マルコ』三：一七）。転じて「熱弁説教師」の代名詞。

（九一）**ではロンドン・シティーの…一体どこから始めよう？**　個々の教会の名を挙げることを語り手は潔しとしていないにもかかわらず、多くはモデルが同定される。最初に白羽の矢の立つ教会はガーリック・ヒルのセント・ジェイムズ・ガーリックハイズ教会。「アン女王の御世」の小さな教会はコリッジ・ヒルのセント・マイケル・パタノスタ・ロイヤル教会。「小生自身の村の教会」は地元ギャズヒル、チャーチ・ストリートのセント・メアリー教会。仮に「アンジェリカ」が一八三〇年代初期におけるディケンズの初恋の相手マライア・ビードネルを彷彿さすとすれば、「ハギン・レーン」の教会は恐らく現在のハギン・ヒルに立っていたセント・マイケル・クィーンハイズ教会。「シティー名士」と少女が足繁く通っていた教会はオール・ハロウズ・ロンドン・ウォール教会。

（九五）**聖アントニウス**　悪魔の度重なる誘惑にも屈しなかったことで知られるイタリアの七守護聖人の一人。

（一〇〇）**「放蕩者一代記」に描かれし教会とウリ二つの教会**　ホガース（諷刺的風俗画で知られる銅版画家）連作風俗画第五枚目のモデルは旧メリ・ル・ボウン教会。「ウリ二つの教会」は恐らく、ハドソン・ベイ獣皮革商の近くにあったセント・ミルドレッズ・ブレッド・ストリート教会。

（一〇一）**一年のとある一日《ひとひ》**　即ち、十一月九日のロンドン市長就任式日。

第十章

（一〇二）**小生が先達てやってのけた…田舎へ三十マイルほど歩くというものであった**　五〇年代後半、ディケンズはよく『ハウスホールド・ワーズ』事務所からギャズヒルまでおよそ三十マイル歩いていたという。

（一〇三）**大英帝国のトーマス・セイアーズ殿とアメリカ合衆国のジョン・ヒーナン殿**　二人は一八六〇年四月十七日、二時間六分、三十七ラウンドに及ぶ「世紀の対決」を繰り広げたプロボクサー。

（〃）**競り売り人《オークショニア》**　即ち、ノック・ダウン・パンチ。

（一〇四）**いつぞやスピタルフィールズの薄汚い袋小路で…出会したことがある**　以下は一八三〇年代後半に溯る作者の実体験。

（一一一）**サウスコット夫人**　数々の「預言」で幾千人もの信者を集めたデヴォンシャーの狂信家。一八〇二年、五十二歳でロンドンに引っ越し、一三年、第二のキリストの母になると預言したが、翌年、脊髄炎のため死亡。

第十一章

（一一八）**「頭《パウ》」の代わり…ジョン・アンダーソン**　ロバート・バーンズ「わたしのいい人、ジョン・アンダーソン」（『スコットランド音楽記念館』（一七九〇））の中で、奇特な田舎者ジョン・アンダーソンの妻は夫の「霜白の頭《パウ》」に神の加護を乞う。

（一二三）**領主の館**　モデルはケント州ロチェスター近くのコバム村にあるダーンリ伯爵の邸宅、コバム・ホール。

（一二四）**「クリスピヌスとクリスピニアヌス亭」**　ギャズヒル近郊、ストゥルード・ヒルの袂に今なお立っている、十四世紀に溯る居酒屋。

（一二五）**左右を森に囲まれ…ケント街道のとある箇所に目をつけている**　ディケンズがフォースターへ宛てた手紙で「イングランド中で最も美しい道の一つ」と称えた、メイドストンとロチェスター間の七マイル。

第十二章

（一二八）**ダルバラ**　ダルバラの原義は"dull（懶い）"＋"borough（自治都市）"。モデルはディケンズの少年時代所縁の地、チャタム、ストゥルード、ロチェスターの折衷。

（〃）**遊び場**　ディケンズが通ったチャタムのウィリアム・ジャイルズ師の学校に隣接していた遊び場。ただし当時建設中だったのはSERではなく、ロンドン‐チャタム‐ドーヴァー鉄道。

（一二九）**「ティムソンの青い目の乙女号」**　同名の馬車を実際に経営していたのはシンプソン。

（一三〇）**ピックフォード**　チャールズ一世時代に溯る大運送会社。

第十三章

（一四〇）**数年前、とある塞ぎの虫に端を発す…歩き回ったことがある**　一八五一年三月三十一日、父親が亡くなった当時の状況を指す。

（一四二）**無慙にぶった斬られた男は…吊り降ろされてはいなかった**　一八五七年十月九日、イタリア警官と思われる男の袋詰めの死体がウォータールー橋の橋脚で発見された。

（〃）**二つの大劇場**　コヴェント・ガーデン劇場とドゥルアリー劇場。

（一四三）**然に幾多の者にとりては「死の扉」となって来た**　死刑囚はこの扉から、監獄の前に据えられた絞首台へと向かった。

第十四章

（一五一）**グレイズ・インのめっぽう自殺催いの…謂れのなきにしもあらず**　グレイズ・インはリンカンズ・イン、インナー・テンプル、ミドル・テンプルと並ぶ、ロンドンの四大法学院の一つ。ディケンズはここで一八二七年五月から翌十一月までエドワード・ブラックモア法律事務所の事務員として働いた。以下、「貸間」は同様の法学院付属の法学生宿舎が一般の独身男性用に貸し出されたもの。

（〃）**海の悪霊《デイヴィ・ジョーンズ》のロッカー**　一般には「海底」、或いは船乗りの墓場としての「海」の意。

（一五二）**ブラーマ**　発明者ジョウゼフ・ブラーマ（一七四九—一八一四）に因む、鍵の前後方向の運動によって作動する錠。

（一五三）**ヴェルラム・ビルディング**　グレイズ・インに所縁の深いヴェルラム男爵（フランシス・ベイコンの称号）の記念館（一八一一年建設）。

（〃）**在りし世の最後の老いぼれ長広舌の法学院幹部**　C・H・パーディの俗謡「在りし世の素晴らしき老英国紳士」の捩《もじ》り。

（一五七）**小生自身、逍遥風に法廷弁護士《バリスター》の準備をしていた時分**　ディケンズは一八三〇年代、ミドル・テンプルに法学生として名を登録していた。

（一五七）**殿方はポート・ワインの大いなる目利きにして愛飲家だった**　言及されているのは、クリスマス・イヴに出血多量のためテンプルの貸間で死亡した株式仲買人ローランド・デュラン。

（一六三）**アデルフィ**　一七六八—七四年、アダム兄弟がテムズ川北岸氾濫原に建築した高層住宅区。ただし正面アーチ奥の地下街は荷馬車や畜牛の納屋代わりに使われていた。

（〃）**そこにて日時計を抱えている黒ん坊**　クレメンツ・インの跪いた黒人像は一七〇〇年、クレア卿ホールズがイタリアから持ち帰り、予備法学院に寄贈したもの。一九〇五年、オールドウィッチ建設と共にインナー・テンプル・ガーデンズに移され、現在はキングズ・ベンチ・ウォークの方へ顔を向けている。

第十五章

（一六六）**齢《よはい》六にならぬとうの先から乳母によりて紹介され**　以下、「乳母」のモデルはチャタム時代の一八一七—二二年までディケンズ家の乳母を務めたメアリ・ウェラー。

（一七三）**「アルゴナウテース」**　ギリシア神話でアルゴナウテースは「黄金の羊毛」を捜すためにコルキス国へ遠征したアルゴー船の乗組員。

（一七五）**スカルド詩人**　技巧的抒情詩を詠んだ古代スカンジナビアの吟唱詩人。

第十六章

（一七六）**この秋は完璧な孤独と…ロンドンに下宿している**　ディケンズはギャズヒル・プレイスに十全と引っ越す前の一八六〇年八月から九月にかけて、ニュー・ボンド・ストリート二番地の帽子屋に下宿していたと思われる。

（〃）**若造は義勇兵である**　当時ニュー・ボンド・ストリートに間近いハヌーヴァア・スクェアに第十一ミドルセックス義勇軍の本営が張られていた。以下記述のある如く、暗緑色の雄鶏の羽根飾りのついた軍帽と、野外演習日用のニッカーボッカーズ（膝下にギャザーを寄せて裾を絞り、カフスをつけた半ズボン）の制服で知られた。

（一八〇）**「エヴリデイ・ブック」**　一八二五年一月から翌十二月まで週刊発行された、ウィリアム・ホーンによる歳時記風読み物。

（一八一）**デリーの奪還《テイク》**　一八五七年九月、ハヴロック将校（第八章注（八一）参照）率いる英国軍はインド反乱軍からデリーを奪還した。

（一八二）**大英国史のニュージーランド人**　『エディンバラ・レビュー』に掲載された、レーオポルト・フォン・ランケ『ローマ教皇史』（一八三四—六）に関すトーマス・マコーリの書評を踏まえて。

（〃）**愛の家《アガペマニ》**　十九世紀中頃、サマセット州、スパクストンにあった自由恋愛者の集団。

第十七章

（一八六）**以下は厳正に真実の物語である**　本章はディケンズの一八四四―五年のイタリア旅行・滞在に基づく。

（一八七）**然る心優しく寛大な英国貴族**　国会議員、ダドリー・クーツ・スチュアート卿。

（〃）**ジョヴァンニ・カルラヴェレロという男**　モデルはサンヴァネロ某。男について詳細はほとんど分かっていないが、来歴は一八五九年グラッドストーンの仲裁の下に釈放された国事犯カルロ・ポエリオのそれに準えられる。ディケンズは事実サンヴァネロからダドリー卿へ土産としてワインを一本託かる。

（〃）**シロッコ**　北アフリカから南ヨーロッパに吹きつける砂まじりの熱風。

（一九三）**同名の小鬼**　即ち、瓶の中に閉じ込められた伝説の小鬼「ボトル・イムプ」。より具体的には恐らく「透明なガラス瓶」に閉じ込められたル・サージュ『松葉杖の悪鬼』（一七二六）のアシュマダイを指す。

（〃）**「ボトル」の悲惨の新たな挿絵のネタとして…持って来いだったやもしれぬ**　ジョージ・クルックシャンクの諷刺版画集『ボトル』（一八四七）を踏まえて。

（〃）**子供の本のアップル・パイ**　「Aはアップル・パイ」で始まるアルファベット童謡。

（一九四）**シニョール・マッツィーニ**　ガリバルディと並んで祖国の統一と独立を図ったイタリアの革命家（一八〇五―七二）。

第十八章

（一九七）**小生が初っ端カレーの御高誼に与ったのは**　ディケンズが初めてドーヴァー海峡を渡ったのは一八三七年七月。

（二〇三）**かの致命的な綱を首に巻いたなり**　一三四七年、カレーがエドワード三世の軍門に下った際の条件。

（二〇五）**幾連隊分もの伍長や、数知れぬ青い目のベベル**　テイオゥフィール伍長と「ベベル」（ガブリエル）は『クリスマス・ストーリーズ』所収「誰かさんの手荷物」（一八六二）の中の登場人物。

（二〇六）**信心深きリチャードソン**　主にバーソロミューやグリニッジの縁日で興行していた、メロドラマやパントマイムを得意とする見世物師。一七六一年、救貧院で生まれ、一八三七年、二万ポンドの資産を遺して死んだと伝えられる。

第十九章

（二〇七）**死すべき運命《さだめ》に纏わる記憶**　ワーズワースの頌歌「幼年時代の記憶からの不死の暗示」（一八〇七）の捩《もじ》り。

（〃）**小生の足は…いつしか小生をノートル・ダムまで連れて来ていた**　ディケンズは一八六二年の年末と翌年初頭、パリを訪れ、セーヌ川長官ジョルジュ・オウスマンが約十年前にナポレオン三世の下《もと》、手がけた地取りや外観の整備に目を留める。

（三〇七）**マサニエロ**　十七世紀、スペイン支配に対すナポリ市民反乱を主導した漁師。オーベールのオペラ『マサニエロ』ではナポリ漁師の色鮮やかな光景が展開する。

（三一三）**一件はおよそ二十五年ほど前に出来した**　一八四〇年一月、メリルボーンのデヴォンシャー・テラスに引っ越して間もなく、ディケンズは若い小間使いイライザ・バージェスの嬰児の検屍で陪審員を務めた。

（三一四）**パタゴニア人**　ゴールド・スミス『世界市民』（一七六二）にも記されている通り、極めて背丈の高い種族とされるインディアン。

（三一五）**今は亡きワクリー氏**　ディケンズは一八四九年、「トゥーティングの楽園」と題す『イグザミナー』誌の寄稿文において、当時蔓延したコレラで死亡した子供達の検屍を務めたウェスト・ミドルセックス州検視官トーマス・ワクリーの卓越した手腕を称えている。

第二十章

（三一八）**目下の頁に辿り着くまでに宿を取って来た…思い起こし始めた**　旅籠の回想については『クリスマス・ストーリーズ』所収「柊亭」第一枝（一八五五）参照。

（三一九）**太陽系儀《オーラリ》**　製作パトロン、オーラリ伯爵（一六七六―一七三一）に因む、星座投影機《プラネタリウム》の前身。

（三三〇）**グワヴァ・ゼリー**　グワヴァは果実がビタミンCに富み、生食の外、ゼリー、ジャム、ジュースに利用されるフトモモ科バンジロウ属の植物。

（三三一）**彼女もそこにいた**　以下「彼女」はディケンズの初恋の相手マライア・ビードネル。

（〃）**ホラス・ウォルポール**　『オトラント城』（一七六四）等、ゴシック・ロマンスの草分けとして知られる英国作家。ディケンズは九巻に上る『書簡集』（一八五七―九）を所蔵していた。

（三三二）**Bで始まる三文字の短くも恐るべき一言**　軽蔑を表す“Bah《ばぁ》”か。

（三三三）**P・&・O汽船**　就航が不規則なことで悪名高かったペニンシュラ・アンド・オリエンタル汽船。

（三三四）**「自然」に真空を成し**　「自然に空隙を成し」（『アントニーとクレオパトラ』Ⅱ、5）とスピノザの金言「自然は真空を忌む」の折衷か。

（三三七）**果たして不滅のシェイクスピアがシカを盗んだと想定する十分な根拠はあるか？**　ウォルター・サヴィッジ・ランドー『シカ泥棒を巡る…ウィリアム・シェイクスピアの引用と考察』（一八三四）を踏まえて。

第二十一章

（三三九）**七十人の少年の端くれたりて学校に通っていた時分**　「学

校」はディケンズが一八二五年から二年間通った、ハムステッド・ロードのウェリントン・ハウス・アカデミー。

（〃）**オーウェン教授**　サー・リチャード・オーウェン（一八〇四―九二）は一八五一年の大英博覧会のために恐竜の模型等を考案した生物学・解剖学者。

（〃）**不屈のチャドウィック氏**　エドウィン・チャドウィックは長年にわたる衛生改革者。ディケンズは一八六三年五月二十七日、彼と共にステップニー救貧学校を視察した。

（三三〇）**サー・ベンジャミン・ブロディーや、サー・デイヴィッド・ウィルキーや、サー・ウォルター・スコット**　順に、十九世紀を代表する生理学・比較解剖学者、画家、作家。
（三三三）**「陽気に、きさまら、陽気に」…「ヤンキー・ドゥードゥル」…「女王陛下万歳」**　順に、チャールズ・マッケイ作詞、ヘンリー・ラッセル作曲の南北戦争時の流行歌（一八五〇）。独立戦争時に英・米両軍によって歌われた作者不詳のパルチザン流行歌（一七五五）。複数の作家説のあるイギリス国歌（一七四五）。
（三三八）**「そいつはいつのことさ…ステップ‐ニーの鐘《かね》よ！」**　お馴染みの童歌「オレンジとレモン」より。

第二十二章

（三三九）**小生はとある六月初頭の…途上にある**　ディケンズは一八六三年六月三日水曜日、アメリカ合衆国へのモルモン教徒移民船「アマゾン号」がロンドン・ニュー・ドックから出航するのを視察しに行った。
（〃）**「英軍旗」**　当時の愛国歌の流行りのタイトル。

（三四〇）**ポロニーや、サヴィロイや**　いずれも豚肉ソーセージの一種。
（三四一）**気高き未開人**　モンテーニュに始まり、特にルソーからロマンティシズム時代の初期にかけてヨーロッパ文学で称えられた、文明に穢《けが》されない素朴な原始人の理想的典型。
（〃）**それだけ弓を引き易いよう…端麗な容姿《フィギュア》を失って**　ギリシア神話でアマゾン（原義「乳無し」）は戦闘と狩猟を好み、弓を引くのに邪魔な右の乳房を切除する習わしだったという。

（〃）**「胸像を然るべく…ゴマすり屋の彫り物師」**　「人々を然るべく…ゴマすり屋の絵師」（ゴールドスミスの諷刺詩『意趣返し』（一七七四））の対句の捩《もじ》り。
（三四六）**預言者ジョー・スミス**　ジョウゼフ・スミス（一八〇五―四四）は米国の宗教家。モルモン教会の初代大管長。投獄中に暴徒に殺され、殉教した。
（三四九）**ガリバルディ**　イタリアに統一をもたらした赤シャツ党の指導者ガリバルディ将軍（一八〇七―八二）が用いた赤いシャツに因む、襟が小さく袖の緩やかなブラウス。
（三五二）**その一部をここに引用させて頂く**　以下はサー・リチャード・F・バートン『聖徒の街』（一八五九）に関すリチャー

ド・マンクトン・ミルンズ国会議員（一八六三年に有爵）の書評の抜粋。

第二十三章

（二五三）**鉄門や手摺越しにひょいと…佇んでみれば**　以下の描写に該当するのは市長公邸東寄りのセント・スウィジン・レーン、セント・スウィジン教会墓地。

（二五四）**凄まじく身の毛のよだち聖《ひじり》教会墓地**　モデルは東ロンドン、ハート・ストリートのセント・オレイヴ教会。

（二五六）**グレイスチャーチ・ストリートとロンドン塔の…教会墓地**　即ち、セント・メアリー・アト・ヒル通りにある同名の教会墓地。

（二五七）**鉛色の教会墓地**　想定されるのはコリッジ・ヒル、セント・マイケル・パタノスタ・ロイヤル教会墓地。

（二五八）**柳よ、柳よ**　ジョン・ヘイウッドの抒情詩「緑の柳」を翻案したデズデモーナの歌（『オセロ』Ⅳ、3）より。

（二五九）**西に傾く太陽が…教会墓地に斜《はす》に射し込み**　この教会墓地は恐らくセント・ダンスタン・イン・ザ・イースト教会墓地。

（二六〇）**「何としても!」**　行員の質問 "How will you have it?" を「どのように手に入れたいか?」と字義的に解釈した初老の女性のトンチンカンな返答。

（二六二）**「最後の男」**　トーマス・キャンベル「最後の男」（一八二三）、もしくはメアリー・シェリーの同名の小説（一八二六）の捩《もじ》りか。

第二十四章

（二六三）**「イルカの頭亭」**　モデルはイングランド南部バークシャー州、ニューベリーの「ジョージとペリカン亭」。

（〃）**J・メロウズ**　「メロウ」の原義は「ほろ酔い機嫌」。

第二十五章

（二七三）**新生イングランドの茹で牛肉**　リチャード・レヴァリッジ作詞・作曲「古きイングランドの炙り牛肉」の捩《もじ》り。

（〃）**スペインのマンティラなり、ジェノバのメッゼロなり**　前者は頭から肩を覆う絹またはレースのヴェールもしくはスカーフ。後者も同様の白く長いヴェール。

（二七四）**去る七月…身の毛もよだつような事故が出来した**　一八六三年七月二〇日、バーミンガムのアストン公園で綱渡りの演技中、「女ブロンディン」の異名を持つセリーナ・パウエルが三〇フィートの高さから落下して死亡する事故が起きた。次項参照。

（〃）**ブロンディン・ロープ**　ブロンディンはフランスの綱渡り・軽業師（一八二四年―九七）。一八六一年にはロンドンの水晶宮で興業するなど世界的に名を馳せた。

（二七六）**この夏のとある七月の朝…小生の脳裏を過った**　大食堂、

即ちデポーを推奨する「ロンドンにおける労働者階級のための自営大食堂《デポー》設立協会」名誉幹事アレキサンダー・バーレルによる『タイムズ』紙の四月七日付の記事、さらにはバーレル自身からの手紙により、ディケンズは七月中旬ホワイトチャペルの自営大食堂《デポー》を視察し、わけてもロンドンの新聞配達夫のための「早朝食堂」設立の必要性を痛感する。

（二七七）**スコッチ・ブロス**　牛肉または羊肉と野菜に大麦を混ぜた濃厚なスープ。

（二七九）**小生の行きつけの倶楽部**　専ら著名な文人、学者を会員とするアシニーアム（一八二四年創設）。

（二八一）**トード・イン・ザ・ホール**　ソーセージや肉片に小麦粉と卵・牛乳などで作った生地を乗せてオーブンで焼いた料理。

第二十六章

（二八四）**彼は真夏の太陽のせいで…初々しい少年である**　モデルはディケンズの五男、シドニー・スミス・ホールディマンド・ディケンズ。シドニー少年は英国軍艦「オルランド号」の海軍少尉候補生として勤務していたが、一八六三年の夏、チャタム造船所における軍艦の漏口修理に伴い、家族と共に多くの時間を過ごし、ディケンズはシドニーの肖像を「聡明な少年」に投影したと思われる。

（二八五）**ピートー、ブラッシー両氏**　サムエル・ピートー（一八〇九―八九）とトマス・ブラッシー（一八〇五―七〇）は、共にカナダやオーストラリアの鉄道工事を手掛けた土木建築請負師。

（二八六）**「アキレス号」**　英国軍艦「アキレス号」は一八六三年十二月二十三、四日に進水した英海軍造船所初の甲鉄軍艦。一八六〇年代に就役した十一艘の甲鉄舷側砲船の内一艘。

（二九〇）**未完成の木壁**　「木壁」は即ち、ギリシアのテミストクレスが木造戦艦でペルシア軍の襲撃を打ち破った故事に因む沿岸警備軍艦。一方「鉄壁」は国の護りとして英海軍の誇った鋼鉄艦。

（二九一）**唐の妖術師の駕籠**　十九世紀初頭、イングランドの無言劇には中国的要素が濃厚に反映されていた。ディケンズはここで恐らく少年時代に観た無言劇を想起していると思われる。

（〃）**アメリカ諸州が目下合衆国から程遠い如く**　南北戦争への言及。

（二九二）**ピョートル露皇帝その人の影法師やもしれぬ**　ロシア一大艦隊を築き上げたピョートル大帝は一六九七年から翌年にかけ、イギリスを初めヨーロッパ各地の造船所を視察して回るほど造船に熱心だった。

第二十七章

（二九三）四分の三がフランドル語で、四分の一がフランス語の地方　一般にフランドル・フランセーズとして知られていた、ベルギー国境の七郡から成るフランス最北行政区。ディケンズは一八六三年八月後半の二週間（一説には愛人エレン・ターナンとの密会のため）、この辺りに滞在した。

（二九六）例のアメリカ黒人　南北戦争当時流行した決まり文句「抑えの利かしようのない黒ん坊」を踏まえて。

（三〇一）メキシコ戦勝利　当時、フランス軍はメキシコで数々の勝利を収め、わけても一八六三年六月七日、フォウリ将軍率いるナポレオン三世皇帝軍は陥落したメキシコ市に凱旋入京を果たした。

第二十八章

（三〇五）ウィグワム　主に五大湖地方及びその東方のアメリカインディアンの住む、獣皮・筵・木皮などを張った卵形の小屋。

（〃）この男は死と弔いの事例を…金を絞り取ろう　以下、葬儀屋に対す揶揄は一八六三年九月十二日に執り行なわれたディケンズ自身の母親の葬儀の模様を踏まえて。

（三〇六）トンガ三群島にては…一緒に埋めねばならぬということになる　ディケンズの記憶違いで、ジョン・マーティン『トンガ三群島詳説』第二巻においてこの信仰を持つとされるのはフィジー族。（トンガ三群島は南太平洋フィジー諸島の南東方に位置する。）

（〃）いつぞや、小生はとあるイタリアの都市に…英国人が同居していた　以下、カインドハート氏（ミスター親切心）の逸話は一八四四―五年にかけてのイタリア旅行中、当初ジェノヴァで同じヴィラに住んでいた変わり者の彫刻家アンガス・フレッチャーに纏わる逸話に基づく。

（三一三）ウィンザー宮殿朝服　ジョージ三世時代からウィンザー城で王族などの着用する、赤いカラーとカフスの付いた紺の燕尾服・白チョッキ・黒ズボン。

第二十九章

（三一四）同伴してくれた慰問者　恐らく、ディケンズの「施物分《アルマ》配《ナー》係」である篤志家のアンジェラ・バーデット・クーツ。

（三一五）ティトゥブル養老住宅　一説にはマイル・エンド・ロード沿いのヴィントナーズ養老住宅がモデルと言われる。

（三二四）祖国と故郷と佳人　オペラ『アメリカ人』（一八一一）の中でジョン・ブレアムの歌う「ネルソン提督の死」より。

第三十章

（三二七）正しく去る九月初頭の数日間に…如何なる記事を読んだろうか？　ディケンズが言及しているのは九月三日付『タイムズ』紙の警察報道を初めとする一連の破落戸《ラフィアン》逮捕記事。

これを契機に、ディケンズは『オール・ザ・イヤー・ラウンド』誌新シリーズと共に連載を開始する予定だった「新逍遥試供品」シリーズ（第三十一—七章）に先駆け、急遽この章を執筆したと思われる。

（三三〇）**スコットランド・ヤード**　即ちロンドン警視庁。旧所在地に因む。

（三三一）**カーライル氏はいつぞや…ささやかな冗談を喚び起こした**　ディケンズの本論と文体・内容共に近似するカーライルの随筆「模範監獄」（『ラター・デイ・パンフレット』（一八五〇年三月一日付））は『パンチ』誌（同一六日付）で痛烈な批判を浴びた。

（〃）**くだんの折はほどなく出来し…こっぴどい灸を据えられた**　本文、以下の逸話はディケンズが執筆当時の約二十五年前（警察法令（一八三九）が未だ比較的新しかった頃）リージェント公園南のデヴォンシャー・テラス一番地に住んでいた時に出来したと思われる。

（三三三）**比喩的のみならず字義的にも「摘発へ戻り」**　「さらに攻撃を開始する」の意の常套句“return to the charge”の“charge”に「摘発」の意を懸けて。

（三三四）**ドゥルアリー・レーンはチャールズ・ストリート**　暗に売春宿を指して。

第三十一章

（三三六）**およそ半年前、小生は…無責任な状態にあった**　ディケンズは一八六八年四月二十二日、公開朗読最終巡業を終え、キュナード汽船「露西亜号」でニューヨークを発つ。

（〃）**小生はつい今しがたスターンの顰みに倣い…訣れを告げてはいなかった**　引用はローレンス・スターン『トリストラム・シャンディの生涯と冒険』（一七六〇—七）第一巻第十二章、第七巻第一章のヨリック司祭の文言の捩《もじ》り。ディケンズは出航前に幾多のアメリカの友人、わけてもジェイムズ・T・フィールズ（ここではユージニアスとして呼びかけられている）と彼の妻アニーとの訣れを惜しむ。野原《フィールズ》は彼の名と懸けて。

（三三七）**確か往航の途中だった**　以下は一八六七年十一月、アメリカへ向かう航海での出来事。

（三三九）**如何なるアビシニアの地点まで…行進し果していたのか？**　サー・ロバート・ネイピア将軍率いる騎兵中隊が英国領事の投獄されているアビシニア（即ちエチオピア）へ向けて進撃の準備を整えていた事実を踏まえて。

（〃）**もしや慰み物を求める…水晶宮へと掻っさらっていなかったならば**　恐らく一八六七年七月から八月にかけてのトルコ君主と皇族の公式訪問を指すと思われる。幼い王子は事実、イギリス国民の人気の的となり、水晶宮を訪れ、皇帝はヴィクトリア女王のアラブ種の駿馬の一頭に乗り、ウィンブルドンで英国義勇軍を視察した。

（三四一）**ニューヨーク湾にて、おお！　横たわったなり**　ジョン・デイヴィー作オペラ『スペイン・ドル』（一八〇五）中のアンドルー・チェリーの歌「ビスケー湾よ、おお！」のコーラスの捩《もじ》り。

（三四五）**ナロウズ**　ニューヨーク港に通じるスタトゥン島とロング島との間の最狭部幅約二キロの海峡。

第三十二章

（三四八）**「死の舞踏」**　死神が人間の列の先頭に立ち、墓場へと導く様を描いた骸骨の舞踏の中世絵画にしばしば見られる主題。ディケンズは一八四一年、ハンス・ホルバインの著名な木版画の複製の収められたドゥース&ピカリング版「死の舞踏」を購入している。

（〃）**ダルシマー**　中世にヨーロッパへ伝えられた東洋起源の弦楽器。ピアノの原型。

（〃）**あちこちの壁に選挙のビラを貼り…引き裂いていた**　一八六八年十一月の総選挙で自由党は大勝利を収め、十二月二日保守党領袖ディズレーリが首相を辞任し、自由党のグラッドストーンが初内閣を組織した。

（三四九）**一、二軒、中の様子を覗いてみようと、せせこましい通りへと折れた**　以下の慰問は本文後《のち》に記述される病院長、ナサニエル・ヘックフォードの提案の下《もと》に行なわれた。

（三五四）**フィッツウィリアム夫人が…アデルフィ劇場の懐かしの日々**　バクストン作、ファニー・フィッツウィリアム主演の感傷的通俗劇『ヴィクトリーヌ』がアデルフィ劇場で初演されたのは一八三一年十二月。ただしここでヴィクトリーヌと呼ばれているのは、やはりこの同じ役を演じ、三〇年十月には『難破の岸辺』で共演したエリザベス・イェイツ夫人。

（三五六）**さる殿方と御婦人が…ひっそり暮らしていた**　ナサニエル・ヘックフォードは一八六七年一月二十八日セアラ・ゴフと結婚し、妻の資金でラトクリフ・クロスに地所を購入し、一年後の結婚記念日に「東ロンドン小児科医院・婦人科診療所」を開院した。

（三五九）**数年前、パリで「小児科医」と題される感動的な芝居が演じられたことがある**　ディケンズはこの芝居（アニセ・ブルジョワ、A・デヌリー作、M・ラフェリエール主演）を一八五六年四月、パリで観た。

第三十三章

（三六〇）**ネイムレストン**　ネイムレス（「名無しの」）＋トン（タウンを原義とする、地名につける連結形）は以下の描写から、英国最大の海水浴場ブライトンと思われる。

（〃）**テメレール**　一八〇五年、トラファルガーの海戦で活躍したイングランドの「木壁」、第一級の英国軍艦「テメレール」に因む。「テメレール」の原義は「無鉄砲」、「怖いもの知らず」。

（三六三）**エルサレム**　ギャラウェイと並び、ロンドン・シティーで最も古くから人気のあった老舗喫茶店。主立った回漕一覧が揃っていたため、インド・中国・オーストラリアと交易のある商人、船長が贔屓にした。

第三十四章

（三六八）**バーロゥ先生**　バーロゥ先生はトーマス・デイ『サンドフォードとマートンの物語』（三巻本：一七八三―九）で対照的な生い立ちを持つ二人の生徒――平民のハリーと貴族のトミー――に様々な教訓を語って聞かす（ディケンズの最も嫌った登場人物の一人である）啓蒙主義的個人教師《チューター》。

（〃）**退屈千万穿ち入る**《ボア・ヒズ・ウェイ》　原文の"bore his way"の"bore"に「穴を空ける」と「退屈させる」の両義を懸けて。

（三六九）**御当人がどこぞのお気の毒な剽軽者を…何と宣い**　プラトンが理想国から詩人を追放した逸話を踏まえて。

（三七一）**カーライル氏自身の死海の果物の端くれ**　即ち、ソドムの林檎。死海近傍の産で、外観は美しいが、一度《ひとたび》口に入れると灰に化すと伝えられる。カーライル「政治演説家」（『ラター・デイ・パンフレット』（一八五〇）第五巻）参照。

（三七二）**ハーディガーディ**　中世から十八世紀まで使用された、リュートに似た弦楽器。底部につけたハンドルを回して奏す。

（〃）**河の父**　即ち、ミシシッピー。ミシシッピーの原義は「大きな河」。

（三七四）**縛られしプロメテウス風…貪り食うハゲ鷲に外ならぬ**　ギリシアの悲劇詩人アイスキュロス作『縛られしプロメテウス』の表題と、この同じ神がゼウスの怒りに触れてコーカサス山の岩に縛られ、鷲に肝臓を食われたギリシア神話を踏まえて。

第三十五章

（三七五）**先日、ライムハウスへ足を運ぶこの種の責めの下《もと》にあると心得**　ディケンズは一八六八年十二月二十四日、鉛白工場を経営するR・A・ジョンソン氏から先の随筆「東方の小さな星」（第三十二章）に対する抗議の手紙を受け取り、約三週後、視察のために工場を訪う。

（〃）**新警視総監**　一八六八年、ロンドン首都警察初代総監メイン（第六章注（五五）参照）の死亡に伴い就任したエドマンド・ヘンダーソン。

（三七六）**化け物グースベリ**　目ぼしい記事に事欠く際の「無意味な特ダネ」の代名詞。

（三八二）**アメリカの創意工夫の才は…示唆していると思しい**　その後、旧式のオランダ工法はアメリカの「マックアイヴァー」工程に取って代わられ、安全性は改善されるものの、鉛白工場での女工の雇用条件改善は一八九七年労働者賠償法令の可決を待たなければならない。

第三十六章

（三八三）いつぞや（いつかは不問に付そう）…再び祖国にて携わっていた　ディケンズは一八六七年十二月から翌四月にかけてアメリカで七十六回の公開朗読を行なった後《のち》、十月から百回の予定で祖国を巡演し始めるが、六九年四月二十二日プレストンで「軽々ならざる徴候」を理由に医師から制止がかかる。約一年後、これと関連した不調のためにディケンズが死亡したことを受け、チャプマン・アンド・ホール社は一八七四年、異例にも極めて個人的問題をテーマとする当該章を『逍遥の旅人』増補版から外す決断をしたと思われる。

第三十七章

（三八八）絶対禁止への訴え　「絶対禁止」は一見「絶対禁酒」のように読めながら、実は「馬の虐待絶対禁止」訴願の形を取った「絶対禁酒主義」への批判となっている。

（〃）ギルピン風三人組　ウィリアム・クーパーの滑稽詩「ジョン・ギルピン」（一七八二）の中で、未熟な騎手の馬はチープサイドからウェアまで疾走し、また駆け戻って来る。

（〃）「立てよ、近衛連隊、してかかれ！」　サー・E・クリーシー『世界の十五大決戦』（一八五一）第二巻において、ウォータールーの戦いでウェリントン公爵が下したとされる命令。

（三九〇）もしも愛国心《ペイトリオティック》したたかなペカムが…一突き《ペック》ではなかろうか　お馴染みの子供の早口言葉「ピーター・パイパー、ピクルス漬けのペッパー突っついた」の捩《もじ》り。

（三九一）より小なるものにはより大なるものが含まれる　ユークリッドの金言「より大なるものにはより小なるものが含まれる」（『幾何学原論』）の逆。

付録：デント・ユニフォーム版序説抄訳

M・スレーター、J・ドゥルー

〔一八五九年四月、ディケンズは自ら編集・経営を手がける『オール・ザ・イヤー・ラウンド』誌を創刊。二段組み二十四頁、挿絵無しという体裁は前身の『ハウスホールド・ワーズ』誌とほぼ同じながら、『オール・ザ・イヤー・ラウンド』はフィクションに遙かに重点が置かれていることを特徴とし、ディケンズ自身、創刊と同時に『二都物語』、次いで『大いなる遺産』を連載する。フィクション以外におけるこの雑誌の功績は過去八年に及ぶ社会史上の英国内外を問わぬ顕著な話題についての広範な批評・論考を掲載した点にある。より国際的な視点に立った背景には、アメリカ読者層をも対象とした事情があるが、その結果、発刊までに二週間の余裕を見る必要が出たため、『ハウスホールド・ワーズ』の特徴であった時事性、速報性には制約が生じた。ディケンズは終生、前誌におけると同様編集に精力的かつ献身的に取り組んだにもかかわらず、彼自身による、単著者としての掲載は激減した。〕

『二都物語』に続いて連載されたコリンズ『白衣の女』も好評を博したが、一八五九年十二月、好敵手サッカレー編集の『コーンヒル・マガジン』が創刊される。創刊号に関しわけても特筆すべき点は、最後にサッカレー自身による「道草随想その一：不精な物臭小僧を巡って」が掲載されたことであろう。この随想において編集者としての語り手は読者に「我々は旅の道連れであり、道すがら、親睦を深めよう」と語りかける。これは明らかに編集上の介入を通し読者と個人的関係を築こうとするサッカレーの意図の現われであり、これに刺激を受け、ディケンズは自ら如何に『オール・ザ・イヤー・ラウンド』の読者と同様の関係を構築すべきか考慮し始めたと思われる。これは、詰まる所、彼が常々月刊連載小説において読者との間に結ぼうと努めて来た絆であり、様々な版の前書きで表明されているのみならず、週刊・月刊誌創刊の提案においても一貫して見られる姿勢である。一八六〇年一月の時点での『オール・ザ・イヤー・ラウンド』へのディケンズの個人的寄稿連載の表明は、ただし、彼の「最も当を得た着想」の一つではあろうが、サッカレーの「道草随想」の成功が引き鉄となったと考えて差し支えあるまい。

一月七日までに、しかしながら、ディケンズは適切な口上に思い当たらず、ウィルキー・コリンズにも「仮に小生の閑談風寄稿連載の想を得たら、貴兄の小説に華を添えさせて頂きたく」と認《したた》めている。いささか暗澹たる随想――難破により数百名の溺死者の出たウェールズ海岸への旅に纏わる――は既に書き上げ、活字に組まれていた。がその前置きとし、彼には新たな編集上の外的人格《ペルソナ》の導入が必要であった。ディケンズがその後二、三日の内に、難破に纏わる随想に先立つ四段落において読者に初めて紹介される「アンコマーシャル・トラヴェラー」として知られる外的人格《ペルソナ》を考案する際、念頭にあるさらなる二様の概念が影響を及ぼしたと思われる。この仮面の下《もと》、彼は以降九年以上に及び、彼自身の正しく最も優れたジャーナリズムを含む三十六編のエッセイや報告を掲載することになる。

二様の概念のまず第一は、以前は単に旅商人《バグマン》として知られていたコマーシャル・トラヴェラー（注文取りのため地方の小売り店を巡回する外交セールスマン）の重要性と地位の向上、並びに地元レベルでの彼らと、世界的な大旅行家や探検家との間に見られる類似性に関わっていた。ディケンズは十二月二十二日、ロンドン旅籠でのコマーシャル・トラヴェラー養成所支援者に対する感動的なスピーチの中でこれらの概念を敷衍したばかりであった。しかしながら、旅人の外的人格《ペルソナ》の形容辞として「アンコマーシャル」という造語を着想し、冒頭で自画像を描く上で、ディケンズは営利《コマース》に付き纏う否定的概念から超然とした立場を取ろうと腐心する……。「アンコマーシャル」随想に通底するのは、国民生活に及ぼす「卸し売り」的価値の影響による人間性喪失に対す批判である。

がそれでいて、同時代の出来事やディケンズ自身の公的生活における出来事双方の影響が顕著に認められるにもかかわらず、『オール・ザ・イヤー・ラウンド』に導入され、以降展開される「アンコマーシャル」の概念はロマン主義派の随筆家を通し、ディケンズが子供時代から愛読していた十八世紀の定期刊行誌随筆家にまで溯る英国随筆や旅行記の大いなる伝統に負う所が大きい。ディケンズは「アンコマーシャル」をロンドン都心に住む独身男性として設定する上で、アディソンとスティールの『スペクテイター』誌やヘンリー・マッケンジーの「のらくら者《ラウンジャー》」に賛辞を捧げ、人間的遭遇に対す気紛れで自己卑下的反応を描出する上で、ラムの「エリア随筆」やアーヴィングの「ジェフリー・クレイトン」を想起する。かくて『ハウスホールド・ワーズ』誌一連の記事に共通するカーライル流修辞法を自づと採用するに至るジャーナリスティックな暴露の要素を内包してはいるものの、「アンコマーシャル」随想の最も顕著な特質の一つはその緩やかな非戦闘的風情であろう。

後年の読者が「アンコマーシャル」随想において最も読みたいと思っているものの一つは、しかしながら、ディケンズ自身の人生の詳細である。ディケンズの伝記を初めて世に出したジョン・フォースターはしばしば『ディケンズ伝』においてこれら随想に依拠し、随想が「如何に主としてディケンズの幼年時代の特色をこの回想録の至る所、加味し……後年の様々な様相は他の様相によって例証され……そのほとんどどれ一つとして個人的興味ないし例証に欠けるものがないか」指摘する。意味深長にも、フォースターは随想集に「自伝的」という言葉を適用するのを避け、後の伝記作家や批評家が必ずしも許容しようとしないある程度の創造的放縦の要素を認める。実の所、本版の頭注の某かの目指す所も「アンコマーシャル」の活動や経験について記されているものと、外的証拠からディケンズのそれとして知られているものとの間の数知れぬ相関関係を明るみに出すに劣らず、厳密に自伝的或いは史料編集的記述に期待されるかもしれぬものからの随想の逸脱を指摘することにある。

（中略）

一八六〇年代が進むにつれ、ディケンズは「アンコマーシャル・トラヴェラー」という外的人格《ペルソナ》を連載小説を世に出したり、公開朗読者として身をもって聴衆の前に姿を見せたりしない折々『オール・ザ・イヤー・ラウンド』の頁において公衆の目に触れ続けることを可能にする変通自在な分身として利用した。（中略）

このように「アンコマーシャル・トラヴェラー」は初期の愛称（例えば「ボズ」や「唯一無二《イニミタブル》」といった）ほど時好には投じなかったが、ディケンズ自身はこれを六〇年代の自らの生活様式に格別しっくり来る呼称と感じ始め、ボストンの畏友ジェイムズ・T・フィールズに宛てた手紙の中でも自らを「アンコマーシャル」或いは「大英帝国流離い人」と称している。……『オール・ザ・イヤー・ラウンド』の新シリーズの導入と足並みを揃えるよう、一八六八年十二月「アンコマーシャル」随想の第三シリーズが企画された際、ディケンズは広く世に知られたアメリカ公開朗読巡演からの帰航に明らかに纏わる随筆を執筆することを選んだ。随想の冒頭は、「アンコマーシャル」としての空想的人格を再構築する一方、『オール・ザ・イヤー・ラウンド』のより広範な読者には恐らく解《かい》せなかったに違いない、フィールズと妻アニーに当てた冗談まじりのメッセージを含み（第三十一章参照）、ディケンズが如何に外的人格《ペルソナ》を仮面としてと同時に個人的意思疎通の手段としても利用しようとしていたかの裏付けとなろう。とは言え、彼が如何に読者に自らの個人的感情を意識させるためにジャーナリスティックな外的人格《ペルソナ》を多義的に利用したか、その最も顕著な例は公開朗読という極めて営利的《コマーシャル》な目的のために絶え間なく旅を続けた結果、著しく健康を損ね、かくて幾多の迷惑千万な手紙が舞い込んだ時に出来する。随想（第三十六章）にディケンズ的アイロニー特有の微妙な陰影が欠けてはいないが、ディケンズ自身、その陰影を表明するために「アンコマーシャル」な外的人格《ペルソナ》を利用することに伴うアイロニーには気づいていないかのようだ。

「アンコマーシャル」随想の自伝的基盤《マトリクス》の複雑性を強調する上で、極めて多岐にわたる時事問題に対す広範な客観的関心が看過されてはならない。ホームレス、ロンドンの街頭における暴力、救貧院の実態、モルモン教移民、警察の怠慢、商船船員や浮浪者の生活、教育上の新機軸、大調理施設と育児、失業と都心の過疎化、鉛白製造の安全性、造船——以上はディケンズの芸術的成熟に特徴的な洗練された重厚な散文で処理された問題の一部にすぎない。これら全ての随想において、ジャーナリストとしてのディケンズは「細心の精確」を期して報道を呈示する。「自らの先人主や偏見が」と彼は述べる。「正直な一市民としての小生を煩わせてはなるまい」（第二十二章）

随想の大半において、実の所、「アンコマーシャル」としてのディケンズは、たとい我々が如何ほど彼のテクストに精神分析学的自伝を読み込もうと、主体としての彼自身は最小限度にしか考慮に入れられぬまま、客体を視界に収める。その種のとある随想の冒頭で主張している如く、「小生自身の果たした役割は実に付随的なために、たといその物語を審らかにしようと、自己顕示の誇りは免れよう」（第十七章）。ディケンズが「アンコマーシャル・トラヴェラー」を特徴づける、気さくな親交と人の気を逸らさぬ逸脱と、ジャーナリスティックな対象の緻密な分析並びに徹底的追究との魅惑的な混淆を最も如実に描写しているのは、自らの二様の主立った散歩のスタイルを——随想集の他の箇所で巧みに開陳される筆記としての旅行という文彩を用いて——描こうとする際であろう。「小生の散策には二通りある。一つは、かなり足早に特定の目的地まで真っ直ぐ歩くそれと、もう一つは、当て処ない、漫ろな、純粋に流離いめいたそれとの」（第十章）。「アンコマーシャル」随想を通して見事に証明されているディケンズの最も優れたジャーナリズムの魅力は確かに、社会的・芸術的意図を極めて多様なのらくら者《フラヌール》のケープの下《もと》に宿らす能力である。

（中略）人間の行動における滑稽、ないし突飛なものに鋭敏な目（と耳）を具えた『モーニング・クロニクル』の報道記者と、「日常の」ロンドンの街頭生活、ロンドンの界隈、ロンドンの人物の鮮烈な素描家「ボズ」と、一八四〇年代後半に『イグザミナー』に匿名記事を寄稿し続けた強面の論客ジャーナリストはいずれも、一八五〇年代、彼自身の聖戦《クルセイド》参加週刊誌『ハウスホールド・ワーズ』において、極めて時事的で辛辣な諷刺や、冷笑的な機知に富む警句《ジュ・デスプリ》や、事実究明報道の優れた適例の滔々たる流れを迸らせたディケンズを形成する上で独自の本務を全うした。と同時に「我らの長ずを止めた所」や「行き暮れて」のような掌篇において、彼は自らゴールドスミス、チャールズ・ラム、レイ・ハントといった少年時代の大のお気に入り作家によって発展を遂げた口語体随筆様式の巨匠たることをも証してみせた。

一八五七年から五九年にかけての私生活における激動と新たな週間誌創刊を経て、ディケンズは「アンコマーシャル・トラヴェラー」という外的人格《ペルソナ》もしくは仮面《マスク》を案出した。かくて一連の随想において諷刺作家、究明的報道記者、気さくな随筆家としての力量は全て余す所なく発揮されている。が同時に、外的人格《ペルソナ》の利用がもたらすいささかの超脱故に、彼には彼自身、十二分に意識している扮装の幾許かを縦横に遊ばすことで、自らを観察し――「小生自身を他人さながら興味深く観察する習い性となり」（第三十六章）――過去や現在の体験に対す自らの反応をも顧みることが可能となっている。正しくこの姿勢故に、「アンコマーシャル・トラヴェラー」随想は、畢竟、ジャーナリストとしてのディケンズの最も偉大な功績となっているのではあるまいか。

解説：『逍遥の旅人』の「旅」の行方

田辺　洋子

ディケンズの随筆集『アンコマーシャル・トラヴェラー』（邦題『逍遥の旅人』）の語り手はその名の通り、様々な場所へ「旅」をする。それはドーヴァー海峡を渡る異国への旅のこともあれば、厳密には「旅」の範疇に入らない――そして遙かに頻度の高い――ロンドン市内の散策、視察のこともある。時間的にかなり以前の「旅」もあれば、ごく最近のそれもある。ただし語り手自ら概説する通り、彼の「旅」は「明確な目的地へ向けて真っ直ぐ、足早に歩くそれと、目的もなくただフラリと、流離い人よろしく漫ろ歩くそれ」（第十章）とに大別される。（第三十五章において、語り手は「如何になまくらな散策であろうと、必ずや予め定められた目的地がなければならぬ、というのが小生の酔狂の酔狂たる所以である」と、前言と齟齬を来す発言をしてはいるが。）換言すれば、彼の「旅」は主として社会的弊害や矛盾の調査、摘発を目的とするジャーナリスティックな物理的かつ現実的な「旅」と、対照的に「現実」の超越としての空想や、「現在」からの遊離としての回顧といった精神的でフィクティシャスな「旅」に分けられる。両者に明確な境界線を引くことは無論、不可能であり、相反する特質が互いに侵犯し合う点にこそこの随筆集の総体としての独創性がある。一見「現実的」な前者のタイプの旅にも後者の要素は否応なく紛れ込む。また「旅」そのものの性格も回を重ねる毎に自づと変わらざるを得ない。「旅」が語り手にとって神聖であることは流浪人（第十一章）や破落戸（第三十章）といった真の「旅人」とは似て非なる浮浪者や無頼漢が厳しい糾弾の対象となっていることからも明らかだ。以下、小論では『逍遥の旅』において様々な形で展開される「旅」の様相を跡づけ、語り手、延いてはディケンズにとっての「旅」の本質——行方——を探ってみたい。

　語り手の旅はまずもってウェールズ沖での難破の現地視察で幕を開ける。約二か月前に出来した時事的テーマは報道者の冷静な筆致で坦々と処理されるが、同時に語り手の鋭い観察眼や、深い洞察力の捉え、本人に寄せられた遺族からの手紙によっても裏づけられる、埋葬を手がけた真摯な牧師像が浮かび上がり、全体としては秀逸なルポルタージュが仕上がっている。がこのようなディケンズにしては極めて客観的な現地「報告」が以降二度と見られないのは何故だろうか？　語り手は確かにイタリア（第十七章）やフランドル地方（第二十七章）へと旅をするが、それらはいずれも「記憶」の中での旅、即ち「旅」の回想にすぎない。また内容も前者はイタリア囚人と彼を救ったイギリス紳士の恩義と博愛の「物語」であり、後者はフランドル地方で出会った旅芸人の舞台上のドラマと、それ以上にドラマティックな素顔の追憶である。それだけでも語り手の「旅」における記憶と物語的要素との重層性の仮説が立てられそうだが、いずれにせよ、純然たる、少なくとも国外における、視察は難破の一篇で跡を絶つ。それは語り手がこの一篇（第二章）を執筆した後《のち》に自らに「同胞愛兄弟商会」に勤務し、専ら営利《コマース》の対義語としての空想《ファンシー》（字義的には「小間物《ファンシー》」）を扱うアンコマーシャルな「旅人」としての信任状（第一章）を与えるからである（「序説抄訳」参照）。換言すれば、難破視察はむしろ例外であり、「逍遥の旅」は第三章で幕を開けると言っても過言ではない。その仮説を裏づけるかのように、或いは記憶や空想の捌け口を求めるかのように、語り手は直ちに観察の対象を地理的にも話題の上でも身近な救貧院（第三章）や劇場（第四章）へと移す。そこで捉えられた患者、観客、弁士は遙かに人物としての生彩を増す。この空想《ファンシー》を扱う語り手の本領が余す所なく発揮されるのが「外つ国への旅」（第七章）においてではないだろうか。

読者はまずもって「外つ国への旅」という表題に惑わされてはならない。これは友人のためにドイツ製の旅行用馬車を買い求めに行った語り手が試しに車中の人となったが最後、目眩く、一瞬の内に過去への溯行を許される追憶の「旅」にすぎない。冒頭で旅人が生まれ故郷の近くで出会う少年は幼少時代の語り手自身である。少年は語り手がかつて実際に父親との間で交わしたやり取りを再現し、語り手は単に過去を蘇らすだけでなく、過去を――過去の中で――生き直す。が直後、蒸気定期船に揺られ、パリに到着すると死体公示所《モルグ》へ否応なく惹き寄せられる。そこを訪れる筋合いは何らないにもかかわらず、現実に幾度となく足を運んで来た如く、夢の中でも足を運ばざるを得ない。彼にとって「忌避の魅力（“attraction of repulsion”）」（第二十三章）が如何に抗い難いか示して余りあるが、ここで重要なのは語り手がその後しばらく溺死体の似姿に取り憑かれる強迫観念の執拗さよりむしろ、この溺死体が以前同じ公示所で目にした別の遺体をも彷彿とさす点だろう。少年の場合に確認した通り、再び過去を生き直すと同時に過去の自己との対峙をも可能にする語り手の「記憶」の鮮烈さはここで、夢の中の溺死体の記憶を契機に、さらにそれ以前の同様の記憶をも喚起する。

第七章は語り手の「旅」が記憶と密接な関わりを持つだけでなく、「物語性」とも不可分の関係にあることを証す点で注目に価する。旅人はストラスブールで馬車の窓から向かいの屋敷で繰り広げられる一齣の小喜劇《ボードビル》に立ち会う観客と化す。劇そのものは夢裡の劇らしく、支離滅裂で、筋というほどの筋もない。がここで重要なのは旅人が読者にその物語を再現する正しく「語り手」――“as I live to tell”――となっている点であろう。逍遥の旅人はこの時、自ら際会した幻想を審らかにせざるを得ない作家の本能を暴露する。勢い彼が「木馬に跨ったドンキホーテよろしく」アルプス山脈の風に吹きさらされたり、物心ついた時に持っていた「絵本の奴《やっこ》」になり（ここで記憶と幻想が完全に一致する訳だが）、今にも「感傷的通俗劇《メロドラマ》」の登場人物に鞭打たれようとする夢の中の夢を見たとしても何ら不思議はないだろう。

以上全ては、しかしながら、前述の通り、語り手が単に馬車に試乗した弾みに出かけた「瞬く間」の連想／追憶の「旅」にすぎない。がこの「旅」には記憶と夢幻が分かち難く絡みつく。というよりむしろ第七章は逍遥の旅人にとっての「旅」が記憶と幻想と不可分の関係にあることを、場所の移ろい、或いは（単に馬車という）旅の連想ですら自づと時の移ろいや空想の飛躍をもたらさずにはおかないことを明らかにする。

逍遥の旅人は第七章において自ら進むべき「旅」の行方を見定めたと言えるかもしれない。そう推測するのは彼が以降、紀行・視察の枠組みに囚われることなく、自由に追憶や幻想に耽り始めるからだ。確かに直後の第八章「グレイト・タスマニア号の船荷」において、語り手はオーストラリアから酷寒の航海を経て船乗りの収容された病室で「如何に衝撃的な光景を目の当たりにしたか審らかにすれば必ずや読者は以下の条《くだり》を読むに絶えず、畢竟、実情を明らかにしようとする小生の目的は自づと打ち砕かれよう」と、「真実」を語る使命と、「真実」の正視に耐えまい読者への配慮との間で揺れる誠実なジャーナリストとしての側面を失ってはいない。或いは学校、移民船、自営大食堂、造船所、鉛白工場、小児科医院を扱う第二十一、二十二、二十五、二十六、三十二、三十五章において、語り手は飽くまで視察の本務を全うし続ける。彼の「旅」は、しかしながら、冒頭で述べた二様のスタイルの内、後者の傾向を強め、ロンドン市内の教会、教会墓地、貸間、閑散とした街路、養老住宅等を扱う第九、十、十三、十四、十六、二十三、二十九章は、溯ること三十余年、駆け出し作家ボズとして「旅人」が捉えたロンドンの街角の素描を思い起こさせる。ロンドンの日常、或いは非日常が織り成す情景は「旅人」の行動範囲が狭まるのと反比例して「想像力」が飛躍するかのように物語性を増して行く。語り手は不可思議な老人と少女から、古き善きロンドン市民の蘇りに絶望した老人が少女を道連れに地下納骨所に自らを葬る一篇の伝奇小説を紡ぎ出す。或いは、路地裏の養老住宅に伝わる一攫千金の御伽噺——"Fairy Tale"——や、現実にここで繰り広げられる「求愛物語」を紹介する。或いは、独身男性用貸間の荒廃ぶりを前にしては、階段が崩れ落ちた時の様子を単に「思い描く」のみならず、その時のドラマを仮想し、彼の「想像力はほくそ笑む」（第十四章）。それほど老朽化した貸間であってみれば、ここで現実に起こった首吊り自殺や孤独死の不気味な物語こそ似つかわしい。このような想像力の観点に立てば、飼い主や周囲の人間以上に人間らしい「生」を生きる「照れ屋の界隈」（第十章）の生き物の素描は単なる素描の域を越えた、それぞれが愉快なストーリーを織り成す一幅の「鳥獣戯画」と見なせる。

第十四章「貸間」が現在進行形の日常における非日常の伝奇小説として読めるとすれば、続く第十五章「乳母の物語」はそれと対《つい》を成す、語り手の過去を明と暗で彩る御伽噺で構成される。まずもって語り手は「一度として訪れたためしのない場所ほど再訪するに愉快な場所はない」と、彼の「旅」の持つ過去、しかも虚構の世界への溯行の側面を明言する。彼にとって空想の中の聖地――ロビンソン・クルーソーの離れ小島やジル・ブラースの盗賊の洞窟――がいささかの変化も蒙っていないことを確認するのは極めて重大な関心事である。それは子供時代に出会った小説世界への回帰が記憶そのものの瑞々しさの確認のための「旅」に外ならないからだ。その意味では語り手自身、不承不承立ち返らざるを得ない場所、「暗い物蔭」として嘆く「乳母の物語」――青ヒゲの焼き直しの殺人鬼や悪魔に魂を売った船大工のそれ――ですら、彼自らここで再び物語っている、即ち記憶が（或いは印象の鮮烈さが）今なお色褪せていないことを自らに確認していることから明らかな通り、彼にとってかけがえのない「旅」である点では何ら変わる所がない。

語り手が以上のように純粋な記憶の不変性を礼賛する背景には、それ以前に変化を蒙らざるを得ない「現実」に直面していた事実がある。語り手自身、第十五章において「乳母の物語」を語り始める直前に、故郷再訪が小説世界再訪の契機となっていたことを告白している通り、第十二章「ダルバラ・タウン」において、生まれ故郷を数十年振りに訪れた語り手は子供時代に最も愛おしんだ遊び場や芝居小屋が跡形もなく消え失せていることに、或いはそれ以上に町から娯楽性が姿を消し、人々の記憶から彼自身の存在までも掻き消されていることに、失望する。だが記憶の中の「虚構」は永遠に瑞々しく保たれようと、「現実」は必ずや時の変化の影響を蒙らざるを得ない。そこで初めて彼は子供時代、記憶に鮮烈に刻まれていた青物商が彼にとっては「子供時代そのもの、人生の大きな一齣」である一方、自分は彼にとっては「無」に等しいことを認識する。生まれ故郷再訪という懐古の「旅」は語り手にとって最終的には現実、延いては自己の卑小を認識する自省の旅となる。

ダルバラにも、しかしながら、唯一語り手の存在を「無」のまま葬り去らせない記憶の蘇りが残されていた。語り手は最後に幼馴染みとの再会を果たし、かつての遊び場で記憶の糸を手繰った幼かりし日々の憧れの少女が彼の妻となっているという奇抜な「物語」に際会する。その時、遊び場は再び旅人の記憶の中でその本来の姿を取り戻したのではないだろうか。友人の妻となったかつての憧れの少女に昔の面影が全く認められまいと、この一篇の再会の物語ですら記憶と現実との乖離に苦しむ語り手が自ら創作した虚構にすぎまいと、最早、問題ではない。ここで重要なのは語り手に記憶と懸け離れた現実との折り合いをつけさせるのが一篇のささやかな「物語」（現実の中のドラマ）であるという点である。たとい今となっては無垢な解釈と他愛ない信念で満ち溢れていようと、語り手の読書体験を育んだ想像力の原点たる不朽の町としてのダルバラの本質は揺るぎない。

逍遥の旅人の「旅」は現実や真実を訪ねる旅であると同時に、或いはそれ以上に記憶や空想を追求するそれでもあった。両者は分かち難く混在することもあれば、各々が独自の世界を繰り広げることもある。がこれら二様の「旅」は決して相矛盾するのではなく、総体として、真のジャーナリストたるためには双方の要素が不可欠であることを――真実を捉えるためには、一見それとは齟齬を来す記憶や想像力を要することを――明らかにする。

作中、「アンコマーシャル」という形容辞は旅、旅人のみならず、人生、耳目、関心、空想、個性、注目、意見、署名等、ほとんどありとあらゆる類《たぐい》の名詞を修飾する。のみならず、後年ディケンズが書簡において自らを

「アンコマーシャル」と称していた事例を引くまでもなく、「アンコマーシャル」は既に第二十二章において語り手たる固有名詞として一個の人格を具えるに至る。その含意が様々な意味で「類別」を拒むほど多岐にわたっていることからも明らかな通り、「アンコマーシャル」は単に「コマーシャル」の対義語として機能するのではなく、諸々の営為、事物の総体としての真の「旅人」は「アンコマーシャル」でなくてはならない、敷衍すれば営《コマ》利《ース》とは対極的な真実や、空想、記憶を訪ねる「旅人」でなくてはならないという理念を集約的に具現する一語のように思われる。

訳者あとがき

大きな宿題を何とか片づけた。『逍遥の旅人』という。

多年の懸案だったのは、一つには父が学位論文に（モノグラフとしては世界初と、最近聞かされて一驚を喫したが）この作品を選んでいたから。また一つには約十年後、父の追悼に教え子の方々総勢三十七名が（かく言う二十五才のわたしも末席を汚しているが）弔い合戦よろしく『無商旅人』と題して本邦初訳を完成させていたから。弔い合戦で鉾先を向けられているのは今となってはこの作品に独りで組み打とうとするわたし自身の気がしないでもなかったが。

宿題をこなす上でタブーを犯した。これまで先達の訳は極力、脱稿直前まで参照しなかった。が今回だけは早々に歯が立たないと観念し、「急がば回るな」をモットーに度々教えを乞うた。その中でダントツうまい訳があった。あっ、これだなと思った、と言おうか思い出した。出版祝賀の宴の席で編集長が敢えて名指しで絶賛していた先輩の訳は。その時はただ「ふうーん」くらいに聞き流していたが、日本語の「活き」がいい。訳文であることを忘れさせるほどそれそのものが無類に面白い。ディケンズそこまで言ってないよな、とやっかみたくなるほど。片や院生時代のわたしの訳は……。恐々繙いてみれば案の定、今なら「見よ」「想起せよ」とやる所を「見てごらんなさい」「思い浮かべてごらんなさい」と訳している。あー、わたしにもこんなに可愛い時があったんだ。瑞々しいあの頃のわたしはそのまま封印しておくとしよう。

ではもう一つの宿題、父の学位論文はどうか。未だに父への反抗（発？）心の拭えないわたしはこれまで『*The Uncommercial Traveller* 研究』を読んだことがなかった。がここまで来たら避けて通る訳には行くまい。ざっとで申し訳ないが通読した率直な印象は、やっぱり立派な英文学者だったんだな、ということだ。具体的な作品分析を通してディケンズの本質を突くことは容易ではない。ただしちっぽけながらおかしかったのは、本訳書の「解説」で取り上げた（ということはわたし自身かなり気に入ってもいれば、ディケンズらしいとも感じた）第七章を三十秒間の回想という「とってつけた強引さ」を具現する「一つの失敗例」として一刀の下に斬り捨てている点だ。普段から父親似を自認してはいるものの、死後三十年も経てば思いの外懸け離れた所まで来ているのかもしれないと妙な「独り立ち」の寂しさを覚えた。とは言え同時に「如何にも想像力豊かなディケンズを雄弁に物語る」と（何だか未練がましく）認めていることを考え併せれば評価の分かれ目は紙一重かもしれない。

肩から下ろしたはずの宿題は、かくして、様々な形で自省を迫る新たな課題に姿を変えたにすぎない。

この度も渓水社社長木村逸司氏に快く出版をお引き受け頂いた。いつも「これが最後でしょう」と冗談まじりに（ノーを期待して、と思いたいが）たずねて下さる。終着点のない「旅路」がひたすら眼前に伸びているということは幸せだ。

最後に、この書を亡き父昌美と、こちらはバリバリ現役の、二人併せて目出度く百歳を迎えた母峯子と愛猫こま子に捧げたい。

二〇一三年早春

田辺　洋子

訳者略歴

田辺洋子（たなべ・ようこ）

1955 年　広島に生まれる
1999 年　広島大学より博士（文学）号授与
現　在　広島経済大学教授
著　書　『「大いなる遺産」研究』（広島経済大学研究双書第 12 冊，1994 年）
『ディケンズ後期四作品研究』（こびあん書房，1999 年）
訳　書　『互いの友』上・下（こびあん書房，1996 年）
『ドンビー父子』上・下（こびあん書房，2000 年）
『ニコラス・ニクルビー』上・下（こびあん書房，2001 年）
『ピクウィック・ペーパーズ』上・下（あぽろん社，2002 年）
『バーナビ・ラッジ』（あぽろん社，2003 年）
『リトル・ドリット』上・下（あぽろん社，2004 年）
『マーティン・チャズルウィット』上・下（あぽろん社，2005 年）
『デイヴィッド・コパフィールド』上・下（あぽろん社，2006 年）
『荒涼館』上・下（あぽろん社，2007 年）
『ボズの素描集』（あぽろん社，2008 年）
『骨董屋』（あぽろん社，2008 年）
『ハード・タイムズ』（あぽろん社，2009 年）
『オリヴァー・トゥイスト』（あぽろん社，2009 年）
『二都物語』（あぽろん社，2010 年）
『エドウィン・ドゥルードの謎』（溪水社，2010 年）
『大いなる遺産』（溪水社，2011 年）
『クリスマス・ストーリーズ』（溪水社，2011 年）
『クリスマス・ブックス』（溪水社，2012 年）
共訳書　『無商旅人』（篠崎書林，1982 年）

（訳書は全てディケンズの作品）

逍遥の旅人

二〇一三年七月一日　第一刷発行

著　者　チャールズ・ディケンズ
訳　者　田　辺　洋　子
発行者　木　村　逸　司
印刷所　平　河　工　業　社
発行所　株式会社　溪　水　社

〒730-0041　広島市中区小町一―四
電　話　（〇八二）二四六―七九〇九
ＦＡＸ　（〇八二）二四六―七八七六
メール　info@keisui.co.jp

ISBN978-4-86327-219-4 C3097